Knaur

Im Knaur Taschenbuch Verlag sind bereits folgende *Lucky-Santangelo*-Romane von Jackie Collins erschienen:

Lucky Star
Lucky Panther
Lucky Player

Über die Autorin:
Jackie Collins zählt zu den erfolgreichsten Autorinnen der Welt. Ihre Romane sind allesamt Bestseller und haben sich bisher fast zweihundert Millionen Mal verkauft. Jackie Collins lebt und arbeitet in Los Angeles.

Jackie Collins

LUCKY BOSS

Roman • Aus dem Amerikanischen von
Christine Frauendorf-Mössel

Knaur

Die amerikanische Originalausgabe erschien 1985 unter dem Titel *Lucky* bei Pan Macmillan, London.

Besuchen Sie uns im Internet:
www.droemer-weltbild.de

Vollständige Taschenbuchausgabe 2001
Droemersche Verlagsanstalt Th. Knaur Nachf., München

Umschlaggestaltung: ZERO Werbeagentur, München
Umschlagabbildung: Stefan May
Satz: Ventura Publisher im Verlag
Druck und Bindung: Nørhaven A/S
Printed in Denmark
ISBN 3-426-61946-6

2 4 5 3 1

Im Gedenken an Kimberley.
Wir haben dich nicht vergessen.

PROLOG

MAI 1984 • LOS ANGELES

Die Geschworenen betraten in stummer Reihe den Gerichtssaal. Sekunden später, als der Richter erschien, ging ein erwartungsvolles Raunen durch die voll besetzten Zuschauerreihen.

Lucky Santangelo stand aufrecht und unbewegt in der Anklagebank. Sie hatte den Blick starr und ausdruckslos nach vorn gerichtet … eine wilde, dunkle Schönheit … trotz allem.

Der Richter nahm auf seinem Sessel Platz, setzte seine große Hornbrille auf und räusperte sich geräuschvoll. »Meine Damen und Herren Geschworenen, haben Sie ein Urteil gefällt?«

Der Sprecher der Geschworenen trat vor. Er war ein blässlicher Mann mit einem störend zuckenden Gesichtsnerv. »Ja, Euer Ehren«, nuschelte er kaum vernehmbar und reizte damit den Richter zu der ärgerlichen Aufforderung: »Sprechen Sie bitte lauter!«

»Ja, wir sind zu einem Urteil gelangt, Euer Ehren«, wiederholte der Sprecher der Geschworenen, dessen Gesichtsnerv nun stärker und damit deutlich sichtbar zu zucken begann.

»Dann übergeben Sie bitte Ihr Urteil dem Gerichtsdiener«, fuhr der Richter ihn giftig an.

Der Sprecher der Geschworenen entsprach der Aufforderung. Der Gerichtsdiener nahm das gefaltete Urteilsformular entgegen und brachte es sofort dem Richter, der es aufmerksam betrachtete.

Im Gerichtssaal herrschte gespannte Stille … eine Stille, die so schwer über dem Raum zu lasten schien, dass Lucky sie wie eine Woge der Anklage empfand.

Obwohl sie den Richter nicht ansah, beobachtete sie aus den Augenwinkeln, wie er das Urteil las und das Formular dem Gerichtsdiener zurückgab. Sie schloss für einen Moment ihre opalfarbenen Augen und sandte ein Stoßgebet zum Himmel. Sie, Lucky Santangelo, war des Mordes angeklagt, und der nächste Augenblick sollte über ihr weiteres Schicksal entscheiden.

Sie versuchte, tief und gleichmäßig zu atmen; versuchte ruhig zu bleiben, sich zu konzentrieren und optimistisch zu sein.

Der Gerichtsdiener erhob die Stimme.

O Gott! Das konnte doch gar nicht sie sein, der das alles geschah! Nicht ihr, Lucky Santangelo. *Nicht ihr!*

Sie hielt den Kopf hoch erhoben. Immerhin war sie eine echte Santangelo. Nichts konnte sie erschüttern. Absolut nichts!

Schließlich war sie unschuldig.

War sie es denn nicht?

War sie es nicht ...?

Erstes Buch

SOMMER 1978

1

Lennie Golden war ganze dreizehn Jahre lang nicht mehr in Vegas gewesen, obwohl er in dieser Stadt gezeugt und geboren worden war und die ersten siebzehn Jahre seines Lebens hier verbracht hatte.

Als er aus dem Flugzeug stieg, sah er sich kurz um, hob die Nase und atmete tief durch. Die Stadt roch noch genau wie früher.

Auf dem Flugplatz herrschte die übliche, hektische Menschenansammlung aus leidenschaftlichen Spielern, Touristen und jenem Durchschnitts-Amerika, das hier etwas erleben wollte. Männer mit breiten Hintern schoben sich neben molligen Wasserstoffblondinen in Hosenanzügen aus Synthetikstoffen und behängt mit falschem Schmuck durch die Menge. Zwischendrin hörte man das Wimmern von Kindern, während mobil arbeitende Angehörige des horizontalen Gewerbes daherschlenderten in Bikinioberteil und hautengen Hot Pants, unter denen sich scharf ihr Schoß abzeichnete, um Geschäfte zu machen. Dunkelhäutige Ausländer mischten sich darunter, die den Aktenkoffer fest in der Hand hielten und in Begleitung ihrer strohblonden Mätressen Knoblauchdunst verbreiteten.

Jess war gekommen, um ihn abzuholen. Nur einen Meter sechzig groß und mit dem erstaunlich hübschen Gesicht hatte sie etwas von einem Lausbuben an sich … und genau das war sie in der Schule auch gewesen. Sie hatte von jeher die Gesellschaft von Jungen vorgezogen … und ganz besonders die von Lennie. Seit der ersten Klasse waren sie unzertrennliche Freunde, und ihre erstaunlicherweise platonische Beziehung hatte die Jahre überdauert und, im Gegenteil, sich eher noch gefestigt; und das, obwohl sie sich nur selten sahen, seit Lennie von Las Vegas nach New York gegangen war.

Sie gaben ein ungleiches Paar ab, Lennie, der hoch gewachsene, schlanke Mann mit dem aschblonden Haar und den meergrünen Augen, eine größere Ausgabe von Robert Redford, mit einem Touch von Chevy Chase, und die kleine Jess, mit den großen Kulleraugen, dichtem rotem Haar, Sommersprossen und dem Körper einer Miniaturausgabe eines Playboy-Playmates.

Sie warf sich in seine Arme. »Schön, dass du wieder da bist! Du siehst phantastisch aus für einen Kerl, der hauptberuflich durch die Betten der Damenwelt wandert. Wie machst du das nur?«

»He!« Er schwenkte sie wie eine Stoffpuppe durch die Luft. »Und das fragst ausgerechnet du?«

Sie kicherte und schmiegte sich kurz an ihn. »Ich mag dich rasend gern, Lennie Golden. Willkommen zu Hause!«

»Ich mag dich auch, Äffchen!«

»Nenn mich gefälligst nicht so!«, protestierte sie. »Ich bin eine respektable, verheiratete Frau mit einem Kind und allem Drum und Dran. Behandle mich also gefälligst wie eine Lady, Lennie!«

Lennie brach in schallendes Gelächter aus. »Wenn du eine Lady bist, bin ich Raquel Welch.«

Sie packte ihn beim Arm. »Also, dein Busen ist wirklich toll!«

Lachend schlenderten sie dem Ausgang zu.

»Na, wie war der Flug?«, erkundigte sie sich schließlich und versuchte, ihm seinen verbeulten Koffer abzunehmen.

Lennie behielt das Gepäckstück entschlossen in der Hand. »Lang und langweilig. Wenn der liebe Gott wirklich gewollt hätte, dass wir fliegen, hätte er sicher für mehr Stewardessen gesorgt.«

»Hast du's mit einer gemacht?« Sie zwinkerte ihm wissend zu.

»Aber und wie!«

»Wirklich?«

»Glaubst du, ich könnte dich belügen?«, konterte er.

Jess lachte. Sie hatte eine Mimik, die die Leute veranlasste, stehen zu bleiben und sie verwundert anzustarren. »Du würdest sogar den Papst belügen, wenn du dadurch die Chance hättest, über die Runden zu kommen.«

»Und dort geht sie hin ...«, sang er leise.

»Wo? Wer?« Jess drehte sich automatisch nach Lennies vermeintlicher Eroberung um und sah lediglich eine Nonne.

»Ich hab dir doch gesagt, dass sich mein Geschmack geändert hat«, behauptete er ernst.

»Wirklich, sehr witzig!« Sie zielte mit der Faust auf seine Magengegend.

Lennie hob abwehrend die Hand. »Halt, nicht doch! Mir haben Sie gerade die Zunge operiert!«

»Wie bitte?«

»Erinnerst du dich an die Aufnahmen zur ›Lee Bryant Show‹? Ich hab dir doch von meiner Nummer darin erzählt.«

»Ja.«

»Sie haben meinen Vier-Minuten-Spot auf dreißig Sekunden zusammengeschnitten. Wenn du gerade rülpst, verpasst du mich glatt.«

Jess runzelte die Stirn. »Idioten. Die wissen gar nicht, was gut ist. Aber jetzt bist du erst mal wieder in Vegas. Mit deinem Humor und den witzigen Sketchen wirst du hier der Renner der Saison.«

»Na klar. In der Bar des Magiriano-Hotels mache ich bestimmt Furore.«

»Es ist eben mal was anderes. Vielleicht brauchst du genau das. Wer weiß, wozu's gut ist?«

»Ach komm, Jess! Du quatschst ja schon wie mein Agent. Mach diesen und jenen Mist, und bevor du so recht weißt, wie's dir geschieht, kriegst du eine Stammnummer in der Carson Show!«

»Dein so genannter Agent ist ein Idiot!« Jess rümpfte die

Nase. »Du bist ein großartiger Komiker. Ich sollte dich managen! Ich meine, immerhin habe ich dir dieses Engagement hier verschafft, stimmt's?«

»Wie viel willst du … zehn Prozent?«

Jess lachte übermütig. »Glaubst du, ich gebe wegen dir den Titel, die beste Geberin beim Blackjack von Vegas zu sein, auf? Hältst du mich für verrückt? Du kannst dir deine zehn Prozent sonstwohin stecken, mein Lieber!«

Sie kamen an einer Damentoilette vorbei. »Warte einen Augenblick«, bat Jess Lennie. »Ich bin so aufgeregt, weil du da bist, dass ich mal muss.«

Lennie lachte und lehnte sich gegen die Wand, während Jess in der Toilette verschwand. Jess war wirklich eine echte Freundin. Er hatte sie erst zwei Wochen zuvor angerufen und ihr gesagt, dass er um jeden Preis aus New York heraus müsse.

»Kein Problem«, hatte sie ohne Zögern geantwortet. »Matt Traynor, der Unterhaltungschef des Hotels, in dem ich arbeite, ist ganz scharf auf mich. Schick mir ein Videoband von dir, dann bringe ich ihn dazu, dich zu engagieren.«

Er hatte das Band geschickt, und Jess hatte ihm das Engagement verschafft. Sie war wirklich ein wahrer Freund.

Träge beobachtete er ein dunkelhaariges Mädchen, das in kurzen Ledershorts und roter Bluse vorbeiging. Sie marschierte durch die Menschenmenge, als gehöre der Flugplatz ihr allein. Lennie gefiel ihre Aufmachung, ganz zu schweigen von ihrer Figur.

Mein Gott, war er wirklich noch nicht frei davon? Er und Eden hatten sich ein halbes Jahr zuvor getrennt, und noch immer verglich er jede attraktive Frau, die ihm über den Weg lief, mit ihr. Auch jetzt passierte ihm das. Die Affäre mit Eden Antonio war noch nicht überstanden. Darüber musste er sich endlich klar werden.

In diesem Moment trat Jess aus der Damentoilette und

drückte seine Hand. »Es ist herrlich, dass du da bist«, seufzte sie. »Du musst mir einfach alles erzählen.«

»Alles? In meinem Fall ist das eine Karriere, die keine zu werden scheint, und ein verkorkstes Liebesleben.«

»Klingt aufregend. Was gibt's sonst noch Neues?«

Sie hatten inzwischen die Flughafenhalle verlassen, und die Hitze der Wüste schlug ihnen wie eine Welle entgegen.

»Mann!«, entfuhr es ihm unwillkürlich. »Ich hatte ganz vergessen, was für ein Backofen diese Stadt ist.«

»Ach was! Hör auf zu meckern! Ein bisschen Farbe im Gesicht kann dir nicht schaden. Du bist ja ganz käsig.«

Sie gingen zu einem verbeulten, roten Camaro auf dem Parkplatz.

»Wie ich sehe, bist du noch immer die rasante Fahrerin wie früher«, bemerkte Lennie humorlos und warf seinen Koffer auf den Rücksitz.

»Das war *ich* nicht!«, empörte sich Jess. »Mein Alter kann nicht mal um den Block fahren, ohne irgendwo anzustoßen.«

Lennie fragte sich insgeheim, was für ein Mann wohl die verrückte Jess zur Frau genommen hatte. Er konnte nur hoffen, dass er etwas Besonderes war.

»Steig ein!«, forderte sie ihn auf und setzte sich hinters Steuer. »Wayland hat uns was zu essen gemacht ... das Baby macht Krach, und du, Lennie, dir wird's hier gefallen. Vegas ist von jeher *die* Stadt für uns gewesen.«

Lennie nickte grimmig. »Ja, und genau davor habe ich Angst.«

Lucky Santangelo war eine ausgesprochen auffällige Erscheinung, wie sie durch die Menge auf dem Flughafen schritt. Sie war eine faszinierende Schönheit von achtundzwanzig Jahren mit pechschwarzer Haarmähne, zigeunerhaften Augen, einem breiten, sinnlichen Mund, sonnengebräunter Haut und einem schlanken, langgliedrigen Körper. An diesem Tag trug sie Shorts aus weichem schwarzem Leder, eine rote Seidenbluse, die sie fast bis zur Taille aufgeknöpft hatte, und einen breiten, silberbeschlagenen Gürtel. An ihren Ohrläppchen baumelten einfache Silberringe, und an ihrer rechten Hand glitzerte ein Brillant von solcher Größe und Reinheit, dass man es niemandem übel nehmen konnte, wenn er ihn für falsch hielt. Er war es aber nicht. Er war wirklich echt.

Obwohl keine Schönheit im herkömmlichen Sinn, hatte sie einen sehr individuellen Stil und eine faszinierende Ausstrahlung. Das Selbstbewusstsein, das sie ausströmte, war ebenso deutlich spürbar wie das exotische Parfum, das sie benutzte.

»Hallo, Boogie.« Sie begrüßte den hageren, langmähnigen jungen Mann im militärischen Drillichanzug, der auf sie zutrat, herzlich. »Wie geht's zu Hause?«

»Alles beim Alten«, erwiderte er mit leiser Stimme, während seine Augen rastlos über die Menschenmenge schweiften. Ihm schien nichts zu entgehen. Schließlich griff er nach Luckys schwarzer Lederreisetasche und nach dem Gepäckschein für die übrigen Sachen.

»Keine aufregende Neuigkeit? Keinen Klatsch?«, fragte sie lächelnd. Sie war froh, wieder zu Hause zu sein.

Klatsch gab es durchaus, aber er wollte auf keinen Fall derjenige sein, von dem sie es erfuhr.

Lucky erzählte begeistert, während sie auf die schnittige Mercedes-Limousine zugingen, die im Halteverbot parkte.

»Ich glaub, ich hab's geschafft, Boog. Das Atlantic-City-Projekt ist perfekt. Und das ist auf meinem Mist gewachsen! Auf meinem ganz allein. Ich brauche jetzt nur noch Ginos Okay, dann kann's losgehen. Ich fühle mich großartig!«

Er freute sich, sie in so guter Stimmung zu sehen, und nickte: »Wenn Sie was wollen, dann kriegen Sie's auch. In der Beziehung habe ich nie an Ihnen gezweifelt.«

Luckys Augen glänzten vor innerer Erregung. »Atlantic City«, murmelte sie. »Wir bauen ein Hotel, das alle anderen in den Schatten stellt!«

»Ja, das schaffen Sie!« Er öffnete die Tür zum Rücksitz des Wagens.

»He, Moment mal!«, protestierte sie. »Du weißt doch, dass ich immer vorn bei dir sitze.«

Er riss den vorderen Wagenschlag auf, half ihr auf den Beifahrersitz und ging dann mit elastischen Schritten davon, um das restliche Gepäck zu holen.

Gino Santangelo fuhr abrupt aus dem Schlaf. Im ersten Augenblick wusste er nicht, wo er sich befand, aber das gab sich schnell. Er mochte zwar nicht mehr der Jüngste sein, aber senil war er zum Glück noch nicht. Außerdem gehörte man heutzutage mit zweiundsiebzig noch nicht gerade zum alten Eisen. Und in der vergangenen Nacht im Bett hatte er sich offen gestanden wieder wie ein Jüngling gefühlt. Warum auch nicht? Vor allem mit einer Susan Martino als Partnerin.

Susan Martino, Witwe des verstorbenen großen Tiny Martino, einem Allroundtalent beim Film und Fernsehen; ein Komiker, dessen Name in einem Atemzug mit Keaton, Chaplin und Benny genannt wurde. Tiny war zwei Jahre zuvor einem Herzinfarkt erlegen. Gino hatte an der Beerdigung in Los Angeles teilgenommen, der Witwe bei diesem Anlass sein Beileid ausgedrückt … und sie dann bis zu einer Wohltätigkeitsveranstaltung in Vegas drei Wochen zuvor nicht wieder gesehen. Jetzt allerdings wachte er den fünften Morgen hintereinander in ihrem Bett auf und fühlte keinerlei Bedauern.

Als habe sie seine liebevollen Gedanken erahnt, kam Susan in diesem Augenblick ins Schlafzimmer. Susan war eine attraktive Frau von neunundvierzig Jahren, die mindestens zehn Jahre jünger aussah. Sie hatte porzellanblaue Augen, hohe Wangenknochen und eine weiße, zarte Haut. Obwohl es erst neun Uhr morgens war, hatte sie ihr silberblondes Haar bereits sorgfältig im Nacken zu einem Knoten aufgesteckt. Sie trug ein weißes Seidenneglігé über ihrem zierlichen, makellosen Körper und balancierte ein Tablett in der Hand, auf dem ein Glas frisch gepresster Orangensaft, ein weich gekochtes Ei und ein Teller mit zwei dünnen Scheiben Toast mit Butter standen.

»Guten Morgen, Gino«, sagte sie.

Gino setzte sich im Bett auf und fuhr sich mit beiden Händen durch das wirre schwarze Haar, das an den Schläfen zwar schon ergraut war, das sonst jedoch so dicht und lockig war wie in seiner Jugend. Er war eben noch immer ein Mann, mit dem man rechnen musste. Das Alter hatte seiner Vitalität und unerschöpflichen Energie keinen Abbruch getan. Lediglich der Herzinfarkt vom Vorjahr mit beinahe tödlichem Ausgang hatte ihn etwas ruhiger werden lassen. Wie bei Susan sah man ihm jedoch seine Jahre nicht an.

»Wie ist denn das zu verstehen?«, fragte er und deutete auf das Tablett.

»Oh, das ist Frühstück im Bett.«

»Hm, und womit habe ich das verdient?«

Susan lächelte. »Die Frage müsste lauten, womit hast du es nicht verdient.«

Gino grinste bei der Erinnerung an die vergangene Nacht. »Yeah! Nicht schlecht für einen alten Herrn wie mich, was?«

Susan stellte das Tablett vor ihm ab und setzte sich auf die Bettkante. »Du bist der beste Liebhaber, den ich je gehabt habe«, erklärte sie ernst.

So etwas hörte er gern; sehr gern sogar. Susan Martino war keine leichtlebige Frau, aber sie hatte vor ihrer Ehe mit Tiny Martino fünfundzwanzig Jahre zuvor einen gewissen Ruf genossen. Ali Khan, Rubirosa und selbst Sinatra sollten in ihrer Vergangenheit eine Rolle gespielt haben. Das war für Gino schon genug, um sich durch ihr Kompliment mehr als geschmeichelt zu fühlen.

Allerdings hatte er sie nie über ihre Vergangenheit befragt, wie sie auch nie versucht hatte, mehr über die seine zu erfahren.

»Eines würde mich interessieren«, begann er nun, da seine Neugier geweckt war.

»Und das wäre?«, erwiderte sie und schälte sorgfältig sein Ei.

»Während deiner Ehe mit Tino ... hast du ihn je betrogen?«

»Nein, nie«, antwortete sie ohne Zögern. »Aber warum sollte ich dir das erzählen ...?«

In Gino regten sich plötzlich Besitzansprüche gegenüber dieser Frau, dieser blonden Lady mit Klasse und Rasse. Persönlichkeiten wie sie waren selten geworden.

Frauen, überlegte er. Liebe ohne Verpflichtungen war stets sein Motto gewesen. Mit seltenen Ausnahmen. Im vergangenen Jahr hatte es ihn zunehmend gelangweilt, mit Frauen ins Bett zu gehen. Sie waren für ihn nichts weiter als ein neuer Körper, ein neues hübsches Gesicht und ein weiterer Tausenddollarschein für irgendein Schmuckstück gewesen, denn er hasste es, sie mit leeren Händen gehen zu lassen. Wenn sie Gino Santangelos Bett verließen, dann sollten sie wissen, wo sie gewesen waren. Nicht, dass er es nötig gehabt hätte, sie zu entlohnen. Niemals! Allein der Gedanke war absurd.

»Was ist? Können wir den Tag nicht miteinander verbringen?«, schlug Susan vor, tauchte ein Stück Toast ins Eigelb und steckte es ihm in den Mund.

Er wollte schon zusagen, als ihm etwas einfiel. Lucky sollte an diesem Tag zurückkommen. Lucky, seine Tochter. Die schöne, unzähmbare Lucky, wie er ... mit seinen Augen, seiner bräunlichen Haut, seinem rabenschwarzen Haar und seiner Lebensgier. Wie hatte er das nur vergessen können? Sie war drei Wochen lang auf Geschäftsreise im Osten gewesen. Wäre Susan nicht gewesen, er hätte sie schrecklich vermisst.

»Warum nicht morgen?«, entgegnete er. »Ich habe heute ziemlich viel zu tun.« Damit legte er die Gabel beiseite.

»Oh!« Susan wirkte enttäuscht.

Gino überlegte insgeheim, was Lucky wohl dazu sagen würde, wenn er Susan zum gemeinsamen Abendessen einlud, und er ahnte instinktiv, dass sie alles andere als begeistert sein würde. Und er konnte seine Tochter verstehen. Schließlich war es ihr erster Abend zu Hause, und sie hatten sich eine Menge zu erzählen.

Es blieb noch Zeit genug, Susan in ihr Leben einzuführen, und er hatte auch die feste Absicht, das zu tun. Susan Martino war viel zu sehr Dame, um ein einwöchiges Abenteuer zu bleiben.

Während der Fahrt vom Flugplatz nach Hause erzählte Lucky Boogie weiter von ihrer Reise. Er war für sie mehr als nur ihr Chauffeur und gelegentlich auch ihr Leibwächter, wenn sie persönlichen Schutz brauchte. Er war ihr Freund, und sie vertraute ihm blind. In schwierigen Zeiten war auf Boogie Verlass. Wie er in der Vergangenheit bewiesen hatte, war er loyal, klug und ungewöhnlich schweigsam, es sei denn, er hatte Wichtiges zu sagen.

Er fuhr sie zum Vordereingang des Magiriano-Hotels am Strip. Lucky stieg aus, blieb einen Augenblick am Wagen stehen und genoss wie so oft das Gefühl, nach Hause in *ihr* Hotel zu kommen.

Das »Magiriano« ... eine Kombination der Namen ihrer Eltern ... Maria und Gino. Ginos Traum, den sie in die Wirklichkeit umgesetzt hatte, während er aus Steuergründen ein siebenjähriges Exil in Israel durchzustehen hatte. Sie würde stets stolz auf das von ihr Erreichte sein. Das Magiriano war ein ganz besonderes Hotel.

In der Empfangshalle herrschte die übliche Betriebsamkeit mit der entsprechenden Geräuschkulisse. Im Casino drängten sich bereits die morgendlichen Spieler. Dort gab es vierundzwanzig Stunden rund um die Uhr Vergnügen.

Lucky spielte nicht. Wer brauchte sein Glück schon an den Spieltischen zu versuchen, wenn alles sowieso ihr und Gino gehörte? Sie durchquerte die Lobby und ging zu ihrem Privatlift, dessen Eingang versteckt hinter einigen Pflanzenkübeln mit Palmen lag, und steckte die Computerkarte in den Schlitz. Die Tür öffnete sich.

Es war herrlich, zu Hause zu sein.

Sie konnte es kaum erwarten, Gino wieder zu sehen. So viel hatte sie ihm zu erzählen.

Jess lebte nicht im Luxus. Trotzdem gehörte zu dem kleinen Reihenhaus, vor dem der Wagen schließlich anhielt, ein eigener Swimmingpool. »Das Haus ist schon in Ordnung«, erklärte Jess. »Trotzdem ziehen wir bald aus.« Sie machte die Haustür auf. »Wir haben ein Projekt am Lake Tahoe gesehen, in das wir uns gern einkaufen möchten.«

»So?« Lennie fragte sich, wer das wohl finanzieren sollte. Aus dem wenigen, das Jess über ihren Mann erzählte, war hervorgegangen, dass er kaum viel mehr tat, als sich um das zehn Monate alte Baby zu kümmern, während sie das Geld für die Familie verdiente.

»Hallo! Jemand da?«, rief Jess, als eine struppige Promenadenmischung von Hund auftauchte und mit seinem erbärmlichen Schwanz wedelte. Jess bückte sich, um das Tier zu streicheln. »Das ist Grass«, erklärte sie. »Jemand hatte den Welpen einfach in die Mülltonne geworfen. Wir haben ihn gefunden. Ist er nicht lieb, hm?«

Dann erschien Wayland. Das hieß, Lennie nahm an, dass er

Jess' Mann war. Vom Aussehen her konnte man meinen, Jess habe einen weiteren Streuner aufgegabelt. Er hatte ein lose besticktes Hemd über schmuddelig weißen Jeans an, unter denen schmutzige nackte Füße hervorsahen. Das schulterlange, strohblonde Haar trug er in der Mitte gescheitelt. Sein Gesicht war lang und blass. Jess, die wundervolle Briefe schreiben konnte, hatte erwähnt, dass er malte. Darüber, was er nun konkret machte, hatte sie sich jedoch nicht weiter ausgelassen.

»Hallo, Freund«, grüßte Wayland, der offenbar mit Drogen vollgepumpt war, wie seine Pupillen verrieten. »Willkommen in unserem Heim.« Er streckte Lennie eine magere, zitternde Hand entgegen.

»Wo ist das Baby?«, erkundigte sich Jess.

»Schläft.«

»Bist du sicher?«

»Sieh selbst nach.«

Einen Augenblick lang verdüsterte sich Jess' hübsches Gesicht, und Lennie spürte, dass es mit der jungen Ehe nicht zum Besten stand. Das hatte ihm gerade noch gefehlt. Szenen waren das Letzte, wonach er sich jetzt sehnte. Er hatte selbst genug Probleme.

Das angekündigte Mittagessen bestand aus einer großen Schüssel Wildreis und labbrigem Salat mit einer abgestandenen Joghurtsoße. Jess gelang es nur mühsam, ihre Enttäuschung zu verbergen. Sie hatte die ganze Nacht gearbeitet und Wayland daher gebeten, etwas Besonderes zum Mittagessen zu machen. Lennie kannte Jess zu gut, um nicht zu erkennen, was in ihr vorging.

Zwischendurch wachte das Baby – ein Junge namens Simon – kurz auf und bekam die Flasche.

»Ich fahre Lennie noch ins Hotel rüber«, verkündete Jess nervös, nachdem das Baby wieder eingeschlafen war.

Wayland nickte. Er hatte offenbar nie viel zu sagen.

Draußen im Wagen zündete Jess sich einen Joint an, blies den Rauch Lennie ins Gesicht und sagte aggressiv: »Ich möchte nicht darüber sprechen, okay?«

»Ich habe auch nicht gefragt«, entgegnete er ruhig.

Jess ließ den Motor des Wagens aufheulen, gab Vollgas und raste zum Magiriano, wo sie anhielt, ohne die Zündung abzustellen. »Wir treffen uns hier in zwei Stunden«, sagte sie. »Frag nach Matt Traynor. Er hat dich engagiert. Sicher hat er jemanden, der dir alles zeigen kann.«

»Wo willst du hin?«

»Ich ... ich habe ... eine ... eine Verabredung.«

»Suchst du dir jetzt schon deine Vergnügen anderswo?«

»Kannst du mir einen Grund sagen, weshalb ich's nicht tun sollte?«

Seit er Wayland kennen gelernt hatte, fiel auch Lennie keiner mehr ein.

Matt Traynor entpuppte sich als ein fünfundfünfzigjähriger Mann mit silbergrauem Haar, schlauen Gesichtszügen und in einem beigen Anzug mit Weste. Abgesehen davon, dass Traynor der beste Unterhaltungsdirektor in Las Vegas war, besaß er auch Anteile am Hotel selbst. Lucky Santangelo persönlich hatte ihn überredet, den Job anzunehmen, und den Ausschlag für die Zusage hatte schließlich die Aussicht gegeben, dass er mit einem Stück am Kuchen beteiligt wurde.

Er sagte Lennie, dass ihm das Videotape seiner Arbeit, das er von Jess bekommen hatte, gefallen habe, und begann ihn dann haarklein nach Jess und ihren Lebensumständen auszufragen.

Lennie versuchte, ein paar Antworten zu geben, doch als Matt zielsicher auf Jess' Ehe zu sprechen kam, hatte Lennie das Gefühl, es sei an der Zeit, das Thema zu wechseln. Hastig äußerte er den Wunsch, sich die Bar ansehen zu dürfen, in der er auftreten sollte, um sich mit der Atmosphäre des Raumes vertraut machen zu können. Matt Traynor war sofort einverstanden, erklärte ihm den Weg und verabschiedete sich.

Las Vegas. Die Hitze. Der besondere Geruch. Die hektische Betriebsamkeit.

Las Vegas. Sein Zuhause. Die ersten siebzehn Jahre seines Lebens.

Las Vegas. Er hatte den Kopf voller Jugenderinnerungen. Hier war er das erste Mal verführt worden, war das erste Mal betrunken gewesen, hatte das erste Mal Drogen genommen, war das erste Mal damit aufgeflogen. Las Vegas, Ort seiner ersten Liebe. Hier war er von zu Hause weggelaufen und hatte den Wagen seiner Eltern gestohlen.

Mom und Pop. Das seltsamste Elternpaar, das man sich vorstellen konnte.

Pop war der altmodische Situationskomiker Jack Golden gewesen. Ein verlässlicher Mann, ein echtes Arbeitstier. Jeder im Showbusiness kannte seinen Namen. Nur dem großen Publikum blieb er ewig ein Fremder. Mittlerweile war er seit dreizehn Jahren tot. Gallenblasenkrebs.

Und dann Mom. Alice Golden, früher bekannt als die »Swizzle«, eine der heißesten Stripperinnen in der Stadt. Die gute alte Mom lebte heute mit neunundfünfzig Jahren in Kalifornien. Von Las Vegas war sie blind vor Liebe einem Gebrauchtwagenhändler aus Sausalito nach Marina del Rey gefolgt. Alice war alles andere als eine jüdische Durchschnittsehefrau und Mutter. Sie trug stets Shorts und trägerlose Bikinioberteile, färbte sich das Haar, rasierte sich die Beine und hatte einen ungeheuren Männerverschleiß, nachdem der Autohändler aus Sausalito mit einem Teil ihres Schmucks im Wert von zehntausend Dollar aus der Stadt verschwunden war.

Alice ... sie war einfach anders. Nie hatte er ein enges Verhältnis zu ihr gehabt. Als Kind hatte sie ihn nur herumkommandiert, ihm endlose Besorgungen aufgetragen und ihn für ihre Zwecke herumgeschickt. Sie hatte nie eine normale Mahlzeit zubereitet. Während die anderen Kinder saubere braune Tüten mit Broten mit hausgemachtem Hackbraten, Crackern und Käse in die Schule mitgebracht hatten, war er schon froh gewesen, wenn er einen Apfel aus dem Garten erwischen konnte.

»Du musst lernen, selbständig zu werden«, hatte die Mutter dem siebenjährigen Lennie erklärt.

Allerdings war das Leben mit Alice und Jack auch aufregend und faszinierend gewesen. In ihrer unordentlichen Wohnung herrschte ein ständiges Kommen und Gehen von Tänzern, Sängern, Leuten aus dem Casino und dem Showbusiness. Wenn man vergaß, was man normalerweise von einer Kindheit erwartete, dann waren diese Jahre durchaus voller Spaß gewesen.

Alice. Eine echte Individualistin. Er hatte gelernt, sie so zu nehmen, wie sie war.

Las Vegas. Warum war er zurückgekommen?

Weil ein Job eben ein Job war. Und wie er Jess bereits gesagt hatte, musste er einfach raus aus New York. Nachdem er einen fetten Betrunkenen niedergeschlagen hatte, der ihn bei seinem Auftritt in einem Club in Soho ständig gestört hatte, war die Polizei hinter ihm her gewesen. Der fette Betrunkene hatte sich als ein Halbweltanwalt entpuppt, der, als er am Morgen mit einem blauen Auge und einer geplatzten Lippe aufgewacht war, beschlossen hatte, Lennie Golden zur Strafe aus dem Verkehr ziehen zu lassen. Und einen Prozess konnte Lennie in seiner Lage am allerwenigsten brauchen. Die beste Lösung war ihm erschienen, die Stadt zu verlassen. Außerdem war Eden an der Westküste, und er hatte seit Monaten mit dem Gedanken gespielt, ihr zu folgen. Als Freunde allerdings hatten sie sich nicht gerade getrennt.

Er hatte vor, von Las Vegas aus nach Los Angeles weiterzuziehen.

Und das nicht nur, um Eden wiederzusehen.

Doch natürlich ... eben gerade wegen Eden.

Gesteh's dir doch endlich ein, du Idiot, du bist noch immer nicht von ihr losgekommen!

Lucky trat hinaus an den Swimmingpool und blieb einen Augenblick stehen, bis sie Bertil, den Schweden, entdeckt hatte, der die Oberaufsicht über den Pool hatte.

Bertil hatte Lucky sofort erspäht. Sie war in ihrem schwarzen Einteiler und mit ihrer bronzefarbenen Haut und den längsten Beinen der Stadt auch kaum zu übersehen. Er sprang sofort auf, lief zu ihr und begrüßte sie genau mit dem richtigen Maß an Begeisterung, denn immerhin war sie hier der Boss. »Willkommen zu Hause, Miss Santangelo!«

Sie nickte ihm kurz zu, dann ließ sie den Blick über die zahllosen gebräunten Körper schweifen. »Danke, Bertil. Gab's irgendwelche Probleme während meiner Abwesenheit?«

»Nein, keine, mit denen Sie sich auseinander setzen müssten.«

»Ich setze mich gern mit allem auseinander«, erwiderte sie leise. »Ich weiß gern, was los ist.«

Nach kurzem Zögern berichtete Bertil ihr von zwei Bademeistern, die sich an weibliche Gäste herangemacht hatten.

»Haben Sie sie entlassen?«, erkundigte sich Lucky.

»Ja, aber sie wollen gerichtliche Schritte gegen uns einleiten.«

»Haben Sie schon mit unseren Anwälten darüber gesprochen?«

»Ja.«

»Dann ist die Sache ja in den besten Händen«, bemerkte sie zufrieden.

Bertil begleitete Lucky zu einem Liegestuhl am Pool, und sie lehnte sich entspannt zurück, um das Treiben dort zu beobachten.

»Bringen Sie mir bitte ein Telefon.«

Bertil tat, worum sie ihn gebeten hatte, und ließ sie dann diskret allein.

Lucky versuchte bereits zum dritten Mal, Gino anzurufen. Er war noch immer nicht zu Hause. Wo, zum Teufel, trieb er sich herum? Weshalb hatte er sie bei ihrer Rückkehr nicht erwartet?

2

Ahhh, Olympia! Du bist eine Prinzessin, eine Göttin … eine Königin!«

Olympia Stanislopoulos' üppiger Körper bebte vor Entzücken. »Mehr, Jeremy … erzähl mir mehr!«

Der englische Lord über der nackten reichen Reederstochter änderte vorsichtig die Position und fuhr mit seinen Lobeshymnen fort: »Deine Augen sind das Mittelmeer, deine Lippen wie glänzende Rubine, deine Haut ist weich wie Samt … deine …«

»Ahhh …«, kam es lang gezogen von Olympia, und ihr ekstatischer Schrei brachte ihn abrupt zum Verstummen. Sie spreizte ihre Beine weit, presste im nächsten Augenblick ihre Schenkel fest zusammen, so dass sich ihr Fleisch scherengleich und schmerzhaft um ihn schloss. Gleichzeitig gruben sich Olympias lange, krallenartige Nägel scharf in seinen Rücken, wo sie lange, blutige Spuren hinterließen.

Sein Schmerzensschrei mischte sich mit Olympias orgastischem Stöhnen. »Um Himmels willen, Olympia!«

Die Klagen des Lords jedoch interessierten Olympia nicht im Mindesten. Gleichmütig schob sie ihn von sich.

»Ich bin noch nicht so weit!«, protestierte er.

»Pech für dich«, entgegnete sie spitz und rollte vom Bett.

Für menschliche Wärme und Mitgefühl war Olympia nie bekannt gewesen. Sie lief hastig ins Badezimmer, schlug die Tür hinter sich zu und betrachtete sich eingehend im hohen Wandspiegel.

Fett! Nichts als Massen von unerwünschtem, cellulitischem Fett! Wütend zwickte sie sich in eine Speckfalte an ihrer Taille. Dieser verdammte Nichtskönner von einem französischen Arzt, der sie drei Monate behandelte, ihr ein paar lausige Orgasmen verschafft und ihr schließlich dreißigtausend Dollar abgeknöpft hatte. Olympia streckte ihrem Spiegelbild die Zunge raus.

Vor sich sah sie eine Achtundzwanzigjährige, einen Meter fünfundsechzig groß, mit rubenshaften Kurven, großen schweren Brüsten, einer Masse dichten, blonden Lockenhaars und einem hübschen Gesicht. Ihre Augen waren klein und blau, ihre Nase undefinierbar, ihr Mund voll und herzförmig. Männer liebten sie. Sie hatte eine Menge Sexappeal ... war eine echte Sexbombe ... allerdings mit einem kleinen Unterschied.

An ihrem einundzwanzigsten Geburtstag hatte Olympia Stanislopoulos siebzig Millionen Dollar geerbt. Und eine kluge Investitionspolitik hatte ihr Vermögen im Lauf der Jahre noch verdoppelt.

Dreimal war sie verheiratet gewesen. Zuerst mit einem kaum der Pubertät entwachsenen griechischen Playboy aus guter, aber verarmter Familie. Sie waren auf der Yacht ihres Vaters Dimitri getraut worden, die neben der Privatinsel der Familie vor Anker gelegen hatte. Der Anlass war mehr als gebührend gefeiert worden. Unter den Hochzeitsgästen waren zwei Prinzen, zahllose Prinzessinnen, ein abgedankter König und ein Großteil des europäischen Jet-Set gewesen. Das glückliche Paar verbrachte die Flitterwochen in Indien, lebte drei Monate in Athen und wurde in Paris geschieden, nachdem Olympia ihren Mann auf allen vieren in eindeutiger Stellung mit dem Butler ertappt hatte. Olympia war nicht prüde, aber auch für sie gab es Grenzen des Anstandes. Dimitri tröstete seine Tochter mit einem luxuriösen Apartment in der Avenue Foch, das nur zwei Blocks vom Palais der Familie entfernt lag.

Nicht lange nach diesem Fiasko lernte Olympia einen italienischen Industriemagnaten kennen … oder wenigstens behauptete er, das zu sein. Er war ein fünfundvierzigjähriger Mann mit bestechendem Charme und dem Ruf, ein Frauenheld zu sein, und mit einer großartigen Garderobe. Er warb um Olympia in sämtlichen Discotheken Europas und heiratete sie an ihrem neunzehnten Geburtstag. Olympia gebar ihm eine Tochter Brigette, während er so viel von ihrem Geld ausgab wie nur möglich. Seine Affären füllten schließlich die Zeitungen und Illustrierten etwas zu häufig. Und Olympia war wütend und empört, als sie erfuhr, dass er die Nacht durchtanzt hatte, die sie im Kreißsaal durchwacht hatte.

Dimitri regelte die Scheidung. Ihr zweiter Fehler kostete sie zwei Ferraris und drei Millionen Dollar. Dem Ex-Mann allerdings blieb kaum Zeit, das alles zu genießen. Drei Monate nach der Scheidung kam er in Paris bei einem Terroranschlag ums Leben. Zeit zu trauern hatte Olympia nicht … sie war zu sehr damit beschäftigt, Fehler Nummer drei mit einem verarmten polnischen Grafen zu machen. Diese Ehe dauerte sechzehn Wochen. Das, was ihr davon blieb, waren sein Titel und seine Schulden.

Danach war für Olympia das Thema Ehe erst einmal gestorben. Sie stürzte sich von einer Affäre in die andere, pendelte ständig zwischen ihren Wohnungen in Paris und Rom und dem Connaught in London hin und her, sammelte Männer wie Briefmarken und erkannte, dass diese sie zunehmend langweilten. Olympia brauchte mehr als nur Sex, ihre Reizschwelle kletterte immer höher.

Begehrenswert waren für sie verheiratete Männer, berühmte und mächtige Männer. Je unerreichbarer sie zu sein schienen, desto besser.

Diese Männer zu verführen, verschaffte ihr die Befriedigung, die sie suchte. Aber was blieb nach der ersten Begegnung? Schließlich musste sie sich ehrlich eingestehen, was sie längst gewusst hatte: nämlich, dass die meisten Männer nur allzu leicht zu haben waren. Und wem machte der Weg des geringsten Widerstandes schon Spaß?

Olympias erster Liebhaber hatte ihren Körper genommen, als sie gerade sechzehn gewesen war. Es war in Südfrankreich in einer Villa geschehen, die sich Olympia und ihre Freundin Lucky Santangelo von Olympias Tante »geborgt« hatten. Die zwei abenteuerlustigen Mädchen waren aus dem Internat entflohen. Sie hatten Zeit, unbegrenzt viel Geld, einen weißen Mercedes und eine Menge ungestillter Neugier. Olympia empfand rückblickend jene verbotenen, sorglosen Tage als die glücklichsten ihres bisherigen Lebens. Damals hatte es noch keine Fotografen hinter jedem Busch und keine allzu großen Erwartungen gegeben.

Warris Charters. Sie erinnerte sich noch gut an ihn. Ein gut aussehender Mann mit hellblondem Haar und schmalen grünen Augen. Ein älterer Mann. Ein Filmproduzent. Ein bankrotter Geschäftemacher mit einem ungewöhnlich aktiven Sexualtrieb.

Gelegentlich fragte sie sich, was wohl aus ihm geworden sein mochte, nachdem ihr Vater und Luckys Vater, die auf der Suche nach ihren Töchtern nach Südfrankreich gereist waren, die sechzehnjährige Olympia mit ihrem goldenen Lockenkopf zwischen seinen Lenden bei eindeutiger Tätigkeit erwischt hatten.

Das Letzte, was sie von Warris gesehen hatte, war seine nervöse Gestalt, die mit zwei Gucci-Koffern vor Dimitris Drohungen in die stürmische Nacht geflüchtet war.

Verständlicherweise hatte sie nie wieder etwas von ihm gehört.

Von ihrer Freundin Lucky Santangelo hatte sie, und das war weit weniger verständlich, ebenfalls nichts mehr gehört. Nach all den gemeinsamen Erlebnissen hätte Olympia mindestens einen Telefonanruf erwartet. Dabei war ihr allerdings nie in den Sinn gekommen, dass man Lucky, wie auch ihr selbst, jeden weiteren Kontakt verboten haben könnte. Stattdessen hatte sich in ihr lediglich der Verdacht geregt, Lucky könnte sie damals verraten und damit die beiden Väter nach Frankreich geholt haben, weil sie, Olympia, sich am besten amüsierte.

»Olympiaaa!« Dem quengelnden Ruf folgte ein lautes Klopfen an der Badezimmertür. »Meine Schöne! Was machst du denn da drin?«

Was zum Teufel glaubte der Idiot von ihr? Dass sie es sich selbst beibrachte?

Sie riss ärgerlich die Tür auf.

Vor ihr stand Lord Jeremy mit einem deutlichen Zeichen seiner Erregtheit.

Sie seufzte.

Es war ein regnerischer Nachmittag in Paris.

Und was sollte man an einem solchen trüben Tag in Paris schon anderes tun?

3

Vor Öl glänzende Körper in Bikinis lagen am Rand des Magiriano-Swimmingpools. Lennie schlenderte ziellos zwischen ihnen hindurch und erinnerte sich an die zahllosen Tage, da Jess und er die Schule geschwänzt und die Zeit stattdessen an den Swimmingpools der besseren Hotels verbracht hatten. Neben ausgedehnten Streifzügen durch die Casinos, Spielhallen und Shows war das eines ihrer Lieblingsspiele gewesen, denn es kam dabei vor allem darauf an, sich nicht erwischen zu lassen. Zum Schluss hatte jeder Aufsichtsbeamte der Stadt ihre Gesichter gekannt, was zwar die Art ihres Vorgehens, aber niemals ihre rastlose Energie beeinträchtigt hatte.

Es war ihm leicht gefallen, Las Vegas mit siebzehn zu verlassen und nach New York zu gehen. Der Abschied von Jess allerdings war schon schwerer gewesen. Aber New York lockte, und wer konnte dem schon widerstehen. Er sah mindestens wie zwanzig aus, war einen Meter zweiundachtzig groß, hatte eine ausgezeichnete Figur und sah gut aus. Zuerst nahm er die unterschiedlichsten Jobs an, um sich allmählich klar darüber zu werden, was er wirklich wollte, und hatte stets sein Auskommen. Er fand ein Zimmer in Greenwich Village, und es mangelte ihm in jenen Jahren, in denen er einfach seine Freiheit in der großen Stadt genoss, nie an Mädchen. Er arbeitete in einem Delikatessenladen in der Sixth Avenue, verkaufte Uhren bei Bloomingdale und war Page und Mädchen für alles in einem der größeren Hotels. Vor allem bei letzterem Job lernte er, dass das Komikerdasein aus mehr bestand als aus den Slapstick-Gags eines Jack Golden. Er entdeckte für sich die Platten des verstorbenen großen Lenny Bruce, fand Gefallen an politischem Kabarett, respektlosem Humor und witzigen Monologen. Schließlich wurde ihm klar, was er aus seinem Leben machen wollte, und er ging voller Energie an die Arbeit.

Zuerst schrieb er Conferencen und kurze Sketche. Dann suchte er sich einen Agenten, der einige seiner Produkte zu verkaufen begann. Damit verdiente er zwar nicht genug, um seine Jobs aufgeben zu können, doch es war immerhin ein Anfang.

Er besaß ein Gespür für markante, originelle Themen, und sein Agent erschloss mit der Zeit einen bestimmten Kundenkreis, der alles kaufte, was aus seiner Feder stammte. Mit vierundzwanzig war er in der Lage, allein von seiner künstlerischen Arbeit zu leben. Er verdiente zwar kein Vermögen, aber das Geschäft florierte, Frauen umschwärmten ihn, und er genoss das Leben.

Es war ein merkwürdiges Gefühl, wieder in Las Vegas zu sein.

Lennie kam an einer Blondine mit hohen slawischen Wangenknochen vorbei, die ihm einen langen Blick zuwarf, während sie sich anzüglich die Oberschenkel mit Sonnenöl einrieb. Doch Lennie war für einen Flirt nicht in Stimmung. Mit dreißig brauchte er mehr als nur Sex. Trotzdem erinnerte das Mädchen ihn an Eden. Dieselben hohen Wangenknochen, das hellblonde Haar, die kalten, schmalen Augen ... Katzenaugen.

Eden Antonio. Seine damalige Freundin Victoria, ein Fotomodell, hatte ihm ihre Kollegin Eden vorgestellt.

Und danach hatte Lennie begriffen, dass Victoria nur das Horsd'œuvre gewesen war. Eden war der Hauptgang. Sie war damals gerade von einer erfolgreichen Fototournee durch Europa zurückgekehrt und wirkte so verschlagen und anschmiegsam wie eine Katze. Eden war eine blasse, exotisch aussehende Schönheit mit fein geschnittenen Zügen und einer großartigen Figur. Sie verdiente mehr Geld als er, aber seine Aussichten waren durchaus optimistisch zu beurteilen. Er hatte ein Engagement bei einer Fernsehshow, die neue Wege der Unterhaltung beschreiten sollte, trat zum ersten Mal öffentlich auf und war begeistert. Der Applaus des Publikums war etwas völlig Neues für ihn und gab ihm ungewohnten Auftrieb. Lennie war siebenundzwanzig und arbeitete auf Hochtouren.

Eden war neurotisch, ehrgeizig und die aufregendste Frau, die ihm bis dahin begegnet war. Sie war vier Jahre älter als er und schien viel mehr vom Leben zu verstehen. Sie hatte die ganze Welt bereist, zahllose Liebhaber gehabt und kam Lennie unglaublich erfahren und intellektuell vor. Aber dieser Eindruck dauerte nicht lange. Nachdem die Hassliebe ein halbes Jahr gedauert hatte, wusste er, was er von ihrer angeblichen intellektuellen Überlegenheit zu halten hatte. Eden Antonio war im Grunde ihres Wesens ein zutiefst unsicherer Mensch. Manchmal tat sie ihm sogar Leid, manchmal trieb sie ihn zu geradezu mörderischer Eifersucht.

Eden! Was hatte er wegen ihr durchgemacht! Die intensive, launische Affäre mit ihr hatte bei ihm sowohl physische als auch psychische Narben hinterlassen. Und trotzdem hatte er noch immer nicht genug von ihr. Sie hätten ständig gestritten, wäre die Versöhnung nicht stets den Aufwand wert gewesen.

Freunde hatten ihn stets gewarnt, Eden sei eine Frau, die Männer nur benutzte. Lennie wusste, dass das stimmte, kam jedoch nie von ihr los.

Eden war eine Exhibitionistin. Sie liebte es, gesehen zu werden, jeden Abend auszugehen. An Wochenenden besuchte sie eine private Schauspielschule. Sie wollte nichts sehnlicher, als entdeckt und ein Filmstar zu werden. Schon jetzt hielt sie sich für eine Art Star. Als Lennies Fernsehshow nach einem halben Jahr wieder abgesetzt wurde, lautete ihr einziger Kommentar: »Mist! Und ich hatte schon einen Gastauftritt bei euch geplant!«

Ihrer Ansicht nach war Lennies Karriere damit zu Ende, und sie machte keinen Hehl daraus. Nicht, dass ihr das etwas ausgemacht hätte. Eden sorgte sich stets nur um sich selbst.

Sie war eine furchtbar schlechte Schauspielerin. Lennie hatte sie in mehreren Aufführungen der Schauspielschule erlebt und sie als geradezu peinlich unbegabt empfunden. Als Fotomodell allerdings war sie unschlagbar. Als Lennie ihr schließlich seine Meinung sagte, kam es zu einem wütenden, bösen Streit.

Zwei Monate und viele Kräche später war Eden mit einem

Kollegen aus der Schauspielschule, einem langhaarigen Typen namens Tim Wealth, nach Kalifornien abgereist.

Lennie vermisste sie. Und das, obwohl er Engagements in kleinen, guten Clubs bekam, obwohl ihm jede Minute dieser Arbeit Freude machte, obwohl die Reaktion des Publikums mehr als positiv war und er sich langsam, aber sicher eine Stammanhängerschaft aufbaute.

Falls er Kritiken bekam, waren sie stets ausgezeichnet. Die Gage war zwar nicht der Rede wert, doch er besserte sie durch Arbeiten als Texter für andere Künstler auf. Das, was er schrieb, war stets gefragt.

Im Unterbewusstsein wusste er immer, dass er Eden eines Tages nach Kalifornien folgen würde. Las Vegas war nur der Anfang. Wenn er hier Erfolg hatte, konnte er sich mit einer guten Show nach Los Angeles wagen. Eden beeindruckte nichts so sehr wie Erfolg. Wenn er es je schaffen sollte, dann würde sie als Erste zu ihm gerannt kommen …

Die Blondine mit den slawischen Zügen zwinkerte ihm auffordernd zu, und Lennie merkte, dass er sie unentwegt angestarrt haben musste. Hastig ging er weiter, schlenderte einmal um den Pool herum und entdeckte schließlich ein Mädchen in einem schwarzen Einteiler in einem Liegestuhl. Er erinnerte sich sofort, sie bereits auf dem Flugplatz gesehen zu haben. Seit Eden hatte es für ihn viele Frauen gegeben, aber keine hatte ihm Vergessen gebracht. Jedes Mal glaubte er, bei der Nächsten müsse es anders sein, doch dieser Fall trat nie ein.

Im nächsten Moment stand er neben dem Mädchen im schwarzen Badeanzug und überlegte, wie er sie ansprechen sollte. Er hatte mehrere Methoden parat, die sich stets als sehr erfolgreich erwiesen hatten. So etwas wie Körbe kannte Lennie Golden kaum.

»Sie sind viel zu schön, um allein zu sein«, begann er ungeniert. »Also, was darf's sein? Ein Drink? Ein Frühstück? Oder wie wär's mit Diamanten? Meine Raubüberfälle klappen immer und ich gebe mit vollen Händen.«

Normalerweise reagierten die Mädchen auf die eine oder andere Weise, jedenfalls entwickelte sich ein Gespräch, und dann war alles Weitere ganz einfach. Wenn sie erst mal lachen, hast du ein leichtes Spiel, hieß Lennies Devise.

Lucky schlug langsam die Augen auf und musterte ihn kalt.

Er glaubte, in ihren schwarzen, opalglänzenden Augen zu versinken und vergaß Blondinen für immer.

»Sie müssen mir versprechen, mich auch morgens zu respektieren«, fuhr er hastig fort. »Ich bin sehr sensibel.« Er verzog seinen Mund zu jenem Grinsen, das angeblich so unwiderstehlich sein sollte, und wartete auf ihren Kommentar.

Doch bevor er erneut etwas sagen konnte, legte sich eine Hand auf seine Schulter und ein muskulöser Schwede in blauer Badehose forderte ihn auf: »Bitte lassen Sie die Dame sofort in Ruhe.«

Lennie versuchte die Hand abzuschütteln, doch der Griff war eisenhart. »Hände weg, Mann! Ich bin hier Gast!«, protestierte er.

»Zeigen Sie mir Ihren Zimmerschlüssel!«, verlangte Bertil und schob ihn von Lucky fort.

Lennie hatte es nicht gern, wenn man ihn auf diese Weise behandelte. »Sie tun sich nur einen Gefallen, wenn Sie mich loslassen!«, konterte er verächtlich. »Ich trete hier in der Bahia Lounge auf. Mein Name ist Lennie Golden. Ich bin ein talentierter Künstler, Sie Idiot!«

In diesem Augenblick ertönte der Angstschrei einer Mutter. »Meine kleine Tochter ... sie kann nicht schwimmen!«, kreischte sie hysterisch.

Bertil lies Lennie los. Zwei Bademeister und Lennie sprangen gleichzeitig in den Pool. Lennie erreichte das ertrinkende Kind als Erster, packte es bei den Haaren, zog es aus dem

Wasser und hob es zum Beckenrand hinauf, wo Bertil es zwar weinend, aber unversehrt in Empfang nahm und seiner dankbaren Mutter übergab. Lennie stemmte sich aus dem Pool und blieb triefend vor Nässe am Rand stehen: Seine weiße Hose war ruiniert, der Pullover schien um einige Nummern geschrumpft zu sein, und mit den Turnschuhen war auch nicht mehr viel los. Die zwei Bademeister warfen ihm spöttische Blicke zu, Bertil ignorierte ihn völlig, und die Mutter war viel zu sehr mit ihrer geretteten kleinen Tochter beschäftigt, um ihm weitere Beachtung zu schenken.

Lennie sah sich nach dem Mädchen im schwarzen Einteiler um. Wie konnte sie ihm jetzt noch widerstehen?

Doch sie war längst verschwunden.

Selbst Helden schienen gerade keine Saison zu haben.

»Ich dachte, ich komme rüber und berichte das Allerneueste«, sagte Lucky. »Ich habe dir so viel zu erzählen.«

Es war inzwischen früher Nachmittag, und sie hatte Gino endlich telefonisch erreicht.

»Ich bin verdammt müde, Kindchen«, wehrte Gino ab. »Ich brauche ein bisschen Schlaf, um wieder in Form zu kommen.«

Sie war drei Wochen fort gewesen, und er fühlte sich jetzt zu müde, um sie wieder zu sehen! Was ist los, überlegte Lucky.

»Wo bist du gewesen? Ich hab schon viermal bei dir angerufen«, fuhr sie wie nebenbei fort. Sie wusste schließlich, dass man Gino nicht bedrängen durfte.

»Unterwegs«, antwortete er einsilbig.

Vermutlich hat er sich irgendwo mit einem attraktiven Showgirl verschanzt, dachte Lucky. Zweiundsiebzig, und noch immer hinter den Frauen her.

»Ich hol dich heute Abend ab«, schlug Gino vor. »Was hältst du von einem gemütlichen Abendessen zu zweit? Passt es dir um acht?«

»Und dazu bist du wirklich nicht zu müde?«, fragte sie nicht ohne Sarkasmus.

»Unsinn, Kindchen! Wann bin ich für dich schon je zu müde?«

Jetzt zum Beispiel, hätte sie am liebsten gesagt, doch sie hielt lieber den Mund. Sie verabredete sich mit Gino für acht Uhr und wartete einen Nachmittag ungeduldig darauf, ihm endlich von ihrer Reise und den Abschlüssen erzählen zu können, die sie vorbereitet hatte. Er würde stolz auf sie sein. Sie konnte es kaum erwarten!

»Was ist denn mit dir passiert?«, fragte Jess.

»Ich wollte nur mal prüfen, ob der Pullover bei der Wäsche eingeht«, erwiderte Lennie sarkastisch.

»Er geht ein«, stellte Jess gelassen fest. Sie hatte ihn im Hotel abgeholt, und nun fuhren sie gemeinsam zu ihr nach Hause. Als sie dort ankamen, trieb Wayland auf einer Luftmatratze im Pool und rauchte einen Joint.

Simon schrie auf einer sehr schmutzigen Decke wie am Spieß.

»Scheiße«, murmelte Jess.

Lennie fragte sich, ob er nicht gut daran getan hätte, ein Zimmer in einem Hotel zu nehmen. Offenbar hatte Jess auch ohne einen Hausgast schon genug Probleme.

4

He, du siehst gut aus, Kleines. Atlantic City scheint dir gut bekommen zu sein, was?« Gino zwinkerte seiner Tochter zu.

»Soll ich dir was sagen, Gino? Für einen alten Herrn hast du dich verdammt gut gehalten.«

Lucky nannte ihn nie Daddy. Das passierte nur manchmal,

in ihren Gedanken, nachts, wenn sie müde war und Erinnerungen sie quälten …

»Das ›alt‹ kannst du dir sparen!«, entgegnete Gino bissig.

Sie sahen sich lächelnd an, hakten sich ein und gingen so zu ihrem privaten Lift.

Wie ähnlich sich die beiden waren. Sie hatten dieselben glühenden Augen, die bronzefarbene Haut, das pechschwarze Haar und den sinnlichen Mund.

Vater und Tochter verband eine ideale Beziehung. Vom Essen bis zu Filmen, Büchern und Menschen, in allem hatten sie denselben Geschmack.

Sie unterhielten getrennte Penthousewohnungen über ihren beiden Hotels. Während Gino im Mirage lebte, residierte Lucky im Magiriano. Gemeinsam besaßen sie allerdings ein Haus außerhalb New Yorks in East Hampton, ein altmodisches, weißes Herrenhaus, voller Erinnerungen … einem Großteil ihrer Vergangenheit …

Früher einmal hatten sie dort als eine Familie gelebt: Gino und seine Frau Maria mit ihren beiden Kindern, der schönen, dunkelhaarigen Lucky und dem blonden Bruder Dario.

Mittlerweile gab es nur noch Gino und Lucky … zwei, allein gegen die ganze Welt. Sie verband etwas, das niemand zu trennen vermochte.

Aber so war es nicht immer gewesen …

Gino Santangelo, 1909 in Italien geboren, kam als Dreijähriger mit seinen Eltern nach Amerika, um den großen amerikanischen Traum Wirklichkeit werden zu lassen. Aber Arbeit war damals nicht leicht zu bekommen. Es gab zu viele Einwanderer, die alle energisch und voller Enthusiasmus dasselbe Ziel zu verfolgen suchten.

Als Gino sechs Jahre alt war, war der große Traum seiner Eltern wie eine Seifenblase zerplatzt, und Gino geriet in das

Fahrwasser eines Straßenjungen mit später kriminellem Hintergrund.

Gino jedoch war willensstark genug, sich durchzusetzen.

Gino sah. Gino wollte. Gino bekam.

Sein Aufstieg war lange und hart, doch lohnenswert. Nachdem er klein angefangen hatte, gründete er einen florierenden Schwarzhandel mit Alkohol, dessen Erlös er ganz legal an der Börse investierte. Dank guter Freunde überstand er sogar Weltwirtschaftskrise und Krieg unversehrt, beteiligte sich mit seinem Partner Enzio Bonnatti an Spielhöllen, Kreditgesellschaften, weigerte sich jedoch stets, in Geschäfte mit Drogen und Prostitution einzusteigen. Letztere Einstellung führte schließlich zur Trennung von Enzio.

1949 schließlich entschloss sich Gino, von New York nach Las Vegas überzusiedeln, wo ihn ein Freund zu Investitionen überredete. Gemeinsam finanzierten sie den Bau des Mirage-Hotels. Las Vegas stand damals ganz am Anfang. Männer wie Bugsy Siegel hatten bereits das Flamingo-Hotel mit Casino gebaut, und Meyer Lansky gehörte das Thunderbird. Es war eine aufregende Zeit.

Und in Las Vegas lernte Gino seine spätere Frau Maria kennen. Maria war jung, noch unschuldig, erst zwanzig Jahre alt ... mit hellblondem Haar und dem Gesicht einer zierlichen Madonna. Sie heirateten bereits nach kurzer Zeit. 1950 wurde Lucky und achtzehn Monate später der Sohn Dario geboren. Lucky war von Anfang an das Ebenbild des Vaters, während Dario ganz nach der Mutter geriet.

Die beiden Geschwister waren unzertrennlich, doch Lucky, die kräftigere und energischere von beiden, hatte von jeher das Sagen.

Maria war eine wunderbare Mutter. Gino verwöhnte sie nach Strich und Faden. Für die Kinder bestand das Leben nur aus Zärtlichkeiten und Geschenken.

Für Lucky, die mehr als Dario am Vater hing, waren dies

die glücklichsten Jahre ihrer Kindheit. Diese allerdings fand ein jähes Ende mit der brutalen Ermordung der Mutter, die Lucky eines Morgens, als Gino auf Geschäftsreise war, nackt und tot auf einer Luftmatratze im Swimmingpool treibend fand.

Die Erinnerung an die unmittelbare Zeit nach dem grausigen Vorfall war verschwommen. Polizei, Fotografen, Leibwächter und ein neues Haus in Kalifornien mit Gittern vor den Fenstern, Alarmanlagen und Wächtern mit Hunden spielten darin eine Rolle. Gelächter, Spiele, Zärtlichkeiten … damit war es nun vorbei. Gino, der sich völlig zurückgezogen und verändert hatte, war kaum noch zu Hause. Er hielt sich entweder in seinem New Yorker Apartment oder in seinem Hotel in Vegas auf. Um die Kinder kümmerten sich Kindermädchen, Gouvernanten und Hausangestellte.

Lucky fraß all ihren Schmerz in sich hinein, während Dario sich in eine Phantasiewelt zurückzog. Sie hatten alles, was man mit Geld kaufen konnte, doch in Wirklichkeit hatten sie nur einander.

Mit fünfzehn wurde Lucky in ein teures Internat in der Schweiz geschickt, das sich als eine strenge Privatschule entpuppte, die von einer schmallippigen Frau geführt wurde, die von ihren Schülerinnen »Respekt und Gehorsam« verlangte. Wäre ihre Zimmerkameradin Olympia Stanislopoulos nicht gewesen, Lucky hätte die Schule gehasst. Olympia pfiff auf die Schule und Anstandsregeln, und gemeinsam kletterte man nachts aus einem geeigneten Fenster und fuhr in das zehn Minuten entfernte nächste Dorf, wo Jungen, Alkohol und das Vergnügen warteten. Nach genau einem Schuljahr wurden sie von der Schule gewiesen.

Gino schickte Lucky in seiner Wut daraufhin auf ein noch strengeres Internat in Connecticut. Von dort brauchte Lucky nicht lange, um mit Olympia in Paris Kontakt aufzunehmen, und gemeinsam plante man die Flucht. Lucky flog nach

Frankreich, wo Olympia sie bereits erwartete. Gemeinsam fuhr man dann mit dem Mercedes-Kabriolett in den Süden, wo sie in die Villa von Olympias Tante einbrachen. Dort verbrachte man eine herrliche Zeit. Die Tatsache, dass Olympia auch eines Tages ihren Freund »Warris« einquartierte, tat dem keinen Abbruch.

Das Vergnügen fand allerdings ein jähes Ende mit der Ankunft der Väter Gino Santangelo und Dimitri Stanislopoulos. Danach kehrte Lucky in das Haus in Bel Air zurück. Dario war mittlerweile ebenfalls in einem Internat.

Damals gab es Zeiten, da hasste Lucky ihren Vater mit jeder Faser ihres Wesens. Dann wiederum liebte sie ihn wie keinen anderen Menschen auf der Welt. Und stets wünschte sie, es würde eines Tages wieder so wie früher werden. Verzweifelt versuchte sie, seine Aufmerksamkeit zu erringen, doch das schien das Einzige zu sein, das er ihr zu geben nicht bereit war.

An ihrem sechzehnten Geburtstag flog er überraschenderweise mit ihr nach Las Vegas, brachte sie zu einem bekannten Friseur, kaufte ihr ein exquisites Modellkleid, schenkte ihr Brillantohrringe und eröffnete ihr, dass sie ihn zu einer wichtigen Wohltätigkeitsveranstaltung begleiten sollte, die er zu Ehren von Mrs. Peter Richmond, der Frau des Senators Richmond, geben wollte. Lucky war begeistert. Auf dem Ball jedoch platzierte Gino sie an einem anderen Tisch neben Mrs. Richmonds schrecklichem Sohn Craven und kümmerte sich den ganzen Abend nicht mehr um sie.

Später erklärte Gino ihr unverblümt, dass er ihrem sorglosen Lebenswandel ein Ende zu machen und sie zu verheiraten gedenke.

Wenn ihr das nicht gefiel … nun …

Für Lucky war das ein Schlag.

Der Lift hielt an, und Lucky trat hinaus in die Menge, die ins Casino zu strömen begann.

Gino blieb ein paar Schritte hinter ihr und beobachtete mit wachsamem Blick das Treiben. Einmal ein Straßenjunge, immer ein Straßenjunge, hieß es, und Gino hatte diese Jugend geprägt. Selbst wenn man alle Macht der Welt besaß, bedeutete dies nie hundertprozentige Sicherheit.

Er fühlte den Druck seiner Waffe im sorgfältig verborgenen Schulterhalfter und trat beruhigt an Luckys Seite.

Lucky wandte sich lächelnd zu ihm um. »Das Geschäft blüht, was, Gino?«

»Ja, Kleines.«

In Las Vegas hatte die Spielleidenschaft stets Hochkonjunktur.

Vater und Tochter aßen im intimen, kleinen Restaurant des Casinos. Lucky erzählte mit glänzenden Augen und geröteten Wangen von ihrer Geschäftsreise.

»Ich habe alles für den Abschluss vorbereitet, auf den wir scharf waren«, erklärte sie. »Das perfekte Grundstück direkt an der Uferpromenade, die richtigen Finanziers. Ich habe auch schon Architekten und Bauunternehmer an der Hand. Wenn wir uns beeilen, können wir in zwei Monaten anfangen. Es ist alles geklärt. Du brauchst nur noch deine Zustimmung zu geben.« Sie hielt inne, um Luft zu holen. »Natürlich brauchen wir noch die Baugenehmigung und Lizenzen. Aber den Weg dazu habe ich geebnet. Es dürfte nichts mehr schief gehen.«

Gino hörte Lucky aufmerksam zu. Seine Tochter war intelligent und hatte eine schnelle Auffassungsgabe. Eine schöne und kluge, harte und wilde Frau. Daddys kleines Mädchen. Sie machte ihn stolz. Sie hatte denselben wachen Geschäftssinn wie er.

Er hatte nie gedacht, dass eine Frau ihm ebenbürtig sein könnte … doch seine Tochter hatte es geschafft … seine Lucky.

Gino Santangelo hatte den ganzen Abend nicht an Susan Martino gedacht, und es hatte sich auch keine günstige Gelegenheit ergeben, Lucky über seine neue Liaison aufzuklären. Er fuhr daher erschrocken zusammen, als Susan in Begleitung eines Mannes das Restaurant betrat, lächelte, ihm zuwinkte und sich an einen Tisch in der Nähe setzte.

»Wer ist das?«, fragte Lucky.

»He …« Er versuchte einen Moment Zeit zu gewinnen. Hatte man es ihr vielleicht längst gesagt? »Kennst du sie denn nicht? Das ist Tiny Martinos Witwe.«

»Ich meine nicht die Frau«, entgegnete Lucky, »sondern den Mann in ihrer Begleitung. Er kommt mir irgendwie bekannt vor.«

Gino blinzelte angestrengt. Sein Sehvermögen war nicht mehr das beste, doch er war zu stolz, um eine Brille zu tragen. »Hm, stimmt«, murmelte er. »Ich glaube, ich kenne das Gesicht.«

In Gino begann es zu rumoren. Der Mann war über einen Meter achtzig groß, mit weißem, dichtem, tadellos frisiertem Haar und harten, gut geschnittenen Zügen und einer etwas zu markanten Nase. Und der Dreckskerl ließ sich tatsächlich neben Susan am Tisch nieder.

Ginos Miene wurde düster.

Sie konnte doch nichts mit ihm haben, oder?

Wut packte ihn, und er winkte dem Oberkellner. »Wer sind die Herrschaften dort drüben am Tisch?«, wollte er wissen.

»Gäste von Mr. Traynor«, erwiderte der Oberkellner.

»Und wo zum Teufel ist Mr. Traynor?«

»Er kommt gerade, Mr. Santangelo.« Der Oberkellner trat nervös den Rückzug an.

»Was ist los?«, fragte Lucky gelassen. Sie war an die Ausbrüche ihres Vaters gewöhnt. »Ist es ein Mann, der nicht hier sein sollte?«

»Das wird sich gleich rausstellen«, antwortete Gino grimmig. »He … Matt! Komm mal her!«, rief er quer durchs Lokal, dass die übrigen Gäste sich erstaunt umdrehten.

Matt Traynor trat lächelnd an ihren Tisch. Sein silbergraues Haar schimmerte im Kerzenschein. »Lucky, willkommen zu Hause. Sie sehen bezaubernd aus. Hallo, Gino, schön dich zu sehen!«

»Wer zum Teufel ist das Arschloch neben Susan Martino?«

Matt Traynor runzelte die Stirn, während er hastig überlegte, was er falsch gemacht haben könnte. Er hatte gerüchteweise gehört, dass Gino Santangelo sich für Tinys Witwe interessierte, jedoch nicht angenommen, dass es sich um eine ernste Angelegenheit handeln könnte. Weshalb gebärdete sich Gino also wie ein betrogener Liebhaber?

»Susan ist ohne Begleitung hier«, erklärte er hastig. »Ich habe sie lediglich eingeladen, den Abend mit mir und Freunden zu verbringen.« Und die Pointe schließlich brachte er mit ernstem Bedauern: »Immerhin ist Tiny wie ein Bruder für mich gewesen, wie du weißt.«

Gino rührte das wenig. »Wer ist der miese Kerl?«, wiederholte er ätzend.

»Könnte mich vielleicht jemand darüber aufklären, was hier eigentlich los ist?«, mischte sich Lucky kühl ein.

»Wenn ich geahnt hätte, dass dich das so aufregt, Gino …«, begann Matt besorgt.

»Wer zum Henker ist hier aufgeregt?«, brüllte Gino und stand auf.

»Der Mann ist Dimitri Stanislopoulos«, erklärte Matt hastig. »Er ist heute Abend gekommen, weil er am Galadiner für Francesca Fern teilnehmen wird. Wir haben ihn in der Präsidentensuite untergebracht … alles streng nach Etikette. Normalerweise residiert er im Sands … und verliert auch im Sands, wenn ihr versteht, was ich meine. Ich habe ihn vergangenen Monat in Monte Carlo getroffen und ihn überreden können, diesmal seine Zelte im Magiriano aufzuschlagen. Gegen diesen Burschen ist Onassis ein kleiner Fisch. Und seine große Leidenschaft ist Bakkarat.«

»Natürlich!«, entfuhr es Lucky unwillkürlich. »Olympias Vater. Kein Wunder, dass er uns bekannt vorgekommen ist.«

»Olympia?«, wiederholte Gino verständnislos.

»Erinnerst du dich nicht?«, fuhr Lucky aufgeregt fort. »Olympia, meine beste Freundin aus dem Internat. Wir sind zusammen nach Südfrankreich durchgebrannt. Du und Dimitri, ihr habt uns dort aufgespürt. Und das ist Dimitri! *Das* Gesicht werde ich nie vergessen!«

Gino machte eine ungeduldige Handbewegung. »Matt, ihr setzt euch zu uns!«, entschied er brüsk.

Es war ein Befehl und keine Einladung.

»Natürlich gern«, erwiderte Matt höflich, obwohl er seinen Unmut darüber, wie ein kleiner Angestellter behandelt zu werden, nur mühsam unterdrücken konnte. Aber wenn Gino Santangelo mit den Fingern schnippte, dann rannte jeder. »Das Mädchen, mit dem ich verabredet bin, muss jeden Augenblick mit einer Begleiterin für Dimitri hier sein. Sollen wir uns alle zu euch setzen?«

»Selbstverständlich. Bring Susan und diesen ... diesen Mann jetzt an unseren Tisch. Die anderen können ja nachkommen.«

»Gute Idee«, murmelte Matt, dem dieses Arrangement überhaupt nicht zusagte.

Sobald Matt sie wieder allein gelassen hatte, wandte sich Lucky an ihren Vater: »Weshalb willst du unbedingt, dass die ganze Bande mit uns zu Abend isst? Wir haben uns doch noch so viel zu erzählen.«

»Warum denn nicht?«, entgegnete Gino und nahm wieder Platz. »Susan Martino wird dir gefallen. Sie ist eine bezaubernde Frau.«

Wird sie verdammt noch mal nicht, dachte Lucky, der langsam klar wurde, dass Gino während ihrer Abwesenheit eine

Affäre angefangen hatte. Allerdings handelte es sich diesmal nicht um irgendein kleines Showgirl. Sie spürte, dass mehr dahintersteckte, was sie die Aufmerksamkeit des Vaters kostete. Und das machte Lucky wütend.

»Warst du oft mit ihr zusammen?«, erkundigte sie sich leichthin.

»Ein- oder zweimal«, antwortete Gino ebenso nonchalant.

Ein- oder zweimal, wiederholte Lucky insgeheim. Mein Lieber, du verfolgst eine heiße Liebesspur. Das sieht doch ein Blinder.

Lucky war plötzlich eifersüchtig.

Warum?

Warum nicht?

Er war ihr Vater.

Daddy.

Gino.

Luckys, von Gino energisch betriebene Ehe mit Craven Richmond, dem Sohn des Senators, war von Anfang an ein Fiasko.

Da Lucky es nicht wagte, sich gegen den Willen des Vaters aufzulehnen, wurden sie und Craven eine Woche nach ihrem sechzehnten Geburtstag verheiratet. Die Flitterwochen auf den Bahamas waren eine Farce. Obwohl Gino der festen Überzeugung war, seine Tochter sei eine kleine Nymphomanin, die er verheiraten musste, um den guten Namen Santangelo zu schützen, war Lucky bei ihrer Heirat in Wirklichkeit noch Jungfrau. Mehr als intensives Petting hatte sie in ihren Männerbeziehungen bislang nicht gewagt. Der einundzwanzigjährige Craven war völlig unerfahren und nicht bereit, mehr als drei Minuten pro Nacht in Sex zu investieren.

Noch vor Ende der Flitterwochen nahm sich Lucky ihren ersten Liebhaber. Und von da an gab es für sie keinen Blick mehr zurück. Wie sonst hätte sie vier Ehejahre mit einem

Mann durchstehen können, der dafür bezahlt worden war, sie zu heiraten? Diese Tatsache hatte sie eines Tages von Betty Richmond während eines Familienkrachs entgegengeschleudert bekommen. Gino hatte Craven bezahlt und Betty und Peter Richmonds Zustimmung erpresst.

Luckys Zukunft sah damals sehr trübe aus. Sie fühlte sich wie eine Gefangene des Lebens, das Gino ihr aufgezwungen hatte, und hasste ihn dafür leidenschaftlich.

Dann kam der Tag, im vierten Jahr ihrer desolaten Ehe, an dem Gino sie telefonisch ohne Craven nach New York zitierte. In New York stellte Lucky fest, dass auch ihr Bruder Dario zum Vater gerufen worden war. Die Geschwister, die sich einst so nahe gestanden hatten, hatten sich völlig entfremdet. Dario, der eine Kunstakademie in San Francisco besuchte, hatte von sich aus nie den Versuch gemacht, mit Lucky in Verbindung zu bleiben.

Beim gemeinsamen Abendessen verkündete Gino dann schließlich, dass er Probleme mit dem Finanzamt habe und fürchten musste, wegen Steuerhinterziehung belangt und bestraft zu werden. Aus diesem Grund wolle er Amerika eine Zeit lang verlassen.

Um Problemen vorzubeugen, äußerte er die Absicht, sein Vermögen den beiden Kindern zu überschreiben. Sein enger Freund und Mitarbeiter Costa sollte die Geschäfte weiterführen, Lucky und Dario mussten nur gelegentlich Unterschriften leisten. Außerdem wollte Gino, dass Dario nach New York käme, um sich allmählich von Costa in seine zukünftigen Pflichten als Geschäftsmann einweisen zu lassen. Dario weigerte sich entsetzt, während Lucky nur zu gern eine solche Rolle übernommen hätte; Gino nahm sie als Frau jedoch in keiner Weise ernst. Darüber war Lucky so enttäuscht und wütend, dass sie New York vorzeitig verließ.

Kurz darauf ging Gino nach Israel ins selbst gewählte Exil. Als Lucky einige Wochen später Papiere von Costa zugesandt bekam, die sie unterzeichnen sollte, las sie diese sorgfältig durch, beschloss, ihre Chance zu ergreifen, und flog damit nach New York. Wenn schon ihre Unterschrift verlangt wurde, dann wollte sie auch mehr über die Geschäfte wissen, für die sie damit geradestand.

Susan Martino war von Kopf bis Fuß die perfekte Lady. Sie trug eine raffiniert schlichte Kreation von Adolfo und glitzernden Saphirschmuck im Wert von mehreren tausend Dollar. Die Farbe der Juwelen passte exakt zu ihren sorgfältig, aber unauffällig geschminkten Augen.

Sie ist der Typ Frau, überlegte Lucky, den man sich nie auf der Toilette vorstellen konnte. Allein der Gedanke, dass Gino mit dieser Frau ins Bett ging, erschien ihr lächerlich.

»Ich freue mich sehr, Sie kennen zu lernen«, sagte sie zu Lucky. »Ihr Vater spricht so viel von Ihnen.«

Lucky brachte mühsam ein Lächeln zu Stande und fragte sich, was wohl aus dem gemütlichen Abend zu zweit werden würde, den Gino ihr versprochen hatte. Als sich Susan Martino, Dimitri Stanislopoulos und Matt Traynor an ihrem Tisch niederließen, konnte Lucky kaum ihren Ärger verbergen.

Kurz darauf gesellten sich noch zwei Showgirls zu ihnen, die nur aus Zähnen, Haaren und Busen bestanden. Die eine war mit Matt Traynor verabredet, die andere war Dimitri zugedacht. Und beide Mädchen waren von der Gesellschaft, in die sie geladen waren, sichtlich beeindruckt.

Und die blonde Frau enttäuschte nicht. Sie verstand es ausgezeichnet, mit Gino umzugehen, der, nachdem er sich davon überzeugt hatte, dass Dimitri tatsächlich nicht mit Susan verabredet gewesen war, wieder wesentlich ruhiger schien. Susan Martino tat in allem das Richtige. Sie war die perfekte Mätresse, die den Mann gefunden hatte, den sie wollte und den sie auch bekommen würde.

Lucky allerdings konnte sie durch das Theater nicht täuschen.

Gino dagegen war hingerissen,

Was geht es mich denn an, fragte Lucky sich. Es ist sein Leben.

Zum Teufel, es ist unser Leben, korrigierte sie sich insgeheim. So war es wenigstens im letzten Jahr gewesen.

New York war für Lucky damals, weit weg von der Familie Richmond, eine herrlich aufregende Stadt gewesen. Und das Faszinierendste für sie war, in Ginos Geschäfte eingeweiht zu werden.

Lucky fand in Costa einen willigen, geduldigen Lehrer, der sie in alles einarbeitete, obwohl er wusste, dass Gino damit eigentlich nicht einverstanden sein konnte.

Und Lucky sog alles wie ein Schwamm in sich auf. Als Craven ärgerlich aus Washington anrief und sie aufforderte, nach Hause zu kommen, erklärte sie kalt, ihre Ehe sei beendet. Ohne Gino im Hintergrund war dieser Schritt für sie äußerst einfach zu vollziehen.

Als schließlich Dario aus San Francisco nach New York kam und feststellte, dass Lucky bereits seine Aufgaben erfüllte, war er nur erleichtert. Geschäfte hatten ihn noch nie interessiert. Er konnte sich jetzt auf das kulturelle und gesellschaftliche Leben konzentrieren und all die Dinge tun, die Gino ihm nie erlaubt hatte. Darios Hauptinteresse galt Männern und nicht Frauen.

Innerhalb eines Jahres besaß Lucky ein detailliertes Wissen über sämtliche Vorgänge und Querverbindungen des Unternehmens der Familie Santangelo. Wie Gino als junger Mann hatte sie eine schnelle Auffassungsgabe.

Gino hatte zur Finanzierung des Magiriano-Projektes ein Syndikat gegründet. Die Bauarbeiten hatten bereits begonnen, und die Ausgaben waren hoch. Seit Gino sich nach Israel abgesetzt hatte, versuchten einige Syndikatsmitglieder, ihre Zahlungen hinauszuzögern.

Es existierte zwar kein schriftlicher Vertrag, doch die Herren hatten Gino ihr Wort gegeben. Lucky beschloss zu Costas Erstaunen, die Sache in die Hand zu nehmen und das Syndikat an seine Verpflichtungen zu erinnern.

»Im Bahia Room tritt heute Abend zum ersten Mal ein neuer Komiker auf«, sagte Matt zu Lucky. »Warum trinken wir unseren Kaffee nicht dort und sehen uns seine zweite Show an?«

»Ist er gut? Ich könnte heute Abend durchaus etwas Aufheiterung gebrauchen.«

»Glaubst du, ich engagiere einen schlechten Entertainer?«

Luckys Blick schweifte zu Matts Mädchen, einer neunzehnjährigen, grell geschminkten Barbie-Puppe. »Du tust eine Menge Dinge, die mich gelegentlich erstaunen, Matt«, konterte Lucky.

Der Abend war für Lucky eine Qual. Es tat weh, mit anzusehen, wie Gino der hyperperfekten Susan Martino schamlos den Hof machte. Dimitri Stanislopoulos war laut und arrogant, die beiden Mädchen schlichtweg nur peinlich.

»Soll ich den Vorschlag mal machen?«, drängte Matt und deutete auf Gino, der versunken in Susans azurblaue Augen starrte.

»Mach, was du willst«, antwortete Lucky schnippisch. Ein Jahr lang hatte sich niemand zwischen sie und Gino gedrängt. Näher, als ein bis zwei Stunden in seinem Bett zu verbringen, war ihm kein Mädchen gekommen. Und was bedeutete das schon? Für einen Mann seines Alters zeigte er noch erstaunliches Interesse an Sex und Lust. Doch Sex und Lust war eines, Gefühle waren etwas anderes.

Wozu das also? Lucky runzelte die Stirn. Sie hätte Ginos Verhalten noch verstehen können, wäre Susan eine warmherzige, interessante Persönlichkeit gewesen. Für Lucky war sie nur eine eiskalte und berechnende Frau, die ihr wahres Ich unter einer sehr dünnen Schicht zuckersüßen Charmes verbarg. Und für ihren Vater wünschte Lucky sich nur das Beste. Die männermordende Beverly-Hills-Witwe, die in Gino vermutlich nur sein dickes Bankkonto sah, war ihr ein Dorn im Auge. Es war offensichtlich, welches Verhältnis Susan zu Geld hatte. Ihrem Schmuck nach zu schließen, konnte es für sie nicht dick genug kommen. Warum machte sie sich dann nicht an Dimitri heran, der Gold in Hülle und Fülle besaß?

Nachdenklich zündete Lucky eine Zigarette an und blies Rauchringe in die Luft, während Matt die Gruppe für einen Umzug in den Bahia Room zu gewinnen suchte. Sie hatte seit Monaten mit keinem Mann geschlafen. Das Bedürfnis dazu hatte einfach gefehlt.

Lucky Santangelo, die Keusche. Der Gedanke amüsierte sie.

Es hatte Zeiten gegeben, da hatte sie in einer Woche mit zwei verschiedenen Männern geschlafen. Wenn ein Mann attraktiv war, keine Verpflichtungen wollte und damit einverstanden war, von ihr angerufen zu werden, anstatt sie anzurufen, dann war alles kein Problem. Sexuell gesehen hatte Lucky stets ihr eigenes Leben geführt und sich dieselben Freiheiten genommen wie die Männerwelt. Und warum auch nicht? Solange sie niemandem damit wehtat ... Sie hasste nichts mehr als bürgerliche Scheinheiligkeit. Sie wollte lediglich genommen werden, wenn sie Lust auf einen Mann hatte; und das ohne komplizierte Gefühlsduselei.

Ausnahmen gab es natürlich immer. Und in Luckys Leben hatte es bisher nur eine solche Ausnahme gegeben: Marco.

Marco trat in Luckys Leben, als sie gerade vierzehn und er ungefähr dreißig gewesen war. Dunkelhaarig und ernst, war er ihr stets als der bestaussehende Mann der Welt erschie-

nen. Unglücklicherweise wurden Luckys Gefühle jedoch nicht erwidert. Für Marco war sie nur ein harmloses, kleines Mädchen, und er behandelte sie entsprechend. Marco arbeitete für Gino und übernahm gelegentlich auch die Pflichten eines Leibwächters und Chauffeurs, wenn Dario oder Lucky zum Einkaufen oder ins Kino fuhren, aber das kam selten genug vor. Nach Marias Tod war Gino darauf bedacht, dass seine Kinder meistens in der behüteten Sicherheit der Villa in Bel Air blieben.

Wenn Lucky ins Internat zurückkehren musste, war es Marco, der sie zum Flugplatz begleitete, und auch bei ihrer Rückkehr in die Ferien war er stets da. Als Gino sie an ihrem sechzehnten Geburtstag mit nach Las Vegas nahm und ihr dort eröffnete, dass er sie verheiraten wollte, glaubte sie einen aufregenden und herrlichen Augenblick lang, er habe Marco zu ihrem Mann bestimmt. Doch das hatte nicht sein sollen. Stattdessen begann die Ehe mit Craven Richmond und das Leben in Washington. Marco verschwand aus ihrer Umgebung.

Gelegentlich traf sie während ihrer tödlich langweiligen Ehe einen Mann, der sie an Marco erinnerte, und solche Begegnungen endeten stets im Bett und in einer Enttäuschung.

Als Gino dann außer Landes und ihre Ehe praktisch beendet war, versuchte sie in der Arbeit Vergessen zu finden: Sie nahm sich vor, die Schwierigkeiten mit den säumigen Financiers des Magiriano-Projektes endgültig zu lösen. Costa war ein netter Mann und ein ausgezeichneter Anwalt, aber zu zögernd und vorsichtig. Aus diesem Grund entschloss sich Lucky, sich an Enzio Bonnatti, Ginos alten Geschäftspartner, zu wenden, Costa hatte sie Monate zuvor einander vorgestellt, und Lucky glaubte seinem Rat und seiner Hilfe vertrauen zu können.

Enzio Bonnatti sicherte ihr sofort seine Unterstützung zu

und versprach ihr, wenn nötig, einige seiner Leute als Rückendeckung zur Verfügung zu stellen.

Lucky begann mit ihrer Aktion bei Rudolpho Crown, einem so genannten »Bankier«, der den größten Finanzierungsanteil leisten sollte. Als dieser versuchte, sich damit herauszureden, er sei nur Gino gegenüber im Wort und dieser befände sich im Ausland, nahm Lucky Bonnattis Hilfsangebot in Anspruch und übte massiven Druck auf Crown aus. Schließlich erklärte sich Crown aus Angst um sein Leben zur Weiterzahlung bereit.

Die übrigen Anleger folgten seinem Beispiel, und das Magiriano konnte planmäßig weitergebaut werden.

Kurz nachdem sie die Angelegenheit mit Crown und Konsorten in New York geregelt hatte, flog Lucky nach Las Vegas, um sich selbst vom Fortschritt der Bauarbeiten zu überzeugen. Natürlich wohnte sie dort im Mirage, wo sie von Marco empfangen wurde, den sie seit ihrem Hochzeitstag nicht mehr gesehen hatte.

Zu ihrer Enttäuschung jedoch war Marco verheiratet.

Erst 1975, bei der Fertigstellung des Magiriano, nachdem sie längst das Geschäftsimperium Ginos übernommen hatte, kam es nach der Gala im Hotel zu der von ihr so lange ersehnten Liebesnacht mit Marco. Marco versprach sofort, sich scheiden zu lassen, und als er am darauf folgenden Morgen ihr Bett verließ, wusste Lucky, dass sie endlich gefunden hatte, wonach sie so lange gesucht hatte … einen Mann, zu dem sie aufblicken, mit dem sie leben und den sie lieben konnte. Marco war alles, was sie brauchte.

Um halb drei Uhr nachmittags desselben Tages, als Lucky noch mit Costa im Restaurant im Innenhof saß und auf Marco wartete, der mit ihnen zu Mittag essen sollte, kam Boogie, ihr Leibwächter, erregt an ihren Tisch.

Als sie ihn sah, spürte sie, wie das Blut in ihren Adern gefror.

»Es hat eine Schießerei gegeben«, begann er.

Lucky wusste sofort, dass es um Marco ging.

Es ging um ihre Zukunft.

Sie schloss die Augen, um zu beten, doch sie ahnte plötzlich, dass es zu spät war.

Die Bahia Bar war überfüllt, doch für die kleine Gesellschaft um Gino Santangelo wurde sofort ein Tisch freigemacht.

Lucky machte höflich und gelangweilt Konversation mit Dimitri, stellte Fragen wegen Olympia, obwohl sie die Antworten nicht interessierten. Sie hatten sich schließlich seit jener verhängnisvollen Nacht vor dreizehn Jahren in Frankreich nicht mehr gesehen, geschweige denn miteinander gesprochen.

Dimitri hatte stahlblaue, stechende Augen und tiefbraune Haut. Sein Blick ruhte gelegentlich auf der wilden Schönheit Luckys, dann wandte er seine ganze Aufmerksamkeit dem Showgirl zu, das Matt ihm für eine Nacht zugedacht hatte.

Lucky wandte sich dann Gino zu, doch dessen Aufmerksamkeit galt allein Susan. Daraufhin spielte Lucky mit dem Gedanken, sich zurückzuziehen, beschloss dann aber doch, den Auftritt des Komikers abzuwarten, der gerade das Mikrofon justierte und mit einigen Kommentaren zu den Tagesnachrichten begann.

Gelächter erfüllte den Raum. Dem jungen Mann gelang es auf Anhieb, die Aufmerksamkeit des Publikums zu erringen, das eher auf Themen aus Wirtschaft und Politik ansprach, als auf puren Ulk.

Und er beschränkte sich nicht auf Witzeleien. Er erzählte Satiren über das Leben.

Seine Glossen waren teilweise ätzend und ungeschminkt.

»Wie heißt er?«, fragte Lucky Matt.

»Lennie Golden. Gefällt er dir?«

»Er ist nicht schlecht.«

Matt lächelte. Jess hatte ihm zum Glück einen Volltreffer vermittelt. Schließlich hatte er nur das Risiko auf sich genommen, den Burschen zu engagieren, weil sie ihn darum gebeten hatte. Er war scharf auf die kleine Jess, und nachdem er ihr nun einen Gefallen getan hatte, fand er es an der Zeit, dass sie sich dafür revanchierte. Matt wunderte sich über sich selbst. Bisher hatte er für kleine Frauen nie etwas übrig gehabt. Sein Typ waren große, stattliche Mädchen. Trotzdem fühlte er sich von der kaum einen Meter fünfundsechzig großen Jess bezaubert. Seine Absichten ihr gegenüber waren klar und direkt: Er wollte mit ihr ins Bett.

Mitten während Lennie Goldens Auftritt beugte sich Gino plötzlich zu Lucky und flüsterte: »Susan ist müde. Ich bring sie nach Hause. Bis morgen, Kleines.«

Dann stand er auf und reichte Susan seinen Arm.

Einen Moment lang war Lucky einfach sprachlos. Es sollte *ihr* Abend mit *ihrem* Vater werden, und jetzt brachte er Grace Kelly nach Hause. Sie fluchte unterdrückt.

»Gute Nacht, meine Liebe«, wandte sich Susan an Lucky. »War nett, Sie kennen zu lernen.«

Bildete sie es sich nur ein, oder hatten Susans Augen dabei tatsächlich triumphierend geleuchtet? Lucky brachte erneut ein Lächeln zu Stande. Es war besser, den Feind mit Charme einzuwickeln, als allzu offensichtlich sofort mit harten Bandagen zu kämpfen. »Ja, hat mich auch gefreut.«

Nachdem die beiden gegangen waren, fühlte Lucky eine Unruhe in sich, die sie nicht länger auf ihrem Stuhl hielt. Sie war wütend, dass sie nicht als Erste die Gesellschaft verlassen und Gino damit gezeigt hatte, wie wenig es ihr ausmachte, dass ihr erster gemeinsamer Abend seit Wochen schlicht ins Wasser gefallen war.

Sie starrte auf den Entertainer, der das Publikum noch immer zum Lachen brachte, sah Dimitris kräftige Hand auf dem Oberschenkel seiner Gespielin und hasste die Art und Weise, wie sich Matt Traynor über sein silbergraues Haar fuhr.

Zur Hölle mit diesen Langweilern, dachte sie.

»Ich komme gleich wieder«, murmelte sie, obwohl sie nicht die Absicht hatte, sich noch weiter mit den anderen zu langweilen.

Draußen im Vorraum des riesigen Casinos herrschte ein reger Betrieb. Sie schlenderte eine Weile ziellos umher, begrüßte die Angestellten, beobachtete den Chefcroupier, der das Treiben an den Spieltischen scharf überwachte, und betrachtete die Gäste in ihrer teilweisen extravaganten und faszinierenden Garderobe. Wo sonst sah man Bermudashorts neben Abendkleidern von Balmain? Bikinioberteile neben einem eleganten Herrn im Smoking? Nutten, Hausfrauen, Playboys, leidenschaftliche Spieler und die beste Gesellschaft, es war stets alles vertreten.

Ich will einen Mann, dachte Lucky spontan. Mein Gott, jetzt brauche ich Sex.

Sie trat an den Empfang und nahm die Schlüssel zu einer leeren Suite vom Haken. Dann begann sie erneut ihren Rundgang. Es durfte natürlich nicht ein x-beliebiger Mann sein. Die Körperchemie, die sexuelle Anziehungskraft musste stimmen. Immerhin war es länger her …

Ein Mann stand allein an einem Roulettetisch. Er war dunkelhaarig und hatte einen ernsten Gesichtsausdruck … und er erinnerte sie an Marco.

Nein!

Sie wandte sich abrupt ab.

In diesem Augenblick wurde sie am Arm gepackt und eine Stimme sagte vorwurfsvoll: »Sie haben mich einfach auf der Bühne stehen lassen und sind weg! Was ist los mit Ihnen? Wissen Sie ein ungewöhnliches Talent wie mich nicht zu schätzen?«

Lucky drehte sich um, zögerte eine Sekunde und setzte dann ihr strahlendstes Lächeln auf.

»Lennie Golden«, begann sie. »Sie sind genau der Mann, den ich suche!«

5

New York im Sommer war alles andere als Olympias Lieblingsaufenthaltsort. Die Stadt war ihr dann zu heiß und zu schmutzig, und sie versuchte ihre Besuche dort so weit wie möglich einzuschränken. Allerdings gab es Anlässe, die ihr keine andere Wahl ließen. Und so ein Anlass war die Hochzeit ihrer Mutter, die sich zum dritten Mal verheiraten wollte.

Olympia flog mit ihrer neunjährigen Tochter Brigette und deren englischem Kindermädchen Mabel von Paris aus mit der Concorde nach New York. Brigette war ein hübsches Kind, das das dichte blonde Haar und die blauen Augen von der Mutter, die aristokratischen Züge und die schlanke Figur aber vom Vater geerbt hatte. Darüber hinaus allerdings war ihr auch durchaus Olympias Eigensinn zu Eigen, so dass die fünfzigjährige, altjüngferliche Mabel ihre liebe Mühe mit dem Kind hatte.

Olympia passte es gar nicht, dass man sie praktisch gezwungen hatte, Brigette und die Nanny Mabel mit nach New York zu nehmen. Ihre Mutter hatte nämlich darauf bestanden, das Kind als Blumenmädchen für die Hochzeit auszustatten, und Olympia war leider um eine passende Ausrede verlegen gewesen.

Ihre Mutter, Charlotte, war eine elegante amerikanische Frau der feinen Gesellschaft. Sie hatte mit zwanzig Dimitri Stanislopoulos gegen den massiven Widerstand ihrer Eltern geheiratet, neun Monate später Olympia bekommen und wiederum ein Jahr später sich von ihrem Mann scheiden lassen.

Nach ihrer Rückkehr nach Amerika war sie innerhalb eines Jahres bereits wieder zur vollsten Zufriedenheit ihrer Eltern mit einem Wall-Street-Bankier verheiratet gewesen.

Olympias Stiefvater, der Bankier, den diese weder je akzeptiert noch gemocht hatte, war ein Jahr zuvor gestorben. Jetzt hatte Charlotte bereits einen neuen Heiratskandidaten in petto, einen Filmproduzenten, dessen Bekanntschaft Olympia gern vermieden hätte.

»Mama«, sagte Brigette, als man sie durch den Zoll geleitete. »Da sind Männer mit Kameras.« Die Neunjährige beherrschte bereits drei Sprachen fließend.

»Kopf runter, Augen geradeaus!«, warnte Nanny Mabel streng. »Tu so, als existierten sie überhaupt nicht.«

Olympia ordnetete ihre blonden Locken. Sie hasste diese Wegelagerer mit ihren Kameras, aber wenn man schon fotografiert werden musste, dann wollte sie sich wenigstens von der besten Seite zeigen. Sie setzte ihre Sonnenbrille auf und strich den Rock ihres Kostüms von Yves Saint Laurent glatt.

Die Fotografen stürmten auf sie zu.

Es war kein Kinderspiel, eine der reichsten Frauen der Welt zu sein.

Dimitri Stanislopoulos interessierte das Showgirl, das Matt Traynor zu seiner Zerstreuung engagiert hatte, nicht im Mindesten. Sie war jung und nicht besonders hübsch. Dimitri war inzwischen zweiundsechzig, und auf die langweilige Konversation einer vierzig Jahre jüngeren Frau konnte er gut und gern verzichten. Er spielte lieber Bakkarat. Aus diesem Grund brachte Matt ihn an einen privaten Spieltisch, an dem bereits mehrere andere hochkarätige Gäste Platz genommen hatten.

Eine der Damen, die englische Geliebte eines arabischen Waffenhändlers, kannte Dimitri. Und er fand sie wesentlich anziehender als das dümmliche Showgirl. Er nickte ihr zu, und sie erwiderte seinen Gruß.

»Wo ist Saud?«, erkundigte er sich, als er sich über ihre Hand beugte.

»In Los Angeles«, antwortete sie. »Er kommt morgen zurück. Ich halte solange seinen Platz warm.«

Dimitri musste unwillkürlich lächeln, als er sich das bildlich vorstellte. Er mochte Engländerinnen. Im Bett hatten sie gewisse nuttenähnliche Qualitäten. Sehr aufreizend. Und schließlich musste er es wissen. Die weltbekannte englische Bühnenschauspielerin Francesca Fern, ein großes Talent und eine faszinierende Persönlichkeit, war seit acht Jahren seine Geliebte. Mittlerweile war Francesca fünfzig, hatte flammend rotes Haar, einen durchdringenden Blick, sinnliche Lippen und eine markante Nase. Was für eine Frau! Er liebte ihre Macht, ihre Ausstrahlung und ihre Leidenschaft.

Ihre Leidenschaft ... Dimitris Gedanken schweiften ab. Francesca war die aufregendste Frau, mit der er je das Bett geteilt hatte. Und das wollte etwas heißen! Immerhin kannte er die meisten der schönsten und kultiviertesten Frauen Europas sehr intim.

Dimitri liebte anspruchsvolle Frauen, die Sinn für die feineren Dinge des Lebens besaßen. Er mochte es, wenn sie sich in Zobel kleideten und Schmuck von Cartier, Asprey und Bulgari trugen. Er liebte sie in Kleidern von Dior, kostbarer Unterwäsche und exquisiten Schuhen. Und sie mussten etwas von gutem Essen, Wein, klassischer Musik, der Oper und Ballett verstehen.

Guter Erziehung und Kultur gab er den Vorzug. Und er war bereit, dafür zu bezahlen.

Seine Bewunderung für Francesca, der er mittlerweile ein Vermögen an Schmuck geschenkt hatte, dehnte sich allerdings nicht auf deren Mann Horace aus: Trotz allem weigerte Francesca sich hartnäckig, sich scheiden zu lassen. Daran hatten selbst Dimitris Heiratsanträge nichts ändern können.

Bei ihm hatte die Affäre mit Francesca selbst seine zweite, reichlich kurze Ehe überdauert.

Das Bakkaratspiel begann. »Wie hoch ist hier das Limit?«, fragte Dimitri einen der blasierten Croupiers.

»Sechstausend Dollar, Mr. Stanislopoulos«, erwiderte der Mann ausdruckslos.

»Dann geben Sie mir für zweihunderttausend Dollar Chips«, verlangte Dimitri.

Der Croupier stapelte Chips im Wert von zweihunderttausend Dollar sorgfältig in kleine Häufchen und schob sie Dimitri hinüber. Dann wurde ihm unauffällig eine Quittung gereicht, die er zu unterschreiben hatte.

Dimitri spielte leidenschaftlich gern. Es entspannte ihn. Und etwas Entspannung konnte er gebrauchen, denn in zwei Tagen sollte Francesca zu der Fernsehgalavorstellung eintreffen, die ihr zu Ehren veranstaltet wurde, und Dimitri hatte eine Entscheidung getroffen. Acht Jahre waren genug. Horace musste weg. Wie, war ihm egal.

6

He«, begann Lucky. »Was ist denn mit Ihnen los?«

»Was soll denn mit mir los sein?«, entgegnete Lennie wütend.

Sie musterten sich abschätzend im beinahe erdrückenden Luxus der dunklen Hotelsuite. »Sie sind genau der Mann, den ich gesucht habe«, hatte sie gesagt, ihn bei der Hand genommen und geheimnisvoll hinzugefügt: »Kommen Sie!« Damit hatte sie ihn zum nächsten Lift geführt. Kaum waren sie eingestiegen, hatte sie sich an ihn gepresst, ihn lange und herausfordernd geküsst und intim berührt.

Auf derartige Intimitäten allerdings war er noch nicht vorbereitet gewesen. Stattdessen versuchte er krampfhaft zu begreifen, was eigentlich mit ihm geschah.

»Machen Sie das gewerblich?«, erkundigte er sich schließlich trocken.

»Machen Sie Witze?«, konterte sie und begann ihr Kleid auszuziehen.

»Halt, warten Sie! Das will ich nicht.«

Damit war der Kampf angesagt.

»Haben Sie vielleicht ein gewisses Problem?«, seufzte sie enttäuscht.

»Ja, ich schätze, ein Problem hab ich schon«, antwortete er.

Sie zuckte ungeduldig die Schultern. Offenbar hatte sie sich den Falschen ausgesucht.

»Und das wäre?«, fragte sie uninteressiert und zog den Reißverschluss ihres weichen Lederkleides wieder zu, das sie gerade hatte ablegen wollen. Sie war entschlossen, die lächerliche Szene so schnell wie möglich zu beenden.

Lennie starrte sie fassungslos an. Er begriff die Welt nicht mehr. Da machte sich die faszinierende Schönheit, die er bereits auf dem Flugplatz bewundert, am Swimmingpool angesprochen und aus seiner Show gehen gesehen hatte, an ihn in mehr als eindeutiger Art und Weise heran und erwartete sofortige Reaktionen. Wofür hielt sie ihn eigentlich? Für einen wandelnden Zuchthengst ohne jegliche Gefühle? Sie konnte die schönste und aufreizendste Frau sein, aber Sex ohne jede persönliche Beziehung war nichts für ihn. Er war immerhin keine sechzehn mehr und scharf darauf, eine Frau zu nehmen.

»Mein Problem ist, dass ich nicht mal Ihren Namen kenne ... geschweige denn weiß, was hier eigentlich vorgeht«, erklärte er gereizt.

»Oh, ist vielleicht alles wieder in Ordnung, wenn ich mich vorstelle?«, spottete sie und wandte sich zum Gehen.

»Sie wissen ganz genau, was ich meine!«, zischte er wütend.

»Nein, das ausgerechnet weiß ich nicht.« Gelassen lief sie zur Tür. »Es ist ganz einfach: Ich habe Sie gesehen. Sie haben mir gefallen. Und ich dachte, wir beide könnten einander großartigen Sex bieten. Aber offenbar habe ich mich getäuscht. Also vergessen wir die Sache so schnell wie möglich.«

Lennie hatte in seinem bisherigen Leben mit vielen Frauen zu tun gehabt, aber das schlug dem Fass den Boden aus. Nicht einmal Eden hätte sich so benommen.

Er wünschte, sie würde nicht so verdammt sexy aussehen. Wie konnte er sie einfach gehen lassen, wo sie ihm eine Reise anbot, die er vermutlich nie mehr vergessen würde?

Er beschloss, seinen Charme spielen zu lassen. »Wissen Sie was?«, begann er. »Warum fangen wir nicht wieder ganz von vorne an, trinken in der Bar etwas und lernen einander ein bisschen näher kennen. Also, wenigstens könnten wir uns doch vorstellen. Und dann, schöne Lady, dann machen wir großartigen Sex. Was halten Sie davon?«

Lennie Golden langweilte sie. Die ganze Sache war ein Fehler gewesen. Sie öffnete die Tür und ging zum Lift. »Ach was, vergessen wir's!«

Er lief ihr nach und packte sie am Arm. »Nein, das sollten wir nicht tun!«

So leicht ließ Lennie Golden sich nicht abschütteln. Die Tatsache, dass er die erwartete Reaktion nicht sofort gezeigt hatte, hatte seinen männlichen Stolz verletzt. »Hmm …«, murmelte sie, »keine schlechte Idee.«

Er hatte gewonnen. Sie waren eben doch alle leicht zu haben. Ein oder zwei Drinks, und sie gingen miteinander ins Bett. Und dann hatte er das Sagen.

»Gehen Sie runter ins Bahia und bestellen Sie mir eine Bloody Mary. Ich möchte mich nur ein bisschen frisch machen.« Sie lächelte. »In fünf Minuten, okay?«

Matt Traynors Apartment war im typischen Neureichenstil eingerichtet. Der Innenarchitekt hatte mit viel Gold, Marmorimitationen und Brokatbezügen gearbeitet. Über der Bar hing ein Leuchtschild mit der Aufschrift »Matt's Place«, und sämtliche Bleikristallgläser trugen seine Initialen.

»Wow!«, entfuhr es Matts Gespielin für die Nacht, die gerade ein halbes Jahr zuvor aus Ohio nach Vegas gekommen war. »Große Klasse, deine Wohnung!«

Matt schenkte ihr ein Glas Whisky pur ein, legte eine Sinatra-Platte auf und dämpfte die rosarote Beleuchtung etwas.

Matt beobachtete, wie das Mädchen einen Schluck Whisky trank und fragte sich, ob sie es ihm auch mit dem Mund beibringen würde.

»Du bist das tollste Mädchen, das mir in diesem Jahr begegnet ist«, begann er.

Sie kicherte dümmlich und lutschte anzüglich an einem Eiswürfel. »Wirklich?«

»Ja, wirklich.«

Er griff nach ihrer rechten Brust und begann die Brustwarze mit dem Daumen zu bearbeiten.

Sie trank einen Schluck Scotch und lehnte sich dann auf der Couch zurück.

Ohne ihren Busen loszulassen, beugte er sich über sie, um sie zu küssen.

Ihre Reaktion war zufrieden stellend, während Sinatra »Strangers in the Night« sülzte.

»Phantastisch«, murmelte sie.

Matt führte ihre Hand erwartungsvoll an seinen harten, steifen Penis, als das Telefon klingelte. Er hatte vergessen, den automatischen Anrufbeantworter einzuschalten.

»Verdammt!«, zischte er.

»Geh einfach nicht hin!«, riet sie.

Seine Erektion fiel in sich zusammen. Er griff nach dem Telefonhörer. »Ja!«, meldete er sich wütend.

»Matt, hier spricht Lucky. Komm rauf. Und zwar sofort. Du musst was für mich erledigen.«

»Hat das nicht bis morgen Zeit?«

»Nein!«

Zum zweiten Mal an diesem Abend hatte Matt Traynor die Nase von den Santangelos restlos voll. Zuerst Gino, und jetzt Lucky. Die beiden konnten verdammt lästig sein.

»Wenn es wichtig ist …«

»Das ist es. Komm in mein Apartment.«

»Ich bin sofort bei dir.«

»Beeil dich!«

Matt warf den Hörer auf die Gabel, stand auf und schloss hastig seine Hose.

»Ich muss noch mal fort«, erklärte er.

»Wie schade!«

»Wartest du? Stell dir einfach den Fernsehapparat an. Es dauert nicht lange.«

Sie war leicht zu überreden. »Großartig«, murmelte sie, während Sinatra weitersang.

Lennie sah auf die Uhr. Eine halbe Stunde war vergangen, aber sie hatte offenbar nicht mehr die Absicht, aufzutauchen. Miststück, dachte er. Sie sind doch alle gleich.

Trotzdem war er wütend … vor allem auf sich selbst. Warum hatte er sich nicht gleich auf ihr Spiel eingelassen? Ein toller Spaß im Bett … und dann auf Nimmerwiedersehen!

Was zum Teufel war denn so erschreckend daran, wenn eine Frau die Initiative ergriff? Damit konnte er doch fertig werden.

Plötzlich kam ihm die Idee, sie anzurufen. Suite 1122 … er

hatte ein ausgezeichnetes Zahlengedächtnis. Er lief zu einem der Hausapparate. Niemand meldete sich. Vielleicht war sie wieder unterwegs ... unterwegs auf der Suche nach einem Ersatz für den Spätzünder Lennie Golden.

Weshalb war er plötzlich eifersüchtig wegen einer Frau, die er nicht einmal kannte?

Weshalb verfolgten ihn ständig die Gedanken an ihr schönes Gesicht, weshalb fühlte er ihre vollen, sinnlichen Lippen und ...

Gib's auf, du Idiot, sagte er sich. Du hast die Tour ein für alle Mal vermasselt. Vergiss sie. Wenigstens war seine Show ein Erfolg gewesen.

Heute das Magiriano.

Morgen die Carson-Show.

Warum nicht?

Er hatte schließlich hart dafür gearbeitet.

7

Wirf den Komiker raus!«, erklärte Lucky.

»Wie bitte?« Matt runzelte die Stirn.

»Lennie Golden. So heißt er doch, oder?«

»Ja, stimmt. Aber das begreife ich nicht. Seine Eröffnungsshow ist großartig angekommen. Das Publikum war begeistert. Selbst du hast gesagt, er sei gut.«

Lucky zündete sich mit blasierter Miene eine Zigarette an und starrte geistesabwesend auf die großartige Aussicht unter ihrem Fenster.

»Ich habe auch nie das Gegenteil behauptet. Ich möchte nur, dass du ihn rauswirfst.«

»Hast du mich deshalb herbestellt?«

»Ganz richtig.«

»Herrgott, Lucky!« An Matts Schläfe pochte ärgerlich eine

Ader. »Ich bin doch kein Lakai! Es ist zwei Uhr morgens. Hättest du mir das nicht auch am Telefon sagen können?«

Lucky wusste, dass Matt es nie gewagt hätte, sich Gino gegenüber so zu benehmen.

»Gefällt dir dein Job hier?«, erkundigte sie sich freundlich.

»Es ist kein Job«, konterte er. »Ich bin an diesem Hotel beteiligt, also …«

»Das, mein Lieber, könnte sich jederzeit ändern!«

Sie starrten sich eine Weile wütend an. Matt wandte zuerst den Blick ab. Der Job bei den Santangelos hatte ihm mehr Machtbefugnisse eingebracht, als er sie je in seinem Leben besessen hatte. Und das wollte er nicht aufs Spiel setzen. »Also, was soll ich tun?«, fragte er übellaunig.

»Zahl ihn aus. Setz ihn vor die Tür. Er soll sich hier nicht mehr blicken lassen.«

»Darf ich wenigstens den Grund erfahren?«

»Weil er für die Bar einfach zu gut ist. Er regt die Leute zum Nachdenken an und bringt sie zum Lachen. Das hält sie vom Trinken und Spielen ab. Also sorg dafür, dass er hier verschwindet!«

»Wenn du es unbedingt willst.«

»Ich will es.«

Nachdem Matt gegangen war, rauchte sie die Zigarette zu Ende, trat an ihren Schreibtisch und fischte einen Joint aus ihrer Schublade. Statt an einem Mann würde sie sich jetzt an Marihuana berauschen. Auf lange Sicht war das vielleicht sogar befriedigender.

Wie nett wäre es jetzt gewesen, Gino anzurufen und ein Vater-Tochter-Gespräch mit ihm zu führen.

Lucky lachte laut auf. Gino und sie hatten nie ein Verhältnis zueinander gehabt, das derartige Gespräche hätte selbstverständlich erscheinen lassen. Wenigstens nicht mehr seit ihrem fünften Lebensjahr. Nicht, seit ihre Mutter ermordet worden war …

Ein wilder Schmerz durchzuckte sie. Vor ihrem geistigen Auge erstand die Szene so lebendig, als wäre es gestern geschehen. Der pinkfarbene Pool … Marias nackter Körper auf der Luftmatratze … Ihr langes blondes Haar im Wasser treibend …

Lucky schloss abrupt die Augen, doch das Bild wurde nur noch intensiver. Ein Jahr lang hatte sie und Gino ein enges Vertrauensverhältnis verbunden, aber sie waren sich nie so nahe gekommen, um darüber zu sprechen, was damals mit Maria geschehen war …

Sie begann zu weinen, merkte es jedoch erst, als ihr bereits die Tränen über die Wangen rannen.

Wütend wischte sie sich die Tränen ab. Verdammt! Gino suchte sich eine Geliebte, und sie ließ sich gehen! Dabei hatte sie ihn während seines siebenjährigen Exils nicht einmal vermisst, hatte kaum einen Gedanken an ihn verschwendet, als sie die Leitung seines Imperiums übernommen hatte.

1977 kehrte Gino nach Amerika zurück. Die Zahlung von sechs Millionen Dollar an die Finanzbehörde und ein paar Beziehungen hatten dies möglich gemacht.

Lucky erwartete die Rückkehr ihres Vater mit gemischten Gefühlen. Sie hatte hart gearbeitet, sich die nötige Autorität erworben, und jetzt war sie entschlossen, auch weiterhin ihren Mann zu stehen. Allerdings würde das ein zukünftiges Leben in Las Vegas bedeuten, der Stadt, die sie seit Marcos Ermordung gemieden hatte.

Enzio Bonnatti war eine große Hilfe gewesen. Er hatte den Mörder aufgespürt, die Dreckarbeit übernommen und das Magiriano geleitet, bis sie wieder in der Lage sein würde, es selbst in die Hand zu nehmen.

Angesichts von Ginos bevorstehender Rückkehr schien der geeignete Zeitpunkt hierfür gekommen.

Costa arrangierte zwei Tage nach Ginos Ankunft ein Tref-

fen. Vater und Tochter saßen sich im Pierre-Hotel in New York zum ersten Mal seit sieben Jahren wieder gegenüber. Luckys Haltung war nach der langen Zeit des Schweigens feindselig und nervös, während Gino einen durchaus freundlichen Eindruck machte. Er merkte sofort, dass sie nicht mehr das verwöhnte Mädchen war, das er zurückgelassen hatte. Er sah sich einer selbstbewussten und selbstsicheren Frau gegenüber.

Gino musterte sie eingehend. »Also reden wir«, begann er schließlich.

»Ja«, erwiderte sie trotzig. Sein Blick machte sie unsicher. »Während deiner Abwesenheit hat sich vieles verändert. Ich bin voll ins Geschäft eingestiegen.«

»Das habe ich gehört.«

Sie sah ihn aus blitzenden Augen an. »Eines solltest du wissen: Ich lasse mich auf keinen Fall wieder abschieben. Ich bleibe dabei. Vegas gehört mir, und ich gehe dorthin zurück.«

»Ist es dafür nicht ein bisschen spät?«

»Wie meinst du das?«

»Ich bitte dich, Lucky … du bist doch sonst nicht so begriffsstutzig. Du hast Vegas Bonnatti übergeben. Glaubst du, er überlässt dir so einfach wieder das Terrain?«

»Ich weiß, wie ich mit ihm umspringen muss.«

Gino lachte laut auf. »Ist dir denn nicht klar, dass du in Bonnatti längst keinen Freund mehr hast?«

Natürlich wusste Lucky das. Allerdings war sie nicht bereit, das vor Gino zuzugeben. Gerade erst am Morgen war Boogie mit äußerst beunruhigenden und niederschmetternden Nachrichten aus Vegas zurückgekehrt. Offenbar hielt man sie dort für ein dummes Mädchen. Bonnatti hatte damals Marco ermorden lassen, weil er Lucky in Vegas nicht mehr brauchen konnte. Marcos Tod hatte exakt das bewirkt, worauf er spekuliert hatte. Lucky war kopflos aus Las Vegas geflohen und hatte die Kontrolle über die dortigen Geschäfte Bonnatti überlassen. Aber lange würde sein Regime dort nicht mehr dauern. Lucky hatte eigene Pläne. Und davon ließ sie sich auch von Gino nicht abbringen.

Bevor sie das Thema jedoch zu Ende diskutieren konnten, erschien Dario. Lucky war darüber kaum erfreut. Sie hatte sich auf eine geschäftliche Auseinandersetzung und nicht auf eine Familienfeier vorbereitet.

Allerdings blieb Dario nicht lange. Er war nervös, unruhig und hyperempfindlich und stürmte nach zehnminütiger gezwungener Unterhaltung einfach aus dem Zimmer.

»Was zum Teufel ist mit dem Jungen los!«, schnaubte Gino wütend. »Hol ihn zurück, Costa! Es ist Zeit, dass ich diesem Homo die Flausen austreibe!« Costa hatte Gino inzwischen über die Neigungen Darios aufgeklärt.

»Ich finde, da bist du ein bisschen spät dran«, konterte Lucky. »Wenn du dich mehr um ihn gekümmert hättest, als er noch ein Teenager gewesen ist ...«

Gino musterte sie wütend. »Sag mal, wie redest du eigentlich mit mir?«

Lucky jedoch war nicht so leicht einzuschüchtern. »Ein richtiges Familienleben haben Dario und ich doch nie gehabt. Du hast uns in diesem Mausoleum in Bel Air gehalten wie Aussätzige ...«

»Oh, ihr seid wirklich bedauernswert! Ihr musstet im schönsten und besten Haus aufwachsen, das man mit Geld kaufen konnte.«

»Geld!«, rief Lucky aufgebracht. »Wen interessiert schon Geld? Ich wollte damals einen Vater!«

Ihre Worte trafen ihn wie ein Schlag. »Ich habe immer nur euer Bestes gewollt!«, schnaubte er.

Lucky sprang auf. »Es hat keinen Sinn. Ich gehe. Wir haben nicht dieselbe Wellenlänge!«

In diesem Augenblick ertönten draußen Polizeisirenen, und

im nächsten Moment stürmte Costa ins Zimmer. Er war bleich und zitterte. »Sie … sie haben Dario erschossen«, keuchte er atemlos. »Draußen vor dem Hotel. Er war sofort tot.«

»Großer Gott!«, schrie Gino.

Lucky war wie erstarrt.

Plötzlich griff sich Gino mit der Hand an die Brust und taumelte zur Couch. Ein Stöhnen kam über seine Lippen.

»Was ist los?«, fragte Lucky ängstlich. »Was hast du?«

Gino stöhnte erneut. Sein Gesicht war aschfahl, und man sah ihm plötzlich seine einundsiebzig Jahre deutlich an.

»Ich … glaube … es … ist … das … Herz«, murmelte er. »Holt … lieber … einen … Arzt!«

Erst als Gino dem Tod so nahe war, wurde Lucky klar, wie sehr sie ihren Vater liebte. Er hatte seine Fehler … aber er war ihr Daddy … Gino. Und als er sie von seinem Krankenhausbett aus, wo er mit dem Tod rang, drängte, Rache zu nehmen und die Familienehre zu verteidigen, beschloss sie, ohne weitere Fragen zu handeln.

Enzio Bonnatti.

Freund. Pate. Mörder. Verräter.

Lucky fuhr zu seinem Haus auf Long Island. Eiskalte Ruhe erfüllte sie. Rache? Warum nicht?

Rache für die Santangelos und für Marco. Da kein Sohn mehr da war, der diese Familienpflicht erledigen konnte, lastete auf ihr alle Verantwortung.

Enzio Bonnatti wurde eindeutig in Notwehr erschossen. Er hatte offenbar versucht, Lucky Santangelo zu vergewaltigen. Dabei hatte sie ihn mit seiner eigenen Waffe getötet. Es kam nicht einmal zu einer Gerichtsverhandlung.

Mit Lucky an seiner Seite erholte sich Gino schnell, und allmählich stellte sich zwischen ihnen jenes Vertrauen und jene Nähe ein, die beide vor Marias Tod einst verbunden hatte. Sie kehrten nach Las Vegas zurück. Lucky übernahm das Magi-

riano, Gino blieb das Mirage. Und sie planten, eines Tages ein gemeinsames Projekt zu verwirklichen.

Es war ein Traum, von dem Lucky immer wusste, dass er eines Tages Wirklichkeit werden würde.

Ein Jahr lang waren sie unzertrennlich. Jetzt musste sie sich gegen die Witwe Martino behaupten.

Im Fernsehen lief ein Film mit Clint Eastwood. Lucky rauchte den Joint zu Ende und sah eine Weile zu. Sie mochte Eastwood. Er hatte eine unaufdringliche erotische Ausstrahlung, die ihr gefiel.

Allmählich schlief sie ein und wachte erst in den Morgenstunden abrupt aus einem Alptraum auf.

Sie stand auf, zog einen Kimono über den nackten Körper und sah zu, wie die Sonne über der Wüste aufging. Es war ein faszinierender Anblick. Früher hätte sie Gino angerufen, ihn geweckt und das einmalige Erlebnis mit ihm geteilt. Doch im Morgenlicht wurde ihr klar, dass es ganz normal war, wenn er jemand gefunden hatte, mit dem er seine Nächte verbringen wollte. Sie konnte viel für ihn sein ... nur nicht seine Geliebte. Und vielleicht brauchte er die Nähe einer Frau.

Möglicherweise war Susan Martino gut für ihn.

Möglicherweise.

8

Zur Mittagszeit des Tages, an dem Lennies Vertrag gekündigt worden war, erschien Jess aufgeregt in Matt Traynors Büro.

»Weshalb haben Sie Lennie gekündigt?«

Matt musterte das Mädchen, das ihn aus wütenden Augen über seinen Schreibtisch anblitzte. Sie war so verdammt hübsch, so gut mit allem ausgestattet ... so klein und zierlich.

»Jessie-Baby«, begann er.

»Nennen Sie mich nicht ›Jessie‹ ... und vor allem nicht ›Baby‹. Beantworten Sie lieber meine Frage.«

Er hätte lieber etwas ganz anderes gemacht. Sie erregte ihn auf geradezu peinliche Art und Weise. Er zuckte gespielt gleichgültig mit den Schultern. »Politik des Hauses.«

»Da pfeif ich drauf. So viel ich gehört habe, muss er großartig gewesen sein.«

»Ja, das stimmt. Und das habe ich ihm auch gesagt. Aber er hat die Gäste von den Spieltischen weggelockt.«

Jess schnaubte ungläubig. »Also, wenn das der Grund sein soll ... warum habt ihr dann nicht auch Ann-Margret, Diana Ross, Tom Jones und all die anderen gefeuert ...?«

Matt hob energisch die Hand. »Okay, okay. Warum essen wir heute nicht zusammen? Bei dieser Gelegenheit erkläre ich Ihnen dann alles.«

»Heute Abend muss ich arbeiten.«

»Und morgen?«

»Ebenfalls.«

»Wann haben Sie Ihren freien Abend?«

»Sie scheinen zu vergessen, dass ich nebenbei auch noch verheiratet bin.«

»Wie wär's dann mit einem späten Imbiss heute nach Ihrer Schicht?«, schlug Matt hartnäckig vor.

»Und wo?«

Matt hatte zwei Monate lang versucht, mit ihr auszugehen. Jetzt winkte ihm zum ersten Mal der Erfolg. »Bei mir zu Hause«, erwiderte er hastig.

Jess lachte laut auf. Ihr sommersprossiges Gesicht unter der roten Haarmähne verzog sich zu einer amüsierten Grimasse. Für Matt war sie in diesem Augenblick die attraktivste Frau der Welt.

»Was ist denn an meiner Wohnung so Merkwürdiges?«, wollte er trotzig wissen.

»Nichts. Nur kennt jedes Showgirl in der Stadt sich darin bis zur Farbe der Bettlaken bestens aus.«

»Ich gebe viele Partys.«

»Und das ist längst nicht alles, was Sie geben«, konterte Jess.

Matt lachte geschmeichelt. Es erfüllte ihn mit Stolz, wie viel sie von ihm wusste. Er hatte wohl einen eindeutigen Ruf in der Stadt. Aber warum auch nicht? Schließlich musste er all das nachholen, was er während seiner vierundzwanzigjährigen Ehe versäumt hatte. Seine Frau hatte sich fünf Jahre zuvor von ihm scheiden lassen, und er war aus allen Wolken gefallen. Das erste halbe Jahr nach der Trennung hatte er sie vermisst, dann erst erfuhr er, was es bedeuten konnte, ein wohlhabender, mächtiger, allein stehender Mann zu sein. Und schließlich entdeckte er, dass sich während seiner Ehe die Dinge grundlegend geändert hatten. Die sexuelle Revolution hatte stattgefunden, und ein Mann musste nicht länger mit Haken und Ösen kämpfen und ewige Liebe schwören, um ein Mädchen ins Bett zu bekommen. Von diesem Augenblick an kostete Matt alle Möglichkeiten bis zur Neige aus. Und als seine Frau ... eine dümmliche Feministin ... schließlich den Vorschlag machte, sie sollten es noch einmal miteinander versuchen, erteilte er ihr eine deutliche Abfuhr.

»Also, essen Sie heute mit mir oder nicht?«, fragte er energisch.

Jess kaute einen Moment auf ihrem Daumen. Sie wollte wirklich wissen, weshalb Lennie so sang- und klanglos gekündigt worden war. Aber ein Abendessen mit dem grauhaarigen, geilen Matt ...

Schließlich überlegte sie, dass bei einem gemeinsamen Abendessen in seiner Wohnung wenigstens niemand etwas von dem Tête-à-tête erfahren würde. Sie begriff sowieso nicht, was er von ihr wollte. Sein Typ war sie wohl kaum.

Seit Lennies überstürztem Abgang stand sie wie eine Idiotin da. Er hatte sich einen Wagen gemietet und war nach Los Angeles weitergefahren. »Auf dein bescheidenes Hotel bin ich nicht angewiesen. Trotzdem danke, Jess«, waren seine Abschiedsworte gewesen.

Sobald er sich beruhigt hatte, musste er erkennen, dass es nicht an ihr gelegen hatte. Und sie hoffte mittlerweile, herauszufinden, was tatsächlich geschehen war.

Also kam sie um das Abendessen mit Matt wohl kaum herum.

»Na, gut«, stimmte sie schließlich zu.

»Dann bis später?«

»Ist wohl nicht zu ändern«, seufzte sie.

»Machen Sie kein so gottergebenes Gesicht. Vielleicht gefällt's Ihnen ja bei mir.« Er grinste.

Der gemietete Chevrolet brachte Lennie Golden um acht Uhr morgens nach Los Angeles. Er hatte einen guten Schnitt gemacht, wenn man bedachte, dass er Las Vegas erst um halb vier Uhr morgens verlassen hatte.

Über der Stadt lag bereits jetzt eine schwirrende, dunstige Hitze, die einen langen und anstrengenden Tag verhieß.

Er verließ die Autobahn an der Ausfahrt zum Sunset Boulevard, bog nach links ab und merkte plötzlich, dass er keine Ahnung hatte, wohin er sich in dieser Stadt eigentlich wenden sollte, die er nicht kannte.

Bisher war sein einziger Gedanke gewesen, aus Las Vegas fortzukommen, wo ihm der grauhaarige Manager eröffnet hatte, sein Vertrag sei über Nacht abgelaufen.

Lennie Golden war gefeuert.

OUT.

Man hatte ihn fallen gelassen wie eine heiße Kartoffel.

Lennie hielt am Straßenrand an und zog aus der Brusttasche seines verwaschenen Jeanshemds sein berühmtes Adressbuch heraus. Dieses Büchlein war sein Rettungsring, und er trug es stets bei sich. Die Telefonnummern in Los Angeles füllten zwei Seiten. Es waren Freunde, Bekannte, Freunde von Freunden, Agenten, Clubs und die Adresse seiner Mutter darunter. Alice Golden … die jüdische Mutter, die ihm nicht einmal eine Hühnersuppe kochen oder mit ihm über sein Liebesleben reden konnte. Es war wahrscheinlicher, dass sie ihm einen Joint anbot und ihm stattdessen von *ihren* Abenteuern erzählte. Und danach war ihm im Augenblick überhaupt nicht.

Sein Finger wanderte weiter zu Jennifer, einer entzückenden Blondine, die ihre Schauspielschule in New York aufgegeben hatte, um ihr Glück in Los Angeles zu versuchen.

Dann waren da noch Suna und Shirlee, die Zwillinge, Möchtegernsängerinnen, die ihre Stimmen Werbefilmen liehen, und sein Freund Joey Fireilo, ein Komikerkollege, der einige Monate zuvor nach Los Angeles gekommen war und bereits eine wöchentliche TV-Show machte.

Und dann gab es natürlich Eden, die Königin aller Flittchen, eine schöne, gemeine und schwierige Frau.

Er wollte sie wieder sehen.

Er musste sie wieder sehen.

Vielleicht hatte sie ihrem Schauspieler inzwischen den Laufpass gegeben und war zu einer Versöhnung bereit.

Ohne zu zögern, kramte er eine Münze aus seiner Tasche und betrat die nächstbeste Telefonzelle.

Beim dritten Klingeln meldete sich eine Männerstimme mit einem unfreundlichen »Ja?«. War das der Schauspieler oder ein neuer Freund? Oder vielleicht nur der Telefonist?

»Ich möchte Eden Antonio sprechen!«, verlangte er energisch.

»Wer ist da?«, fragte die Stimme unwirsch.

»Sagen Sie ihr einfach, Lennie!«

Weshalb fühlte er sich wie ein zwölfjähriger Schuljunge? Und warum rief er sie überhaupt an? Was wollte er ihr denn sagen? Wenn sie erfuhr, dass er weder einen Job noch eine Wohnung hatte, hatte er bei ihr sowieso keine Chance.

»Sie ist nicht da«, behauptete die Stimme am anderen Ende und legte auf.

Eden Antonio war nicht einmal annähernd ein Star geworden, aber sie hatte eine Stammrolle in einer rührseligen Fortsetzungsgeschichte, und sie wusste, dass diese irgendwann einmal zu interessanteren Engagements führen würde.

Sie saß mitten auf ihrem riesigen Bett, lackierte die Fußnägel und sagte zu ihrem gegenwärtigen Freund, einem kleinen, glatzköpfigen Mann in einem teuren Maßanzug: »Wer war das, Süßer?«

Santino Bonnatti zuckte gleichgültig mit den Schultern, als er den Hörer auf die Gabel warf. »Irgendein Kerl.« Seine hellen Knopfaugen schweiften rastlos durch den Raum. Diese Eden war eine tolle Frau ... was man allerdings von ihrer Wohnung kaum behaupten konnte. »Ich hab mir was überlegt«, begann er. »Wie wär's, wenn ich dich hier raushole und dich in einer anständigen Umgebung unterbringe. Na, was meinst du?«

Eden konzentrierte sich auf ihre Fußnägel. Sie kannte Santino Bonnatti seit sechs Wochen, seit fünf Wochen schlief sie mit ihm. Bonnatti war zwar kein Paul Newman, aber wenn sie ihrer Freundin Ulla glauben konnte, die sie einander vorgestellt hatte, war er stinkreich und nicht abgeneigt, Geld in einen Film zu investieren, falls sich etwas Geeignetes bieten sollte. Womit Bonnatti allerdings sein Geld verdiente, blieb im Dunkeln. Freundin Ulla tippte auf Import- und Exportgeschäfte.

Eden genügten schon diese vagen Informationen, um interessiert zu sein. Wenigstens einmal in ihrem Leben wollte sie einen reichen Freund und nicht nur einen gut aussehenden Kerl mit nichts als Sexappeal und großen Träumen haben.

Die Tatsache, dass Santino in einer Villa in Beverly Hills eine Frau und vier Kinder hatte, störte sie nicht im Mindesten. Schließlich wollte sie ihn ja nicht heiraten. Es genügte ihr, ihn so lange auszunutzen, bis sie ihr Ziel erreicht hatte.

»Und wie stellst du dir das im Einzelnen vor?«, erkundigte sich Eden kühl.

Bonnatti rückte seine Krawatte zurecht und betrachtete sich im Schrankspiegel. »Ich weiß nicht«, erwiderte er vage. »Ich könnte dich ja in einem Haus unterbringen. Damit würde für mich vieles einfacher werden.«

»Willst du mir ein Haus kaufen?«, erkundigte sich Eden, die stets den Stier bei den Hörnern packte.

»Ja«, antwortete Bonnatti großzügig. »Warum nicht?«

Ja, warum nicht, dachte sie aufgeregt. Schließlich schlafe ich mit dem Affen; wird Zeit, dass er sich erkenntlich zeigt. Ein Haus wäre wirklich ganz hübsch.

Sie streckte ein langes, hellhäutiges Bein aus und betrachtete die blutroten Fußnägel. Dabei fiel ihr hauchdünnes, schwarzes Negligé zurück und entblößte ihr buschiges, blondes Schamhaar über dem ausgeprägten Venushügel. Eden ließ es sich regelmäßig färben.

»Das würde mir schon sehr gefallen«, sagte sie bedächtig.

Seine Knopfaugen fixierten ihren Schoß. Was für eine aufreizende Frau, schoss es ihm durch den Kopf. Sie kannten sich erst ein paar Wochen, und schon ließ er sich das Geld für ein Haus aus der Tasche ziehen. Er hätte Lust auf ein weiteres Liebesspiel gehabt, doch das Geschäft rief, und Eden war auch noch später für ihn zu haben. »Ich rufe einen befreundeten Makler an, der mir einen Gefallen schuldet«, erklärte Bonnatti laut. »Wir finden bestimmt was Hübsches.«

Eden lächelte. Sie hatte schmale Lippen und perfekte Zähne. »Da bin ich ganz sicher, Süßer.«

»Ich muss gehen«, verkündete er.

»Hast du einen anstrengenden Tag im Büro vor dir?«, fragte sie mitfühlend.

»Nee ... Schreibtischarbeit ist nichts für mich. Heute kommen ein paar Schiffsladungen aus dem Ausland an.«

Sie hatte wirklich keine Ahnung, was Bonnatti eigentlich machte. Jedes Mal, wenn sie fragte, erzählte er ihr etwas anderes. Nur eines war sicher: Er schwamm in Geld.

Sie streckte einladend die Arme nach ihm aus. »Kriege ich einen Abschiedskuss?«

Er gab ihn ihr.

Eden wartete, bis die Wohnungstür hinter ihm ins Schloss gefallen war, dann rollte sie sich auf den Bauch, griff unter das Bett und drückte den Playbackknopf eines versteckten Tonbandgerätes, das mit dem Telefon verbunden war. Wenn Santino glaubte, ihre Anrufe zensieren zu können, hatte er sich getäuscht. Außerdem war es durchaus faszinierend, seine Telefonate mitzuschneiden ... besonders dann, wenn er mit seiner kratzbürstigen Frau mit dem nörgelnden italienischen Akzent sprach.

Am Vorabend hatte er zwei Gespräche geführt. Das eine war rein geschäftlich gewesen und hatte sich um Schiffsladungen und riesige Geldsummen gedreht, das andere hatte er mit seiner Frau geführt, der er vorgelogen hatte, er sei in San Francisco und könne nicht nach Hause kommen.

Kleiner Mistkerl! Männer waren alle Lügner und Mistkerle. Eden musste es wissen.

Der »Kerl« entpuppte sich als Lennie Golden. Einen Augenblick lang spürte Eden eine seltsame Erregung ... was machte *er* in Los Angeles? Aber vielleicht hatte er ja auch aus New York angerufen. Sie spulte das Tonband zurück.

Lennie Golden! Ein Luxus, den sie sich erlaubt hatte. Ein Verlierer, aber sexy, intelligent und amüsant, und er hatte einen großartigen Körper. Ja, sie vermisste es, mit ihm zu schlafen. Und auch ihre gemeinsamen Auseinandersetzungen fehlten ihr. Sie hatten weiß Gott einiges zusammen erlebt!

Dann wurde sie wieder realistisch. Lennie Golden. Eine Sackgasse. Er würde es nie zu etwas bringen. Und sie, Eden Antonio, wollte an die Spitze ... mit Hilfe eines Freundes, verstand sich.

In der Tiefgarage wartete Santinos Chauffeur mit seinem Wagen. Sein Leibwächter Blackie hatte ihn bereits im Lift empfangen. Santino ging nie ohne seine Beschützer aus. In seinem Metier konnte man sich das nicht leisten. Es gab keine Veranlassung, ein unnötiges Risiko einzugehen; und Eden Antonios Apartment war ein solches Risiko.

»Erinnere mich, dass ich dem Mädchen ein Haus besorge«, sagte er zu Blackie.

»In Ordnung, Boss.« Blackie nickte.

Santino nahm ein Mundspray aus der Tasche. Eden faszinierte ihn. Sie war schön, eiskalt und eine Frau, die Männer für ihre Zwecke benutzte. Eden zu zähmen, war eine interessante Aufgabe. Sie hielt ihn für ein leichtes Opfer, das man schröpfen konnte. Aber da kannte sie ihn schlecht.

Eines Tages würden ihr die Augen aufgehen. Aber erst, wenn er es wollte. Und auch *nur* dann.

Wayland fragte erst gar nicht nach Lennie, und Jess machte sich nicht die Mühe, seine plötzliche Abreise zu erklären.

Nach ihrer Unterredung mit Matt zog sie sich aus und streckte sich im hohen, ungepflegten Gras neben dem Pool aus.

Wayland war wie üblich so stoned, dass er seine Umgebung überhaupt nicht wahrnahm. Das Baby schlief im Tragekorb unter einem Baum. Jess dachte über ihr Leben nach. Es war alles andere als in Ordnung. Aber wer konnte das schon von seinem Leben behaupten?

Und trotzdem …

Warum hatte sie Wayland geheiratet?

War eine Schwangerschaft ein triftiger Grund?

Vielleicht. Vielleicht auch nicht. Viele hatten Kinder, ohne zu heiraten. Aber Jess' Mutter lag schwer krebskrank im Krankenhaus und hatte sich nichts sehnlicher gewünscht, als dass die Tochter heiratete.

Also hatte sie Wayland genommen, der zuvor ein ganz normaler Mensch gewesen zu sein schien … und nicht der ständig völlig weggetretene Süchtige, der sie jetzt jeden Tag erwartete, wenn sie nach Hause kam.

Wayland hatte sich wirklich ins gemachte Nest gesetzt. Jess arbeitete hart, führte den Haushalt, kümmerte sich um das Baby und verschaffte ihm das Geld für seine Drogen. Was konnte sich ein Mann Besseres wünschen? Seit Monaten hatte er sie nicht mehr angerührt. Nicht, dass ihr das etwas ausmachte. Er schien sich lieber zu betäuben, als mit seiner Frau zu schlafen.

Jess seufzte tief. Lennies Abreise deprimierte sie. Sie hatte so sehr auf eine Aussprache mit ihm gehofft, denn sie brauchte seinen Rat und seine Hilfe. Und um ihn nicht gleich am ersten Tag in Las Vegas zu erschrecken, hatte sie die Krankheit ihrer Mutter verschwiegen.

Ihr Blick schweifte zu Wayland. Sie hasste ihn. Als sie ihn kennen lernte, schien er ein sanftmütiger, freundlicher, ein wenig exzentrischer Künstler zu sein. Er hatte ihr damals eine Mappe mit hervorragenden Zeichnungen gezeigt. Seit ihrer Heirat hatte er weder einen Bleistift noch einen Pinsel in die Hand genommen.

Das einzig Wertvolle, das aus ihrer Verbindung mit diesem Mann stammte, war das Baby.

Sie ging langsam ins Haus und dachte an ihre Verabredung mit Matt Traynor. Sie sah diesem Ereignis nicht gerade erwartungsvoll entgegen. Aber vielleicht konnte sie ihn überreden, Lennie wieder zu engagieren, wenn sie erst die wahren Gründe für seine Entlassung kannte.

Sie brauchte einen Freund … und zwar jetzt!

Der Fall Eden war für Lennie vorerst abgehakt. In gewisser Weise war er sogar erleichtert. Es war sicher besser, sich zuerst in Los Angeles zu etablieren, und sich erst dann wieder bei ihr zu melden.

Er beschloss, doch seine Mutter anzurufen.

9

Am Morgen fühlte sich Lucky großartig. Sie war wieder in Las Vegas, die Sonne schien, und sie konnte kaum begreifen, weshalb die Affäre zwischen Gino und der Witwe Martino sie am Vorabend derartig deprimiert hatte. Das hatte nichts zu bedeuten. Es war eben eine Episode. Eine andere Frau. Showgirls hielt auf die Dauer niemand im Bett aus.

Sie grinste. Guter alter Gino. Er war noch immer unverbesserlich, was Frauen betraf. Sie sollte stolz und nicht wütend auf ihn sein. Heute wollten sie alles regeln … »Business as usual« hieß die Devise.

Lucky sprang aus dem Bett, machte ein paar Gymnastikübungen und stellte sich dann unter die eiskalte Dusche. Für einen Augenblick tauchte Marcos lächelndes, dunkles und markantes Gesicht vor ihr auf …

Sie zwang sich zu anderen Gedanken. Dabei fiel ihr unwillkürlich der Mann ein, den sie am Vorabend aufgegabelt hatte. Wie dumm war es doch von ihr gewesen, sich ausgerechnet einen Angestellten des Hauses auszusuchen! Sie hoffte, Matt hatte inzwischen seine Pflicht getan und ihm gekündigt.

Lucky stieg aus der Duschkabine, schüttelte die Wassertropfen aus ihrem glänzenden, schwarzen Haar und zog einen weißen Frottee-Jogginganzug an. In Atlantic City hatte sie es sich angewöhnt, morgens einen Dauerlauf zu machen, und Gefallen daran gefunden. Auch das Magiriano hatte einen Joggingpfad, und sie hatte vor, ihn endlich zu benutzen.

Nach ihrem Dauerlauf schwamm sie ein paar Bahnen im Pool. Auf ihrem Weg in ihre Penthousewohnung klopfte sie in Matts Büro an, doch er war noch nicht da.

Sie setzte sich an seinen Schreibtisch und wählte Ginos Nummer. Niemand meldete sich. Ihre Miene wurde düster. Zwei Nächte hintereinander bei der Witwe Martino? Obwohl er stets Wert auf sein eigenes Bett legte? Zwei ausgedehnte Liebesnächte waren einem Zweiundsiebzigjährigen mit Herzproblemen nicht gerade zuträglich.

Lucky runzelte die Stirn. Der Tag hatte etwas von seiner strahlenden Schönheit eingebüßt. Sie brauchte Antworten, und er trieb sich in fremden Betten herum.

»Gino soll mich sofort anrufen, wenn er zurück ist«, trug sie der Telefonistin auf. »Oh, und sagen Sie ihm noch, es sei dringend!«

Als Gino nach ereignisreicher Nacht endlich angekleidet und bereit war, die Geborgenheit von Susans gemieteter Villa zu verlassen, war es bereits früher Nachmittag. Susan saß in einem makellos weißen Tennisdress auf der Terrasse unter einem Sonnenschirm und trank eisgekühlten Pfefferminztee.

»Kann ich dir was anbieten?«, fragte Susan.

»Kommt darauf an, was«, entgegnete Gino mit amüsiertem Augenzwinkern.

»Tee, mein Lieber. Nicht mal Superman könnte an einem Tag wie diesem an was anderes denken.«

»He ...«, begann er. »Was ist mit heute Abend? Möchtest du mit mir und Lucky essen?«

Die sonst so vornehm beherrschte Susan konnte ihre Überraschung kaum verbergen. »Isst du immer mit deiner Tochter zu Abend?«

»Wie? Ja ... meistens. Wir haben uns das so angewöhnt.«

»Hat sie denn keinen Freund?«

Gino zuckte mit den Schultern. »Sie ist mal verheiratet gewesen ... Er war eine absolute Niete. Mein Fehler.«

»Weshalb war das dein Fehler?«

»Ich hab sie einfach verheiratet. Sie ist damals noch blutjung gewesen. Ich dachte, ich könnte sie damit vor Dummheiten bewahren. Sie hat sich scheiden lassen, während ich im Ausland war. Jetzt hat sie sich ins Geschäft gestürzt ... sie versteht genauso viel davon wie ich.«

»Und ihr verbringt all eure Zeit zusammen?«, stellte Susan trocken fest.

»Wir sind beide ganz zufrieden damit.«

Aber ich nicht, dachte Susan, schwieg jedoch. Stattdessen lächelte sie strahlend und sagte leise: »Wunderbar. Dann essen wir zusammen. Lucky scheint wirklich ein interessantes Mädchen zu sein. Ich freue mich, sie näher kennen zu lernen.«

Matt erreichte Lucky vor Gino. Seine Stimme klang kühl und distanziert.

»Bist du wütend auf mich?«, erkundigte sich Lucky.

»Warum sollte ich? Du hast mich nur um zwei Uhr morgens aus dem Bett gejagt und verlangt, dass ich einen erstklassigen Komiker feure, der das überhaupt nicht verdient hat.«

Lucky machte eine wegwerfende Handbewegung. »Durch wen willst du ihn ersetzen?«

»Durch eine singende Nonne. Sie dürfte den Zulauf zu den Spieltischen höchstens noch vergrößern.«

»Ha. Ha. Ha. War er sehr niedergeschlagen?«

»Natürlich war der arme Kerl deprimiert. Sein Selbstbewusstsein ist erst mal im Eimer.«

»Tja, hart für ihn.« Nach einer Pause fügte sie hinzu: »Du hast ihm die volle Gage für zwei Wochen ausbezahlt?«

»Ja, einschließlich einer anständigen Zulage.«

»Gut.«

Lucky legte den Hörer auf und hoffte, Lennie Golden nie mehr wieder sehen zu müssen …

Der Ring mit dem lupenreinen, großen Brillanten am Finger der Witwe Martino glitzerte auffällig.

Gino konnte sich ein zufriedenes Lächeln nicht verkneifen. Es war kaum ein Geheimnis, von wem das Schmuckstück stammte.

Luckys Miene verdüsterte sich.

Ein weiterer sensationell aufregender Abend stand ihr bevor. Diesmal waren sie nur zu dritt. Und die Hexe verteilte Seitenhiebe gegen Lucky, die diese als höchste Gefahrenzeichen erkannte.

Natürlich ging es dabei höflich und zivilisiert zu. Susan war ruhig und äußerst charmant. Nur Lucky durchschaute die auf sie gemünzten Andeutungen.

Aber Lucky schnappte nicht nach dem Köder. Sie wusste, dass sie provoziert werden sollte, und war entschlossen, sich vor Gino zu keiner unerfreulichen Szene hinreißen zu lassen. Denn genau darauf hatte Susan es abgesehen.

Lucky bewahrte Ruhe und Gelassenheit. Nur das Glitzern ihrer Augen verriet, was sie von der Frau hielt, die sich zwischen sie und ihren Vater gedrängt hatte.

»Was hältst du von ihr?«, fragte Gino seine Tochter, als Susan den Tisch kurz verlassen hatte, um auf die Toilette zu gehen.

Lucky unterdrückte eine ehrliche Antwort. »Oh … sie ist … sie ist sehr attraktiv«, erwiderte sie vage und fügte hinzu: »Aber ist sie nicht zu alt für dich?«

Gino lächelte. »Die Zwanzigjährigen langweilen mich auf

die Dauer, und die Dreißigjährigen wollen alle nur geheiratet werden. Susan ist genau die Richtige für mich.«

»Wie alt ist sie?«

»Keine Ahnung. Interessiert mich auch nicht. Vielleicht vierzig.«

»Dann muss sie Tiny aber verdammt jung geheiratet haben«, entgegnete Lucky. »Waren die beiden nicht dreißig Jahre verheiratet?«, überlegte Lucky gespielt harmlos.

»Nee ... höchstens zwanzig.«

»Also, ich hab gelesen, dass sie dreißig Jahre lang verheiratet gewesen sind.«

»Wirklich?«

Wenigstens hatte Lucky damit Zweifel an Susans Jugend gesät. Mehr konnte sie nicht tun.

Als Susan zurückkehrte, verabschiedete Lucky sich hastig, und die beiden waren offenbar nur allzu froh, sie los zu sein.

Matt Traynor traf Jess auf deren Wunsch auf dem Parkplatz des Hotels. Von dort fuhr er in rasantem Tempo zu seiner Wohnung. Jess schien davon unbeeindruckt. Auch die Konzentration von schlechtem Geschmack in seinem Apartment entlockte ihr lediglich die Bemerkung:

»Donnerwetter, hier sieht's ja aus wie auf einem Foto aus dem ›Playboy‹.«

Matt nahm es als Kompliment.

Jess unterdrückte weitere Kommentare, denn Höflichkeit schien ihr angebracht, um wenigstens die Informationen von ihm zu erhalten, für die sie sich interessierte. Ansonsten konnte Matt eigentlich nur ihr Mitleid erregen. Er kam ihr vor wie ein alternder Playboy, der nicht aufgeben wollte. Wenn er sich seinem Alter entsprechend benehmen, auf die goldenen Kettchen, die Dauerwelle und die viel zu jugendlichen Anzüge verzichten würde, wäre er ein durchaus attraktiver, älterer Herr gewesen. Schließlich musste er ungefähr fünfzig sein.

Matt bediente ein paar Schalter, und es entstand intime Beleuchtung. Sinatra tönte aus den Lautsprecherboxen, und hinter der Bar flammte ein Leuchtzeichen mit der Aufschrift »Matt's Place« auf.

»Du meine Güte!«, murmelte Jess leise und sank auf eine Couch mit Brokatbezug.

»Scotch?«, erkundigte sich Matt zuvorkommend und verschwand hinter der Bar.

»Danke, lieber Coke«, entgegnete sie.

»Koks habe ich keinen hier«, erwiderte er. »Ich kann nur mit Marihuana dienen, wenn Sie das interessiert.«

»Ich meinte nicht Koks, sondern Coca-Cola«, verbesserte Jess.

»Mit Scotch?«

»Nein, pur.«

»Trinken Sie keinen Alkohol?«

»Nur gelegentlich.«

»Heute Abend nicht?«

»Vielleicht später.«

Dieses »vielleicht später« gab ihm Hoffnung. Es bedeutete immerhin, dass sie beabsichtigte, eine Weile zu bleiben. Möglicherweise hatte er an diesem Abend endlich Glück.

Offenbar gefiel seine Wohnung ihr. Sie hatte seit ihrer Ankunft nicht aufgehört, sich umzusehen.

»Wie wär's mit einer kleinen Besichtigungstour durch mein Reich?«, schlug er vor, als er ihr ein Glas Coca-Cola reichte. Er konnte es kaum erwarten, ihr das Schlafzimmer zu zeigen.

»Danke, im Augenblick nicht«, wehrte sie ab.

»Warum nicht?«

»Weil ich Hunger habe und Sie mich zum Essen eingeladen hatten. Haben Sie das schon vergessen?«

Matt hatte selbstverständlich ein großartiges Abendessen arrangiert, aber das sollte erst in einer Stunde geliefert werden. Er hatte gehofft, sie noch vor dem Essen ins Bett zu bekommen, denn er hasste Liebe mit vollem Magen. Das verursachte bei ihm Sodbrennen.

»Jess«, begann er zärtlich. »Ich muss Ihnen etwas gestehen. Sie sind das faszinierendste Mädchen, das mir seit langem begegnet ist.«

Er setzte sich neben sie, legte den Arm um ihre Schultern und ließ die Hand lässig auf ihre rechte Brust herabgleiten.

Jess entzog sich blitzschnell seiner Umarmung. »Lassen Sie den Unsinn, Matt! Ich bin hergekommen, um mit Ihnen zu essen und um ein paar Antworten auf meine Fragen zu kriegen. Also belästigen Sie mich gefälligst nicht mit diesem Gesülze. Klar?«

Lennie frühstückte in einem kleinen Restaurant und wählte dann zum dritten Mal die Nummer seiner Mutter Alice in Marina del Rey. Sie meldete sich beim zweiten Klingeln.

»Hallo, Alice Golden hier«, ertönte ihre Stimme ein wenig atemlos am anderen Ende. »Was kann ich für Sie tun?«

»Hatten Sie nicht einen obszönen Anruf bestellt?«, keuchte er in den Hörer.

»Lennie, mein Junge! Warum rufst du an? Ist was passiert?«

Allein diese Fragen sagten genug über ihre Mutter-Sohn-Beziehung aus. Alice pflegte immer ohne Umschweife zum Kern der Dinge zu kommen.

»Passiert ist nichts«, erwiderte Lennie. »Ich bin in L. A.«

»Und was machst du hier?«

Hatte das ängstlich geklungen? Er wusste, dass Alice nicht gern daran erinnert wurde, dass sie einen dreißigjährigen Sohn hatte. Es ließ sie in ihrer Vorstellung alt erscheinen.

Lennie fischte eine Zigarette aus der Tasche. »Ich hatte ein Engagement in Vegas und dachte, ein Besuch hier könnte nicht schaden.«

»Ein Besuch bei mir?« Diesmal war die Panik in der Stimme kaum zu überhören.

»Nein, in L. A.«

Warum sollte er sie auch besuchen? Sie war schließlich nur seine Mutter.

»Das ist aber schön.«

»Ja. Ich dachte, ich könnte hier ein paar Beziehungen knüpfen.«

»Richtig, für Beziehungen ist L. A. die richtige Stadt.«

»Na, und gleichzeitig wollte ich natürlich dich wieder sehen.«

Am anderen Ende war es lange still. Der Empfang war wirklich herzerfrischend.

Er beschloss, sie nicht länger zappeln zu lassen. »Aber nur, wenn's dir auch passt«, fügte er hinzu.

»Oh, du guter Junge! Du bist so verständnisvoll«, lobte sie ihn überschwänglich. »Im Augenblick habe ich gerade einen ›neuen‹ Freund. Er hält mich für vierzig. Ich will ihm seine Illusionen nicht nehmen ... noch nicht.«

»Freut mich, dass es dir gut geht. Ich ruf dich wieder mal an.«

»Gut. Wenn sich ein Mann meldet, leg bitte einfach wieder auf.«

»Selbstverständlich. Was anderes wäre mir auch gar nicht in den Sinn gekommen.«

»Du bist wirklich ein lieber Junge. Und so talentiert.« Schließlich schien sich doch noch ihr mütterliches Gewissen zu regen, denn sie fügte hinzu: »Erinnerst du dich noch an meine alte Freundin Rainbow? Sie hat diesen verrückten Foxie geheiratet ... du weißt schon, den, dem der Club auf dem Sunset Boulevard gehört. Vielleicht engagiert er so einen lustigen Jungen wie dich. Du brauchst ihr nur zu sagen, wer dein Vater gewesen ist. Sie war immer ganz geil auf ihn. Würde mich nicht wundern, wenn die beiden hinter meinem Rücken was miteinander gehabt haben.« Alice lachte schrill. »Aber, was soll's? Ich war nie ein Kind von Traurigkeit. Jeder … wirklich jeder Mann in Vegas ist hinter mir her gewesen, Lennie!« Und nach einer Pause fuhr sie fort: »Ich war der Star, Lennie. Keine konnte die Quasten schwingen wie ich! Alice, die ›Swizzle‹, die beste Stripperin …«

Lennie hörte schon nicht mehr zu. Er kannte das alles zur Genüge. Alice, die Sensation von Las Vegas. Und der große Komiker Jack Golden.

Lennie bezeichnete Alice niemals als Komiker, höchstens als lustigen Jungen. Für sie war Jack Golden mit seinen albernen Slapstick-Gags noch immer der Größte.

Lennie ließ sie eine Weile weiter in Erinnerungen schwelgen, dann verabschiedete er sich und legte auf. Er wusste selbst nicht mehr, weshalb er seine Mutter eigentlich angerufen hatte. Für sie war er von jeher nur eine lästige Verantwortung gewesen, der sie sich meisterhaft zu entziehen verstanden hatte.

Dann musste er unwillkürlich grinsen. Alice hatte »Rainbow« erwähnt. Und ob er sich an sie erinnerte. Rainbow war die schönste Stripperin von ganz Vegas gewesen. Und sein Vater sollte etwas mit ihr gehabt haben? »Nicht schlecht, mein alter Herr«, sagte er sich leise. »Nicht schlecht.«

Er war damals zwölf gewesen und hatte sich mit Jess hinter die Bühne des Hot-Banana-Strip-Clubs geschlichen, wo Rainbow gerade auftrat.

Die Augen waren ihm beinahe aus dem Kopf gefallen. Tantchen Rainbow, die mehrmals bei ihnen zu Hause gewesen war, die gelegentlich mit der Mutter einkaufen ging, stand mit faszinierenden nackten Brüsten, einem bezaubernden Lächeln und ihrer roten Haarmähne auf der Bühne. Sie trug einen Lendenschurz aus orangeroten Pailletten, der mehr enthüllte als er verbarg, schwarze Netzstrümpfe, passende

Schuhe mit hohen, spitzen Absätzen, und hatte eine lange Federboa um die Schultern gelegt.

Als Tantchen Rainbow ihre Utensilien restlos abgelegt hatte, hatte er sich die Hose nass gemacht.

Lennie hatte dieses Erlebnis nie vergessen. Wie mochte Tantchen Rainbow wohl heute aussehen? Vermutlich alt, fett und hässlich. Warum sollte er sich eine schöne Jugenderinnerung zerstören lassen? Vermutlich erinnerte sie sich gar nicht mehr an den kleinen Jungen von Alice.

Nachdem er bei Alice abgeblitzt war, beschloss er, sich selbst eine Unterkunft zu suchen, und rief seinen Freund und Kollegen Joey Firello an.

Joey riet ihm, sich im Château Marmont, einem alten Hotel in den Hügeln von Hollywood, einzuquartieren, in dem viele Leute des Showbusiness verkehrten und wo man noch ausgesprochen preiswert wohnen konnte. Joey schien sich zu freuen, von ihm zu hören. »Nimm dir dort erst mal ein Zimmer. Wir verabreden uns dann später«, schloss er.

Aber Lennie war gar nicht so sicher, ob er Joey überhaupt sehen wollte.

Joey Firello war auf dem Weg nach oben, während Lennie Golden noch immer keinen sicheren Boden unter die Füße bekommen hatte. Natürlich, Engagements bekam er immer, aber wohin brachten sie ihn? Dabei hatten es um ihn herum so viele schon geschafft: John Belushi, Dan Aykroyd, Chevy Chase, Joey Firello.

In seiner Naivität hatte er angenommen, Las Vegas sei das Sprungbrett zu größeren und höheren Dingen, und hatte eine Bauchlandung fabriziert.

L. A. musste sich jetzt als erfolgreicheres Pflaster für ihn erweisen, sonst ...

Er wagte gar nicht daran zu denken.

10

Im Magiriano liefen die Vorbereitungen für die große Gala zu Ehren von Francesca Fern auf Hochtouren. Der riesige Ballsaal wurde mit weißen Orchideen geschmückt ... ein Willkommensgeschenk von Dimitri Stanislopoulos an Madame Fern.

Lucky sah im Lauf des Tages einmal kurz nach dem Rechten und fand, dass alles nach Plan lief. Sie verfügte über ein ausgezeichnetes, gut aufeinander eingespieltes Team, dem fast nie ein Fehler unterlief. Die Partyservice-Firma des Magiriano war die beste der Stadt. Lucky konnte sich darauf verlassen, ein erstklassiges Essen zu bekommen.

Stündlich trafen neue Berühmtheiten in ihren Privatjets, Limousinen und mit den kommerziellen Fluglinien in Las Vegas ein. Selbstverständlich erwarteten sie Körbe mit Früchten, eisgekühlter Champagner, Kaviar und eine Auswahl an exquisiten Käsesorten zusammen mit einem persönlichen Willkommensgruß von Lucky in ihren Suiten. Gleichgültig, wie reich und berühmt die Leute waren, alle wussten es zu schätzen, wenn sie etwas umsonst bekamen ... das war einer der Grundsätze im Geschäftsleben, die Lucky von Gino gelernt hatte.

Obwohl Lucky bisher Francesca Fern nie begegnet war, schickte sie ihr sechs Flaschen Cristal-Champagner und einen persönlichen Kartengruß in die Suite.

Gino hatte Lucky bereits darauf vorbereitet, dass er mit Susan Martino zur Gala erscheinen würde.

»Wann reist sie eigentlich ab?«, konnte Lucky sich bei dieser Gelegenheit nicht verkneifen zu fragen.

»Warum?«, entgegnete Gino gereizt. Er wusste selbst über Susans Pläne nicht Bescheid. Ursprünglich war sie für ein paar Wochen nach Las Vegas gekommen. Von Abreise war in letzter Zeit allerdings nicht mehr die Rede gewesen. Und wenn es nach ihm ging, konnte sie ewig bleiben. Sie machte ihm das Leben äußerst angenehm.

Als er sie später am Abend abholte, um sie zur Gala von Francesca Fern zu begleiten, schnitt er das Thema an. »Ich hab mich sehr an dich gewöhnt, Susan«, begann er. »Du denkst doch hoffentlich nicht an Abreise, oder?«

Susan lächelte flüchtig. »Das Leben geht weiter«, seufzte sie gelassen. »Und keiner von uns ist völlig frei.«

»Wie bitte?«

Susan tätschelte leicht seinen Arm. Der Brillantring, den er ihr geschenkt hatte, glitzerte an ihrem kleinen Finger. »Ich habe ein Haus zu führen und nebenbei zahlreiche gesellschaftliche Verpflichtungen. Zum Beispiel habe ich mich sehr für wohltätige Einrichtungen engagiert. Dann sind da meine Kinder ... natürlich sind sie inzwischen einigermaßen erwachsen. Nathan besucht das College, und Gemma heiratet vielleicht im Herbst. Trotzdem brauchen sie mich ... besonders seit Tiny nicht mehr für sie da ist.«

»Ja«, murmelte Gino unsicher. Susan sprach zum ersten Mal von ihren Kindern. Der Gedanke, es gebe für Susan nur ihn, Gino, hatte ihm irgendwie recht gut gefallen.

»Eigentlich habe ich vor, kommendes Wochenende abzureisen«, fuhr Susan fort. »Es bedürfte schon eines triftigen Grundes, mich davon abzuhalten.«

War er nicht Grund genug, fragte er sich gekränkt. Viele Frauen würden sich darum reißen, in ihrer Situation zu sein.

Dimitri musterte wütend sein Spiegelbild, während er seine Fliege über dem Smokinghemdkragen befestigte. Da stand er nun in Las Vegas und ging wie ein braves Schoßhündchen zu Francesca Ferns großartiger Gala. Sie hatte auf seiner Anwesenheit bestanden. Wie selbstverständlich hatte er gehorcht, war sogar zwei Tage früher angekommen, um sie ausgeruht und voller Energie begrüßen zu können. Francesca Fern war eine Frau, die unerschöpfliche Kraft an einem Mann bewunderte. Sie selbst war ein nie ermüdendes Energiebündel und erwartete – meist vergeblich – dieselbe Einstellung von den Personen ihrer Umgebung. »Dimitri«, hatte sie oft mit ihrer heiseren Stimme geflüstert, »wir sind wie Zwillinge, dasselbe Sternkreiszeichen, dasselbe Schicksal verbindet uns. Nur du allein kannst es mit mir aufnehmen.«

Sie beide waren im Zeichen des Zwillings geboren.

Mittlerweile war Madame Fern mit ihrer Begleitung und ihrem völlig eingeschüchterten Mann Horace im Hotel eingetroffen. Dimitri hatte ihr eine Stunde zum Ausruhen zugestanden, dann hatte er in ihrer Suite angerufen und von ihrem unverschämten Sekretär erfahren müssen, dass Madame dem *Time Magazine* ein Interview gab und daher auf keinen Fall gestört werden könne.

»Holen Sie sie ans Telefon!«, hatte Dimitri aufgebracht gebrüllt, er war es gewohnt, seinen Willen durchzusetzen.

»Das ist im Augenblick völlig unmöglich«, beharrte der Sekretär.

»Tun Sie gefälligst, was ich Ihnen sage!«, schrie Dimitri.

»Madame wird Sie sicher anrufen, sobald das Interview beendet ist«, entgegnete der Sekretär ungerührt und legte auf.

Dimitri hatte daraufhin den Tag damit verbracht, in seiner Suite vergeblich auf Francescas Anruf zu warten.

Jetzt, kurz vor Eröffnung der Gala, hatte seine Wut ihren absoluten Höhepunkt erreicht. Schließlich war er nicht irgendein dümmlicher Fan! Wenn Francesca glaubte, ihn auf diese Weise behandeln zu können, würde sie ihr blaues Wunder erleben.

In letzter Minute rief Lucky Matt an. »Matt, du musst mich heute Abend zu dieser Gala begleiten«, erklärte sie gereizt. »Gino bringt Grace Kelly mit.«

»Grace ist in Monaco«, entgegnete Matt.

»Irgendjemand sollte der guten, alten Susan mal sagen, dass sie sich nur lächerlich macht. Vielleicht hört sie dann mit dieser dämlichen Maskerade auf.«

»Magst du sie nicht?«

»O Matt, du bist wirklich sensibel! Du hast den Nagel wieder mal auf den Kopf getroffen.«

»Sie ist doch eine sehr nette Lady.«

»Ach, lass doch! Hol mich lieber um halb sieben ab.«

Matt sah seine Pläne erneut durch die Santangelos durchkreuzt. Er hatte gehofft, später noch Jess zu treffen. Allerdings hatte diese ihm klar und deutlich gesagt, dass sie an einem erneuten Tête-à-tête nicht interessiert sei. Und das nur, weil er zudringlich geworden war.

Er schüttelte den Kopf. An der armen Jess schien die sexuelle Revolution schlicht vorbeigegangen zu sein. Allerdings war er kein Mann, der so schnell die Flinte ins Korn warf. Und jetzt machte Lucky Santangelo ihm erneut einen Strich durch die Rechnung.

Da sie nun einmal der Boss war, blieb ihm nichts anderes übrig, als sich zu fügen.

11

Ich hasse diese Abende«, gestand Lucky Dimitri. »Am liebsten würde ich eine Handgranate reinwerfen. Können Sie das verstehen?«

Dimitri musterte das schwarzäugige Mädchen gelangweilt und wünschte inständig, sie würde endlich einmal ihren Mund halten. Er wollte sich auf Francesca konzentrieren können, die am oberen Tisch wie die Königin von England Hof hielt.

Es war ein Affront, dass er sich mit einem Platz an einem

der unteren Tische hatte begnügen müssen. Und das musste ausgerechnet ihm, dem einflussreichen Dimitri Stanislopoulos, passieren.

Lucky wartete vergeblich auf eine Antwort. Schweigen im Walde. Lucky seufzte unterdrückt. Sie saß zwischen den beiden langweiligsten Männern des Abends in der Falle. Matt Traynor unterhielt sich ihr gegenüber angeregt mit Freunden und Bekannten aus seiner Zeit in Hollywood, ohne auch nur den Versuch zu unternehmen, sie mit einzubeziehen.

Sie griff nach ihrem Champagnerglas und machte dem Kellner ein Zeichen, ihr nachzuschenken. Der Abend war eigentlich nur im betrunkenen Zustand zu ertragen.

Gino beobachtete Susan in Aktion. Es war das erste Mal, dass er sie in der Gesellschaft der Show-Elite erlebte. Und sie wusste sich zu bewegen. Jede Handbewegung stimmte.

Wie musste man sich wohl fühlen, mit einer Frau wie Susan verheiratet zu sein? Eigentlich war er zu alt, um herumzuhuren. Eine Frau an seiner Seite und in seinem Bett, das würde ihm durchaus gefallen.

Er betrachtete ihr fein geschnittenes Profil, während sie sich charmant mit Horace Fern unterhielt. Nach Marias Tod hatte er nie wieder ans Heiraten gedacht. Liebe, entzückende Maria ... sie war inzwischen seit dreiundzwanzig Jahren tot ...

Hatte er nicht lange genug gewartet?

Sein Blick schweifte zu Lucky hinüber, die am nächsten Tisch saß. Wie würde sie die Nachricht aufnehmen? Böse, so viel war klar. Aber sie würde sich daran gewöhnen müssen. Letzten Endes blieb ihr gar nichts anderes übrig.

Es wurde eine lange Nacht, mit Reden, Aufführungen und Ehrungen. Die Fernsehkameras surrten, und Francesca Fern war in ihrem Element. Sie spielte die »Grande dame« bis zur Perfektion. Francesca verstand es ausgezeichnet, derartige Gelegenheiten zu ihren Gunsten zu nutzen.

Später, als das Fernsehteam die Gala verlassen hatte und sich die Gästeschar allmählich lichtete, machte Francesca charmant die Honneurs. Sie blieb auch neben Dimitri stehen, bückte sich, um ihm einen flüchtigen Kuss auf die Wange zu geben und gurrte dabei heiser: »Wie lieb, dass du gekommen bist! Ich weiß diese Geste zu schätzen.« Dann stellte sie sich neben ihn in Positur, bis ihr persönlicher Fotograf ein Foto gemacht hatte.

Dimitri packte sie so fest am Handgelenk, dass sie beinahe laut aufgeschrien hätte. »Was soll dieses Theater?«, fragte er leise. »Wie kommst du dazu, mich so zu behandeln? Was für ein Spiel spielst du?«

Francesca brachte ein starres Lächeln zu Stande, während sie nur für ihn hörbar zischte: »Lass mich gefälligst los, du brutaler Kerl! Ich weiß über dich und Norma Valentine Bescheid. Uns beide kannst du nicht haben, mein Lieber. Ich lasse mich nicht demütigen!«

Norma Valentine! Dimitri hätte beinahe laut aufgelacht. Norma Valentine war ein englischer Filmstar, den er in Südfrankreich kennen gelernt hatte. Ein griechischer Geschäftsfreund war in ihrer Begleitung auf seiner Yacht erschienen, und sie war über Nacht ... nur eine Nacht ... geblieben. Norma Valentine bedeutete ihm nichts. »Ich habe sie einmal kurz kennen gelernt«, entgegnete er Francesca leise. »Sie war mir nicht besonders sympathisch.«

»Aber offenbar sympathisch genug, um mit ihr zu schlafen ... und ihr am nächsten Tag ein Armband von Cartier zu schenken«, zischte Francesca böse.

»Eine Spielschuld ... nichts anderes. Ich habe beim Pokern gegen sie verloren.«

»Ich bitte dich, Dimitri! Für wie blöd hältst du mich eigentlich? Eines merk dir gefälligst: Wer mal mit Norma Valentine geschlafen hat, kriegt mich nie wieder ins Bett!«

»Du bist verheiratet«, erinnerte Dimitri sie. »Seit wann kannst du mir verbieten, mit anderen Frauen zu schlafen?«

»Mach, was du willst!«, konterte Francesca ätzend. Ihr Lächeln gefror. »Ich jedenfalls bin mit dir fertig!« Damit riss sie sich von ihm los und marschierte davon.

»Ich schätze, die Sympathien der Dame haben Sie sich verscherzt«, bemerkte Lucky, die die Unterhaltung zwangsläufig mitbekommen hatte und der es aufgrund ihres Alkoholspiegels nicht einmal peinlich war.

»Wie bitte?« Dimitri starrte sie wütend an.

Lucky zuckte nur mit den Schultern. »Vor fünfzehn Jahren standen Francesca Fern und Norma Valentine für die Hauptrolle in *Sirocco Sings* zur Disposition. Norma hat schließlich damit einen Oscar bekommen und Karriere als Filmstar gemacht. F. F. hat keine einzige Filmrolle gekriegt. Die beiden sind Erzrivalinnen. Das weiß in Hollywood jeder. Nur Sie scheinen völlig ahnungslos zu sein.«

Dimitri war wütend. »Sie haben uns also die ganze Zeit über belauscht?«

»Ich konnte gar nicht anders, als zuzuhören.«

»Wirklich nicht?«

»Ah … regen Sie sich ab. So was schadet in Ihrem Alter nur der Potenz!«

»Sie sind ziemlich vulgär, meine Liebe.«

»Spielen Sie hier nicht den Waisenknaben, Dimitri. Ich hab's satt, dass Sie mich hier wie Luft behandeln.« Sie stand auf. »Das hier ist mein Hotel. Sie haben die ganze Woche über an meinen Spieltischen gesessen. Also, warum entspannen Sie sich nicht? Kommen Sie, wir betrinken uns irgendwo. Ist das vielleicht keine gute Idee? Ich brauch das jetzt dringend … und mir scheint, Ihnen könnte es auch gut tun.«

Dimitri sah Lucky plötzlich mit ganz anderen Augen. Und

ihre dunkle Schönheit und strahlende Jugend war genug, um Francesca vorerst aus seinen Gedanken zu verbannen. Lucky Santangelo hatte Recht.

Er hielt ihrem fragenden Blick stand. »Sie brauchen also einen Saufkumpan, oder?«

Lucky war plötzlich über die Aufmerksamkeit, die ihr seinerseits zuteil wurde, erstaunt. »Ja. Und die Wahl ist ausgerechnet auf Sie gefallen.«

»Sollte ich mich da geschmeichelt fühlen?«

Luckys Blick schweifte zu Gino, der selbstvergessen mit Susan tuschelte. »Das können Sie halten, wie Sie wollen. Ich will raus hier. Und zwar schnell.«

Gino und Susan waren zu einer Nachfeier im kleinen Kreis in Francescas Suite geladen.

»Ich hab ein ziemlich ereignisreiches Leben hinter mir … Hab viel getan … manches gut, manches schlecht. Verstehst du?«, sagte Gino zu Susan.

»Mir ist durchaus klar, dass du kein Billy Graham bist«, bemerkte Susan.

»Wenn man von dort herkommt, wo ich herkomme, dann muss man lernen, für sich selbst zu sorgen. Das nimmt einem niemand ab.«

»Das ist mir klar.«

»Ich komme von der Straße. Eine anständige Erziehung oder Schulbildung habe ich nie gehabt. Ich hab mir alles selbst erarbeiten müssen.«

»Du bist ein echter Überlebenskünstler, wenn man bedenkt, wie viel du erreicht hast.«

»Ich habe den großen amerikanischen Traum wahr gemacht. Aus dem Nichts bin ich groß geworden. Ich kenne Präsidenten, Politiker, Bürgermeister … Bleib bei mir, Kindchen. Ich biete dir ein verdammt schönes Leben.«

»Ist das ein Antrag, Gino?«

»Weißt du was? Ich glaub ja.«

»Ich … also, das überrascht mich.«

»Du bist überrascht?«

»Wie hast du denn gedacht, dass ich zu dir stehe?«

»Das muss ich mir offen gestanden erst noch überlegen.«

»Dann überlege. Niemand hält dich davon ab. Denk so viel nach, wie du Lust hast. Aber ich brauche deine Antwort, noch bevor ich heute ins Bett gehe … sonst könnte ich's mir bis morgen früh anders überlegt haben.«

Susan lachte leise. »Gino, du bist unverbesserlich. Aber ich muss erst noch mit meiner Familie … meinen Kindern sprechen.«

»Meinst du, ich frage Lucky um Erlaubnis?«

»So einfach ist das für mich nicht.«

»Dann mach's dir einfach … sag ja.«

»Ja«, flüsterte sie.

»Wie bitte?«

»Ich habe ja gesagt.«

»He! Das ist ja phantastisch!« Er sprang auf. »Hallo, alle mal herhören! Ich möchte euch was mitteilen!« Die kleine Gruppe, die sich in Francescas Suite versammelt hatte, verstummte und wandte sich um. »Die Dame hier und ich … Susan Martino und ich … O Mann! Wir wollen heiraten!«

Als sich Lucky endlich Dimitris Aufmerksamkeit gewiss war, fand sie in ihm einen äußerst angenehmen Begleiter. Zwar war er nicht Gino, aber er hatte eine interessante Ausstrahlung, und Lucky hatte sich von jeher in der selbstsicheren, zielbewussten Gegenwart älterer Männer wohl gefühlt. Davon abgesehen war Dimitri mit seinem dichten, weißen Haar, der markanten Nase und den eindrucksvollen Augen ein überaus attraktiver Mann. Und je mehr Alkohol sie zu sich nahm, desto anziehender wurde er.

Olympias Vater, schoss es ihr durch den Kopf. Sie hatte erotische Gedanken über Olympias Vater!

Es machte Lucky Spaß, mit ihm von einer Bar in die andere zu ziehen, wo er Ouzo trank wie andere Limonade, ohne dass das jedoch eine spürbare Wirkung hinterließ.

Auch Dimitri amüsierte sich glänzend. Francesca Fern würde ihr Verhalten noch bereuen. Dafür wollte er sorgen.

Um drei Uhr morgens strandeten sie schließlich in einem kleinen griechischen Café, wo Dimitri alle anderen frei hielt, während ein Junge auf der Mandoline bekannte griechische Weisen, unter anderem die Titelmelodie aus dem Film *Alexis Sorbas* spielte. Dimitri tanzte unermüdlich, balancierte dabei einen Teller auf dem Kopf, zerschmetterte zum Schluss nacheinander dreiundzwanzig Porzellanstücke und gab dem lächelnden Wirt einen Tausenddollarschein. Danach zogen sich Lucky und er in schweigendem Einverständnis in Luckys Penthousewohnung zurück.

Einen Augenblick lang war Lucky nervös wie ein Schulmädchen. Sie lief aufgeregt umher, mixte Dimitri einen Drink und verschwand dann im Badezimmer, wo sie sich mit einem kalten, nassen Handtuch die Stirn kühlte, um etwas Klarheit in ihre Gedanken zu bringen.

Schließlich kehrte sie zu Dimitri ins Wohnzimmer zurück.

Dimitri sagte einmal hastig ihren Namen, dann streifte er ihr mit geschickten, kräftigen Händen das schwarze Seidenkleid vom Körper, das diesen wie eine zweite Haut umgeben hatte.

Lucky fühlte sich wie ein Fallschirmspringer vor dem Absprung: erwartungsvoll, aufgeregt, bereit, sich selbst zu übertreffen.

Seine Hände waren groß, die Finger lang und kräftig. Langsam begann er ihren Körper zu erforschen, über ihre Haut zu streichen, bis er das einzige Kleidungsstück, das sie noch anhatte, einen knappen Slip, erreichte und diesen über ihre Oberschenkel, Waden und Fesseln hinabzog.

Sie war nackt, doch er blieb angezogen. Als Einziges lockerte er die Krawatte.

Sanft drückte er sie auf die Couch nieder, griff nach seinem Glas Kognak, tauchte den Zeigefinger hinein und bestrich ihre Brustwarzen mit der schimmernden Flüssigkeit.

Der Alkohol brannte nur einen Augenblick auf ihrer Haut. Dann begann er ihn einzusaugen, und Lucky seufzte vor Vergnügen. Sie reckte die Arme über den Kopf und begann sich genüsslich zu räkeln. Dimitri umfasste ihre Brüste mit beiden Händen und strich lustvoll mit seiner Zunge darüber.

»Zieh dich aus!«, drängte sie heiser.

Er lachte. »Nicht so ungeduldig.«

»Zieh dich aus, Dimitri! Und zwar jetzt!«

Ohne die Hände von ihren Brüsten zu nehmen, erforschte er ihren Körper mit seiner Zunge.

Lucky wand sich vor Erregung unter seiner Berührung. Ich mag ja betrunken sein, schoss es ihr durch den Kopf, aber der Mann scheint trotzdem verdammt gut zu wissen, was er zu tun hat. Vielleicht hatte sie Sex auch nur zu lange entbehrt.

Er öffnete ihre Schenkel und grub seinen Kopf in ihren Schoß.

»Ich ... will ... deinen ... Körper ... fühlen ...«, murmelte sie stockend. »Bitte ...«

Seine Zunge bewegte sich ebenso geschickt und erfahren wie seine Finger.

»Ja ... Ohhh ... Ja«, stöhnte Lucky. Ihre Beine spreizten sich weiter, als sie fühlte, wie sich die Spannungen der vergangenen Monate zum Höhepunkt, zur alles befreienden Befriedigung aufbauten.

Er hielt inne, um seine Zunge erneut in Brandy zu tauchen, während seine Hände weiter zärtlich ihre Brüste streichelten.

Sie fühlte das Brennen des Alkohols, seine phantastischen Hände, die Kraft und Zartheit seiner Zunge.

»O Gott … Dimitri! O Gott! Das ist ja unglaublich! So wahnsinnig schön! Ohhhh …«

Sie hatte den absoluten Gipfel erreicht. Erlebte ihn mit all den Fasern ihres Körpers.

Dimitri grub den Kopf in ihren Schoß und genoss jedes Beben ihres pulsierenden Orgasmus.

12

Foxie war fünfundachtzig Jahre alt, klein und zierlich, hatte einen kahlen Schädel, Segelohren und schielte.

Foxie war schlau, primitiv und bösartig, ein guter Freund und ein gemeiner Feind.

Außerdem war er ein legendäres Original der Hollywoodszene, für Eingeweihte ein wohl bekanntes Unikum.

Trotz Alices offenbar langjähriger Freundschaft mit Foxie hatte Lennie ihn nie persönlich kennen gelernt.

Foxie's, das gleichnamige Etablissement am Hollywood Boulevard, war ein mehr als gut gehendes Vergnügungslokal mit äußerst gemischtem Publikum. Hier verkehrten Zuhälter und Nutten, Möchtegernprominente aus Beverly Hills und gelegentlich auch Filmstars. Alle kamen zu Foxie's, um sich zu amüsieren. Das Essen war indiskutabel, der Alkohol wurde großzügig ausgeschenkt, und die Unterhaltung, die geboten wurde, war erstklassig. Sie gestaltete sich aus einer Mischung von jungen Talenten, Stripperinnen, erfahrenen Conferenciers und einer Talentshow, die besser war als die bekannte »Gong Show«. Einmal im Monat fand die so genannte »Take-It-Off Night« statt, in der Frauen aus dem Publikum auf die Bühne kommen konnten, um allen zu zeigen, was sie hatten. Die Plätze für diese Vorstellung waren schon Wochen im Voraus ausgebucht.

Joey Firello war es, der Lennie vorschlug, bei Foxie vorzusprechen. »Ich hab dort angefangen«, erklärte er. »Nach sechs Wochen hatte ich meine eigene Fernsehshow. Jetzt gebe ich Autogramme und kann mich vor den Mädchen nicht mehr retten.«

Joey war mager, klein und sehnig. Er war sechsundzwanzig, also vier Jahre jünger als Lennie.

»Pass auf«, sagte Joey. »Wenn Foxie nicht anbeißt, dann gehen wir zum ›Improv‹ oder dem ›Comedy Store‹. Irgendwie kriegen wir dich da rein.«

Lennie kam sich beinahe lächerlich vor. Joey, der Jüngere, gab ihm Ratschläge. Ausgerechnet Joey, der drei Jahre zuvor mit achtundzwanzig Dollar in der Tasche, ein paar Gags und einer Menge Energie nach New York gekommen war. Neun Wochen lang hatte er bei Lennie auf dem Fußboden genächtigt. Seine unermüdliche Aktivität hatte sich bezahlt gemacht. Mittlerweile trug er Kaschmirpullover und fuhr einen gebrauchten Jaguar. Foxie begrüßte ihn wie einen alten Freund.

»Ich möchte dir einen Freund vorstellen«, begann Joey, »Lennie Golden. Merk dir den Namen. Er ist verdammt witzig.«

»So witzig wie du?«, konterte Foxie barsch.

»Gib ihm eine Chance und urteile selbst«, antwortete Joey.

Foxie bearbeitete seine Zähne mit einem Zahnstocher, neigte den Kopf leicht zur Seite und sagte: »Willst du heute Abend einen Versuch bei mir machen?«

»Die Absicht hatte ich eigentlich nicht«, entgegnete Lennie hastig. »Ich habe ein Video von meiner Arbeit … Wenn's Ihnen gefällt, kommen wir vielleicht ins Geschäft.«

»Ach, ihr von der Ostküste … ihr seid doch alle gleich«, schnaubte Foxie verächtlich. »Ihr wollt nie was riskieren.

Aber ich soll meine Zeit mit euren beschissenen Videos vergeuden.« Er biss den Zahnstocher durch. »Bei Foxie stellt man sich entweder auf die Bühne und versucht beim Publikum anzukommen, oder man verduftet. Heute Abend um zehn könnte ich dich einschieben. Eine andere Chance kriegst du bei mir nicht.«

Joey nickte. »Er nimmt das an.«

»Bleibt mir wohl nichts anderes übrig, was?«, witzelte Lennie.

»Nein«, bestätigte Joey. »Du bereust es bestimmt nicht. Du wirst ihm gefallen. Ich hänge mich jetzt ans Telefon und trommle ein paar Fans zusammen.«

Lennie fragte sich, ob Joey möglicherweise auch Eden einlud. Die beiden kannten sich aus New York, er hatte sie aber den ganzen vorherigen Abend lang nicht erwähnt. Warum schwieg er sie tot? Die beiden mussten sich in L. A. gelegentlich begegnet sein. Aber Lennie war fest entschlossen, keine Fragen zu stellen.

Herrgott, war er nervös.

Lennie Golden und nervös.

Er hatte schließlich über tausend Vorstellungen hinter sich.

Foxie's war nichts anderes als sonst auch.

Mit einer Ausnahme.

Bei Foxie's musste er einen durchschlagenden Erfolg haben.

13

Vitos Felicidade war nicht gerade der aufregendste Liebhaber, den Olympia je gehabt hatte. Er reizte sie auf eine andere Art und Weise. Vitos war ein Showstar und daher durchaus eine Trophäe, mit der man sich eine Weile schmücken konnte.

Brigette konnte ihn von Anfang an nicht leiden. Das Mädchen wurde für Olympia zum immer größeren Problem. Selbst Nanny Mabel wurde häufig nicht mehr mit dem verzogenen, kapriziösen Fratz fertig.

Nur mit großer Mühe gelang es Olympia, Brigette schließlich mit einem teuren Geschenk von Tiffany dazu zu bringen, bei der Hochzeit ihrer Großmutter als Blumenmädchen aufzutreten. Nach der hitzigen Auseinandersetzung flüchtete Olympia in die Abgeschiedenheit ihres Schlafzimmers. In zwei Stunden erwartete sie Vitos, und sie hatte noch so viel zu tun.

Sie betrachtete sich im Spiegel. New York hatte an ihren Gewichtsproblemen nichts geändert; im Gegenteil. Ärgerlich saugte sie ihre fleischigen Wangen ein. Weshalb konnte man sich mit Geld keine hohen Wangenknochen kaufen? Warum war sie nicht zehn Zentimeter größer und zwanzig Pfund leichter?

Ha! Vitos konnte sich nicht beklagen. Er fand sie perfekt, wie sie war. Südländer mochten Frauen, die Fleisch auf den Knochen hatten ... ganz zu schweigen von den Millionen auf dem Bankkonto. Sie runzelte die Stirn.

Vitos traf mit zwanzigminütiger Verspätung ein, trug einen pinkfarbenen Anzug, hatte eine dunkle Sonnenbrille auf und grinste wie üblich. Als Erstes bediente er sich an Dimitris Zigarren.

Als Olympia zehn Minuten später ganz in Weiß eintrat, war er in einem Sessel eingeschlafen. Die Zigarre hatte ein Loch in die Politur eines antiken Tischchens von unschätzbarem Wert gebrannt.

»Wach auf!«, schrie Olympia ihn an.

Er räkelte sich. Und gemeinsam zogen sie sich vier Portionen qualitativ hochwertiges Kokain rein, bevor sie sich auf die Fahrt nach Long Island machten, wo die Hochzeit von Olympias Mutter stattfinden sollte.

14

Ich muss mit dir sprechen«, sagte Gino.

»Ich hab's schon gehört«, entgegnete Lucky und versuchte nicht zu zeigen, wie verletzt und empört sie war.

»Den ganzen Tag habe ich schon versucht, dich einmal zu erreichen.«

»Jetzt hast du mich erreicht. Herzlichen Glückwunsch! Was gibt's da noch lang zu reden?«

Sie standen sich an der Empfangstheke des Magiriano gegenüber. Lucky war gerade mit dem Wagen von einem Ausflug zurückgekehrt und trug Jeans, ein weites T-Shirt und eine Sonnenblende. Ihr Haar war zerzaust, und sie war ungeschminkt.

»Du bist wütend auf mich«, stellte Gino fest, dem ihr Blick nicht entgangen war.

»Warum sollte ich wütend sein?«, entgegnete sie sarkastisch. »Ich meine, du bist doch nur mein Vater. Du hast beschlossen zu heiraten, und ich erfahre es von Matt Traynor.« Ihre Stimme wurde laut. »Was ist denn daran schon Besonderes?«

»Lucky, es hat sich eben so ergeben ... gestern auf der Party. Heute Morgen wollte ich als Erstes dich anrufen. Ich kann nichts dafür, dass du den ganzen Tag nicht zu Hause warst. Komm, gehen wir zu dir rauf. Ich hänge schon seit einer Stunde hier unten rum.«

Sie betraten den privaten Lift. Lucky hatte wirklich Angst. Was sollte aus ihr und ihren Plänen werden, wenn ihr Vater tatsächlich wieder heiratete?

Lucky war stundenlang durch die Wüste gefahren und hatte nachgedacht . Nach dem Telefonat mit Matt am frühen Morgen war sie am Boden zerstört gewesen. Dimitri hatte sie Stunden zuvor bereits verlassen, sie fühlte sich allein, hatte einen Kater und war nicht in der Verfassung, mit einer so niederschmetternden Nachricht so einfach fertig zu werden. Auf der Fahrt mit ihrem schnellen Ferrari über die Wüstenpisten schließlich hatte sie versucht, Klarheit über alles zu gewinnen.

Als sie nun mit Gino ihre Wohnung betrat, standen dort körbeweise cremefarbene Rosen. Sie sah sich erstaunt um und wandte sich dann an Gino. »Warst du das?«

Ginos Miene verdüsterte sich. »Nein.«

Lucky griff nach einer der weißen Karten, die an den Körben befestigt waren. Auf der Innenseite stand nur ein Name: Dimitri.

Sie zerknüllte die Karte in ihrer Hand.

»Wer hat dir die Rosen geschickt?«, wollte Gino wissen.

»Francesca Fern«, log Lucky hastig und warf die Karte in eine Ecke.

»Nett von ihr.«

»Ja. Es war auch ein toller Abend.«

»Also, hör zu, mein Mädchen«, begann Gino und setzte sich auf eine Couch. »Ich habe einen Fehler gemacht. Ich hätte dir's als Erste erzählen sollen. Aber machen wir doch jetzt keine Staatsaffäre daraus, ja?«

»Wer macht eine Staatsaffäre daraus? Ich dachte nur, dass es eigentlich normal gewesen wäre, wenn ich es vor allen anderen erfahren hätte.«

»Du bist meine Tochter ... nicht mein Kindermädchen. Glaubst du, ich brauche deine Erlaubnis?«

»Ich glaube, du brauchst meinen Rat.«

Gino wurde wütend. »Auf deinen Rat pfeife ich«, erklärte er mit finsterer Miene. »Susan hat gleich gesagt, dass du nur eifersüchtig bist. Sie hat Recht.«

Lucky hatte das berühmte Santangelo-Temperament geerbt. »Es ist mir völlig gleichgültig, was Susan sagt!«, entgegnete sie aufgebracht. »Die Witwe Martino ist dein Problem ... Und glaub mir, wenn du sie heiratest, dann hast du mehr Probleme, als du dir jetzt vorstellen kannst.«

»Du hast eine große Klappe, meine liebe Tochter. Und da du Susan nicht kennst, rate ich dir, nicht so geringschätzig von ihr zu sprechen.«

»Ich versuche dich nur davon abzuhalten, den größten Fehler deines Lebens zu machen.«

»Kindchen, ich hab in meinem Leben schon viel falsch gemacht und habe auch ohne deinen geschätzten Rat immer überlebt. Also lächle lieber und wünsch mir alles Gute.«

Lucky zwang sich zu einem starren Lächeln. Sie hasste Gino dafür, dass er einen solchen Narren aus sich machte. Trotzdem nickte sie. »Du hast Recht. Es ist dein Leben. Und wenn du es unbedingt willst … Herzlichen Glückwunsch!«

»So gefällst du mir schon besser.« Er grinste. Seine Wut war verraucht. »Und jetzt muss ich weiter.« Er sprang auf und ging mit federnden Schritten zur Tür.

»Halt!«, rief Lucky energisch. »Du kannst mich nicht mehr länger warten lassen.« Sie war allmählich frustriert. »Du musst endlich wegen Atlantic City eine Entscheidung treffen.«

Er warf einen Blick auf die Uhr. »Im Augenblick muss ich mich beeilen. Wir sprechen darüber, wenn ich zurück bin.«

Sie musterte ihn wütend. »Wohin willst du?«

»Hab ich dir das denn nicht gesagt?«

Lucky schüttelte den Kopf. Die Bombe musste jetzt bald platzen.

Gino enttäuschte sie nicht. »Ich habe Susan versprochen. mit ihr nach Los Angeles zu fliegen. Sie möchte es ihren Kindern persönlich sagen … weil sie nicht will, dass sie's aus der Zeitung erfahren.«

Lucky starrte ihn nur stumm an. Sie war dabei, ihn zu verlieren. Gino … Daddy …

»Welche Kinder?«, erkundigte sie sich gezwungen ruhig.

»Susan hat einen Sohn und eine Tochter.«

Lucky fühlte, wie sich eine eiskalte Hand auf ihre Brust legte. »Wie alt sind die beiden?«

»Keine Ahnung. So um die zwanzig, schätze ich.«

Susan hatte Recht gehabt. Sie war eifersüchtig ... aber nicht auf die alte Schachtel, sondern auf ihre Kinder, die Gino eines Tages als ihren Stiefvater ansehen konnten.

»Wann kommst du zurück?«, fragte sie und versuchte, ihren Kummer und ihre Verzweiflung nicht zu zeigen.

»In ein paar Tagen. Ich rufe dich dann an.«

»Aber ich muss *jetzt* wissen, wie du zu unserem Projekt in Atlantic City stehst«, drängte Lucky. »Ich habe viel Zeit und Energie darauf verwandt, alles bis zur Vertragsreife vorzubereiten. Wenn wir *jetzt* nicht unterschreiben, war alles umsonst.«

Gino saß wie auf heißen Kohlen. Susan wartete, und im Augenblick hatte sie Vorrang. »Halte die Leute hin«, riet er Lucky gelassen. »Sobald ich zurückkomme, setzen wir uns zusammen. Du kannst auf mich zählen.«

Früher hätte sie ihm geglaubt. Mittlerweile war sie skeptisch geworden. »Ich dachte, wir wollten um alles in der Welt gemeinsam ein Hotel bauen«, bemerkte sie leise. »Warum sagst du nicht einfach ja oder nein, damit ich alles Weitere veranlassen kann?«

»Zwei Tage. Gib mir zwei Tage.« Damit küsste er sie auf die Wange und ging.

Lucky trat auf die Terrasse hinaus und starrte lange ins Leere. Die Sonne war hinter einer Wolke verschwunden, und die warme Luft begann sich empfindlich abzukühlen. Nachdenklich kaute sie auf der Unterlippe. Wer war Susan Martino wirklich? Wie war ihr Leben verlaufen? Ihre Ehe mit Tiny Martino war bekannt, aber was hatte sie vorher gemacht? Wusste Gino überhaupt über sie Bescheid?

Einem plötzlichen Impuls folgend griff Lucky nach dem

Telefon und bat Boogie zu sich. Fünf Minuten später stand dieser vor ihrer Tür.

»Ich möchte einen umfassenden Bericht über Susan Martino«, erklärte sie ohne Umschweife. »Ich brauche alles. Von der Geburt an bis heute. Verstanden?«

Boogie nickte. Er hatte sich im Lauf der Jahre an Luckys merkwürdige Wünsche und Einfälle gewöhnt. Sie hatte für alles, was sie tat, einen triftigen Grund. Lucky Santangelo hatte Stil. Sie war einzigartig. Ihr gegenüber kannte seine Loyalität keine Grenzen.

Nachdem Boogie gegangen war, wählte sie die Nummer der Rezeption. Dimitri Stanislopoulos hatte zweimal angerufen und die Nachricht hinterlassen, sie möge sich bei ihm melden.

Dimitri ... sie wusste nicht, ob sie ihn wieder sehen wollte.

Dimitri ... Olympias Vater.

Dimitri ... ein interessanter Liebhaber.

Sie sah sich im Zimmer um, in dem es betörend nach Rosen duftete, und entschied, dass sie ihn durchaus wieder sehen wollte. Ob betrunken oder nicht, die Art seines Liebesspiels hatte sie außerordentlich genossen; und das, obwohl er normalerweise kaum ihr Typ war. Vor allem war er zu alt und zu autoritär. Lucky war daran gewöhnt, das Sagen zu haben.

Aber der Gedanke, den Abend allein verbringen zu müssen, während Gino und Susan gemeinsam nach Los Angeles flogen, trieb sie zum Telefon.

»Ich reise morgen ab«, verkündete Dimitri. »Also essen wir heute Abend zusammen.«

In gewisser Weise erinnerte er sie an Gino. Ein Mann mit starkem Charakter, der seinen Willen durchzusetzen pflegte.

Und diesmal machte es ihr nichts aus, sich zu fügen.

Susan Martino lebte in gepflegtem Luxus im Roxbury Drive. Auf dem großen Haus lasteten hohe Hypotheken ... was Susan Gino gegenüber allerdings verschwieg.

Über der vierteiligen Garage auf dem Grundstück lebte ein Schweizer Ehepaar. Die Frau kochte und hielt das Haus in Ordnung, während der Mann sich um den Garten kümmerte und allgemeine Reparaturarbeiten machte. Für ihre Dienste erhielten die beiden zweitausend Dollar monatlich. Susans Finanzberater hatte sie gewarnt, dass sie sich die beiden nicht mehr lange würde leisten können.

In der Garage stand ein gelber Rolls-Royce ... geleast. Ein brauner Mercedes ... geleast. Und ein Toyota-Kombi, der dem Schweizer Dienstbotenpaar gehörte ... ein Geschenk von Tiny, der zu seinen Lebzeiten das Geld stets mit vollen Händen ausgegeben hatte. Letztere Eigenschaft ihres verstorbenen Mannes war auch der Grund dafür, dass sich Susan mittlerweile in derartigen finanziellen Schwierigkeiten befand. Tiny hatte kein Testament ... er hatte ein Chaos hinterlassen.

Bereits einen Monat nach Tinys Tod hatte Susan der harten Wirklichkeit ins Auge blicken müssen. In zwei Jahren würde sie ohne einen Cent dastehen. Trotz der Unsummen, die Tiny während seiner überaus erfolgreichen Karriere verdient hatte, war es ihm gelungen, fast alles wieder auf die eine oder andere Weise auszugeben.

Nachdem Susan die Wahrheit über ihre finanzielle Misere erfahren hatte, hatte sie eine Weile vor Wut getobt, geschrien und alles Mögliche durchs Zimmer geworfen. Dann erst war sie in der Lage gewesen, in Ruhe Bilanz zu ziehen. Sie war neunundvierzig Jahre alt und noch immer eine schöne, gepflegte Frau ... mehr als ein paar Korrekturen eines kosmetischen Chirurgen der Augenpartie, des Kinns und ihres Busens hatte es dazu nicht bedurft. Was konnte sich ein Mann ... ein älterer ... ein viel älterer Mann mehr wünschen? Susan war klug genug, zu erkennen, dass ältere Männer extrem junge Frauen wünschten, um ihren verlangsamten Hormonhaushalt und ihr Image aufzumöbeln.

In dieser Erkenntnis hatte Susan eine Liste von geeigneten Kandidaten aufgestellt und sich darangemacht, einen von ihnen zu schnappen.

Dabei hatte sie einen nach dem anderen aus vielerlei Gründen streichen müssen. Und irgendwo im unteren Teil der Liste war sie schließlich auf Gino Santangelo gestoßen.

Susan hatte nie auch nur im Traum daran gedacht, sich Gino Santangelo angeln zu können. Er war eine undurchsichtige Persönlichkeit mit einer noch undurchsichtigeren Vergangenheit; ein geheimnisumwitterter Mann, der mit seiner äußerst selbstbewussten Tochter in Las Vegas lebte. Manche behaupteten sogar, er sei ein Krimineller, der seine Aktivitäten hinter der Fassade von zahlreichen legalen Geschäftsunternehmen abwickelte.

Susan war das gleichgültig. Zu diesem Zeitpunkt war ihre Lage bereits verzweifelt. Es war kaum noch Geld übrig, und es musste schnell etwas geschehen. Sie mietete für einen Monat ein Haus in Las Vegas, nahm das nächstbeste Flugzeug, und innerhalb der folgenden zwei Tage war sie im Geschäft! So einfach war das.

Gino Santangelo war ihr wie eine reife Frucht in den Schoß gefallen. Und sie hatte mehr Glück als erwartet, denn die energische Tochter war nicht in der Stadt, womit sie erst einmal freie Bahn hatte.

Jetzt hatte sie Gino fest an der Angel. Aber würde sie ihn *je* ihren Freunden präsentieren können?

Im Bett war er schrecklich. Er war so … so primitiv. Selbst in seinem Alter wollte er so viel. Sie war seine ständigen Versuche, sie zum Orgasmus zu bringen, leid. Als ob ihr das etwas bedeutete! Jahrelang hatte Tiny sich einfach auf sie geworfen, ein paarmal zugestoßen, und das war es dann gewesen. Mit mehr wollte sie nicht belästigt werden. Sex! Du meine Güte, das war so etwas Unappetitliches. Und Gino erschien mit seinen Händen und seiner Zunge und seinem ständigen Bedürfnis, ihr die höchstmögliche Befriedigung zu verschaffen, besonders unappetitlich.

Allerdings konnte niemand behaupten, dass sie keine brillante Schauspielerin sei. Sie hätte einen Oscar verdient … für die beste weibliche Hauptrolle im Bett.

»Willkommen zu Hause, Mrs. Martino«, begrüßte die Schweizer Haushälterin sie.

»Danke, Heidi. Es ist schön, wieder zu Hause zu sein«, erwiderte Susan mit einem warmen Lächeln. »Das ist Mr. Santangelo. Er bleibt ein paar Tage bei uns. Bitte richten Sie das blaue Gästezimmer her.«

Heidi nickte und verschwand.

»Gästezimmer!«, schnaubte Gino verächtlich und zwickte Susan ins Hinterteil. »Machst du Witze?«

»Ich möchte den Schein wahren«, entgegnete sie. »Morgen kommen die Kinder.«

Er grinste. »Na und? Wissen sie denn nicht, was Mama so treibt?«

Susan lächelte unverändert. »Gino, mein Lieber, wir wollen doch nicht unnötig Probleme schaffen. Was wir tun, ist unsere Privatangelegenheit. Ich war von jeher der Meinung, dass man den Kindern zu Hause ein Beispiel setzen sollte.«

Gino gab ihr einen Klaps. »Baby, wenn ich zu Hause bin, dann wird gemacht, was ich sage, okay?«

Ihre Lippen wurden schmal, aber sie schwieg. Vorerst war Gino der Boss.

15

Und er hatte es geschafft.

Er war ein durchschlagender Erfolg.

Das Publikum bei Foxie's jubelte ihm zu. Lennie hatte ein künstlerisches Zuhause gefunden.

Foxie bot ihm einen Drei-Monats-Vertrag an und räumte

ihm genügend Zeit ein, um eventuelle Fernsehengagements nebenbei erfüllen zu können. Außerdem hatte Lennie einen neuen Agenten, einen gewissen Isaac Luther. Isaac war jung, voller Enthusiasmus und ein Mann, der mit ganzem Einsatz für seine Klienten arbeitete. Lennie vermutete, dass die Tatsache, dass er Farbiger war und glaubte, mehr als andere tun zu müssen, um Erfolg zu haben, die Ursache dafür war. Schließlich hatte er Joey Firello zu einer Karriere verholfen. Lennie mochte Isaac. Sie hatten beide dieselben hoch gesteckten Ziele.

Auf Isaacs Anraten unterschrieb er den Vertrag mit Foxie's und konnte feststellen, dass das eine der klügsten Entscheidungen seiner Karriere war. Foxie's war nicht nur ein Unterhaltungslokal, es stand für eine bestimmte Lebensart. Das Publikum, das Abend für Abend dorthin strömte, war das interessanteste, exzentrischste und aufregendste, das Lennie je erlebt hatte.

Foxie selbst war ein erfahrener Kritiker, der Lennie viele Tipps und Ratschläge gab. Er hatte ein gutes Gehör für Dialoge und ein exzellentes Gespür für das, was beim Publikum ankam.

Rainbow, Foxies Frau, war zu diesem Zeitpunkt verreist. »Sie besucht ihre Schwester in Arizona«, erklärte Foxie eines Tages. »Kennst du meine Rainbow?«

Lennie gestand ihm bei diesem Anlass zum ersten Mal seine alte Bekanntschaft mit Rainbow.

Foxie lachte schallend. »Die Welt ist klein! Du bist also Alice Goldens Junge? Natürlich erinnere ich mich an Alice, die ›Swizzle‹.« Er grinste breit. »Die Guten, mein Junge, die Guten vergesse ich nie.«

Lennie wechselte das Thema, das für ihn in gefährliche Gefilde zu geraten drohte. Er wollte nichts über Foxies und Alices Vergangenheit wissen.

Jetzt, da er sich in Los Angeles etabliert hatte, versuchte er mehrmals, Jess telefonisch zu erreichen, bekam jedoch stets nur den einsilbigen Wayland an den Apparat. Beim dritten vergeblichen Versuch hinterließ er seine Telefonnummer und bat, Jess auszurichten, sie möge zurückrufen. »Sie vergessen das doch nicht, oder?«, drängte er zum Schluss.

»Nein, gewiss nicht«, erwiderte Wayland, der, als er den Hörer auflegte, den Anruf bereits vergessen hatte.

Lennie versuchte auch mehrmals, erneut Verbindung zu Eden aufzunehmen, doch entweder es meldete sich eine Männerstimme am Telefon oder überhaupt niemand.

Von Joey hatte er erfahren, dass sie einen neuen Freund hatte.

Das allerdings kümmerte ihn wenig. In ihrer Beziehung zueinander waren noch viele Fragen offen geblieben. Und das wusste sie ebenso gut wie er. Irgendwann würden sie wieder zusammen sein.

Es war immer dieselbe Routine, nach der Jess' Besuch im Krankenhaus ablief. Sie hätte jeden Schritt auch mit geschlossenen Augen tun können: zum Krankenhaus fahren, einen Parkplatz finden, sich an der Rezeption melden, den Lift in den vierten Stock nehmen. Und manchmal, wenn sie durch die Station der unheilbar Kranken lief, wünschte sie sehnlichst, tatsächlich nichts zu sehen oder zu hören. Woche für Woche wechselten die Patienten in den einzelnen Betten. Einer ging, andere folgten nach. Und die Gesichter der Angehörigen mit Mienen, die Jess nur allzu gut an sich selbst kannte.

Am Samstag um zwei Uhr kam sie pünktlich wie immer zu ihrem Besuch an. Die Schwester an der Rezeption versuchte sie vergeblich zurückzuhalten. Sie fuhr in den vierten Stock hinauf.

Das Bett ihrer Mutter war leer, die Laken hatte man bereits abgezogen.

Eine farbige Krankenschwester legte den Arm um ihre Schultern und sagte: »Wir haben Sie gestern am Spätnachmittag angerufen. Ist Ihnen das nicht ausgerichtet worden?«

Sie wusste, dass sie eigentlich nicht entsetzt und traurig sein durfte. Seit Monaten schließlich war sie auf dieses Ende vorbereitet gewesen.

»Nein, die Nachricht habe ich nicht bekommen«, murmelte sie, und ihre Augen füllten sich mit Tränen.

Die Krankenschwester erklärte ihr, was sie nun zu tun hatte. Jess kehrte zur Rezeption zurück, füllte zahllose Formulare aus und stellte einen Scheck aus. Dann verließ sie das Krankenhaus.

Draußen in ihrem Wagen saß sie eine Weile bewegungslos hinter dem Steuer und starrte mit unstetem Blick durch die Windschutzscheibe ins Leere. War es möglich, dass das Krankenhaus mit der Nachricht vom Tod ihrer Mutter angerufen hatte und Wayland so mit Drogen vollgepumpt war, dass er vergessen hatte, es ihr auszurichten? Sie wusste, dass er sich in schlechter Verfassung befand, aber das war unverzeihlich. Wäre Simon nicht gewesen, sie wäre zu Hause überhaupt nicht mehr aufgekreuzt. Jetzt allerdings, da ihre Mutter tot war, musste sie endlich Ordnung in ihr Privatleben bringen. So konnte es nicht mehr weitergehen.

Sie seufzte. Wenn nur Lennie bei ihr wäre! Ihm hätte sie von ihrer Mutter erzählen können. Hätte sie das schon früher getan, dann hätte er Las Vegas auch nicht Hals über Kopf verlassen.

Verdammter Matt Traynor. Er war an allem schuld.

Um seine erste Woche bei Foxie's zu feiern, lud Lennie eine ganze Gruppe von Freunden zum Abendessen ein. Dabei waren die Zwillinge Suna und Shirlee, Joey, Isaac und Isaacs hübsche farbige Frau und die schwedische Stripperin mit dem monströsen Busen. Sie machten die ganze Stadt unsicher, und gegen vier Uhr morgens landete Lennie mit einem der Zwillinge in deren Bett. Er wusste selbst nicht, ob es Suna oder Shirlee war, aber solche Feinheiten waren ihm längst gleichgültig geworden.

Am darauf folgenden Tag betrat er Foxie's langsam und vorsichtig, denn er hatte einen schweren Kater. Er hatte das Gefühl, sein Kopf müsse jeden Augenblick zerspringen.

Foxie begrüßte ihn mit einem Klaps auf die Schulter und einem bösen Grinsen. »Heute Abend solltest du gut sein, mein Junge«, erklärte er. »Rainbow ist wieder da. Und wenn du Rainbow nicht gefällst, dann bist du ›out‹, Freundchen.«

16

Dimitri verließ Las Vegas an Bord seines Lear-Jets, und Lucky war erleichtert. Eine Affäre mit einem Mann, der alt genug war, um ihr Vater zu sein, passte nicht in ihr Konzept. Ein kurzes Zwischenspiel war mehr als genug.

Dimitri schickte noch mehr Körbe mit cremefarbenen Rosen, eine Einladung, ihn auf seiner Yacht zu besuchen, und eine Liste sämtlicher internationaler Telefonnummern, unter denen er zu erreichen war. Lucky vermisste ihn nicht. Gino allerdings fehlte ihr. Er hatte versprochen, in einigen Tagen zurück zu sein … und mittlerweile war bereits eine volle Woche vergangen.

Dann brachte Boogie den Bericht über Susan. Er war durchaus interessant, förderte jedoch nichts Weltbewegendes zu Tage. Vor ihrer Ehe mit Tiny hatte sie ein bewegtes Liebesleben geführt, aber was besagte das schon? Gino jedenfalls würde das eher anziehen als abstoßen. Und die perfekte Witwe hatte während ihrer Ehe mit Tiny keine Affären gehabt.

Das wiederum würde Gino ausnehmend gut gefallen. Sie

hatte lediglich Geld ausgegeben, Partys organisiert, sich für wohltätige Zwecke engagiert, Schmuck gekauft und noch mehr Geld ausgegeben.

Susan hatte zwei Kinder: Nathan, achtzehn Jahre alt, und Gemma, zwanzig Jahre alt. Da der Bericht nichts weiter über die beiden aussagte, gab Lucky auch eine Recherche über sie in Auftrag.

Die einzige Information, die ihr nützlich sein konnte, war die, dass Susan pleite war, so pleite, dass sie fürchten musste, dass man ihr die riesige Villa in Beverly Hills unter dem Hintern wegpfändete. Lucky allerdings hielt es durchaus für möglich, dass Gino bereits ihre Rechnungen bezahlte.

Diesen Punkt allerdings galt es als Erstes zu klären.

Die beiden Martino-Kinder beeindruckten Gino. Sie waren so ... patent und aufrichtig. Er hatte mit einigen Macken gerechnet; das wäre bei jungen Leuten nur normal gewesen. Aber diese beiden waren einfach perfekt; genau wie ihre Mutter.

Nathan war mittelgroß, hatte braunes Haar und ebensolche Augen und eine höfliche Art. Er studierte Recht und Philosophie an der University of Southern California, spielte im dortigen Footballteam, war ein ausgezeichneter Surfer, beliebt bei den Mädchen und ein fleißiger Student.

Gemma hatte das College verlassen und machte eine Ausbildung als Innenarchitektin. Sie war ein hübsches Mädchen mit kurzem, honigblondem Haar und einer deutlichen Neigung zur Magersucht. Sie war mit einem ehemaligen Schulkameraden verlobt.

Beide Kinder lebten noch zu Hause.

»Sie mögen dich«, erklärte Susan nach dem ersten gemeinsamen Abendessen.

»Das beruht auf Gegenseitigkeit«, antwortete Gino und

fragte sich, weshalb Lucky und Dario nicht wie diese beiden hatten sein können.

»Sie werden sich schwer an den Gedanken gewöhnen, dass ich wieder heirate«, fuhr Susan fort. »Ich warte deshalb lieber noch ein paar Tage, bis ich es ihnen sage. Dann haben sie sich besser an dich gewöhnt.«

»He ...!«, protestierte er. »Wir sind doch extra hergekommen, um es ihnen zu sagen.«

»Und das werden wir auch«, besänftigte Susan ihn. »Aber wir brauchen doch nichts zu überstürzen. Da die Presse offenbar noch nichts von uns beiden weiß, möchte ich lieber noch warten ... nur ein paar Tage.«

Das Warten wurde alles andere als zu einer Qual. Susan verwöhnte ihn wie einen König. Er genoss jeden heimischen Komfort, den sie zu bieten hatte. Für Gino, der normalerweise in einem Hotelzimmer wohnte, war es ein völlig neues Erlebnis, mit einer Frau zusammenzuleben, die ihm praktisch jeden Wunsch von den Augen ablas. Und obwohl er wusste, dass Lucky dringend auf seine Entscheidung bezüglich Atlantic City wartete, tat er nichts in dieser Richtung. Wenigstens diesmal kam das Geschäftliche für ihn erst an zweiter Stelle.

»Also wirklich, Mama!«, protestierte Nathan. »Der Mann ist ein Primitivling.«

»Ja, genau!«, bekräftigte Gemma aufgebracht. »Wie konntest du ihn nur zu uns mitbringen?«

Susan machte eine ausladende Geste, die ihr geschmackvolles Wohnzimmer mit allen Kunstgegenständen und dem wertvollen Mobiliar mit einbegriff. »Das ist unser Lebensstil hier. Und ich habe die Absicht, ihn aufrechtzuerhalten. Habt ihr vielleicht was dagegen?«

»Aber er ist so laut und ungehobelt«, warf Gemma ein.

»Also euer Vater ist auch nicht gerade leise und zurückhaltend gewesen«, entgegnete Susan.

»Daddy war ein Star!«, schäumte Gemma wütend. »Du willst ihn doch hoffentlich nicht mit diesem dahergelaufenen …«

»Ganoven«, ergänzte Nathan. »So würde ich ihn nennen.«

»Mr. Santangelo ist ein amerikanischer Geschäftsmann«, erklärte Susan mit strengem Ernst. »Er verkehrt mit den Mächtigen unseres Landes … und er isst mit Präsidenten zu Abend.«

»Ganove!«, zischten Nathan und Gemma gleichzeitig.

Als Gino schließlich nach zehn Tagen noch immer nicht nach Vegas zurückgekehrt war, erklärten die New Yorker Anwälte Lucky, sie könnten die am Atlantic-City-Projekt beteiligten Parteien nicht länger hinhalten.

Wütend meldete sie ein Gespräch mit Gino in L. A. an. »Ich glaube, die Sache ist geplatzt«, erklärte sie tonlos. »Das Geschäft ist uns durch die Lappen gegangen.«

Gino ließ das reichlich kalt. »Vielleicht ist es besser so«, bemerkte er. »Ich weiß nicht, ob das in meinem Alter noch das Richtige gewesen wäre.«

O Gott, dachte Lucky. Gino war plötzlich alt und gab es auch noch zu. Was hatte diese Susan aus ihm gemacht? Schüttete sie ihm etwa ein Schlafmittel oder etwas Ähnliches in den Kaffee?

»Ich kann nicht fassen, was du da sagst. Wir haben uns das doch immer gewünscht …, es war … unser … Traum«, stammelte sie.

»Ja, Kindchen. Aber auch Träume ändern sich. Wir sprechen darüber, wenn ich wieder zurück bin.«

»Und wann kommst du wieder?«, fragte sie und unterdrückte mühsam einen Wutanfall.

»Vielleicht in ein bis zwei Tagen. Wir finden bestimmt ein anderes Objekt … eines, das für einen alten Mann leichter zu handhaben ist.«

Lucky warf den Hörer auf die Gabel. Ein alter Mann! Das war nicht der Gino, den sie kannte.

Was sollte sie tun? Sie saß in Las Vegas fest, war geschäftlich an einen Vater gebunden, der offenbar an Senilität litt. Ohne ihn konnte sie praktisch nichts unternehmen. Wenn er heiratete, dann würde sie aussteigen.

Dieser Gedanke gefiel ihr plötzlich.

Lucky Santangelo würde sich wieder auf eigene Beine stellen.

Sie fragte sich, wie Gino wohl auf die Nachricht, dass er sie ausbezahlen musste, reagieren würde.

Mein Gott, das würde er nie tun. Es bedeutete nämlich, dass das Magiriano verkauft und der Erlös geteilt werden müsste. Außerdem war auf ein Syndikat von Finanziers Rücksicht zu nehmen, und mit der »Geldwaschanlage« war es auch vorbei.

Trotzdem ... Gino hatte in jedem Fall noch das Mirage, seine Holdinggesellschaften und anderen Unternehmen. Ihm konnte also eine solche Veränderung kaum etwas ausmachen.

Es gab keinen anderen Weg, als das Magiriano zu verkaufen. Wollte sie denn wirklich aussteigen?

Ja, das wollte sie. Es hatte keinen Sinn zu bleiben, wenn erst Susan Martino das Regiment führte.

Außerdem hatte sie auch ein Recht auf ein selbständiges Leben. Und ein Tapetenwechsel war genau das, was sie brauchte.

17

Rainbow sah weder alt noch fett oder hässlich aus, obwohl die Haut um ihre Augen recht faltig war und sie die tiefen Linien, die von den Nasenflügeln zu den Mundwinkeln führten, unter einer dicken Schicht Make-up zu verbergen versuchte. Sicher war ihre Schönheit verblasst, doch selbst im Alter war sie mit ihrer hervorragenden Figur und dem dichten, rotblonden Haar noch eine eindrucksvolle Erscheinung.

Sie schien Lennie sofort ins Herz geschlossen zu haben … vor allem, nachdem sie erfahren hatte, wer sein Vater gewesen war.

Kurz vor Lennies Auftritt am ersten Abend nach Rainbows Rückkehr vertraute ihm eine der Stripperinnen an, dass ein Vertreter der »Merv Griffin Show« in der ersten Reihe saß.

Lennie fiel vor Aufregung nicht gerade tot um. Er war es mittlerweile gewöhnt, dass Prominente aus dem Showgeschäft im Publikum waren.

Außerdem stand Lennie schon lange genug im Geschäft, um zu wissen, dass es völlig gleichgültig war, *wer* ihm nun gerade zusah. Auf der Bühne gab man sein Bestes. Und wenn das Beste nicht gut genug war … dann sollten sich alle zum Teufel scheren.

Nach der Show war er rastlos und nervös, doch niemand kam hinter die Bühne, um ihm zu sagen, wie großartig er war. Niemand von der Griffin Show tauchte bei ihm auf.

Schließlich trank er noch einen Schluck an der Bar und kehrte anschließend in die Leere seines Hotelzimmers zurück.

Es war bereits nach zwei Uhr morgens, aber die Sehnsucht nach ihr ließ ihn fast zwangsläufig zum Telefon greifen. In der Erwartung, am anderen Ende wieder dieselbe Männerstimme zu hören, wählte er Edens Nummer.

Eden war selbst am Telefon. Ihre seltsam kehlige Stimme sagte »Hallo?«. Es folgte eine schläfrige Pause, dann ertönte ein lauteres »Hallo?«.

Er wartete auf ihre Flüche. Und wie auf Kommando überschüttete sie ihn mit einem Schwall von Obszönitäten.

Lennie wählte den richtigen Augenblick für eine Entgegnung.

Schließlich hatte er nicht umsonst drei Jahre mit dieser Frau zusammengelebt.

Kurz bevor sie so weit war, den Telefonhörer auf die Gabel zu werfen, sagte er leise:

»Eden, hier ist Lennie. Stell dich langsam darauf ein. Ich trete wieder in dein Leben.«

18

In dem Augenblick, da ihr Vater seine New Yorker Wohnung betreten hatte, wusste Olympia, dass es ein Fehler gewesen war, dort einzuziehen. Olympia Stanislopoulos, eine der reichsten jungen Frauen der Welt, hatte es schließlich nicht nötig, sich wie eine ungebetene Untermieterin fühlen zu müssen. Sie rief sofort einen Freund ihrer Mutter, der Makler war, an und bat ihn, ihr ein Apartment zu besorgen.

Olympia hatte beschlossen, eine Weile in New York zu bleiben, das ihr wider Erwarten immer besser gefiel. Hotels waren langweilig, und bei ihrem Vater weiter Gast zu sein, stand für sie außer Frage. Es war annehmbar, sein Flugzeug, seine Yacht, ja selbst seine private Insel mit ihm zu teilen, aber in New York brauchte sie unbedingt eine eigene Wohnung.

Dimitri entdeckte den Brandfleck auf dem antiken Tisch sofort, bekam einen Wutanfall und rief nach dem Butler, der die Schuld auf sich nahm, während Olympia nur gelassen dabeistand.

Erst Brigette konnte ihn wieder versöhnen. Die beiden begrüßten sich überschwänglich.

Olympia erinnerte die Szene an ihre Kindheit. Sie war stets mit Geschenken überschüttet worden, doch zärtliche Gesten hatte der Vater nur für seine jeweiligen Mätressen übrig gehabt. Brigette gegenüber war er schon wesentlich zartfühlender. Vielleicht machte das das Alter.

»Wie war's in Las Vegas?«, fragte Olympia pflichtschuldig den Vater. »So viel ich gehört habe, muss es eine schreckliche Stadt mit schrecklichen Leuten sein.«

Dimitri musterte sie kritisch. Sie war dick geworden. Es war ihm schleierhaft, weshalb das Mädchen nicht besser auf sich achtete.

»Da hast du Recht«, antwortete er. »Aber ich war ja nur wegen der Gala für Francesca Fern dort. Das andere hat mich kaum interessiert.«

»Wie geht es Francesca?«, erkundigte sich Olympia. Es war ihr ein Rätsel, was ihr Vater an der Schauspielerin mit dem Pferdegesicht fand. Die Affäre mit Francesca dauerte immerhin schon Jahre.

»Ausgezeichnet«, entgegnete Dimitri barsch, der keine Lust hatte, mit Olympia über sein Privatleben zu sprechen. Wenn Olympia erfuhr, dass die Liaison beendet war, stand es am nächsten Tag in sämtlichen Klatschspalten der internationalen Presse. »Ich habe übrigens eine alte Freundin von dir getroffen«, sagte er, um sie abzulenken.

»Wen denn?«

»Lucky Santangelo.«

Lucky Santangelo. Ihre ehemalige beste Freundin. Ahhhh ... welche Abenteuer hatten sie zusammen erlebt! Aber das war lange her. Über fünfzehn Jahre. Vermutlich würden sie einander jetzt nicht einmal wieder erkennen. Und sicher hätten sie auch nichts mehr gemeinsam.

»Und wo hast du sie getroffen?«, wollte Olympia wissen.

»Ihr gehört das Magiriano-Hotel.«

»So? Hat ihr Vater es ihr geschenkt?«

»Nein. Sie hat es selbst aufgebaut, während er im Ausland gewesen ist. Sie ist eine sehr kluge Geschäftsfrau.«

Olympia schwieg gereizt. Erzählte ihr Vater ihr das nur, um

ihr ein schlechtes Gewissen einzuimpfen, weil sie nie etwas anderes getan hatte, als nur viel Geld zu erben?

»Und wie sieht sie aus?«, erkundigte sich Olympia neugierig.

Dimitri wechselte das Thema. Seine Tochter brauchte von der jüngsten Affäre nichts zu wissen. »Daran kann ich mich schon gar nicht mehr erinnern«, bemerkte er leichthin. »Ich fahre übrigens morgen um zwölf zum Flugplatz. Da du mir am Telefon gesagt hast, du willst mit nach Europa fliegen, sei bitte pünktlich.«

Olympia nickte geistesabwesend. Sie hatte nicht die geringste Absicht, New York wieder zu verlassen, plante jedoch, Brigette und Nanny Mabel mit ihrem Vater fortzuschicken. Die beiden gingen ihr allmählich auf die Nerven. Das Kind wurde allmählich zu einem wahren Alptraum. Sie brauchte dringend ein wenig Zeit für sich allein.

Lucky Santangelo ... und Gino Santangelo. Luckys Vater hatte schon als junges Mädchen einen unlöschbaren Eindruck bei ihr hinterlassen. Der dunkelhäutige, mittelgroße Mann war ihr sehr sexy erschienen mit seinem dichten, lockigen Haar, den männlichen Bewegungen und den schwarzen Augen. Damals hatte sie zum ersten Mal die Anziehungskraft von älteren Männern gespürt.

Lange hatte Gino Santangelo ihre sexuellen Träume beherrscht. Wenn sie sich selbst befriedigt hatte, hatte sie sich vorgestellt, Gino sei bei ihr, würde ihre Brüste liebkosen und sie voll brutaler Kraft nehmen.

Sie hatte Lucky nie gestanden, welche Wünsche ihr Vater in ihr ausgelöst hatte. Der Freundin hätte der Gedanke sicher nicht behagt.

Olympia seufzte und erinnerte sich an den Tag, an dem sich Gino mit Mabelle Blue, einem berühmten blonden Filmstar, verlobt hatte. Er hatte Lucky telefonisch benachrichtigt, und sie war weinend in ihr Bett gekrochen. Olympia, die nicht schlafen konnte, schlüpfte zu der Freundin unter die Decke und tröstete sie ... sanft zuerst, dann immer leidenschaftlicher, und es hatte nicht lange gedauert, bis sich die beiden Schulmädchen wie Liebende umarmt hatten.

Eine Nacht voller süßer, feuchter Zärtlichkeit. Am nächsten Morgen war wieder alles beim Alten. Keine von beiden hatte den Vorfall je wieder erwähnt. Es war, als habe diese Nacht nie stattgefunden. Olympia dachte manchmal daran. Im Lauf der Jahre hatte es gelegentlich eine Frau für sie gegeben. Aber keine hatte in ihr jene verbotene Leidenschaft erweckt wie die Schulfreundin damals vor langer Zeit ...

19

Als es für Lucky praktisch nur noch darum ging, Ginos Rückkehr abzuwarten, um ihm dann ihren Entschluss, Las Vegas und das Magiriano aufzugeben, mitzuteilen, beschloss sie, das unerträglich heiße Klima der Stadt vorerst zu verlassen.

Ärgerlich packte sie ein paar Bücher, ein Tonbandgerät und einige Soul-Kassetten, flog nach Palm Springs und quartierte sich im Canyon-Club-Hotel ein, wo man ihr ein eigenes Haus mit Swimmingpool zur Verfügung stellte und ihr absolute Ungestörtheit zusicherte.

Dort in der erholsamen Abgeschiedenheit war das Warten angenehmer.

»Ich muss zurück«, sagte Gino oft.

»Warum?«, lautete Susans stereotype Antwort. »Du hast doch Leute, die deine Geschäfte in Las Vegas weiterführen. Und hier bei mir ist es doch sicher viel angenehmer für dich.«

Gino musste zugeben, dass das der Fall war. Trotzdem hatte er gegenüber Lucky allmählich ein schlechtes Gewissen.

Das Leben in Beverly Hills war für ihn wie ein langer Urlaub. In Susans Haus fand er Frieden, hatte Ruhe vor seinen Verpflichtungen, dem Telefon und Leuten, die ihn ständig mit unwichtigen Problemen belästigten. Er konnte sich entspannen und tun, was er wollte.

Außerdem würde Lucky während seiner Abwesenheit ein Auge auf alles haben. Das Mädchen stand seinen Mann. Es tat ihm Leid, dass er sie bezüglich Atlantic City enttäuschen musste, aber wenn er heiraten wollte, dann konnte er sich vorerst nicht an größeren, neuen Projekten beteiligen.

Lucky musste das verstehen.

Schließlich eröffnete Susan bei einem gemeinsamen Abendessen bei Chasen's in Ginos Anwesenheit ihren Kindern, dass sie beabsichtigte, zu heiraten. Die beiden gratulierten höflich und stießen sich unter dem Tisch mit den Füßen an.

»Siehst du, sie finden unsere Pläne in Ordnung«, bemerkte Gino später. »Jetzt muss ich nach Vegas zurück und einiges erledigen. Wir fliegen morgen.«

»Ich kann hier leider nicht weg«, widersprach Susan hastig.

»Warum nicht?«

Susan senkte den Blick. »Es ist ganz unmöglich. Nach Tinys Tod …« Sie verstummte einen Augenblick. »Ich wollte dir das eigentlich nicht sagen, aber Tiny hat mir finanziell gesehen ein totales Chaos hinterlassen. Meine Anwälte behaupten, es sei ein Alptraum. Ich muss damit jetzt allein fertig werden, und seit wir zusammen sind, habe ich meine geschäftlichen Angelegenheiten völlig vernachlässigt. Wenn du nach Las Vegas zurückfliegst, dann muss ich …«

Gino unterbrach sie hastig: »Mann, warum hast du mir das nicht gleich gesagt? Herrgott, schließlich wollen wir heiraten. Ich hätte dich fragen müssen, ob bei dir alles in Ordnung ist.«

»Das ist nicht dein Problem, Gino«, entgegnete Susan abweisend. »Trotzdem finde ich es nett, dass du mir deine Hilfe angeboten hast.«

»Hör zu, Susan. Von jetzt an sind deine Probleme auch meine Probleme. Ich fliege morgen zurück und schicke dir einen meiner besten Buchprüfer rüber. Er kann sich dann mit deinen Anwälten auseinander setzen. Sobald er deine Angelegenheit im Griff hat, sorge ich dafür, dass alles geregelt wird. Na, was meinst du?«

»Aber du musst das nicht tun«, murmelte sie, war jedoch sofort einverstanden.

Gino umarmte sie. »Natürlich muss ich. Und nächstes Wochenende kommst du dann nach Las Vegas.«

Susan hatte es sich nicht träumen lassen, dass alles so einfach sein würde. Einen Augenblick krampfte sich in ihr alles zusammen, denn sie hatte keine Lust auf eines seiner endlosen Liebesspiele. Doch dann entspannte sie sich und ertrug seine Umarmung. Nach der Hochzeit würde sie ihn nie wieder so nahe an sich heranlassen.

Seine Hände griffen nach ihren Brüsten. »Du bist ein verdammt verlockendes Mädchen«, scherzte er lachend. »Und das weißt du auch, was, Susie? Du bist verflucht sexy!«

Susan erschauerte innerlich.

Nach außen hin gab sie sich hin.

Seine brutalen Berührungen ließen sie kalt. Sie konnte seine Abreise kaum erwarten.

Lucky erhielt die Nachricht draußen am Swimmingpool. Gino war zurückgekommen. Sie packte ihre Sachen und war bereits eine Stunde später am Flugplatz. Eine Aussprache war längst überfällig.

20

Sie hatten sich in einem Drive-in-Restaurant Ecke La Brea und Sunset Boulevard verabredet. Lennie war als Erster da, saß in seinem Leihwagen und fragte sich ängstlich, ob sie ihr Versprechen zu kommen wirklich wahr machen würde. Es war halb drei Uhr morgens, also kaum der geeignete Zeitpunkt für eine Versöhnung. Als er ihr am Telefon jedoch erklärt hatte, er müsse sie unbedingt wieder sehen, hatte Eden prompt geantwortet: »Morgen habe ich zu tun, aber wenn du willst, können wir uns jetzt gleich treffen.«

Diese spontane Geste sah Eden gar nicht ähnlich. Lennie hatte erwartet, mit Flüchen überschüttet zu werden, weil er sie um diese Zeit aus dem Bett geklingelt hatte. Stattdessen war sie erstaunlich entgegenkommend gewesen. Allerdings kannte er sie zu gut, um nicht zu wissen, dass es auch typisch Eden sein konnte, ihn in die Nacht hinauszuschicken und dann selbst nicht zu erscheinen.

Lennie zündete sich eine Zigarette an und bestellte bei einer übermüdeten Kellnerin ein Glas Coca-Cola. Er trank einen Schluck und warf einen Blick auf die Uhr. Zwanzig Minuten, hatte sie gesagt. Inzwischen war schon eine halbe Stunde vergangen. Wie lange wollte sie ihn noch warten lassen?

Und er wartete. Eden besaß eine exotische Schönheit, von der er einfach nicht genug bekommen konnte.

In diesem Augenblick bog ihr pinkfarbener Thunderbird in die Parklücke neben ihm ein. Sie drehte das Fenster herunter und sah ihn lächelnd an. Sie hatte die Augen hinter einer großen Sonnenbrille à la Jackie Onassis verborgen und trug ein Seidentuch um den Kopf. »Hallo, Lennie«, begrüßte sie ihn mit ihrer heiser lockenden Stimme. »Du hast bestimmt gedacht, ich komme nicht mehr.«

Nach der Beerdigung ihrer Mutter erklärte sich Jess widerwillig bereit, sich erneut mit Matt Traynor zu treffen. Sie brauchte Ablenkung.

Und Matt Traynor benahm sich nicht gerade wie ein Gentleman. Er traf Jess wie verabredet auf dem Parkplatz des Hotels, fuhr mit ihr zu einem polynesischen Restaurant und spendierte ihr exotische Drinks, bis sie kaum noch auf den Beinen stehen konnte. Dann nahm er sie mit in seine Wohnung und versuchte mit ihr zu schlafen.

Sie wehrte sich nicht.

Sie merkte nicht einmal etwas.

Sobald sie ankamen, versank sie auf seiner Couch in einen ohnmachtgleichen Schlaf. Matt hob ihren Rock hoch und zog ihren Slip herunter und war bereits nahe daran, sie einfach so zu nehmen, als sich plötzlich sein Gewissen regte und er, entsetzt über sich selbst, von ihr abließ.

Hastig zog er ihren Slip wieder hoch und deckte den Rock darüber. Er fühlte sich miserabel. Mit einem Stöhnen schenkte er sich ein Glas Whisky ein und hoffte inständig, sie würde nie erfahren, wozu er sich beinahe hatte hinreißen lassen. Schließlich deckte er eine Leopardenfelldecke über sie und ging nervös in seiner Wohnung auf und ab.

Um halb sechs Uhr morgens wachte sie schließlich auf, fluchte laut, verlangte seine Autoschlüssel und stürmte in der Morgendämmerung aus seiner Wohnung.

Matt war am Boden zerstört. Er hatte sich so viel von diesem Abend versprochen. Jetzt war sie gegangen, und er war noch immer keinen Schritt weitergekommen. Machte sie sich denn überhaupt nichts aus ihm?

Er ging in seine hypermodern eingerichtete Küche und machte sich eine Tasse Pulverkaffee. Sein Rücken und seine Augen schmerzten. Die Anspannung der Nacht machte sich bemerkbar.

Matt fragte sich, ob sie je wieder mit ihm sprechen würde.

»Ich wusste, dass du kommen würdest«, log Lennie, stieg aus dem Wagen und setzte sich auf den Beifahrersitz des Thunderbird. Eden trug ein knappes Sommerkleid und Sandalen mit hohen Absätzen. Er streckte die Hand aus und nahm ihr die Sonnenbrille ab. Sie war ungeschminkt und sah toll aus.

»He!« Er berührte ihr Haar, wo das Seidentuch es nicht verdeckte. »Schön, dich wieder zu sehen.«

Sie sah ihn lange und prüfend an. »Hallo, Lennie! Du bist eine Überraschung ... aber eine nette.«

Sie wusste, wie sie ihn anpacken musste ... So war es immer gewesen.

»Wie wär's mit einer Spritztour zum Strand?«, schlug sie vor. »Dabei kannst du mir dann erzählen, was du hier machst.«

Lennie grinste. »Gute Idee. Soll ich fahren?«, fragte er und hoffte, dass seine Stimme nichts von seiner Erregung verriet.

Eden nickte.

Lennie stieg aus, während Eden auf den Beifahrersitz rutschte.

Er setzte sich hinters Steuer.

Eden drängte sich an ihn. »Ich habe dich vermisst, Big Man«, murmelte sie zärtlich und legte die Hand auf seinen Oberschenkel.

Lennie bekam eine Erektion, die anhielt.

Sie rasten den Sunset Boulevard entlang, waren in acht Minuten in Brentwood, in zwölf Minuten an den Palisades und fuhren bereits zwanzig Minuten später auf der Suche nach einem geeigneten Parkplatz den Pacific Coast Highway entlang.

Eden hatte bisher die Konversation fast allein bestritten und ihm von ihren Schauspielrollen erzählt. »Ich habe unaufhörlich zu tun«, verriet sie ihm. »Ich schätze, ich bin doch eine bessere Schauspielerin, als du gedacht hast.«

Lennie wollte auf dieses Thema nicht weiter eingehen.

Sie parkten an einer Stelle über dem Steilufer und liefen

zum Strand hinunter. Es war eine herrliche Nacht. Der Mond stand hell am Himmel, und der Ozean war eine stille, glatte Fläche. Sie hielten sich bei den Händen, streiften barfuß durch die Brandung am Strand entlang. Dann fielen sie wie alte Liebende auf den Sand und fanden mit leidenschaftlicher Gewissheit alle heimlichen Plätze ihrer Körper.

Sie schlang ihre langen Beine um seinen Hals und bewegte sich in seinem Rhythmus, als wolle sie nie mehr aufhören.

Er gab ihr, was sie wollte, was er wollte. Langsam. Schnell. Sehr schnell. Dann wieder langsam. Er behielt die Kontrolle, indem er stumm das Alphabet aufsagte, denn er wollte nicht kommen, wollte nicht, dass das Liebesspiel endete, wollte, dass die Lust und die Zärtlichkeit ewig dauerten.

»Du … bist … immer … der … Beste … gewesen«, seufzte sie heiser. »O Gott … Lennie … Big Man …«

Er fühlte ihren vibrierenden Orgasmus und gab sich seinem Höhepunkt hin, während sie vor Lust und Glück haltlos stöhnte. Als es zu Ende war, strich er ihr übers seidenweiche Haar und sagte gelassen: »Wir gehören zusammen. Das weißt du doch, oder?«

Eden blieb die Antwort schuldig. Das einzige Geräusch dieser Nacht war das sanfte Plätschern der Brandung auf dem Sand.

Jess raste mit Matts Wagen zum Hotel, stellte ihn dort auf dem Parkplatz ab, legte den Schlüssel unter den Sitz, sprang in ihren Camaro und fuhr auf dem schnellsten Weg nach Hause.

Schon als sie mit dem Wagen vor dem Haus anhielt, hörte sie Simon schreien. Sie hatte rasende Kopfschmerzen. Das kam von den vielen exotischen Drinks. Allerdings hatte der Alkohol ihr geholfen, nicht mehr an das Begräbnis denken zu müssen, und das war immerhin eine Erleichterung gewesen. Leere Konservenbüchsen und Flaschen überall, und der

Gestank von abgestandenem Marihuanarauch und Simons schmutzigen Windeln schlug ihr entgegen. Auf dem Fußboden schlief ein unbekannter Mann.

Im Schlafzimmer lag Wayland angezogen quer über dem Bett, während sich Simon die Seele aus dem Leib schrie. Jess wickelte Simon frisch, nahm ihn resigniert mit in die Küche und machte ihm eine Flasche. Das Kindergeschrei, das häusliche Chaos, das alles trieb sie allmählich zum Wahnsinn. Sie steckte Simon die Flasche in den Mund und atmete auf, als um sie herum endlich alles still war.

Diese Woche noch wollte sie Wayland sagen, dass er seine Sachen packen sollte.

21

Es ist mir scheißegal, was du willst!«, schrie Gino.

»Und mir ist es scheißegal, was du denkst!«, kreischte Lucky ebenso wütend.

Seit einer Stunde schrien sie sich bereits an … seit einer Stunde voller Beleidigungen, Vorwürfe und Beschuldigungen. Das harmonische Verhältnis eines ganzen Jahres war mit einem Schlag der Feindseligkeit vergangener Zeiten gewichen.

»Wir sind Partner«, erklärte Lucky kühl. »Das Magiriano gehört zur Hälfte mir … Und ich werde meinen Anteil kassieren und mir ein anderes Betätigungsfeld suchen. Wir werden also entweder verkaufen, oder du zahlst mich aus. Wofür entscheidest du dich?«

Gino musste insgeheim eingestehen, dass seine Tochter Courage hatte. Trotz seiner Wut konnte er sich einer gewissen Bewunderung nicht erwehren. Sie stellte augenblicklich ein unangenehmes Problem dar, doch sie war gerissen, intelligent und zäh; und damit gehörte sie zu den Gewinnern dieser Welt.

»Also gut!« Er machte eine resignierende Geste. »Du willst aussteigen ... also sollst du aussteigen. Worum streiten wir uns überhaupt? Ich bin der Letzte, der dich zurückhalten würde. Ich zahle dir deinen Anteil aus. Aber vergiss nicht, alles, was ich besitze, gehört eines Tages sowieso dir.«

Glaubte er wirklich, was er da sagte? Wenn er Susan Martino heiratete, gehörte eines Tages alles ihr.

»Damit wäre ja alles geregelt«, antwortete sie gleichmütig. Die heftige Auseinandersetzung hatte sie erschöpft.

»Gut. Wenn du so verdammt sicher bist, dass das wirklich dein Wille ist, dann setze ich gleich alle Hebel in Bewegung«, versprach er mürrisch.

»Da ist noch etwas«, sagte Lucky.

»Was denn?«

»Das Haus in East Hampton«, antwortete sie prompt. »Ich möchte es haben.«

»Wie bitte?« Er starrte sie verständnislos an. »Warum?«

»Weil ich nicht will, dass du je mit einer anderen Frau dort wohnst. Es war Mommys Haus, als wir alle noch eine richtige Familie gewesen sind; das einzige Zuhause, das ich je gehabt habe. Deshalb will ich es haben.«

Gino schluckte. »Also gut, es gehört dir«, erklärte er widerwillig.

Lucky blieb geschäftsmäßig. Sie wusste, dass sie sich nur so am besten vor den Folgen seiner Ehe mit Susan Martino schützen konnte. »Ich habe es von einem Makler schätzen lassen. Ich kaufe es dir ab. Das Geld kannst du von meinem Anteil am Magiriano abziehen.«

Gino schüttelte den Kopf, als verstehe er die Welt nicht mehr. »Lucky«, begann er leise. »Warum benehmen wir uns wie ein Ehepaar, das in Scheidung lebt? Wenn das so weitergeht, unterhalten wir uns nur noch über Anwälte miteinander.«

»Da wir gerade von Anwälten reden«, nahm Lucky das

Thema sachlich auf. »Ich hoffe, du hast daran gedacht, Susan einen Ehevertrag unterschreiben zu lassen.«

»Was zum Teufel soll denn das heißen?«, erkundigte er sich aufgebracht. »Du kennst Susan kaum, aber verdächtigst sie gleich, sich mein Geld unter den Nagel reißen zu wollen.«

»Ich verhalte mich lediglich so, wie du es mich gelehrt hast«, konterte Lucky eiskalt. »Wir sind hier in Nevada ... und hier gelten besondere Eigentumsrechte.«

Damit verließ sie den Raum. Sie war so weit gegangen, wie sie gehen konnte.

Susan Martino, so musste Gino anhand des Berichts seines Buchprüfers feststellen, hatte mehrere hunderttausend Dollar Schulden.

Er telefonierte mit ihr. »Wie bist du da nur hineingeraten?«, wollte er wissen.

»Die Frage müsste eher lauten, wie Tiny mich in diese Situation manövrieren konnte«, verbesserte sie ihn logischerweise.

»Ich bringe das in Ordnung.« Er war zwar nicht begeistert, aber irgendwie musste ja Abhilfe geschaffen werden.

»Ich habe dir doch schon gesagt, dass ich das nicht von dir verlangen kann«, erinnerte sie ihn.

»Nimm es als Hochzeitsgeschenk«, bot er ihr großzügig an.

»Danke.« Ihre Dankbarkeit hielt sich offenbar in Grenzen.

Gino bewunderte ihre Damenhaftigkeit, die sie in allen Lebensbereichen an den Tag legte. Sie hatte wirklich Klasse. »Vermisst du mich denn gar nicht?«

»Doch. Aber ich muss schließlich die Hochzeit vorbereiten, und das lastet mich momentan vollständig aus.«

»Was gibt's denn da vorzubereiten? Du setzt dich in ein Flugzeug und kommst her. Wir heiraten hier. Ganz schlicht und ohne großen Aufwand.« Er zündete sich eine Zigarre an, obwohl ihm der Arzt nach der Herzattacke dringend geraten hatte, darauf zu verzichten. »Warum heiraten wir nicht einfach dieses Wochenende? Dann haben wir's hinter uns.«

Sie lachte. »Du machst Witze, nicht wahr? Mein Gott, Gino … wie trivial das klingt, ›dann haben wir's hinter uns‹.«

»Hast du andere Pläne?«

»Aber selbstverständlich. Eine Hochzeit ist eine ernste, feierliche Angelegenheit. Und du willst doch sicher eine richtige Hochzeit haben, oder?«

»Richtig können wir auch in Las Vegas heiraten.«

»Nein, das ist ein Irrtum«, verbesserte sie ihn. »Wir müssen in Beverly Hills heiraten. Hier sind alle meine Freunde. Es wird ein herrliches Fest werden … eines, das man nie vergisst.«

»Aber meine Freunde sind dort«, entgegnete er. »Und wir werden auch dort leben. Ich wollte es dir eigentlich nicht am Telefon erzählen, aber Lucky verlässt Las Vegas.«

»Wirklich?«

»Ja. Sie hat mich mit ihren Zukunftsplänen ganz krank gemacht. Sie will übrigens nach New York.«

»Wer weiß, wofür das alles noch mal gut ist, Gino, Liebling«, tröstete Susan ihn. Sie hatte nie gedacht, dass sie die selbstbewusste Tochter so leicht loswerden würde.

»Meinst du?«

»Natürlich.«

Susan sagte nichts davon, dass sie vorhatte, das Wochenende in Los Angeles zu bleiben. Nachdem sie aufgelegt hatte, rief sie ihre Anwälte an, um nachzufragen, wann alle ihre Schulden bezahlt sein würden. Offenbar hatte sie mit Gino Santangelo eine ausgezeichnete Wahl getroffen. Er war alt, reich und gefügig. Für einen Mann seines Alters interessierte er sich vielleicht zu viel für Sex, aber damit musste sie nur noch kurze Zeit leben.

Susan hatte sich ein Leben lang mit Männern arrangiert. Von ihrem fünfzehnten Lebensjahr an, als ein aufgeblasener, ungefähr fünfzigjähriger Filmstar sie entjungfert hatte, während sich ihre Mutter, die Friseuse, ein Stockwerk tiefer mit Wodka betrunken hatte, bis zu Gino.

Es war eine ganze Reihe von reichen, einflussreichen Männern, mit denen sie hatte fertig werden müssen, und ihre Mutter hatte die Vorteile, eine hübsche, junge Tochter zu haben, weidlich ausgenützt. Nie hatte Geld den Besitzer gewechselt. Es gab lediglich einen neuen, weißen Cadillac für die Mutter, drei Fernsehapparate, eine üppige Garderobe, Unmengen von Delikatessen und kistenweise Champagner.

Susan überkam Ekel, wann immer ein Mann sie berührte.

»Geh mit Mr. Soundso nach oben, Susan, er möchte dir etwas zeigen«, hatte es stets geheißen.

Einen reichen Mann nach dem anderen hatte sie befriedigt, bis es eine Art Lebensstil geworden war und sie das Spiel ganz automatisch betrieb, weil irgendjemand Mutter ja mit den gewohnten Luxusartikeln und dem Alkoholbedarf versorgen musste.

Als Susan zwanzig war, kam die Mutter bei einem Autounfall ums Leben. Kurz darauf war sie gerissen genug, Tiny für sich zu entdecken, während sie in den Studios arbeitete. Tiny hatte keine Chance gegen sie gehabt. Sie wusste, was sie wollte, und holte es sich mit eisernem Willen und Selbstbeherrschung. Tiny ließ sich von seiner ersten Frau scheiden, heiratete Susan, und gemeinsam schafften sie den Aufstieg in der gesellschaftlichen Hierarchie Hollywoods. Sie wurde eine perfekte Gastgeberin, eine verlässliche Vertraute und Mutter seiner zwei Kinder.

Nach wenigen Ehejahren schlief Tiny mit allem Weiblichen, das ihm in die Quere kam. Es war nicht einfach, mit einer der Königinnen des Jet-Set von Beverly Hills und Bel Air verheiratet zu sein.

Susan lernte später eine mollige russische Masseuse namens Gloria kennen, die ins Haus kam, um ihre Nackenschmerzen zu kurieren. Es stellte sich heraus, dass Gloria auch anderweitig für Entspannung zu sorgen verstand, und Susan gab sich dieser neuen Erfahrung gern hin. Es hatte danach noch andere Frauen für sie gegeben, aber in den vergangenen drei Jahren hatte sie eine sehr zufrieden stellende Affäre mit Paige, der Frau des Filmproduzenten Wheeler. Die intimen Stunden der beiden Frauen fanden stets an wechselnden Orten, einschließlich des eigenen Zuhauses statt, sobald sie die Dienstboten loswerden konnten. Leider hatte Paiges Ehemann Ryder erst vor kurzem einen Erfolgsfilm produziert, was bedeutete, dass Paige viele unumgängliche gesellschaftliche Verpflichtungen erfüllen musste, die viel Zeit in Anspruch nahmen. Außerdem betätigte sich Paige noch als Innenarchitektin. Und Susan ihrerseits war damit beschäftigt gewesen, sich Gino in Las Vegas zu angeln. Auf diese Weise hatten sich die beiden Frauen bereits monatelang nicht mehr gesehen.

Susans Hand verharrte unschlüssig über dem Telefonhörer in der Luft. Sie hatte sich eine kleine Belohnung verdient. Nur eine kleine Belohnung.

Am Morgen nach der Auseinandersetzung mit Gino war Lucky beim Aufwachen speiübel. Sie übergab sich, fühlte sich danach etwas besser und kroch wieder in ihr Bett. Zum krank werden hatte sie jetzt wirklich keine Zeit. Es gab so viel zu tun. Sie musste ihre Sachen packen, mit den Anwälten verhandeln, ihre Angelegenheiten regeln.

Plötzlich kamen ihr Zweifel an der Richtigkeit ihres Tuns. Und einem Impuls folgend, hob sie den Telefonhörer ab und rief Costa Zennocotti in Miami an. Costa hatte sich ein Jahr zuvor dorthin auf sein Altenteil zurückgezogen und lebte dort nach allem, was Lucky gehört hatte, nach vierzig Jahren als Ginos Anwalt und bester Freund glücklich ein ruhiges und beschauliches Leben. Costa war auch Luckys Freund, denn schließlich war er es gewesen, der ihren Ehrgeiz angestachelt und sie alles über das Geschäft gelehrt hatte, während Gino in Israel im Exil gewesen war.

»Onkel Costa«, begrüßte sie ihn herzlich, als er sich meldete. »Wie geht es dir?«

»Ausgezeichnet. Momentan vertiefe ich mich in die Kunst der französischen Küche«, erwiderte er und war glücklich, von ihr zu hören. »Ich habe in meinem fortgeschrittenen Alter beschlossen, kochen zu lernen.«

Lucky lachte. Es tat immer gut, mit Costa zu reden. »Wann hast du zum letzten Mal was von Gino gehört?«

»Oh, das ist schon länger her. Warum? Ist irgendwas passiert?«

»Ach, einiges ... aber nichts Weltbewegendes«, erwiderte Lucky. »Ich werde vermutlich meinen Teil am Magiriano aufgeben.«

»Nichts Weltbewegendes nennst du das? Das ist weltbewegend. Was ist bei euch los, Lucky?«

»Kann ich zu dir kommen? Ich würde gern mit jemandem darüber sprechen.«

»Wann?«

»In ein paar Tagen.«

»Du bist jederzeit willkommen, mein Kind. Ich bin immer für dich da, das weißt du.«

Ja, auf Onkel Costa war von jeher Verlass gewesen. Und auf Gino?

»Ich rufe dich wieder an.«

»Gut. Warte nicht zu lange.«

»Nein, bestimmt nicht.«

Lucky legte auf und freute sich bereits auf ein Wiedersehen mit Onkel Costa. Sie fühlte sich etwas besser, stand auf, zog sich an und fuhr mit dem Lift hinunter. Im Casino herrschte reger Vormittagsbetrieb. Sie traf Matt, der ungewöhnlich müde und übernächtigt wirkte. Dabei fiel ihr ein, dass sie eine Besprechung mit ihren Leuten ansetzen musste, um ihnen die Neuigkeit mitzuteilen. Allerdings sahen sie Gino sowieso als den eigentlichen Chef an. Bisher hatte sie diese Erkenntnis stets verdrängt, jetzt bestand dazu keine Veranlassung mehr.

Zum ersten Mal in meinem Leben werde ich ganz auf mich gestellt sein, dachte sie plötzlich.

Der Gedanke war aufregend.

Sogar sehr aufregend.

Sie grinste unwillkürlich. Und in diesem Augenblick fühlte sie sich großartig. Vielleicht würde sie das Projekt in Atlantic City auch ohne Gino realisieren können. Möglicherweise gelang es ihr, Geldgeber zu finden ... Und plötzlich wusste sie, dass sie dazu durchaus in der Lage war. Sie brauchte nur die anderen davon zu überzeugen.

22

Lennie schlief, wie er schon lange nicht mehr geschlafen hatte ... tief und traumlos, wie in Watte gehüllt, entspannt und friedlich. Am liebsten wäre er überhaupt nicht aufgewacht. Doch er wachte auf. Es war bereits zwölf Uhr mittags.

Er sprang aus dem Bett und stellte sich unter die heiße Dusche, wo er aus voller Brust *Staying Alive* sang.

Im Badezimmerspiegel begutachtete er schließlich die Spuren, die das nächtliche Kampfspiel bei ihm hinterlassen hatte. Eden und ihre tödlich spitzen Fingernägel. Sein Rücken sah wie eine Landkarte voller feiner roter Wege aus.

Na und? Er hatte sie wieder. Was bedeuteten unter Freunden schon ein paar Narben?

Für einen Augenblick setzte bei ihm jedes Denkvermögen aus. Sie hatten kaum miteinander gesprochen, nur großartigen Sex und den Körper des anderen genossen. Eden war ebenso ausgehungert gewesen nach ihm wie er nach ihr. Auf der Rückfahrt war sie an ihn geschmiegt einfach eingeschlafen. Er hatte sie zu ihrem Wagen zurückgebracht und vorgeschlagen, ihr nach Hause zu folgen. »Nein«, hatte sie entschieden abgewehrt. »Ich habe morgen einen frühen Termin.«

Lennie hatte ihr also nachgesehen, wie sie in die Stadt zurückgefahren war. Sie hatten sich um fünf Uhr morgens getrennt.

Vorerst musste er lediglich den Tag ohne sie überstehen. Dabei wurden ihm mit einem Mal seine Unterlassungssünden der letzten Nacht klar. Er wusste nicht, wo Eden arbeitete, geschweige denn, wo sie wohnte. Alles, was er besaß, war eine Telefonnummer.

Am Abend wollte er, dass sie ihn zu Foxie's begleitete. Sie sollte an einem der vordersten Tische sitzen und erleben, welches Echo er im Publikum auslöste. Sie hatte an seiner Arbeit stets etwas auszusetzen gehabt. Wenn sie ihn erst einmal in Los Angeles in Aktion sah, würde sie ihre Meinung ändern müssen.

Es war das Beste, dass sie wieder zusammenblieben. Trotz aller Auseinandersetzungen: Eden und er ergaben eine unschlagbare Kombination.

Eine innere Stimme meldete sich voller Spott: Wem willst du eigentlich etwas vormachen, Lennie Golden? Sie frisst dich mit Haut und Haaren und spuckt dich wieder aus. Du und Eden zusammen … lass es bleiben!

Lennie beachtete die Warnung erst gar nicht.

Eden hatte gelogen … etwas, das sie oft tat. Aber sie beherrschte diese Kunst perfekt. Es gab keinen frühen Termin in ihrem Kalender. Die erste Verabredung des Tages war dort um ein Uhr mittags verzeichnet und sollte mit dem Innenarchitekten stattfinden, der Santino Bonnatti einen Gefallen schuldete.

Eden stand spät auf, gönnte sich den Luxus eines Schaumbades, zog sich gemächlich an und kam eine Viertelstunde zu spät zu der Adresse im Blue Jay Way, wo das Haus lag, das Santino ihr gekauft hatte. Pünktlichkeit gehörte nicht zu ihren Tugenden.

Der Innenarchitekt entpuppte sich als Frau, was Eden ärgerte. Sie hatte ungern mit Frauen zu tun. Das weibliche Geschlecht war entweder eifersüchtig auf Edens Schönheit oder versuchte ihr, als einem der ehemals bekanntesten amerikanischen Fotomodelle, um jeden Preis zu schmeicheln.

Die Frau, die ihr dann allerdings gegenüberstand, war anders. Sie war klein, hatte eine kupferfarbene lockige Mähne und trug einen Rock, der bis zum Oberschenkel hinauf geschlitzt war. Ihr Verhalten war geschäftsmäßig. Sie hatte einen homosexuellen Assistenten dabei, der auf einem Journalbrett eine Menge Zeichnungen und Vorschläge mitgebracht hatte. Die Innenarchitektin hieß Paige Wheeler. Eden fragte sich, welche Art von Gefallen sie Santino wohl schuldete.

»Ich möchte viel Weiß«, erklärte sie vage. »Weiße Sofas und Teppiche. Alles soll modern sein. Ich mag klare Linien und viele Spiegel ... und Chrom. Das Haus soll einfach super werden.«

Paige nickte, machte Notizen, zeigte ihr Musterbücher und eine Reihe von zeichnerischen Vorschlägen.

Eden war mit den meisten Vorschlägen einverstanden. Sie wartete ebenso sehnsüchtig darauf, ihre Wohnung verlassen zu können, wie Santino darauf wartete, dass sie in das neue Haus einzog. Und solange die Villa so Aufsehen erregend aussah wie aus den Magazinen *People* oder *US*, war ihr alles andere völlig gleichgültig. Vermutlich würde es sowieso nur für eine kurze Zeit ihr Zuhause sein, denn sobald sie Starruhm erlangt hatte, zog sie weiter. Sie hatte nicht die Absicht, für den Rest ihres Lebens Santino Bonnatti in ihrem Bett zu haben. Sie ertrug ihn nur so lange, wie unbedingt nötig.

Einen Augenblick lang dachte sie an Lennie und ihr Liebesspiel in der vergangenen Nacht. O Lennie ... er hatte seine Anziehungskraft gewiss nicht eingebüßt. Der Junge war großartig im Bett. Und sie musste es wissen. Viele Männer hatten den Trip in den Himmel bei ihr gewagt und waren ohne weitere Empfehlungen wieder verschwunden.

Ein Jammer, dass ausgerechnet Lennie eine Niete war. Er hatte keine Zukunft. Offenbar arbeitete er in einem billigen Schuppen auf dem Hollywood Boulevard. Wusste er denn nicht, dass der Hollywood Boulevard nicht zur City gehörte? Er hatte, wie schon in New York, wieder mal eines der billigsten Etablissements erwischt.

Und keiner konnte behaupten, dass sie Lennie keine Chance gegeben hätte. Drei Jahre lang hatte er seine Chance gehabt. Was Sex betraf, war er noch immer unübertroffen. Und nach Santinos primitiven Aufmerksamkeiten hatte sie wirklich eine Abwechslung verdient. Sie war froh, dass er angerufen hatte, war froh, sich mit ihm getroffen zu haben. Jetzt hoffte sie nur, dass er wieder sang- und klanglos verschwinden würde.

»Eine pfirsichfarbene Tapete wäre im Badezimmer sehr wirkungsvoll«, schlug Paige vor.

»Hmmmmm ... nicht schlecht«, stimmte Eden zu. »Und fürs Bett möchte ich eine Überdecke aus Fell. Irgendwas Verrücktes ... was Geiles ... was nach Filmstar aussieht.«

»Ich weiß sehr gut, was Sie meinen.« Paige nickte und tauschte einen amüsierten Blick mit ihrem Assistenten.

»Gut«, entschied Eden. »Sind wir fertig?« Sie hatte einen Termin bei ihrer Maniküre und war bereits zwanzig Minuten zu spät dran.

Matt Traynor ließ sich offenbar so leicht nicht abschütteln. Ständig tauchte er in ihrer Nähe auf, erkundigte sich, wie es ihr gehe, und lud sie erneut zum Abendessen ein. Jess wusste nichts mit ihm anzufangen … und doch … er war wenigstens für sie da, schien sich um sie zu sorgen.

»Ich schätze, ich habe mich gestern Abend ziemlich idiotisch benommen«, murmelte sie.

Sie wusste nichts! Matts Erleichterung war grenzenlos. Er hatte noch eine Chance. »Ganz und gar nicht. Sie haben mir von Ihrer Mutter erzählt … und es hat Ihnen gut getan, sich zu betrinken.«

»Ich bin in letzter Zeit sehr anspruchslos geworden.«

»Wir könnten es ja heute Abend wiederholen.«

»Was? Mich zu betrinken?«

»Nein, uns zu unterhalten.«

Jess hatte beschlossen, Wayland den Stuhl vor die Tür zu setzen. Warum sollte sie die Entscheidung nicht noch einen Abend hinausschieben, bis sie seelisch in der Lage war, sie durchzustehen? Vielleicht konnte sie Matt um Rat fragen. Eine Scheidung war eine rechtliche Angelegenheit. Möglicherweise war es gar nicht so einfach, Wayland loszuwerden.

»Also gut«, sagte sie zu ihrer eigenen und zu Matts Überraschung. »Solange es sich nicht wieder um ein Abendessen zu zweit ›chez Traynor‹ handelt.«

Um drei Uhr nachmittags lag Lennie neben dem Swimmingpool vom Château Marmont und sonnte sich. Plötzlich wurde sein Name ausgerufen: »Ist hier ein Mr. Golden?«

Er dachte sofort an Eden und sprang auf.

Es war nicht Eden, sondern ein Talentsucher von der Merv Griffin Show, der ihm mitteilte, dass einer der Produzenten ihn am Vorabend im Foxie's gesehen hatte, dass in drei Tagen ein Auftritt frei werde, und wenn er wolle, er ihn haben könne.

Und ob Lennie wollte!

»Ja«, antwortete er. »Das ließe sich machen.« Und er gab ihm die Telefonnummer seines Agenten.

Eden würde begeistert sein. Sie begleitete ihn bestimmt zu den Aufnahmen, hielt ihm die Hand und wünschte ihm in seiner Garderobe auf sehr spezielle Art Glück. Endlich hatte er es geschafft. Er bekam einen Auftritt im Fernsehen.

Erregt überlegte er, welche Nummer er bringen sollte. Ein Fernsehauftritt war mit der Bühne eines Nachtclubs nicht zu vergleichen. Und Lennie Golden schrieb schließlich seine Texte selbst ...

Er hatte plötzlich keine Ambitionen mehr, braun zu werden, und eilte auf sein Zimmer. Es gab Arbeit.

»Du bist gestern Nacht aus gewesen«, sagte Santino ungewöhnlich sanft.

»Nein, das bin ich nicht«, log Eden empört. Sie hatte nicht die Absicht, Santino Rede und Antwort zu stehen. »Ich habe den ganzen Abend lang ferngesehen ... und das war ziemlich langweilig.«

»Wo bist du gewesen?«, zischte er wie eine Schlange.

»Nirgendwo. Ich hab's dir doch gesagt. Ich ...«

Die Ohrfeige riss ihren Kopf zurück und hinterließ ein hässliches rotes Mal auf ihrer Wange.

Eden war entsetzt und erstaunt zugleich. »Was erlaubst du ...«, begann sie.

Ein zweiter Schlag brachte sie zum Schweigen. »Ich rate dir, mich nie wieder anzulügen, Eden«, warnte er sie sachte. »Nie wieder, hörst du. Diesmal sehe ich noch drüber weg, aber glaub mir ... tu's ja nie wieder.«

Santino verließ Edens Wohnung, wobei er vor sich hin brummte.

»Alles in Ordnung, Boss?«, fragte Blackie, als sie mit dem Lift in die Parkgarage hinunterfuhren.

Santino antwortete seinem Leibwächter erst gar nicht. Er redete nur, wann und mit wem er wollte.

Stattdessen knackte er mit seinen Fingerknöcheln und betrachtete die Spitzen seiner italienischen Maßschuhe.

Frauen. Man musste ihnen beibringen, wer der Boss war. Dieselbe Maxime wandte er bei seinen Angestellten an.

Demonstriere deine Stärke, dann gibt es keine Rebellion.

Matt führte Jess in ein italienisches Restaurant. Dort entdeckte Jess, dass sie einen Löwenhunger hatte, und aß sich von einer Nudelvorspeise über ein Kalbskotelett bis zu einem Käsekuchen mit Erdbeeren mit großem Appetit durch. Seelische Spannungen und Sorgen schlugen sich bei ihr stets in einem unersättlichen Hunger nieder.

Sie tupfte sich den Mund mit der Serviette ab, sah Matt durchdringend an und sagte: »Also los. Jetzt erzählen Sie mal endlich.«

»Ich habe Sie bisher immer für eine Vegetarierin gehalten«, murmelte er verlegen.

»Gelegentlich bin ich das auch«, antwortete sie und griff nach ihrem Weinglas. Es war leer.

Matt bestellte eine weitere Flasche und fragte sich, ob sich der vorausgegangene Abend wohl wiederholen würde, wenn sie so weitermachte.

»Kommen Sie schon«, beharrte sie. »Erzählen Sie mir endlich, wie das mit Lennie passieren konnte. Wer hat ihn gefeuert, wenn Sie's schon nicht gewesen sein wollen?«

Matt Traynor beschloss, dass es nicht schaden konnte, Jess die Wahrheit zu sagen. Es gab keinen Grund, weshalb er die Schuld auf sich nehmen sollte. Schließlich wollte er bei Jess weiterkommen. Möglicherweise erwies sie sich als dankbar.

»Lucky Santangelo wollte Lennie Golden wieder los sein«, erklärte er leise. »Fragen Sie mich bitte nicht weshalb, das weiß ich nämlich nicht. Sie hat mich morgens um zwei Uhr aus dem Bett geholt und von mir verlangt, dass ich ihn entlasse.«

»Lucky Santangelo«, wiederholte Jess gedehnt. »Das begreife ich nicht. So viel ich gehört habe, muss seine Eröffnungsshow großartig gewesen sein.« Jess runzelte die Stirn. »Normalerweise mischt sie sich in solche Sachen doch gar nicht ein.«

»Tja, es ist müßig, sich darüber den Kopf zu zerbrechen. Was die Santangelos wollen, ist im Magiriano Gesetz.« Matt zuckte mit den Achseln.

Jess überlegte fieberhaft. Lucky Santangelo – der Lady-Boss, wie sie genannt wurde. Weshalb hatte sie Lennie entlassen?

»Jetzt wissen Sie Bescheid«, seufzte Matt. »Aber vergessen Sie nicht, was ich Ihnen gesagt habe, ist streng vertraulich.«

»Wofür halten Sie mich? Glauben Sie, ich setze morgen eine Anzeige mit diesem Inhalt in die Zeitung?«

»Ich möchte nur nicht als Informationsquelle zitiert werden«, entgegnete Matt.

Jess nickte. Warum hatte Lennie nie mehr angerufen? Sie vermisste ihn sehr. Und sie brauchte ihn. Jetzt hatte sie ihm wenigstens etwas zu sagen. »Matt«, begann sie vorsichtig, »kennen Sie zufällig einen guten Anwalt? Ich brauche einen juristischen Rat.«

»Inwiefern?«

»Ich möchte mich scheiden lassen.«

Und dann begann Jess ihm von Wayland, den Drogen, seinen Freunden und dem häuslichen Chaos zu erzählen. Sie redete wie ein Wasserfall und war froh, endlich einmal alles loswerden zu können.

»Ich bezahle sämtliche Rechnungen«, schloss sie. »Seit unserer Hochzeit hat er nicht einen Dollar beigesteuert. Was passiert, wenn ich ihn rauswerfe? Muss er dann gehen?«

Matt hörte ihr aufmerksam zu. Es gefiel ihm ganz und gar

nicht, was sie ihm da erzählte. An einen Drogensüchtigen gebunden zu sein, war immer schwierig. Im Guten wurde man die nie los.

»Ist er gewalttätig?«, wollte Traynor wissen und fragte sich insgeheim, ob er noch bei Verstand war, sich etwa in diese Angelegenheit mit hineinziehen zu lassen.

»Nein. Überhaupt nicht. Er ist eigentlich mehr sanftmütig ... vor allem dem Kind gegenüber.« Sie seufzte. »Es fällt mir nicht leicht, mich von ihm zu trennen. Er ist wie ein großes Kind. In gewisser Weise tut er mir sogar Leid.«

»Sie müssen unbedingt zu einem Anwalt«, drängte Matt. »Ich mache für Sie einen Termin aus. Würde es Ihnen morgen Vormittag passen? Mein Anwalt ist mir einen Gefallen schuldig. Rufen Sie mich gegen zehn Uhr an. Dann weiß ich mehr.«

Jess drückte ihm dankbar die Hand. »Das ist lieb von Ihnen«, murmelte sie. »Sie sind wirklich nett.« Trotz Ihrer komischen Frisur, den Goldkettchen und Ihrem schrecklichen Apartment, hätte sie am liebsten hinzugefügt, sagte jedoch nichts. Allmählich musste sie wohl ihre Meinung über Mr. Traynor revidieren. Er war besser als sein Ruf.

Das Mädchen in der Telefonzentrale wurde gereizt. »Ja, Mr. Golden. Ich habe Ihre vier Nachrichten weitergegeben. Nein, Mr. Golden, es ist nicht meine Schuld, dass Miss Antonio nicht zurückgerufen hat.«

»Ich bin jetzt unter einer anderen Nummer zu erreichen«, erklärte Lennie seinerseits gereizt und gab ihr die Telefonnummer von Foxie's. »Und bitte sagen Sie ihr, es sei dringend.«

»Selbstverständlich, Mr. Golden.«

»Danke.«

»Keine Ursache.«

Er legte auf und hasste die Telefonistin mehr als bei jedem

der vorigen Anrufe. Warum spielte Eden Katz und Maus mit ihm? Wieso behandelte sie ihn so gemein, bevor sie das alte Verhältnis überhaupt wieder hergestellt hatten? Was sollte dieser Unsinn?

Er ging auf die Bühne und war zum ersten Mal schlecht.

Foxie beachtete ihn danach wenigstens so lange, wie er ihn übel beschimpfte.

Isaac war ebenfalls im Publikum und erklärte, es sei ein Glück, dass niemand von der Griffin Show den Flop miterlebt hatte.

Rainbow lächelte. »Was ist los? Hast du deine Tage?«

Lennie versuchte Eden immer wieder zu erreichen, doch es meldete sich immer nur der automatische Anrufbeantworter. Niemand konnte oder wollte ihm ihre Adresse sagen. Joey Firello, der sie möglicherweise gekannt hätte, war nicht in der Stadt. Lennie nahm sich vor, die Anschrift herauszufinden … koste es, was es wolle.

Er weigerte sich, von Eden Antonio noch einmal sein Leben kaputtmachen zu lassen.

Pünktlich um zehn Uhr vormittags rief Jess Matt an. Er hatte sein Versprechen gehalten und ihr um halb ein Uhr einen Termin bei seinem Anwalt verschafft. Jess war dankbar und machte diesmal erst gar nicht den Versuch, Wayland zu wecken, der halb bewusstlos auf der altersschwachen Couch im Wohnzimmer lag.

Sie gab Simon die Flasche etwas früher als sonst und brachte ihn ins Bett. Dann schlich sie leise aus dem Haus.

Fünf Minuten später wurde Wayland wach. Er fühlte sich elend, die Wirkung der Drogen war noch nicht restlos abgeflaut. Nachdem er vergeblich nach Jess gesucht hatte, wurde ihm klar, dass sie zur Arbeit gegangen war, ohne ihm Geld zu Hause zu lassen.

Wayland brauchte Geld. Edge sollte später mit gutem Stoff zu ihm kommen, und er hatte ihm hundertfünfzig Piepen versprochen. Jess würde wütend werden, wenn er sie nach Geld fragte. Dabei könnte sie einen Teil des Stoffs, den er auftrieb, mit gutem Profit im Casino weiterpushen. Er musste mit ihr einmal Klartext reden. Er musste ...

Er vergaß, was er gerade gedacht hatte, und schluckte ein paar Tabletten, die letzten von seinem Vorrat. Dabei fiel ihm wieder ein, dass er Geld brauchte, um seinen Drogenbedarf aufzufüllen. Jess behandelte ihn nicht richtig. Sie hätte nicht einfach gehen dürfen, ohne ihm Geld dazulassen.

Wayland begann planlos nach Geld zu suchen, stieß dabei Möbel um, verschüttete Kaffee und streute unachtsam Zucker und Mehl aus den Behältern auf den Küchenfußboden. Sein einziger Gedanke war, dass Edge bald kommen musste und er bis dahin Geld brauchte.

Im Schlafzimmer fing das Baby an zu schreien.

Manchmal versteckte Jess Geld ...

Er hatte schon einmal fünfzehnhundert Dollar unter der Matratze des Kinderbettchens gefunden.

Wayland taumelte auf unsicheren Beinen ins Schlafzimmer. In der vergangenen Nacht hatte er mit einigen Freunden die unterschiedlichsten Aufputschmittel gemixt. Sie waren ins Haus gekommen. Was sollte er auch sonst tun. Er konnte schließlich nicht fort, solange er auf das Baby aufpassen musste.

Verzweifelt begann er Laken und Decken vom Bettchen zu reißen, nachdem er das Baby vorsichtig auf die Erde gelegt hatte. Noch während er die kleine Matratze heraushob und quer durchs Zimmer schleuderte, begann Simon auf die Terrassentür zuzukrabbeln.

Wayland war noch viel zu stoned, um etwas zu bemerken.

Unter der Matratze war nichts.

Kein müder Cent.

Schlaffigkeit überkam ihn. Er warf sich über das Bett und versank sofort wieder in tiefen Schlaf.

23

Die Snoopy-Kinderuhr, die Olympia vorsorglich für Brigette gekauft hatte, verfehlte vorerst ihre Wirkung. Das Kind bekam einen wütenden Schreikrampf, als sie entdeckte, dass Olympia nicht mit ihr nach Paris zurückkehren wollte. Es war, als spürte das Kind, dass Olympia sich ihm immer mehr entzog.

Auch Nanny Mabel war der hysterischen Szene nicht mehr gewachsen.

»Mama kommt nach«, versprach Olympia, die derartige Auftritte hasste. »In ein oder zwei Tagen bin ich wieder bei dir.«

»Nein, das ist doch gelogen … total gelogen!«, brüllte Brigette.

»Unsinn! Ich komme!«, behauptete Olympia.

»Was zum Teufel ist hier los?«, ertönte Dimitris donnernde Stimme. »Wieso fällt es dir in letzter Minute plötzlich ein, dass du nicht mitkommen willst, Olympia? Es ist unverantwortlich von dir, das Kind jetzt einfach vor vollendete Tatsachen zu stellen.« Sein Blick wanderte zu Brigette, die sofort zu weinen aufhörte. »Wir fahren jetzt«, entschied er. »Deine Mutter kommt in ein paar Tagen nach. Solange bleibst du bei mir.«

Brigettes Miene hellte sich sichtlich auf. Solange man sie nicht mit Nanny Mabel allein ließ, war ihr alles recht.

»Danke, Papa«, seufzte Olympia und ordnete ihre blonden Locken.

Man küsste sich pflichtschuldig zum Abschied, dann waren sie gegangen. Olympia ließ sich sofort ein heißes Bad ein, bestellte zwei Flaschen Louis-Roederer-Cristal-Champagner und einen üppigen Vorrat an Kaviar, dann rief sie Vitos an und lud ihn ein, die Nacht mit ihr zu verbringen.

Vitos kam mit der Nachricht, dass eine englische Rockgruppe, die »Layouts«, Zeitgenossen der Beatles und Stones, eine Party gaben.

Olympia beschloss, die Gruppe kennen zu lernen. Der Sänger hatte sie von jeher fasziniert, obwohl sie ihm noch nie begegnet war. Der Mann hieß Flash und sah wie ein Zigeuner aus mit langem schwarzem Haar, pockennarbiger Haut, einem schmalen, brutalen Mund, schlechten Zähnen, gefährlichen gelben Augen und einem ausgemergelten Körper.

Vitos zeigte sein strahlendes Lächeln. »Wir gehen also hin«, sagte er, nachdem Olympia begeistert den Vorschlag aufgenommen hatte.

Die Limousine brachte sie zu einem riesigen Penthouse in Greenwich Village, wo sie von zwei muskulösen Sicherheitsbeamten kontrolliert wurden.

Nachdem sie eingelassen worden waren, drängten sie sich lächelnd durch die Menge der versammelten Gäste. Vitos führte Olympia sicher durch die zahlreichen Freaks bis ins Innere des Allerheiligsten, wo sie Flash zum ersten Mal in natura sah.

Seit Jahren hatte sie seinen Werdegang als eine Art Kultfigur neben Andy Warhol und Mick Jagger im Fernsehen und in Illustrierten verfolgt. Er war außerdem ein ehemaliger Heroinsüchtiger, ein berüchtigter Frauenheld und vermutlich der beste Rockgitarrist der Welt. Eine einigermaßen hübsche, mollige, reiche griechische Reedereierbin kennen zu lernen konnte ihn daher kaum beeindrucken. Außerdem hatte er keine Ahnung, wer sie war. »Ello, Schätzchen«. begrüßte er sie. »Eine Prise Koks gefällig?«

Olympia war augenblicklich für ihn eingenommen.

Und für guten Geschmack war sie tatsächlich nicht bekannt.

24

Nachdem Lucky ihre Entscheidung getroffen hatte, hatte sie kein Bedürfnis, mehr Zeit als unbedingt nötig mit Gino zu verbringen. Sie wusste, diese Entscheidung war richtig, und wollte nicht riskieren, sich doch noch von ihm umstimmen zu lassen.

Gino war allein nach Las Vegas zurückgekehrt. Die perfekte Witwe bereitete in Los Angeles die Hochzeitsfeierlichkeiten vor.

»Du kommst doch zur Hochzeit, oder?«, fragte er.

Lucky hatte nicht die geringste Lust, sich das für ihre Begriffe unwürdige Schauspiel anzusehen, und suchte nach einer Ausrede.

»Tja, also ...«, begann sie zögernd.

»Ich möchte, dass du dabei bist!«, erklärte er kategorisch, und das war keine Bitte, sondern ein Befehl.

Widerwillig stimmte sie schließlich zu. Da der Papierkram auch ohne ihre Mithilfe erledigt werden konnte, plante Lucky, Las Vegas nach Ablauf einer Woche zu verlassen. Sie wollte zuerst Costa in Miami besuchen und anschließend nach New York weiterfliegen, wo sie vorerst sich einzurichten gedachte. Sie machte sich nichts vor. Die erste Zeit ohne ihr geliebtes Hotel und ihre gewohnten Aufgaben würde schwierig werden.

Allein schon Gino verlassen zu müssen ...

An einem der noch verbleibenden Abende aßen sie zusammen. Die Unterhaltung war gequält. Das Verhältnis war nicht mehr dasselbe. Lucky nannte ihm den Tag ihrer Abreise, und er nickte nur resigniert.

Ein Wort darüber, dass zwischen Susan und ihm alles aus war, und Lucky hätte alles rückgängig gemacht.

Doch der entscheidende Satz fiel nicht.

Matt erfuhr von der Tragödie aus den Frühnachrichten. Wieder war jemand im häuslichen Swimmingpool ertrunken. Diesmal allerdings handelte es sich um einen einjährigen Jungen, der durch die Terrassentür hinausgekrabbelt und ins Wasser gefallen war.

Die Nachrichtensprecherin schloss mit der Meldung, dass, obwohl kein Verdacht auf Fremdeinwirkung bestand, die Eltern Jess und Wayland Dolby zur Vernehmung aufs Polizeirevier gebeten worden waren.

Einen Augenblick lang war Matt fassungslos. Die Mutter war Jess. Es handelte sich um ihr Kind. Was, um Gottes willen, war passiert?

Matt sprang wie elektrisiert auf, griff nach seinem Jackett und rannte aus dem Büro.

Susan und Paige trafen sich in einem Haus in Brentwood, das Paige gerade neu einrichtete. Der Eigentümer, ein Macho-Superstar, der in einem von Paiges Mann produzierten Film brilliert hatte, war mit einem anderen männlichen Macho-Superstar in Hawaii.

Susan kam zuerst zu der vereinbarten Adresse und wartete ungeduldig draußen in ihrem gelben Rolls-Royce. Bereits kurze Zeit später traf Paige in ihrem goldmetallicfarbenen Porsche ein. Paige verließ hastig ihren Wagen und lief zu Susan hinüber, die bereits neben ihrem Rolls stand und sich in diesem Moment ganz der Zuneigung hingab, die sie für diese Frau empfand. Die beiden Frauen umarmten sich. Sie ergaben ein ungleiches Paar: die elegant aufgemachte Susan in ihrem Seidenkostüm mit hoch gestecktem, blondem Haar, und Paige, mit ihrer wirren Haarmähne und dem aufreizend geschlitzten Rock.

»Entschuldige meine Verspätung«, begann Paige, umhüllt von einer Mischung aus starkem Parfum und schwüler Körperlotion. »Ich habe gerade einen neuen Auftrag bekommen. Ein kleines Starlet, das von einem der Geldgeber Ryders ausgehalten wird, will sich hier etablieren. Sie kriegt das Übliche ... alles à la Marilyn Monroe ... mit viel Weiß, Spiegeln und Felldecke auf dem Bett ... damit man darauf besser bumsen kann.«

Susan lächelte. Hätte Gino ein solch ordinäres Wort benutzt, hätte ihn einer ihrer vorwurfsvollen Blicke getroffen.

Sie betraten das Haus, dessen Inneneinrichtung aus viel Holz und Leder fast fertig gestellt war.

»Na, wie findest du's?«, erkundigte sich Paige, nachdem sie Susan durch die Zimmer geführt hatte.

»Sehr eindrucksvoll«, lobte Susan, die alles reichlich dick aufgetragen fand.

»Ted wird's gefallen«, seufzte Paige. »Genau wie seinem Freund.«

Sie betraten das Schlafzimmer und blieben vor dem großen Himmelbett aus dunkler Eiche stehen.

»Extragroß«, bemerkte Paige, »seinem Besitzer entsprechend.«

»Woher weißt du das?«, erkundigte sich Susan hastig. Sie hatte den Verdacht, dass Paige gelegentlich mit ihren männlichen Kunden schlief, auch wenn sie darüber nie sprach.

»Ganz einfach, weil das allgemein bekannt ist«, erwiderte Paige. »Genau wie jeder weiß, dass Tiny so ziemlich den ›Größten‹ in ganz Hollywood besaß.«

Susan runzelte die Stirn. Paige ging gelegentlich etwas zu weit. Jetzt, da Tiny tot war, wünschte sie, ihn und sein schreckliches männliches Organ tunlichst zu vergessen, das ihr schon zu Lebzeiten genug Entsetzen eingeflößt hatte. Susan warf Paige einen bedeutungsvollen Blick zu und ließ das Seidenjackett von den Schultern gleiten. »Hast du mich vermisst?«, fragte sie. »Du hast mir nämlich sehr gefehlt.«

Paige lächelte. »Aber natürlich«, antwortete sie und zog ihren Rock aus.

Susan entledigte sich hastig aller übrigen Kleidungsstücke

und wartete auf Paiges ganz besondere Berührung. Sex mit einer Frau war etwas so Natürliches. Da gab es nie jene unterschwellige Gewaltsamkeit, die stets beim Geschlechtsakt mit einem Mann gegenwärtig schien. Susan fühlte sich weder bedroht noch vergewaltigt. Es war ein Genuss, sich völlig hinzugeben, sich zurückzulegen und die vollkommene Entspannung zu erfahren.

Als sie ihren Orgasmus erlebte, war alles perfekt. Bei Männern spielte sie ihn nur. Irgendwie erschien ihr dies das Einfachste.

Dann lag sie nackt und zufrieden inmitten des breiten Eichenbetts und begann Paige von Gino zu erzählen.

Die andere hörte ihrer Geschichte aufmerksam zu.

»Ich heirate ihn«, schloss Susan mit einem Seufzer. »Ich fürchte, es ist der einzige Ausweg.«

Paige nickte. Insgeheim konnte sie Gino Santangelo, nach allem, was sie von ihm gehört hatte, nur außerordentlich interessant finden. Susans Problem war, dass sie das wirklich Gute, wenn es ihr begegnete, nie erkannte. Guter Sex war guter Sex, egal, mit welchem Geschlecht.

»Ich möchte nur, dass du weißt, dass sich unsere Beziehung dadurch nicht ändern wird«, fügte Susan hinzu.

Paige glitt vom Bett. »Die Ehe war schon immer das Richtige für dich«, bemerkte sie. »Du brauchst Männer … und sei's auch nur, um die Rechnungen zu bezahlen.«

Susan räkelte sich wohlig. »Was ich brauche, bist du, meine Liebe.« Sie spreizte die Beine weit. Bei Paige konnte sie nie genug kriegen. Und mit Gino war es immer zu viel.

»Ich muss mich beeilen«, sagte Paige und begann, sich anzuziehen. »Heute Abend habe ich zwölf Personen zu Gast. Wir bringen den neuen Bronson-Film heraus. Ich hätte dich eingeladen … aber ich weiß ja, wie ungern du ohne Begleitung ausgehst. Aber bald hast du ja wieder einen Mann …«

»Stimmt«, murmelte Susan leicht gereizt. Sie wäre durchaus bereit gewesen, das Liebesspiel etwas auszudehnen, und jetzt legte Paige diese Hast an den Tag. Immerhin hatten sie sich monatelang nicht gesehen. »Sehen wir uns bald wieder?«, fragte sie.

»Das könnten wir durchaus«, erwiderte Paige und zog vor dem Spiegel die Lippen nach. »Aber der Starkunde und Eigentümer des Betts kommt morgen zurück. Ah ... dabei fällt mir ein! Ich muss ja noch Kissen, Blumen ... und alles Mögliche besorgen.« Sie nahm einen Gucci-Block und einen Stift aus ihrer Handtasche. »Ich weiß manchmal selbst nicht, wie ich das alles schaffe. Ryder wäre ohne mich völlig aufgeschmissen, und meine schrecklichen Teenager wollen auch ständig was von mir. Bradford ist vergangene Woche von seiner Schule geflogen, weil er dort Marihuana verteilt hat, und Ricky hat seinen nagelneuen Corvette zu Schrott gefahren.«

Später auf der Heimfahrt überlegte Susan, dass sie mit ihren auffällig korrekten Kindern gar nicht so schlecht bedient war. Und Gino ... jedenfalls war es gut, wieder einen Mann an ihrer Seite zu haben. Es hatte eine Zeit gegeben, da hatte Paige es nicht gewagt, eine Dinnerparty zu geben, ohne sie einzuladen.

Zu Hause rief sie Gino an. Er machte einen deprimierten Eindruck. Sie heiterte ihn mit zärtlichen Worten auf und beschloss, den Hochzeitstermin so früh wie möglich festzusetzen.

25

Jess starrte stur auf den spärlichen Haarwuchs des Kriminalbeamten. Seine brutalen Worte über »Vernachlässigung der Elternpflichten« und Ähnliches drangen nur teilweise in ihr Bewusstsein vor. Sie erlebte alles nur noch wie in einem Alptraum.

Wayland, der geschlafen hatte, als gäbe es nichts auf der Welt als seinen Frieden.

Und das Kind ...

Simon ...

Im Wasser treibend ... Wie ein Spielzeug ...

Das Entsetzen. Das Gefühl der Unwirklichkeit, wahrscheinlich einer Sinnestäuschung.

Der schwere Atem. Die langsamen Reflexe.

Sie begann zu schreien. Dann zog sie das Baby an den Haaren aus dem Becken. Der Sohn eines Nachbarn war aufgetaucht und hatte sich über den kleinen, leblosen Körper gebeugt.

Schließlich kam Wayland mit ausdruckslosem Blick schlaftrunken aus dem Haus getaumelt. »Was'n los?«, murmelte er.

Sie stürzte sich auf ihn, bearbeitete ihn mit ihren Fäusten, zerkratzte sein gelbliches Gesicht mit ihren Nägeln, bis ihre Schreie sämtliche Nachbarn aufgebracht hatten und endlich die Polizei erscheinen ließen.

Von da an hatte sie ihre Umgebung nur noch verschwommen wahrgenommen. Alles um sie vermischte sich mit ihrem Hass, ihrer Verwirrung, ihrer Verzweiflung. Und noch immer erwartete sie, endlich aus ihrem Alptraum aufzuwachen, weigerte sich, die schreckliche Wirklichkeit zu akzeptieren.

Und doch ... sie hatte schließlich den kalten, nassen Körper von Simon, ihrem einzigen Kind, selbst in den Armen gehalten und musste sich damit abfinden, dass hier ein Leben unwiderruflich sein Ende gefunden hatte.

Es war offensichtlich, dass Eden nicht die Absicht hatte, seine Anrufe zu erwidern. Trotzdem wollte es Lennie einfach nicht in seinen Kopf, dass sie ihn eine Nacht lang begehrt haben sollte, dass die Fetzen flogen, und dann von ihm erwartete, dass er wieder in der Versenkung verschwand, als sei nichts geschehen.

»Miss Antonio hat alle Ihre Nachrichten entgegengenommen«, erklärte ihm die Telefonistin, als er sie am Morgen nach dem Aufwachen angerufen hatte. »Sie meldet sich bei Ihnen, sobald ihr das möglich sein wird.« Das sagte eigentlich genug. Es hieß, verpiss dich und rufe ja nie wieder an.

Er war wütend und versuchte einen Vormittag lang vergeblich, ihre Adresse herauszufinden. Niemand schien Bescheid zu wissen.

Lennie wusste, wenn er klug war, dann sollte er die ganze Sache auf sich beruhen lassen. Nach nur einer gemeinsamen Nacht trieb sie ihn bereits wieder zum Wahnsinn. Er musste sie aus seinen Gedanken verbannen, wie sie ihn offenbar aus den ihren gestrichen hatte.

Nur leider war ihm klar, dass er sich, wenn es um Eden ging, wie ein Esel benahm.

Der Abdruck von Santinos Hand brannte wie Feuer auf der hellen Haut ihrer Wange. Eden starrte in den Spiegel. Ihre Augen waren dunkel vor Wut. Niemand hatte sie je geschlagen. Niemand hatte das jemals gewagt.

Bastard.

Dreckskerl.

Santino, der glatzköpfige Affe, sollte ihr schließlich zu Füßen liegen, nicht die Hand gegen sie erheben.

Es war alles so völlig unerwartet gekommen. Zwar hatte sie Santino Bonnatti kaum für den Charmeur des Jahrhunderts gehalten, doch auf eine solch gemeine Attacke war sie nicht vorbereitet gewesen.

Und woher hatte er überhaupt gewusst, dass sie aus gewesen war? Ließ er sie beschatten?

Eden beschloss, ihm den Laufpass zu geben.

Dieser Impuls dauerte genau fünf Minuten. Ein gutes Timing war aber entscheidend. Aber mit einem neuen Haus und der Chance, dass er einen Film mit ihr finanzierte, war der richtige Augenblick definitiv noch nicht gekommen.

Sie beugte sich näher zum Spiegel und betrachtete ihr Gesicht. Dann hob sie langsam die Hand und berührte die Spuren seiner Eifersucht.

Schließlich lief sie in die Küche, feuchtete ein Handtuch mit eiskaltem Wasser an und presste es vorsichtig gegen die Wange.

Das Telefon klingelte dreimal. Dann nahm die Telefonzentrale den Anruf entgegen. Eden hatte keine Lust, mit irgendjemandem zu reden. Lennie Golden hatte zahllose Nachrichten für sie hinterlegt. Vermutlich war er erneut am Apparat.

Zum Teufel mit Lennie Golden! Er war der Grund für all ihre Probleme.

Und zum Teufel mit Santino Bonnatti!

Das würde sie ihm nie vergessen. Dafür musste er bezahlen. Irgendwann.

Zum richtigen Zeitpunkt.

Wenn *sie* beschloss, Rache zu nehmen.

Scotch betäubte den Widerwillen ... und Lennie hatte eine halbe Flasche davon intus, als er auf die Bühne des Foxie's trat und angriffslustig und scharfzüngig, mit beißendem Humor seine Nummer absolvierte.

Rainbow stand am Bühnenaufgang, als er abtrat. Sie deutete auf den öffentlichen Telefonapparat in der Ecke hinter der Bühne. »Jemand hat dich aus Las Vegas angerufen. Man ruft in zehn Minuten wieder an.«

»Wer war es?«, fragte er schleppend.

Rainbow zog ihren Garderobenmantel enger um sich. »Sehe ich wie eine Sekretärin aus?«

»Du siehst wie eine verdammt scharfe Frau aus!« Lennie machte unsicher einen Schritt auf sie zu.

»Ach, lass das, Lennie!« Sie schob ihn angewidert von sich.

»Wenn Foxie hier wäre, würde er dir was ganz anderes scharf machen.«

In diesem Augenblick klingelte das Telefon und ersparte Lennie damit eine Antwort.

Er fragte sich, wer wohl aus Las Vegas anrufen könnte, und hoffte, es wäre Jess. Allmählich musste er mit jemandem reden. Es war Zeit, dass er ein für alle Mal von Eden Antonio kuriert wurde.

26

Matt Traynor eilte vom Büro aus sofort nach Hause. Er hatte Lucky Santangelo und sämtliche Croupiers, Showgirls und andere Hotelangestellte dazu überredet, zur Beerdigung von Jess' Sohn zu kommen.

In seiner Wohnung kümmerte sich das Hausmädchen um Jess, die auf der Couch saß und ins Leere starrte.

»Lucky Santangelo und alle anderen kommen zur Beerdigung«, begrüßte er sie, ging zur Bar und schenkte ein Glas Brandy ein. »Sie werden alle da sein.« Er reichte ihr das Glas.

»Es ist doch keine Party«, flüsterte sie.

»Trink das, dann fühlst du dich besser.«

»Es ist doch keine Party«, wiederholte sie mit trauriger Stimme.

Er hielt ihre Hand. »Das weiß ich auch, Kleines. Aber die Leute machen sich Sorgen um dich. Sie möchten dir zeigen, wie sehr sie mit dir fühlen.«

Jess trank einen Schluck. »Du hast dich wirklich als sehr netter Mensch entpuppt«, bemerkte sie leise.

Matt war verlegen. So nett war er seiner eigenen Meinung nach gar nicht.

»Ich habe übrigens deinen Freund in Los Angeles erreicht«, berichtete er hastig. »Es hat mich ein paar vergebliche Telefongespräche gekostet, aber schließlich konnte ich ihn bei Foxie's auftreiben. Er kommt heute mit dem Flugzeug ... Ein Wagen holt ihn ab und bringt ihn her.«

Einen Augenblick huschte so etwas wie ein Lächeln über Jess' Gesicht. »Lennie«, murmelte sie. »Er ist mein bester Freund.«

»Ja, das hast du mir gestern gesagt«, erwiderte Matt. »Deshalb habe ich ihn ja auch hergeholt.«

Seit Matt von der Tragödie erfahren hatte, hatte er die Regie übernommen. Er war es gewesen, der Jess von der Polizei abgeholt und ihr einen Arzt besorgt hatte, der sie mit Medikamenten ruhig stellte, ihren Schlaf überwachte und ihr zuhörte, wenn sie über ihr Leben mit Wayland sprach.

Matt hatte auch alle Vorbereitungen für die Beerdigung getroffen.

Er war es auch, der ihr heiße Suppe einflößte und ihre Hand hielt, wenn sie nachts weinte.

Noch am Tag zuvor hatte sie hysterisch reagiert. Mittlerweile hatte sie sich beruhigt, ließ sich beinahe führen wie ein Kind.

»Lennie ist mein bester Freund«, wiederholte sie. »Wir sind zusammen aufgewachsen, weißt du.«

»Ja, du hast mir alles erzählt.«

Er wagte nicht zu fragen, ob diese Freundschaft nur platonischer Art gewesen war. Was sollte er tun, wenn sie mit dem Burschen auf und davon ging? Er, Matt Traynor, der Clown, hatte ihn dann auch noch nach Las Vegas geholt! Der Gedanke war schwer erträglich.

Aber das war augenblicklich die geringste Sorge. Es gab noch viel zu tun. Die Beerdigung sollte in vier Stunden stattfinden, und es musste alles tadellos klappen.

Lucky beschloss, ihre Top-Angestellten brieflich zu informieren. Sie hatte bereits mehrere Schreiben aufgesetzt, jedoch alle wieder weggeworfen.

Und jetzt war auch noch Matt gekommen und hatte sie gebeten, an dieser Beerdigung teilzunehmen. Sie hatte nur widerwillig und allein aus Gründen der Pietät zugesagt. Nach einer Beerdigung stand ihr weiß Gott nicht der Sinn. Zu allem Übel war auch noch Gewitter und schlechtes Wetter angesagt. Trotzdem wollte sie Matt nicht im Stich lassen.

Sie war so elend und sterbensmüde. Am liebsten hätte sie nur geschlafen.

Es kam ihr in den Sinn, dass sie ihre Ärztin konsultieren, sich eine Vitaminkur verschreiben lassen sollte. Schließlich hatte es keinen Sinn, sich zur Eroberung von New York aufzumachen, wenn man sich wie ein abgehalftertes Rennpferd fühlte. Sie rief ihre Ärztin an und ließ sich für den folgenden Vormittag einen Termin geben.

Gino war für ein paar Tage nach L. A. geflogen.

Ein paar Tage. Sie war sicher, es würden etliche Wochen daraus werden.

Susan hatte angerufen.

Und er kam gelaufen.

Wie nett, dass man in seinem Alter noch zu solcher Leidenschaft fähig war. Vielleicht lag es ja in der Familie.

Lucky lachte trocken. Sex war das Letzte, woran sie jetzt dachte. Sie wollte ihr eigenes Imperium schaffen, dann erst konnte sie vielleicht über ihr völlig brachliegendes Sexualleben nachdenken. Seit Dimitri Stanislopoulos hatte es keinen Mann mehr gegeben. Doch das kümmerte sie nicht.

Sex war nur dann wichtig, wenn sie es wollte.

Und nur dann.

27

Der Flug verlief unruhig, und als die Maschine zur Landung ansetzte, hatte es zu regnen begonnen.

Gewitter in der Wüste sind einmalig, dachte Lennie. Dunkle

Wolken, messerscharfe Hagelkörner und eine alles erdrückende feuchte Hitze. Er litt unter einem Kater ... und an der Erinnerung an den Streit mit Isaac Luther am Vorabend, als er diesen darüber informiert hatte, dass er das Engagement bei der Griffin Show doch nicht annehmen konnte.

»Was soll das heißen, du kannst nicht?«, hatte Isaac gebrüllt.

»Ich kann nicht, weil mich eine Freundin in Las Vegas braucht. Ich muss hinfliegen.«

»Ich sch ... auf deine Freunde! Das ist dein Durchbruch, Mann! Wenn du den platzen lässt, bist du verrückt!«

Lennie zuckte mit den Schultern. »Es gibt gewisse Prioritäten im Leben. Vielleicht können sie mich ein andermal einbauen.«

»Die geben dir einen Tritt in den Hintern, Freundchen!«, schäumte Isaac. »Du lässt sie praktisch in letzter Minute aufsitzen. Tu's nicht, Lennie!«

»Ich habe keine andere Wahl«, beharrte Lennie ungeduldig.

Foxie hatte sich verständnisvoller gezeigt. »Okay, flieg. Bleib, solange du willst. Und komm erst wieder zurück, wenn du dich gefangen hast. Ich kann Säufer nicht ausstehen, und ich dulde keine schlechten Nummern in meinem Programm. Die letzten beiden Vorstellungen hast du verhauen.«

Und dagegen war nichts einzuwenden.

Jetzt war er wieder in Las Vegas; im strömenden Regen und mit einem schalen Geschmack im Mund.

In Los Angeles hätte die Sonne geschienen und er hätte sich auf seinen Fernsehauftritt vorbereitet.

Aber Jess brauchte ihn. Allein der Gedanke an den Kerl, mit dem sie verheiratet war, machte ihn krank. Und jetzt war ihr Baby tot. Hätte er die Tragödie verhindern können, wenn er damals Las Vegas nicht Hals über Kopf verlassen hätte?

Am Flugplatz wartete ein Wagen auf ihn. Es war ein Oldsmobile, das von einem ehemaligen Showgirl in einer lilafarbenen Uniform gesteuert wurde. Ah ... Las Vegas, die Stadt des schlechten Geschmacks, hatte ihn wieder.

Das Ex-Showgirl fuhr wie Paul Newman auf der Rennbahn, und als sie vor Matts Wohnung anhielten, war Lennie ein Nervenbündel. Donner und Blitz begrüßten ihn, als er aus dem Auto stieg. Er schlug den Jackettkragen hoch und rannte ins Haus.

Matts Blick schweifte über die Trauergemeinde, die sich am Grab versammelt hatte, und er nahm sich vor, sich für den Gefallen erkenntlich zu zeigen, den sie ihm getan hatten, indem sie gekommen waren. Es waren insgesamt vielleicht zwanzig Trauergäste. Und er konnte zufrieden sein. Selbst Lucky hatte ihr Versprechen gehalten. Sie stand mit gesenktem Kopf unter einem großen, schwarzen Regenschirm, als der kleine Sarg ins Grab gesenkt wurde.

Während Lennie Jess auf der einen Seite stützte, war Matt an ihrer anderen Seite. Er fühlte, wie ihr Körper von Schluchzen geschüttelt wurde, und war hilflos. Sein einziger Wunsch war, sie zu beschützen. Und wenn sie es zuließ, würde er auch genau das tun. Als Mrs. Traynor Nummer zwei sollte sie allen Schutz genießen, den er ihr geben konnte.

Wayland war nicht unter den Anwesenden. Auf Matts dringendes Anraten hin hatte er sich entschlossen, die Stadt zu verlassen. Es war für alle Beteiligten das Beste.

Lennie erkannte die Frau erst auf den zweiten Blick. Sie trug das Haar streng aus dem Gesicht gekämmt, und ihre ausdrucksvollen Augen waren hinter dunklen Brillengläsern verborgen. Sie trug einen schwarzen Ledermantel und sah damit wie eine Spionin aus dem Roman von Le Carré aus: schön, geheimnisvoll, eiskalt und aufregend zugleich.

Dann fiel es ihm wie Schuppen von den Augen. Das Mädchen aus dem Casino. Weshalb war sie noch immer in Vegas?

Sobald sich die Gelegenheit ergab, ging er zu ihr. Sie stand an der Bar und trank einen Pernod mit Eis.

»Hallo!«, begrüßte er sie vorwurfsvoll. »Sie haben mich neulich versetzt!«

Sie nahm ihre dunkle Brille nicht ab, so dass er nicht wusste, ob sie ihn überhaupt ansah.

»Kennen wir uns?«, fragte sie kühl.

»Wir hätten beinahe Geschichte gemacht. Nur wollten Sie mit der Lektion anfangen, bevor ich soweit war. Lennie Golden. Erinnern Sie sich?«

Sie nickte unmerklich.

»Also, was war los? Sie wollten mich doch in der Bar treffen.«

»Möglicherweise ist mir ein willigerer Schüler über den Weg gelaufen. Und jetzt entschuldigen Sie mich.«

Sie drängte sich an ihm vorbei, ging zu Jess und Matt hinüber, wechselte ein paar Worte mit den beiden und war verschwunden.

Zuerst Eden und jetzt die schöne Unbekannte. Sollte der berühmte Lennie-Golden-Charme verpufft sein?

Beerdigungen waren schon deprimierend genug. Die arme, kleine Jess wirkte wie ein verlorenes Kind. Er wünschte, Matt Traynor würde sie in Ruhe lassen. Der Mann war ein geiler, alternder Playboy, der hinter ihr her war, als sei sie die einzige Frau in der ganzen Stadt. Hatte er noch nie etwas von gutem Timing gehört?

Lennie trat zu Jess und drückte ihre Hand. »Wie geht's, Äffchen?« Er hoffte auf irgendeine Reaktion.

Jess' Miene blieb ausdruckslos.

Für Worte war wohl nicht der Augenblick. Vielleicht war es ihr schon eine Hilfe, dass er bei ihr blieb.

Santino kehrte um sieben Uhr morgens zurück. Eden schlief zwar noch, doch er hatte einen eigenen Schlüssel zu ihrer Wohnung, seit er die Miete bezahlte. Er schloss auf, betrat ihr Schlafzimmer, saß eine Weile auf ihrer Bettkante und sah sie an. Eden schlief nackt auf schokoladenbraunen Laken, die einen aufreizenden Kontrast zu ihrer hellen Haut und dem blonden Haar bildeten. Hatte sie wirklich geglaubt, sie könne ihre Spielchen mit ihm treiben? Er war nicht bereit, mehr als einen Ausrutscher durchgehen zu lassen. Wenn sie ihn noch einmal betrog, kam sie nicht mit einer billigen Ohrfeige davon.

Sie war ein mageres Mädchen. – Im Vergleich zu seiner Frau Donatella waren für ihn alle anderen weiblichen Wesen, die unter hundertfünfzig Pfund wogen, mager.

Der Abdruck seiner Finger war noch deutlich auf ihrer Wange zu sehen. Das Mal erregte ihn. Weiber wie Eden Antonio musste man aufmerksam im Auge behalten. Das hatte ihn sein Vater Enzio gelehrt, dessen Wahlspruch gewesen war: Wenn du sie an der Kandare halten willst, kauf ihnen 'ne Menge, bumse sie regelmäßig und vermöble sie gelegentlich.

Enzio war angesichts seines klugen und weisen Ausspruchs jedes Mal in schallendes Gelächter ausgebrochen. Doch Klugheit und Weisheit hatten ihn nicht davor bewahren können, kaltblütig von einer Frau ermordet zu werden.

Santinos Miene verdüsterte sich, sobald er an jenen unheilvollen Tag vor einem Jahr dachte. Und seine Wut wurde noch größer, wenn er an die Anweisung dachte, die er und sein Bruder Carlo von den Geschäftspartnern seines Vaters erhalten hatten. »Kein Blutvergießen mehr«, hieß es. »Keine Racheakte. Die Gewalttätigkeiten müssen aufhören.«

Und damit waren ihnen einfach die Hände gebunden.

Was Santino betraf, so empfand er dieses Verbot nahezu wie eine Kastration.

Santino kratzte sich seinen kahlen Schädel und dachte an

den Bruder Carlo, diesen Hasenfuß, dieses Nichts. Unglücklicherweise waren sie Geschäftspartner und aufeinander angewiesen. Allerdings operierten sie nicht in derselben Stadt.

Nach Enzios Tod hatte Santino seine Geschäfte nach Los Angeles verlagert, und das war eine weise Entscheidung gewesen. Außerhalb von Carlos Kontrolle hatte er sich vergrößern und verzweigen können. Das Familienunternehmen hatte auch eine Kette von Massagesalons eingeschlossen. Santino hatte bald festgestellt, dass der Verkauf von pornografischen Erzeugnissen in diesen Etablissements ein Vermögen einbrachte. Santino war in das Geschäft eingestiegen, und mit Hilfe der Importe aus Dänemark und Thailand waren seine Profite steil in die Höhe geschnellt. Mittlerweile besaß er mehr Geld als Carlo. Und mit dem Hasenfuß Carlo war nicht zu rechnen, wenn es darum ging, den Mord an ihrem Vater zu rächen.

Santino wusste, dass es allein bei ihm lag, mit der verdammten Lucky Santangelo abzurechnen.

Eden bewegte sich leicht und reckte die Arme über den Kopf.

Santinos Knopfaugen fixierten ihre kleinen Brüste mit den dunklen Brustwarzen. Ihr Busen war nicht groß, aber perfekt. Bei seiner Frau hatte er stets das Gefühl, mit einer schwangeren Kuh zu kopulieren. Er stand hastig auf und zog die Jogginghose aus, die er trug. Sein steifer Penis schlüpfte automatisch aus dem Schlitz seiner Boxershorts.

Eden seufzte im Schlaf.

Santino riss grob das dünne Laken über ihr weg, das ihren Körper nur spärlich bedeckt hatte. Das blonde Haar auf ihrem Venushügel trieb ihn zum Wahnsinn. Er war auf Blondinen versessen. Mit einer schnellen Bewegung setzte er sich mit gespreizten Beinen auf ihre Brust und schob seinen Penis an ihren Mund.

Eden hatte noch nicht einmal die Augen aufgeschlagen, da machte er schon eindeutige Bewegungen.

»Ah, gib's mir, Baby!«, verlangte er heiser. »Besorg's mir. Du weißt, du magst es. Du weißt, Santino ist der absolute König!«

28

Olympia hatte von jeher Drogen genommen, jedoch es nie zum Problem werden lassen. Drogen taten ihr gut, ließen sie zeitweilig ihre Lieblingssüßigkeiten wie Schokoladentorte oder Käsesahnetorte vergessen, verursachten ihr am darauf folgenden Tag weder Kopfschmerzen noch einen Kater. Wenn sie nicht ausging, konnte sie oft tagelang darauf verzichten, ohne dass es ihr etwas ausmachte.

Flash brauchte Drogen … viele sogar. Die Tatsache, dass er vom Heroin weggekommen war, hinderte ihn jedoch nicht, alles andere zu inhalieren, was es Einschlägiges auf dem Markt gab: Aufputschmittel jeder Art, Schlaftabletten, Marihuana und natürlich Kokain, die Droge der Reichen. Nur brauchte Flash nie dafür zu bezahlen. Er war so berühmt – oder einfach unverschämt genug, dass die Fans und Freaks stets dafür sorgten, dass er alle Wünsche umsonst erfüllt bekam.

Flash suchte eine Bleibe in New York. Er hatte aus Steuergründen einen ständigen Wohnsitz auf den Bahamas und bei Freunden eine Adresse in Los Angeles. Nur in New York fehlte ihm bisher etwas Entsprechendes. Und Olympia, so sah es aus, konnte ihm genau das bieten.

Auftritt Flash.

Abgang Vitos.

Flash verdiente Geld wie Heu, war jedoch notorisch knausrig. Warum sollte er sich verausgaben, wenn andere das genauso gut für ihn besorgten?

In der ersten Nacht, die er mit Olympia verbrachte, hatte er keine Ahnung, wen er überhaupt vor sich hatte. Sie vertrieben sich die Zeit auf angenehme Weise auf einem Wasserbett in einem Apartment, das er sich geliehen hatte. Eigentlich war sie nicht sein Typ. Normalerweise bevorzugte er junge, groß gewachsene Modelle mit schönen, ausdruckslosen Gesichtern. Aber Olympia war eben zufällig verfügbar gewesen, scharf auf ihn, und er brauchte Sex ... wie er eben immer Sex brauchte. Aus diesem Grund hatte er sich von seinen ständigen Begleitern verabschiedet und war mit ihr in die geborgte Wohnung gefahren.

Olympia hatte sich mit einer fadenscheinigen Entschuldigung bei Vitos verabschiedet, den das nicht weiter zu stören schien, da er sich gerade intensiv mit Bianca Jagger unterhalten hatte.

Flash wurde seinem Ruf durchaus gerecht. Und Olympia war glücklich. Sie verließ die Wohnung, während er noch schlief, und nahm ein Taxi. Gegen Mittag am darauf folgenden Tag gab sie ihm dann durch eine unzweideutige Geste zu verstehen, dass sie nicht irgendein kleines Flittchen war. Als Flash nämlich aufwachte, fand er sechs Kisten Dom Pérignon, einen reichlichen Vorrat an persischem Kaviar und ein kleines Geschenk aus der Werkstatt von Tiffany vor. Bei Letzterem handelte es sich um eine Anstecknadel in der Form einer Gitarre aus Gold und Brillanten, in die eingraviert war: OLYMPIA/FLASH – NEW YORK 1978.

Selbst Flash wusste, dass, wenn Tiffany innerhalb weniger Stunden eine solche Gravur anfertigte, jemand mit Geld dahinterstecken musste.

Außerdem hatte sie ihre Karte beigelegt, auf der »Olympia Stanislopoulos« und eine Adresse mit Telefonnummer standen. Der Nachname war ebenso bekannt wie Onassis.

»Wer ist die Frau?«, erkundigte sich Flash und reichte die Karte seinem Manager Como Rose.

Como betrachtete die Karte, rülpste lautstark und antwortete: »Die Tochter von Dimitri Stanislopoulos, du Idiot. Die hat mehr Zaster als die Gettys.«

Flash wusste, wann man im Leben zugreifen musste. Und im Bett war die Dame unersättlich gewesen.

Er grinste: »Ruf sie an!«, befahl er. »Sie soll um fünf Uhr hier sein. Ich nehme sie mit zum Konzert.«

Olympia erschien um halb sechs Uhr in Taftseide, Spitze und Diamanten.

»Du bist verdammt spät ... und außerdem völlig overdressed. Und wir brauchen noch 'n paar Kisten von dem Sprudelwasser. Sorg dafür.«

So hatte bisher noch niemand mit Olympia zu sprechen gewagt. Es gefiel ihr ... sogar sehr. Für sie stellte es eine erfrischende Abwechslung dar.

Sie zogen sich mehrere Portionen Koks zusammen rein und tranken auf dem Weg zum Stadion Champagner, wo die Layouts ihr erstes New Yorker Konzert seit fünf Jahren geben sollten und damit einen unglaublichen Rummel veranstaltet hatten.

Innerhalb einer Woche hatte Olympia ein riesiges Apartment mit Blick auf den Central Park gekauft, und Flash zog dort am selben Tag ein wie sie.

Am Abend standen sie auf der Dachterrasse und betrachteten die Stadt, die sich unter ihnen ausbreitete.

Olympia dachte an Brigette und überlegte, wie sie dieses Problem lösen sollte. Bisher hatte sie Flash die Existenz einer Tochter verschwiegen. Vielleicht sollte sie Brigette einfach noch eine weitere Woche vergessen. Warum sich jetzt die Stimmung verderben?

Flash inhalierte seinen Joint. Weshalb war er nur bisher nicht auf die Idee gekommen, sich eine reiche Mieze anzulachen? Es war das einzig Wahre.

Und dann fragte er sich, was er mit seiner sechzehnjährigen Frau anfangen sollte, die irgendwo anonym in England lebte. Bisher hatte Olympia von deren Existenz keine Ahnung. Es war eine heimliche Hochzeit gewesen ... niemand wusste Bescheid. Vielleicht konnte er das Problem einfach noch eine Weile verdrängen. Sie war es gewöhnt, dass er sehr lange fortblieb. Warum sich denn jetzt alles verderben?

Olympia und Flash passten ausgezeichnet zueinander.

29

Nach der deprimierenden Beerdigung des Kindes buchte Lucky einen Vormittagsflug nach Miami. Auf dem Weg zum Flugplatz machte sie noch kurz bei ihrer Ärztin Halt, um sich eine Vitaminspritze geben zu lassen. Doch die Ärztin bestand darauf, sie erst gründlich zu untersuchen.

»Wenn ich Sie schon nicht für Ihre jährliche medizinische Allgemeinuntersuchung herbekommen kann, nehme ich Sie mir, wenn ich Sie zu fassen kriege«, erklärte Dr. Liz Tierney lächelnd.

»Dann machen Sie lieber schnell«, erwiderte Lucky und hielt ihren Arm zur Blutabnahme hin. »Ich bin nämlich auf dem Weg zum Flugplatz.«

»Wie immer in Eile«, seufzte Dr. Tierney. »Warum treten Sie nicht mal langsamer?«

»Wozu? Ich hab eben viel zu tun.«

»Jetzt brauche ich noch eine Urinprobe. So viel Zeit haben wir ja wohl noch.«

»Geben Sie mir schon die Spritze. Mehr will ich nicht.«

Die Ärztin drückte ihr ein Glasfläschchen in die Hand. »Was Sie brauchen, entscheide ich.«

Der Flug nach Miami schien ewig zu dauern. Als die Maschine landete, fühlte Lucky sich müde und elend.

Costa erwartete sie am Flugplatz. Er sah braun gebrannt und ausgeruht aus. Sie begrüßten sich herzlich und gingen dann gemeinsam zum Wagen. Der Gepäckträger folgte mit Luckys Gepäck. Ihre übrigen Sachen wurden direkt in das Haus in East Hampton geschickt.

Costa musterte Lucky eingehend und besorgt. Die Zeit zum Reden würde noch kommen. Er hatte Lucky stets wie eine Tochter geliebt. Sie konnte von ihm alles haben ... selbst wenn es nur seine Zeit war.

30

»Du kommst mit mir nach L. A.«, erklärte Lennie kategorisch.

Jess suchte nach Gründen, die gegen eine solche Entscheidung sprachen, fand jedoch keine.

»Ich gehe mit Lennie nach Los Angeles«, erklärte sie Matt schließlich.

Matt konnte es nicht fassen. Er war am Boden zerstört. Die ganze Zeit über war er so mit Pläneschmieden und organisatorischen Dingen beschäftigt gewesen, dass er völlig vergessen hatte, mit ihr über eine gemeinsame Zukunft zu sprechen. Er wollte für sie sorgen, sie beschützen ... sie heiraten.

»Es ist die vernünftigste Lösung«, sagte Jess. »Las Vegas ist für mich unerträglich geworden. Zu viele Erinnerungen ... Lennie hat Recht, ich muss weg von hier.«

Matt wollte ihr sagen, was er für sie empfand, sie überreden zu bleiben, brachte jedoch kein einziges Wort über die Lippen.

»Und was willst du beruflich in L. A. machen?«, erkundigte er sich schließlich.

»Ach, ich schlage mich schon irgendwie durch«, erwiderte sie.

Matt war sicher, dass ihr das gelang. Mädchen wie Jess waren selten. Sie war hübsch, klug, verwundbar und weise. Irgendein Kerl würde sie sich wie einen reifen Pfirsich vom Baum pflücken, während er, Matt Traynor, der stadtbekannte Playboy, nicht einmal die richtigen Worte fand, um sie zurückzuhalten.

»Ich hoffe, wir bleiben in Verbindung«, murmelte er heiser.

»Natürlich«, antwortete sie leise.

Aber er wusste, dass es anders kommen würde.

31

Das Zusammensein mit Onkel Costa war fast so schön wie das vergangene Jahr mit Gino ... das Jahr, bevor Susan Martino ihr Leben verändert hatte.

Lucky sprach mit ihm bis in die tiefe Nacht hinein, erzählte ihm von all ihren Ängsten, Frustrationen, Hoffnungen und Ambitionen. Und Costa hörte ihr geduldig zu, ohne sie je zu unterbrechen oder zu kritisieren.

»Lucky«, sagte Costa schließlich und suchte vorsichtig nach den richtigen Worten. »Gino und du ... ihr seid euch sehr ähnlich. Er weiß, was er will, und bekommt es auch. Wenn er sich entscheidet, diese Martino zu heiraten, dann tut er's auch.

Es ist deshalb vollkommen richtig, dass du erst einmal nach New York gehst. Dort kannst du dich dann umsehen und danach entscheiden, was *du* eigentlich mit deinem Leben anfangen willst. Mach dich endlich von Gino unabhängig. Alles, was du bisher getan hast, hast du nur ihm zu Gefallen getan. Es ist Zeit, dass du dir ein eigenes Leben aufbaust.«

Nach drei herrlichen harmonischen Tagen in Miami bei Onkel Costa flog Lucky am frühen Samstagmorgen nach New York weiter.

Als die Maschine dort landete, regnete es in Strömen, und die Stadt empfing sie mit einer geradezu feindseligen Hektik. Als sie dann jedoch die belebten Straßen sah, war sie wieder mit allem versöhnt. Wie sehr hatte sie die New Yorker Atmosphäre vermisst! Die Stadt war eine Herausforderung! Costa hatte Recht. Sie musste ein eigenes Leben beginnen.

Lucky fuhr ins Hotel Pierre, wo sie bereits zwei Nachrichten erwarteten. Die eine war von Onkel Costa, der ihr einfach nur Glück wünschte, die andere von Dr. Tierney. Was zum Teufel wollte die Ärztin von ihr?

Lucky überkam eine seltsame Furcht. Was hatte es mit den merkwürdigen Tests auf sich gehabt, auf denen Dr. Tierney bestanden hatte? Vielleicht war sie tatsächlich krank. Sie hatte sich in letzter Zeit häufig müde und abgespannt gefühlt.

Überzeugt, irgendeine schwere Krankheit zu haben, rief sie bei Dr. Tierney an.

Liz Tierney machte jedoch einen äußerst fröhlichen Eindruck und kam sofort zur Sache. »Lucky«, begann sie, »ich freue mich, Ihnen mitteilen zu können, dass Sie jetzt wirklich ein bisschen langsamer treten müssen.«

»Und warum sollte ich?«, erkundigte sich Lucky misstrauisch.

»Ganz einfach, meine Liebe, weil Sie nämlich schwanger sind.«

Zweites Buch

SOMMER 1980

32

Carrie Berkeley sah ihrem siebenundsechzigsten Geburtstag mit gemischten Gefühlen entgegen. Einerseits war sie noch immer eine sehr attraktive Frau. Sie war schlank und sportlich, hatte eine glatte dunkle Haut, der die Jahre bisher kaum etwas hatten anhaben können, und ihr kurzes schwarzes Haar, das sie nach der neuesten Mode frisiert trug, war nur von wenigen silbrigen Fäden durchzogen. Andererseits war siebenundsechzig schon fast siebzig und damit eben alt. Sie durfte gar nicht daran denken ...

Carrie erschauderte, während sie durch ihre Villa auf Fire Island lief, Kissen zurechtrückte und ihre Sammlung von silbernen Rahmen im Stil der Art déco neu ordnete.

Das Haus war bezaubernd eingerichtet: gemütlich und geschmackvoll zugleich, ein Spiegelbild ihres persönlichen Lebensstils. Immer wieder riefen die Leute von *Vogue* und *Harper's Bazaar* an und baten um die Erlaubnis, bei ihr fotografieren zu dürfen, doch sie blieb hart. Sie wollte längst nicht mehr im Blickpunkt der Öffentlichkeit stehen.

Drei Jahre zuvor hatte sie sich von ihrem zweiten Mann, dem bekannten Geschäftsmann und Theaterbesitzer Elliott Berkeley, scheiden lassen und damit alle Verbrämungen einer gesellschaftlich aktiven Frau eines reichen Mannes aufgegeben. Die schöne Mrs. Elliott Berkeley, perfekte Gastgeberin, eine der bestangezogenen Frauen ... perfekt, perfekt ... immer nur perfekt.

Mein Gott, wenn die ganzen Leute hier die Wahrheit wüssten ...

Carrie Jones, dreizehn Jahre alt, Prostituierte. Von ihrer Großmutter und dem Onkel auf die Straße geschickt. An einen Zuhälter namens Whitejack gebunden, der sie mit Drogen fütterte, während sie ihrem Gewerbe nachging. Mit fünfzehn Einweisung in eine Nervenheilanstalt, dem Wahnsinn nahe und vollkommen allein auf der Welt.

Neun endlos lange Jahre blieb sie in Gewahrsam. Dann kam die Zeit der verschiedenen Jobs … sie hatte praktisch alles gemacht, um sich über Wasser zu halten; von der Putzfrau bis zum Tanzgirl, bis sie, nachdem sie eine Nacht lang rückfällig geworden war, merkte, dass sie ein Kind bekam, und ihr klar wurde, dass die einzige Möglichkeit, genug Geld für sich und das Kind zum Überleben zu verdienen, die Rückkehr in ihr altes Gewerbe darstellte.

Ein Bordell war besser als die Straße.

Ein Bordell bot ihrem kleinen Sohn Steven ein Zuhause, saubere Kleidung und ein Kindermädchen, das sich um ihn kümmerte.

Und ein Bordell blieb auch ihr Lebensbereich, bis der liebe Bernard Dimes sie und ihren vierjährigen Sohn dort herausholte.

Sie war Bernard ewig dafür dankbar, liebte ihn dafür noch immer … obwohl er jetzt seit fünfundzwanzig Jahren tot war.

Bernard hatte ihr eine andere Welt eröffnet. Er war ein eleganter Mann mit Geld und Lebensart gewesen, ein erfolgreicher Theaterproduzent. Als er Carrie geheiratet hatte, waren seine Freunde und Bekannten schockiert. Wer war sie? Woher kam sie? Wie konnte er nur eine Farbige heiraten?

Bernard machte sich einen geheimen Spaß daraus, für Carrie eine Vergangenheit zu erfinden, die sie in den Augen der von Vorurteilen beladenen Gesellschaft akzeptabel werden ließ. Bernard erzählte überall, sie sei eine schöne afrikanische Prinzessin, die er auf einer Safari in Kenia kennen gelernt und mit ihrem Sohn nach Amerika gelockt hatte.

Welch unverschämte Lüge. Nur Bernard hatte sich so was ausdenken können.

Carrie spielte das Spiel mit, weil es ihr gefiel. Und indem sie die Rolle spielte, wurde sie ihr zur zweiten Natur. Das machte sie zum Liebling der Presse. Selbst ihr Sohn Steven erfuhr erst 1977 die Wahrheit, als sie gezwungen war, alles zu enthüllen.

Damit hatte sie seine Welt, seine Selbstsicherheit, sein Ego zerstört. In seiner Verwirrung und Wut hatte er seinen Posten als angesehener Staatsanwalt aufgegeben und war für zwei Jahre nach Europa gegangen. Nach seiner Rückkehr 1979 hatte er Carrie einmal besucht, um ihr zu sagen, dass er sie verstehe. Doch sie wusste, dass das nicht ehrlich gemeint gewesen war. Er war ihr gegenüber kühl und distanziert. Sie hatte seither nichts mehr von ihm gehört.

Und vor zwei Tagen hatte er sie dann völlig unerwartet angerufen. »Ich muss dich sprechen!«, waren seine Worte gewesen.

Bald würde er da sein.

Steven Berkeley fuhr den schwarzen Porsche seines Freundes Jerry Myerson, den dieser ihm für den Tag geliehen hatte. Steven fand es insgeheim lächerlich, für ein Auto fünfzigtausend Dollar zu bezahlen. Trotzdem musste er zugeben, dass es Spaß machte, einen solchen Wagen zu lenken.

Jerry Myerson war ein guter Freund. Sie hatten zusammen die High-School, das College und schließlich die Universität absolviert. Jerry war sogar Trauzeuge bei Stevens Hochzeit mit der nicht ganz standesgemäßen Tänzerin Zizi gewesen. Zizi, die einen Meter sechzig große quirlige Dauerkatastrophe. Die Ehe hatte fünf Jahre gehalten. Die Scheidung war für Carrie eine Erlösung gewesen, sie hatte Zizi nie gemocht.

Carrie.

Seine Mutter.

Einen Augenblick lang empfand er die vertraute Woge von Wut und Abscheu, Gefühle, die er inzwischen bewältigt zu haben glaubte. Seit sie ihm alles gesagt hatte … ihm die Wahrheit eröffnet hatte …

Ein Leben lang hatte er geglaubt, in Afrika geboren zu sein, dass sein Vater tot war und Carrie ihn als Baby nach Amerika gebracht hatte.

Die Wahrheit war ein Schock für ihn gewesen.

Geboren in Amerika, aufgewachsen in einem Bordell. Und sein Vater konnte einer von zwei Männern sein … beide weiß.

Er hatte sie zur Preisgabe ihrer Namen gezwungen. Der eine war eine Affäre bloß für eine Nacht gewesen, der andere hatte Carrie vergewaltigt. Vor einundvierzig Jahren war er gezeugt worden, aber Carrie konnte ihm nicht mehr sagen, wer der Vater war. Und trotzdem … er musste es wissen. Erst dann konnte er sein Leben wieder in die eigenen Hände nehmen.

Instinktiv drückte er das Gaspedal durch. Sein Mund wurde schmal. Steven war ein ausgesprochen gut aussehender Mann, groß, mit der Figur eines Athleten, schönen grünen Augen, schwarzem, lockigem Haar und olivfarbenem Teint. Die reiferen Jahre standen ihm gut. Früher war er einer der besten und gefürchtetsten Stellvertreter des Generalstaatsanwalts von New York gewesen; ein eisenharter Jurist, der in dem Ruf stand, völlig unbestechlich zu sein. Aber Carries Enthüllungen hatten ihn aus der Bahn geworfen; in den vergangenen zwei Jahren war er daher ziellos durch Europa gereist, hatte Gelegenheitsarbeiten angenommen und versucht, mit der Wahrheit über seine Herkunft ins Reine zu kommen.

Carrie hatte ihn in dem Glauben an einen Traum groß gezogen. Als sie diesen zerstörte, hatte sie auch sein Leben zerstört. Und es dauerte seine Zeit, die Scherben wieder zu kitten.

Jetzt, da er nach Fire Island fuhr, wusste er endlich, was er tun musste. Drei Jahre zuvor hatte sie ihm zwei Namen genannt: Freddy Lester und Gino Santangelo. Einer von beiden war sein Vater. Und ob es ihr nun gefiel oder nicht, sie würde ihm helfen, herauszufinden, welcher von beiden es war.

33

Die heiße Sonne brannte auf Luckys Haut, als sie sich auf einer Matratze neben dem Meerwasser-Swimmingpool ausstreckte, der die Form einer Grotte hatte. Sie trug lediglich das Unterteil eines Tangabikinis, und ihre braune Haut glänzte vor Sonnenöl. Sie hatte das Haar aufgesteckt und hörte über Kopfhörer ein Band von Bobby Womack, das sie in die geliebte Welt des Soul entführte. Erst als das Band zu Ende war, schlug sie die Augen auf.

Es war ein heißer Tag. Die kleinen Kumuluswölkchen standen so hoch am Himmel, dass sie fast wie eine Theaterdekoration wirkten. Eine leichte Brise machte die Hitze einigermaßen erträglich.

Lucky erhob sich, reckte sich lässig und sprang elegant in den Pool. Leicht und geschmeidig schwamm sie ihre Bahnen im meergrünen Wasser, bis sie die vertrauten weißen Schuhe von Dimitri über dem Beckenrand entdeckte.

»Mr. Stanislopoulos«, sagte sie förmlich und paddelte im Wasser vor sich hin.

Seine intensiv blauen Augen begegneten den ihren. Lucky mochte diese wissenden Augen.

»Lucky«, erwiderte er nicht minder förmlich, »wie geht es dir heute?«

Als ob er das nicht wüsste, dachte sie. Immerhin waren sie sich seit zwei Jahren so nahe, wie sich zwei Menschen nur sein konnten.

Dimitri Stanislopoulos. Vierundsechzig Jahre alt. Alt genug, um ihr Vater sein zu können.

Und wie ihr Vater war er ein mächtiger Mann und eine eindrucksvolle Persönlichkeit. Ein Mann, mit dem sie eine angenehme Kameradschaft, eine Art Liebe verband. Es war nicht die heiße, leidenschaftliche Liebe wie mit Marco, aber eine sehr befriedigende Beziehung.

Als Lucky in New York eingetroffen war, um ein neues Leben zu beginnen, die Welt zu erobern, war eine Schwangerschaft nicht geplant gewesen. Nie hatte sie auch nur mit dem Gedanken gespielt, ein Kind zu bekommen. Kinder waren nichts für selbständige, aktive Frauen wie sie.

Sachlich und kühl hatte sie einen Schwangerschaftsabbruch in Erwägung gezogen und schon nach wenigen Stunden gewusst, dass dies nicht die Antwort auf ihre Probleme sein konnte.

Selbstverständlich war ihr klar, wer der Vater war. Daran bestand kein Zweifel. Dimitri Stanislopoulos war der einzige Mann gewesen, mit dem sie in den vergangenen Monaten geschlafen hatte.

Dimitri Stanislopoulos! Olympias Vater! Der Gedanke war nicht gerade ermutigend.

Sie hütete das Geheimnis eine Woche lang, bat nicht einmal Gino um Rat. Das Kind konnte sie auch selbst aufziehen ... dazu war sie durchaus in der Lage. Ihre finanzielle Unabhängigkeit gab ihr zusätzliche Sicherheit. Es war vielmehr ein anderer Gedanke, der sie stärker beschäftigte. Ein Kind, das heranwuchs, würde irgendwann die Identität des Vaters wissen wollen. Und darauf hatte es schließlich auch ein Recht.

Das Kind.

Mädchen oder Junge?

Lucky war es gleichgültig. Sie nahm es, wie es kam.

Plötzlich bekam ihr Leben einen neuen Sinn.

Sie rief Dimitri in Paris an. Dort war es drei Uhr morgens. Er klang schläfrig und war wütend über die Störung. »Ja?«, fragte er barsch.

»Hier spricht Lucky Santangelo. Du wirst Vater«, verkündete sie ohne Umschweife.

»Was?«

»Ich kriege ein Kind. Du bist der glückliche Vater.«

Dimitri setzte sich im Bett auf und war froh, allein zu sein. »Ich begreife nicht ganz …«, begann er.

»Das ist doch ganz leicht. Wir haben das Spiel gespielt und ein Tor geschossen. Seit ich mich an die Vorstellung gewöhnt habe, bin ich sehr glücklich. Na, was sagst du dazu?«

Er räusperte sich. »Was willst du? Geld?«

»Wie bitte?«

Er überhörte den eisigen Ton in ihrer Stimme und fuhr tollpatschig fort: »Ruf zu einer menschenwürdigeren Zeit meine Sekretärin an. Ich schicke dir einen Scheck für die Abtreibung und deine übrigen Auslagen.«

»Du Ekel!«, schrie Lucky am anderen Ende. »Glaubst du wirklich, ich rufe dich an, weil ich Geld will? Du verdammter Dreckskerl! Für mich bist du gestorben!« Damit warf sie wütend den Hörer auf die Gabel.

Wofür hielt dieser Mann sie eigentlich? Wie konnte er es wagen, mit ihr zu sprechen, als sei sie eine kleine Nutte? Zum Teufel mit Dimitri Stanislopoulos und seinen Millionen! Sie hatte ihn nur angerufen, um ihn an ihrer Freude teilhaben zu lassen.

Es vergingen mehrere Monate. Lucky war inzwischen in das Haus in East Hampton eingezogen. Jetzt, als schwangere Frau, fühlte sie sich der Metropole New York nicht mehr gewachsen. Sie suchte einen bekannten Gynäkologen auf, der ihr versicherte, dass die morgendliche Übelkeit und die Erschöpfungszustände nur kurze Zeit dauern würden, und der ihr Vitamintabletten, eine Gesundheitsdiät und viel Ruhe verordnete.

Dann erhielt sie eines Morgens mit der Post die Einladung zu Ginos Hochzeit und rief sofort Costa an. Sie besprachen die Angelegenheit und beschlossen, gemeinsam hinzugehen. Lucky hatte zwar keine gesteigerte Lust darauf, wollte Susan Martino jedoch nicht die Genugtuung geben, ihren Vater zu enttäuschen.

Die Hochzeit selbst war ein Hollywoodspektakel, auf dem Ginos Freunde aus Las Vegas in der Menge untergingen.

Lucky fühlte sich wie eine Fremde. Sie trug ein einfaches, weißes Seidenkostüm und ihren Smaragdschmuck. Niemand sah ihr an, dass sie im vierten Monat schwanger war, doch die dunklen Ringe unter ihren Augen zeigten, dass sie sich nicht immer wohl fühlte.

Zu Susans Sprösslingen entwickelte Lucky eine spontane Antipathie. Die beiden waren ihr zu snobistisch.

Dann tauchte plötzlich die englische Primadonna Francesca Fern auf, und wenige Minuten später erschien Dimitri Stanislopoulos.

Lucky rutschte tiefer in ihren Sessel auf der Terrasse und hoffte, er möge sie übersehen.

Doch Dimitri entdeckte sie schließlich doch. Umringt von fremden Leuten, begrüßten sie sich kühl und reserviert.

Eine Woche später stand er vor der Tür ihres Hauses in East Hampton. Es war Herbst. Sie trug einen weißen Jogginganzug und war ungeschminkt. Das Haar hatte sie nachlässig aufgesteckt.

»Du siehst sehr jung aus«, sagte er und verharrte auf der Treppe, während seine Limousine mit Chauffeur in der Auffahrt wartete.

»Was willst du?«, fragte sie tonlos.

Sein Blick schweifte zu ihrer Taille. »Ich will wissen, ob es stimmt. Bekommst du mein Kind?«

»Nein!«, log sie mit eisiger Stimme.

Er war ein ungewöhnlich großer, athletischer Mann mit seinem dichten weißen Haar und den intensiv blauen Augen. »Du lügst.«

»Es ist mir egal, was du von mir denkst.«

»Weshalb hast du mich dann angerufen?«

»Das war vor Monaten«, entgegnete sie kühl. »Ich wollte dich prüfen. Du bist durchgefallen.«

Er starrte sie durchdringend an. Griechisches Temperament glühte in seinem Blick. »Ich komme wieder«, sagte er.

Und er hielt Wort. Es gab kein Entrinnen mehr. Als wolle er seine erste Reaktion vergessen machen, verwöhnte er sie unaufhörlich mit Rosen, Champagner, Kaviar und exotischen Früchten.

Schließlich ließ sie sich von ihm zum Abendessen ausführen. Er schickte ihr seinen Hubschrauber. Sie dinierten an Bord einer Privatyacht, die vor Manhattan kreuzte, und schwelgten in Pâté und Hummer.

Später liebten sie sich. Seine kräftigen Hände fuhren zärtlich über ihren Bauch. »Ich möchte einen Jungen«, erklärte er.

»Sei kein Chauvinist!«, entgegnete sie.

Am zweiten Juli schenkte Lucky in einer Privatklinik in Connecticut einem Jungen das Leben. Dimitri war bei der Geburt anwesend.

Sie nannten das Kind Roberto Stavros Gino Santangelo Stanislopoulos. Seitdem war er ihr gemeinsames Geheimnis.

Das Mittagessen wurde auf der herrlichen Terrasse über dem Meer serviert. Lucky erinnerte sich, als Teenager mit Olympia auf Dimitris Privatinsel gewesen zu sein. Nie hätte sie auch nur im Traum daran gedacht, jemals als die Mutter seines Kindes dorthin zurückzukehren.

Olympia kam nach Dimitris Aussagen nur selten auf die Insel, und bei den treuen Dienstboten war ihr Geheimnis sicher. Lucky wusste, dass er Olympias Schlagzeilen machende Romanze mit einem drogenabhängigen, englischen Rockstar nicht billigte. »Das Mädchen ist so dumm!«, bemerkte er dazu häufig wütend. »Drei Mitgiftjäger hat sie schon geheiratet. Und jetzt lebt sie mit … mit dieser degenerierten Kreatur zusammen!«

Lucky unterdrückte ein Lachen. Manchmal benahm sich Dimitri wie ein alter Mann.

Nicht allerdings im Bett. Im Bett war er der Herr und Meister. Gelegentlich kam er Lucky zu beherrscht und technisch perfekt vor. Er wusste alles, was es zu wissen gab, und setzte seine Kenntnisse entsprechend geschickt ein.

Nach dem Essen brachte das Kindermädchen Roberto auf die Terrasse. Er sah Lucky mit seinem dunklen Haar, den schwarzen Augen und dem einnehmenden Lächeln sehr ähnlich. Und damit erinnerte er Lucky ständig an Gino. Sie wusste, dass es unfair war, ihm seinen Enkel vorzuenthalten.

Dimitris Augen leuchteten. Sie waren seit drei Wochen mit ihm auf seiner Insel, und er verbrachte so viel Zeit wie nur möglich mit seinem Sohn. Normalerweise sah er ihn nur, wenn er in Luckys Haus in East Hampton zu Besuch war.

Nachdem das Kindermädchen Roberto wieder ins Haus gebracht hatte, damit er sein Nachmittagsschläfchen machen konnte, ging Dimitri ruhelos auf der Terrasse auf und ab. »Lucky«, begann er schließlich und knackte gereizt mit den Fingerknöcheln, »mein Sohn soll meinen Namen tragen. Ich will, dass alles seine Ordnung hat. Wir heiraten. Ich bestehe darauf!«

»Wie romantisch«, murmelte Lucky. Es war ein altes, strittiges Thema zwischen ihnen.

»Mein Gott, du weißt, wie sehr ich dich verehre.«

Tat er das wirklich? Sie waren seit anderthalb Jahren sporadisch zusammen. Und sie wusste, dass er sich in dieser Zeit auch mit Francesca Fern getroffen hatte. Fragen hatte sie nie gestellt. Das war nicht ihr Stil.

»Ich weiß nicht …«, begann sie.

»Womit kann ich dich endlich überzeugen?«

Lucky überlegte. Sie dachte seit einiger Zeit wieder an das Atlantic-City-Projekt. Es war nicht zu leugnen: Sie vermisste das Hotelgeschäft. Die Hektik, das Gefühl der Macht … Natürlich hatte sie eigenes Vermögen, aber das war längst nicht genug. Als Mrs. Dimitri Stanislopoulos allerdings wären ihre Möglichkeiten unbegrenzt.

Davon abgesehen hatte Dimitri durchaus Recht. Sie waren es Roberto schuldig, seinen rechtmäßigen Namen durch eine Ehe zu besiegeln.

»Ich möchte ein Hotel bauen«, erklärte sie vorsichtig.

Dimitri nickte aufmunternd. »Du kannst von mir haben, was du willst, Lucky. Du brauchst es mir nur zu sagen.«

34

Nein«, sagte Jess in die Sprechmuschel des Telefonhörers, den sie zwischen Schulter und Ohr geklemmt hatte. »Lennie Golden ist auf Monate hinaus ausgebucht. Er hat unmöglich Zeit, das Skript zu lesen. Tut mir wirklich Leid.« Damit legte sie auf und rief: »Vickie? Wo stecken Sie?«

Vickie stolzierte auf gefährlich hohen, dünnen Absätzen ins Zimmer. Sie war so etwas wie Lennies Privatsekretärin, sah jedoch eher wie die freundliche Nutte von nebenan aus.

»Vickie, wie wär's, wenn Sie weniger Zeit vor dem Toilettenspiegel verbringen und dafür mehr Telefonanrufe beantworten würden?«, beklagte sich Jess. Sie hätte Vickie längst entlassen, doch Lennie wollte davon nichts wissen. »Dafür werden Sie nämlich bezahlt.«

Vickie senkte die Lider mit den langen, falschen Augenwimpern. »Entschuldigen Sie, Jess.«

Jess war es schleierhaft, wo Lennie diese Art von Mädchen aufgabelte.

»Ich muss fort«, erklärte sie. »Nehmen Sie gefälligst die Telefonanrufe entgegen!«

Vickie nickte.

Jess verließ das kleine Büro in einem schlichten Bürogebäude am Sunset Boulevard in dem deutlichen Bewusstsein, dass sie mehr Platz und zwei solide, vor allem tüchtige Sekretärinnen brauchten. Lennie war auf dem Weg zum Starruhm, während sein persönliches Management noch mit amateurhaften Mitteln operierte. Vor einem halben Jahr hatte das durchaus noch genügt. Aber seit es mit Lennies Karriere steil nach oben ging, musste Abhilfe geschaffen werden.

Jess fuhr mit dem Lift in die Tiefgarage hinunter und bestieg ihren Wagen, einen gebrauchten Datsun. So viel war passiert, seit sie Las Vegas verlassen hatte. Und sie hatte ihren Entschluss nie bereut.

Sie kannte inzwischen Lennies sämtliche Freunde: die Zwillinge Suna und Shirlee, Joey Firello, Foxie und Rainbow, Isaac und dessen hübsche Frau. Und Lennie war immer für sie da. Hilfsbereit und verständnisvoll, ein echter Freund. Sie wusste, dass sie es ohne ihn nicht geschafft hätte. Er hatte dafür gesorgt, dass sie wieder eine Aufgabe hatte, wieder Sinn in ihrem Leben sah. Sie verdankte ihm sehr viel. Mittlerweile war sie seine persönliche Managerin und entdeckte, dass Talente in ihr schlummerten, von denen sie keine Ahnung gehabt hatte. Lennie und sie ergaben ein unschlagbares Team.

Von Foxie hatte sie erfahren, dass Lennie einen Auftritt in der Griffin Show abgesagt hatte, um zu ihr nach Las Vegas fliegen zu können.

Zwei Wochen später hatte er noch einmal eine Chance bekommen, weil er Merv so gut gefallen hatte. Danach war ein weiterer Auftritt gefolgt, weil die Publikumsreaktion so stark gewesen war. Dann hatte er zwei Gastauftritte in Joey Firellos »Comedy Hour« absolviert und das Angebot zu einer wöchentlichen TV-Show erhalten, in der er einen verrückten Arzt in einem Sanatorium spielte. Die Serie mit dem Titel *The Springs* hatte praktisch als namenlose Sendung angefangen und erzielte mittlerweile die höchsten Einschaltquoten. Lennie und das bis dahin unbekannte restliche Team waren praktisch über Nacht zu Stars geworden.

Das alles war jetzt vor einem halben Jahr, und Lennie als »gefragt« zu bezeichnen, war eine Untertreibung.

Jess steuerte den Datsun durch den dichten Nachmittagsverkehr. Sie musste alles daransetzen, Lennie dazu zu bringen, seinen Alkoholkonsum einzuschränken, denn es kursierten Gerüchte, dass er trank. Allerdings tat er das nie in ihrer Gegenwart. Nur sahen sie sich seit seinem Erfolg in der Fernsehserie selten. Lennie war ständig damit beschäftigt, Interviews zu geben, zu arbeiten oder mit schlanken Blondinen auszugehen, die er wechselte wie andere Leute die Hemden.

Jetzt, da er ganz oben war, war ein Alkoholproblem wirklich das Letzte, was sie brauchen konnten.

Die Blondine hatte behauptet, neunzehn zu sein, doch Lennie tippte eher auf siebzehn. Sie war eine sexuell sehr erfahrene Minderjährige, die loszuwerden er kaum erwarten konnte. Eine Nacht voller Lust war genug. Es wäre ihm lieber gewesen, die Frauen würden nicht immer bis zum nächsten Morgen bleiben.

Sie zog sich gemächlich an. Weiße Jeans, ein schulterfreies Oberteil und Tennisschuhe.

»Kannst du mich in Westwood absetzen?«, fragte sie.

»Nein, das ist nicht meine Richtung. Aber ich rufe dir ein Taxi.«

»Ich habe kein Bargeld bei mir.«

»Ich bezahle das Taxi.«

Das Mädchen schaltete das Vormittagsprogramm im Fernsehen ein, während er ein Taxi rief. Es konnte ihm nicht schnell genug gehen, dass sie endlich verschwand. Er hatte nichts gegen sie persönlich. Ihre Gesellschaft war zeitweise durchaus angenehm gewesen. Aber sie war die dritte Blondine in dieser Woche, und er konnte sich in seiner wahllosen Unersättlichkeit selbst nicht ausstehen.

Als der Taxifahrer klingelte, drückte er ihr zwanzig Dollar in die Hand, versprach, bald wieder anzurufen, und schlug mit einem Seufzer der Erleichterung die Tür hinter ihr zu.

Dann machte er sich umgehend daran, das Bett abzuziehen, warf die schmutzige Wäsche auf den Fußboden, riss sämtliche Fenster auf und mixte sich einen Wodka mit Orangensaft zum Aufwachen. Es war elf Uhr vormittags. Er hatte seinen freien Tag und bis zu seiner Verabredung mit Jess im Scandia um ein Uhr nichts zu tun.

In letzter Zeit hatte er ununterbrochen gearbeitet. Er schrieb nicht nur seine Rolle in der Serie *The Springs* um und machte täglich Fernsehaufnahmen, sondern sammelte Material für neue Nummern und versuchte sich an einem Bühnenstück. Außerdem war er ständig zu Publicity-Zwecken unterwegs und besuchte jeden Abend irgendeine wichtige Party.

Davon abgesehen bombardierte ihn Alice, seine Mutter, mit Telefonaten, seit er berühmt geworden war, und träumte von einem Comeback mit seiner Hilfe. Lennie machte gute Miene zum bösen Spiel.

Schließlich ging er ins Badezimmer, legte seinen Bademantel ab und stellte sich unter die kalte Dusche. Er freute sich auf das Mittagessen mit Jess. Um drei Uhr hatte er anschließend ein Interview mit der Illustrierten *People*. Er hasste diese Fragerei und empfand sie als ein Eindringen in sein Privatleben.

Hatte er überhaupt ein Privatleben?

Konnte man es als Privatleben bezeichnen, wenn man ständig mit Blondinen schlief? Er bezweifelte dies.

Während er sich abtrocknete, überlegte er, was er anziehen sollte. Er entschloss sich schließlich für schwarze Jeans und ein schwarzes Hemd, das er beides aus dem Kleiderhaufen zog, der auf dem Fußboden lag.

Jetzt, da er Geld hatte, hatte er nicht einmal die Zeit, sich seine Garderobe zu kaufen.

Wozu hatte er überhaupt noch Zeit?

Zum Arbeiten.

Für Sex.

Zum Trinken.

Zum Arbeiten.

Die kleine Jess hatte ihn wirklich energisch die Erfolgsleiter hinaufbugsiert. Und das stets zum richtigen Zeitpunkt. Sie war ein wahres Energiebündel. Sie hatte ihnen beiden das Leben gerettet. Und dass *People* ihn für ein Interview wollte, bedeutete schon einiges. Sie würden auch Fotos machen. »Ein Tag im Leben von Lennie Golden« sollte der Artikel heißen. Er fragte sich, ob Eden ihn wohl lesen würde.

Eden Antonio war bloß noch Schnee von gestern.

Eden Antonio bedeutete ihm nichts mehr.

Er wusste inzwischen einiges über sie. Sie lebte mit einem verheirateten Gangster zusammen. Der Typ hatte sie mit einem Haus, Kleidern und Schmuck ausstaffiert.

Und er kannte inzwischen ihre Adresse und ihre geheime Telefonnummer. Er war ein paarmal an der Villa vorbeigefahren, hatte wiederholt angerufen und sofort wieder aufgelegt.

Wenn sie ihn wollte, sollte sie zu ihm kommen.

Das Hausmädchen betrat die Wohnung und bezog das Bett neu, bevor es dann begann, das Zimmer sauber zu machen.

Lennie holte seinen neuen schwarzen BMW aus der Tiefgarage. Was für ein Wagen! Vor sechs Wochen hatte er einem plötzlichen Impuls folgend einen Autosalon betreten und das Auto praktisch aus dem Schaufenster gekauft. Es war die erste Extravaganz, die er sich gönnte. Diesen Wagen zu fahren, das war ein so herrliches Gefühl. Lennie wünschte, jemand würde seinen Erfolg mit ihm teilen. Jess war ein wunderbarer Kamerad, aber sie war nie da, wenn er sie in den trostlos einsamen frühen Morgenstunden brauchte, in denen er sich nach der Zärtlichkeit einer Geliebten, nach einer verständnisvollen verwandten Seele sehnte.

Manchmal streckte er die Hand nach der schlafenden Blondine neben sich aus, weckte sie sanft und liebte sie.

Nein, mit Liebe hatte das nichts zu tun. Es war Sex. Nichts als Sex.

Erfolg zu haben war großartig. Geld war großartig. Ruhm und Anerkennung waren großartig.

Aber es war leider nicht genug.

Etwas in seinem Leben fehlte.

35

Olympia hegte bereits seit geraumer Zeit den Verdacht, dass ihr Vater eine heimliche Geliebte hatte. Nicht, dass sie das in irgendeiner Form kümmerte. Dimitri konnte tun und lassen, was er wollte. Doch ihre Neugier war geweckt. Wer war die geheimnisvolle Frau? Und weshalb das Versteckspiel?

Dann traf sie zufällig Francesca Fern im »21« in New York.

»Meine Liebe!«, riefen beide wie aus einem Munde. »Du siehst einfach hinreißend aus. Wir müssen zusammen essen gehen.«

Sie verabredeten sich im Russian Tea Room für ein Uhr des darauf folgenden Tages.

Die beiden ungleichen Frauen trafen gleichzeitig im vereinbarten Lokal ein und setzten sich an einen Nischentisch. Während Olympia sich für eine Bloody Mary entschied, bestellte Francesca ostentativ eine Flasche Perrier. Olympia bereute sofort, Francesca zum Essen eingeladen zu haben. Was sollte sie nur zwei Stunden lang mit ihr anfangen? Die Langeweile, die sie während Flashs Abwesenheit empfand, der mit den Layabouts in Südfrankreich eine neue LP aufnahm, konnte Francesca ihr bestimmt nicht vertreiben. Außer Dimitri hatten sie eigentlich nichts gemeinsam.

»Ich bin um zwei Uhr bei meinem Friseur angemeldet«, verkündete Francesca energisch, als hege sie dieselben Gedanken.

»Gut«, erwiderte Olympia. »Ich muss um zwei bei der Maniküre sein.«

Francesca griff in ihre Handtasche, zog ein dünnes, schwarzes Zigarillo heraus und steckte es zwischen die karmesinrot geschminkten Lippen. Zwei Ober sprangen sofort herbei, um ihr Feuer zu geben. Francesca nahm ihre Aufmerksamkeiten mit der Gelassenheit des Stars entgegen, warf ihr rotes Haar zurück und verkündete: »Ich fliege morgen nach Paris. Leider bin ich viel zu viel unterwegs.«

»Hast du Dimitri in letzter Zeit gesehen?«, erkundigte sich Olympia ohne Umschweife, um bei diesem Zusammentreffen wenigsten ihre Neugier zu befriedigen.

»Ist er nicht in Griechenland?«, erkundigte sich Francesca desinteressiert.

»Ja.« Olympia machte eine bedeutungsvolle Pause. »Schon wieder.«

Francesca schnappte nicht nach dem Köder. Sie ließ ihren Blick unter den schweren Lidern durch das Lokal schweifen und winkte dem Oberkellner. »Die Speisekarte!«, befahl sie mit heiserer Stimme und gelangweilter Miene.

»Das ist schon sein dritter Aufenthalt auf der Insel in diesem Jahr«, beharrte Olympia auf dem Thema.

Francesca sah sie an. »Na und?«

»Nun … findest du … das nicht ein wenig seltsam?«

Francesca zuckte mit den Schultern. »Seltsam? Warum? Es ist schließlich seine Insel.« Sie studierte die Speisekarte.

»Hmm«, murmelte Olympia. »Komisch finde ich nur, dass er sich während seiner Anwesenheit dort jeden anderen Besuch verbietet ... und das gilt auch für mich. Ich hatte vor, meine Tochter zu ihm zu schicken, aber nicht einmal sie will er sehen.«

Francesca zog heftig an ihrem Zigarillo. »Weshalb erzählst du mir das? Ich habe nicht die Absicht, ihn dort zu besuchen.«

»Du und Dimitri ... ihr seid doch so gut befreundet. Ich dachte, du weißt vielleicht, weshalb er sich so komisch benimmt. Hat er vielleicht eine neue Freundin?«

Francesca winkte erneut dem Oberkellner. »Ein Kräuteromelette und einen grünen Salat ohne Dressing für mich«, bestellte sie ungerührt.

Olympia runzelte die Stirn. Francesca schien die Möglichkeit, dass sich Dimitri mit einer neuen Flamme auf seiner Insel verschanzte, in keiner Weise zu beunruhigen.

»Was darf ich Ihnen bringen, Miss Stanislopoulos?«, erkundigte sich der Oberkellner höflich.

»Blinis, saure Sahne, Kaviar, Apfelpfannkuchen und frische Erdbeeren.«

Francescas Blick sprach Bände. »Achtest du gar nicht auf deine Linie?«, murmelte sie.

»Nein«, erwiderte Olympia trotzig. »Bei mir geht das alles auf den Busen ... und auf den passt Flash auf.«

Während des Essens machten beide Frauen nur noch gezwungen Konversation und verabschiedeten sich anschließend hastig.

»Wiedersehen«, sagte Francesca liebenswürdig. »Ich denke, wir sehen uns wie üblich im August.«

»Das kann ich noch nicht bestätigen«, erwiderte Olympia vorsichtig. »Möglicherweise hat Dimitri andere Pläne. Vielleicht sagt er die Kreuzfahrt ab.«

»Das glaube ich kaum«, widersprach Francesca mit einem

wissenden Lächeln und verließ mit elastischen Schritten das Lokal.

Olympia konnte Francesca nicht ausstehen. Trotzig beschloss sie, noch zu bleiben und eine weitere Portion Erdbeeren, eine frische Bloody Mary und vielleicht auch noch ein winziges Stück Käsetorte zu bestellen.

Sie war über diesen Entschluss froh, denn fünf Minuten später erschien tatsächlich Vitos Felicidade im Lokal, mit dem sie ja vor Flash ein kurzes, heftiges Verhältnis gehabt hatte.

»Vitos!«, rief sie und winkte ihm begeistert zu.

Er blieb stehen, sah in ihre Richtung, stutzte einen Augenblick, brachte dann jedoch ein strahlendes Lächeln zu Stande und küsste ihr sehr gentlemanlike die Hand. »Olympia! Wie entzückend!«, murmelte er mit stark spanischem Akzent.

Vitos war im vergangenen Jahr ein ausgesprochener Medienliebling geworden und mittlerweile wesentlich berühmter als bei ihrer ersten Begegnung. Er trug einen tadellosen blauen Seidenanzug, ein maßgeschneidertes Hemd, goldene Manschettenknöpfe und ein weit weniger diskretes, mit Brillanten besetztes Herrenarmband. Er war in Begleitung von zwei Frauen. Die eine war seine PR-Agentin, die andere eine dickliche Journalistin der *New York Times*. Vitos stellte sie höflich vor.

Olympia kritzelte hastig ihre Telefonnummer auf ein Streichholzmäppchen und drückte es Vitos in die Hand. »Ruf mich an!«, befahl sie kategorisch. »Später!«

Ohne eine Miene zu verziehen, knallte Vitos in altmodischer Manier die Hacken zusammen und entfernte sich mit den beiden Frauen im Schlepptau.

Olympia spitzte den Mund. Vitos bot sich als amüsante Abwechslung an. Ohne Flash lag ein weiterer endlos langer und ereignisloser Nachmittag vor ihr.

Sie trat aus dem Lokal, entließ ihre Limousine mit Chauffeur und schlenderte die Straße entlang. Nach einem Besuch bei Bendel's, ihrem Lieblingskaufhaus, und bei Bergdorf's, wo sie jeweils mehrere hundert Dollar los wurde, kam sie auf dem Heimweg in der Fifth Avenue an einem Zeitschriftenstand vorbei. Neben den üblichen glänzenden, bunt aufgemachten Illustrierten erregte das Titelblatt einer Zeitung mit dem Namen *Pointer* ihre Aufmerksamkeit, denn es zeigte ein großes Foto von Flash, wie er mit nacktem Oberkörper einen mageren Arm um eine dürre, höchstens siebzehnjährige, puppenhafte Blondine gelegt in die Kamera grinste. Die Schlagzeile darüber lautete: »FLASH HEIRATET HEIMLICH TEENAGER«.

Olympia blieb wie angewurzelt stehen. Ihre blauen Augen verengten sich zu schmalen Schlitzen. Sie fasste in ihre Hermès-Handtasche, knallte dem Zeitungsverkäufer einen Zehn-Dollar-Schein auf die Theke und riss ein Exemplar der skandalösen Zeitung aus dem Ständer. Während der alte Herr mühsam das Wechselgeld zusammensuchte, überflog sie den knappen Bildtext:

»Der legendäre Rockstar Flash enthüllte in Südfrankreich, wo er gegenwärtig mit den Layabouts an einem neuen Plattenalbum arbeitet, dass er seit drei Jahren heimlich mit der achtzehnjährigen Kipp Hartley verheiratet ist. Kipp, die noch ein Schulmädchen gewesen war, als sie Flash kennen lernte, erwartet Anfang des kommenden Jahres ihr erstes Kind.«

36

Die Entscheidung war gefallen. Lucky würde heiraten. Zum zweiten Mal.

»Keine große Geschichte. Machen wir's doch hier mit den Angestellten als Zeugen«, schlug Lucky Dimitri vor.

Er war einverstanden. Auf diese Weise wusste niemand, wann sie wirklich geheiratet hatten, und der Verdacht, Roberto könnte ein unehelich geborenes Kind sein, kam erst gar nicht auf.

Als Hochzeitstermin setzten sie den Tag vor ihrer Abreise von der Insel fest. Achtundvierzig Stunden vorher traf Dimitris Anwalt mit einem Aktenkoffer voller Dokumente ein. Für die meisten von ihnen war Luckys Unterschrift nötig. Lucky hatte nichts dagegen, solange sich das für sie wichtigste Dokument ebenfalls darunter befand. Es handelte sich um ein Abkommen zwischen Dimitri und ihr, in der sich Dimitri verpflichtete, den Bau eines Hotels in Atlantic City zu finanzieren, das vollständig in ihr Eigentum übergehen sollte. Bei ihrem Tod war ihr Sohn Roberto der Alleinerbe.

»Dein Hochzeitsgeschenk«, erklärte Dimitri, als er den Vertrag unterzeichnete.

Lucky setzte ihren Namenszug darunter. Mit Ausnahme des Hotelprojekts verzichtete sie auf Ansprüche auf Dimitris Vermögen. Roberto würde eines Tages sowieso von allem die Hälfte erhalten; und das Hotel war eine Investition von mehreren Millionen, das allein ihr gehörte.

Die Hochzeit fand an einem strahlend schönen Tag statt. Lucky trug ein einfaches, weißes Kleid und hatte Blumen ins Haar gesteckt. Dimitri hatte einen leichten, legeren Leinenanzug gewählt.

Der griechisch-orthodoxe Priester wurde mit dem Flugzeug vom Festland eingeflogen, und als Hochzeitsgäste fungierten die Angestellten und Roberto.

Bei Sonnenuntergang wurde Roberto zu Bett gebracht, und Dimitri und Lucky dinierten allein auf der Terrasse. Sie speisten geröstetes Lamm in Kräutern, überbackene Kartoffeln in Knoblauch und zarte Buttererbsen. Als Dessert wurde ein kleiner Hochzeitskuchen aus Erdbeeren und Baisermasse serviert.

Sie prosteten sich mit Dimitris Lieblingsgetränk, Ouzo, zu und schwammen später nackt im Schwimmbecken.

Im Bett liebte er sie langsam und ausgiebig, und Lucky gab sich dem Ritual seiner erfahrenen Liebestechniken hin.

Wie anders war das doch als jene Hochzeitsnacht mit ihrem ersten Mann Craven auf den Bahamas.

Morgen verlassen wir die Insel, dachte sie.

Morgen muss ich Gino und Costa anrufen.

Morgen ... Morgen ... Morgen ...

Sie sank in den Schlaf, einen Arm zärtlich um den neuen Ehemann gelegt.

Gino hob die Hand und spendete weitere fünftausend Dollar für einen wohltätigen Zweck. Susan schwelgte in Wohltätigkeit. Mit Susan Santangelo war jederzeit zu rechnen. Sie war äußerst großherzig. Mit *seinem* Geld.

Susan warf ihm ein lobendes Lächeln zu. »Danke, Liebster«, flüsterte sie.

Sie nahmen an einer Wohltätigkeitsveranstaltung im Century-Plaza-Hotel teil. Ein Tisch für zwölf Personen. Sein Tisch. Nein, *ihr* Tisch. Er bezahlte. *Sie* lud ein.

Gino saß zwischen Susan und deren Freundin Paige Wheeler. Er mochte Paige. Sie hatte wenigstens Sinn für Humor, was man von Susans anderen Freunden kaum behaupten konnte.

Die übrigen Gäste waren Paiges Mann Ryder, der Filmproduzent, der nur ein Thema kannte, die Wirtschaft, und einige auserwählte hilfreiche Geister wie Susans Friseur, ihr Schneider und ihr Zahnarzt; und natürlich ihre Kinder, die arrogante Gemma und der bornierte Nathan, der nach dem Collegeexamen nicht gewillt schien, sich mit »Geldverdienen« die Hände schmutzig zu machen.

Aus Verehrung für die Mutter hatte Gino den beiden anfangs einiges abgewinnen können. Doch nach dem zweijährigen Zusammenleben war er eines Besseren belehrt worden.

Sie waren überzeugt, dass das Leben ihnen etwas schuldig war und nicht umgekehrt. Das verwöhnte Dasein in Beverly Hills hatte sie verdorben.

Traurig hatte Gino feststellen müssen, dass er trotz seiner Bemühungen mit keinem von beiden hatte warm werden können.

Er wusste inzwischen, dass sie ihn weder mochten noch akzeptierten.

Zum Teufel mit den verwöhnten Gören! Er hatte Susan geheiratet, nicht ihre Kinder.

Susan allerdings war entschlossen, eine große, glückliche Familie aus ihnen zu machen.

Gemma und Nathan nannten ihn Gino.

Susan wollte, dass sie »Vater« zu ihm sagten.

Sie dagegen versuchten, ihm möglichst aus dem Weg zu gehen.

Susan wollte, dass er sie rechtmäßig adoptierte.

Als sie das Thema zum ersten Mal angeschnitten hatte, hatte er sie offen ausgelacht. »Ich bitte dich, Susan! Die beiden sind erwachsen. Was soll denn dieser Unsinn?«

»Im Grunde sind es noch Kinder. Sie brauchen einen richtigen Vater. Wenn du sie adoptierst, wissen sie, dass sie dir wirklich wichtig sind … Anderenfalls habt ihr vermutlich auf ewig Probleme miteinander.«

»Quatsch!«

»Nein, mein Lieber. Sieh doch den Tatsachen einmal ins Auge.«

Susan hatte die Angelegenheit bereits mit ihrem Anwalt besprochen, der die Idee angeblich großartig fand.

Wann immer sie das Thema anschnitt, und das kam nun häufig vor, brach Gino die Unterhaltung ab. »Wäre es nicht schön«, lautete Susans Standardsatz, »Kinder zu haben, die sich wirklich um dich kümmern?«

Das war Susans üblicher Seitenhieb auf Lucky.

Und in diesem Punkt hatte sie Recht. Er hörte kaum noch von ihr. Lucky war auf seiner Hochzeit gewesen und hatte seither höchstens zweimal angerufen.

Am Anfang seiner Liaison und später seiner Ehe mit Susan hatte er keinen Gedanken an Luckys Gefühle verschwendet. Schließlich wollte *er* heiraten. Was hatte sie damit zu tun? Rückblickend musste er sich eingestehen, dass er vielleicht doch mehr Rücksicht auf ihre Gefühle hätte nehmen sollen. Schließlich waren sie nach vielen Jahren der Kämpfe und Missverständnisse ein Jahr unzertrennlich gewesen, und er hatte die Vertrautheit mit seiner Tochter ebenso genossen wie sie.

Die Santangelos. Vater und Tochter. Ein unschlagbares Team. Er vermisste sie. Vielleicht war die Zeit gekommen, wieder Brücken zu schlagen.

»Mir scheint, mein Freund, Sie sind mit Ihren Gedanken meilenweit entfernt«, flüsterte Paige ihm ins Ohr. »Aber wer wollte Ihnen das schon übel nehmen? Diese Wohltätigkeitsveranstaltungen sind todlangweilig!«

Sie legte ihre Hand leicht auf seinen Oberschenkel. »Diese Wohltätigkeitsbälle haben mich von jeher angeödet. Ich schicke lieber einen Scheck. Was meinen Sie?«

Er fühlte die Wärme ihrer Hand durch den Hosenstoff hindurch und merkte, wie sein Penis hart wurde. Susan hatte aus den unterschiedlichsten Gründen seit sechs Wochen nicht mehr mit ihm geschlafen. Er mochte alt sein, aber eine lebende Leiche war er noch längst nicht. Gino brauchte regelmäßig Sex.

Paiges Hand blieb. Wenn sie sie nur leicht nach oben bewegte, musste sie seine Reaktion spüren.

Aber Paige hatte das nicht nötig. Sie wusste auch so Bescheid.

»Sie sind ein sehr anziehender Mann, Gino«, bemerkte Paige so leise, dass nur er es verstehen konnte.

»Dasselbe kann man gut und gern von Ihnen behaupten«, erwiderte er. Das Spiel begann ihm Spaß zu machen.

»Finden Sie nicht, dass wir langsam mal was Entsprechendes unternehmen sollten?«, murmelte Paige.

Gino hatte Susan bisher nie hintergangen, sondern war stets treu geblieben.

Zum Teufel mit der Treue! Er war scharf auf Sex. Und in Wahrheit war Susan im Bett nicht gerade aufregend, sondern für seinen Geschmack zu damenhaft. Wenn man zivilisierte Partys und ruhige Wochenenden mit Freunden beim dümmlichen Golfspiel mochte, dann war Susan eine aufregende Ehefrau.

Paige begann unter dem Schutz eines langen Tischtuchs, und von den übrigen Gästen unbemerkt, fachmännisch seinen Penis zu massieren. Er hätte beinahe laut und genüsslich gestöhnt.

»Ja«, antwortete er heiser.

»Ruf mich in meinem Büro an«, flüsterte sie mit einer letzten gekonnten Handbewegung. »Und zwar bald. Sehr bald!«

37

Mit allem hatte Lennie gerechnet, nur nicht damit, auf dem Titelblatt von *People* zu erscheinen.

Alle waren beeindruckt.

Mit einer Ausnahme: Alice.

Das hatte so kommen müssen.

Sie schäumte am Telefon: »Ich werde lediglich in einem Nebensatz erwähnt!«, schrie sie. »Nicht mal ein Bild bringen sie von mir! Was soll das? Willst du deine Mutter unterschlagen, oder was?«

Lennie traute seinen Ohren kaum. »Also bitte …«, begann er.

»Komm mir gefälligst nicht so!«, unterbrach sie ihn schrill. »Ich habe den Herrschaften einen Brief geschrieben. Die wissen wohl nicht, mit wem sie es zu tun haben! Ich will, dass sie sich entschuldigen und einen Artikel über mich schreiben.«

Alice war durch nichts zu beruhigen. Statt stolz auf seinen Erfolg zu sein, war sie eifersüchtig. Seine Mutter und eifersüchtig! Es war einfach lächerlich.

Die Zwillinge bestanden darauf, eine Party für ihn zu geben. Die beiden hatten eine durchschlagende Zahnpastareklame abgedreht und schwammen ebenfalls auf der Erfolgswelle. Suna hatte sich mit einem plastischen Chirurgen angefreundet, der seine Villa im Coldwater Canyon mit japanischem Wellenbad und Tennisplatz für die Party zur Verfügung stellte.

Es waren gut hundert Gäste geladen.

Zweihundert erschienen.

Der Schönheitschirurg ließ mexikanische Spezialitäten servieren, eine Rockgruppe spielte, und alle amüsierten sich ausgiebig.

Gegen vier Uhr morgens fand sich Lennie nackt mit drei Mädchen bei intensivem Drogenkonsum im Swimmingpool wieder. Er rauchte einen Joint, während die Mädchen Kokain schnupften, und die eine beinahe ertrank, weil sie sich auf ihn zu legen versuchte.

War das Starruhm?

Kostenlose Versorgung mit Drogen und zu viele Frauen?

Lennie war froh, dass Jess die Party bereits verlassen hatte. Er wusste, was sie davon hielt, wenn man die Dinge »außer Kontrolle« geraten ließ.

»Was du auch tust, Lennie«, hatte sie früher am Abend zu ihm gesagt, »mach dich nicht zum Idioten.«

Es war ihm nur allzu klar, was sie damit meinte. Aber konnte man sich nicht wenigstens für eine Nacht zum Idioten machen? Wie oft im Leben geriet man schon mit drei heißen Frauen nackt in ein japanisches Bad und konnte so viel Drogen inhalieren, wie man wollte?

Eines der Mädchen hatte imposante Brüste. Ehe er sich versah, hatte sie ihn gegen eine Wasserdüse gedrückt und ließ ihren Busen aufreizend über seinem Gesicht baumeln. Lennie schnappte nach einer Brustwarze und hielt sie mit den Lippen fest.

Das andere Mädchen, das von der Natur ebenfalls gut ausgestattet worden war, beschloss, sich an dem Spaß zu beteiligen, und steckte ihm die rechte Brustspitze ebenfalls in den Mund.

Lennie saugte an zwei Brüsten, während die Wasserdüse für die Behandlung unter der Gürtellinie sorgte.

Er hatte das Gefühl abzuheben, wurde hochgerissen, erreichte den pulsierenden Gipfel … dann kam die Landung.

Herrlich, ein Star zu sein.

Er wollte nach Hause. Schließlich schob er die weiblichen Fleischmassen von sich und sprang aus dem Becken. Überall lagen mehr oder weniger bekleidete Gäste herum. Lennie stieg über die Leiber, fand seine Kleider und zog sich an.

Sein Wagen stand in der Auffahrt. Jess hatte ihm eine Nachricht hinter die Scheibenwischer gesteckt. Auf dem Zettel stand in Großbuchstaben: »IDIOT« und »FAHR VORSICHTIG«.

Das tat er. Und zwar zu ihrem Apartment, das nur einen Block von seiner Wohnung entfernt lag.

Jess ließ ihn rein, ohne eine Szene zu machen, und gab ihm schwarzen Kaffee zu trinken. Sie redeten, bis die Sonne hoch am Himmel stand. Es brach alles aus ihm heraus. Sein Glück, endlich ganz oben zu sein. Seine ständige Angst, der Zustand könne nur vorübergehend sein … würde nicht anhalten.

»Es geht weiter«, versicherte sie ihm. »Das ist erst der Anfang.«

»Wenn du das sagst …«

Sie umarmten sich. Lennie war nahe daran, ihr von Eden zu erzählen, behielt dies jedoch im letzten Augenblick doch für sich.

Jess briet ihm Eier mit Speck und ließ ihn dann in ihrem Bett schlafen. Glücklicherweise war es Sonntag. Keine Arbeit. Keine Anspannung.

Jess ging ins Nebenzimmer und rief Matt an. Sie waren in Verbindung geblieben. Nach seiner Hochzeit hatte Gino Santangelo Matt zum Generalbevollmächtigten für das Magiriano gemacht. Seitdem war Matt nur noch Gino persönlich verantwortlich.

Matt freute sich stets, von Jess zu hören … ganz besonders, als sie ihm diesmal mitteilte, dass sie in wenigen Tagen mit Lennie nach Las Vegas kommen würde. Nur für eine Woche. Doch das war immerhin besser als gar nicht.

Ein halbes Jahr zuvor, als Lennie erst mäßig bekannt gewesen war, hatte Matt ihn erneut zusammen mit Vitos Felicidade für ein Gastspiel im Magiriano verpflichten können. Und damit war ihm ein Coup gelungen, denn damals war noch keiner von beiden ein Star gewesen.

Jess genoss die Gespräche mit Matt, den sie, so seltsam es klingen mochte, in gewisser Weise vermisste. Sie fragte sich oft, ob er sich noch immer mit goldenen Armbändern schmückte, sich das Haar bleichen ließ und jedes Showgirl der Stadt zu verführen versuchte. Manchmal hatte sie gehofft, er werde sie in Los Angeles besuchen, aber dazu war es nie gekommen. »Zu viel zu tun«, hatte sein Kommentar gelautet, als sie ihn einmal danach gefragt hatte.

Allerdings wusste sie, was es hieß, Verantwortung zu tragen. Lennies Karriere hielt sie ständig in Trab. Da blieb nicht viel Zeit für ein Privatleben. Innerhalb der letzten zwei Jahre hatte sie sich lediglich eine nichts sagende Affäre mit einem Schauspieler geleistet, die genau sechs Wochen gedauert hatte. Länger hatte sie zwar tollen Sex, aber ohne sonstige persönliche und geistige Beziehung nicht ertragen.

Jess runzelte die Stirn. Sie machte sich Sorgen um Lennie. Eden Antonio hatte ihn noch immer in ihren Krallen. Erst wenn er die Affäre mit ihr wirklich überwunden hatte, war er in der Lage, sein Leben zu genießen. Aber wie wollte er das schaffen, wenn er sich nicht einmal mit ihr traf?

Sie war Eden nie persönlich begegnet, hatte jedoch genug über sie gehört, um zu wissen, dass sie eine verwöhnte und verschlagene Frau war, die mit einem reichen Mafioso lebte und große Ambitionen hatte. Nach ein paar Tagen Zusammensein mit ihr müsste Lennie doch erkennen, wer diese Frau wirklich war. Dies könnte ihn dann doch ein für alle Mal kurieren.

Ein frommer Wunsch.

Lennie war der Gefangene seiner eigenen Illusionen.

Und davon konnte er sich nur selbst befreien.

Eden starrte auf das Titelfoto der Zeitschrift *People* und biss sich auf die Unterlippe, dass es schmerzte. Dieser verdammte Dreckskerl! Er hatte es tatsächlich geschafft! Wer hätte je gedacht, dass Lennie Goldens Konterfei eines Tages das Titelblatt von *People* zieren würde? Sie jedenfalls nicht. Ihrer Meinung nach besaß Lennie ein reichlich begrenztes Talent. Im Bett war er allerdings Spitzenklasse. Aber damit kam man noch nicht auf die Titelseiten großer Illustrierten.

Sie verengte ihre topasfarbenen Augen zu schmalen Schlitzen und starrte auf das Bild. Er grinste. Lachte er vielleicht über sie? Sein Mund schien zu sagen: »Siehst du, Baby, ich hab dir ja gesagt, dass ich es schaffen werde. Und was zum Teufel gedenkst du jetzt zu tun?«

Tja, was konnte sie tun?

Jedenfalls nicht genug.

Bei weitem nicht genug.

Sie lebte in dem Haus, das Santino Bonnatti ihr gekauft hatte, praktisch wie seine Gefangene. Bonnatti hielt sie auf dem Grundstück am Blue Jay Way mit einem Chauffeur und Leibwächter unter Verschluss. Santino hatte versucht, ihr diesen Zeko schmackhaft zu machen, als tue er ihr mit seiner Einstellung nur einen Gefallen.

Aber was hätte sie schon dagegen unternehmen können? Sie musste sich entweder Santinos Wünschen fügen oder die Beziehung zu ihm abbrechen. Aber Eden war zu schlau, sich abzusetzen, bevor der richtige Zeitpunkt dazu gekommen war. Santino war der Schlüssel zu ihrer Zukunft, und selbst wenn es seine Zeit dauerte, auch sie würde es schaffen; dessen war sie gewiss.

Schließlich hatten sich endlich ein anständiges Skript, ein interessanter Regisseur und ein guter und bekannter Produzent für sie gefunden. Der Produzent hieß Ryder Wheeler und der Film trug den Titel *Mein Leben als Callgirl*. Die Hauptrolle sollte sie spielen. Santino finanzierte den Film und war Produzent.

Eden fieberte der Arbeit entgegen. Sie hatte lange gebraucht, um so weit zu kommen.

Zeko, der Chauffeur und Leibwächter, kam ohne anzuklopfen ins Zimmer und starrte sie an. Er hatte ein Glasauge, war über einen Meter achtzig groß, und sein kahler Schädel sah aus wie ein Kinderpopo. Eden war sicher, dass er sie heimlich beobachtete, sobald sie sich in ihrem schönen Marmorbad mit der Glaswand in der Badewanne tummelte. Es bereitete ihr ein perverses Vergnügen, keine Jalousien installieren zu lassen, sondern den Mann auf seinem unbequemen Spähposten zwischen den Kakteen höchstens noch durch obszöne Bewegungen oder Gesten aufzuheizen.

»Ja bitte?«, fragte sie hochmütig.

»Ich hole jetzt Mr. Bonnatti«, verkündete er.

»Tun Sie das«, antwortete Eden.

Es war bereits nach zwölf Uhr mittags, und sie trug noch immer einen Seidenpyjama und Pantoffeln mit hohen Absätzen. Santino besuchte sie regelmäßig sonntags nach dem Mittagessen mit seiner Familie, ein Ereignis, das ihn besonders geil zu machen schien. Eden hatte sich auf eine nahezu perverse Weise an seine Aufmerksamkeiten gewöhnt. Er war all das, was die anderen Männer in ihrem Leben nie gewesen waren. Jedenfalls besaß er das Talent, zu bekommen, was er wollte … und schien damit die Tatsache wettzumachen, dass ihm anziehende äußerliche männliche Attribute fehlten. Gelegentlich nahm sein Sexualtrieb etwas perverse Formen an, und er geriet so außer Kontrolle, dass er sie verletzte. Doch letztlich glaubte sie, ihn in gewisser Weise in der Hand zu haben. Santino verehrte sie … und das war auch legitim. Wann fand ein Mann wie er schon eine Frau wie sie?

Eden wusste inzwischen, dass Santino Bonnatti nicht mit Olivenöl und Kaffee, sondern mit pornografischen Schriften und Drogen sein Geld verdiente. Bei dem Gedanken erschauderte sie leicht. Sie warf einen letzten Blick auf das Titelfoto von Lennie und ging dann ins Badezimmer, um sich zu duschen und anzuziehen.

Später inspizierte sie ihren Kleiderschrank. Es war ein Jammer, dass sie so wenig Gelegenheit hatte, all die schönen Kleider zu tragen. Santino ging nur selten mit ihr aus. Allerdings hatte er ihr bald ein Abendessen bei Chasen's mit Ryder Wheeler und dem neuen Regisseur in Aussicht gestellt. Sie freute sich schon darauf und hatte sich vorgenommen, das sensationelle rote Kleid mit dem Rubinkollier zu tragen, das er ihr zum Geburtstag geschenkt hatte. Ab und zu war Santino wirklich sehr großzügig. Schließlich musste es sich gelegentlich auszahlen, dass man sich einem Mann wie Santino Bonnatti hingab.

38

Vitos rief sie an … aber auch keine Sekunde zu früh.

»Gehen wir aus!«, schlug Olympia spontan vor.

»Das letzte Mal, als wir ausgegangen sind, hast du dir Flash geangelt und mich sitzen gelassen. Das war nicht besonders nett.«

»Habe ich das wirklich getan? Verzeih mir.«

»Jetzt bin ich ein Star und wieder für dich interessant. Warum sollte ich also springen, wenn du pfeifst?«

»Weil du bei mir die richtige Behandlung im Bett kriegst, Vitos!«

»Olympia!«

Er holte sie in einer weißen, eleganten Limousine ab, und sie zogen von Lokal zu Lokal. Diesmal ging Olympia den Fotografen der Skandalblätter nicht aus dem Weg. Im Gegenteil: Sie stellte sich für sie sogar in Pose und hatte stets einen Arm um Vitos' Hals gelegt.

Vitos spielte mit. In Amerika bedeutete Publicity einfach alles. Und was konnte einem Besseres passieren, als sich mit einer der reichsten Frauen der Welt zeigen zu können?

Als Frau wollte Vitos Olympia allerdings nicht gerade bezeichnen. Sie war kindisch, ein aufreizendes Püppchen. Seit er sie das letzte Mal gesehen hatte, hatte sie zugenommen. Im Bett machte ihm das nichts aus. Seine Vorliebe hatte stets den Frauen gegolten, die mollig gebaut waren. Und Olympia hatte in dieser Beziehung wirklich einiges zu bieten.

Er schlief gern mit ihr, biss in Wogen duftenden Fleisches, vergrub seinen Kopf in prallen Oberschenkeln und verlor sich zwischen ihren mehr als üppigen Brüsten.

Olympia brauchte mehrere Orgasmen hintereinander. Sie war daher nicht leicht zu befriedigen, und gegen Ende von zwei Stunden waren beide in Schweiß gebadet und erschöpft.

»Warum heiraten wir nicht?«, schlug Olympia vor, schob sich ein Kissen zurecht und setzte sich im Bett auf.

Vitos lächelte. Er hatte tadellose Zähne und das Lächeln eines Gigolos. Ein Jammer, dass sein Haar bereits schütter wurde.

»Wie meinst du das, Olympia?«

Sie sah ihn prüfend an. Vitos sah zwar gut aus, war jedoch ziemlich dumm. Ihrem Flash konnte er nicht das Wasser reichen.

»Ich sagte, warum heiraten wir nicht? H-e-i-r-a-t-e-n! Bist du schwerhörig?«

Olympia hatte sich bereits einen Plan zurechtgelegt. Sie würde Vitos heiraten und Flash den Laufpass geben. Das geschah dem Ekel nur Recht. Sobald Flash seine Lektion gelernt hatte, würde sie sich einfach wieder von Vitos scheiden lassen. Natürlich würde sie das einige Millionen kosten, aber das war ihr das Spiel durchaus wert.

»Willst du denn heiraten?«, erkundigte sich Vitos und streichelte ihre Schenkel, während er bedachte, was die Ehe mit Olympia Stanislopoulos für seine Karriere und vor allem für seine Publicity tun konnte.

»Ich finde, wir wären ein tolles Paar. Was meinst du?«

»Vielleicht.«

»Heißt das, du bist einverstanden?«

»Ich fliege morgen nach Vegas. Ich trete eine Woche lang im Magiriano-Hotel auf. Du kommst mit. Dort besprechen wir alles.«

»Das ist keine Antwort, verdammt noch mal!«, fuhr Olympia ihn an. »Ich frage schließlich nicht jeden Tag jemanden, ob er mich heiraten will.«

»Olympia«, begann Vitos beschwichtigend. »Ich bin jetzt ein Star. Die Frauen in Amerika liegen mir zu Füßen. Wir heiraten … aber ich will nichts überstürzen. So was muss vorbereitet sein. Also, was meinst du?«

Olympia schluckte die Antwort hinunter, die ihr auf der Zunge gelegen hatte, und nickte verständnisvoll. »Gut, Vitos. Ich komme mit. Und ich warte. In Ordnung?«

Vitos lächelte glücklich. »In Ordnung, Olympia … mein Liebling.«

39

Lucky und Costa sprachen am Telefon miteinander. »Onkel Costa?«

»Ja.«

»Ich bin verheiratet.«

»Du bist was?«

»Ich habe wieder geheiratet. Und zwar einen sehr netten Mann. Er wird dir gefallen.«

»Habe ich überhaupt eine andere Wahl, als ihn zu mögen?«

»Du kannst mir vertrauen.«

»Ach, Lucky! Habe ich das nicht immer getan? Weiß es dein Vater?«

»Hm … noch nicht. Ich muss es ihm erst sagen.«

»Wann tust du das?«

»Bald.«

Costa räusperte sich missbilligend. »Und wer ist der Junge?«

Am anderen Ende ertönte ein nervöses Lachen. »Ein Junge ist er nicht gerade; nicht mehr.«

Es knackte an Costas Ende, bis sich dieser gesetzt hatte. »Wer ist es?«

Lucky wechselte hastig das Thema. »Ich habe noch eine Überraschung.«

»Ist eine nicht schon genug?«

»Du bist Großonkel geworden.«

»Wie bitte? Ich verstehe nicht …«

»Ist das so schwer? Ich habe ein Kind.«

»Wessen Kind?«

»Mein Kind!«

Costa blieb einen Augenblick stumm vor Schreck. Er war von jeher etwas altmodisch gewesen. »Dein Kind, Lucky? Was hat das zu bedeuten?«

»Das bedeutet, dass ich vor sechzehn Monaten einem süßen, kleinen Jungen namens Roberto das Leben geschenkt habe«, erklärte Lucky umständlich. »Und vor zwei Tagen habe ich seinen Vater geheiratet.«

Am anderen Ende war es still.

Schließlich fragte Costa: »Weiß Gino davon?«

»Nein, noch nicht.«

Es folgte ein tiefer Seufzer. »Noch nicht.«

»Mach mich bitte nicht nach. Das mag ich nicht.«

»Was soll ich denn sonst sagen?«

»Du könntest mir gratulieren und vorschlagen, uns zu besuchen. Wir würden dich nämlich wahnsinnig gern wieder sehen.«

»Seit sechzehn Monaten hast du ein Kind, und jetzt möchtest du mich *wahnsinnig* gern wieder sehen! Das ist ja lächerlich!«

»Sei mir bitte nicht böse! Du weißt, wie gern ich dich habe.«

»Du hast vielleicht eine Art, deine Zuneigung zu beweisen! Das muss ich erst mal verdauen. Wie glaubst du wohl, wird Gino die Neuigkeiten aufnehmen?«

»Gino kann das kaum aufregen ... er führt sein eigenes Leben ... mit seiner Superfrau! Dass er jetzt Großvater ist, wird *ihr* sicher nicht gefallen. Sie kriegt graue Haare, wenn sie das hört!«

»Lucky, ich finde, du solltest Gino aufsuchen. Ich rate dir, es ihm lieber nicht am Telefon zu sagen.«

»Ich bin kein Kind mehr«, entgegnete sie trotzig. »Ich kann

tun und lassen, was ich will. Ich brauche seine Erlaubnis nicht …«

»Wer redet hier von Erlaubnis?«, fragte Costa sanft. »Du bist ein freier Mensch. Aber es wäre doch eine nette Geste, oder? Es handelt sich schließlich um Ginos erstes und einziges Enkelkind … Er ist nicht mehr der Jüngste … Sein Herz ist nicht mehr das Beste …«

»Ist was passiert?«, wollte Lucky erschrocken wissen.

»Nein, nein. Aber ich habe vor einigen Wochen mit ihm telefoniert, und er machte einen unzufriedenen und gelangweilten Eindruck. Er sagte, er vermisse dich.«

»Wirklich?«

»Weshalb sollte ich lügen?«

Lucky dachte einen Augenblick nach. Warum sollte sie Gino nicht in Kalifornien besuchen? Sie konnte Roberto mitnehmen. Lucky war gespannt auf sein Gesicht, wenn er ihr süßes Baby … *ihr* Baby, sah. Und sie würde ihm von dem Hotel und Casino erzählen, das sie in Atlantic City bauen wollte. Endlich war es ja so weit. Und sie hatte es ohne seine Hilfe geschafft.

»Gut, ich fliege zu ihm«, entschied sie impulsiv. »Kommst du mit, Costa? Das wäre herrlich.«

Costa zögerte. »Ich weiß nicht, ob das eine gute Idee ist. Da bist du, das Baby, dein Mann …«

»Oh, der ist nicht dabei. Er ist geschäftlich unterwegs.«

»Habt ihr nicht erst vor zwei Tagen geheiratet?«

»Na und? Das heißt nicht, dass wir ständig zusammen sein müssen. Wir leben jeder unser eigenes Leben.«

Costa seufzte. »Die moderne Jugend …«

»Oh, so jung ist er nicht.«

»Was soll das heißen?«

»Das erzähle ich dir, wenn ich bei dir bin.«

Paige Wheeler schrie laut. Und zwar mehrmals. Gino Santangelo mochte ein älterer Herr sein, aber im Bett war er Dynamit.

Susan entlockte ihr nie auch nur einen Schrei. Dasselbe galt für Ryder. Allerdings war Ryder, was Sex betraf, völlig desinteressiert. Was ihn in sinnliche Erregung versetzte, waren Geschäfte. Und das war natürlich der Grund, weshalb sich Paige zahlreiche Gespielen und Gespielinnen leistete.

Paige und Gino teilten ein breites Doppelbett im Beverly-Wilshire-Hotel. Sie hatte die Suite zwei Tage zuvor für einen Klienten gemietet. Für eine Verabredung dieser Art war das Beverly Wilshire nahezu ideal. Es lag zentral, war ausgesprochen luxuriös, und falls man in der Lobby oder sonstwo von Bekannten gesehen wurde, blieb einem stets die Ausrede, bei Tiffany gewesen zu sein, das dort eine Dependance unterhielt, oder im Restaurant El Padrino gegessen zu haben, das gerade sehr en vogue war. Passende Erklärungen ließen sich also massenweise finden.

»Hmmmm ...«, seufzte Paige, setzte sich im Bett auf und griff nach einer Zigarette. »Jetzt weiß ich, weshalb sich Susan immer beklagt.«

»Was gibt's denn da zu jammern?«, wollte Gino wissen und gab ihr Feuer. Paige besaß schöne, pralle Brüste.

Paige inhalierte tief. »Nun, sie beklagt deinen ... ehm ... deinen Enthusiasmus und dein ›Stehvermögen‹.«

»Soll das heißen, dass ihr Weiber euch über Bettgeschichten unterhaltet?«

»Worüber denn sonst?«

»Und sie beklagt sich?«

»Dummerweise.«

»Kann man wohl sagen.«

»Susan hat es nie verstanden, sich zu amüsieren. Der arme Tiny musste sein Vergnügen anderswo suchen.«

Gino hatte das Gefühl, eine Lektion erteilt zu bekommen. Seit der Hochzeit hatte sich Susan im Schlafzimmer stets weniger willfährig gezeigt. Und je mehr sie ihn von sich fern hielt, desto eifriger war er bemüht gewesen, ihr zu gefallen. Du meine Güte! Und er hatte sich bereits eingeredet, mit ihm müsse etwas nicht stimmen, das Alter fordere allmählich seinen Zoll! Er hatte sich den Kopf zermartert, und jetzt klärte ihn Susans beste Freundin gelassen auf, dass Susan gar keinen Sex mochte. Anfangs musste sie wohl eine bühnenreife Show hingelegt haben.

»Fällt es dir jetzt wie Schuppen von den Augen, Gino?«

»Wieso?«

»Hast du es denn nicht gewusst?«

Er kam sich lächerlich vor, und das passierte ihm selten. »Vermutlich habe ich es längst geahnt«, antwortete er vorsichtig. »Sonst wäre ich heute nicht hier bei dir.«

Insgeheim musste Gino sich eingestehen, dass es geradezu eine Erleichterung war, nach zwei Jahren mit Susan mit einer Frau wie Paige zu schlafen. Paige schien mit den Kleidern alle Hemmungen abzulegen. Sie war keine Schönheit, aber eine Frau mit eindeutigem Sexappeal.

»Vielleicht hätte ich lieber meinen Mund halten sollen«, bemerkte Paige zartfühlend.

»Was hätte dich schon zum Schweigen veranlassen können?«, konterte Gino. »Ein Panzer?«

Paige hob ein Bein und fuhr ihm mit dem großen Zeh genüßlich über die Brust. »Du ...«, murmelte sie heiser, »... du bist ein verdammt geiler Mann. Und ich ... ich bin eine verdammt geile Frau. Müssen wir unbedingt unsere Zeit mit dem Geschwätz über Susan vergeuden?«

Er hob ihren Fuß an seine Lippen. »Wer quasselt denn hier? Du oder ich?«

40

Lennie, Jess, Isaac und dessen Frau und ein Reporter der Zeitschrift *Rolling Stone* flogen in einer Privatmaschine nach Las Vegas, die Matt Traynor und das Magiriano ihnen für diese Gelegenheit zur Verfügung gestellt hatten.

Im Magiriano standen sich Jess und Matt schließlich zum ersten Mal seit zwei Jahren wieder gegenüber.

»Du … du hast dich verändert!«, rief Jess überrascht aus. »Du bist schlanker geworden … großartig!«

Von dem Matt Traynor, den sie gekannt hatte, war rein äußerlich nicht mehr viel übrig. Vor ihr stand ein schlanker, durchtrainiert aussehender Mann, mit grauem, kurz geschnittenem Haar in eleganter Sportkleidung.

»Keine goldenen Kettchen mehr«, murmelte Jess lächelnd.

»Die habe ich alle Sammy Davis jr. geschickt«, erwiderte Matt. »Und du? Du hast ganz hübsch Karriere gemacht. Wann bringen sie in *Forbes* einen Artikel über dich?«

»Sobald ich sie an mich ranlasse.«

»Ganz im Ernst, Jess. Es freut mich aufrichtig für dich.«

»Danke.«

Sie hatte sich mit besonderer Sorgfalt gekleidet, aber über ihr Aussehen hatte er noch kein Wort verloren.

Während Pagen Lennie und den anderen ihre Suiten zeigten, lud Matt sie zu einem Drink ein.

»Wo? In deinem Apartment?«, erkundigte sie sich spaßhaft.

»Das habe ich aufgegeben. Ich wohne jetzt hier.«

»Worauf warten wir dann noch? Gehen wir.«

Lennies Penthousesuite erfüllte alle Träume. Vom Wasserbett über das japanische Bad, den dicken Teppichen, zahllosen Farbfernsehapparaten und einer Terrasse mit atemberaubendem Blick über die Stadt war alles vorhanden, was man sich nur wünschen konnte.

Alles.

Mit einer Ausnahme.

Eden.

Er hatte nur für einen Augenblick daran gedacht, wie es wohl wäre, wenn Eden jetzt hier wäre.

Aber wer brauchte schon Eden?

Die Suite besaß eine bestens ausgestattete Bar, und unten warteten jederzeit verfügbare Showgirls. Er war jetzt ein Star. Er brauchte sich nur zu bedienen.

Es gab kein Glas mit eingravierten Initialen mehr, keinen falschen Marmor, keine Goldränder oder rosarote Beleuchtung. Matt lebte in einer modern eingerichteten Penthousewohnung mit klaren Linien und maskulinem Touch.

»Was trinkst du?«, erkundigte sich Matt.

»Alles, was kalt und nicht alkoholisch ist«, erwiderte Jess und sah sich angenehm überrascht um. »Du hast deinen Lebensstil drastisch geändert«, bemerkte sie.

»Es war auch Zeit dafür«, antwortete er und schenkte ihr ein Glas eiskalten Grapefruitsaft ein.

Jess nahm das Glas und trank einen Schluck. »Hmmm … großartig.«

»Ich werd's an den Zimmerservice weitergeben.«

»Ist das dein neues Leben? Überlässt du alles dem Zimmerservice?«

»Ich leite das Hotel ganz allein, Jess … und bin praktisch vierundzwanzig Stunden im Dienst. Da bleibt für andere Dinge kaum noch Zeit.«

Sie wussten beide plötzlich nicht mehr, was sie sagen sollten, und fingen plötzlich gleichzeitig zu reden an.

»Glaubst du …?«, begann Jess.

»Ich dachte, dass vielleicht später …«, setzte Matt an.

In diesem Augenblick klingelte einer der drei Telefonapparate, die auf der Bartheke standen.

»Entschuldige bitte«, seufzte Matt.

»Natürlich.« Jess nippte an ihrem Drink und beobachtete Matt, während er telefonierte. Sie waren so höflich zueinander wie entfernte Bekannte und nicht wie zwei Menschen, die gemeinsam einen absoluten Tiefpunkt im Leben durchgemacht hatten. Jess gestattete es sich selten, an jenen Alptraum zu denken, der sie Simon gekostet hatte. Aber sie war sich stets bewusst, dass es Matt gewesen war, der ihr geholfen hatte, die ersten achtundvierzig Stunden danach durchzustehen. Wäre er nicht gewesen, hätte sie vermutlich mit Tabletten ihrem Leben ein Ende gesetzt.

Matt legte den Hörer auf und zog eine Grimasse.

»Was ist los?«, fragte Jess.

»Das war Vitos Felicidade. Er kommt von New York aus zu uns und bringt zusätzlich noch Olympia Stanislopoulos samt Kind und Kindermädchen mit. Allmählich gehen mir die Penthousesuiten aus. Ich muss mit unserem Manager für die Zimmerreservierungen sprechen. Er ist schon auf dem Weg zu mir.«

Jess stellte ihr Glas ab. »Ich habe sowieso ausgetrunken.«

Matt lief hinter ihr her. »Ich möchte heute Abend für Lennie und seine Freunde ein Essen geben.«

»Ich werd's ihm ausrichten.«

»Ruf mich bitte so bald wie möglich an. Ich muss wissen, wie viele wir sind.«

Jess nickte und ging.

Als sich die Tür hinter ihr geschlossen hatte, atmete Matt erleichtert auf. Er war dabei gewesen, sich zum Narren zu machen. Es war wohl offensichtlich, dass Jess nie etwas anderes in ihm sehen würde als einen guten Freund, und obwohl er sie mehr begehrte denn je, war er entschlossen, seine Gefühle zu unterdrücken. Er war zu alt, um hinter einer Frau herzulaufen, die sich nicht für ihn interessierte ... zu alt und zu weise.

Jess betrachtete sich in der Spiegelwand der Liftkabine. Sie fand, dass sie ziemlich gut aussah. Brauner Teint, ein moderner Haarschnitt, das grüne Leinenkostüm, das einen aufregenden Kontrast zu ihrem roten Haar darstellte, die Schuhe mit den hohen Absätzen ... das alles ergab ein perfektes Bild.

Trotzdem hatte er nicht ein Wort über ihr Aussehen verloren.

Aber was kümmerte sie das schon?

Immerhin hatte es ihr gefallen, dass er scharf auf sie gewesen war. Sie erinnerte sich nur zu gut, wie seine Hände in ihrer Nähe stets gezittert hatten ... und erst seine Blicke! Zwei Jahre lang hatten ihr seine glühenden Aufmerksamkeiten gefehlt.

Jetzt behandelte er sie kühl und geschäftsmäßig. Er war charmant und höflich ... aber wo blieben die zitternden Hände und die gierigen Blicke?

Er sah ausgesprochen gut aus. War es möglich, dass jetzt, da er sich nicht mehr für sie interessierte, sie auf ihn scharf war?

Unsinn!

41

Vitos hatte nicht erwartet, dass Olympia darauf bestehen würde, ihr Kind und das Kindermädchen mit nach Vegas zu nehmen. Doch sie war nicht davon abzubringen. »Brigette wird meine Brautjungfer. Ohne sie kann ich nicht heiraten. Für was für eine Mutter hältst du mich eigentlich?«

In Wahrheit wollte Olympia vermeiden, dass Nanny Mabel und Brigette allein in New York blieben, Telefonanrufe beantworteten und Geschichten erzählten. Solange die beiden bei ihr waren, konnte sie ein Auge auf sie haben. Wenn Flash jetzt anrief, dann erreichte er nur die Telefonzentrale, und dort wusste keiner, wo sie sich aufhielt. Sollte der Halunke nur in seinem eigenen Saft schmoren! So leicht bekam er sie nicht wieder.

Der Gedanke, Flash könne sie gar nicht mehr wollen, kam Olympia erst gar nicht. Ihr Selbstbewusstsein war unerschütterlich. Sie hatte schließlich stets nur erfahren, dass man mit Geld alles erreichen konnte.

Vor der Abreise aus New York hatte sie mit ihrem Anwalt telefoniert. »Schicken Sie mir alles, was ich für eine Heirat brauche. Sie wissen schon, Ehevertrag und so weiter.«

»Sie wollen doch wohl nicht wieder heiraten, oder?«, stöhnte der Mann ungläubig.

»Möglicherweise schon.«

»Bitte, warten Sie doch, bis wir alles gründlich durchgesprochen haben. Ihre finanzielle Situation ist sehr kompliziert. Es dauert seine Zeit, bis alles geregelt ist.«

»Ich will die Papiere jetzt ... und zwar plötzlich.«

Olympia war nie zuvor in Las Vegas gewesen, und die Stadt faszinierte sie einerseits, andererseits stieß sie sie ab. »All diese schrecklichen Leute«, beklagte sie sich bei Vitos, als sie mit ihren Begleitern durch die Hotelhalle geschleust wurden.

Vitos nickte automatisch mit dem berühmten Felicidade-Lächeln nach allen Seiten.

»Alle sehen hier so primitiv und billig aus«, stellte Olympia im Lift fest.

»Aber sie kaufen meine Platten«, bemerkte Vitos.

»Das kann ich mir vorstellen«, murmelte Olympia.

Sie wurden in nebeneinander liegenden Suiten untergebracht. Vitos hatte die luxuriösere von beiden bekommen, was Olympia ziemlich empörte. Sie beschloss, Lucky Santangelo anzurufen und sich zu beschweren. Außerdem war es interessant, die ehemalige Freundin wieder zu sehen ...

Wie sah sie wohl jetzt aus? War sie verheiratet? Hatte sie Kinder?

Olympia rief den Empfang an. »Hier ist Olympia Stanislopoulos«, meldete sie sich hoheitsvoll. »Richten Sie bitte Lucky Santangelo aus, dass ich sie gern sehen würde.«

»Miss Santangelo ist nicht mehr bei uns«, erwiderte die Telefonistin.

»Wo ist sie denn?«

»Das kann ich Ihnen leider nicht sagen, Madam.«

»Wer weiß denn Bescheid?«

»Vielleicht unser Direktor, Mr. Traynor.«

»Er soll mich anrufen. Und zwar schnell.«

Olympia war enttäuscht. Aus dem Wiedersehen mit Lucky Santangelo schien wieder einmal nichts zu werden.

Vitos diskutierte mit seinem Manager hitzig und auf Spanisch seine Rechtslage. Er war mit achtzehn mit einem Mädchen aus seiner spanischen Heimatstadt verheiratet worden. Als sein Stern am Showbusiness-Himmel Amerikas aufzugehen begonnen hatte, war die Ehe annulliert worden. Jetzt wollte er Olympia heiraten, und es stellte sich die Frage, ob die Annullierung tatsächlich rechtskräftig war. Kinder existierten nicht. Und wo waren die entsprechenden Dokumente?

Sie beschlossen, einen Anwalt einzuschalten.

»Es muss schnell gehen«, warnte Vitos. Er hatte das Gefühl, dass Olympia nicht zu den geduldigsten Frauen gehörte.

42

Costa holte Lucky mit seinem Wagen vom Flugplatz in Los Angeles ab. Er war um Roberto besorgt, als sei er der stolze Großvater.

Lucky mietete einen Bungalow im Beverly-Hills-Hotel und rief sofort Gino an.

Zu ihrer großen Enttäuschung war er nicht zu Hause. Jetzt, da sie sich einmal entschlossen hatte, ihm alles zu beichten, packte sie die Ungeduld.

Später aßen Lucky und Costa am Swimmingpool zu Mittag, während Roberto zufrieden schlief.

»Also, Lucky«, begann Costa schließlich. »Wann willst du mir reinen Wein einschenken? Wer ist der Mann, den du geheiratet hast?«

Lucky holte tief Luft. »Dimitri Stanislopoulos«, verkündete sie.

»Mach keine Witze. Also bitte, wer?«

Lucky zuckte mit den Schultern. »Dimitri.«

Costa schüttelte mit grimmiger Miene den Kopf.

»Mein Gott, es ist doch kein Verbrechen, einen Mann zu heiraten, der ein paar Jahre älter ist«, entgegnete Lucky hastig.

»Ich wünschte, deine Tante Jennifer würde noch leben«, murmelte Costa mürrisch.

»Das wünschen wir alle. Aber sie ist tot, und selbst wenn sie es nicht wäre, könnte sie mir nicht sagen, was ich tun und lassen soll.«

»Du bist zu lange allein aufgewachsen«, bemerkte Costa. »Du hast nie jemanden gehabt, an den du dich wenden konntest. Dir hat die Mutter gefehlt. Eine Vertrauensperson. Eine ...«

»Hör auf. Ich bin selbständig. Und das gefällt mir so.«

»Dimitri Stanislopoulos ist ein alter Mann.«

»Du auch. Bist du deshalb gleich ein schrecklicher Mensch?«

»Lucky, Dimitri Stanislopoulos ist für dich doch nur eine Vaterfigur. Begreifst du nicht, was du getan hast? Du hast ...«

»Lass das, Costa!«, unterbrach Lucky ihn barsch. »Ich habe damit gerechnet, dass Gino mir den Kopf waschen würde ... aber von dir brauche ich mir das nicht anzuhören. Ich bin fast dreißig. Warum versuchen alle, mir in mein Leben zu pfuschen?«

Damit verließ sie wütend den Esstisch.

Paige Wheeler hatte diesen Trick, ihn in ihrer Scheide zu halten wie in einem Schraubstock.

Gino gefiel das sehr. Es bedeutete, dass er so lange konnte, wie er nur wollte, dann würde sie die Regie übernehmen, ihn in Erregung halten, bis er erneut bereit war. In der Liebe mochte Gino keine Hast. Es machte ihm Spaß, die Frauen zu befriedigen. Und deshalb war seine Ehe mit Susan auch eine so herbe Enttäuschung für ihn. Paige hatte Recht. Susan mochte keinen Sex. Weshalb hatte er die Anzeichen nicht schon vor der Hochzeit bemerkt? Jetzt war er vorerst in einer Ehe gefangen, die er eigentlich nicht mehr wollte.

Er dachte in letzter Zeit oft an Lucky, spielte mit dem Gedanken, sie anzurufen und ihr vorzuschlagen, das Projekt in Atlantic City doch noch gemeinsam durchzuführen.

Aber so einfach war es nicht. Susan machte nie einen Fehler. Sie war gewissenhaft und aufmerksam. Sie passte auf, dass er Diät hielt, täglich seine Gymnastik machte und dass der Koch seine Lieblingsmahlzeiten kochte.

Abgesehen vom Sex war Susan die perfekte Ehefrau. Ansonsten war sie sterbenslangweilig.

Gino hasste Beverly Hills. Er hasste jenen falschen Gesellschaftstrubel, die senilen, nichts sagenden Leute.

Gino Santangelo suchte einen Ausweg aus seiner Misere.

»Oh, hallo … Susan«, sagte Lucky, als sich Grace Kelly beim nächsten Telefonanruf meldete. »Ist Gino da?«

»Bist du hier? In Kalifornien?«, kam prompt die Frage.

Nein, auf dem Nordpol, dachte Lucky gereizt. »Ja, ganz richtig«, erwiderte sie laut.

»Wie nett.«

»Ja, nicht?« Lucky zählte bis drei, um ruhig zu bleiben. »Kann ich Gino sprechen?«

»Tut mir Leid, Liebes. Er ist nicht zu Hause.«

»Wann kommt er wieder?«

»Das weiß man bei Gino nie.«

»Du hast Recht. Ich rufe später wieder an.«

»Gut.«

Susans einsilbige Reaktion sprach Bände. Lucky wusste, dass sie von ihr nichts zu erwarten hatte.

Paige zog sich an. Ihre Garderobe war stets aufreizend halbseiden, und sie fuhr ihren metallicgoldfarbenen Porsche. Gino rätselte gelegentlich über ihre Freundschaft mit Susan nach. Sie war so anders als Susans sonstige Freunde.

»Susi mag mich, weil's mit mir eben nie langweilig ist«, gestand Paige und verschwieg dabei, dass sie seit Jahren eine leidenschaftliche Affäre verband.

Paige war sich durchaus bewusst, dass sie ein gefährliches Spiel spielte, in dem sie sowohl mit der Frau als auch mit dem Mann schlief. Dabei würde sie keine Sekunde zögern, Susan aufzugeben. Gino war unwiderstehlich im Bett.

Allerdings erschien es ihr unwahrscheinlich, dass die beiden einander ihre Seitensprünge gestehen könnten, und daher sah sie keinen Grund, auf einen von beiden zu verzichten.

»Morgen«, schlug Gino vor, »am selben Ort, zur gleichen Zeit, ja?«

»Unmöglich. Ich habe Ryder versprochen, mit ihm nach Las Vegas zu fliegen. Er muss dort einen seiner Geldgeber ausführen.«

Gino warf ihr einen ungläubigen Blick zu. »Du fliegst nach Vegas und sagst mir kein Wort? Soll das ein Witz sein? Mir gehört praktisch die verdammte Stadt. Ich könnte dir Suiten in den besten Hotels verschaffen, dir die seltsamsten Restaurants nennen ... alles, was du willst.«

Paige trug grellroten Lippenstift auf. »Ryder hat früher dutzendweise junge Damen nach Vegas übers Wochenende abgeschleppt. Ich glaube kaum, dass er da bezüglich Hotels und Restaurants noch Tipps braucht.«

Gino zuckte mit den Schultern. »Du machst einen Fehler. Nach Vegas fliegt man nur mit mir oder gar nicht.«

»Sollen wir deine Frau und meinen Mann mitnehmen, oder lassen wir sie zu Hause?«

Gino ging auf ihren Spott nicht ein. »Wann kommst du zurück?«

»Mittwoch.«

»Gut, dann sehen wir uns Donnerstag. Am selben Ort, zur gleichen Zeit«, wiederholte er.

Lucky hatte einen Einkaufsbummel durch die vertrauten Straßen gemacht. Nach ihrer Rückkehr entschuldigte sie sich bei Costa für ihr Benehmen. Sie versöhnten sich, und Lucky begann ihm von ihren Plänen in Atlantic City zu erzählen.

Gegen fünf Uhr schließlich sagte Lucky: »Komm, wir rufen Gino an.« Sie ließ sich von einem Ober einen Telefonapparat an ihren Tisch am Schwimmbecken bringen und wählte. Ein Hausmädchen meldete sich. »Mr. Santangelo, bitte.«

»Augenblick.«

Lucky wartete mit klopfendem Herzen.

Ginos Begrüßung fiel trügerisch verhalten aus. »Hallo, Kleines.«

»Hallo, Gino.«

»Wo bist du?«

»In L. A.«

»Wo?«

»Im Beverly-Hills-Hotel.«

»Weshalb hast du keinem gesagt, dass du kommst?«

»Warum? Hättest du mir eine Blaskapelle zum Flugplatz geschickt?«

»Sei nicht so frech, Kleines.«

Aus seinen Worten sprach eine Wärme, die sie lange vermisst hatte. »Ich habe eine Überraschung für dich«, erklärte sie hastig.

»Du weißt, dass ich Überraschungen nicht mag.«

»Die wird dir bestimmt gefallen.«

»So? Wie geht's dir überhaupt?«

»Ziemlich gut. Und dir?«

»Man lebt.«

»Costa ist übrigens auch hier.«

»Costa? Mann! Phantastisch! Warum kommt ihr beide nicht zu uns rüber?«

»Das würden wir gern.«

Susan saß an ihrem Toilettentisch und schminkte sich langsam ab.

Gino stürmte herein. »Lucky und Costa kommen zum Abendessen. Sag dem Koch Bescheid.«

»Wir essen heute Abend auswärts«, entgegnete sie kühl.

»Wir ändern die Pläne. Wir bleiben hier.«

»Das geht nicht. Wir sind mit zwanzig Leuten bei April Crawford zum Dinner eingeladen.«

»Dann ruf die alte Schachtel an und sag ihr, dass wir nicht kommen können.«

Susan bearbeitete ihr Gesicht ohne Hast weiter mit Kleenextüchern. »April Crawford ist keine alte Schachtel«, widersprach sie gelassen, »sondern eine ausgezeichnete und anerkannte Schauspielerin ... ein Filmstar der alten Schule. Wir können unmöglich absagen. Sie hat heute Geburtstag.« Susan knüllte ein Kleenextuch in der Hand zusammen und lehnte sich zurück. »Ich habe die Einladung schon vor drei Wochen in deinen Terminkalender eingetragen.«

»Also hör mal ... meine Tochter ist hier. Sie kommt zu Besuch! Das ist heute bei uns los. Sonst gar nichts!«

»Dieselbe Tochter, die monatelang nichts von sich hat hören lassen?«, entgegnete Susan. »Die nie schreibt oder anruft?«

Ginos Blick wurde hart. Er mochte es nicht, wenn Susan Lucky kritisierte. »Bitte ... dann geh du zur Crawford. Ich bleibe hier. Sag dem Koch, dass er für uns was vorbereiten soll.«

Es entstand eine gespannte Pause. Susan wusste genau, wie weit sie gehen durfte. Sie stand auf, ging zu ihm und küsste ihn liebevoll auf die Wange. »Entschuldige, Liebling«, flüsterte sie. »Ich denke ja nicht daran, ohne dich auszugehen. Der Koch soll uns was Leckeres zubereiten. Natürlich werden wir für Lucky und Costa zu Hause bleiben. Verzeih ... aber manchmal verletzt es mich einfach, wie sie dich behandelt. Eine gewissenhafte Tochter würde ... Ach, vergiss es.«

»Ganz richtig. Vergiss es.«

43

Am Premierenabend des Unterhaltungsprogramms im Magiriano, das Lennie zusammen mit Vitos Felicidade bestritt, trug er ein schwarzes Lederjackett, ein weißes Hemd mit offenem Hemdkragen, eine lose umgebundene, schmale Lederkrawatte, enge schwarze Jeans und Tennisschuhe. Sein aschblondes Haar war kunstvoll nachlässig frisiert.

Jess stellte sich auf Zehenspitzen und gab ihm einen Kuss auf die Wange. »Du siehst großartig aus«, flüsterte sie.

Dann glühte plötzlich die Lampe auf. Sein großer Auftritt begann.

Er holte tief Luft, spürte, wie ein Adrenalinstoß ihn antrieb, und ging hinaus.

Eden saß im Publikum und fragte sich, ob er sie wohl entdecken würde. Allerdings war sie am besten Tisch, in der Mitte der ersten Reihe, zwischen Paige und Ryder Wheeler, Quinn Leech, dem Regisseur ihres zukünftigen Films, dessen nichts sagender Freundin, Santino und zwei seiner Bekannten kaum zu übersehen. »Sie sind mögliche Geldgeber«, hatte Santino die beiden Fremden ihr diskret vorgestellt. »Also, sei nett zu ihnen.«

Die beiden waren widerwärtig. Eden reagierte prompt mit frostigen Blicken und gelangweilten Bemerkungen. Mit einem Mann wie Santino liiert zu sein, war schon schlimm genug. Weshalb sollte sie da auch noch zu zwei Gorillas nett sein, die möglicherweise ihren Film finanzierten? Schließlich hatte Santino allein Geld genug.

Sie starrte auf Lennie, der in der Bühnenmitte stand. Er sah großartig aus. Nun, in dieser Beziehung war noch nie etwas an ihm auszusetzen gewesen. Und zum Glück wusste sie, dass sie ebenfalls eine gute Figur abgab. Sie trug ein silbrig schillerndes Kleid mit tiefem Dekolleté, das wie eine zweite Haut saß, und hatte ihr Rubinkollier mit den passenden Ohrringen angelegt. Ihr Haar, in der Mitte gescheitelt, fiel wie ein seidiger Vorhang auf die Schultern.

Als Santino ihr wenige Tage zuvor eröffnet hatte, dass sie nach Las Vegas fliegen würden, war sie entzückt gewesen. Die Abwechslung in ihrem eintönigen Dasein im Haus am Blue Jay Way war ihr nur allzu willkommen. Sie konnte es kaum erwarten, dass endlich die Dreharbeiten an ihrem Film anfingen. Wenn sie arbeitete, musste Santino sie allein lassen. Dann fanden Kostümproben, Besprechungen und Proben statt. Es gab Regisseure, die gern schon Wochen vor Drehbeginn mit ihren Darstellern arbeiteten.

Nach ihrer Ankunft in Vegas hatte Santino sie in eine Suite im Sands-Hotel mit Zeko als Wächter verfrachtet und war verschwunden. Eine Stunde später war er wieder erschienen und hatte gesagt: »Zieh dich an. Wir gehen zu einer Premiere.«

»Zu welcher Premiere?«

»Dieser singende Spanier ... Vitos Soundso ist hier. Da!«

Er drückte ihr ein Bündel Banknoten in die Hand. »Geh und kauf dir was, das mich aufregt. Zeko begleitet dich.«

Eden hatte keine Ahnung gehabt, dass Lennie zusammen mit Vitos Felicidade das Abendprogramm bestreiten würde. Die riesigen Plakate hatte sie erst auf der Autofahrt zum Magiriano gelesen.

Paige beugte sich über den Tisch und flüsterte Eden zu: »Der Junge sieht heiß aus, was? Eine geile Mischung aus Redford und Newman.«

Eden begriff, dass niemand etwas von ihrer dreijährigen Liaison mit Lennie Golden ahnte. Aus unerfindlichen Gründen fand sie das ausgesprochen unbefriedigend. In seinem Interview in *People* hatte er sie mit keinem Wort erwähnt, sondern lediglich erzählt, dass er in New York mit vielen Fotomodellen befreundet gewesen sei.

Gehörte sie vielleicht nicht zu seiner Vergangenheit?

Allein der Gedanke, dass Lennie es als Erster geschafft hatte, nach ganz oben zu kommen, brachte sie in Rage. Eigentlich hätte vielmehr sie es verdient, auf dem Titelblatt von *People zu* erscheinen, all die Publicity zu ernten.

Eden mochte die offene und lustige Paige Wheeler. Es reizte sie, ihr zu erzählen, wie geil Lennie Golden wirklich war.

Sie vermisste ihn.

Nur vorübergehend.

Und nur im Bett.

Das Publikum war restlos begeistert. Er spürte die Sympathie und Zustimmung, die ihm entgegenschlug. Das Publikum war Macht. Es konnte einen Star in den Himmel heben oder ihn in Grund und Boden verdammen.

Und Lennie war mit seinem trockenen, intelligenten Humor an diesem Abend unschlagbar.

Er sagte Wahrheiten; jonglierte damit.

Und dann sah er sie.

44

»Was zum Teufel versprichst du dir eigentlich davon?«, brüllte Jerry Myerson.

Steven und er standen sich im Wohnzimmer von Jerrys Stadthaus in New York gegenüber. Beide waren wütend; Steven, weil er sich gegen Jerrys Einmischung wehrte, und Jerry, weil er als sehr junger Mann Carrie heimlich verehrt hatte und nicht mit ansehen konnte, was Steven ihr antat.

Steven machte eine ungeduldige Handbewegung: »Ich sag dir Bescheid, sobald ich Ergebnisse habe.«

»Und wann wäre das?«, fragte Jerry sarkastisch.

»Das würde ich selbst gern wissen.« Steven wandte Jerry den Rücken zu und starrte durch das Fenster auf den dichten Verkehr auf der Vierundfünfzigsten Straße.

»Das Beste wäre, du würdest wieder arbeiten«, erklärte Jerry. »Du weißt genau, dass in meiner Firma jederzeit Platz für dich ist.«

Steven drehte sich um. »Genau das will ich auch. Und sobald ich diese Angelegenheit zu Ende geführt habe, werde ich es auch tun.«

»Gut. Dann kannst du mir ja auch das Geld zurückzahlen, das ich dir geliehen habe.«

Stevens Augen blitzten. »Hast du Angst um dein Geld, Jerry?«

»Nein, du Idiot! Ich mache mir Sorgen um dich und deinen Geisteszustand.«

Sie stritten noch eine Weile, doch beide wussten, dass es

nichts nützte. Steven musste es tun. Und nichts und niemand konnte ihn davon abhalten.

Am darauf folgenden Tag lud Jerry Carrie zum Mittagessen ins Le Cirque ein. Sie sah müde aus, freute sich jedoch, ihn zu sehen, und umarmte ihn liebevoll. Er war der Einzige außer Steven, der die Wahrheit über ihre Vergangenheit kannte, und schien viel mehr Verständnis für sie aufzubringen als ihr Sohn.

»Wir haben schon alle Fred Lesters durch, die in Frage kommen«, seufzte sie. »Der eine ist Richter, der andere Verleger und der dritte Arzt. Es kommt keiner in Frage. Steven hat mich überallhin geschleppt. Es war furchtbar. Ich habe keinen davon wieder erkannt.«

»Ich hoffe, die Angelegenheit erledigt sich bald von selbst«, murmelte Jerry. »Um eurer beider willen.«

Carrie drehte das Martiniglas in ihrer Hand und senkte den Blick. »Jerry«, begann sie zögernd. »Ich bin am Ende meines Lateins. Wenn ich mit Steven zusammen bin, habe ich immer das Gefühl, er hasst mich. Er hat sich völlig von mir zurückgezogen. Ich komme einfach nicht mehr an ihn ran. Ich habe doch nur getan, was jede andere Mutter auch getan hätte … ich habe ihn vor der Wahrheit bewahrt.«

»Ich weiß«, antwortete Jerry mitfühlend. »Du hast dir nichts vorzuwerfen. Er hat einfach eine Identitätskrise. Und die muss er ganz allein überwinden. Wir können ihm beide nicht helfen.«

»Ich bin froh, dass wenigstens du mich verstehst.«

»Dazu sind Freunde schließlich da.«

»Danke, Jerry.« Sie drückte seine Hand. »Und wie geht es dir?«

Er grinste. »Es gelingt mir trotz überwältigender Angebote, Junggeselle zu bleiben. Es ist nicht leicht, reich, normal und erfolgreich in New York zu sein. Die Ladies sind alle gleich aufs Heiraten aus.«

Carrie lächelte. Zum ersten Mal seit Wochen fühlte sie sich wohl und entspannt.

45

Wenn es darum ging, ihren Stil und ihre Klasse überzeugend darzustellen, fackelte Susan nicht lange. Innerhalb einer Dreiviertelstunde hatte sie April Crawford angerufen und einen Migräneanfall vorgeschoben, bei Chasen's vier Portionen vom berühmten Chili bestellt, sich unaufdringlich geschminkt und einen einfachen pfirsichfarbenen Kaftan angezogen. Als Lucky und Costa schließlich eintrafen, war sie gewappnet.

Auch Gino war bereit. Er war glücklich, endlich die Tochter wieder zu sehen, die er zugegebenermaßen vermisst hatte. »Kleines!« Er breitete die Arme aus.

»Daddy!« Sie fiel ihm um den Hals.

Susan wandte sich mit einem charmanten Lächeln an Costa. »Willkommen. Bitte, treten Sie ein.«

»Du siehst so gut wie eh und je aus!«, rief Gino und hielt Lucky auf Armeslänge von sich. Dann drehte er sich zu Costa um und stupste ihn mit dem Zeigefinger sanft in die Taille. »Du bist ein bisschen füllig geworden, mein Freund. Du wirst wohl von zu vielen Miami-Witwen verwöhnt, was?«

Alle außer Susan lachten schallend. Sie konnte der Tatsache, dass jemand es versäumte, auf seine Linie zu achten, nichts Komisches abgewinnen.

Gino mixte persönlich die Drinks, und Susan entließ mit einer indignierten, unauffälligen Geste den Butler Hans. Dann wandte sie sich mit einem Lächeln an Lucky. »Wie geht es dir, meine Liebe? Wir haben uns lange nicht gesehen.«

»Oh, ich bin gut in Form«, erwiderte Lucky lässig. Susan schien noch immer die Grace-Kelly-Nummer abzuziehen.

»Du siehst wirklich gut aus«, bestätigte Susan. »Ein bisschen müde ... aber daran ist sicher der Zeitunterschied schuld. Diese drei Stunden können sehr unangenehm ...«

»Gino, vermisst du denn Vegas kein bisschen?«, fragte Lucky ihren Vater, ohne weiter auf Susan zu achten.

Er grinste. »Und du?«

»Ich? Oh, für solche Sentimentalitäten habe ich keine Zeit. Ich bin eine viel beschäftigte Frau.«

»So? Und was machst du?«

»Das Projekt in Atlantic City ... bevor es zu spät ist«, antwortete Lucky.

»Wirklich?«

»Warum nicht? Es war immer mein Wunsch. Und jetzt habe ich die nötigen Mittel dazu.«

»So?«

»Ja.«

»Von wem?«

»Das erzähle ich dir später.«

Susans Lächeln erstarrte. Sie hatte keine Ahnung, wovon die Rede war.

»Warum kannst du es mir jetzt nicht gleich sagen?«, wollte Gino wissen.

»Weil ... weil das eine lange Geschichte ist.«

»Wir haben den ganzen Abend Zeit.«

Luckys dunkle Augen leuchteten. »Warum bist du so neugierig? Willst du bei mir ins Geschäft einsteigen?«

Gino lachte. »Ich kenne dein Spiel! Du hast gar nicht genug Geld und willst den Rest aus mir herauskitzeln. Stimmt's?«

»Nein, falsch!«

»Na?«

»Wirklich. Ich baue jetzt endlich doch mein Hotel. Ich brauche keine Partner mehr.«

»Und wie hast du das hingekriegt?«

»Warum sollte dich das interessieren?«

»Oh, das wirst du mir schon sagen.«

»Da wäre ich an deiner Stelle nicht so sicher.«

Beide grinsten glücklich. Sie spielten das alte vertraute Versteckspiel.

»Das Essen wird in wenigen Minuten serviert!«, verkündete Susan steif.

Als Lucky und Costa sich nach dem Essen hastig verabschiedeten, ließ Gino sich überreden, sie zum Beverly-Hills-Hotel zu begleiten. Lucky hatte ihm dort eine Überraschung versprochen. Susan war indigniert, doch da niemand sie bat, mitzukommen, blieb sie mit säuerlichem Lächeln zu Hause.

Lucky schloss mit klopfendem Herzen den Bungalow auf und knipste das Licht an. Sie hatte Gino noch nicht einmal eröffnet, dass sie inzwischen verheiratet war.

»Wo ist meine Überraschung?«, forderte Gino gut gelaunt.

Lucky lachte leise. »Augenblick! Mix ihm einen Drink, Costa.«

Sie lief ins Schlafzimmer und machte die Tür zu. Roberto schlief in seiner Wiege neben ihrem Bett, während das Kindermädchen im Nebenraum vor dem Fernsehapparat saß.

Lucky betrachtete stolz ihren kleinen, bezaubernden Jungen mit den schwarzen Locken der Santangelos und den dichten, langen Wimpern.

Sie liebte ihn so sehr. Gino musste dasselbe empfinden.

Vorsichtig hob sie ihn aus der Wiege, drückte ihn kurz an sich und ging zur Tür. »Ganz brav, mein Junge«, murmelte sie. »Wir wollen doch jetzt einen prima Eindruck machen.«

46

Lennie hatte das Gefühl, als habe ihm jemand einen Schlag in den Unterleib verpasst.

Für den Bruchteil einer Sekunde trafen sich ihre Blicke. Eden verriet mit keinem Wimperzucken, dass sie ihn kannte. Sie wandte sich lediglich an den Mann an ihrer Seite und bat um eine Zigarette. Lennie wusste, dass diese Geste Absicht war. Sie sollte ihm damit zeigen, dass er sie völlig gleichgültig ließ.

Diese gemeine Hexe zeigte ihm die kalte Schulter.

Sie sah umwerfend aus.

Während ihm all diese Gedanken durch den Kopf jagten, blieb er jedoch äußerlich kühl und gelassen und verpatzte keine einzige Pointe, sondern zog seine so erfolgreiche Show ab, während Eden rauchte, Wein trank und so tat, als kenne sie ihn nicht.

Edens Verhalten spornte ihn höchstens noch mehr an. Er begann zu improvisieren, ließ sich auf einen schnellen flapsigen Dialog mit dem Publikum ein und erntete nach zehn Minuten anhaltende und begeisterte Ovationen.

Lennie Golden. Ein Star. Wenn sie es bis dahin noch nicht gewusst hatte, dann musste sie es jetzt zugeben. Er sprang mit elastischen Schritten von der Bühne, getragen von dem ihm geltenden Applaus, und fühlte sich großartig. »Du warst einfach sensationell!«, lobte Jess ihn begeistert.

Der Applaus wollte nicht verstummen. Lennie musste viermal auf die Bühne zurück, bis Vitos Felicidades Erkennungsmelodie den zweiten Teil der Show einleitete.

Alle drängten sich in seiner Garderobe. Isaac und Irena, Matt Traynor und der allgegenwärtige Reporter von *Rolling Stone* mit seinen Kameras.

Lennie wollte jetzt allein sein. Er brauchte ein paar ruhige Minuten ganz für sich. Jess spürte instinktiv sein Verlangen und scheuchte die Leute hinaus, während er sich in der Dusche einschloss, sich auszog und sich unter den eiskalten Wasserstrahl stellte.

Eden war hier.

Vielleicht war sie extra wegen seiner Show gekommen. Unwahrscheinlich, aber möglich.

Lennie drehte den Duschhahn ab, wickelte sich ein Handtuch um die Hüften und ging in seine Garderobe zurück.

Jess saß auf der Couch, hatte die Knie angezogen und hielt ein Champagnerglas in der Hand. Sie prostete ihm zu: »Salute!«

»Eden ist hier«, bemerkte Lennie. »Versuch rauszufinden, mit wem.«

Vitos Felicidade sah sie unverwandt an. Sie spürte seinen Blick, reagierte jedoch nicht. Da sämtliche weibliche Wesen im Publikum vor ihm dahinzuschmelzen schienen, wollte sie eine Ausnahme machen. Sie war schließlich Olympia Stanislopoulos ... und konnte jeden Mann haben, den sie wollte. Jederzeit und überall.

Nach den abenteuerlichen Reizen von Flash stellte Vitos mit seinen Schnulzen kaum eine Herausforderung für sie dar. Er war ein Lückenbüßer. Wenigstens vorübergehend.

Lennie beherrschte den Raum. Sie hatten sich erneut alle in seiner Garderobe versammelt. Es war leichter, als auf der Bühne zu stehen. Allmählich gewöhnte er sich daran, mit den Fragen der Presseleute umzugehen.

Schließlich kehrte Jess zurück. Er kämpfte sich bis zu ihr durch die Menge der Journalisten.

»Also?«

»Schlechte Nachrichten.«

»Inwiefern?«

»Sie ist in Begleitung von zwei Gangstern aus Vegas und einem ihrer Mafiafreunde aus Los Angeles hier.«

»Woher weißt du das?«

»Vom Oberkellner. Wir sind alte Freunde. Er weiß alles und

kennt jeden. Glaub mir, Lennie, die Burschen gehören in die Chefetagen des Verbrechens. Also bleib weg!«

Lennie nickte.

Aber sie wussten beide, dass er sich nicht daran halten würde.

47

Im ersten Augenblick sagte Gino gar nichts. Er sah nur schweigend von Lucky zum Baby und wandte sich dann mit Hilfe suchendem Blick an Costa.

Costa räusperte sich.

»Das ist Roberto«, brach Lucky schließlich das Schweigen, »dein Enkelkind.«

Danach war es erneut still im Zimmer.

Lucky hielt den Atem an. Sie wünschte sich so sehr, dass Gino begeistert war.

»Donnerwetter«, murmelte Gino endlich und setzte sich. »Das nenne ich wirklich eine Überraschung. Wie hast du das fertig gebracht? Hast du den Jungen adoptiert?«

»Nein, das ist natürlich mein Kind!«, entgegnete Lucky entrüstet. »Unser Fleisch und Blut. Dein Enkel Roberto. Er ist sechzehn Monate alt.«

Ginos Blick schweifte erneut zu Costa, doch Costa hielt sich aus der Sache lieber heraus. »Ich gehe zu Bett«, verkündete er. »Wir telefonieren morgen, Gino.«

»Na?« Lucky lachte nervös. »Und was sagst du jetzt?«

»Ich finde, dass du mir Roberto ziemlich lange vorenthalten hast«, bemerkte Gino bedächtig. Er streckte die Arme nach dem Baby aus. »Gib ihn mir mal.« Lucky legte Roberto vorsichtig in Ginos Arme. »Lange her, dass ich ein Kind so gehalten habe«, murmelte er.

»Roberto ist dicht. Er macht dich bestimmt nicht

nass!« Herrje, dachte sie, ich klinge schon wie alle anderen Mütter.

»Hm … willst du mir nicht die ganze Geschichte erzählen?« Gino schaukelte Roberto sanft hin und her.

»Er sieht doch ganz wie ein Santangelo aus, oder?«, fragte Lucky aufgeregt.

»Er sieht aus wie du, als du so alt warst.«

»Schade, dass ich keine Fotos von dir als Baby habe«, seufzte Lucky.

»Ich konnte damals froh sein, wenn ich eine Mahlzeit pro Tag bekommen habe«, erinnerte sich Gino. »Für Fotos war bei uns kein Geld da.«

»Weißt du was?« Lucky beugte sich zu Gino herab. »Ich hab dich sehr lieb. Ehrlich.« Das letzte Mal, als sie diese Worte zu ihm gesagt hatte, hatte er gerade seinen Herzinfarkt hinter sich gehabt. Dieser Augenblick ließ die vergangenen beiden Jahre plötzlich vergessen.

»So geht's mir auch mit dir, Kleines. Vielleicht hab ich's dir nicht immer gezeigt, aber weißt du, nach dem Mord an deiner Mutter bin ich …«

In diesem Augenblick klingelte das Telefon. Gino verstummte sofort, und seine Miene wurde verschlossen.

Lucky war wütend. Ein wichtiger Augenblick war verpasst, denn zum ersten Mal hatte ihr Vater angefangen, vom Tod der Mutter zu sprechen. Bisher hatte er niemals jenen schrecklichen Tag aus ihrer Kindheit auch nur mit einem Wort erwähnt. Sie riss den Hörer von der Gabel. »Ja?«

»Lucky, Liebes …«, ertönte Susans wohltemperierte Stimme. »Ist Gino noch bei dir?«

Lucky reichte Gino den Hörer. »Dein Kindermädchen«, murmelte sie gereizt.

Gino warf ihr einen vorwurfsvollen Blick zu. Lucky nahm ihm Roberto ab und brachte ihn in seine Wiege zurück. Als sie wieder ins Zimmer kam, hatte Gino bereits aufgelegt. »Ich schätze, du musst jetzt gehen«, sagte sie.

»Ja. Gemma ist mit Freunden nach Hause gekommen. Sie machen Schwierigkeiten.«

»Aha. Und nur du kannst wohl Abhilfe schaffen, was?«

»So ungefähr. Ich nehme ein Taxi.«

Lucky hielt ihm die Tür auf. Sie hatte Mühe, ihre Enttäuschung zu verbergen.

»Frühstücken wir morgen zusammen?«, fragte Gino. »Dann können wir uns weiter unterhalten.«

Lucky nickte, obwohl sie wusste, dass eine unwiederbringliche Gelegenheit verpasst war.

»Gute Nacht, Kleines.«

»Gute Nacht, Gino.«

Er umarmte sie zwar noch, war mit seinen Gedanken jedoch bereits woanders.

Lucky saß daraufhin eine Weile im Dunkeln und gab sich ihren düsteren Gedanken hin. Schließlich griff sie zum Telefon und wählte Ginos Nummer.

Susan hob ab.

Als Gino dann an den Apparat kam, klang er erschöpft und gereizt.

»Nur noch einen Nachsatz«, erklärte Lucky. »Ich bin auch verheiratet.«

»Das wusste ich nicht. Ich dachte, du hast mir die Sache mit dem Kind verheimlicht, weil du ledig bist.«

»Mein Gott, wir leben doch nicht mehr im vorigen Jahrhundert!«

»Na, gut. Und wo ist dein Mann?«

»Auf Reisen.« Nach einer Pause fügte sie hinzu: »Du kennst ihn.«

»So?«

»Natürlich. Es ist Dimitri. Dimitri Stanislopoulos, Olympias Vater.«

48

Auf der Party zu Ehren von Lennie Golden und Vitos Felicidade traten Feuerschlucker, Jongleure, Clowns und eine schwarze Sängerin mit einer ausgezeichneten Band auf. Das Magiriano hatte keine Kosten und Mühen gescheut, hatte außerdem für ein erstklassiges und reichhaltiges kaltes Buffet gesorgt und zahllose Showgirls und Berühmtheiten eingeladen.

Presse und Fernsehen waren ebenfalls dabei.

Lennie fand sich von Frauen umringt, und da er Eden an einem Nachbartisch mit ihren zwielichtigen Freunden entdeckt hatte, ließ er sämtliche weiblichen Aufmerksamkeiten charmant über sich ergehen.

Auch Vitos wurde von der Weiblichkeit bedrängt, was Olympia, die sich plötzlich zurückgesetzt fühlte, wütend machte.

Jess schlenderte auf der Suche nach einem interessanten Partner für den Abend durch den Saal. Sie hatte es satt, immer nur auf sich gestellt zu sein, stets nur den patenten Lückenbüßer für andere zu spielen. Es war Zeit, dass sie sich um ihr eigenes Liebesleben kümmerte.

Matt pendelte zwischen den Gruppen um Lennie und Vitos hin und her. Seine Begleiterin für den Abend, eine etwa vierzigjährige, groß gewachsene und wunderschöne Frau, schien sich auf Anhieb in Vitos vernarrt zu haben. Sie hatte sich an seinen Tisch gesetzt und offenbar beschlossen, dort auch zu bleiben.

Kein allzu großer Verlust, tröstete sich Matt. Er beobachtete, wie Jess mit einem Musiker aus Vitos' Band plauderte. Als die Unterhaltung mehr als zehn Minuten dauerte, gesellte er sich zu ihr.

»Wir haben noch geschäftlich miteinander zu reden«, erklärte er brüsk und nahm ihren Arm.

»Was soll denn das?«, erkundigte sie sich, als er sie zur Bar drängte.

»Lennie war heute ein voller Erfolg. Ich dachte, wir verhandeln gleich über eine Wiederholung der Show im nächsten Jahr.«

»Jetzt?«

»Warum nicht?«

»Weil wir hier eine Party feiern.«

»Du passt sowieso nicht hierher«, erklärte Matt.

»Bist du verrückt?«

»Schläfst du mit Lennie?« Die Frage, die ihn so lange und ausgiebig beschäftigt hatte, rutschte ihm einfach so heraus.

»Das geht dich überhaupt nichts an«, entgegnete Jess bissig und ließ ihn einfach stehen.

Eden tanzte mit einem von Santinos Freunden. Er hatte kleine gemeine Augen und fettiges Haar.

Sie hoffte, dass Lennie sie nicht beobachtete.

Und obwohl er ständig von Mädchen belagert wurde, wusste sie, dass er sie nie aus den Augen ließ. Sie konnte ihn jederzeit haben, wenn sie nur wollte. Und das gab ihr ein befriedigendes Gefühl der Macht.

Lennie stand auf und tanzte mit einer Reporterin.

Er sah, wie Eden verächtlich lächelte.

Ihre Blicke trafen sich, doch keiner offenbarte ein Zeichen des Erkennens.

Olympia erklärte, sie wünsche den Komiker kennen zu lernen, worauf Matt das Zusammentreffen geschickt arrangierte.

»Sie sind wirklich sehr amüsant«, erklärte Olympia und warf ihren ganzen Charme in die Waagschale. »Ich muss mir Ihre Fernsehshow ansehen. Soviel ich gehört habe, ist sie göttlich.«

Lennie bedankte sich lächelnd und wollte sich schon diskret zurückziehen, als er Edens Blick auf sich ruhen fühlte. Diesmal umspielte kein verächtliches Lächeln ihren Mund. Diesmal war sie tatsächlich eifersüchtig.

Was machte Eden Antonio bloß eifersüchtig?

Eine der reichsten Frauen der Welt.

Lennie schenkte Olympia Stanislopoulos einen Blick mit seinen meergrünen Augen und lächelte. »Möchten Sie tanzen?«, erkundigte er sich.

Olympia lächelte bezaubernd. Sie hatte ein hübsches Gesicht, schönes Haar, einen beeindruckenden Busen. Ein Jammer, dass sie dreißig Pfund Übergewicht hatte.

»Ja«, antwortete sie.

Sie bewegten sich im Rhythmus von *Street Life* über die Tanzfläche.

Der Abend zog sich hin.

Als Dessert wurden große Schalen mit gemischtem Eis in allen Farbschattierungen serviert. Die hübsche schwarze Sängerin gab Lieder von Stevie Wonder und Smokey Robinson zum Besten.

Vitos Felicidade genoss es sichtlich, im Mittelpunkt der Aufmerksamkeit so vieler Frauen zu stehen. Dabei entging es ihm, dass sich Olympia mit Lennie Golden in eine ruhige Ecke zurückgezogen hatte und dass ihr »Gespräch« offenbar immer intimer wurde.

Eden dagegen registrierte das alles haargenau. Sie tanzte mit Santinos unsympathischen Freunden, wobei ihr nichts entging.

Jess freundete sich weiter mit dem Musiker aus Vitos' Band an. Er war Gitarrist, sprach ganz passabel Englisch und hatte sehr ausdrucksvolle Hände und Augen.

Matt beobachtete sie aus der Ferne. Die Sache gefiel ihm ganz und gar nicht. Es schien ihm offensichtlich, dass sich

Jess mit dem Gitarristen abgab, weil Lennie sich an Olympia herangemacht hatte.

Santino hatte es sich in den Kopf gesetzt, mit Vitos Felicidade fotografiert zu werden. Er posierte gern mit Berühmtheiten ... und besaß bereits eine stattliche Bilderkollektion. Eden wurde also von der Tanzfläche geholt, wo sie sich mit Santinos kleinem, unfreundlichem Freund abquälte.

Ryder Wheeler führte beide an Vitos' Tisch und stellte sie vor. Vitos schenkte ihr sein charmantestes Lächeln und küsste ihr die Hand. Seine Augen ruhten verlangend auf ihr. »Enchanté«, murmelte er.

Eden glaubte, den Ausdruck seiner Augen deutlich verstanden zu haben. Sie schienen zu sagen: »Ich möchte mit dir schlafen. Bald. Sehr bald sogar. Du wirst's nicht bereuen.«

Santino schob Eden zwischen sich und Vitos. Die Berührung mit Vitos ließ Eden leicht erschauern.

Santino, dem diese Anordnung nun doch nicht gefiel, stellte darauf sich selbst in die Mitte und gab dem Hotelfotografen das Zeichen zur Aufnahme.

Vitos verhielt sich ausgesprochen entgegenkommend. Sein Manager hatte ihn über Santino Bonnatti aufgeklärt. Sie verhandelten seit Wochen mit Ryder Wheeler wegen des Films, für den er Vitos als Star gewinnen wollte. Das einzige Problem schien die Gage zu sein, und Ryder hatte durchblicken lassen, dass Bonnatti der Hauptgeldgeber war und ihm als solchem das letzte Wort zustand. Vitos wollte den Film unbedingt drehen.

Lennie beobachtete Eden. Sie war zweifellos auf den spanischen Sänger scharf. Ihre Körpersprache war eindeutig. Gleichzeitig jedoch gelang es ihm, Olympia Stanislopoulos aufmerksam zuzuhören. Sie hatte mittlerweile zu viel Champagner getrunken und erzählte ihm Schwänke aus ihrem Leben. Armes, reiches Mädchen. Sie hatte zu schnell zu viel bekommen, das war ihr Problem.

Allmählich begann Olympia ihm Leid zu tun. Sie musste stets dem Klischee der reichen, verwöhnten Zicke gerecht werden. Dabei schien sie eher eine reichlich deprimierte, verunsicherte Frau zu sein, die mit weniger Übergewicht durchaus attraktiv gewesen wäre.

Aber natürlich war sie nicht sein Typ.

Trotz des sensationellen Busens.

Eden beobachtete sie.

»Warum machen wir uns nicht aus dem Staub?«, flüsterte Olympia melancholisch. »Ich möchte mit Ihnen allein sein.«

Eden beobachtete sie noch immer.

Er zögerte. »Ich dachte, Sie sind mit Vitos hier.«

Olympia zuckte mit den Schultern. »Das ist doch kein Mann ... sondern nur eine Marionette.«

Es gab keine Zweifel. Eden ließ sie nicht aus den Augen.

Die Gelegenheit, sich an Eden zu rächen, indem er mit Olympia Stanislopoulos verschwand, während Eden sich mit ihrem Mafioso abquälen musste, war verlockend.

Er stand auf. »Gehen wir«, erklärte er kurz entschlossen. »Ich spendiere Ihnen einen Drink in meiner Suite.«

49

Lucky sah keinen Grund, sich noch länger in Los Angeles aufzuhalten. Sie hatte Gino von ihrem Kind und ihrer Heirat erzählt, bevor er es aus der Presse erfahren würde.

Am darauf folgenden Tag buchte sie einen Flug für die erste Maschine nach New York und verließ mit Roberto und dem Kindermädchen die Stadt.

Sie war nicht wütend auf Gino. Der Abend mit ihm war wunderbar gewesen, bis Susan den Zauber gebrochen hatte. Aber sie musste realistisch denken. Die Zeiten hatten sich geändert: Vater und Tochter waren nicht mehr allein. Er war an eine Frau und zwei Stiefkinder gebunden, und auch sie hatte mit Roberto andere Prioritäten.

An der Rezeption hinterließ sie eine Nachricht für Costa und schrieb Gino ein paar Zeilen, mit denen sie ihre Rückkehr nach New York erklärte.

Dimitri ... darüber hatte Gino beim Frühstück mit ihr sprechen wollen, aber das mussten sie jetzt vertagen.

»Noch eine Scheibe Toast?«, fragte Susan.

Gino schüttelte den Kopf.

»Etwas Tee?«

Er winkte erneut ab. »Wie wär's mit einem dänischen Brötchen? Die magst du doch so gern.«

Gino stand vom Frühstückstisch auf und ging unruhig im Zimmer auf und ab. Luckys Brief war abgegeben worden, während er sich gerade angezogen hatte. Ihre Zeilen hatten ihn aufgebracht. Warum war sie einfach davongerannt?

Susan war schuld. Susan und ihr verdammter Telefonanruf. Er hatte ihn dabei unterbrochen, als er zum ersten Mal das Bedürfnis gehabt hatte, mit Lucky über den Tod ihrer Mutter zu reden. Eine lange Aussprache wäre dringend nötig gewesen ... Und dann die Sache mit ihrer Ehe mit Dimitri Stanislopoulos! Der Mann hätte gut und gern ihr Großvater sein können. Außerdem hatte er einen schlechten Ruf. Die ganze Welt wusste von seiner Affäre mit Francesca Fern.

»Möchtest du nicht wenigstens eine frische Grapefruit?«, riss Susan ihn aus seinen Gedanken.

Gino hätte sie am liebsten angeschrien, sie solle endlich ihren Mund halten.

Aber dann musste er sich eingestehen, dass es nicht ihre Schuld war, dass sie ihn mittlerweile nur noch tödlich langweilte. Sie hatte sich nicht verändert. Er hatte sich verändert. Das geruhsame Leben von Beverly Hills war nichts für Gino Santangelo. Die Premieren und Gesellschaften, der Small

Talk und der Klatsch, das alles machte ihn wahnsinnig. Er war vierundsiebzig Jahre alt, und allmählich fühlte er sich auch so.

Er wusste, dass er erst wieder in seiner gewohnten Arbeitsatmosphäre in Las Vegas zu sich selbst finden würde.

Als Dimitri den Telefonhörer auflegte, war er sehr nachdenklich geworden. Er hatte mit Lucky den ersten Streit am Telefon gehabt. Lucky Santangelo war jung und eigenwillig. Ihre Sprache war gelegentlich schockierend, und sie setzte ihren Willen durch. Dimitri war einen anderen Frauentyp gewöhnt. Normalerweise umgab er sich mit anspruchsvollen Jet-Set-Schönheiten, die Sinn für die feineren Dinge des Lebens besaßen. Lucky war da eher eine Zigeunerin. War es richtig gewesen, sie zu heiraten?

Ja, beantwortete er sich die Frage selbst. Denn sie war immerhin die Mutter seines Sohnes und Erben. Und als solche hatte sie es verdient, seinen Namen zu tragen.

In Paris war Francesca Fern wieder in sein Leben getreten. Francesca mit dem flammend roten Haar, dem ausdrucksvollen Mund und dem heiseren, verführerischen Timbre in der Stimme. Zwei Jahre lang, seit jener Auseinandersetzung in Las Vegas bei der Gala, hatte sie ihm die kalte Schulter gezeigt. Doch Francesca hatte stets Instinkt besessen. Sie spürte, dass er nicht mehr frei war ... also wollte sie ihn wiederhaben. Sie rief ihn in Paris an. »Ich hatte so das Gefühl, dass du hier bist«, murmelte sie sanfter als bei den vergangenen Begegnungen. »Ich bin allein. Wann können wir uns sehen? Heute Abend?«

Francesca war keine Frau, der man Absagen erteilte. Sie pulsierte geradezu vor Leidenschaftlichkeit. Sie war jahrelang seine Geliebte gewesen, und Dimitri hatte keine Skrupel, die Affäre mit ihr fortzusetzen. Seine Beziehung zu Lucky war davon nicht betroffen. »Gut, heute Abend«, versprach er.

»Du hast mir sehr gefehlt«, schnurrte sie wie eine Katze. Damit hatte sie ihn wieder in ihren Bann geschlagen.

50

Was willst du?«, erkundigte sich Steven gereizt und starrte seine Mutter wütend an.

»Ein Buch schreiben«, erwiderte Carrie gelassen.

Steven warf ihr einen vernichtenden Blick zu. »Du schreibst ein Buch?«

»Warum denn nicht? Du hast mich schließlich zu dem Verleger Fred Lester geschickt. Es hat sich zwar herausgestellt, dass er nicht dein Vater sein kann, aber dafür haben wir uns ausgezeichnet unterhalten. Er interessiert sich für mich. Der Verlag stellt mir einen Ghostwriter und bezahlt ein exzellentes Honorar.« Carrie hielt inne. Sie hoffte auf eine etwas positivere Reaktion ihres Sohnes. Doch seine Miene blieb abweisend und kühl. »Ich weiß wirklich einiges über Mode, Schönheit und Unterhaltung«, fuhr Carrie fort. »Es würde ein Buch über Stilempfinden.«

Steven schnaubte verächtlich und wechselte abrupt das Thema. »Ich bin gekommen, um dir zu sagen, dass wir nächste Woche nach Kalifornien fliegen«, erklärte er sachlich.

Carrie wagte kaum die Frage zu stellen, die sich ihr aufdrängte. »Und weshalb?«, brachte sie schließlich heraus.

»Mit dem Kandidaten namens Freddy Lester komme ich nicht weiter. Vielleicht hieß er nicht mal so.«

»Oh, doch. Da bin ich sicher.«

»Er könnte dich angelogen haben.«

Carrie machte eine resignierte Geste. Wie sollte sie ihm begreiflich machen, dass das alles für sie keine Rolle spielte? »Ich weiß es einfach nicht mehr.«

»Ich nehme eher an, es berührt dich nicht mehr, oder?«, entgegnete er kühl. »Warum sollte es auch? Du hast dir ein neues Leben aufgebaut. Und du hast mit dieser Lüge ziemlich gut gelebt.«

»Ich wollte dich beschützen, Steven«, verteidigte sich Carrie leise.

»Warum hast du mir dann überhaupt je die Wahrheit gesagt?«, fuhr er sie wütend an.

»Das weißt du doch«, flüsterte sie. »Du hast damals den Fall Bonnatti bearbeitet. Und Enzio Bonnatti ist früher mal mein Boss gewesen. Ich habe Drogen für ihn verkauft ... Mädchen ausgesucht ... sein Bordell geführt ...« Sie unterdrückte ein Schluchzen. »Steven, ein alter Freund, hatte mich gewarnt ... Enzio hat genau gewusst, wer du bist. Er hat nach meiner Flucht genaue Erkundigungen über mich eingezogen, und daher wusste er, wer du bist. Kannst du dir vorstellen, was er mit dir gemacht hätte, wenn du ihn je vor Gericht gebracht hättest? Er hätte uns beide ans Messer geliefert.«

»Aber ich habe ihn nie vor Gericht gebracht, nicht wahr?«, entgegnete Steven mit schneidendem Unterton in der Stimme. »Lucky Santangelo ist mir zuvorgekommen. Ich bin über ein Jahr lang hinter ihm her gewesen, aber eines Tages ist sie einfach aufgetaucht und hat ihn niedergeschossen.«

Carrie griff nervös nach einer Zigarette. »Er hatte es verdient«, erklärte sie mit bebender Stimme. »Enzio Bonnatti war ein Ungeheuer.« Carrie hatte Steven nie die Wahrheit über jenen Tag im Jahr 1977 erzählt. Am frühen Morgen hatte sie damals ein Auto gemietet, eine Pistole aus Elliotts Sammlung an sich genommen und war zu Bonnattis Villa auf Long Island gefahren. Dort hatte sie draußen vor dem Tor im Wagen gesessen, gewartet ... und versucht, all ihren Mut zusammenzunehmen. Schließlich hatte die Vernunft jedoch die Oberhand gewonnen, sie war in die Stadt zurückgefahren und in Stevens Büro geeilt. Er wollte gerade weggehen und hatte keine Zeit, mit ihr zu reden. Sie hatte damals keine Ahnung gehabt, dass er gerade auf dem Weg war, Bonnatti zu verhaften, und sie wusste erst recht nicht, dass, als Steven Bonnattis Villa erreichte, Lucky Santangelo diesen bereits erschossen hatte.

Als Steven am Abend nach Hause zurückgekehrt war, hatte sie ihm alles über ihre Vergangenheit, seine Geburt und die ersten Jahre seines Lebens gebeichtet. Hätte sie zu jenem Zeitpunkt gewusst, dass Bonnatti bereits tot war, hätte sie das vielleicht unterlassen. Aber jetzt war es für derartige Gedanken zu spät. Sie hatte Steven alles erzählt und damit offenbar sein Leben zerstört.

Wie konnte sie ihm jetzt, drei Jahre später, seinen Stolz wiedergeben?

»Warum gehen wir nach Kalifornien zurück?«, wiederholte sie die Frage, obwohl sie die fällige Antwort bereits kannte.

»Wir besuchen Gino Santangelo«, erwiderte Steven ungerührt. »Und wir stellen fest, ob wir die Suche nach dem echten Freddy Lester wieder aufnehmen müssen.«

51

Sie landeten miteinander im Bett … unter allen nur denkbaren falschen Voraussetzungen: Olympia Stanislopoulos und Lennie Golden.

In der Abgeschiedenheit von Lennies Penthousesuite köpften sie zwei weitere Flaschen Champagner, rauchten Marihuana, warfen in hemmungslosem Rausch ihre Kleider ab und kamen im Bett zur Sache.

Olympia schloss die Augen und dachte an Flash.

Lennie schloss die Augen und dachte an Eden.

Als Ergebnis gelangten beide zu einem erfüllenden Orgasmus.

Anschließend duschten sie gemeinsam, zogen sich eine größere Menge Kokain rein, die Olympia zufällig bei sich hatte, und beweihräucherten sich gegenseitig damit, wie großartig sie sich amüsierten.

Lennie nahm normalerweise keine Drogen, doch in dieser Nacht war ihm einfach danach. Er pfiff auf alles.

Was würde Alice, die »Swizzle«, sagen, wenn sie ihn jetzt sehen könnte? Er war hier in seiner Heimatstadt der König ... der Star.

Und er lag mit einer der reichsten Frauen der Welt im Bett.

Und er genoss jede Minute.

»Wir sollten irgendwas ganz Ausgeflipptes tun«, entschied Olympia plötzlich. Ihre blauen Augen glitzerten heller als Brillanten. »Was wirklich Verrücktes.«

»Ich dachte, das hätten wir gerade gemacht«, spottete Lennie.

Olympia sprang aus dem Bett. Sie glich mit ihren üppigen Kurven und rosigen Brüsten den Frauen aus einem Gemälde von Rubens. »Wir heiraten«, erklärte sie lässig. Allmählich kam ihr der Satz immer leichter über die Lippen.

»Wir tun *was?*« Lennie war stoned ... aber so stoned nun auch wieder nicht.

»Das wird ihnen allen was zu beißen geben«, kicherte sie. »Kannst du dir das vorstellen? Wir sprengen sämtliche Titelblätter und Schlagzeilen.«

»He ... mal langsam. Ich habe nicht die geringste Absicht zu heiraten.«

Olympia war ehrlich überrascht. »Warum nicht?«

»Weil ... also weil ... ich einfach nie einen Gedanken daran verschwendet habe.«

»Ich hab's bisher dreimal hinter mich gebracht«, bemerkte sie ernst. »Und zwar mit drei Nieten.« Sie kroch zu ihm ins Bett und streichelte seine Brust. Ihre großen, kobaltblauen

Augen sahen ihn nachdenklich an. »Was hast du dabei schon zu verlieren? Es wäre ein Abenteuer … und wer weiß … vielleicht gefällt's dir sogar.«

Lennie begann zu lachen. Die Idee war wirklich verrückt. »Also komm …«

Sie schlang die Arme um seinen Hals und schmiegte ihren üppigen Busen an seine Brust. »Ich bin kein kleines, unbedeutendes Mädchen, Lennie. Du weißt doch inzwischen Bescheid … und kannst dir also vorstellen, welche Art von Leben wir führen würden. Und wenn's nicht klappt … keine Verpflichtungen, keine Unterhaltszahlungen, nichts von all dem spießigen Kram. Wer sonst könnte dir einen solch reizvollen Handel anbieten?«

Lennie dachte darüber nach.

Und sogar ernsthaft.

Jedenfalls so ernsthaft, wie das nach reichlichem Genuss von Champagner, Marihuana und Koks überhaupt noch möglich war; ganz zu schweigen von der Flasche Wodka, die er bereits am frühen Abend geleert hatte.

Wenn Lennie Golden Olympia Stanislopoulos heiratete, flippte Eden Antonio aus. Das war seine Rache! Herrgott, und er konnte es durchziehen, wenn er wollte. Olympia hatte Recht. Was hatte er schon zu verlieren?

Sex für eine Nacht. Eine Mutter, die sich nie um ihn gekümmert hatte. Groupies. Ein Apartment in Los Angeles mit einem senilen Hausmädchen. Einsame Nächte voller Sehnsucht nach Eden.

»Pass auf«, begann er und versuchte Ordnung in seine Gedanken zu bringen. »Wir kennen uns doch überhaupt nicht. Wir haben gerade zufällig miteinander geschlafen, das ist alles.«

»Das macht die Sache doch gerade so aufregend, findest du nicht?« Olympia seufzte träumerisch. »Eine Reise in die Welt der Geheimnisse! Was könnte man mehr verlangen?«

Vitos erfuhr von seinem Manager, dass sich Olympia Stanislopoulos in ihre Suite zurückgezogen hatte. Bei Vitos löste diese Nachricht kaum Bedauern aus. Er hatte einen langen, anstrengenden Tag hinter sich und fühlte sich Olympias aggressivem Verlangen im Bett kaum gewachsen. Nach allen Seiten lächelnd verließ er die Party. Mehrere Frauen versuchten, sich ihm anzuschließen ... ein internationales Sexsymbol zu sein war nicht immer leicht. Trotzdem gelang es ihm, sich mit Charme, Anstand und miesem Englisch, das seine Anziehung auf Frauen nur noch zu verstärken schien, zurückzuziehen.

Als er endlich allein war, verschwand sein Lächeln schlagartig. Er glich plötzlich einem unzufriedenen Mann Mitte dreißig, mit melancholischen Augen und einem laschen Zug um den Mund.

Allein mit sich konnte er auch endlich das Haarteil abnehmen, das die bedenklich lichte Stelle an seinem Hinterkopf verdeckte.

Allein zog er sich aus und war selig, weder seinen Bauch einziehen noch die Schultern straffen zu müssen.

Allein hatte er es nicht nötig, sexuelle Erregung zu produzieren und seine Männlichkeit zu beweisen.

Endlich einmal konnte sich das Sexsymbol entspannen. Und das tat es nun ausgiebig.

»Sehen wir uns zum Frühstück?«, schlug Matt vor.

»Warum nicht?« Jess zuckte mit den Schultern. Vitos' Gitarrist hatte sich als leidenschaftlicher Spieler entpuppt, und nachdem sie ihn eine Weile zu den Spieltischen begleitet hatte, war sie schließlich seiner überdrüssig geworden und zu der Party zurückgekehrt, wo sich die Gäste bereits in Aufbruchstimmung befanden. Matt hatte sie an der Tür zurückgehalten. Seine Freundin war nirgends zu sehen.

»Netter Abend«, murmelte Jess.

»Ja, nicht schlecht«, stimmte Matt zu.

Beide hätten gern mehr gesagt, aber irgendwie schien der richtige Zeitpunkt noch nicht gekommen.

»Ja, ich will«, erklärte Olympia. Sie stand zwar noch immer unter Drogeneinfluss, wusste jedoch ganz genau, was sie tat.

»Ja, ich will«, sagte auch Lennie und schob den billigen Plastikring über Olympias Ringfinger an der linken Hand. Er hatte ihn am Eingang der Hochzeitskapelle der Vereinigung »Love and Honor« erworben. Er war noch immer ziemlich im Rausch und hatte keine Skrupel.

»Ich erkläre euch hiermit für Mann und Frau«, verkündete die Pastorin. »Sie dürfen die Braut küssen.«

Lennie packte Olympia, riss sie wie ein Tangotänzer an sich und presste seinen Mund auf ihre Lippen.

Beide brachen in schallendes Gelächter aus. Die Pastorin verzog indes keine Miene. Es war fünf Uhr morgens, und sie wollte so schnell wie möglich wieder in ihr Bett.

Gelassen schenkte sich Eden ein Glas Weißwein ein und gab Eiswürfel dazu. Sie stand nackt vor der Bar ihrer Hotelsuite und wünschte, Lennie wäre bei ihr. Sie war erregt und bereit …

Santino kam hereingestürzt. Hastig riss er sich seine Hose vom Leib und kam auf sie zu. Wortlos zwang er sie vor sich auf die Knie.

52

In dem mit Antiquitäten voll gestopften New Yorker Apartment von Dimitri Stanislopoulos wurde das Abendessen serviert. Drei Diener umsorgten Lucky und Dimitri.

»Ich kann Olympia nicht erreichen«, berichtete Dimitri missbilligend. »Sie ist mit Brigette aus New York abgereist und hat keine Adresse hinterlassen.«

»Olympia ist schließlich erwachsen«, entgegnete Lucky und stocherte in ihrem Salat herum. »Sie muss sich doch nicht immer bei dir abmelden, wenn sie verreisen möchte, oder?«

»Ich kann erwarten, dass sie mir sagt, wo sie zu erreichen ist«, beharrte Dimitri gereizt.

»Sie wird sich schon wieder melden. Du hast doch gesagt, dass sie immer an deiner sommerlichen Kreuzfahrt teilnimmt. Und die findet in zwei Wochen statt.«

»Ja.« Dimitri griff nach seinem Glas Rotwein. Er war am Vortag aus Paris in New York eingetroffen und musste Lucky noch beibringen, dass Francesca und Horace Fern ebenfalls an der Kreuzfahrt teilnehmen würden. Beim gemeinsamen Abendessen schien die Gelegenheit günstig. Er räusperte sich und präsentierte ihr seine Gästeliste. Diese umfasste Francesca und Horace Fern, Olympia mit Flash, Brigette und deren Kindermädchen, einen texanischen Ölmilliardär und dessen Frau und einen steinreichen arabischen Scheich mit einer bekannten Society-Schönheit.

Lucky zog eine Grimasse. »Das kann ja heiter werden«, murmelte sie voller Ironie.

»Meine sommerliche Kreuzfahrt ist jedes Mal ein gesellschaftlicher Höhepunkt«, erklärte Dimitri herablassend. »Eine Einladung dazu gilt als unschätzbare Auszeichnung.«

Lucky brach in Gelächter aus. »Also manchmal redest du wirklich Unsinn!«

»Warum lädst du nicht auch ein paar Freunde ein?«, schlug er vor, um sie bei Laune zu halten.

»Muss ich denn wirklich mit?«, fragte sie ernst. »Gesellschaftliche Höhepunkte sind eigentlich nicht ganz mein Geschmack, und ich habe viel zu tun. Morgen sehe ich mir ein paar Grundstücke in Atlantic City an, und falls mir etwas gefällt, muss ich sofort alles Weitere in die Wege leiten. Du weißt, wie hektisch dieses Geschäft ist.«

»Selbstverständlich musst du mit. Du bist jetzt meine Frau.

Ich möchte dich meinen Freunden vorstellen. Selbst wenn du morgen ein geeignetes Grundstück findest, dauern die Kaufverhandlungen noch ihre Zeit. Außerdem können meine Anwälte das übernehmen.« Nach einer Pause fuhr er fort: »Olympia wird da sein … und wir müssen ihr die Neuigkeit gemeinsam sagen.«

»Ich bin ja gespannt, wie sie es aufnimmt.« Lucky seufzte nachdenklich. Zwei Diener räumten die Salatschalen ab und schenkten Wein nach.

»Ihr seid doch früher Freundinnen gewesen … weshalb sollte das nicht wieder so werden?«, bemerkte Dimitri.

»Vielleicht hast du einen positiven Einfluss auf sie. Diese lächerliche Affäre mit Flash muss zwangsläufig in einer Katastrophe enden. Du könntest gewiss mit ihr reden.«

»Damit ich mir gleich den Mund verbrenne, wenn ich mich schamlos in ihre Angelegenheiten mische? Prima Idee!«, schloss Lucky sarkastisch.

»Olympia braucht jemanden, der sie führt und berät.«

»Dazu bin ich kaum die Richtige.«

Ein Dienstmädchen in Uniform servierte Roastbeef. Lucky bediente sich und beschloss, etwas gegen diese förmlichen Diners zu zweit zu unternehmen. Sie war für eine legere Haushaltsführung.

»Ich habe eine Idee«, erklärte Dimitri unvermittelt. »Weshalb laden wir nicht deinen Vater und seine charmante Frau auf meine Yacht ein? Ich finde, das ist eine gute Gelegenheit, unsere Familien zusammenzuführen.«

Lucky hätte sich beinahe verschluckt. Gino? Auf einer Kreuzfahrt der High-Society? Die Vorstellung war absurd. Susan allerdings wäre begeistert. Lucky konnte sich lebhaft vorstellen, wie Susan die älteren Milliardäre verzaubern würde. »Ich glaube nicht, dass Gino das gefällt.«

»Warum denn nicht?«, beharrte Dimitri. »Soll ich meine Sekretärin bitten, ihm eine Einladung zu übermitteln?«

»Na, gut.« Sie zuckte mit den Schultern. Gino würde ihrer Ansicht nach sowieso absagen.

»Ja, natürlich«, flötete Susan am Telefon. »Richten Sie Mr. Stanislopoulos bitte aus, dass wir die Einladung auf seine Yacht gern annehmen.«

Susan legte auf und dachte bereits über ihre Garderobe nach. Was brauchte sie? Was sollte sie mitnehmen? Ein Einkaufsbummel war unvermeidlich. Glücklicherweise hatte Lucky Santangelo wenigstes etwas Intelligentes in ihrem bisherigen Leben getan und Dimitri Stanislopoulos geheiratet. Wie sie sich den Mann geangelt hatte, war Susan allerdings schleierhaft. Vermutlich hatte sie ihn mit dem Kind geködert. Was sonst sollte ein Gentleman wie Dimitri Stanislopoulos schon an einem ungebildeten Mädchen wie Lucky finden?

Sie erinnerte sich gut daran, Dimitri in Las Vegas kennen gelernt und mit dem Gedanken gespielt zu haben, ihn selbst als Ehemann zu gewinnen. Aber ihr war bald klar geworden, dass alle Gerüchte, die über ihn und Francesca Fern in Umlauf waren, der Wahrheit entsprechen mussten, denn er hatte den ganzen Abend nur von dieser Frau gesprochen. Wie war es Lucky nur gelungen, die gefährliche Francesca aus seinem Leben zu verdrängen? Nun, vielleicht beantwortete sich diese Frage auf der Kreuzfahrt von selbst.

53

Das darf doch wohl nicht wahr sein!«, schrie Jess. »Bist du komplett verrückt geworden? Oder was?«

»Warum gratulierst du mir nicht einfach und hältst den Mund«, stöhnte Lennie.

Lennie lag auf einer Couch in seiner Suite und beobachtete Jess, die außer sich vor Wut im Zimmer auf und ab ging. Sein

Kopf schmerzte zum Zerspringen. Seine Augen taten weh. Selbst in den Zähnen verspürte er ein merkwürdiges Ziehen.

»Du bist auf dem besten Weg, ein großer Star zu werden ... und was machst du? Dir fällt nichts Besseres ein, als eine männermordende Millionärin zu heiraten, die wieder mal einen neuen Gepäckträger braucht! Du bist doch nicht mehr klar im Kopf!«

Lennie nahm den kalten, nassen Waschlappen von seiner Stirn und bat Jess höflich, ihre Stimme etwas zu dämpfen.

Jess reagierte mit einem finsteren Blick. »Vollidiot!«, schleuderte sie ihm entgegen.

»Aber ein reicher Vollidiot«, verbesserte Lennie sie.

»Blöder, reicher Vollidiot!«, konterte sie. »Diese Ehe ist doch ein schlechter Witz. Wie viele Ehemänner ... wie viele Freunde hat sie schon gehabt, Lennie? Du bist ein Name auf einer endlos langen Liste.«

»Jess«, murmelte Lennie. »Tu mir einen Gefallen und verdufte.«

»Am liebsten würde ich in die Luft gehen!«

»Versuch's doch mal! Eine ganze Armee trampelt in meinem Kopf herum. Lass mich bitte allein.«

»O Lennie.« Jess setzte sich zu ihm auf die Couch und nahm seine Hand. »Du musst vermutlich vor Drogen völlig weg gewesen sein. Warum hast du nicht mit ihr geschlafen, anstatt sie zu heiraten?«

»Ich glaub, das haben wir schon auch noch gemacht.«

Jess schüttelte resigniert den Kopf. Lennie. Ihr bester Freund. Was Frauen betraf, war er nicht zurechnungsfähig.

Sie war eine Stunde zuvor in seine Suite gekommen und hatte ihn mit einem triefend nassen Waschlappen über der Stirn angezogen auf der Couch liegend vorgefunden. Es war elf Uhr morgens gewesen. Als Jess versuchte, ihn dazu zu bewegen, ins Bett zu gehen, hatte er seine blutunterlaufenen Augen mühsam geöffnet. »Ich glaube, ich habe was getan, das ich bereuen werde.« Danach hatte er Jess alles gestanden. Die Heiratsurkunde auf dem Fußboden war schließlich Beweis genug gewesen.

Nachdem Jess ihrer Wut erst einmal Luft gemacht hatte, versuchte sie sich vernünftig mit der Situation auseinander zu setzen. »Wo ist Olympia?«, fragte sie schließlich, und ihre Stimme klang ruhiger, als ihr zu Mute war.

»Keine Ahnung«, stöhnte Lennie, stand auf und stolperte in die Toilette. Nachdem er sich dort erleichtert hatte, warf er einen Blick auf sein Spiegelbild und schleppte sich dann ins Schlafzimmer, wo er sich mit dem Gesicht nach unten aufs Bett fallen ließ. Nie wieder Drogen, schwor er sich. Nie wieder!

Jess folgte ihm. »Ich habe ein Frühstück bestellt«, verkündete sie. »Wenn du was gegessen hast, fühlst du dich gleich besser.«

»Red bitte nicht vom Essen!«

»Steh auf! Stell dich unter die Dusche! Wir müssen das alles wieder ausbügeln.«

»Verschwinde, Jess. Lass mich in Ruhe!«

»Du wiederholst dich. Ich bin hier, um dir zu helfen.«

Lennie setzte sich und griff nach einer Zigarette. »Dazu kommst du ein bisschen zu spät.«

Olympia schlief nicht. Wenn man die ganze Nacht über Drogen und Alkohol zu sich genommen hatte, überstand man den folgenden Tag am besten mit Hilfe von großen, weißen Tabletten. Dieses Geheimnis hatte sie Flash abgelauscht.

Bei ihrer Rückkehr ins Hotel schluckte sie zwei der Wunderpillen, und als sie gebadet und sich umgezogen hatte, fühlte sie sich in der Verfassung, die Dinge in den Griff zu bekommen. Als Erstes rief sie ihren Anwalt in New York an. Anschließend telefonierte sie mit dem Pressemann des Magiriano und … sie war schließlich gut erzogen … mit Vitos.

»Mr. Felicidade nimmt vor zwölf Uhr mittags keine Anrufe entgegen«, klärte die Telefonistin Olympia auf.

Pech. Mr. Felicidade würde die Nachricht auf eine weniger feinfühlige Art und Weise erfahren.

»Schönen guten Morgen!« Olympia riss die Tür zu Lennies Badezimmer weit auf, nachdem sie sich energisch an Jess vorbeigedrängt hatte. »Wie geht es dir heute?«

Lennie betrachtete seine Braut verblüfft. Die Ereignisse der Nacht schienen bei ihr keine schlimmen Folgen hinterlassen zu haben. Sie sah frisch, ausgeruht und, wenn auch etwas mollig, so doch ausgesprochen hübsch aus.

»Ich fühle mich völlig erschlagen«, entgegnete er säuerlich. »Ist wirklich das passiert, was ich mir einbilde, dass wir es getan haben?«

Olympia griff nach einem großen Badetuch und hielt es ihm hin. »Ja, das haben wir.«

»Schei...«

»Es tut dir doch wohl nicht Leid, oder?« Ihre Augen weiteten sich, und es gelang ihr, gleichzeitig verletzt und verletzlich auszusehen.

»Meine Güte, das weiß ich selbst nicht.« Er wickelte sich das Handtuch um die Hüften und versuchte seine Situation klar zu überdenken. Er hatte nach einer vierundzwanzigstündigen Bekanntschaft in Las Vegas eine der reichsten Frauen der Welt geheiratet. Dabei erwartete er, jeden Augenblick aus einem Alptraum aufzuwachen. Das konnte doch nicht Wirklichkeit sein! Es war absoluter Wahnsinn!

»Wir müssen unbedingt miteinander reden«, murmelte er und ging auf der Suche nach einer Zigarette ins Schlafzimmer. »Wie's mit dir war, weiß ich nicht ... Ich jedenfalls war von Alkohol und Drogen völlig betäubt. Ich meine, ich war überhaupt nicht mehr zurechnungsfähig. Und ... also bei Tageslicht betrachtet, finde ich die Geschichte überhaupt nicht mehr lustig.«

Er warf ihr einen hoffnungsvollen Blick zu.

Doch statt der ersehnten Zustimmung und eines erlösenden »Finde ich auch. Wir haben einen Fehler gemacht«, sagte Olympia lediglich: »Ich habe für drei Uhr heute Nachmittag einen Hochzeitsempfang angesagt. Nicht, dass wir noch eine Party nötig hätten, aber wir wollen doch Fotos und einen hübschen Kuchen.« Olympia lachte fröhlich. »Sonst wär's ja keine richtige Hochzeit. Außerdem wäre meine Tochter Brigette schrecklich enttäuscht, wenn wir gar nicht feiern würden. Sie ist ein entzückendes Mädchen. Du magst sie bestimmt. Im Augenblick kauft sie mit ihrem Kindermädchen gerade ein passendes Kleid für den Anlass.«

»Ich hatte keine Ahnung, dass du ein Kind hast«, brachte Lennie tonlos heraus.

»Oh, es gibt wohl noch vieles, das wir nicht voneinander wissen.« Sie schenkte ihm ein unschuldiges Lächeln. Olympia verstand es, perfekt die Naive zu spielen. »Aber das macht ja gerade so viel Spaß, nicht wahr? Es ist so herrlich spannend … was man noch alles herausfinden wird.« Sie umarmte ihn liebevoll. »Ich habe dir ein paar Sachen für deine Garderobe gekauft. Sie liegen im Wohnzimmer. Für den Empfang brauchst du unbedingt was Passendes. O Lennie … ich bin ja so aufgeregt. Du hast in einer Nacht mein Leben völlig verändert. Ich war wirklich deprimiert.« Sie senkte Lider und Stimme. »Selbstmord schien mir noch gestern gar keine schlechte Lösung«, flüsterte sie. »Aber jetzt ist alles ganz anders. Wir scheinen uns gerade noch rechtzeitig gefunden zu haben.«

Lennie hätte viel zu antworten gehabt, brachte jedoch kein Wort heraus. Wie sollte er ihr beibringen, dass alles ein schrecklicher Irrtum gewesen war? Wie konnte er sich mit Anstand aus der Schlinge ziehen? Besten Dank, Eden, dachte er. Da hast du mir ja was Schönes eingebrockt. Er war mit einer Fremden verheiratet und konnte nichts … absolut nichts dagegen unternehmen.

54

Zwei Tage lang weigerte sich Gino standhaft, die Einladung zur Kreuzfahrt auf Dimitri Stanislopoulos' Yacht überhaupt in Betracht zu ziehen, solange er keine persönliche Aufforderung von Lucky dazu bekam. Susan dagegen bestand darauf, die einmalige Gelegenheit nicht ungenutzt verstreichen zu lassen.

Und Gino musste sich inzwischen illusionslos eingestehen, dass seine Ehe am Ende war. Susan, die herzliche und wunderbare Frau von ehedem, hatte sich als eine hohlköpfige Kleiderpuppe und langweilige Gesellschaftstante entpuppt.

Lucky hatte sie von Anfang an richtig eingeschätzt. Warum nur war er so blind gewesen? Jetzt gab es kein Zurück mehr für ihn. Lucky hatte Dimitri geheiratet und ein Kind bekommen. Und das alles, ohne ein einziges Mal mit ihm zu sprechen.

Schließlich jedoch wurde die Sehnsucht, Lucky und Roberto wieder zu sehen, allzu übermächtig.

»Wir machen diese verdammte Kreuzfahrt mit«, lenkte er schließlich ein. »Ich will wenigstens mal länger mit meinem Enkelkind zusammen sein. Und das erscheint mir die einzige Möglichkeit.«

Susan lächelte. »Natürlich, Liebling«, erwiderte sie gelassen und eilte zu einem weiteren Einkaufsbummel, um wiederum etliche tausend Dollar unter die Menschen zu bringen.

Dimitri hatte gerade nach einem Gespräch mit Francesca aufgelegt, als seine Sekretärin einen Anruf von Olympia für ihn durchstellte.

»Wo zum Teufel bist du gewesen?«, erkundigte er sich gereizt. »Ich habe mehrmals versucht, dich zu erreichen.«

»Ich habe wieder geheiratet.«

»Großer Gott!«, stöhnte er. »Leb mit diesem degenerierten Rock-Idol zusammen, wenn du unbedingt willst ... aber eine Ehe ...«

»Ihn habe ich ja auch gar nicht geheiratet«, unterbrach Olympia ihn gut gelaunt.

»Wen denn dann?«, wollte Dimitri wütend wissen. Olympias verwöhnte Gedankenlosigkeit ging ihm diesmal zu weit.

»Sieh dir das Titelblatt von *People* an. Lennie Golden, der Komiker, ist der Glückliche.«

»Ein Komiker?« Dimitri hätte es beinahe die Sprache verschlagen.

»Hör auf, mich anzuschreien. Er ist besser als seine drei Vorgänger. Ich muss jetzt Schluss machen. Wir geben gleich einen Hochzeitsempfang. Kannst du mir einen Gefallen tun und Mommy für mich benachrichtigen?«

»Deine Mutter weiß es noch gar nicht?«

»Wenn du's ihr sagst, weiß sie es.«

»Olympia ...«

»Ciao, Papa. Wir sehen uns auf der Yacht!«

Dimitri schritt in seinem Büro auf und ab. Olympias Dummheit war unfassbar.

Schließlich rief er seine Ex-Frau an, die die Angelegenheit jedoch nicht weiter zu beunruhigen schien.

Dann ließ er von seiner Sekretärin eine Nummer des Magazins *People* holen und starrte auf das Konterfei von Olympias neuestem Mitgiftjäger.

Als er mit Francesca in München telefonierte, bekam diese bloß einen Lachanfall.

Olympia. Olympia. Der Himmel hatte ihm wirklich keine besonders aufgeweckte Tochter geschenkt.

55

Es gab gute und eben auch schlechte Tage. Jetzt, da die Reise nach Kalifornien feststand, fühlte Steven sich besser. Er bewohnte ein Ein-Zimmer-Apartment in der Third Avenue, nachdem er vor seiner Abreise nach Europa sein hübsches Eigenheim verkauft hatte.

Sein Leben war bloß noch ein einziger Scherbenhaufen, und er wusste es. Früher war er voller Ehrgeiz gewesen, doch Carrie hatte mit ihren schmutzigen Enthüllungen alles zerstört. Seit seiner Rückkehr nach Amerika hatte er ununterbrochen über sich und seine Probleme nachgedacht. Er schlief wenig und schlecht, aß kaum und schlug die Zeit in seiner tristen Wohnung vor dem Fernsehapparat tot. Der einzige Freund, mit dem er noch Kontakt hatte, war Jerry Myerson … und das auch nur, weil er jemanden brauchte, der ihm Geld borgte.

Frauen nahm er, wie sie kamen. Er, der früher bezüglich der Wahl von Freundinnen sehr anspruchsvoll gewesen war, bevorzugte jedes Mädchen, mit dem er nicht reden musste.

Welcher Unterschied zu seinem früheren Leben! Der elegante Steven Berkeley, der hart arbeitende Staatsanwalt, der eine steile Karriere vor sich gehabt hatte. Das Leben ging manchmal seltsame Wege. Voller Bitterkeit erinnerte er sich an jenen schicksalhaften Nachmittag im Jahr 1977, als er zum Handeln entschlossen vor Enzio Bonnattis Villa auf Long Island eingetroffen war.

Aber Lucky Santangelo war ihm bereits zuvorgekommen.

Dieselbe Lucky Santangelo, mit der er nur wenige Tage zuvor während eines Stromausfalls im Lift stecken geblieben war.

Dieselbe Lucky Santangelo, die möglicherweise … nur möglicherweise … seine Halbschwester war.

Lucky.

Sie war kaum zu vergessen mit ihrem schönen Mund und dem dunklen, zigeunerhaften Aussehen.

Lucky.

Ein Glück, dass sie nicht …

Er wagte gar nicht daran zu denken, was beinahe zwischen ihnen geschehen wäre.

Er fragte sich, wie sie wohl reagieren würde, wenn sich herausstellen sollte, dass sie Geschwister waren. Würde sie sich an ihn erinnern?

Gewiss … sie würde sich erinnern. Das sagte ihm sein Stolz.

Welcher Stolz?

Er sah schrecklich aus. Er musste endlich wieder zu sich selbst und zu seiner Arbeit finden und die Vergangenheit weit hinter sich lassen.

Und zwar bald.

56

Alles in allem hatte Vitos Felicidade die Neuigkeit mit Fassung aufgenommen. Es blieb ihm praktisch auch gar nichts anderes übrig, als in gewohnter Manier in die zahlreichen Kameras zu lächeln und so zu tun, als habe er die Beteiligten auch noch zu jener überstürzten »Liebesheirat« ermutigt.

Privat allerdings verfiel er ins Grübeln. Was hatte er falsch gemacht? Weshalb hatte Olympia ihn jetzt bereits zum zweiten Mal versetzt? War es möglich, dass sie ihn durchschaut hatte? Wusste sie allein, dass hinter der Fassade des elektrisierenden Sexsymbols ein unsicherer, langweiliger und höchst gewöhnlicher Mann steckte?

Er wagte gar nicht, an diese Möglichkeit zu denken, nahm eine Stunde lang an Olympias Hochzeitsempfang teil und zog sich dann schmollend in seine Suite zurück.

Im Sands-Hotel starrte Eden ziellos aus dem Fenster, während sich Zeko im Nebenraum allein vergnügte. Sie war am Morgen heimlich in der festen Absicht aus dem Hotel geschlichen, mit Lennie zu sprechen, doch gerade als sie in ein Taxi steigen wollte, war aus heiterem Himmel Zeko aufgetaucht und hatte verkündet, er würde sie auf Anweisung seines Boss' überallhin begleiten. Trotz ihrer grenzenlosen Wut und Enttäuschung hatte Eden ein starres Lächeln aufgesetzt und Zeko auf eine langweilige Einkaufstour mitgeschleppt. Las Vegas war nicht nach ihrem Geschmack. Sie war froh, wieder abreisen zu können.

Paige hatte sie zu Mittag eingeladen, und Bonnatti ließ sie gehen. Doch beim Essen war die Neuigkeit über Olympia Stanislopoulos und Lennie Golden wie eine Bombe geplatzt.

Eden hätte sich am liebsten übergeben. Jetzt starrte sie auf die grelle Neonreklame und die eintönige Wüstenlandschaft und zweifelte daran, ob sie wohl die richtige Wahl getroffen hatte.

Santino Bonnatti.

Lennie Golden.

Sie konnte nur hoffen, dass sie auf den Sieger gesetzt hatte.

Und doch quälte sie der schreckliche Verdacht, dass sie genau in diesem Punkt versagt haben könnte.

»Du stinkst!«, zischte Brigette gehässig.

»Mach keine Witze! Ich hab gerade erst geduscht«, entgegnete Lennie, ohne eine Miene zu verziehen.

»Du stinkst trotzdem!«, wiederholte Brigette.

»Warum legst du nicht mal 'ne andere Platte auf?«, empfahl Lennie ihr.

Sie sah zu ihm auf. Ihre saphirblauen Augen fixierten ihn. »Ich hasse dich!«, beschimpfte sie ihn verächtlich.

Lennie zog eine Grimasse. »Man kann's eben nicht allen recht machen«, seufzte er mit einem gewinnenden Lächeln.

Nanny Mabel murmelte verlegen: »Entschuldigen Sie bitte, Mr. Golden. Das Kind ist müde ... es ist spät und ...«

»Blödsinn«, unterbrach Lennie sie nachsichtig. »Jetzt ist es halb fünf Uhr nachmittags. Wenn das Kind mich unbedingt hassen möchte, dann lassen wir ihm den Spaß.« Er beugte sich zu Brigette hinab. »Weißt du was, Brigette? Du hast einen verdammt hübschen Namen ... und bist überhaupt ein ganz süßes Mädchen.«

Brigette blinzelte verblüfft. Sie begriff nicht ganz, weshalb dieser Lennie überhaupt mit ihr redete. Normalerweise wurde sie von den Freunden ihrer Mutter ignoriert, wenn sie behauptete, dass sie stanken. Und das war ihr am liebsten. Sie hasste sie alle.

Lennie wartete eine Antwort erst gar nicht ab, sondern machte sich aus dem Staub. Olympia hatte so viele Presseleute geladen, dass er sich wie bei einer Werbekampagne für einen neuen Film vorkam. Und sie genoss es sichtlich, von Fotografen und Reportern umlagert zu werden. Olympia Stanislopoulos, die steinreiche Erbin, verstand mit den Medien umzugehen.

Irgendwie war es ihr gelungen, aus der Hochzeit ein Ereignis zu machen. Der Ballsaal des Magiriano war ein Paradies von bunten Blumen, und der Champagner floss in Strömen.

Bei dem Gedanken, was das alles kostete, wurde ihm übel. Erwartete man etwa, dass er das bezahlte? Oder war das ein Geschenk des Magiriano?

Jess zuckte mit grimmiger Miene die Schultern, als er ihr diese Frage stellte. »Keine Ahnung«, lautete die gereizte Antwort.

Der ganze Rummel schien ihr nicht zu gefallen. Und auch Lennie fühlte sich dabei nicht glücklich. Aber was geschehen war, war nun mal geschehen ... und vielleicht klappte es ja sogar. Es sollten schon die merkwürdigsten Dinge geschehen sein.

57

Susan warf voller Ungeduld einen Blick auf ihre elegante Uhr. Sie saß auf der Terrasse des Bel-Air-Hotels und wartete auf Paige. Und Paige kam zu spät, mal wieder. Es war immer seltener vorgekommen, dass sie für Susan Zeit gehabt hatte, und dann kam sie auch noch stets zu spät. Ihre Rendezvous waren in den vergangenen Monaten hektisch und kurz gewesen, und Susan hegte den Verdacht, dass es für Paige eine andere gab.

Sie runzelte unwillig die Stirn, als ihr klar wurde, dass sie den Abbruch ihrer Affäre durch Paige kaum würde ertragen können. Das war nicht fair. Sie wollte sich damit nicht abfinden. Paige bedeutete ihr alles.

Susan bestellte also den dritten Martini und wartete weiter.

Paige traf schließlich nach einiger Zeit ein. Sie wirkte abgehetzt. Ihr Haar war unordentlich und ihre Kleidung höchst unpassend. Was Susan nicht wissen konnte, war, dass Paige von einem stürmischen Rendezvous mit Gino kam.

Die beiden Frauen begrüßten sich mit einem Kuss.

»Ich habe so schrecklich viel zu tun!«, stöhnte Paige. »Im Augenblick scheint alle Welt eine neue Inneneinrichtung zu brauchen. Seit das *Architectural Digest* eine Reportage über das Haus gebracht hat, das ich für Ramo Kaliffe eingerichtet habe, habe ich überhaupt kein Privatleben mehr.« Überall, wo sie auftauchte, erregte Paige Aufmerksamkeit. Sie war nicht schön, nicht einmal hübsch, aber ihre Ausstrahlung sprach Bände.

»Ich dachte schon, du kommst überhaupt nicht«, bemerkte Susan vorwurfsvoll.

»Du weißt doch, dass Pünktlichkeit nicht meine Stärke ist.«

»Wir sind zu einer Mittelmeerkreuzfahrt auf Dimitri Stanislopoulos' Yacht eingeladen. Ich musste dich unbedingt vor der Abreise noch mal sehen.« Susan senkte die Stimme. »Es ist jetzt zwei Monate her, seit wir ... zusammen waren. Ich halte das nicht mehr länger aus.«

Paiges Blick schweifte rastlos über die Hotelterrasse. Zwei Herren warfen ihr einladende Blicke zu.

»Also?«, drängte Susan. »Findest du nicht, dass zwei Monate zu lange sind? Vermisst du mich denn nicht so, wie ich dich vermisse?«

Paige holte tief Luft. Wie sagte man einer Frau, dass eine Beziehung vorbei ist? Bei Susan als Mann wäre die Sache viel einfacher gewesen.

Sie nahm ein paar Nüsse aus einem Schälchen auf dem Tisch. »Das Zusammenleben mit Ryder ist noch nie einfach gewesen«, begann sie.

»Das weiß ich«, fiel Susan ihr ins Wort. »Glaubst du etwa, ich hab's mit Gino leichter? Er ist alt, schwierig und sexbesessen. Ich weiß nicht, wie ich das noch lange aushalten soll. Wenn du nicht wärst ...«

»Hör zu«, unterbrach Paige sie energisch. Sie konnte das Gejammere über Gino nicht mehr ertragen. Für sie stellte Gino zufällig etwas ganz Besonderes dar, und aus genau diesem Grund hatte sie vor, all ihre Liebhaber ... einschließlich Susan ... aufzugeben. »Ryder hat sich verändert. Ich weiß nicht, was mit ihm passiert ist, aber er hat sich gewandelt ... und zwar zum Besseren.«

Susan starrte sie verständnislos an. »Wie bitte? Was soll das heißen?«

»Ich möchte unserer Ehe noch mal eine faire Chance geben«, erklärte Paige mit falscher Ernsthaftigkeit.

»Was?«, wiederholte Susan wie betäubt. »Was soll das heißen, du willst deiner ›Ehe eine faire Chance geben‹?«, fragte Susan wütend mit leise drohendem Tonfall.

»Ist das so schwer zu verstehen?«, entgegnete Paige gelassen. »Ich will ihm treu sein.«

»Du?«, zischte Susan aufgebracht. »Ausgerechnet du? Niemals!«

Der Ober schenkte Champagner nach.

»Unterschätze mich bitte nicht«, murmelte Paige. »Wenn ich etwas wirklich will, dann tu ich's auch.«

Susans Augen füllten sich mit Tränen. »Und was wird aus uns?«, erkundigte sie sich gekränkt.

»Wir legen unsere Beziehung erst mal auf Eis und sehen dann weiter.«

58

Lucky hatte eigentlich vorgehabt, nur sportliche Kleidung mit auf die Kreuzfahrt zu nehmen, doch Dimitri klärte sie, allerdings erst reichlich spät, über die konservativen Gepflogenheiten auf seiner Yacht auf.

»Ihr zieht euch jeden Abend zum Essen um?«, fragte Lucky ungläubig.

»Natürlich, das Abendessen ist traditionsgemäß eine förmliche und festliche Angelegenheit.«

»Und wer bestimmt das?«

»Ich.«

Lucky suchte in Dimitris unerschütterlicher Miene vergeblich nach einem Zeichen, dass das alles eher humorvoll gemeint war. Jetzt, da sie seine Frau war, begriff sie allmählich, wie wenig sie ihn eigentlich kannte. In den achtzehn Monaten seit Robertos Geburt waren sie stets nur zeitweise zusammen gewesen ... wobei die gemeinsamen Aufenthalte auf seiner Privatinsel in einer stets sehr entspannten Atmosphäre verlaufen waren. Mittlerweile bot sich ihr ein neuer Dimitri dar: ein altmodischer Mann mit strikten Geschmacksvorstellungen und einem antiquierten Verhaltenskodex. Und Lucky war nicht sicher, ob sie diesen Dimitri überhaupt noch mochte. Immer häufiger ertappte sie sich bei dem Gedanken, es wäre besser gewesen, es bei dem alten, lockeren Verhältnis zu belassen. Weshalb hatte sie nur seinem Drängen nachgegeben?

Der Grundstückskauf in Atlantic City war fast abgeschlossen, und das beflügelte sie. Die Kreuzfahrt auf Dimitris Yacht dagegen war für sie ein quälendes Muss. Sie hoffte sehnsüchtig, auf dem Schiff eine ruhige Ecke zu finden, wo sie sich allein entspannen konnte.

Dimitri hatte beschlossen, dass seine Yacht diesmal vor Südfrankreich kreuzen sollte. Allerdings verschwieg er dabei, dass dies lediglich ein Entgegenkommen Francesca gegenüber war, die ein bestimmtes Galadiner in Monte Carlo nicht versäumen wollte.

Sie flogen mit der Concorde von New York nach Paris, wo sie einen privaten Lear-Jet nach Nizza bestiegen. Dort wiederum erwartete sie ein Rolls-Royce mit Chauffeur, um sie zum Ankerplatz der Yacht »The Greek« zu bringen.

Roberto überstand die Reise ausgezeichnet. Er war ein lebhaftes, glückliches Kind, das nichts aus der Ruhe bringen konnte.

Für Lucky war es der erste Besuch auf dieser Yacht. Es war ein großes, geräumiges Schiff. Lucky hatte zwar Luxus erwartet, doch die Ausstattung an Bord übertraf selbst ihre Erwartungen. Die Yacht glich einem neunzig Meter langen, schneeweißen Palast, mit großer Besatzung, acht luxuriös eingerichteten Kabinen, einem Art-déco-Kino, einem goldweißen Mosaik-Swimmingpool und mehreren Decks, auf denen man Unterhaltung und Entspannung finden konnte.

Der Kapitän hieß sie an Bord willkommen. Er war Engländer, hatte ein von Wind und Wetter gegerbtes Aussehen und einen Schnurrbart und zeigte eine aufgesetzte Jovialität. Seine Frau mit auffallendem Pferdegesicht stand neben ihm. Sie führte die Aufsicht über die Küche. Beide arbeiteten schon seit fünfzehn Jahren für Dimitri und musterten Lucky mit schlecht verhohlenem Misstrauen. Captain und Mrs. Pratt führten über die Ausgaben in äußerst kreativ-üppiger Weise Buch, so dass sie die Einmischung einer Ehefrau überhaupt nicht brauchen konnten.

»Ist vielleicht schon jemand von meinen Gästen eingetroffen?«, erkundigte sich Dimitri gut gelaunt.

»Nein, noch niemand, Mr. Stanislopoulos«, antwortete Captain Pratt. »Aber es ist alles vorbereitet.« Lucky fühlte sich von seinen Blicken durchbohrt.

Sie spürte instinktiv, was sie von dem Paar halten musste. Die Jahre im Hotelgewerbe in Las Vegas hatten sie Menschenkenntnis gelehrt. Schwindler und Betrüger erkannte sie auf Anhieb. Sie lächelte jedoch automatisch und wunderte sich selbst, wie schnell sie gelernt hatte, die Fassade zu wahren, ohne gesellschaftlich anzustoßen. Allerdings hoffte sie nur, sie würde das Theater während der Kreuzfahrt mit Anstand durchhalten. Danach würde sie wieder ihr eigener Herr sein. Zu Hause wartete das Atlantic-City-Projekt.

Dimitri nahm ihren Arm und führte sie in ihre Räume. Lucky erwartete eine sehr männlich eingerichtete Kabine, in der Brauntöne und Lederpolsterungen vorherrschten. An einer Wand hing ein fast lebensgroßes Aktporträt.

»Ein Picasso«, erklärte Dimitri beiläufig.

Lucky ging weiter ins Badezimmer. Grelle Kälte in Marmor und Gold.

»Na?«, fragte Dimitri. »Wie gefällt's dir?«

»Nun es ... es wirkt ziemlich streng«, antwortete sie vorsichtig.

»Du meinst, es hat klare Linien«, verbesserte er sie. »Ich habe die Kabine vor drei Jahren von einem der besten Innenarchitekten Italiens konzipieren lassen.«

»Ich find's trotzdem ein bisschen streng«, beharrte Lucky. »Etwas mehr Gemütlichkeit wäre mir lieber gewesen.« Sie sah sich erneut um. »Wo sind denn hier Bücher, Zeitschriften ... und vor allem Radio und Plattenspieler?«

»Musik und Lesen? Wieso?« Dimitri runzelte verwirrt die Stirn.

Dimitri teilte ihre Vorliebe für Soulmusik in keiner Weise. Lucky war es völlig fremd, wie man ein Schlafzimmer ohne musikalischen Hintergrund gut finden konnte.

Die Kabinen für Roberto und das Kindermädchen waren dagegen wesentlich freundlicher. Sie waren ursprünglich für Brigette eingerichtet worden. Lucky ahnte auf den ersten Blick, dass sie hier mehr Zeit verbringen würde als in Dimitris düsterem Heiligtum.

59

Die Ehe, so konnte Lennie feststellen, hatte durchaus ihre Vorteile. Er war nicht länger auf Eintagsfliegen in seinem Bett angewiesen.

Allerdings machte er sich nichts vor. Olympia und er waren nicht verliebt ineinander ... doch sie hatten Zeit. Sie hatten nun mal geheiratet, und er war für seinen Teil bereit, das Beste daraus zu machen.

Er verdrängte Eden aus seinen Gedanken.

Auch Olympia empfand ihre vierte Ehe durchaus als angenehm ... besonders mit einem Mann wie Lennie, der, wie sie bald feststellte, mit ihren früheren Ehemännern nichts gemein hatte. Er war klüger, hatte mehr Sexappeal und schien sich aus Geld nicht viel zu machen. Als sie ihm drei Tage nach der Hochzeit einen Ehevertrag präsentierte, hatte er das vordatierte Dokument unterschrieben, ohne es richtig durchzulesen. »Dein Vermögen interessiert mich nicht«, erklärte er.

Er hatte elektrisierende Augen, drängende Lippen, zärtliche Hände und andere, äußerst wichtige Vorzüge.

Er war zwar nicht Flash, konnte es jedoch durchaus mit ihm aufnehmen. Olympia legte die Beziehung zu Flash auf Eis. Er konnte erst mal warten.

Olympia hatte Dimitris bevorstehende Kreuzfahrt mit Lennie besprochen. Letzterer hatte Jess konsultiert, und gemeinsam hatten sie ausgerechnet, dass er sich eine Woche Urlaub leisten konnte. Danach begann ein festes Engagement bei der »The Tonight Show«, dem er nervös und begeistert zugleich entgegenfieberte. Ein Auftritt mit Carson kam einer Audienz beim Papst gleich.

Lennie beschloss, nach dem letzten Auftritt am Samstagabend in Las Vegas mit Olympia nach Los Angeles zu fahren und von dort über London nach Südfrankreich zu fliegen.

Brigette sollte mit Nanny Mabel vorausgeschickt werden.

Die restliche Woche in Vegas verging wie im Flug. Matt gab zum Abschied eine Dinnerparty, auf der er und Jess solo erschienen. Sie saßen nebeneinander, dachten sich wohl jeder ihren Teil, behielten jedoch alle Gedanken für sich.

Vitos brachte eine üppige Blondine mit, die während des Essens ständig sein Ohr leckte.

Halte dich an sein Ohr, dachte Olympia. Viel mehr hat er nämlich nicht zu bieten.

Lennie betrank sich, und Olympia berauschte sich an Drogen.

Am darauf folgenden Morgen beschloss Lennie, in Zukunft nüchtern zu bleiben. Allmählich fürchtete er die Folgen seines exzessiven Alkoholgenusses.

Olympia hatte alle Hände voll mit Packen zu tun. Jess kam zum Mittagessen. Sie hatte vor, am nächsten Tag nach Los Angeles zurückzukehren.

»Warum fährst du nicht schon heute Abend mit uns?«, schlug Lennie vor.

Jess schüttelte nur den Kopf. Matt sollte eine letzte Chance haben.

60

Lucky behauptete ihre Stellung vom ersten Tag an, hielt sich jedoch sonst aus allem heraus und fühlte sich eher als distanzierte, aber aufmerksame Beobachterin eines interessanten Schauspiels.

Eigentlich war sie an diesen Beobachterstatus schon aus ihren vier langen Jahren in Washington gewöhnt, als sie mit dem sterbenslangweiligen Craven Richmond verheiratet gewesen war.

Mittlerweile war sie Mrs. Dimitri Stanislopoulos, und gelegentlich stellte sie sich die Frage, ob sie es damit wohl tatsächlich besser getroffen hatte. Möglicherweise war auch einfach die Einrichtung Ehe als solche nichts für sie. Mit jedem Tag erschien ihr der Lebensstil einer freien und ledigen Frau wünschenswerter. Dimitri war ihr offenbar trotz allem fremd geblieben. Er zeigte sich inzwischen arrogant und herrisch, und aus dem aufregenden und erfahrenen Liebhaber der ersten Zeit ihrer Bekanntschaft war ein Mann geworden, der an Sex immer weniger interessiert zu sein schien.

Francesca Fern war mit dramatischem Pomp an Bord der Yacht eingetroffen. Horace, ihr Mann und Blitzableiter ihrer Launen, blieb stets bescheiden im Hintergrund.

Dimitri tröstete die von der Reise völlig Aufgelöste mit Champagner, Rosen und anderen Aufmerksamkeiten.

Lucky, die natürlich von seiner langjährigen Affäre mit Madame Fern wusste, begann sich zum ersten Mal zu fragen, ob die Beziehung tatsächlich zu Ende war, wie Dimitri das bei der Besprechung der Gästeliste behauptet hatte. »Francesca ist meine große Leidenschaft gewesen«, hatte er offen erklärt. »Aber mittlerweile sind wir nur noch gute Freunde, und deshalb möchte ich sie einladen.«

»Aber natürlich«, hatte Lucky geantwortet, die von Natur aus nicht besonders eifersüchtig war. Außerdem sah sie in Francesca kaum eine ernsthafte Bedrohung ihrer Stellung ... eher eine berühmte Frau mittleren Alters mit einem Pferdegesicht.

Nachdem die Ferns ihre Kabine bezogen hatten, trafen auch Saud Omar, ein unglaublich reicher Araber, und dessen Freundin, die Contessa Tania Zebrowski, ein. Ein Blick genügte Lucky, um zu erkennen, woran sie war. Der kleine, dicke Mann mit den braunen Augen war ein Lüstling, und seine mit Brillanten behängte Gespielin war eine harte, berechnende Frau, die offenbar schon mehrere Gesichtslifts hinter sich hatte.

Als nächster kamen Jenkins Wilder, der texanische Ölmilliardär, ein auffälliger Mann Mitte fünfzig, und seine achtzehnjährige Frau Fluff, die ihn »Daddy-pie« und »Bumpkins« nannte. Auf diese Weise verging der erste Tag.

Am nächsten Morgen dann reiste Brigette mit ihrer Nanny Mabel an.

Gino und Susan trafen um die Mittagszeit ein, und kurz darauf stach die Yacht in See.

Freundschaften bildeten sich allmählich.

Die Contessa und Susan verstanden sich auf Anhieb blendend.

Fluff und der arabische Lüstling stellten fest, dass sie ein gemeinsames Hobby, das Schnorcheln, verband.

Francesca und Dimitri lieferten sich Wortgefechte und bedachten sich gegenseitig mit sehnsuchtsvollen Blicken.

Horace langweilte sich.

Jenkins Wilder verbrachte die meiste Zeit am Telefon.

Auf diese Weise blieben Lucky und Gino übrig.

»Wie geht's?«, fragte sie.

»Weshalb bist du aus L. A. fortgelaufen?«, konterte er.

»Susan sieht gut aus«, bemerkte sie, um irgendetwas zu sagen.

»Dieser ... dieser Dimitri ist viel zu alt für dich«, nörgelte Gino.

Was zum Teufel machen wir beide eigentlich hier, hätte Lucky am liebsten Gino gefragt. Wir passen hier überhaupt nicht her.

»He, Kleines, was sollen wir eigentlich hier?«, sprach Gino ihre Gedanken plötzlich laut aus. Der gute alte Gino hielt mit seiner Meinung nie hinter dem Berg.

Lucky zuckte mit den Schultern und starrte aufs Meer hinaus. Die Yacht glitt beinahe lautlos durch das azurblaue Wasser. Sie hatten Kurs auf St. Tropez genommen, wo sie Olympia und ihren neuen Ehemann an Bord nehmen sollten. Lucky und Gino lagen auf einem der oberen Decks und sonnten sich. Unter ihnen spielten Dimitri und Francesca im Schatten einer Sonnenmarkise lärmend eine Partie Gin-Rommé.

»Ich habe keine Ahnung«, murmelte Lucky schließlich als Antwort auf Ginos Frage.

»Soll ich dir mal was sagen?«, überlegte Gino. »Wir beide haben in den letzten beiden Jahren 'ne Menge Fehler gemacht.«

Lucky sah ihn aufmerksam an. Was wollte Gino damit andeuten? Dass etwas mit seiner Ehe nicht stimmte?

In diesem Augenblick erschien ein Steward und rief zum Abendessen. Lucky stöhnte unterdrückt. Es schien ihr Schicksal zu sein, dass sie immer dann, wenn sich ein ernsthaftes Gespräch zwischen Vater und Tochter zu entwickeln schien, von irgendjemandem unterbrochen wurden. Gino stand auf, zog ein Polohemd über und half ihr aus dem Liegestuhl.

»Gehen wir, Kleines«, seufzte er. »Je mehr Mahlzeiten wir

zu uns nehmen, desto schneller können wir dieses schwimmende Luxus-Altersheim wieder verlassen. Und genau das kann ich kaum erwarten.«

Die Stanislopoulos-Yacht machte um sieben Uhr abends im Hafen von St.-Tropez fest.

Lucky war unruhig und nervös, als sie ein langes, weißes Kleid zum Abendessen anzog, ihr neues Brillantkollier, ein Geschenk von Dimitri, umlegte und ihr lockiges, langes Haar über die Schultern kämmte. Sie schminkte sich nur sparsam.

Dimitri, der in dunklem Anzug, weißem Hemd und Seidenkrawatte erschien, betrachtete sich gefällig im hohen Wandspiegel.

»Das ist doch wirklich lächerlich«, erklärte Lucky. »Wir sind an Bord einer Yacht in St.-Tropez, machen Urlaub ... und ziehen uns an wie zu einer Opernpremiere.«

»Das magst vielleicht du lächerlich finden«, entgegnete er herablassend. »Aber das ist eben meine Art, mein Lebensstil.«

»Und was ist mit mir?«, brauste sie wütend auf. »Warum fragt mich eigentlich niemand nach meinem Lebensstil?«

Dimitri musterte sie von oben bis unten. »Dein Dekolleté ist entschieden zu tief«, urteilte er missbilligend. »Außerdem hast du zu viel Lidschatten aufgetragen.«

Es war das erste Mal, dass Dimitri ihr Äußeres kritisierte. »Scher dich zum Teufel«, zischte sie erbost. »Ich mache mich so zurecht, wie ich will!«

Dimitri starrte sie nur schweigend an und erkannte voller Bedauern, dass er Lucky nie hätte heiraten dürfen. Lucky war für ihn zu jung, zu temperamentvoll und unbezähmbar und viel zu direkt. Er hatte gehofft, dass sie als seine Frau seine Autorität akzeptieren und sich von ihm eine kultivierte Lebensart beibringen lassen würde. Ganz offensichtlich war er in dieser Beziehung einem Irrtum erlegen.

Die Stimmung zwischen ihnen war aufs Äußerste gereizt, als sie sich im großen Speisesaal zu Tisch begaben. Dimitri nahm am oberen Ende der Tafel mit Francesca zu seiner Linken und Susan zu seiner Rechten Platz, während sich Lucky am anderen Ende zwischen Saud Omar und Horace Fern wiederfand. Gino saß irgendwo in der Mitte neben Fluff. Lucky war mit dieser Tischordnung nicht zufrieden und fragte sich sogleich, wer sie wohl arrangiert haben mochte.

Ein Blick auf den silbernen Tischkartenhalter verriet ihr Dimitris Schrift auf dem weißen Papier. Lucky war insgeheim empört. Denn allmählich hatte sie Dimitris herablassende Eigenmächtigkeiten satt. Als Mrs. Stanislopoulos hatte sie in diesen Dingen schließlich auch einmal etwas zu sagen.

Die Konversation während des Essens war, gelinde gesagt, förmlich und steif. Lucky entwickelte instinktiv eine Antipathie gegen den Araber mit seinen lüsternen Blicken. Horace war grenzenlos uninteressant, und die Frauen mit ihren Gesprächen über Modellkleider, Schmuck, Gesellschaftsklatsch und Dienstbotenprobleme langweilten sie tödlich.

Francescas lautes Lachen, das sie an eine Kreissäge erinnerte, riss Lucky aus ihren Gedanken. Die Schauspielerin lachte oft, und sie und Dimitri schienen sich am oberen Tischende köstlich zu amüsieren. Sie ignorierten Susan völlig. Gino war ungewöhnlich schweigsam.

Das Diner schien sich ewig hinzuziehen. Man hatte mit Kaviar begonnen. Anschließend hatten drei Filipinos in gestärkten, weißen Uniformen Chateaubriand mit Kartoffelpüree und verschiedenen Gemüsesorten serviert.

Lucky stocherte lustlos auf ihrem Teller herum. Beim Dessert war sie vor Langeweile erschöpft, und Gino schien es seinem Gesichtsausdruck nach zu schließen nicht viel besser zu gehen.

Lucky machte mühsam Konversation mit Horace, während Francesca Dimitri löffelweise mit Schokoladencreme fütterte.

Beide tauschten dabei bedeutungsvolle Blicke. Francesca lachte lauthals und leckte sich schmatzend die Lippen.

In diesen Momenten wurde Lucky sich bewusst, dass die beiden noch immer miteinander schliefen. Grenzenlose Wut überkam sie.

Die Anzeichen waren deutlich sichtbar. Lucky war schließlich nicht dumm. Allerdings liebte sie Dimitri nicht ... hatte ihn nie geliebt. Vielleicht hatte sie sich vorübergehend vorgemacht, er sei der richtige Mann für sie. Doch eigentlich hatte sie Dimitri nur wegen Roberto geheiratet ... und natürlich, darin war sie sich selbst gegenüber ehrlich, weil sie sich mehr als alles andere auf der Welt gewünscht hatte, ein eigenes Hotel zu bauen.

Verdammt, was war nur aus ihrem Liebesleben geworden?

Horace wiederholte irgendeine belanglose Frage. Lucky wünschte, er würde endlich den Mund halten. Was für ein Schwachkopf war er überhaupt? Er musste doch längst wissen, was gespielt wurde.

Luckys Augen verengten sich, während sie einen Plan ausheckte. Vor allem war sie entschlossen, sich auf keinen Fall durch eine Szene zu erniedrigen. Die illustre Gesellschaft wartete vermutlich nur darauf, dass sie sich auf diese Weise selbst bloßstellte.

Nein, sie würde abwarten, und erst im richtigen Augenblick zuschlagen.

Warum hatte Marco, ihre einzige, große Liebe, nur sterben müssen?

Sie spürte, wie Tränen in ihre Augen traten, doch sie hielt sie mit eisernem Willen zurück. Weinen war eine Schwäche, die sich die starke Lucky Santangelo nicht genehmigte.

61

Carrie und Steven trafen am späten Nachmittag in Los Angeles ein. Steven war schweigsam wie immer und verbarg Wut und Empörung hinter einer steinernen Maske. Nachdem sie ihre Hotelzimmer belegt hatten, vereinbarte er mit Carrie: »Wir sehen uns dann morgen.« Das war alles. Von da an war Carrie auf sich gestellt. Steven kümmerte es nicht, dass ein langer, einsamer Abend vor ihr lag.

»Gut«, antwortete Carrie ruhig und ging zum Lift.

Steven betrat sein Zimmer, betrachtete eine Weile das Telefon, rasierte sich, nahm eine Dusche, bestellte eine Flasche Scotch beim Zimmerservice und setzte sich neben den Telefonapparat.

Um Viertel vor sieben nahm er den Hörer ab und wählte eine Nummer. Eine freundliche Frauenstimme meldete sich.

»Ich möchte unbedingt sofort mit Mr. Gino Santangelo sprechen«, erklärte er mit beherrschter Stimme. »Es handelt sich um eine dringende Angelegenheit.«

»Ach, du liebe Zeit!« Die Frau am anderen Ende klang erregt. »Was für eine Dringlichkeit denn? Mr. und Mrs. Santangelo haben Amerika gestern verlassen. Sie sind für zwei Wochen in Europa.«

»Europa?«, wiederholte Steven tonlos.

»Ja, in Frankreich«, erwiderte die Frauenstimme. »Ich kann versuchen, sie zu erreichen ...«

Sie redete weiter, doch Steven hatte längst aufgelegt.

Später am Abend fuhr Steven in einem Mietwagen an der Villa der Santangelos vorbei, und plötzlich wurde ihm bewusst, was für ein abgeschottetes und behütetes Leben diese Leute führten. Allmählich begriff er, dass er praktisch keinerlei Chance hatte, von Gino Santangelo überhaupt angehört zu werden ... ob dieser nun in der Stadt war oder nicht. Weshalb machte er sich eigentlich etwas vor?

Deprimiert kehrte er in sein Hotelzimmer zurück und begann zum ersten Mal klar und logisch über seine Vergangenheit, Gegenwart und Zukunft nachzudenken. Er hatte während seiner Zeit bei der New Yorker Staatsanwaltschaft häufig mit Fällen zu tun gehabt, die dem Schicksal seiner Mutter ähnelten. Musste er nicht tatsächlich endlich einsehen, dass er von verlogenen Moralvorstellungen ausging, dass sie tatsächlich vieles nur für ihn getan hatte ... um ihm ein einigermaßen behütetes und normales Leben zu sichern?

Und wie dankte er ihr das alles? Indem er sie auf der Suche nach einem Traum, oder eher einem Alptraum, quer durchs Land hetzte. Und Carrie begann ihn dafür zu verachten ... das spürte er. Aber wer wollte ihr das schon übel nehmen? Die Qualen, denen er sie bewusst aussetzte, mussten sie einander zwangsläufig entfremden. Und nun erst wurde Steven sich klar darüber, wie viel ihm seine Mutter bedeutete und was er ihr in den vergangenen Wochen zugemutet hatte. Er hatte sie ausgeschlossen. Vielleicht war es jetzt an der Zeit, Türen wieder aufzustoßen. Diese Jagd ... diese zerstörerische Jagd nach der Wahrheit führte zu nichts.

Am frühen Morgen des nächsten Tages rief Steven Jerry in New York an. »Ich brauche Hilfe«, sagte er ohne Umschweife.

»Was ist denn jetzt schon wieder passiert?«, fragte Jerry gequält.

»Wir sind in Los Angeles. Und Gino Santangelo ist fort. Ich habe bei ihm angerufen. Er ist für zwei Wochen verreist. Und soll ich dir was sagen? Ich glaube, mir ist endlich klar geworden, dass du Recht hattest ... Falls ich mit meiner Geschichte vor seiner Haustür auftauche, ruft er vermutlich die Polizei und lässt mich abführen. Ich könnt's ihm nicht mal übel nehmen.«

»Musstest du erst nach Kalifornien fliegen, um das zu begreifen?«, bemerkte Jerry trocken.

»Ich bin an seinem Grundstück vorbeigefahren. Das große Tor ist elektronisch gesichert, und der Wachtposten ist bewaffnet.«

»Was so viel bedeutet, dass du mit deinem schwarzen Gesicht nicht mal in die Nähe des alten Knackers kämst«, schloss Jerry messerscharf.

»Ganz richtig.«

»Und jetzt soll ich dir helfen?«

»Ja.«

Es entstand eine längere Pause. Schließlich brach Jerry das Schweigen. »Steven«, begann er streng, »ich habe es langsam satt, dir immer nur Geld zu leihen, dir zuzuhören und dir gute Ratschläge zu geben.«

»Das kann ich verstehen.«

»Wie bitte?«

»Ich sagte, ich kann dich verstehen. Ich an deiner Stelle hätte mich schon längst aufgegeben.«

»Soll das heißen, dass du diese wahnsinnige Suche aufgeben und wieder Vernunft annehmen willst?«

»Ich möchte noch immer herausfinden, wer mein Vater ist«, erwiderte Steven ernst. »Aber ich entlasse Carrie aus jeder Verantwortung. Von jetzt an soll sie ihre verdiente Ruhe haben. Und ... wenn dein Angebot noch gilt ... dann arbeite ich wieder für dich. Es wird Zeit, dass ich anfange, meine Schulden zurückzuzahlen.«

»Das ist ja kaum zu glauben!«, rief Jerry am anderen Ende. »Ein Tag an der Westküste hat genügt, um dich zur Vernunft zu bringen.«

»Hör auf! Ich weiß, wie du darüber denkst.«

»Hast du schon mit Carrie gesprochen?«

»Nein.«

»Dann tu das gefälligst. Und zwar schnell. Und mach, dass du wieder nach New York kommst.«

Sie wohnten im Hyatt-Hotel am Sunset Boulevard. Die kalifornische Sonne strahlte, und in der Eingangshalle drängten sich die Touristen. Steven hatte sich für zehn Uhr am Haupteingang mit Carrie verabredet. Er sah sie schon von weitem. Elegant, in ungealterter Ausstrahlung hob sie sich deutlich von der Masse ab.

Carrie glaubte, einen erniedrigenden Besuch bei Gino Santangelo vor sich zu haben. Doch für Steven war sie bereit, es auf sich zu nehmen.

Er trat von hinten auf sie zu und umarmte sie. Sie war verblüfft.

»Wir fliegen nach Hause«, erklärte er. »Zurück nach New York.«

Sie musterte aufmerksam sein Gesicht, ahnte, dass sich etwas in seinem Innern verändert hatte, stellte jedoch keine Fragen.

»Ich habe dich vermisst, Steven«, sagte sie nur leise.

»Ich weiß«, antwortete er. »Ich weiß es nur zu gut.«

62

Von dem Augenblick an, da sie nach kurzem Aufenthalt das Connaught in London verließen, um zum Flugplatz Heathrow zu fahren, war Olympia für ihre Umwelt unerträglich. Als sie schließlich im Flugzeug saßen, hatte Lennie ihre Mätzchen satt.

»Herrgott, hör gefälligst auf, das reiche, verwöhnte Biest zu spielen!«, sagte Lennie leise. »Was willst du damit erreichen? Dass sie dich zur charmantesten Frau des Jahres wählen?«

»Ich habe einen riesigen Kater«, jammerte Olympia trotzig.

»Dann sieh zu, wie du damit fertig wirst, ohne deine schlechte Laune an anderen auszulassen.«

Olympia bewunderte energische, selbstbewusste Männer. Es war ein Jammer, dass es davon so wenige gab. »Entschuldige«, murmelte sie zerknirscht. »Ich werd versuchen, mich zu benehmen.«

Aber das war ein leeres Versprechen, und als sie in Nizza landeten, schäumte Lennie vor Wut. Ein Hubschrauber wartete am Flugplatz, um sie nach St.-Tropez und an Bord der Yacht zu bringen. Kaum waren sie in der Maschine, schlief Olympia prompt ein.

Lennie hatte damit zum ersten Mal einen Vorgeschmack darauf bekommen, was ihn an der Seite von Olympia erwartete. Jess hatte Recht gehabt, es war der reine Wahnsinn.

Der ungeheure Luxus auf der Stanislopoulos-Yacht machte selbst Lennie im ersten Augenblick sprachlos. Er glaubte sich in eine alte, aufwendige Hollywoodproduktion verirrt zu haben.

Sie wurden sofort von dienstbaren Geistern umringt, die ihnen ihr Gepäck abnahmen und eisgekühlten Champagner auf Silbertabletts reichten.

»Wo ist mein Vater?«, fragte Olympia einen Herrn in Uniform barsch.

»Auf Landgang, Miss Olympia«, erwiderte Captain Pratt, »zum Mittagessen. Er muss aber jeden Augenblick zurückkommen. Er bittet Sie, ihn gegen drei Uhr in der Deckbar zu erwarten. Ihre Tochter Brigette ist bei ihm.«

»Und wo sind die anderen Gäste?«

»Die meisten sind ebenfalls an Land gegangen, Miss Olympia.« Captain Pratt musterte Lennie prüfend, während Olympia ungeniert gähnte und sich über die unbequeme Reise beklagte. »Möchten Sie etwas zu Mittag essen, Miss?«, erkundigte er sich.

»Nein«, lehnte sie ab, ohne Lennie nach seinen Wünschen zu fragen. »Ich muss mich erst mal ausruhen.«

Lennie duschte sich und zog Levis-Shorts und ein ausgeblichenes Tropenhemd an, während Olympia auf dem Bett lag und vor sich hin jammerte.

Sie beklagte sich darüber, dass ihr Vater zu ihrem Empfang nicht an Bord gewesen war.

Sie beklagte sich über Captain Pratt, und sie beklagte sich über Captain Pratts Frau.

»Ach, was ... ruh dich aus!« Lennie versuchte, ihre schlechte Laune zu ignorieren. »Wir machen Urlaub. Komm, wir bummeln durch die Stadt.«

»Bummeln?«, wiederholte sie verächtlich. »Ich hasse St.-Tropez. Da gibt es doch nur langweilige Touristen und Nutten.«

»Also, ich möchte mir die Stadt mal ansehen«, beharrte Lennie.

»Ich halte dich nicht auf. Geh nur. Aber warte gefälligst, bis du Dimitri kennen gelernt hast.«

Er sah auf die Uhr. Es war Viertel vor drei. »Das ist schließlich der Grund, weshalb ich hier bin, oder?«

Olympia stand auf und begann vor dem Spiegel ihr Haar zu ordnen. Sie hatte das dringende Bedürfnis, Kokain zu sniffen, jedoch nicht die Absicht, ihre Ration zu teilen. Schließlich schmuggelte sie ihren kleinen Vorrat ins Badezimmer, schloss die Tür und nahm zwei Portionen.

Die Wirkung trat augenblicklich ein. Sie hatte sich den ganzen Tag über miserabel gefühlt und nur zwei Valiumtabletten griffbereit gehabt, um Abhilfe zu schaffen. Dummerweise hatte sie ihren Kokainvorrat so gut verpackt, dass sie während der Reise nicht hatte drankommen können.

Sie nahm eine Nase voll. Ihr Kopf wurde sofort klar. Sie hatte plötzlich das Gefühl, die Welt erobern zu können.

Lennie klopfte laut an die Tür. »He ..., was machst du da drin?«

»Ich frisiere mich!«, rief sie.

»Beeil dich!« Lennie fühlte sich merkwürdigerweise nicht wohl in seiner Haut. London war großartig gewesen, aber mittlerweile kamen ihm Zweifel, ob es richtig gewesen war, sich auf diese Kreuzfahrt einzulassen. Er traute sich durchaus zu, mit Olympia allein fertig zu werden. Aber ihr Vater glaubte sicher, dass er es nur auf ihr Geld abgesehen hatte, und die Namen der übrigen Gäste schienen kaum eine sorglose Seereise zu versprechen.

Endlich kam Olympia aus dem Badezimmer. Sie nahm seine Hand und war offenbar besserer Laune. »Komm, wir gehen jetzt zu Daddy«, erklärte sie fröhlich. »Er sieht vielleicht ein bisschen streng aus, aber eigentlich ist er ganz nett. Beantworte einfach seine Fragen und lass dich nicht einschüchtern. Ich verspreche dir, dass wir das nur einmal pro Jahr durchmachen müssen.«

Sie gingen zum Promenadendeck hinauf. Griechische Musik tönte dort aus den Lautsprechern, und Dimitri zeigte Brigette gerade ein paar schwierige Tanzschritte. Das Kind war sonnengebräunt und strahlte.

»Die perfekte Familienidylle«, flüsterte Olympia. Dann begann die lautstarke Begrüßungszeremonie.

»Mein Kleines!« Die völlig emotionslose Brigette wurde mit Küssen überschüttet.

»Papa!« Olympia stürmte mit offenen Armen auf Dimitri zu, der jedoch abwinkte, bis er seine Tanzschritte beendet hatte.

Erst dann begrüßte er seine Tochter.

Lennie blieb im Hintergrund und beobachtete die Szene aufmerksam.

»Papa, ich möchte dir meinen Mann, Lennie Golden, vorstellen«, verkündete Olympia schließlich.

Lennie stöhnte innerlich. Bei Olympia klang es, als sei ein Ehemann eine Art Anschaffung. Trotzdem streckte er höflich die Hand zum Gruß aus.

Dimitri musterte ihn eingehend. Er verzog keine Miene. »Soso«, sagte er dann laut. »Sie sind also Olympias letzte Errungenschaft.«

Die Bemerkung gefiel Lennie ganz und gar nicht, und als Dimitri auch noch seine Hand ausschlug, überlegte er sich eine passende Antwort.

Doch bevor er noch etwas sagen konnte, hatte Dimitri Stanislopoulos die Arme ausgebreitet und ihn an die Brust gedrückt. »Willkommen in der Familie!«, erklärte er strahlend. »Wenn du für Olympia gut genug bist, dann bist du's auch für mich.« Er machte dem Barkeeper ein Zeichen. »Champagner für alle! Wir haben viel zu feiern.«

Olympia nahm lächelnd Lennies Arm. »Ist es nicht herrlich?«

»Ich habe übrigens auch eine Überraschung für euch«, verkündete Dimitri.

»Was denn?«, fragte Olympia neugierig, die ein neues Brillantkollier als Hochzeitsgeschenk erwartete. Dimitri hatte sich bei ihren früheren Hochzeiten stets sehr großzügig gezeigt.

»Großvater hat auch geheiratet!«, zwitscherte Brigette munter drauflos. »Und du hast einen kleinen Bruder, Mama. Ich bin seine Tante. Wirklich! Ganz ehrlich! Ich bin eine Tante!«

Olympias Lächeln erstarb. Wollte man ihr etwa die Show stehlen? Sie sah ihren Vater nach einem nachsichtigen Blick auf Brigette erwartungsvoll an. Brigette musste sich das ausgedacht haben.

Doch Dimitri nickte. »Ja, Brigette hat Recht. Ich bin ebenfalls wieder verheiratet. Und der Himmel hat mir einen Sohn geschenkt.«

Einen Augenblick glaubte Olympia, ohnmächtig werden zu müssen. Die anstrengende Reise und zu wenig Kokain hatten sie anfällig gemacht. Dieser Nachricht, die wie eine Bombe bei ihr einschlug, fühlte sie sich nicht gewachsen. »Das glaube ich nicht«, murmelte sie undeutlich.

»Doch es stimmt! Es stimmt!«, rief Brigette.

Olympia holte tief Luft. Die Tatsache, dass Dimitri wieder geheiratet hatte, war noch nicht einmal das Schlimmste ... aber dass er in seinem Alter noch ein Kind gezeugt hatte, war unerhört! Bisher war sie die einzige Erbin des riesigen Stanislopoulos-Vermögens gewesen, und so hätte es ihrer Ansicht nach auch bleiben müssen. Sie hatte keineswegs die Absicht, ihr Erbe zu teilen. Das war einfach nicht fair!

Lennie reichte ihr ein Glas Champagner und nahm sich auch eines. »Herzlichen Glückwunsch, Mr. Stanislopoulos«, prostete er Dimitri zu und war froh, nicht mehr selbst im Mittelpunkt der Aufmerksamkeit zu stehen.

»Nanny Mabel, bringen Sie Brigette in ihre Kabine. Sie muss ihren Mittagsschlaf machen!«, ordnete Olympia streng an.

»Aber Mama ...«, protestierte Brigette, doch Olympia ließ sich nicht erweichen.

»Und wer ist die Glückliche, Papa?«, erkundigte sich Olympia mit zuckersüßem Lächeln. Francesca konnte es nicht sein. In diesem Punkt war sie sicher.

»Ah ... das wird wirklich eine Überraschung für dich sein«, erwiderte Dimitri, der die Situation sichtlich zu genießen schien.

Lennie hatte das Gefühl, bei diesem Gespräch zwischen Vater und Tochter nur zu stören, und trat den Rückzug an. »Bitte entschuldigt mich. Ich möchte noch gern einen Spaziergang machen.«

»Ja, geh nur«, murmelte Olympia, die ihn kaum eines Blickes würdigte.

Er verschwand hastig.

»Wer ist es?«, beharrte Olympia.

»Nun«, begann Dimitri und nützte die Gelegenheit weidlich

aus. »Du erinnerst dich vielleicht, dass ich dir vor einiger Zeit erzählt habe, dass mir zufällig eine alte Schulfreundin von dir begegnet ist, Lucky Santangelo.«

»Ja.«

»Wir haben unsere Bekanntschaft in New York aufgefrischt und ...«, er zuckte mit den Achseln, »... dabei ist es passiert.«

»Ist was passiert?«, entfuhr es Olympia schriller als beabsichtigt. »Du hast doch wohl nicht Lucky Santangelo geheiratet, oder?«

»O doch. Genau das habe ich getan.«

63

Nachdem Lucky klar geworden war, dass Dimitri noch immer eine Beziehung mit der exaltierten Madame Fern unterhielt, beschloss Lucky, ihre eigenen Wege zu gehen. Da Roberto bei seinem Kindermädchen in den besten Händen war, beschloss sie, sich so gut wie möglich allein zu amüsieren und sich in dem malerischen St.-Tropez auf eigene Faust umzusehen. Sie hinterlegte für Dimitri eine kurze Nachricht und verließ am Vormittag die Yacht. Was sollte sie sich an Bord langweilen, wenn sie selbst etwas unternehmen und mit sich und ihren Gefühlen ins Reine kommen konnte?

Lucky konnte gut allein sein. Sie war von Kindheit an daran gewöhnt. Aber inzwischen gab es für sie noch Roberto, der der eigentliche Grund dafür war, dass sie nicht mit der nächstbesten Maschine nach New York zurückkehrte und einen Anwalt aufsuchte. Sie wollte die Scheidung ... mit der Einschränkung, dass sie nicht auf die Chance, ihre Pläne für ein eigenes Hotel zu verwirklichen, verzichten musste. Sie beschloss daher, mit diesem Schritt zu warten, bis in Atlantic City alles geregelt war.

Nachdem sie eine Weile durch zahlreiche kleine Boutiquen

in den verwinkelten Straßen der Altstadt gebummelt war, nahm sie ein Taxi zum »Tahiti Beach«, dem Strand, der für jeden Besucher von St.-Tropez ein absolutes Muss zu sein schien. Sie trug bereits einen knappen Bikini unter ihrem lässigen, übergroßen T-Shirt und Sandalen. Ihr Haar hatte sie in einem dicken Zopf zusammengefasst, und eine große Sonnenbrille verdeckte ihre Augen.

Mit einem Walkman, einer Flasche Sonnenöl und einem guten Buch ausgerüstet ging sie selbstbewusst den belebten Strand entlang. Sie sprach einigermaßen Französisch, das sie während ihrer Internatszeit gelernt hatte; schließlich mietete sie einen Liegestuhl, Handtücher und einen großen Sonnenschirm.

Der braun gebrannte Bademeister stellte alles am Strand ab, und Lucky ließ sich entspannt nieder, um den Badebetrieb und vor allem die jungen Franzosen zu beobachten, die in knappen Tarzanhosen wie Hähne auf und ab stolzierten. Es machte Lucky Spaß, im Schutz ihrer großen Sonnenbrille die athletischen, gebräunten Körper kritisch zu begutachten.

Lennie sprach kein Wort Französisch. Er konnte etwas auf Italienisch und Deutsch fluchen, auf Schwedisch »Ich liebe dich« sagen, aber Französisch war ein Buch mit sieben Siegeln für ihn. Der Grund war vermutlich, dass er nie mit einer Französin geschlafen hatte, denn auch seine übrigen Sprachkenntnisse hatte er sich im Bett angeeignet.

Aber in St.-Tropez stellte das kein Problem dar, denn dort sprach jeder Englisch.

Lennie verliebte sich auf Anhieb in die kleine Stadt am Meer. Vielleicht war er nicht reich oder überfüttert genug, um darin ein schmutziges Touristennest zu sehen. Für ihn gab es nur massenweise junge Leute, die sich gut zu amüsieren schienen, und das gefiel ihm. Nachdem er durch die Straßen gebummelt war, setzte er sich in ein Straßencafé, bestellt ein

Glas Cinzano mit Eiswürfeln und dachte daran, wie nett es wäre, das mit Jess, Isaac, Joey, den Zwillingen … und Eden erleben zu können.

Eden. Wie hatte sie sich nur wieder in seine Gedanken geschmuggelt? Das Bild, wie sie in ihrem Silberlamékleid zwischen ihren Gangsterfreunden in der ersten Reihe bei seiner Premiere in Las Vegas gesessen hatte, war noch frisch in seinem Gedächtnis.

Eden Antonio.

Sie hatte doch ein Filmstar werden wollen. Was war bloß geschehen?

Er versuchte, sich ihr Gesicht vorzustellen, als sie von seiner Heirat mit Olympia Stanislopoulos erfahren hatte. Schmale Katzenaugen, dünne verbissene Lippen … Es musste ein Schlag für sie gewesen sein. Hoffte er wenigstens.

Tat er das wirklich?

Seine Gefühle hatten sich etwas abgekühlt.

Es war immerhin das erste Mal, dass er an sie dachte, seit er Amerika verlassen hatte. Sein Gefühlsleben schien sich zu normalisieren.

Schließlich nahm Lennie ein Taxi zum Strand. Er schlenderte eine Weile am seichten Wasser entlang, bewunderte die Aussicht und die Frauen, die sich fast ausnahmslos »oben ohne« sonnten und sich so selbstverständlich bewegten, als seien sie angezogen.

Und dann entdeckte er das Mädchen mit dem rabenschwarzen Haar und den dunklen Augen, das ihm in Las Vegas einen so eindeutigen Antrag gemacht hatte. Da war sie plötzlich wieder, zwei Jahre später, lag am Strand von St.-Tropez in der Sonne und sah so sinnlich aus wie eh und je. Sie trug einen grellroten Bikini … mit Oberteil … hatte Kopfhörer aufgesetzt und hielt die Augen geschlossen. Er hatte sie sofort erkannt. Sie musste also doch einen unauslöschlichen Eindruck bei ihm hinterlassen haben.

Du musst vorsichtig vorgehen, warnte ihn eine innere Stimme. Erinnere dich, sie hat eine scharfe Zunge.

Sein Blick umfing ihre groß gewachsene, schmale Gestalt mit den langen Beinen, den schmalen Hüften, dem schönen Busen und den breiten Schultern.

Er erinnerte sich noch allzu deutlich an ihren panterhaft geschmeidigen Gang.

Und er erinnerte sich an ihren Kuss.

Wie sollte er sie ansprechen?

Warum sollte er sie ansprechen?

Du bist schließlich verheiratet, sagte sein Gewissen.

Na und, antwortete sein männlicher Instinkt.

Tu's nicht, warnte sein Gewissen.

Tu's doch, drängte sein Trieb.

Sie musste gespürt haben, dass sie beobachtet wurde, denn plötzlich setzte sie sich auf, nahm die Kopfhörer und die Sonnenbrille ab und erwiderte seinen fragenden Blick.

Er war nicht nahe genug, um etwas zu sagen. Glücklicherweise! Denn bisher hatte sie ihm stets den Wind aus den Segeln genommen, wann immer er nur den Mund aufgemacht hatte.

Erinnerte sie sich etwa an ihn? Kam sie zu ihm?

Er stand abwartend am Wasser.

Langsam erhob sie sich, reckte lässig die Glieder und kam auf ihn zu.

Lennie hielt den Atem an. Er war zwar verheiratet, aber deshalb noch lange nicht aus Stein. Diese Chance würde er sich nicht entgehen lassen. Beim zweiten Mal wollte er keinen Fehler machen.

Ihre Blicke verschmolzen. Als sie näher kam, verzauberte ihn der dunkle Glanz ihrer Augen mit den langen, dichten Wimpern, ihre schimmernde Haut und die vollen sinnlichen Lippen.

Er wollte etwas sagen … überlegte krampfhaft, wie er beginnen sollte … »Hallo! Sie wieder?« … Ähnliches kam ihm in den Sinn. Doch bevor er überhaupt ein paar Worte hervorbringen konnte, war sie an ihm vorbei ins Wasser gegangen.

Im ersten Augenblick stand er wie gelähmt. Aber er erholte sich schnell, drehte sich um und beobachtete, wie sie mit kräftigen Zügen auf ein Holzfloß zuschwamm. Ohne lange zu überlegen, zog er sein Hemd aus, warf es in den Sand, stürzte ins Wasser und schwamm hinterher.

Sie war eine ausgezeichnete Schwimmerin und hatte einen guten Vorsprung. Doch Lennie durchschwamm mit seinem sehr individuellen, aber kraftvollen Kraulstil recht flink das Wasser und hatte sie eingeholt, bevor sie noch die Hälfte der Strecke zum Floß zurückgelegt hatte. Dann schwamm er mit ruhigen Zügen neben ihr her. Sie sagten beide kein Wort.

Es war Spätnachmittag, und das Floß vor ihnen schaukelte ruhig und verlassen auf dem Wasser.

Lennie bemerkte, dass sie kleine Brillantohrringe trug.

Und er sah ihre schmalen, kräftigen Arme, wie sie leicht und elegant das Wasser durchteilten.

Er spürte die Atmosphäre von Abenteuer, wusste, dass alles Mögliche sich ergeben konnte, und war entschlossen, nicht zu kneifen. Wie oft im Leben begegnete einem Mann schon eine Frau wie diese?

Eden?

Nein, keinesfalls.

Lucky genoss das Versteckspiel. Sie hatte Lennie hinter ihrer Sonnenbrille und durch halb geschlossene Lider längst am Strand näher kommen sehen, ihn sofort mit dem misslungenen Abenteuer in Las Vegas assoziiert und sich unvermittelt gefragt, ob er ihr vielleicht genau das bieten konnte, was sie jetzt brauchte: eine rein physische Beziehung, ohne jegliche weiter gehende Verpflichtung. Vorausgesetzt, der Herr machte nicht wieder einen Rückzieher wie das letzte Mal.

Lennie Golden. Sie erinnerte sich sogar an seinen Namen. Der Mann sah ausgesprochen gut aus und hatte Sexappeal. Warum sollte sie's nicht probieren? Immerhin hatte das Schicksal sie am Strand von St.-Tropez zusammengeführt. Er war der ideale Partner, um Dimitri die Eskapaden mit Madame Fern heimzuzahlen.

Sie erhob sich und ging auf ihn zu. Er murmelte etwas, als sie an ihm vorbeieilte und sich ins Wasser stürzte. Ihr war klar, dass er ihr folgen würde, und sie hoffte, er würde nicht alles durch ein unbedachtes Wort verderben.

Weiter draußen war ein Holzfloß im Wasser verankert, auf das sie zuhielt.

Er war bereits hinter ihr.

Falls Dimitri glaubte, sie sei eine Frau, die man ungestraft betrügen konnte, dann hatte er sich geirrt. Lucky Santangelo war durchaus in der Lage, sich zu wehren ... und Lektionen zu erteilen, die keiner so leicht wieder vergaß.

Das Floß lag leer und einladend vor ihnen. Sie erreichten es gleichzeitig und kletterten auf die Holzplanken. Lennie Golden schien sie diesmal verstanden zu haben und sagte kein Wort. Die Sonne stand schon niedrig am Horizont, und die Badenden am Strand begannen allmählich ihre Sachen zu packen und aufzubrechen. Ein einsamer Wasserskifahrer zog etwas weiter draußen seine Bahnen und brachte das Floß durch seine Wellen zum Schaukeln. Ihre Blicke trafen sich. In stummem Einverständnis rückten sie näher. Sie starrte ihn aus jenen zigeunerhaften ... wilden und sinnlichen Augen an ... ein unmissverständliches Signal.

Er hätte gern gewusst, wie sie hieß und was sie hier machte. Alles an ihr interessierte ihn. Doch er spürte instinktiv, dass für Gespräche nicht der richtige Zeitpunkt war.

Lennie streckte den Arm aus und zog sie an sich. Sie

schmiegte ihren Körper wie selbstverständlich an ihn. Der Funke sprang augenblicklich über, als sie sich lange und leidenschaftlich zu küssen begannen.

Ihre nassen und salzigen Körper rieben sich aneinander. Er presste seine Hände flach auf ihr Hinterteil und ließ sie seine Erregung spüren.

Sie zuckte nicht zurück, sondern schob ihm langsam und verlangend die Hüften entgegen. Seine Hände glitten leicht über ihr Rückgrat, bis die Finger den Verschluss ihres Bikinioberteils spürten. Mit einem Handgriff löste er das Kleidungsstück und fühlte ihre nackten Brüste erregend auf seiner Haut.

Ihre Hände glitten in seltsamen Mustern über seinen Rücken, am Bund seiner Shorts entlang, bis sie seine Lenden durch das Material hindurch spürte.

Lennie stöhnte unwillkürlich auf, erhob sich etwas und schlüpfte hastig aus den Shorts, ohne auf eventuelle Zuschauer am Strand zu achten.

Ihre Hände strichen über seine Haut, liebkosend, zärtlich, fordernd, und trieben ihn zum Wahnsinn.

Beherrsche dich, warnte ihn eine innere Stimme. Mach jetzt nicht alles zunichte!

Er griff nach ihrem Busen, spürte die harten Brustwarzen, die festen Konturen ... schön und formvollendet.

Er streifte das letzte Bikiniteil über ihre Hüften, und sie zog es aus.

Dann sanken sie auf die kühlen, feuchten Planken des Floßes. Keiner spürte, wie unbequem es dort war. Alle Bewegungen schienen ihnen vertraut und ganz natürlich zu sein. Er drang vorsichtig in sie ein. Sie schlang ihre langen Beine eng um seine Taille und bewegte sich instinktiv in seinem Rhythmus, wie er automatisch ihren Rhythmus zu erfassen schien.

Sein Glied glitt wie auf einer Bahn der perfekten Woge entgegen, von der er mit ihr zusammen fortgetragen werden wollte.

Lucky schloss die Augen und gab sich ganz diesem Augenblick hin. Schon auf den ersten Blick hatte sie in Lennie Golden den idealen Liebhaber erkannt und sich nicht getäuscht. Das wiederum jagte ihr gleichzeitig Angst ein, denn eigentlich hatte sie dieses Abenteuer lediglich als einen Racheakt gegen Dimitri geplant. Und jetzt war es mehr ... viel mehr. Es war eine mehr als beredte Körpersprache, die sie austauschten, und das Letzte, was sie in ihrer jetzigen Situation brauchen konnte, war eine echte Liebesbeziehung.

Sie fühlte, wie sie beide zum Wellenkamm getragen wurden, und ahnte, dass das nicht einfach irgendein Orgasmus werden würde. Was sie hier erlebten, war das Absolute, das Einmalige ...

»O Gott!«, hörte sie sich selbst stöhnen. »Ohhhhh ...«

Und sie verlor sich in Sinnlichkeit, glitt in ein Paradies und wurde schließlich von ihrem pulsierenden, erlösenden Orgasmus in die höchsten Höhen der Lust entführt.

Lennie fühlte dasselbe. Die Intensität und Macht seines Orgasmus überraschte ihn selbst und ließ ihn bebend und erschöpft zurück. Er blieb noch einige Minuten über ihr ... in ihr ... und starrte dabei in ihre tiefen, geheimnisvollen Augen.

Wer war diese Frau?

Er musste es wissen.

Aber vielleicht war diese Anonymität die beste Lösung. Offenbar hatte sie die Absicht, das mysteriöse Wesen zu bleiben, das bei Gelegenheit seinen Weg gekreuzt hatte. Was hätte er auch in dieser Situation sagen sollen? Alle Worte hätten zwangsläufig banal geklungen.

Die Sonne ging unter, und die Luft wurde allmählich kühl. Lennie rollte zur Seite und tastete nach seinen Shorts.

Sie setzte sich auf, griff nach ihrem Bikini und zog ihn an.

Zwei Jungen schichteten die Gästematratzen am fast verlassenen Strand auf, und in der Ferne joggte ein Mädchen mit ihrem Schäferhund am Wasser entlang.

Lucky beugte sich leicht vornüber, schüttelte ihre schwarze Haarmähne und steckte sie lässig auf. Dann warf sie Lennie einen flüchtigen Blick zu, sagte leise, beinahe zärtlich: »Adieu, mein Freund«, tauchte geschmeidig vom Floßrand ins Wasser, und das Letzte, was Lennie von ihr sah, waren ihre kräftigen braunen Arme, als sie kraftvoll das Wasser in Richtung Strand durchteilten.

Er wartete zehn Minuten, bevor er ihr folgte. Als er den Strand erreichte, war sie bereits verschwunden. Vermutlich würde er sie nie wieder sehen.

Der Traum eines Nachmittags ... und er kannte noch nicht einmal ihren Namen.

64

Wir essen mit dem spanischen Schnulzensänger und Quinn zu Abend. Ich glaube, der Vertrag ist perfekt.«

»Wann?«, fragte Eden hastig.

»Heute Abend«, antwortete Santino ungerührt.

Eden verkniff sich einen wütenden Protest. Warum teilte Santino ihr wichtige Dinge immer erst im letzten Augenblick mit? Es war Viertel vor sechs Uhr abends. Das angekündigte Abendessen fand sicher in einer Stunde statt, und sie wollte natürlich besonders gut aussehen.

Eden sprang aus dem Bett und lief in ihr luxuriöses Badezimmer. »Wann und wo?«, fragte sie Santino im Vorbeieilen und war bereits unter der Dusche.

»Bei Chasen's«, erklärte Santino. »Zieh was Heißes an ... das heißt, zu scharf sollst du auch nicht aussehen. Chasen's ist ein elegantes Restaurant. Sei gefälligst um Viertel nach sieben dort. Zeko fährt dich. Ich muss jetzt zuerst noch nach Hause.«

Eden antwortete erst gar nicht. Sie stand bereits unter der Dusche, wusch sich Santinos Geruch von der Haut und aus dem Haar, spielte mit den Fingern in dem goldenen Dreieck in ihrem Schoß und verschaffte sich auf diese Weise den Orgasmus, den er ihr zu geben nie in der Lage war.

Viel Zeit brauchte sie nicht, um sich zurechtzumachen. Als ehemaliges Fotomodell beherrschte sie sämtliche Tricks.

Nachdem sie sich sorgfältig geschminkt hatte, zog sie ein enges, schwarzes Kleid mit breitem Goldgürtel über ihre spärlichen Spitzendessous und schlüpfte in Schuhe mit dünnen, hohen Absätzen.

Um fünf Minuten nach sieben war sie bereits fertig. Sie beschloss, so früh wie möglich und vor allem vor Santino bei Chasen's zu erscheinen. Sie genoss jede Minute der Freiheit.

Zeko las in der Küche Zeitung.

»Gehen wir!«, befahl sie ungeduldig.

»Der Boss hat bestimmt, wir sollen um Viertel nach losfahren.«

»Und ich bestimme, dass wir jetzt fahren!«

Eden musterte den verhassten Wächter mit kaltem Blick.

Diesmal erntete sie keinen Widerspruch.

Eden hielt bei Chasen's Einzug wie ein Star. Sie erkundigte sich beim Geschäftsführer nach dem Tisch für Mr. Bonnatti. Doch eine Tischreservierung unter diesem Namen war dem Maître nicht bekannt. Eden versuchte es mit Mr. Quinn Leech und schließlich mit Vitos Felicidade.

»Ah, Mr. Felicidade«, seufzte der Geschäftsführer endlich beeindruckt. »Wenn Sie mir bitte folgen wollen.«

Weit brauchten sie nicht zu gehen, denn Vitos saß mit seinem Manager an einem Nischentisch im vorderen Speisesaal. Von Quinn oder Santino war noch nichts zu sehen.

»Guten Abend«, begann Eden geziert, als beide Männer

aufstanden, »bin ich zu früh? Oder kommen die anderen zu spät?«

»Oh, sie sind gewiss pünktlich, meine Liebe!«, versicherte Vitos ihr galant in seinem besten Englisch. »Und Sie sind …«

Erinnerte er sich vielleicht nicht mehr an sie?

Sie hatte ihn keinesfalls vergessen.

»Eden Antonio«, erwiderte sie mit einem Lächeln. »Wir haben uns in Las Vegas kennen gelernt.«

»Ja, natürlich«, seufzte Vitos, dem diese Begegnung völlig entfallen war. Er küsste ihr die Hand. »Enchanté«, murmelte er.

Sie klapperte mit den Wimpern; eine Geste, die sie in Gegenwart von Santino nie gewagt hätte.

Nachdem sie neben Vitos Platz genommen hatte, bestellte sie einen Martini und merkte, wie sich Vitos und sein Manager verwirrte Blicke zuwarfen.

»Soviel ich weiß, verhandelt Mr. Bonnatti mit Ihnen wegen einer Rolle in meinem Film«, begann sie.

»Ja, wir haben über einen Film gesprochen«, gab Vitos zu. »Aber von Ihnen ist nie die Rede gewesen.«

»Eigentlich ging es bei unseren Verhandlungen mit Mr. Bonnatti um eine Produktion mit dem Titel *The Singer,* die Vitos ganz groß rausbringen soll«, warf der Manager verwundert ein.

Bevor Eden noch etwas dazu sagen konnte, trat Quinn Leech an ihren Tisch. Er roch nach Knoblauch und Whisky, begrüßte alle und setzte sich dann neben Eden. »Wo ist Santino?«, wollte er wissen.

»Er ist noch nicht da«, gab Eden ihm Bescheid über das, was für alle sowieso deutlich sichtbar war. »Aber was soll, bitte schön, das Geschwätz über den Film *The Singer?*«, erkundigte sie sich prompt. »Ich dachte, wir verhandeln mit Mr. Felicidade über eine Rolle in *My Life as a Callgirl?*«

»Wir haben das Drehbuch umgeschrieben«, erklärte Quinn gelassen.

»Umgeschrieben?«, wiederholte Eden gereizt.

Quinn nickte. »Hat Santino Ihnen das nicht gesagt?«

Eden schüttelte den Kopf. Die Bombe war geplatzt. Sie bebte vor Wut.

»Hören Sie«, wandte sich Quinn leise an Eden. »Vitos Felicidade kann unmöglich in einem Streifen mit dem Titel *My Life as a Callgirl* auftreten, oder? Deshalb haben wir die Thematik etwas geändert. Sie kriegen das Drehbuch noch zu lesen. Es gefällt Ihnen bestimmt.«

»Bin ich denn überhaupt noch dabei?«, fragte Eden.

Quinn hob abwehrend die Hände. »Keine Ahnung. Ich bin nur der Regisseur.«

»Hat Santino Ihnen je gesagt, dass dieser Film dazu da sein sollte, mich groß rauszubringen?«, zischte Eden.

»Nee, das höre ich jetzt zum ersten Mal«, erwiderte Quinn ehrlich und bestellte sich auf den Schreck einen doppelten Whisky.

Eden verfiel in dumpfes Schweigen. Dieser Halunke! Santino hatte sie reingelegt! Kein Wunder, dass Santino ihr verboten hatte, mit anderen über das Filmprojekt zu reden. Er hielt sie einfach nur hin und bezahlte ihr Entgegenkommen im Bett mit leeren Versprechungen. Eden hätte Santino am liebsten mit bloßen Händen erwürgt.

In diesem Augenblick brachte ein Ober einen Telefonapparat an den Tisch. »Ein Anruf für Miss Antonia!«, verkündete er.

Eden nahm den Hörer.

»Weshalb bist du so früh aus dem Haus gegangen, verdammt noch mal?«, ertönte Santinos wütende Stimme am anderen Ende.

»Wo bist du?«, konterte Eden mühsam beherrscht.

»Zu Hause. Mein Junge ist krank. Er hat Fieber. Ich kann

nicht weg! Und du bewegst gefälligst deinen Hintern aus Chasen's und begibst dich auf dem schnellsten Weg nach Hause, kapiert? Sag den Knaben, wir müssten die Besprechung verschieben. Klar?«

»Ja, du schreist ja laut genug.«

»Also, dann denk dir eine Ausrede aus. In fünf Minuten sitzt du wieder bei Zeko im Auto, verstanden?«

»Ja.«

Eden legte auf, drehte das Martiniglas zwischen ihren schlanken Fingern und verkündete: »Mr. Santino Bonnatti kann heute Abend leider nicht mehr kommen. Sein Sohn ist krank geworden. Und als besorgter Familienvater ...«

Alle nickten verständnisvoll.

Quinn legte unter dem Tisch seine Hand auf Edens Oberschenkel. Dabei allerdings blieb es nicht.

Eden schob die Hand weg. »Mr. Bonnatti hat mich gebeten, seinen Chauffeur Zeko nach Hause zu schicken. Könnte das bitte jemand übernehmen?«

»Kein Problem!«, versicherte Quinn und sagte einem Ober Bescheid.

Von da an verlief der Abend viel eher nach Edens Geschmack.

65

Dimitri Stanislopoulos war ein exzellenter Gastgeber, dessen sommerliche Kreuzfahrten in dem Ruf standen, einmalige gesellschaftliche Ereignisse zu sein. Kein Aufwand wurde gescheut, um den Gästen den Aufenthalt an Bord so angenehm wie möglich zu machen.

Nachdem er eine Partie Backgammon mit Francesca beendet hatte, lief er in seine Kabine hinunter, um sich zu duschen und umzuziehen. Anschließend erwartete er seine Gäste zum Aperitif an der Bar auf dem Promenadendeck. Lucky war an seiner Seite. Sie hatte es geschafft, gerade noch rechtzeitig zu diesem abendlichen Ereignis von ihrem Abenteuer am Strand von St.-Tropez an Bord der Yacht zurückzukehren, und sah in ihrem weißen Smoking von Yves Saint Laurent und dem lose über die Schultern fallenden schwarzen Haar Aufsehen erregend aus. Gino stand allein an der Bar. Lucky ging sofort zu ihm.

»Ich muss hier weg!«, erklärte er ohne Umschweife.

»Ich auch«, seufzte Lucky.

»He … vielleicht fällt uns eine Ausrede ein? Wir wär's mit einer Familienangelegenheit, die dringend unsere Anwesenheit in New York erfordert? Weißt du was, Kleines? Die Stadt fehlt mir doch sehr.«

»Ich dachte, Beverly Hills gefällt dir?«

»Ach was! Da ist doch nichts los. Mir reicht's.«

»Wirklich?«

»Ich brauche wieder mehr Trubel.«

»Und was ist mit Susan?«

»Sie weiß zwar noch nichts davon, aber ich spiele mit dem Gedanken, mir wieder eine Wohnung in New York zu kaufen.«

»Um dort teilweise zu leben?«

»Warum nicht?«

»Klingt nicht schlecht«, stimmte Lucky ihm zu.

Olympia war wütend, weil Lennie wie vom Erdboden verschwunden zu sein schien. Sie hatte nicht die Absicht, wie ein Mauerblümchen herumzusitzen. Außerdem konnte sie es kaum erwarten, endlich Lucky wieder zu sehen. Die kleine, magere und naive Lucky Santangelo! Einst ihre beste Freundin, ihre engste Vertraute! Pah! Es hatte sich noch nie ausgezahlt, freundlich zu Leuten zu sein! Die meisten nutzten die Nachsicht nur aus, um bei der nächstbesten Gelegenheit zu versuchen, dir das Wasser abzugraben.

Allein der Gedanke daran, dass Dimitri und Lucky miteinander schliefen, war Ekel erregend. Sie, Olympia, hatte schließlich Lucky alles beigebracht, was diese über Sex wusste. Als die beiden vor fünfzehn Jahren nach Frankreich gekommen waren, hatte Lucky noch niemals zuvor einen Mann geküsst!

Sie zog ein teures Ungaro-Kleid aus Goldlamé an, das an einem schlanken Fotomodell todschick ausgesehen hätte, ihr jedoch überhaupt nicht stand. Dann legte sie ihren Brillantschmuck an, schüttelte ihre üppigen blonden Locken und machte sich auf den Weg zum Wiedersehen mit Lucky Santangelo.

Olympia erkannte die frühere Freundin sofort und blinzelte verblüfft. Im ersten Augenblick konnte sie es kaum fassen, dass aus der einst so mageren, unbedarften Lucky eine solche Schönheit geworden sein sollte. Olympia registrierte besonders erbost, dass Lucky kein Gramm Fett zu viel am Körper zu haben schien.

Lucky fing Olympias Blick auf, und plötzlich fühlte sie sich Jahre zurückversetzt … sie war wieder eine freche Siebzehnjährige, die Jungen in die Schlafsäle schmuggelte … und zu allen Abenteuern bereit war.

Ihr ganzes Leben lang war Lucky eine Einzelgängerin gewesen. Sie hatte nie eine Mutter oder Freundinnen als Vertraute gehabt … mit einer Ausnahme: Olympia Stanislopoulos.

Lucky lief mit ausgebreiteten Armen auf Olympia zu.

Olympia wich zurück.

Lucky spürte instinktiv die Abwehr der ehemaligen Freundin. Offenbar war sie über die Ehe ihres Vaters nicht glücklich. Und das erschien Lucky nur allzu verständlich. »Olympia!«, sagte sie und ließ die Arme sinken. »Mein Gott, ist das lange her! Du siehst großartig aus.«

Olympia brachte kein Wort heraus. Zu viel Kokain benebelte ihr Gehirn. Sie wollte kühl und gelassen erscheinen, so als mache ihr das alles nichts aus. Dabei kochte sie innerlich vor Wut.

»Die kleine, unschuldige Lucky«, erwiderte sie spöttisch. »Du bist wirklich erwachsen geworden.«

»Das möchte ich doch hoffen.«

»Dabei warst du früher nur ein dummes Huhn.«

»Danke.«

»Tut die Wahrheit weh?«

Lucky senkte die Stimme. »Warum bist du so feindselig, Olympia?«

»Wer ist hier feindselig?«, konterte Olympia gereizt. »Ich bestimmt nicht. Warum sollte ich auch?«

In diesem Augenblick rauschte Francesca in einem roten Ballkleid, ein schimmerndes Rubinkollier um den Hals, in die Bar und ersparte Lucky damit eine Antwort.

Horace zuckte sichtlich zusammen. Offenbar hatte er das Schmuckstück noch nie an seiner Frau gesehen. Es konnte daher nur ein Geschenk von Dimitri sein.

»Verdammt«, murmelte er kaum hörbar.

Lennie hastete mit Verspätung an Bord und begegnete als Erstem Captain Pratt. »Sie sind ein bisschen spät dran, Mr. Golden«, empfing er ihn. »Die Gesellschaft begibt sich gerade zu Tisch.«

»Ich bin in fünf Minuten umgezogen«, versprach Lennie atemlos und rannte in seine Kabine.

Die Abendgesellschaft machte höflich Konversation, während die Diener das Essen servierten und Rotwein in die Silberpokale schenkten.

Währenddessen stürzte sich Lennie in seinen Smoking, warf einen letzten Blick in den Spiegel und sah plötzlich wieder das Mädchen vom Strand im Geist vor sich. Dunkel, geheimnisvoll, sexy ... Bisher hatte er ausschließlich Blondinen bevorzugt, doch sie hatte ihn sämtliche Blondinen, einschließlich Eden, vergessen lassen.

Hatte er Eden endlich überwunden?

Ja.

Lennie lockerte seine Schleifenkrawatte, fuhr sich mit der Hand durchs Haar, lief den Korridor entlang und betrat das Speisezimmer. Sein Blick fiel sofort auf Olympia, und er ging auf sie zu.

»Entschuldige die Verspätung«, begann er, »aber ich konnte am Strand zuerst kein Taxi auftreiben.«

»Du warst am Strand?«, erkundigte sich Olympia verächtlich, als handele es sich dabei um etwas Unanständiges.

»Ja, ganz richtig. Das ist der Ort, wo sich das einfache Volk rumtreibt, weißt du? Nicht jeder besitzt ein so hübsches Spielzeug wie eine Yacht«, erwiderte Lennie sarkastisch.

»Sehr witzig. Setz dich doch.« Olympia wandte sich an die Tischgesellschaft: »Darf ich euch meinen Mann Lennie Golden vorstellen?«

Lennie sah im ersten Augenblick nur Juwelen und alte Männer.

Dann begann Olympia, ihm die Anwesenden vorzustellen: »Das ist Contessa Zebrowski ... Saud Omar, Mr. und Mrs. Jenkins Wilder, Susan und Gino Santangelo, Francesca und Horace Fern; meinen Vater hast du ja bereits kennen gelernt.« Sie machte eine Pause und überlegte hastig, ob sie es wagen konnte, Lucky einfach zu übergehen. Dann entschied sie, dass der Affront doch zu offensichtlich war und fuhr fort: »Oh ... ja ... und das ist Lucky.«

»Meine Frau«, ergänzte Dimitri.

»Ihre Frau«, wiederholte Lennie dümmlich.

Er starrte sie an. Sie starrte ihn an. Es war, als würde die Zeit stillstehen.

66

Es tat Steven ausgesprochen gut, zu den Realitäten des Lebens zurückzufinden. Er hatte bis dahin stets der Versuchung widerstanden, für eine große, gut gehende Anwaltskanzlei zu arbeiten und eine Stellung als stellvertretender Staatsanwalt vorgezogen, die wesentlich schlechter bezahlt wurde.

Inzwischen allerdings war er älter und überlegender geworden, und es erschien ihm durchaus eine Herausforderung, sich eine gesicherte Existenz zu schaffen.

»Nur weil sie Geld haben, müssen sie noch lange nicht schlecht sein«, behaupete Jerry gut gelaunt. »Ich könnte dir den Fall Mary Lou Moore übertragen. Sie ist eine intelligente farbige Schauspielerin, die gerade mit einer Familienserie im Fernsehen bekannt geworden ist. Sie verklagt ein Pornomagazin, das ziemlich üble Nacktfotos von ihr veröffentlicht hat, die vor ihrem großen Erfolg gemacht worden sind. Die eidlichen Aussagen dazu sollen in dieser Woche erfolgen.«

Mary Lou Moore. Steven hatte die Serie ein paarmal gesehen. Mary Lou spielte darin die Adoptivtochter einer weißen Familie in Connecticut. Sie war praktisch noch ein Kind, höchstens achtzehn oder neunzehn, und wirklich sehr hübsch.

»Kriege ich alle schwarzen Klienten?«, erkundigte sich Steven sarkastisch.

»Nur, wenn du sie haben willst. Der Fall ist interessant. So nach dem Motto: Betrogene Heldin kämpft gegen die bösen Jungs. Also genau deine Kragenweite. Unterschrieben hat sie nichts. Sie behauptet, ihr Freund habe die Fotos aus Spaß geschossen, als sie gerade fünfzehn war. Glaubst du, wir haben da eine Chance?«

»Ich möchte sogar behaupten, dass wir kaum verlieren können.«

»Schlag für das Mädchen so viel Geld raus wie nur möglich. Die Jungs können es sich leisten.«

Mit der festen Anstellung in der Kanzlei hatte Steven auch sein Eigenheim zurückgekauft. Er hatte Glück gehabt. Der bisherige Mieter, ein Ingenieur mit seiner Familie, hatte einen Job im Mittleren Osten angenommen und konnte sofort ausziehen.

Nach drei vergeudeten Jahren war Steven endlich wieder heimgekehrt. Er fühlte sich großartig.

67

Lucky wusste selbst nicht, wie sie das Diner überstehen sollte. Sie versuchte, Lennie nicht anzusehen und spürte, dass er offenbar denselben Vorsatz hatte. Trotzdem wollte es beiden nicht recht gelingen. Immer wieder begegneten sich ihre Blicke und sofort schien die Luft zwischen ihnen so elektrisch geladen zu sein, dass es die gesamte Tischgesellschaft merken musste.

Lucky begriff aus der Unterhaltung, dass Lennie offenbar ein neuer Star im Showgeschäft war.

Und Lennie erfuhr nun, wer Lucky eigentlich war. Sie war nicht nur die Frau von Olympias Vater, sondern *die* Lucky Santangelo, die zwei Jahre zuvor seiner Show im Magiriano-Hotel kaltblütig den Garaus gemacht hatte.

Plötzlich fiel es Lennie wie Schuppen von den Augen. Endlich wusste er, weshalb er damals aus heiterem Himmel gefeuert worden war.

Sie war darauf aus gewesen, mit ihm zu schlafen.

Er hatte nicht in der von ihr gewohnten Manier funktioniert.

Damit hatte er sich natürlich selbst disqualifiziert.

Und aus gutem Grund war er wütend.

»Sind Sie derselbe Lennie Golden, der gerade Triumphe in meinem Hotel gefeiert hat?«, erkundigte sich Gino.

»Ja«, antwortete Lennie. Was sollte das Ganze? Er hatte das Gefühl, jeden Augenblick aus einem Alptraum aufzuwachen.

»Sie haben sämtliche Zuschauerrekorde des Hauses gebrochen«, fuhr Gino fort. »Ich habe Matt schon gesagt, dass ich Sie jederzeit wiederhaben will. Er versucht gerade, einen Vertrag mit Ihrem Manager auszuhandeln. Vielleicht könnten Sie es einrichten, alle zwei Monate für eine Woche bei uns zu gastieren. Und zwar exklusiv!«

Lucky war erstaunt, wie genau Gino über die Vorgänge in seinem Hotel unterrichtet war. Sie hatte angenommen, er würde nur noch kassieren.

Lennie Golden hatte ein spektakuläres Gastspiel in ihrem eigenen Hotel gegeben, und sie war ahnungslos. Sie kam sich reichlich dumm vor.

Es ist längst nicht mehr dein Hotel, sagte ihr eine innere Stimme. Weshalb hätte es dich also interessieren sollen?

Eben, dachte sie. Was kümmerte sie Lennie Golden? Sie hatte mit ihm ihren Spaß gehabt. Das Erlebnis war hundertprozentig gewesen. Aber Sex blieb Sex, und es war Pech, dass er ihr ausgerechnet auf Dimitris Yacht wieder über den Weg laufen musste.

Nach dem Abendessen hatten einige Gäste die Idee, einen Nachtclub an Land zu besuchen.

»Ich bin dabei!«, verkündete Olympia ohne Zögern.

Lennie hatte instinktiv eine Ausrede parat, wünschte Olympia viel Vergnügen und zog sich, gefolgt von ihren wütenden Blicken, an die Bar zurück.

Lucky schützte Kopfschmerzen vor, was Dimitri äußerst erleichtert akzeptierte.

Francesca nämlich war bereit und willig. »Du bleibst hier«,

erklärte sie Horace. »Ich weiß schließlich, dass du die Nachtclubszene hasst.«

Zusammen mit Jenkins und Fluff Wilder, Saud und der Contessa machte man sich auf den Weg. Susan und Gino zogen sich in ihre Kabinen zurück. Luckys Blick schweifte unwillkürlich zu Lennie. Lennie machte ein unauffälliges Zeichen in Richtung Tür.

Lucky nickte unmerklich. »Gute Nacht allerseits«, wünschte sie und war verschwunden.

Lennie zählte insgeheim bis zehn und verließ ebenfalls den Raum.

Draußen an Deck sah er sich nach Lucky um. Sie lehnte an der Reling, rauchte eine Zigarette und beobachtete ihn wachsam aus ihren schwarzen Augen, als er näher kam.

»Wie klein ist doch die Welt!«, sagte sie leise. »Wir hätten es beim Abschied in Las Vegas belassen sollen. Dann wär's weniger kompliziert gewesen.«

Eine Menge Fragen schossen Lennie durch den Kopf, doch das übermächtige Bedürfnis, sie einfach in seine Arme zu nehmen, ließ ihn schweigen.

Lucky sog heftig an ihrer Zigarette und warf sie über Bord. Dann, ohne ein weiteres Wort, fielen sie sich instinktiv in die Arme. Lennie war augenblicklich für sie bereit. Alle Müdigkeit und Anspannung war aus seinem Körper gewichen.

Sie küsste ihn mit ihrem Mund, ihrer Zunge ... ihre Hände streichelten zärtlich über sein Gesicht und glitten geradezu mit obszöner Hast über seinen Körper.

Lennie erwiderte ihre Küsse, schob ihr Seidenoberteil hoch und strich über ihre nackten Brüste. »Ich will dich«, murmelte er. »Immer ... und überall ... nur dich.«

Sie machte einen halbherzigen Versuch, ihn von sich zu schieben. Er hatte Gefühle in ihr geweckt, die lange tief unter der Oberfläche geschlummert hatten. Diese Art sexueller Erregung, die er bei ihr zu entfachen verstand, hatte sie längst vergessen zu haben geglaubt. Sie war in eine gefährliche Strömung geraten, hatte jedoch nicht die Kraft, sich ihrem Sog zu entziehen.

Schweigend küssten und liebkosten sie sich, bis schließlich er sie von sich schob. Seine Stimme klang gepresst. »Was für ein Spiel treibst du mit mir? Wer's länger aushält?«

»Ich spiele nie«, murmelte sie, öffnete seine Hose und sank vor ihm auf die Knie. »Niemals.« Dann spürte er ihre Lippen zwischen seinen Lenden und sie entführte ihn in nie gekannte Höhen.

»Oh, mein Gott!«, entfuhr es ihm. Er hatte guten und schlechten Sex, ja oft nur mittelmäßigen Sex erlebt. Aber nie war Sex so erotisch für ihn gewesen, wie mit Lucky Santangelo.

»Während des ganzen Abendessens habe ich nur daran gedacht, das mit dir zu machen.« Ihre Augen leuchteten. »Es ist so was wie ein Abschiedsgeschenk von mir.«

»He ... wenn das der Abschied war ... dann möchte ich gern wissen, wie die Begrüßung bei dir ausfällt.«

Lucky blieb ernst. »Das ist das Ende«, erklärte sie energisch. »Wir wollen doch beide keine Komplikationen. Was heute passiert ist, war ein Traum ... eine Illusion. Jetzt kehren wir in die Wirklichkeit zurück.«

»Bist du verrückt?« Er packte sie bei den Armen. »Liebst du den alten Herrn, mit dem du verheiratet bist? Oder hast du ihn nur seines Geldes wegen genommen?«

»Das geht dich überhaupt nichts an«, entgegnete sie scharf. »Aber wenn wir schon mal dabei sind: Was hat dich denn in Olympias Arme getrieben? Ihr sonniges Gemüt etwa oder vielleicht doch eher ihr fettes Bankkonto?«

Er packte sie fester, bog ihren Oberkörper zurück und legte den Kopf auf ihren Busen.

»Nein!«, wehrte sie ihn entschieden ab.

»Doch«, beharrte er, »ohhh ... doch.«

Sie verlor sich in seinen Armen. Etwas hatte sie verändert: Es wuchs eine Leidenschaft in ihr, die sie seit Marco nicht mehr empfunden hatte. Und Marco war inzwischen seit fünf Jahren tot …

Eine unbestimmte Angst mischte sich in ihre Erregung. Sie hatte alle Vernunft und Vorsicht über Bord geworfen, als sie sich an ihn drängte. Und sie hatte noch immer nicht genug von ihm.

Captain Pratt, der auf allen vieren auf einem der oberen Decks kauerte, hätte beinahe das Übergewicht bekommen und wäre hinuntergefallen.

Langsam und lautlos trat er den Rückzug an. Er schätzte, dass er bis zum Pensionsalter eine einträgliche Informationsquelle sprudeln lassen konnte.

»Wir sind komplett verrückt«, bemerkte Lucky atemlos, suchte hastig die abgeworfenen Kleidungsstücke zusammen und zog sich an. »Jeder hätte uns praktisch sehen können. Auf dieser Yacht wimmelt es von Dienstpersonal. Wir sind völlig verrückt geworden. Völlig!«

»Du brauchst es nicht dauernd zu wiederholen. Du hast mich auch so überzeugt.«

Lucky wandte sich trotzig Lennie zu. »Was uns verbindet, ist Sex … nur Sex und nichts anderes. Das ist dir doch hoffentlich klar!«

Er hielt ihrem Blick stand. »Ich habe keine Ahnung, wie es dir geht, aber meine Ehe war schon vorbei, bevor sie überhaupt begonnen hatte. Ich habe Olympia in einer völlig ausgeflippten Nacht in der Kapelle ›Love and Honor‹ in Vegas geheiratet. Kannst du dir das vorstellen?«

Lucky nickte. »Nur zu gut. Dorthin schleppen die Showgirls die dämlichen Burschen ab, die mehr als hunderttausend Dollar beim Würfelspiel gewonnen haben.«

»Ich war völlig mit Drogen zu … Verstehst du?«

»Allmählich.«

»Du … du bist vermutlich die Frau, nach der ich mein ganzes Leben lang gesucht habe; nur habe ich mich bisher immer durch Unmengen an Blondinen von der Fährte abbringen lassen.«

»Großartiger Sex ist noch keine Garantie für eine echte Beziehung«, bemerkte Lucky weise.

»Ein wahres Wort.«

»Lassen wir die Faxen, Lennie. Du bist ein Schürzenjäger … und nicht mal mein Typ.«

»Wie kommst du auf die Idee, *du* könntest mein Typ sein?«

Sie brachen beide in schallendes Gelächter aus.

Lucky berührte leicht seine Wange und sagte unwillkürlich: »Lennie Golden, ich weiß zwar nicht, was … aber irgendetwas ist hier passiert.«

»Der Blitz hat eingeschlagen«, murmelte Lennie. »Und es ist nicht nur in Bezug auf Sex.«

»Nein.«

»Es ist mehr.«

»Richtig.«

»Weit mehr.«

»Du sagst es.«

»Wir kennen uns nicht mal richtig.«

»Wie alt bist du überhaupt?«, wollte Lucky wissen.

»Dreißig. Und du?«

»In zwei Tagen werd ich genauso alt. Angeblich wird man doch mit Dreißig offiziell erwachsen, oder? Es ist das Ende der frivolen Zwanziger.«

»Da macht man's nicht mehr draußen unter freiem Himmel, was?«

»Das war niemals eine Gewohnheit von mir.«

Lennie nahm sie bei den Schultern. »Was tun wir jetzt?«

Sie zuckte mit den Schultern. »Ich habe nicht vor, wegen dir alles andere in den Sand zu setzen, wenn du das meinst. Außerdem weißt du, dass ich für einen glatten Schnitt bin. Wir sagen Adieu und tun so, als sei nie etwas geschehen.«

Das Tuckern eines Motorbootes kündigte die Rückkehr der Nachtclubparty an.

»Das darf doch nicht wahr sein!«, rief Lennie ärgerlich aus. »Wann sehe ich dich wieder?«

»Morgen. Beim Frühstück, zum Mittagessen und zum Abendessen. Wir können uns kaum aus dem Weg gehen ... es sei denn, einer von uns reist ab.«

»Du weißt genau, wie ich es gemeint habe.«

Lucky ging bereits zum Aufgang. »Mein Abschiedsgeschenk hast du, Lennie. Belassen wir's dabei.«

Beide jedoch spürten, dass das unmöglich sein würde.

68

Eden hatte die feste Absicht gehabt, den Abend bei Chasen's in sinnlicher Umarmung mit Vitos Felicidade zu beenden, und landete stattdessen mit Quinn in dessen schwüler Junggesellenvilla im Laurel Canyon in den Hollywood Hills, wo dieser Chivas Regal aus der Flasche trank, sich die Kleider vom Leib riss, von Eden verlangte, sich sehr langsam auszuziehen, und dann keinen hochbrachte.

Schließlich schlug er eine Alternative vor ... nämlich einen hochmodernen Vibrator im schwarzen Lederetui und seine Freundin zu Hilfe zu nehmen, die im ersten Stock im Bett lag und schlief.

Eden bestellte sich daraufhin beleidigt ein Taxi und begriff selbst nicht mehr, weshalb sie dem Regisseur vor Vitos den Vorzug gegeben hatte.

Als sie nach Hause kam, wurde sie bereits von Zeko erwartet. »Der Boss verpasst Ihnen dafür sicherlich 'ne Abreibung!«, drohte er.

»Nur, wenn Sie's ihm erzählen«, entgegnete Eden kurz angebunden. »Und falls Sie plaudern, sehe ich mich gezwungen, ihm zu verraten, dass Sie sich immer dann draußen vor dem Fenster einen runterholen, wenn ich im Badezimmer bin.«

Das wirkte. Zeko schwieg.

Als Santino am nächsten Tag kam, erzählte Eden ihm freiwillig, dass sie zum Essen bei Chasen's geblieben war.

»Was ist in dich gefahren?« Ein Nerv begann in Santinos Gesicht zu zucken. »Weshalb tust du nicht, was ich dir sage?«

»Quinn Leech hat mir erzählt, dass das Drehbuch umgeschrieben worden ist, und der Film jetzt *The Singer* heißt. Das hat mich natürlich interessiert«, entgegnete sie gereizt.

»So, das hat er dir also erzählt, wie?«

»Ja, ganz richtig.«

»Der Kerl hat ein verdammt großes Mundwerk.«

»Weshalb erfahre ich so was nicht von dir?«, beharrte Eden vorwurfsvoll.

Santino ging unruhig im Zimmer auf und ab. »Ich muss mich vor dir nicht rechtfertigen. Halt gefälligst die Klappe! Nörgeleien muss ich mir zu Hause schon genug anhören.«

Eden war sich nicht ganz sicher, wie weit sie gehen konnte, und beschloss dann, sich noch weiter vorzuwagen. »Ich will das neue Drehbuch sehen«, verlangte sie. »Ich möchte wissen, was aus meiner Rolle geworden ist. Du hast mir versprochen, dass das mein Film … meine Chance wird. Quinn Leech weiß nicht mal, dass ich in diesem Streifen der Star sein soll.«

Sein erster Schlag traf ihre Wange.

»Du verdammter Schei…«, begann sie.

Der zweite Schlag riss sie zu Boden. »Versuch ja nicht, mich herumzukommandieren. Das nächste Mal, wenn ich sage, geh nach Hause, dann gehst du gefälligst nach Hause und stellst keine dämlichen Fragen, verstanden? Sonst bist du aus dem Rennen!«

Eden begann zu weinen … und zwar mehr aus Wut und Frustration als aus Schmerz. »Vielleicht will ich das ja. Vielleicht will ich ja von dir weg!«

Er starrte sie mit seinen kleinen, gemeinen Augen an. »Erst, wenn *ich* so weit bin«, sagte er langsam.

69

Dimitri plante eine große Party. Lucky wusste nicht, ob Schuldgefühle eine Rolle spielten, jedenfalls war er nicht davon abzubringen, ihren Geburtstag stilgerecht zu feiern. Sie beschloss, gute Miene zum bösen Spiel zu machen … und danach abzureisen. Gino hatte bereits für ein Telegramm gesorgt, das ihn zu einer geschäftlichen Besprechung nach New York rief.

Lucky war durcheinander und unschlüssig. Lennie Golden hatte ihr Gefühlsleben in Unordnung gebracht. Dabei war er nicht einmal ihr Typ …

Sie dachte an Marco und dass sie denselben Kummer nie wieder durchmachen wollte.

Lennie gehörte zu Olympia. Mollige, nörgelnde Olympia, die sie wie eine vorübergehende Flamme Dimitris und nicht wie dessen Frau behandelte. Lucky hatte versucht, unter vier Augen mit ihr zu sprechen, aber Olympia hatte jede Diskussion mit dem Satz abgewehrt: »Was würdest du empfinden, wenn ich mit deinem Vater ins Bett ginge?«

Eine passende Antwort darauf war Lucky bis jetzt nicht eingefallen.

Die Yacht hatte inzwischen Kurs auf Cannes genommen, wo die Party stattfinden sollte. Lucky lag am Rand des Swimmingpools und beobachtete, wie ihr schwarzes Kindermädchen CeeCee Roberto das Schwimmen beizubringen versuchte, während Brigette ständig in der Nähe der beiden klatschend ins Wasser sprang und zahllose Störversuche unternahm. Lucky hatte Mitleid mit dem völlig vernachlässigten Mädchen, das so verbissen um Aufmerksamkeit kämpfte. Sie fühlte sich unwillkürlich an ihre eigene Kindheit erinnert. Allerdings hatte sie es heil überstanden. Lucky Santangelo brauchte keinen Psychiater. Aber falls Brigette nicht bald Hilfe bekam, mochte es für das Kind schon zu spät sein.

Lennie tauchte gegen Mittag am Schwimmbecken auf. Er begrüßte Lucky nur flüchtig und warf Brigette eine Kusshand zu. Das Mädchen kletterte sofort aus dem Wasser und rannte zu ihm.

»Kannst du unter Wasser schwimmen?«, wollte sie wissen. »Kannst du's mir beibringen?«, bettelte sie.

Lennie warf einen Blick auf Lucky, die im flachen Wasser mit Roberto spielte. »Komm, meine Hübsche!«, sagte er und schwenkte Brigette durch die Luft. »Ich bring dir bei, wie's die Fische machen, ja?«

Brigette jauchzte vor Vergnügen, und sie sprangen gemeinsam ins Wasser, wo sie planschten und lachten, bis Lennie Brigette auf die Schultern nahm und mit ihr durchs Becken schwamm.

Als Roberto das sah, wollte er unbedingt auch auf Lennies Schultern. Lennie setzte also Brigette ab und nahm Roberto.

»Vorsichtig!«, warnte Lucky ängstlich.

»Keine Angst ... ganz ruhig«, entgegnete er. »Was Kinder betrifft, bin ich Experte.«

Ihre Blicke trafen sich, und jeder spürte die tiefe Zuneigung des anderen.

Lucky erschauerte wohlig, während sie Lennie beim Spiel mit den Kindern beobachtete. Roberto jauchzte vor Vergnügen, als Lennie ihn durch die Luft schwenkte. Und Lucky wurde sich plötzlich bewusst, wie wenig Zeit Dimitri jetzt für Roberto hatte, da Madame Fern seine ganze Aufmerksamkeit zu beanspruchen schien.

Sie runzelte verärgert die Stirn. Ihre Ehe war ein Fehler gewesen; in diesem Punkt machte sie sich nichts mehr vor.

Luckys Geburtstagsparty fand in einer herrlichen, warmen und windstillen Sommernacht statt. Die Yacht war mit Hunderten von kleinen Lichtern geschmückt, auf dem Promenadendeck war eine Tafel für hundert Gäste gedeckt, und eine Band spielte Soft-Rock.

Feierlich überreichte Dimitri Lucky sein Geburtstagsgeschenk, bevor die Gäste eintrafen, die nicht an der Kreuzfahrt teilnahmen. Das elegante Lederetui von Van Cleef enthielt ein herrliches Kollier aus lupenreinen Brillanten und Smaragden mit den dazu passenden Ohrringen.

»Phantastisch«, seufzte die Contessa, die sich mit Juwelen auskannte.

»Wie bezaubernd!«, rief Susan, der Ginos Geschenke dagegen ausgesprochen popelig vorkamen.

»Es ist wirklich wunderschön«, bemerkte Lucky, nahm das Kollier aus dem Etui und küsste Dimitri züchtig auf die Wange.

»Vielen Dank, Liebling.« Dimitri sah lächelnd in die Runde.

Francescas Augen blitzten wütend in ihrem starren Gesicht auf.

Olympia schmollte.

Lucky wandte sich den übrigen Geschenken zu: zwei Bilderrahmen aus massivem Silber von der Contessa und Saud, ein goldener Reisewecker von Jenkins und Fluff, ein hässliches Seidenhemd von den Ferns, ein Kaschmirpullover von Susan und ein kleines Lederetui von Gino. »Das hab ich allein für dich ausgesucht«, murmelte er verlegen. »Wenn's dir nicht gefällt, musst du's bloß sagen.«

Lucky öffnete langsam das Etui. Gino hatte seit Jahren zum ersten Mal wieder an ihren Geburtstag gedacht. Auf der Samtunterlage glitzerte ein mit Brillanten, Rubinen und Smaragden besetzter Panter. Für Lucky war es das schönste Schmuckstück, das sie sich vorstellen konnte. Es traf genau ihren Geschmack und Stil. »Mein Gott, ist der schön«, murmelte sie leise und glücklich. »Ich bin einfach hingerissen!« Sie umarmte Gino überschwänglich.

»Ich liebe dich, Kleines«, sagte Gino leise. »Herzlichen Glückwunsch zum Geburtstag!«

Bald begannen die Gäste an Bord zu strömen. Die meisten legten weitere Geschenke auf den Gabentisch.

Lucky trug ein scharlachrotes Kleid aus fließender Seide, das sie wie eine zweite Haut umgab und an der Vorderseite tief geschlitzt war. Sie legte ihr neues Kollier und die Ohrringe an und befestigte Ginos Brosche an der weichen Seide. Mit ihrem aufgesteckten Haar und der tiefbraunen Haut sah sie geradezu exotisch aus. Lucky spielte die perfekte Gastgeberin, eine würdige Mrs. Stanislopoulos.

Lennie hielt sich im Hintergrund und beobachtete alles. Ein Traum war Wirklichkeit geworden. Lucky war die erste Frau, die ihm unter die Haut ging.

Schließlich gesellte er sich zu ihr an die Bar. »Du fehlst mir«, flüsterte er, sobald niemand mehr in Hörweite war.

Lucky lief ein wohliger Schauer über den Rücken.

»Ich bin einsam, verdammt scharf auf dich und habe das Theater hier satt«, fuhr er fort. »Du wirst's nicht glauben, aber ich habe mich verliebt.«

»Kenne ich die Glückliche?«, fragte sie nonchalant.

Er berührte ihren Arm. »Wie fühlst du dich?«

»Verheiratet«, entgegnete sie prompt. »Und dasselbe gilt für dich.«

»Sobald wir in Amerika sind, trenne ich mich von Olympia«, erklärte Lennie. »Was ist mit dir und Dimitri?«

»Das weiß ich noch nicht«, antwortete sie aufrichtig.

»Was soll das heißen? Du lässt dich doch scheiden, oder?«

Lucky gefiel die Frage nicht. Lennie war ihr zu stürmisch.

»Ich kann mich nicht erinnern, jemals so etwas behauptet zu haben«, konterte sie kühl.

Lennie tippte verächtlich an ihr Kollier. »Ich schätze, der luxuriöse Tand an deinem Hals erschwert die Entscheidung, oder?«

»Was willst du damit andeuten?«, herrschte sie ihn wütend an. »Dass ich nur wegen seines Geldes bei ihm bleibe?«

»Dann nenn mir einen besseren Grund.«

»Du kannst mich mal!«, zischte sie.

»Ich wünschte, du würdest es tun.«

»Verschwinde, du Idiot!«

In diesem Augenblick trat Olympia zu ihnen. Ihre Wangen waren gerötet, und ihr üppiger Busen quoll aus dem Dekolleté eines tief ausgeschnittenen gelben Kleides, in dem sie wie eine überreife Banane aussah. Sie hatte Drogen genommen und getrunken, was jedoch ihre Laune kaum gebessert zu haben schien.

»Ihr beide scheint euch ja richtig schön in der Wolle zu haben«, mischte sie sich mit schleppender Zunge ein. »Worum geht's denn?«

»Um gar nichts«, wehrte Lennie ab.

»Sie hat immerhin ›Idiot‹ zu dir gesagt.« Olympias Augen blitzten eifersüchtig. »Irgendwas muss es also gegeben haben.«

»Ich habe ihr einen schlechten Witz erzählt«, behauptete Lennie.

»Deine Witze sind immer schlecht.«

»Besten Dank für die Blumen!«

»Er ist ein miserabler Komiker. Hast du ihn je auf der Bühne gesehen, Lucky? Stinklangweilig, kann ich dir sagen.« Olympia kicherte.

»Ja, ich habe Lennie auf der Bühne gesehen … und fand ihn eigentlich ausgezeichnet.« Lucky wusste selbst nicht, weshalb sie sich berufen fühlte, Lennie zu verteidigen.

»Wo hast du ihn gesehen?«, erkundigte sich Olympia aufgebracht.

»In einer Show im Magiriano in Vegas. Das Hotel hat mal mir gehört.«

»Dann habt ihr euch also gekannt?«

»Ja«, antwortete Lucky.

»Nur flüchtig«, schränkte Lennie ein.

»Und was habt ihr gemacht? Miteinander geschlafen?«, höhnte Olympia betrunken.

»Du bist ja völlig zu«, beschwichtigte Lennie sie hastig und legte den Arm um Olympias Schultern.

Sie riss sich los. »Spiel hier nicht den besorgten Ehemann, weil ich den unappetitlichen Nagel wieder mal genau auf den Kopf getroffen habe! Lucky hat doch mit allem geschlafen, was Hosen anhatte.«

»Verwechselst du mich nicht mit dir?«, wehrte Lucky sich, wandte Olympia den Rücken zu und verschwand in der Menge.

»Du verdammtes Biest!«, schrie Olympia ihr schrill nach. »Ich weiß, wo du herkommst! Von der Straße ... genau wie dein Vater, dieser Gangster!«

»Olympia!«, ertönte plötzlich Dimitris donnernde Stimme, und eine kräftige Hand legte sich auf Olympias Schulter. »Werd hier nicht ausfallend! Geh in deine Kabine! Ich will dich so lange nicht mehr sehen, bis du wieder vorzeigbar bist.« Dimitris Miene duldete keinen Widerspruch.

Er machte einem Diener ein Zeichen. »Begleiten Sie Miss Stanislopoulos in ihre Kabine, und flößen Sie ihr so lange Kaffee ein, bis sie wieder nüchtern ist. Ich kann ein solches Benehmen hier nicht dulden!«

Olympia gehorchte kleinlaut. Sie brauchte inzwischen mehr als nur einen Joint und ein paar Gläser Champagner ... sie hatte Kokain nötig, und zwar dringend.

70

In New York herrschte flimmernde Hitze. Touristen bevölkerten die Straßen, und die Einheimischen standen den Tag nur mit Hilfe von Klimaanlagen in den Büros und Geschäftshäusern durch. Die Räumlichkeiten der Kanzlei Myerson, Laker und Brandon lagen in einem eleganten Geschäftsgebäude an der Park Avenue. Dort hatte auch Steven ein großes Eckzimmer mit allem Komfort bezogen. Jerry vertrat die Ansicht, dass in einer angenehmen Umgebung auch gute Arbeit geleistet wurde.

Für Steven bedeutete all das eine große Umstellung. Statt seines kargen, beinahe schäbigen Büros in der Staatsanwaltschaft arbeitete er jetzt in geradezu luxuriöser Ausstattung, um, genau wie Jerry, Geld, viel Geld zu verdienen. Zum Teufel mit seinen Ambitionen, ein Wohltäter der Menschheit zu sein!

Stevens erste Klientin war die Schauspielerin Mary Lou Moore, die mit ihrem hüftlangen schwarzen Haar, den weit auseinander stehenden braunen, großen Augen und dem bezaubernden Lächeln in Wirklichkeit noch viel hübscher war als im Fernsehen. Mary Lou wurde überallhin von ihrer Mutter und ihrer Tante, die gleichzeitig als Managerin fungierte, und ihrem Freund begleitet, einem Weißen mit wirrem Haar und der Angewohnheit, ständig Kaugummi zu kauen.

Nach dem ersten einleitenden Gespräch mit Mary Lou hatte Steven den Eindruck gewonnen, dass die Begleitmannschaft das junge Mädchen nur hemmte, und daher höflich darauf bestanden, mit Mary Lou allein zu sprechen.

Zögernd verließen Mutter, Tante und Freund schließlich Stevens Büro. »So, und jetzt erzählen Sie mir einmal die ganze Geschichte von Anfang an«, bat Steven.

Mary Lou zuckte mit den Schultern und versuchte, sich

kühl und überlegen zu geben. Als sie jedoch von ihrer Wut, dem Gefühl der Erniedrigung und der Empörung berichtete, die die Veröffentlichung ihrer Nacktfotos in einem billigen Magazin bei ihr ausgelöst hatten, wirkte sie nur noch wie ein hilfloser Teenager. »Die gemeinen Kerle, die diese Schmutzblätter rausgeben, müssen einen Denkzettel verpasst kriegen. Natürlich war's nicht besonders intelligent von mir, mich überhaupt für solche Fotos herzugeben, aber ich bin damals gerade fünfzehn gewesen und war in meinen Freund verliebt. Er hat sie gemacht. Woher sollte ich wissen, dass er sie behalten … und auch noch verkaufen würde?« Mary Lou straffte entschlossen die Schultern. »Ich will gegen diese Leute klagen.«

»Das braucht seine Zeit«, erklärte Steven.

»Das ist mir egal.«

»Sie müssen natürlich damit rechnen, dass diese Leute ihrerseits Anwälte einschalten, die Sie in jeder erdenklichen Art und Weise zu diskreditieren versuchen werden.«

»Darauf bin ich vorbereitet.«

»Es kommt eine Menge auf Sie zu … schriftliche Aussagen, einstweilige Verfügungen … und schließlich eine Gerichtsverhandlung«, mahnte Steven.

»Genau das will ich haben.«

»Und wenn wir uns einmal für diesen Weg entschieden haben, gibt es kein Zurück mehr.«

»Tun Sie's, Mister. Ich habe keine Angst!«

Nach Mary Lous Aufbruch nahm Steven das betreffende Magazin in die Hand … es war ein buntes Pornoblatt mit dem Titel *Comer*. Die Fotos von Mary Lou bedeckten insgesamt sechs Seiten. Sie waren deutlich von amateurhafter Qualität, doch das tat der fünfzehnjährigen nackten Schönen auf den Bildern keinen Abbruch.

Steven besaß die Namen ihres verflossenen Freundes, der Herausgeber des Pornomagazins und des Verlages. Soweit er es beurteilen konnte, hatte sie eine gute Chance, diesen Prozess zu gewinnen.

Anna Robb, der Ghostwriter, der Carrie vom Verlag für ihr Buch zur Verfügung gestellt worden war, arbeitete an ihrer Schreibmaschine. Sie hatte inzwischen bereits vier Kapitel von *Carrie Berkeleys Buch über Schönheit und Stil* fertig gestellt. Grundlage ihres Manuskripts waren Tonbandaufzeichnungen, die Anna während der langen Sitzungen mit Carrie gemacht hatte. Die gemeinsame Arbeit hatte die beiden Frauen sogar zu Freundinnen werden lassen.

Schließlich gähnte Anna vor Ermüdung. Sie beschloss, eine Pause zu machen, und stand auf. Sie bewohnte das Apartment in Manhattan zusammen mit ihrem Liebhaber, der vor ihr, die Brille auf der Nase und ein Manuskript auf dem Schoß, auf der Couch eingeschlafen war.

Anna sammelte die heruntergefallenen Seiten auf und rüttelte ihn sanft wach.

»Puhhh ... ich bin eingeschlafen«, murmelte er überflüssigerweise als Erklärung.

Anna warf einen Blick auf ihre Uhr, die er ihr zu Weihnachten geschenkt hatte, und war überrascht, dass es schon nach Mitternacht war.

»Es ist schon spät«, seufzte sie. »Soll ich uns eine heiße Schokolade machen?«

Er stand auf. »Das wäre fabelhaft!«

»Geh schon mal ins Bett. Ich bringe dir alles ins Schlafzimmer.«

Er sah sich das Ende der *The Tonight Show* im Fernsehen an, als Anna mit einem Tablett eintrat, auf dem zwei Tassen mit dampfend heißer Schokolade und eine Schale mit englischen Keksen standen.

»Ich habe an Carrie Berkeleys Buch gearbeitet«, begann sie.

Er griff nach einem Keks. »Und wie geht's voran?«

Anna, eine zierliche Frau mit sympathischen Zügen und einem warmen Lächeln, setzte sich auf die Bettkante. »Sehr gut sogar. Ich glaube, der Titel wird ein Renner.«

»Das hoffe ich doch.«

»Aber eines sage ich dir«, fuhr sie fort. »Unter dem ganzen Glanz und Glimmer steckt noch eine andere Geschichte.«

Er starrte auf die Mattscheibe. »Wirklich?«

»Ja, dessen bin ich ganz sicher.« Anna nickte. »Carrie Berkeley könnte noch eine andere, durchaus lebensnahe Geschichte erzählen. Du weißt, dass ich so was im Gefühl habe.«

Er knabberte an dem Keks. »Du bist ja ein richtiger Sherlock Holmes!«, murmelte er.

»Nein, ich habe nur einen guten Instinkt.« Und nach einer Pause fuhr sie fort: »Ich würde gern mal über eine Autobiografie mit ihr sprechen. Wie stehst du dazu?«

»Warten wir erst mal ab, wie das Schönheitsbuch einschlägt.«

»Glaubst du, sie gibt sich für eine Werbekampagne her?«

»Keine Ahnung.«

Anna lächelte. »Du könntest sie überreden«, erklärte sie. »Sie mag dich.«

»Wie meinst du das?«

»Oh, das ist nur mein berühmter Instinkt. Sie hat mich gefragt, ob du verheiratet seist. Ich habe ihr daraufhin erzählt, dass du mit einer Frau zusammenlebst.« Anna lachte leise. »Dass ich diejenige bin, weiß sie allerdings nicht.«

»Trotzdem …, wie kommst du darauf, sie könnte mich mögen? Sie muss mittlerweile Ende sechzig sein.«

»Genau wie du«, erinnerte Anna ihn.

»Das ist doch Blödsinn!«

Anna trank ihre Schokolade aus und ging ins Badezimmer.

Fred E. Lester starrte leer auf den Fernsehapparat. Seine Gedanken wanderten viele Jahre in die Vergangenheit zurück.

Freddy war ein gut aussehender Collegestudent aus guter Familie mit schnellem Mundwerk und einem Hang zum Alkohol. Er hatte Ferien, und sein Freund Mel Webster hatte ein Mädchen für ihn organisiert. Das Mädchen Carrie entpuppte sich als sehr schön und … schwarz. Freddy war zuerst schockiert gewesen. Seine Familie stammte ursprünglich aus den Südstaaten.

Die Erinnerung an das, was folgte, war nur noch schemenhaft. Nachtclubs, Alkohol und die Erwartung, mit einer Farbigen zu schlafen, beherrschten seine Gedanken. Der Champagner war in Strömen geflossen.

Irgendwann war der Film bei ihm gerissen … Die nächste Erinnerung setzte ein, als er, Mel und Mels Mädchen in die Wohnung, einer hübsch eingerichteten Mansarde mit einem Bett auf jeder Seite, zurückkehrten. Mel und sein Mädchen steuerten sofort auf das eine Bett zu, während Freddy zu der zweiten Liegestatt stolperte und dort sofort einschlief. Nur Minuten später rüttelte Carrie ihn wach. Sie sah so entzückend aus, und er war so geil auf sie gewesen. Warum sollten sie also nicht dasselbe tun wie Mel und sein Mädchen?

Carrie leistete hartnäckig Widerstand, doch er war stärker. Im Unterbewusstsein war ihm durchaus klar, dass er sie praktisch vergewaltigte, doch er konnte einfach nicht aufhören. Sie bekam doch nur, was sie wollte … was alle Frauen wollten.

Als alles vorbei war, verlangte sie Geld. Freddy war wütend, zahlte, nahm Mels Autoschlüssel und fuhr nach Hause. In einer Kurve kam er durch seine rücksichtslose Fahrweise im Rausch plötzlich ins Schleudern und prallte frontal gegen einen entgegenkommenden Lastwagen.

Monate später wachte er in einem Krankenhaus aus dem

Koma auf. Sein Gesicht war von Narben entstellt, aber seine Eltern konnten sich die besten kosmetischen Chirurgen leisten. Monatelang sah er nur Krankenhäuser von innen und Carries Gesicht. Er hatte das Mädchen vergewaltigt und seine Strafe sofort bekommen.

Das änderte sein Leben.

Die Jahre vergingen. Er heiratete. Seine Frau schenkte ihm zwei reizende Kinder, und er gründete einen kleinen Verlag, der bald viel Erfolg hatte.

1973 starb seine Frau, und seine Kinder, beide inzwischen erwachsen, führten ihr eigenes Leben. Er war allein geblieben, bis er eines Tages Anna Robb kennen lernte. Mittlerweile lebten sie seit zwei Jahren zusammen.

Es war ein Schock für ihn gewesen, als Carrie plötzlich eines Tages in seinem Büro erschienen war. Er hatte ihre Geschichte als Mitglied der guten Gesellschaft seit Jahren verfolgt und sie sofort erkannt. Seine Erleichterung war grenzenlos, als sie tatsächlich keine Ahnung zu haben schien, dass er der junge Mann gewesen war, der sie Jahre zuvor so brutal behandelt hatte.

Er dachte zweiundvierzig Jahre zurück. Damals war er ein dummer Junge mit Rassenvorurteilen gewesen. Wie sich die Dinge geändert hatten!

»Sie mag dich«, hatte Anna gesagt. Stimmte das wirklich?

Falls sie je erfuhr, wer er wirklich war, würde sie ihn zur Hölle wünschen.

71

Gino war der erste der Gäste, der die Yacht verließ. Er verabschiedete sich am Morgen nach Luckys Geburtstagsfeier unter dem Vorwand dringender geschäftlicher Verpflichtungen.

Susan zog es vor, noch zu bleiben.

Gino hatte nichts dagegen. Er freute sich auf seine Freiheit. In zehn Tagen wollten sie sich in Los Angeles wieder treffen.

Er nahm die Concorde von Paris nach New York, wo er bereits seine Stammsuite im Hotel Pierre bestellt hatte. Von dort rief er als Erstes Paige an.

»Nimm die nächste Maschine nach New York!«, forderte er sie auf.

»Das ist unmöglich.« Sie lachte.

»Ich habe ein Geschenk für dich.«

»Was ist es?«

»Etwas, das du zum Fressen gern hast.«

»Du bist ein alter Bock mit einer schmutzigen Phantasie«, entgegnete sie.

Gino lachte. »Du kommst also mit der nächsten Maschine?«

Eine Stunde später rief Paige zurück und versprach, am Mittwoch nach New York zu kommen. Vorher konnte sie auf keinen Fall fort.

Als Nächstes telefonierte Gino mit Costa. Sie verabredeten sich für ein Treffen ebenfalls in New York.

Ein weiterer Tag verging, an dem Lucky und Lennie lange, bedeutungsvolle Blicke wechselten. Lucky wurde allmählich klar, dass es Zeit für sie wurde, einen Szenenwechsel vorzunehmen. Vielleicht würde sich die Anziehungskraft, die Lennie auf sie ausübte, legen, sobald sie ihn nicht mehr täglich sah.

Trotzdem musste sie tief in ihrem Innern zugeben, auch wenn ihr das schwer fiel, dass diese Beziehung mehr war als nur ein Abenteuer.

»Ich muss einige Familienangelegenheiten mit meinem Vater regeln«, erklärte sie Dimitri. »Ich fliege deshalb nach New York.«

Dimitri nickte gedankenabwesend. Francesca war auf das Brillantenkollier und die passenden Ohrringe, die er Lucky zum Geburtstag geschenkt hatte, so eifersüchtig, dass er bereits veranlasst hatte, dass ein ähnliches Präsent im selben Wert für Francesca angefertigt und ihr diskret übersandt werden würde.

»Tu, was du tun musst«, lautete Dimitris einziger Kommentar.

»Roberto bleibt mit CeeCee, dem Kindermädchen, hier«, entschied Lucky. »Vielleicht komme ich in ein paar Tagen schon wieder zurück.«

Das allerdings war eine leere Phrase. Eine Kreuzfahrt auf einem schwimmenden Palast im Mittelmeer mit Leuten wie Saud Omar und Jenkins Wilder entsprach wirklich nicht ihrer Vorstellung von einem interessanten Urlaub.

Und Lucky bezweifelte, dass außer Roberto und CeeCee überhaupt jemand sie vermissen würde. Vielleicht noch Lennie ... aber das war ein gefährliches Pflaster. Sie ging ihm besser aus dem Weg. Olympia hasste sie offenbar. Und sie wollte die Situation nicht noch verschlimmern.

»Wo ist Lucky?«, erkundigte sich Lennie beim Abendessen.

»Was geht dich das an?«, fuhr Olympia ihn schnippisch an. Seit ihrem Wutausbruch auf der Geburtstagsparty war sie ungenießbar.

»Sie hat geschäftlich in New York zu tun«, erklärte Dimitri schulterzuckend.

Nach dem Essen wurde wie üblich besprochen, was man mit dem angebrochenen Abend anfangen wollte.

»Gehen wir doch tanzen«, schlug Olympia vor, trank einen Brandy nach dem anderen und hoffte inständig, bald an eine beruhigende Dosis Kokain herankommen zu können.

»Ich möchte etwas im Casino spielen«, verkündete die Contessa.

Sie teilten sich in zwei Gruppen auf. Saud, die Contessa, Jenkins Wilder, Dimitri, Francesca und Susan entschieden sich für das Casino, während Lennie Olympia und Fluff in eine Discothek begleiten sollte. Horace blieb an Bord.

»Zu Regine's!«, befahl Olympia, als sie in einen der bereitgestellten Cadillacs stiegen. Lennie machte gute Miene zum bösen Spiel, um sie nicht noch weiter zu reizen.

Er tanzte abwechselnd mit Olympia und Fluff, doch seine Gedanken waren bei Lucky. Er hatte Sehnsucht nach ihr und war entschlossen, in den nächsten Tagen zu seinem Engagement bei der *The Tonight Show* zu fliegen und einfach nicht hierher zurückzukehren.

Fluff hatte sich bald zwei Italiener geangelt, und Olympia war gerade in einer ruhigen Ecke dabei, eine Ration Kokain von einem bekannten Dealer der High-Society zu erwerben, als Flash Einzug in die berühmte Discothek hielt.

Olympia glaubte, ihr Herz bliebe stehen.

»Flash!«, rief Olympia.

Doch sie war nicht allein im Raum. Die Hälfte aller anwesenden Frauen hatte diesen Aufschrei getan.

Olympia runzelte die Stirn, denn Flash kam nicht allein. Er hatte eine Blondine in einem und eine Brünette im anderen Arm. Olympia kannte beide. Es handelte sich um zwei Jet-Set-Bienen, die sie besonders hasste. Von Flashs junger Frau war weit und breit nichts zu sehen.

Olympia reckte ihren Busen, wartete, bis Flash an einem Tisch Platz genommen hatte, und trat dann zu ihm. »Na, so was!«, begann sie. »Ist das ein Wiedersehen!«

Flash blinzelte aus blutunterlaufenen Augen zu ihr auf.

»Hallo, Darling«, murmelte er zerstreut.

»Na, was macht das Eheleben?«, erkundigte Olympia sich sarkastisch. »Ist nicht besonders, was? ... Hoffe ich wenigstens.«

»Ah … du bist's, Süße! Na, wir haben wohl ein paar Pfund zugelegt, was?«

Olympia zog automatisch ihren Bauch ein. »Noch immer der gleiche Charmeur! Du siehst aus wie 'ne wandelnde Leiche.«

Flash grinste nur höhnisch und wandte sich dann wieder seinen hübschen Begleiterinnen zu. Olympia schien für ihn Luft zu sein.

Olympia wandte sich ebenfalls abrupt ab.

Aus der Ferne hatte Lennie die Szene beobachtet. Sie ließ ihn kalt. Miss Stanislopoulos würde bald der Vergangenheit angehören.

Je schneller desto besser.

72

Nach ihrer Rückkehr nach New York rief Lucky sofort Gino an.

»Ich habe eine Überraschung für dich, Kleines«, versprach er. »Sei um halb sechs im ›Pierre‹.«

Als Nächstes telefonierte sie mit ihren Anwälten wegen des Grundstückskaufs in Atlantic City. Die Verhandlungen waren erfolgreich gewesen. Es bedurfte nur noch ihrer Unterschrift, und das Grundstück, das sie gewählt hatte, gehörte ihr.

Eine seltsame Erregung erfasste sie. Endlich war es so weit. Die Arbeit konnte beginnen. Sie war viel zu lange untätig gewesen. Außerdem würde das Projekt sie so mit den Gedanken in Anspruch nehmen, dass sie ihre Probleme mit Dimitri … und Lennie vergessen konnte.

Sie musste unter die Affäre mit Lennie einen Schlussstrich ziehen, bevor es zu spät war. Ja, genau das musste geschehen.

Drei Stunden später fuhr sie ins »Pierre«. In Ginos Suite erwartete sie auch die Überraschung … nämlich Onkel Costa aus Los Angeles. Gemeinsam gingen sie in ein bekanntes italienisches Familienrestaurant in Queens, wo sich Aldo und Barbara Dinunzio, alte Freunde von Gino, mit Kindern und Enkelkindern zu ihnen gesellten. Es wurde ein richtiger italienischer Familienabend mit ausgezeichnetem Essen, Wein und viel Gelächter.

Gino und Lucky hatten all diese Freunde seit Jahren nicht mehr gesehen, und die Herzlichkeit und Freude, die an ihrem Tisch herrschten, waren ansteckend.

Und während man in Erinnerungen schwelgte, schien auch Maria Santangelo, Luckys geliebte Mutter, gegenwärtig zu sein.

Später, auf der Rückfahrt zum Hotel, bat Gino Lucky noch auf einen Gute-Nacht-Drink in seine Suite.

Nachdem Costa sich zurückgezogen hatte, saßen Vater und Tochter nebeneinander auf der Couch und tranken Kognak.

»Daran könnte ich mich gewöhnen«, murmelte Gino. »Wir sollten das öfter machen.«

Lucky nickte und berührte vorsichtig seinen Arm. »Weißt du, vorhin … als Barbara von früher … und von Mutter erzählt hat …« Sie verstummte verlegen.

»Wir haben darüber nie gesprochen, was Kleines?« Gino hatte den Wink verstanden.

Lucky schüttelte den Kopf. »Nein … nie.«

Gino stand auf und ging zum Fenster. Schließlich drehte er sich um und sah sie an. »Deine Mutter ist die liebevollste und schönste Frau der Welt für mich gewesen«, begann er rau. »Sie hat uns alle sehr geliebt. Als sie Maria umgebracht haben, haben sie mich umgebracht. Verstehst du?«

Das war also Ginos Erklärung dafür, dass er all die Jahre vor seinen Kindern davongelaufen war. Er hatte wohl ge-

die Contessa ein und befriedigte sie, wie nur Paige das verstanden hatte.

Susan schloss die Augen und genoss jede Minute weiblicher Berührung. Allein der Gedanke an Gino jagte ihr einen Schauer über den Rücken.

Captain Pratt und seine Frau hörten und sahen alles und taten so, als sei nichts geschehen.

Das Wetter in Südfrankreich war prachtvoll. Dimitri Stanislopoulos' Kreuzfahrt wurde wie üblich ein Erfolg.

74

Lucky und Paige waren sich auf Anhieb sympathisch. Nach Paiges Ankunft in New York brachte Gino sie zum Abendessen mit. »Paige ist eine alte Freundin von Susan und mir aus Kalifornien«, stellte er sie vor.

Na, schau mal an, dachte Lucky, die diesen eigenartigen Glanz in Ginos Augen kannte. Sie hatte doch wirklich angenommen, Susan habe dem ein Ende bereitet.

Sie aßen bei »Elaine«, einem jener bekannten New Yorker Restaurants, in dem man saß, um zu sehen und gesehen zu werden.

Elaine, eine dunkelhaarige, interessante Frau, die alle ihre Gäste persönlich kannte, führte sie an ihren Tisch.

Paige begrüßte ein paar befreundete Schriftsteller, und Bobby Zarem, der bekannte PR-Agent, kam an ihren Tisch.

Es wurde ein fröhlicher und unterhaltsamer Abend für alle Beteiligten.

»Wer ist sie eigentlich?«, erkundigte sich Lucky, als Paige kurz auf die Toilette gegangen war.

»Susans beste Freundin«, antwortete Gino verschmitzt.

»Warum tauschst du Susan nicht gegen sie ein?«

Gino grinste. »Sei nicht so vorlaut, Kleines.«

»Ich finde den Vorschlag gut. Was meinst du, Onkel Costa?«

Costa nickte amüsiert.

Lucky fühlte sich an diesem Wochenende in New York überglücklich. In Atlantic City waren alle wichtigen Dokumente unterzeichnet worden. Jetzt folgten Besprechungen mit Architekten und Baufirmen. Sie war wieder im Geschäft, und das war ein großartiges Gefühl.

Als sie in ihr Apartment zurückkehrte, lagen dort drei Nachrichten von Lennie für sie, die der Butler notiert hatte. »Mr. Golden bittet um Rückruf«, lauteten sie übereinstimmend, und darunter stand eine Nummer in Los Angeles.

Lucky zerknüllte die Zettel und warf sie in den Papierkorb, nur um sie Minuten später wieder herauszuholen und sorgfältig zu glätten. Und dann rief sie doch nicht an.

Lennie hatte keinerlei neues Textmaterial für den Auftritt in der *Tonight Show* aus Frankreich mitgebracht. Jess und Isaac waren wütend.

»Herrgott, was hast du denn die ganze Zeit auf dem verdammten Schiff getrieben?«, empörte sich Jess. Dann fiel ihr Lucky Santangelo, Lennies neueste Flamme, ein. »O Mann!«, stöhnte sie. »Und das alles wegen einer Frau, die dich schon mal in Vegas kaltgestellt hat! Weißt du nicht, dass Lucky Santangelo Beziehungen zum organisierten Verbrechen hat? Sie spielt mit den ganz großen Jungs! Ihr Vater ist Gino Santangelo ... und der gehörte zum so genannten Mob.«

»Das muss doch Jahre her sein, oder?«

»Wen interessiert das schon?«

»Ach, komm, Jess. Du scheinst doch so gut über die Santangelos Bescheid zu wissen. Wie lange ist denn das her? Jetzt ist Gino Santangelo bloß noch ein dicklicher, älterer Herr, der die Witwe eines Filmstars geheiratet hat.«

Jess blieb hartnäckig. »Glaub mir, Lennie, da bestehen

noch Verbindungen. Vor ein paar Jahren erst war Lucky in eine üble Schießerei verwickelt.«

»In eine Schießerei?«

»Ja, aber es ist alles unter den Teppich gekehrt worden. Es heißt, dass sie ihren Paten erschossen hat.«

»Gerüchte interessieren mich nicht ... nur Tatsachen.«

»Sie hat ihn mit seiner eigenen Waffe in den Unterleib geschossen, wenn du's unbedingt wissen willst ...«, entgegnete Jess aufgebracht. »Angeblich soll er versucht haben, sie zu vergewaltigen. Aber man vermutet eher, dass es ein Racheakt gewesen sei. Er hatte ihren Bruder und ihren Geliebten umgebracht.«

»Welchen Geliebten?«

»Marco ... auch so ein charmanter Bursche, der aussah wie aus einem Verbrecheralbum.«

»Was war mit ihm?«

»Er wurde auf dem Parkplatz des Magiriano erschossen«, erzählte Jess. »Ich bin damals gerade ein halbes Jahr dort gewesen. Es war schrecklich. Alle redeten von Bandenkriegen. Lucky ist daraufhin eine Weile verschwunden, und die Gemüter haben sich wieder beruhigt. Damals hat Enzio Bonnatti, der Mann, den sie später erschossen hat, das Hotel geleitet.«

Lennie verarbeitete diese Neuigkeiten erst einmal schweigend.

»Matt kennt die ganze Geschichte«, fügte Jess hinzu. »Aber er hält den Mund. Der Mob in Las Vegas ... das ist eine Grauzone, über die niemand spricht.«

»Danke für die Details im Lebenslauf von Lucky Santangelo«, sagte Lennie schließlich. »Aber meine Gefühle kann das trotzdem nicht berühren. Und merk dir eines, Jess: Du bist meine Managerin ... und nicht mein Kindermädchen!«

Beide starrten sich wütend an. Doch keiner sagte mehr ein Wort. Dann kam Lennies Auftritt in der *Tonight Show,* und er wurde ein Erfolg. Johnny Carson war sehr angetan und lud ihn zu einer weiteren Ausgabe der Show ein.

Lennie allerdings beschäftigte nur die Frage, ob Lucky die Show ebenfalls gesehen haben könnte. Sie fehlte ihm.

Am Tag nach der Carson Show sagte Lennie zu Jess' Empörung einen Auftritt in einem Nachtclub ab und flog nach New York. Dort stieg er im Regency-Hotel ab und rief Lucky an. »Ich bin in der Stadt. Wir müssen miteinander reden«, erklärte er ohne Umschweife.

»Gib's auf! Es wird nichts passieren«, erwiderte sie.

»Mach's mir nicht so schwer. Du brauchst nur mit mir zu Abend zu essen.«

»Wozu denn? Das nützt auch nichts.«

»Ich möchte, dass du mir ins Gesicht sagst, dass zwischen uns nichts mehr geschehen kann. Dann lasse ich dich in Ruhe. Das verspreche ich dir.«

Lucky zögerte noch.

»Abgemacht?«, drängte Lennie.

»Ich weiß nicht recht ...«

»Also, du willst doch in Ruhe gelassen werden, oder? Ich kann dich mit Telefonanrufen, Briefen und Blumengeschenken bombardieren und dich völlig verrückt machen.« Und nach einer Pause fuhr er fort: »Ich an deiner Stelle würde diese großartige Gelegenheit, mich loszuwerden, beim Schopf packen.« Er ließ ihr einige Sekunden Zeit, zu einem Entschluss zu kommen, und fragte dann: »Wann soll ich dich abholen?«

»Es hat ...«

»... keinen Sinn«, fiel er ihr ins Wort. »Du kannst mich um halb neun bei dir erwarten.«

Bevor Lucky noch widersprechen konnte, hatte Lennie aufgelegt. Er wollte Lucky Santangelo. Und daran würde ihn niemand hindern.

75

Francesca Fern empfand es als persönliche Beleidigung, dass Dimitri Stanislopoulos noch einmal geheiratet hatte, und gegen Ende der Kreuzfahrt wurden ihre diesbezüglichen Klagen immer eindringlicher.

»Es ist einfach erniedrigend!«, warf sie Dimitri bei einer ihrer gewohnten Partien Backgammon vor. »Die ganze Welt weiß, dass du mich liebst! Und wie stehe ich jetzt da?«

Dimitri beugte sich über das Spielbrett, berührte ihr rotes Haar und ließ seine Hand spielerisch in den Ausschnitt ihres Kleides gleiten.

Francesca gab ihm einen Klaps! »Herrgott, Dimitri, habe ich dir denn nicht genügt?«

»Ich habe Lucky wegen des Jungen geheiratet«, verteidigte Dimitri sich.

»Ja, ich weiß. Aber jetzt musst du dich scheiden lassen!«, forderte sie herrisch.

»Warum? Lucky stört uns doch nicht. Sie ist eine sehr unabhängige Frau ... Außerdem scheinst du zu vergessen, dass du mit Horace verheiratet bist. Seit wie vielen Jahren schon bitte ich dich darum, dich endlich von Horace zu trennen und mich zu heiraten? Ich habe gebettelt und gedroht, alles Menschenmögliche getan. Und du wagst es, von ›Erniedrigung‹ zu sprechen?« Dimitri redete sich allmählich in Rage. »Mein Gott, Francesca, du könntest längst Mrs. Stanislopoulos sein!«

»Trenne dich von dieser ... dieser Person ... und wir sehen weiter«, erklärte Francesca arrogant.

»Nein«, widersprach Dimitri, schob das Backgammon-Brett beiseite und stand auf. »Du lässt dich von Horace scheiden ... und *dann* sehen wir weiter.«

»Ich lasse mich von dir nicht erpressen!«, fuhr Francesca empört auf.

»Mit Erpressung hat das nichts zu tun«, konterte Dimitri scharf. »Ich möchte endlich wissen, woran ich bin.«

Francesca straffte hoheitsvoll die Schultern. »Also gut«, entschied sie, »es ist wohl an der Zeit.«

»Wozu?«

»Dass wir endlich so zusammen sein können, wie wir es uns immer gewünscht haben.«

»Dann lässt du dich also von Horace scheiden?«

»Ich werde über diese Möglichkeit nachdenken.«

Dimitri schlug mit der Faust auf den Tisch. »Verdammt! Entscheide dich gefälligst bald!«

Francesca warf mit funkelndem Blick ihre rote Haarmähne zurück. »Gut«, erwiderte sie. »Ich tu's.«

Die Contessa hielt Susans Hand. »Auf Wiedersehen, meine Liebe«, sagte sie. »Au revoir! Wir werden uns sicher irgendwo irgendwann wieder sehen.«

Die Contessa duftete nach Chanel. Sie hatte eine ledrige Haut und einen bitteren Zug um den Mund. Früher musste sie eine ungewöhnliche Schönheit gewesen sein, jetzt war sie nur noch chic. In ihrer Gegenwart fühlte Susan sich wie ein unerfahrenes Mädchen.

»Bitte ruf mich an, wenn du mal in Beverly Hills bist«, murmelte Susan höflich und hoffte insgeheim, dass es dazu nie kommen würde.

»Beverly Hills«, wiederholte die Contessa mit einem amüsierten Lächeln. »Rodeo Drive und Leute vom Film.« Aus ihrem Mund klang es wie ein Schimpfwort.

»Und Araber«, fügte Susan bissig hinzu. Die Contessa war ein Snob. Und in Susans Augen hatte sie außerdem einen Hang zum Perversen. Nach ihren ersten, äußerst reizvollen sexuellen Erlebnissen hatte die Contessa vorgeschlagen, ihren schmierigen arabischen Freund hinzuzuziehen. Susan war entsetzt gewesen und hatte sich strikt geweigert. Seitdem hatte die Contessa sie mit geradezu aufreizender Herablassung behandelt.

Susan dachte an Paige. Sie konnte es kaum erwarten, sie wieder zu sehen. Paige wäre nie auf die Idee gekommen, einen Dreier vorzuschlagen.

Olympia kehrte vollgepumpt mit Kokain auf die Yacht zurück. Dimitri war viel zu beschäftigt, um überhaupt Notiz von seiner Tochter zu nehmen. Francesca hatte sich bereit erklärt, seinen Anwalt in Paris aufzusuchen und mit ihm Einzelheiten ihrer Scheidung von Horace zu besprechen. Danach wollten sie ihm gemeinsam ihren Entschluss mitteilen.

Olympia zählte die Tage, bis Brigette in ihr Internat nach England zurückkehren würde. Das Kind war für sie nichts als eine lästige Verantwortung.

Flash war zu Plattenaufnahmen nach Deutschland geflogen. In einer Woche wollten sie sich in ihrem New Yorker Apartment treffen. Dann würde das Leben wieder normal verlaufen: mit Sex, Drogen und Rockmusik.

Flash hatte seine junge Frau mit keinem Wort erwähnt, und Olympia war fest entschlossen, Lennie loszuwerden.

»Francesca fliegt diese Woche einen Tag nach Paris«, verkündete Dimitri beim Abendessen. »Sie kann meine Privatmaschine nehmen.« Horace konzentrierte sich auf sein Essen und versuchte, die für ihn bedrohlichen Anzeichen zu ignorieren. Bis auf die Ferns, Olympia und die beiden Kinder mit Kindermädchen hatten alle übrigen Gäste inzwischen die Yacht verlassen.

»Na, wunderbar!«, rief Olympia aus. »Dann fliege ich mit. Ich muss unbedingt mal einen Tag einkaufen gehen!«

Man beschloss, in zwei Tagen zu fliegen.

76

Susan kehrte nach Beverly Hills zurück, doch statt Gino fand sie dort nur ihre Tochter Gemma vor. »Was machst du denn hier?«, erkundigte sie sich und versuchte ihre Enttäuschung zu verbergen. Sie war damals durchaus erleichtert gewesen, als die völlig überdrehte Gemma zusammen mit ihrem Freund eine eigene Wohnung bezogen hatte.

»Wir haben uns gestritten«, erklärte Gemma und biss in einen Apfel.

Susan zuckte mit den Schultern, begann Blumen in einer Vase zu arrangieren und ging ihrer Wege. Sie hoffte nur, Gemmas Aufenthalt würde nicht allzu lange dauern, denn sie fieberte Paige entgegen.

Gino verabschiedete sich mit Bedauern von Paige in New York. Sie hatten denkwürdige Tage zusammen verlebt. Paige war genau die Frau, die er brauchte.

»Ich bin in ein paar Tagen wieder in Los Angeles«, versprach er beim Abschied.

»Gut, dann buche ich die Suite im Beverly Wilshire für uns«, entschied sie mit einem liebevollen Lächeln. »Gib mir einfach Bescheid, wenn's so weit ist.« Sie wussten beide nicht, was aus ihrer Affäre werden würde, aber sie waren entschlossen, sie fortzusetzen.

Als Paige nach Hause kam, fand sie drei Nachrichten von Susan Martino-Santangelo vor. Nur äußerst widerwillig raffte Paige sich auf, zurückzurufen. Sie wusste nicht, ob sie das doppelte Spiel mit Gino und Susan noch weiter durchhalten konnte.

»Ich muss dich unbedingt sehen«, erklärte Susan.

»Ich ertrinke in Arbeit!«, stöhnte Paige kurz angebunden.

»Es ist schrecklich wichtig«, beharrte Susan im Flüsterton.

Paige zögerte. Hatte Susan etwas gemerkt? »Also ...«

»Komm morgen zum Tee zu mir. Um vier Uhr bei mir, ja?«

»Mein Gott, wie britisch!«

»Bitte mach's möglich!«

Paige seufzte. Es war besser, die Entscheidung nicht weiter hinauszuschieben. »Also gut, ich komme.«

Nachdem Paige New York wieder verlassen hatte, hatte Gino vorgehabt, noch ein paar Tage mit seiner Tochter zu verbringen, bevor er an die Westküste zurückkehrte. Aber als er Lucky endlich telefonisch erreichte, erklärte sie ihm beinahe atemlos, dass sie schrecklich viel Arbeit habe, es sehr bedaure, aber im Augenblick keine Zeit für ihn erübrigen könne.

Gino war, gelinde ausgedrückt, enttäuscht. Wer sollte die jungen Leute heutzutage verstehen? Gino beschloss, schon früher als geplant nach Los Angeles zurückzufliegen und Susan ... und Paige zu überraschen.

77

Sich zu verlieben ist wie einen Autounfall haben, ohne mehr als eine Schramme davonzutragen. Himmelhoch jauchzend und zu Tode betrübt. Hungrig, aber unfähig, etwas runterzuschlucken. Heißes Bad folgt kalter Dusche. Man sehnt sich ständig nach Liebe, ist voller Hoffnungen und Lebensgier.

Sie kommt ohne Vorwarnung. Man fällt ins Wasser, ohne überlegen zu können, wie es eigentlich passieren konnte. Der Zustand drängt sich einem auf, ist nicht mehr kontrollierbar. Ein verrücktes Herzklopfen, ein wild verwegenes Gefühl, ein Schicksalsschlag, der unbeirrt seinen Lauf nimmt.

Weder Lucky noch Lennie hatten damit gerechnet. Selbstverständlich hatten sie sich voneinander angezogen gefühlt, sexuell alles ausgekostet ... aber bedeutete das Liebe?

Keiner wollte recht daran glauben.

Sie waren beide starke Persönlichkeiten, unabhängig und intelligent, Menschen, die im Leben standen. Jeder war karriereorientiert und hatte ein festes Ziel vor Augen: Lucky ihr Hotel und Lennie Ruhm und Anerkennung.

Ihre Beziehung fiel eigentlich völlig aus dem Rahmen.

Und doch ... in gewissem Sinn hatten sich zwei Seelenverwandte gefunden ... zwei leidenschaftliche Menschen mit ungeheurem Lebenshunger.

»Und wie geht's weiter?«, fragte Lucky, nachdem sie achtundzwanzig Stunden ununterbrochen zusammen verbracht hatten.

»Wir machen uns von unseren wahnwitzigen Beziehungen frei ... und dann tun wir was wirklich Verrücktes und heiraten, kriegen ein Dutzend Kinder und werden alt«, spottete Lennie, obwohl es ihm eigentlich ernst damit war.

Lucky erlebte alles wie in einem Traum. Sie hatte jegliche Kontrolle über ihre Gefühle verloren. Aber das beunruhigte sie nicht einmal. Sie fühlte sich herrlich.

»Meinst du wirklich?«

Lennie grinste. »Natürlich.«

»Sag das bitte nicht noch mal.«

»Warum? Erregt es dich?«

Sie stürzte sich auf ihn. »Du erregst mich! Und wie!«

Lachend wälzten sie sich im Bett in Luckys Haus in East Hampton.

Lennie drückte sie in die Kissen. »He, Lady ... weshalb kämpfst du eigentlich immer gegen mich an?«

Lucky leckte sich aufreizend über ihre Lippen. »Damit du gewinnen kannst«, antwortete sie rau. »Ich mag Sieger, weißt du?«

Mit einem Kuss brachte er sie zum Schweigen, und sie gab sich seiner Kraft, seinem Körper und dem Geruch seiner Haut hin. Ihr Widerstand war längst gebrochen. Lennie hatte sie mit seinem Aussehen, seinem Witz, seinem Intellekt, seiner Art, mit Kindern umzugehen, und nicht zuletzt mit seinen überzeugenden Qualitäten im Schlafzimmer im Sturm erobert.

Eine ganz normale Verabredung hatte genügt. Lennie hatte sie in ihrer New Yorker Wohnung abgeholt und sie in ein chinesisches Restaurant geführt. Die höfliche Konversation bei Frühlingsrollen, haschiertem Rindfleisch und einer Flasche Wodka hatte genau zehn Minuten gedauert. Danach hatten sie das Leben des anderen erforscht, Erfahrungen ausgetauscht, zugehört, erzählt, Zugeständnisse gemacht. Als das Restaurant gegen ein Uhr geschlossen hatte, waren sie mit Reden noch immer nicht fertig gewesen und in eine Jazzkneipe in Greenwich Village weitergezogen, wo sie es bis vier Uhr morgens ausgehalten hatten.

»Ich will noch nicht nach Hause«, erinnerte sich Lucky schließlich gesagt zu haben.

Lennie schleppte sie daraufhin in ein Café, das hauptsächlich von Obern und Schichtarbeitern besucht wurde und durchgehend geöffnet hatte. Dort saßen sie in einer Ecke, tranken Unmengen von Kaffee, während alte Billie-Holiday-Platten aus der Musikbox dröhnten und eine grell geschminkte Nutte sich auf der engen Tanzfläche produzierte.

Lucky erzählte Lennie Dinge, über die sie bisher noch mit niemandem gesprochen hatte: über die entstellte Leiche der Mutter, die sie im Alter von fünf Jahren im Swimmingpool entdeckt hatte; wie sie sich mit dem Bruder völlig sich selbst überlassen geblieben war, weil der Vater sich seinen Kindern entfremdet hatte; wie sie als Teenager mit Olympia aus dem Internat ausgerissen war; und von der Ehe, in die Gino sie mit sechzehn Jahren getrieben hatte.

Und Lennie sprach von Alice und seiner Kindheit mit einer Mutter, die sich keinen Pfifferling um ihn scherte.

Gegen acht Uhr morgens waren sie schließlich zu der Tiefgarage gefahren, in der Luckys Ferrari stand. Sie warf Lennie die Schlüssel zu und beschrieb ihm den Weg zu ihrem Haus in East Hampton.

In einem Supermarkt kauften sie französisches Weißbrot, Butter, Speck und Eier.

»Ich kann nicht kochen«, gestand Lucky.

»Ich schon«, entgegnete Lennie und legte noch Champignons und Tomaten in den Einkaufskorb.

Das Haus in East Hampton war leer und verlassen. Die Haushälterin war für einen Monat zu ihrer Familie nach Finnland gereist.

Obwohl keiner von beiden müde war, zogen sie sich nach dem Frühstück, das Lennie zubereitet hatte, in das große Schlafzimmer mit den bequemen Korbmöbeln zurück und liebten sich entspannt, als sei es das erste Mal. Dann schliefen sie eng umschlungen ein.

Lucky wachte in der Abenddämmerung wieder auf. Lennie schlief noch tief und ruhig neben ihr. Lautlos ging sie in die Küche hinunter, öffnete eine Dose Kartoffelsuppe und trug wenige Minuten später zwei Suppentassen mit dem dampfend heißen Gericht nach oben.

Im Schlafzimmer küsste sie Lennie wach und reichte ihm seine Suppe. »Hier ist was Nahrhaftes«, erklärte sie. »Iss! Du brauchst alle Kraft, die du kriegen kannst.«

»Donnerwetter!« Er aß einen Löffel Suppe. »Also eine Büchse öffnen kannst du jedenfalls.«

Sie lachte leise. »Für dich lerne ich sogar das Kochen.«

»Wirklich?«

»Nein, eigentlich nicht. Aber es klingt doch gut, oder?«

Er stellte die Suppentasse beiseite und griff nach ihr. »Komm zu mir.«

Sie leistete keinen Widerstand. Die Sehnsucht nach seiner Berührung war zu groß, denn er verstand es, sie damit förmlich zu elektrisieren.

Sie streichelten einander nach allen Regeln der Kunst, bis sie beide einen ekstatischen Orgasmus erreichten.

Danach erzählten sie wieder bis tief in die Nacht hinein. Lucky erwähnte Ginos Steuerflucht nach Israel und wie sie das Familienunternehmen übernommen hatte. »Ich habe das Magiriano gebaut«, berichtete sie stolz. »Ich war damals fünfundzwanzig … und weiblichen Geschlechts! Schon deshalb hat man es mir nicht leicht gemacht.«

»Das kann ich mir vorstellen.«

»Nein, ich glaube, das kannst du nicht.«

»Aber ich versuch's jedenfalls.«

»Versuch das mal!«

Sie barg ihr Gesicht zwischen seinen Lenden.

Lennie stöhnte vor Lust.

Lucky lächelte triumphierend.

Danach gestand er seine Affäre mit Eden, wie sehr er ihr verfallen gewesen war und wie trivial und nichtig ihm das alles jetzt erschien.

»Wie hat sie ausgesehen?«, wollte Lucky wissen.

»Mager, blond, katzenhaft.«

»Hm«, murmelte Lucky.

»Sie war sehr schön.«

»Na und?«

»Eben. Na und?«

Er schob sanft ihre Schenkel auseinander. Ihr Schamhaar fühlte sich wie Seide auf seiner Stirn an, und es roch nach exotischen bittersüßen Blüten.

Lucky reckte die Arme über den Kopf, murmelte immer wieder seinen Namen, bis sie in einem weiteren, heftig pulsierenden Orgasmus Erlösung fand.

Endlich schliefen sie tief und fest bis zum darauf folgenden Morgen.

Als Gino anrief, erinnerte sie sich nicht einmal mehr daran, was sie zu ihm gesagt hatte. Sie wollte lediglich die Wirklichkeit noch eine Weile von Lennie und sich fern halten. Bald würde Dimitri nach New York zurückkehren, und dann musste eine Entscheidung getroffen werden.

78

»Wie kultiviert«, bemerkte Paige und betrachtete den Teetisch, den Susan gedeckt hatte. Es gab Brote mit hauchdünnen Gurkenscheiben belegt, Teegebäck, Ingwerkuchen und Earl-Grey-Tee in hauchdünnen, chinesischen Porzellantassen.

»Auf der Stanislopoulos-Yacht wurde jeden Nachmittag um vier Tee serviert«, berichtete Susan stolz.

»Das muss ja amüsant gewesen sein«, bemerkte Paige unbeeindruckt.

»Es war wunderbar!«, seufzte Susan. Sie hatte die Kreuzfahrt ausgiebig genossen. Allerdings wünschte sie, sie hätte den perversen Avancen der Contessa lieber nicht nachgegeben. »Schade, dass du nicht dabei gewesen bist«, fügte sie hinzu und warf Paige einen vielsagenden Blick zu.

Paige aß hungrig ein Sandwich. Sie hatte doch Susan vor ihrer Abreise deutlich genug zu verstehen gegeben, dass es zwischen ihnen aus war. Wollte sie das denn nicht begreifen?

»Ich habe dich vermisst«, murmelte Susan und rückte auf der beigefarbenen Couch näher. Sie legte die Hand auf Paiges Schulter. »Sehr sogar.«

Paige wurde verlegen. Weshalb musste das Ende von Liebesaffären immer so kompliziert sein?

Sie holte tief Luft und stand auf. »Susan, meine Liebe«, begann sie und sah die perfekt zurechtgemachte Freundin an. »Ich weiß, wir hatten was zusammen ... aber das ist vorbei«, stellte sie unmissverständlich klar. »Die Zeit ändert vieles. Ich habe dir schon bei unserer letzten Begegnung gesagt, dass Ryder und ich noch einmal von vorn anfangen wollen.«

Susans schöne blaue Augen füllten sich mit Tränen. »Ich weiß, ich weiß«, murmelte sie, tapfer um Fassung bemüht. »Aber ich brauche dich, Paige. Du bedeutest mir so viel ... Und wir haben uns doch viel gegeben ...«

Paige warf einen besorgten Blick zur Tür. Sie hoffte, dass die Haushälterin nicht horchte.

Susan folgte ihrem Blick. »Ich habe dem Personal für den Rest des Tages Ausgang gegeben«, erklärte sie. »Sie kommen erst spät zurück. Und Gemma ist in San Francisco. Wir sind vollkommen allein«, fügte sie bedeutungsvoll hinzu.

Paige nickte. Noch einmal mit Susan. Zum Abschied.

Sie hatte es zwar so nicht gewollt, aber es war vielleicht das Beste.

79

Die Wirklichkeit holte sie ein. Lennie musste an seine Karriere denken ... und an seine Verpflichtungen.

Er rief Jess in Los Angeles an. Sie war außer sich vor Wut, weil er vierundzwanzig Stunden lang verschwunden geblieben war. »Deshalb rufe ich ja an«, beruhigte er sie. »Ich komme morgen zurück.«

»Na, ist ja großartig«, schnaubte sie verächtlich. »Fährst du direkt vom Flugplatz ins Studio? Oder wie hast du dir das vorgestellt. Die Aufnahmen für die neue Serie beginnen morgen ... falls dich das interessiert.«

»Also dann komme ich doch gerade rechtzeitig.«

»Das Skript liegt in deinem Hotel. Tu mir den Gefallen, und lies es wenigstens im Flugzeug. Acht Uhr Montagmorgen ... Studiotermin.« Nach einer Pause fragte sie: »Lennie?«

»Ja?«

»Ich kann dich nicht ausstehen!«

Lennie lachte. »Und ich liebe dich.«

»Da kann ich mir viel dafür kaufen!«, zischte Jess.

Er legte auf. Lucky saß im Schneidersitz neben ihm auf dem Bett. Sie trug ein weites Sweatshirt, Kniestrümpfe und hatte das Haar zu Zöpfen geflochten. Ohne Make-up sah sie aus wie eine Sechzehnjährige.

»Unsere Idylle ist bedroht«, murmelte Lennie.

Sie zuckte mit den Schultern. »Das musste ja irgendwann passieren.«

Er ließ sie nicht aus den Augen. »Ich wünschte, du könntest mitkommen.«

Lucky nickte. Und sie meinte es ehrlich. Aber beide wussten, dass das unmöglich war. Dimitri sollte mit Roberto nach New York zurückkehren, und bevor sie wirklich an ein gemeinsames Leben denken konnten, gab es viel zu regeln. Sie hatten lange und ausgiebig über eine gemeinsame Zukunft gesprochen und waren zu dem Schluss gelangt, dass sie dafür eine kurze Trennung in Kauf nehmen mussten. Lucky wollte Dimitri vor vollendete Tatsachen stellen, und Lennie hatte dasselbe mit Olympia vor.

»Ich möchte nicht weg«, seufzte Lennie leise und streichelte ihr Bein.

»Glaubst du, ich lasse dich gern gehen?«, entgegnete sie.

Er nahm sie in seine Arme und wiegte sie zärtlich.

Sie atmete den besonderen Duft seiner Haut ein und war zufrieden.

»Du zitterst ja«, stellte Lennie besorgt fest.

Sie schmiegte sich enger an ihn. »Mir ist kalt.«

»Wir sind ja nicht lange getrennt.«

»Ich weiß.«

»Nach den Studioaufnahmen könnte ich Freitag nach New York zurückfliegen. Wir treffen uns dann hier. Dann haben wir das Wochenende für uns.«

Lucky lachte leise. »Dann koche ich herrliche Sachen für dich.«

»Prima! Sorg dafür, dass genügend Konserven hier sind. Deine Kartoffelsuppe ist ausgezeichnet.«

»Warte nur, bis du meine Waldchampignons versucht hast …«

»Hör zu … Es war die schönste Zeit in meinem Leben. Ich möchte, dass du das weißt.«

Sie berührte zärtlich seine Wange. »Ich weiß es.«

Sie liebten sich erneut; und diesmal zärtlicher und liebevoller denn je.

Lucky schlief in dieser Nacht in seinen Armen. Am darauf folgenden Morgen wachten sie früh auf und fuhren schweigend nach New York zurück.

Der Ausflug in die Idylle war vorüber.

Marco hatte sie einst verlassen …

Und sie hatte ihn lebend nie wieder gesehen …

80

Gino hasste das Altwerden. Er fühlte sich zwar noch großartig, aber mit vierundsiebzig begann man doch allmählich, das Licht am Ende des Tunnels zu sehen.

Während seines Aufenthaltes in New York hatte er seinen Arzt konsultiert.

»Sie sind in erstklassiger Verfassung«, bescheinigte ihm dieser. »Sie haben Herz und Lunge eines Fünfzigjährigen.«

Er pfiff auf die Konstitution eines Fünfzigjährigen. Am liebsten wäre er wieder zwanzig gewesen.

Auf dem Flug nach Los Angeles flirtete er mit der Stewardess. Sie hatte kupferrotes Haar und erinnerte ihn an Paige.

Sie reagierte durchaus geneigt. Allerdings wusste er nicht, ob sie ihn wirklich so unwiderstehlich fand oder es nur auf seine Brieftasche abgesehen hatte; und dass Letztere keineswegs schmal sein konnte, war deutlich an seinem teuren Maßanzug und der goldenen Rolexuhr im Wert von sechstausend Dollar abzulesen.

Er wusste, sie würde zustimmen, sobald er ihr eine Einladung vorschlug. Frauen. Leicht zu haben. Die Geschichte seines Lebens.

Trotzdem probierte er es nicht. Er fühlte sich Paige gegenüber in der Pflicht. Seine Gefühle gehörten ihr. Und dieses Reservoir war unerschöpflich.

Susan hatte sich als große Enttäuschung entpuppt. Unter der gut zurechtgemachten Fassade steckte offensichtlich eine frigide Frau.

Vom Flugplatz aus nahm er ein Taxi nach Beverly Hills. Er hätte Susan anrufen und sie bitten können, ihm einen Wagen mit Chauffeur zu schicken, aber er war aus New York reichlich überstürzt abgereist. Außerdem machte es ihm Spaß, Susan zu überraschen. Bei ihr ging es stets viel zu programmiert zu.

Beverly Hills empfing ihn sauber, hypergepflegt und friedlich. Genau wie meine Frau, dachte Gino, bezahlte das Taxi und ging zum Tor.

Zwei Eichhörnchen rannten über den Rasen, als Gino auf das Haus zuging. Susans Rolls-Royce parkte in der Auffahrt ... und dahinter stand Paiges goldmetallicfarbener Porsche.

Damit schlug er zwei Fliegen mit einer Klappe. Er würde Paige früher wieder sehen als erwartet.

Er beschleunigte seine Schritte und griff nach dem Schlüsselbund in seiner Jacketttasche.

Susan lag nackt und zitternd auf dem Bett. Ihre weiche, alabasterfarbene Haut hatte in Südfrankreich keinen Strahl Sonne abbekommen. Ihre helle Tönung war perfekt.

Paige hatte bis auf einen knappen, auberginefarbenen Slip und einen passenden Spitzen-BH alle Kleidung abgelegt. Sie sah auf Susan herab und fühlte absolut nichts. Aller Reiz ist vorbei, dachte sie.

Susans Busen lag schlaff, die Brustwarzen waren klein und zeigten keinerlei Erregung. Alles an ihr wartete darauf, sexuell stimuliert zu werden. Sie hatte stets Paige dieses Hervorkitzeln der Spannung überlassen. Früher war das für die Partnerin eine reizvolle Herausforderung gewesen, doch heute wusste Paige nicht, wie sie beginnen sollte. Aber es bedurfte nicht viel, um Susan zu erregen.

Paige biss die Zähne zusammen und konzentrierte sich auf ihre Aufgabe.

Die Villa in Beverly Hills entbot Gino kaum ein herzliches Willkommen. Sie besaß ebenfalls wie Susan nur eine luxuriöse Fassade.

Am späten Nachmittag regte sich dort nichts; mit Ausnahme einer einsamen Biene.

Gino betrat das Esszimmer und fand dort einen gedeckten Teetisch mit angebrochenen Kuchenplatten vor. Er bediente sich an den Gurkensandwiches und schlenderte in die leere Küche. Schließlich ging er in den ersten Stock hinauf. Er hatte den Verdacht, dass Susan dort ihr neuestes Haute-Couture-Modell der Freundin vorführte. Frauen und Kleider! Sie gehörten zusammen wie Geld und Macht.

Paiges Parfüm hing in der Luft. Er atmete tief durch, denn er mochte diesen Duft und musste unwillkürlich lächeln. Gino Santangelo, der Duftexperte, der ehemalige Straßenjunge mit der sensiblen Nase.

Er stieß die Schlafzimmertür auf und blieb bewegungslos stehen. Das Bild, das sich ihm bot, erinnerte an ein bekanntes Gemälde: zwei Frauen, vor Entsetzen plötzlich zu Stein erstarrt.

Die Rothaarige – drall und sexy, die Blonde – schlaff und gleichgültig.

Offenbar wurde hier das Spiel gespielt: »Zeigst du mir deinen ... zeig ich dir meinen.«

Das einzige Geräusch in dem großen Haus schien plötzlich das Pochen des Blutes in seinen Schläfen zu sein.

81

Im Süden Frankreichs wartete Dimitri geduldig auf die Rückkehr seines Privatjets, der Olympia und vor allem seine Geliebte Francesca aus Paris zurückbringen sollte. Er beobachtete Roberto und Brigette, die ausgelassen im Swimmingpool planschten, und versuchte, Horace' versteckten Fragen auszuweichen. Als sein Anwalt ihn nach dem Gespräch mit Francesca aus Paris angerufen hatte, war er angesichts von Francescas reichlich überzogenen Forderungen im Fall einer Ehe nur vor dröhnendem Lachen beinahe vom Stuhl gefallen und hatte die Anweisung gegeben, auf alles einzugehen.

Francesca würde endlich ihm gehören. Die Kosten spielten für ihn dabei keine Rolle.

Lennie kehrte aus Los Angeles zu der noch immer wütenden Jess und in sein ödes Apartment zurück. Die Produzenten der Fernsehserie *The Springs* waren alles andere als begeistert, als er das Drehbuch bemängelte, das man ihm nach New York geschickt und das er auf dem Rückflug gelesen hatte. »Es ist nichts als Mist!«, erklärte er unumwunden.

»Sie können uns mal!«, schimpften die Produzenten. »Morgen fangen wir mit den Dreharbeiten an. Änderungen hätten Sie längst geltend machen müssen. Aber Sie waren ja überall, bloß nicht in Los Angeles!«

Lennie saß die ganze Nacht an seinem Schreibtisch und schrieb seine Rolle um, versuchte sich zu konzentrieren und nicht an Lucky zu denken.

Er rief jede Stunde an, bis sie ihm schließlich sagte: »Unser Verhalten ist absolut lächerlich.« Trotzdem redeten sie weiter.

»Ruf mich morgen an«, bat Lennie zum Schluss. »Ich bin gegen acht Uhr kalifornischer Zeit wieder zu Hause.«

Sie hatten alles besprochen. Lucky wollte Dimitri so schnell wie möglich beibringen, dass sie die Ehe als beendet betrachtete. Dann sollte sie mit Roberto und CeeCee aus der New Yorker Wohnung wieder in ihr Haus in East Hampton ziehen.

Alles Weitere war Sache der Anwälte.

Olympia spürte sofort, dass etwas nicht stimmte. Sie war oft genug geflogen, um die Anzeichen von so etwas zu erkennen. Die Maschine hatte immer wieder und schon viel zu lange zur Landung angesetzt.

Die schwedische Stewardess war unter ihrer Sonnenbräune bleich geworden, und das hatte wohl kaum etwas mit dem Gewitter zu tun, das sie durchflogen hatten.

»Was ist denn los?«, verlangte Olympia zu wissen und hielt sie am Arm zurück, als sie an ihr vorbeihasten wollte.

Die Stewardess lächelte flüchtig. »Nichts«, erwiderte sie mit falschem Optimismus.

»Das können Sie mir nicht erzählen!«, konterte Olympia seltsam ruhig.

»Wir haben nur Probleme mit dem Fahrwerk«, gestand die Stewardess schließlich.

»Probleme? Inwiefern?«

»Es klemmt.«

»Na, ist ja wunderbar!«

»Die Flughafenbehörden in Nizza sind bereits verständigt.

Aber der Captain glaubt, dass es von selbst freikommen wird, bevor wir uns auf eine Notlandung vorbereiten müssen.«

Im ersten Augenblick erfasste Olympia Panik. Sie warf einen flüchtigen Blick auf Francesca, die auf dem Nebensitz fest eingeschlafen war. »Wecken Sie sie erst auf, wenn es unbedingt nötig ist!«, befahl sie der Stewardess.

Die Stewardess nickte. Sie war sichtlich nervös.

»Wie lange kann der Captain die Maschine noch in der Luft halten?«, wollte Olympia wissen.

»Zwanzig Minuten.«

Zwanzig Minuten! Und was passierte, wenn sich das Fahrwerk bis dahin nicht ausfahren ließ?

Olympia griff nach ihrer Notration Kokain.

82

Dimitri Stanislopoulos' Privatjet verunglückte bei einer versuchten Notlandung um Viertel vor acht Uhr am Freitagabend.

Es befanden sich neun Menschen an Bord ... zwei Passagiere und sieben Mitglieder der Crew.

Bei der Landung auf einem Schaumteppich geriet die Maschine auf der Landebahn ins Schleudern, brach auseinander und ging sofort in Flammen auf. Zwei Crewmitglieder und einer der Passagiere entkamen dem Flammeninferno. Alle drei erlitten schwere Verbrennungen.

Die übrigen Insassen der Maschine konnten nur noch tot geborgen werden.«

Drittes Buch

SOMMER 1983

83

Carrie Berkeley lächelte charmant, während sie Bryant Gumbel in der *Today Show* gegenübersaß und die amerikanische Nation unterhielt. Über den Straßen von New York lag flimmernde Hitze, doch im klimatisierten Studio der NBC im Rockefeller Center plauderten die jugendlich wirkende, elegante neunundsechzigjährige Carrie und Bryant, der beste Interviewer des Fernsehens, witzig und entspannt miteinander.

Carrie machte einen Werbefeldzug für die Taschenbuchausgabe ihres Buchs, das sie in Zusammenarbeit mit Anna Robb unter dem Titel »*The Carrie Berkeley Book of Beauty and Style*« herausgebracht hatte und das inzwischen auf der Bestsellerliste der Taschenbücher immer höher kletterte. Die gebundene Ausgabe hatte sieben Wochen lang an der Spitze der Bücherliste der *New York Times* gestanden.

Nach der Sendung wartete bereits draußen eine Limousine auf Carrie, um sie zur nächsten Veranstaltung zu bringen. Sie lehnte sich in die kühlen Lederpolster zurück und dachte wie so oft in den vergangenen Wochen verwundert darüber nach, was aus ihrem Leben geworden war. Sie, Carrie Berkeley, war eine bekannte Autorin! Natürlich nur mit Hilfe von Anna Robb. Die beiden Frauen verband mittlerweile eine enge Freundschaft … eine Freundschaft, die schließlich dazu geführt hatte, dass Carrie Anna Einblick in die Geheimnisse ihrer Vergangenheit gewährt und zugestimmt hatte, unter ihrer Anleitung ihre Biografie zu schreiben. Seit mehr als einem Jahr nun hatten sie an dem Aufsehen erregenden Manuskript gefeilt, das erst vor wenigen Tagen fertig gestellt worden war und nun einem Verleger angeboten werden konnte.

»Wir können mit einem Vorschuss von mindestens einer halben Million Dollar rechnen«, hatte Anna behauptet. »Deine Lebensgeschichte ist reiner Sprengstoff!«

Carrie wusste nicht recht, ob es ihr den Preis einer halben Million wert sein sollte, ihre Lebensgeschichte zu enthüllen. Aber Geld hatte von vornherein bei diesem Vorhaben keine Rolle für sie gespielt. Anna hatte sie überzeugt, dass ihre Lebensgeschichte einfach erzählt werden sollte. Und beim Korrekturlesen des Manuskripts waren einige Teile so schmerzlich für sie gewesen, dass sie erkannt hatte, wie Recht Anna gehabt hatte.

Bis zu diesem Zeitpunkt wusste noch niemand etwas von dem neuen Buch ... nicht einmal Steven oder Fred Lester.

»Wir müssen Fred Lester das Manuskript zuerst anbieten«, erklärte Anna. »Ich glaube nicht, dass er den Preis in dieser Höhe bezahlen wird, aber er hat auf alle Fälle das Vorkaufsrecht.«

Carrie stimmte zu. Sie wusste inzwischen von Annas und Fred Lesters Beziehung.

Für Carrie war die Niederschrift ihrer Lebensgeschichte eine Art seelische Befreiung gewesen. Sie machte sich lediglich darum Sorgen, wie Steven darauf reagieren würde. Anna hatte sie in dieser Beziehung stets beruhigt. »Steven ist erwachsen«, lautete ihr Argument. »Du musst stets das tun, was du für richtig hältst. Und Steven sollte deine Entscheidung akzeptieren.«

Carrie musste Anna Recht geben. Ihre Sorgen wurden allerdings dadurch nicht geringer.

»Ich bin zu allem bereit«, erklärte Mary Lou Moore und sah Steven Berkeley aus ihren großen braunen Augen entschlossen an. »Ich will kämpfen und ... gewinnen!«

»Sind Sie sich Ihrer Sache ganz sicher?«, hakte Steven noch einmal nach. »Es wird nicht leicht werden. Die Burschen setzen alles daran, Sie fertig zu machen.«

»Das ist für mich doch erst recht ein Grund zu kämpfen«, entgegnete sie heftig.

»Gut, dann lassen wir es also auf eine Aussage vor Gericht ankommen«, entschied Steven, der froh war, dass seine Klientin so mutig war. »Der Termin liegt bereits fest. Es gibt keinen Aufschub mehr.«

Mary Lou seufzte erleichtert und warf Steven lange einen Blick zu.

Steven sah weg und begann, in seinen Akten zu kramen. In letzter Zeit waren Mary Lous Blicke in seine Richtung allzu vielsagend geworden, doch er wollte lieber keine Bedeutung darin lesen. Sie blieben Anwalt und Klientin ... auch wenn sie für ihn sehr attraktiv war. In den vergangenen drei Jahren hatte er beobachtet, wie aus dem linkischen Teenager eine liebenswerte junge Frau geworden war. Mary Lou hatte eine interessante Entwicklung durchgemacht.

»Wie wär's mit einem gemeinsamen Mittagessen?«, erkundigte sich Mary Lou mit einem Lächeln. »Wir müssen doch feiern, dass wir endlich vor Gericht gehen, oder?«

Steven fand sie sehr verlockend ... aber sie war zu jung für ihn ... erst zwanzig. Außerdem hielt er prinzipiell Privatleben und Beruf streng voneinander getrennt. »Ich habe leider schon eine Verabredung mit einem Klienten«, log er hastig.

»Ich hin eine Klientin«, erinnerte Mary Lou ihn und neigte den Kopf nachdenklich zur Seite.

»Ich weiß. Aber wir haben während des Gerichtsverfahrens noch häufig genug Gelegenheit, zusammen zu essen«, entgegnete er.

Nachdem Mary Lou sein Büro verlassen hatte, saß Steven grübelnd hinter seinem Schreibtisch. Wäre es wirklich ein Fehler, mit ihr auszugehen?

Ja, sagte eine innere Stimme.

Warum?

Weil sie praktisch noch ein Kind ist.

Er war fünfundvierzig und konnte praktisch schon ihr

Vater sein. Außerdem war sie Schauspielerin und ein Fernsehstar.

Na und, fragte eine andere innere Stimme.

Vielleicht sollte er mit ihr ausgehen, sobald der Fall beendet war.

Aber vielleicht wollte sie dann gar nicht mehr mit ihm ausgehen.

Steven dachte einen Augenblick über die Entwicklung dieses Falls nach. Sie hatten als Erstes einen billigen Illustrierten-Verlag verklagt. Während der Recherchen und Niederschrift der Aussagen hatte sich dann herausgestellt, dass die so genannten Vista Publications und die Ravier Distribution, Inc., die Verteilerfirma, lediglich Tochtergesellschaften der Bonnatti Publications waren. Sie kämpften also praktisch gegen das Bonnatti-Imperium. Der Hauptaktionär dieses Unternehmens war ein gewisser Santino Bonnatti. Und Steven wusste gut über diesen Santino Bonnatti Bescheid. Er war der Sohn jenes berühmt-berüchtigten Enzio Bonnatti, den Steven beinahe verhaftet und vor Gericht gebracht hätte, hätte ihm das Schicksal in der Gestalt von Lucky Santangelo keinen Strich durch die Rechnung gemacht.

Aber jetzt hatte er wenigstens etwas gegen den Sohn in der Hand. Allerdings genügte das Material nicht, um ihn hinter Gitter zu bringen; und das, obwohl er bekanntermaßen an der Westküste einer der Hauptverantwortlichen im Geschäft mit Drogen, Pornografie und Prostitution war. Aber zumindest konnte Steven ihm mit seiner Klage empfindlich schaden … und zwar nämlich dort, wo es am meisten wehtat: in der Brieftasche.

Mary Lou klagte auf zehn Millionen Dollar Schadensersatz. Und Steven hatte vor, diese Summe bis auf den letzten Penny einzutreiben.

In diesem Moment betrat Jerry sein Büro. »Hast du Lust, mit mir zu Mittag zu essen?«

»Wenn du bezahlst, jederzeit«, erwiderte Steven.

Sie gingen ins Restaurant »Four Seasons« und trafen dort Carrie, die mit Anna Robb und Fred Lester zu Mittag aß. Carrie war wie immer chic und elegant, von Kopf bis Fuß eine perfekte Dame.

»Deine Mutter ist wie ausgewechselt«, bemerkte Jerry, nachdem sie sich gesetzt hatten. »Wirklich toll, was sie aus ihrem Leben gemacht hat!«

Steven musste ihm Recht geben. Er war froh, dass er drei Jahre zuvor die besessene Suche nach seinem Vater aufgegeben und sich darauf konzentriert hatte, wieder ein eigenes Leben aufzubauen. Bisher war ihm das gut gelungen, so gut, dass Jerry ihn zu seinem Partner machen wollte.

Er lebte wieder in seinem eigenen Haus von früher und war mit mehreren interessanten Frauen befreundet. Es lief also alles bestens.

Warum war er dann nicht glücklich?

Weil ihn tief im Inneren noch immer die ungelöste Frage nach seinem leiblichen Vater quälte.

Eines Tages musste er die Antwort finden.

Eines Tages.

84

Lennie!«, ertönte es in nervtötend jammerndem Ton. Und noch einmal lauter: »Lenniiiie!«

Er hörte sie, obwohl er in seinem Arbeitszimmer saß. Vor ihren Rufen gab es kein Entkommen. Sie verfolgten ihn sogar noch bis an den Strand.

Lennie griff langsam nach dem Telefonhörer und schaltete die Haussprechanlage ein. »Was gibt's denn?«, fragte er gereizt.

»Ich fühle mich einsam.«

»Ich muss arbeiten.«

»Das weiß ich. Ich bin trotzdem einsam. Komm und rede wenigstens mit mir.«

»Gut. Gib mir noch zehn Minuten!«

Er legte den Hörer auf und starrte aus dem Fenster. Die Aussicht war herrlich: üppige, künstlich angelegte Wasserfälle, tropische Farne, Blüten und Palmen, so weit das Auge reichte.

Sein Arbeitszimmer war elegant eingerichtet und besaß die neueste hoch empfindliche Stereoanlage mit Videorekordern und Bildschirmen, mit denen man Programme aus aller Welt empfangen konnte.

Das riesige Herrenhaus, in dem sie lebten, lag hoch über Bel Air. Es hatte vierzehn Schlafzimmer, ebenso viele Badezimmer und unzählige Wohn- und Aufenthaltsräume, Swimmingpools im Haus und im Garten, zwei Tennisplätze, ein japanisches Wellenbad und eine Rollschuhbahn.

Im Keller befanden sich eine komplett ausgerüstete Discothek, zwei Zimmer mit Billardtischen und ein Privatkino mit dreißig Plätzen.

Dabei hatten sie so gut wie nie Besuch. Olympia war krankhaft menschenscheu geworden, obwohl ihre hässlichen Brandnarben längst verheilt und die Kunst der plastischen Chirurgie wahre Wunder bei ihr bewirkt hatte. Sie war fast wieder so hübsch wie vor ihrem Unfall. Der Grund, warum sie keine Menschen um sich duldete, war ihre Fettsucht. Die einst hübsche mollige Olympia Stanislopoulos wog mittlerweile über zwei Zentner. Sie war eine fette, blonde, übellaunige reiche Erbin geworden, die ihre unappetitlichen Formen unter weiten Kaftans verbarg. Ständig versprach sie Lennie abzunehmen und ließ sich doch unablässig von ihren Hausmädchen Schokoladentorte, Süßigkeiten und alle Leckereien, die sie kriegen konnte, ins Haus schmuggeln.

»Lennie!«, ertönte erneut Olympias Stimme schrill und ungeduldig.

Er stand auf und machte sich widerwillig auf die Suche nach ihr.

Sie stand in der riesigen Küche und starrte missmutig in den gefüllten Hotelkühlschrank.

»Hier gibt's nie was Anständiges zu essen!«, schimpfte sie.

»Wir haben doch erst vor einer Stunde gegessen«, erinnerte Lennie sie.

»Nennst du Karotten und Sellerie was zu essen?«, schnaubte sie verächtlich. »Das ist doch lächerlich!«

»Du solltest in eine Klinik gehen«, bemerkte er. »Dann wäre alles viel einfacher für dich.«

Ihre blauen Augen verengten sich zu Schlitzen. Sie musterte ihn gehässig. »Und vor allem für dich, was? Man schickt die Frau zur Abmagerungskur, damit der Star hier eine sturmfreie Bude hat, was?«

Damit war sie wieder beim Thema. Der übliche Streit. Wie lange wollte er das noch über sich ergehen lassen?

»Ich weiß nicht, warum du dich so dagegen wehrst«, entgegnete er ruhig. »Deine Pfunde wirst du nur mit ärztlicher Hilfe los.«

»Du Ratte!«, zischte sie. »Du willst mich doch nur loswerden, damit du in diesem Haus deine Orgien feiern kannst!«

Sie hatte ihn nie in flagranti ertappt, doch sie verfolgte misstrauisch alles, was er tat. Und sie hatte Recht. Lennie war alles andere als ein Heiliger. Mit Frauen zu schlafen war seine Methode, über den Schmerz hinwegzukommen.

Was sollte er auch tun? Seitdem ihn die Nachricht von Olympias Unfall erreicht hatte, sie mit schweren Verletzungen zuerst im Koma und dann monatelang im Krankenhaus gelegen hatte, war er praktisch der Gefangene seiner eigenen Moralvorstellungen und seines Pflichtbewusstseins.

Dimitri hatte viel zu sehr mit seinem eigenen Kummer über den Verlust von Francesca zu tun, als dass er sich um seine Tochter hätte kümmern können. Er schickte nur Rosen. Noch während Olympias Krankenhausaufenthaltes hatte Lennie Lucky zum letzten Mal gesehen. Als Dimitri damals mit Olympia am Krankenbett gesprochen hatte, hatte Lennie Dimitris Frau beiseite genommen. »Wir müssen miteinander reden!«, hatte er gedrängt.

Lucky hauchte entschlossen, die Augen hinter einer großen Sonnenbrille verborgen: »Es hat sich jetzt alles geändert.«

»Das ist nur ein vorübergehender Rückschlag ...«, begann er.

Lucky unterbrach ihn scharf: »Nein, das ist Schicksal! Wir sind eben nicht füreinander bestimmt. Ich habe irgendwie immer geahnt, dass das, was uns verband, zu schön war, um von Dauer zu sein.«

»Sobald Olympia aus dem Krankenhaus entlassen wird ...«

»Braucht sie dich mehr als alles andere«, fiel sie ihm erneut ins Wort. »Und du kannst dich dieser Pflicht nicht entziehen«, fügte sie resignierend hinzu.

»Lucky ...«

»Es geht ja nicht allein um Olympia«, fuhr sie ruhig fort. »Dimitri braucht mich ebenfalls jetzt. Er ... er lässt mich auch gar nicht gehen.«

Kurz darauf kam Dimitri aus Olympias Krankenzimmer, und er und Lucky hatten sich verabschiedet.

Seit damals hatte er Lucky nicht wieder gesehen. Dimitri hatte sich auf seine Insel zurückgezogen, und Lucky und Roberto lebten bei ihm.

Lennie hatte lernen müssen, mit dem quälenden, deprimierenden Gedanken zu leben, dass Lucky zu ihrem Mann für immer zurückgekehrt war.

Er zog mit Olympia nach Kalifornien, wo diese die riesige Villa über Bel Air gekauft hatte. Und eines Morgens, wenige Tage nach einem kurzen Besuch von Brigette, bestellte Olympia Wagen und Chauffeur und fuhr, das Gesicht von einem Schal verhüllt, aus.

Als Lennie davon erfuhr, war er glücklich. Es war das erste Mal, dass sie das Haus verlassen hatte. Eine Stunde später kehrte sie völlig aufgelöst nach Hause zurück. Sie erzählte ihm nie, was geschehen war, aber Lennie fand bald heraus, dass sie offensichtlich bei Flash gewesen war, der nur einen Blick auf sie geworfen und sich dann jeden weiteren Besuch von ihr verbeten hatte.

Lennie erhielt kurz darauf einen Anruf von Flashs Manager, der gnadenlos verlangte, dass Olympia in Zukunft nicht mehr in dessen Nähe kam.

Und daraufhin begann Olympia, sich wie nie zuvor an Lennie zu klammern ... die Auffrischung ihrer sexuellen Beziehungen zu verlangen.

Lennie tat sein Bestes, aber sein Bedürfnis nach Lust war gleich Null.

Olympia war anfangs erstaunlich verständnisvoll gewesen und hatte für die Misere ihr entstelltes Äußeres verantwortlich gemacht.

Lennie allerdings hatte nur eine Entschuldigung dafür, und die konnte er ihr nicht sagen: Lucky beherrschte seine Gedanken und Gefühle. Sie war die einzige Frau, nach der er sich sehnte und die er durch diesen tragischen Unfall nun für immer verloren zu haben schien.

Seine Karriere stagnierte monatelang. Schließlich erfüllte er sich einen alten Wunsch und begann, selbst ein Drehbuch zu schreiben, während Olympia weitere kosmetische Operationen an sich vornehmen ließ, die sich später als erfolgreich erwiesen. Nach Fertigstellung des Drehbuchs übergab Lennie das Manuskript Jess, die so begeistert davon war, dass sie mit all ihrer Energie einen Produzenten dafür suchte und schließlich auf Ryder Wheeler stieß, der kurz zuvor mit einer Billigproduktion mit Vitos Felicidade als Star einen unerwarteten Riesenerfolg gehabt hatte. Er zeigte sich interessiert, und innerhalb weniger Wochen war man sich einig.

Der Rest ging in die Filmgeschichte ein. *Private Dick* wurde der erfolgreichste Film des Jahres 1981. Lennie wurde zum Filmstar und bekam einen Millionenvertrag von einer der größten Filmgesellschaften, die ihn als Autor und Star für drei weitere Filme einkaufte.

Beruflich hatte er die absolute Spitze erreicht.

Sein Privatleben war ein Scherbenhaufen.

Und das für ganze drei Jahre.

85

Eröffnungsfeierlichkeiten waren für Lucky stets ein Alptraum, und dies war das zweite Mal, dass sie die selbst auferlegten Qualen durchmachte. Das erste Mal lag acht Jahre zurück. Damals hatte sie das Magiriano in Los Angeles eröffnet. Mit geschlossenen Augen erlebte sie noch einmal die ängstliche Erwartung, die gespannte Erregung von damals.

Und jetzt war es das Santangelo-Hotel in Atlantic City. Endlich war es so weit. Sie konnte es kaum erwarten.

Langsam, beinahe rituell bereitete sie sich auf den Abend vor. Nach einer ausgiebigen Dusche frottierte sie sich mit den riesigen, weichen Frotteehandtüchern ab, die in sämtlichen Farbtönen speziell für das Santangelo hergestellt worden waren. Dazu gab es passende Seidenkimonos aus Hongkong, ein Gastgeschenk des Hotels an seine Gäste.

Lucky, die sonst selten Make-up auftrug, schminkte sich für den feierlichen Anlass sorgfältig und zog ein langes Kleid aus schwarzem Satin, Schlangenleder und Spitze an, das sie wie eine zweite Haut umgab.

Das Haar trug sie locker auf die Schulter fallend.

Nach einem zufriedenen Blick in den Spiegel steckte sie ihre Lieblingsbrosche, den juwelenbesetzten Panter, an und vervollkommnete ihre Erscheinung mit tropfenförmigen Brillantohrringen, zwei passenden Armbändern und einem blinkenden Brillantring. Dimitri überhäufte sie ständig mit Geschenken. Dies war seine Art, sich bei ihr zu bedanken.

Von Francescas Tod hatte er sich nie wieder erholt. Und sein Dank galt Lucky, weil sie als seine Frau bei ihm geblieben und ihm Roberto, seinen einzigen Lebensinhalt, gelassen hatte.

Nachdenklich betrachtete Lucky ihr Spiegelbild in ihrem Penthouseapartment im Santangelo-Hotel. Sie wusste, dass Außenstehende in ihr eine starke, selbstbewusste Frau mit Sexappeal sahen. Unsichtbar für die anderen blieb, dass sie unter dem berechnenden Äußeren verwundbar und unglücklich war. Sie würde es nie verschmerzen, Lennie verloren zu haben, und deshalb war sie fest entschlossen, sich nie wieder in die gnadenlose Umklammerung der Liebe zu begeben.

Zuerst Marco.

Dann Lennie ... Beide hatte sie ohne eigenes Zutun verloren.

Oft fragte sie sich, wie ihm wohl zu Mute war. Anfangs hatte er häufig versucht, sie zu erreichen. Telefonanrufe, Briefe, hin und her.

Begriff er nicht, was geschehen war? Für sie war der Flugzeugabsturz eine Art Warnung gewesen. Falls sie ihn je wieder sah, würde etwas Schreckliches eintreten. In diesem Punkt war sie sich ganz sicher.

Sie atmete tief durch, fuhr sich mit der Zunge über die Lippen, warf den Kopf entschlossen zurück und ging zu ihrem Privatlift. Sie war bereit.

»Wirklich eine reife Leistung«, murmelte Costa bewundernd.

»Ja, nicht schlecht«, stimmte Gino ihm gelassen zu.

Gino war mittlerweile geschieden.

Susan hatte ihn ausgepresst wie eine Zitrone.

Kalifornische Gesetze.

Was Gino betraf, so hatte er kein Hehl daraus gemacht, was er von solchen Gesetzen hielt.

Er hatte sie in flagranti erwischt ... aber sie hatte die Forderungen in Millionenhöhe gestellt.

Eine Hyäne hinter damenhafter Fassade.

Und die ganze Zeit über war sie hinter Frauen her gewesen.

Er würde nie den Ausdruck ihrer Gesichter vergessen, als er sie beide im Bett erwischt hatte.

Susan und Paige – seine Frau und seine Geliebte.

Zwei Lesbierinnen.

Er gestand es sich zwar nie ein, doch er vermisste Paige. Die eigentliche Enttäuschung für ihn war sie. Selbstverständlich hatte er sie nie wieder gesehen.

»Da kommt Lucky«, sagte Costa voller Bewunderung. »Sie sieht einfach hinreißend aus.«

Gino musste ihm insgeheim Recht geben. Seine Tochter war eine erstaunliche Erscheinung.

Brigette Stanislopoulos frisierte ihr langes blondes Haar. Sie war nun schon vierzehn Jahre alt, wurde jedoch stets für achtzehn oder neunzehn gehalten. Das machte ihr Spaß.

Brigette ging inzwischen in ein Schweizer Internat. Das L'Evier, eine strenge Mädchenschule, hatte vor ihr bereits ihre langweilige, fettsüchtige Mutter Olympia und die Frau ihres Großvaters besucht, die sie so sehr bewunderte. Olympia und Lucky waren damals von ebenjener Schule geflogen, und Brigette wunderte sich gelegentlich, weshalb ihre Mutter sie ausgerechnet dorthin geschickt hatte. Doch insgeheim ahnte sie den Grund: Das Internat war weit weg.

Und wie ihre Mutter schon vor ihr hatte sie Mittel und Wege gefunden, sich dort gründlich zu amüsieren, sobald in den Schlafsälen die Lichter gelöscht wurden. Es war alles ganz einfach. Hunderte von Schülerinnen hatten im Laufe der Jahre den Weg ins nächste Dorf gefunden. Man durfte sich nur nicht erwischen lassen.

Brigette beherrschte das Spiel perfekt. Und außerdem war sie auf die Hilfe anderer Mädchen nicht angewiesen. Sie hatte keine Freundin. Für Brigette waren die anderen nur dumme Kinder, während sie sich bereits für eine erfahrene, weltgewandte Frau hielt. Schließlich war sie weit herumgekommen. Ihr Großvater gehörte zu den reichsten Männern der Welt. Ihre Mutter war eine Schönheit in den besseren Kreisen gewesen und ihr Stiefvater war ein Star. Sie hatte Lennie gern, obwohl sie ihn nur selten sah. Ihre Ferien verbrachte sie meistens auf der Privatinsel ihres Großvaters.

Sie hatte einen beachtlichen Stammbaum, den sie jedem auf die Nase band, und ein gefährliches Temperament; Letzteres war der Grund, warum die meisten auf ihre Freundschaft nicht scharf waren.

Mit Ausnahme der Jungen im Dorf. Denn diese kümmerte ihre Launenhaftigkeit wenig, solange sie ihnen Freiheiten erlaubte, die sie sich bei den anderen Mädchen nicht herausnehmen durften.

Brigette Stanislopoulos hatte es noch nie richtig getan.

Aber sie hatte es vor.

Und zwar bald. Sobald sie den richtigen Jungen gefunden hatte.

Brigette lächelte unwillkürlich. Sie war bemerkenswert hübsch, denn sie hatte das gut geschnittene Gesicht und den üppigen Busen von der Mutter geerbt. Jungen mochten große Brüste, und sie mochte es, wenn sie daran herumfummelten. Am wenigsten Spaß machte es ihr allerdings, die Jungen mit dem Mund zu bedienen. Aber sie tat es trotzdem. Sie musste es tun. Die Jungen waren ganz versessen darauf. Und sobald sie sie mal im Mund gehabt hatte, besaß sie alle Macht über sie. Dies war gut zu wissen.

Brigette strich das Oberteil des weißen Kleides glatt, das Lucky ihr für die Eröffnung des Santangelo-Hotels gekauft hatte. Es war zwar nichts Besonderes, aber durchaus chic und jugendlich. Brigette allerdings hätte irgendeinen schwarzen, aufreizenden Fetzen vorgezogen. Schwarz war Trumpf. Besonders, wenn man blondes Haar hatte.

Die Jungen liebten ihr langes, blondes Haar. Sie ließen es fasziniert durch ihre Hände gleiten, drapierten es über ihre »Dinger« und befriedigten sich in ihrem Haar. Manchmal konnten Jungen richtig widerwärtig sein!

Brigette fragte sich oft, was Lennie mit Olympia im Bett anstellte.

Und dann überlegte sie, was wohl Dimitri mit Lucky machte.

Plötzlich kicherte sie laut und hoffte, Lucky würde sich nicht an ihrem Make-up stoßen, das sie gerne kräftig auftrug.

Lucky ging mit elastischen, eleganten Schritten, gleich einer Raubkatze, auf ihren Vater zu.

»Kleines!« Er stand auf, um sie zu begrüßen.

»Alter Herr!« Sie grinste.

»Sei nicht so frech.« Sie umarmten und küssten sich. »Ich bin stolz auf dich, Kleines«, flüsterte er ihr ins Ohr.

»Es war nicht leicht«, erwiderte sie.

»Was wirklich der Mühe wert ist, ist nie leicht zu kriegen«, erklärte er.

Ein Klischee, dachte sie; aber dem Leben entnommen.

Ihre Gedanken wanderten automatisch zu Lennie. Sie hatte seinen Film *Private Dick* viermal und den zweiten Film *Piece of Class* dreimal gesehen.

Es war quälend für sie gewesen, ihn vor sich auf der Leinwand zu beobachten, ohne ihn zu berühren, ohne ihn spüren zu können. Sie sehnte sich mit jeder Faser ihres Seins nach ihm. Zum Glück war es ihr bisher erspart geblieben, ihm persönlich gegenüberzustehen. Er lebte mit Olympia in Kalifornien. Die Ehe schien schließlich doch noch gut gegangen zu sein.

Ja, und du bist noch immer mit Dimitri verheiratet, meldete sich eine innere Stimme. Bedeutet das vielleicht, dass deine Ehe gut ist?

Nein, hätte sie am liebsten laut hinausgeschrien. Sie war mit einem Einsiedler verheiratet. Dimitri war nur noch ein Schatten seiner selbst. Er trauerte um Francesca und hatte weder das Bedürfnis noch die Absicht, seine Insel je wieder zu verlassen.

Eine Weile lang hatte Lucky ihn getröstet. Schließlich war er alt und einsam. Er brauchte Roberto, um seine eintönigen Tage zu überstehen. Aber irgendwann war dann der Zeitpunkt für sie gekommen, wieder an sich zu denken. Die Pläne für ihr Hotel waren fertig, und sie wollte endlich mit der Arbeit beginnen.

»Du kannst gehen«, hatte Dimitri erklärt. »Aber ich werde es nie zulassen, dass du Roberto mitnimmst ... Niemals!«

»Ich bin seine Mutter. Er gehört zu mir!«, hatte sie ihm damals wütend entgegnet.

Dimitris Miene verzog sich zu einer lächerlichen Maske. »Versuch es, und du wirst verlieren. Dann musst du auf dein Hotel verzichten, und glaub mir, Lucky, ich sorge dafür, dass du Roberto nie wieder siehst.« Nach einer Pause fuhr er fort: »Du kannst kommen und gehen, wie es dir passt. Du kannst dein Hotel bauen, reisen, tun und lassen, was du willst. Aber Roberto bleibt hier bei mir. Er ist mein Sohn. Wenn ich sterbe, gehört er dir allein. Roberto erbt einmal alles.«

Lucky wusste, dass Dimitris Drohungen ernst zu nehmen waren. Und warum sollte sie es auf einen Kampf ankommen lassen? Sie konnte die Insel so oft besuchen, wie sie wollte. Warum sollte sie Roberto also nicht bei Dimitri lassen? Auf der Insel seines Vaters war er sicher. Und bei CeeCee wusste sie ihn in den besten Händen.

Schließlich entschied sie sich, Dimitris Vorschlag anzunehmen und zwischen Dimitris Insel und Atlantic City hin und her zu pendeln. Sie hatte keinen Grund, sich nicht mit dieser Lösung zufrieden zu geben. Lennie war bei Olympia. Wenn sie Lennie schon nicht haben konnte, dann verzichtete sie ebenfalls auf andere feste Bindungen. Eine echte Liebesbeziehung kam für sie nicht mehr in Frage.

Sobald sie das Bedürfnis verspürte, suchte sie sich einen Mann für eine Nacht. Sie hielt sich an das Prinzip von Sex ohne weitere Verpflichtungen.

Ihr Blick schweifte zu Gino, der inzwischen ebenfalls wieder allein lebte. Sie fragte sich oft, was aus seiner Beziehung zu Paige geworden war. Gino selbst schwieg sich dazu aus.

Mit dem Bau ihres eigenen Hotels hatte sich auch das Verhältnis zu ihrem Vater zum Besseren geändert. Sie verstanden sich ausgezeichnet, und sie liebte ihn sehr, aber seine Ansichten waren nicht mehr das Wichtigste für sie.

Er lebte in Las Vegas.

Sie lebte in Atlantic City und auf Dimitris Insel.

Es wäre zu einfach gewesen, nach dem Scheitern seiner Ehe zu ihm zurückzulaufen oder ihn um Hilfe zu bitten, als beim Bau des Hotels die Probleme angefangen hatten. Lucky konnte nichts beweisen, aber jemand hatte ständig versucht, ihr Knüppel zwischen die Beine zu werfen.

Als sie versuchte, die Gründe für die zahlreichen Verzögerungen, Streiks und Sabotageakte herauszubekommen, tauchte immer wieder nur ein Name auf: Santino Bonnatti.

Santino … vor langer Zeit waren sie locker befreundet gewesen. Aber dann hatte sie Enzio, seinen Vater, erschossen, und sie wusste, dass Santino seither wie eine giftige Kobra auf seine Chance wartete, sich tödlich an ihr zu rächen.

Nachdem sie sicher sein konnte, dass Santino hinter den

Sabotageakten an ihrem Projekt steckte, hatte sie umgehend Schritte unternommen.

Ein Telefongespräch war selbst ohne Ginos Hilfe zu Stande gekommen.

Es folgte ein Treffen mit einem älteren Mann in New York.

Ihre Bitte war unmissverständlich gewesen. Danach hatte es keine Schwierigkeiten mehr gegeben.

Sie war durchaus bereit gewesen, wenn nötig, auch noch einen Schritt weiterzugehen. Aber Santino war im Grund seines Herzens ein Feigling. Das wusste sie seit langem. Wenn er den Befehl bekam, sich zurückzuhalten, dann tat er dies ... und zwar schnell.

Gino sah sich bewundernd und stolz um. »Du hast wirklich gezaubert, Kleines«, lobte er aufrichtig. »Das Hotel ist ein Traum. Das Magiriano ist ein langweiliger Schuppen dagegen.«

Lucky lachte glücklich. »Ganz so schlimm ist es nicht.« Sie hakte sich bei ihm ein. »Komm, wir feiern. Heute ist ein besonderer Tag!«

86

Die Sonne fiel strahlend durch die riesigen Panzerglasscheiben des Hauses im Blue Jay Way, doch Eden Antonio fehlte jegliche Energie, sich von ihrem riesigen Bett zu erheben. Sie lag unter der Seidendecke und verfluchte stumm Santino Bonnatti. Er hatte ihr Leben ruiniert.

O Gott! Sie hätte sich erst gar nicht mit ihm einlassen dürfen. Ein Blick auf den kahlköpfigen perversen Mann mit dem haarigen Körper hätte genügen müssen, um ihr zu sagen, dass er einen miesen Charakter hatte. Und mit jedem Jahr hatte er sie ein Stück weiter in seine Niederungen hinabgezogen. Er hatte sie in dem Glauben gelassen, ihn benutzen zu können, dabei war es umgekehrt gewesen.

Mittlerweile war ihr klar geworden, dass sie schon längst – spätestens nachdem er sein Versprechen, sie als Star neben Vitos Felicidade groß herauszubringen, nicht wahr gemacht hatte – einen klaren Schlussstrich hätte ziehen müssen.

Sie hatte ihre Chance verpasst. Jetzt hielt er sie in seiner Nobelvilla mit Zeko als Wächter wie eine Gefangene.

Und sie war schwach. Je länger sie ihre Flucht aufschob, desto schwieriger wurde das Unterfangen. Und jünger wurde sie dabei auch nicht …

Sie legte sich träge auf den Bauch. Niemand würde ihr glauben, wenn sie die Wahrheit erzählte. Niemand würde ihr Glauben schenken, dass es möglich war, dass im Los Angeles des Jahres 1983 ein Mann eine Frau als sexuelle Gefangene halten konnte.

Selbst die Polizei wäre kaum in der Lage, ihr zu helfen, falls es ihr überhaupt je gelingen sollte, bis zu einem Polizisten vorzudringen. Zeko war allgegenwärtig, und sie hatte keine Beweise dafür, dass Santino sie unter Androhung brutaler Gewalt zu obszönen, abstoßenden sexuellen Praktiken zwang.

An eine Filmkarriere wagte sie kaum noch zu glauben. Ihre letzte Hoffnung war geschwunden, als Santino Lennie Goldens ersten Film *Private Dick* finanziert hatte. Eden hatte das Drehbuch gelesen und erkannt, dass die weibliche Hauptrolle ihr wie auf den Leib geschrieben war. »Ich möchte diese Rolle übernehmen«, hatte sie Santino gebeten. Sie wusste, dass Lennie ihr helfen würde, sobald er erfuhr, was mit ihr geschah.

»Ich habe auf die Besetzung keinerlei Einfluss«, hatte Santino verächtlich geantwortet. »Ich gebe nur die Knete … und ich glaube, der Film wird ein Renner.«

Und Santino sollte Recht behalten. *Private Dick* brach sämtliche Zuschauerrekorde, und Lennie Golden wurde ein Star. Eden war noch nicht einmal bei der Premiere dabei.

Santino hatte seine fette Ehefrau mitgenommen, während sie das Schauspiel nur am Fernsehapparat mitverfolgen durfte.

Sie saß in einer schrecklichen Falle.

Ihr Leben war ruiniert.

Verdammt zur Bedeutungslosigkeit.

Unruhig stieß sie die Bettdecke von sich. Der mexikanische Gärtner, der draußen den Rasen sprengte, hatte Schwierigkeiten mit einem Gartenschlauch.

Sie griff nach dem Telefonhörer. Santino hörte zwar ihre sämtlichen Gespräche ab, aber er erlaubte ihr, gelegentlich mit einigen Freundinnen zum Essen auszugehen. Paige Wheeler war eine solche Freundin. Und Eden war versucht, Paige alles zu erzählen. Vielleicht konnte sie helfen.

O natürlich! Sie würde sicher helfen, wenn Eden mit zerschnittenem Gesicht im Krankenhaus lag.

87

Du hast zu viel Make-up aufgelegt«, kritisierte Lucky nachsichtig. »Aber du siehst trotzdem großartig aus. Also pass auf, dass du's wenigstens nicht verschmierst.«

»Mein Make-up ist zu dick, meinst du wirklich? Normalerweise bin ich noch viel mehr geschminkt«, entgegnete Brigette.

»Wann? In der Schule?«

»Nein. Außerhalb der Schulzeit. Da lebe ich sowieso erst auf.«

Lucky umarmte sie. Das Mädchen erinnerte sie sehr an Olympia in diesem Alter. Sie mochte Brigette gern ... und das Mädchen wirkte schon sehr erwachsen. Sie war inzwischen fast so groß wie Lucky und sah aus wie achtzehn.

»Ich freue mich, dass du hier bist«, sagte Lucky und meinte es ehrlich. »Und das Kleid steht dir ausgezeichnet.«

»Hübsch und jungfräulich.« Brigette zwinkerte verschmitzt.

Lucky lächelte. »Wenn du's sagst …« Sie legte den Arm um Brigettes Schultern. »Komm! Du sollst bei Gino und Costa sitzen.«

Brigette sah sich im überfüllten Ballsaal um. Für sie war es ein herrlich aufregendes Erlebnis, bei der Eröffnung des Santangelo dabei zu sein. Allerdings war es nicht chic und cool, aufgeregt zu sein, und an diesem Abend wollte sie vor allem cool erscheinen.

Während sie mit Lucky auf deren Tisch zuging, glaubte sie, John Travolta unter den Gästen zu erkennen … und Cheryl Tiegs! Brigettes Herz schlug höher. Und war das nicht … Ja, es war tatsächlich der Schauspieler Tim Wealth. Er war sechsundzwanzig Jahre alt und sah einfach phantastisch aus. Sie schwärmte seit einiger Zeit leidenschaftlich für ihn … und jetzt war er mit ihr sogar im selben Raum!

Gino begrüßte sie mit einem galanten Handkuss. »Donnerwetter, du bist ja eine richtige Dame geworden«, sagte er. »Und eine hübsche dazu.«

Brigette mochte Luckys Vater. Obwohl er alt war, schien er doch wesentlich lustiger und amüsanter zu sein als Dimitri. Brigette spürte, dass sie sich glücklich schätzen konnte, bei der Einweihung des Santangelo dabei sein zu dürfen. Sie hatte Lucky von der Schweiz aus deshalb seit Wochen mit Briefen bombardiert, bis man ihr schließlich die Reise erlaubt hatte.

»Nur für ein paar Tage«, hatte Lucky gesagt. »Dann musst du weiter nach Kalifornien zu deiner Mutter. Sie erwartet dich.«

Brigette wäre am liebsten bei Lucky geblieben. Allein der Gedanke, den Sommer bei Olympia verbringen zu müssen, war deprimierend. Lucky dagegen …

Es wurde ein großartiger Abend. Alle schienen sich glänzend zu amüsieren. Lucky hatte ein erfahrenes und kreatives Team unter der Leitung von Matt Traynor für das Santangelo gewinnen können. Gino hatte ihr erlaubt, Matt abzuwerben.

Matt, der in seinem neuen Smoking ausgesprochen gut aussah, schien eine neue Freundin zu haben. Sie war klein, hatte lockiges rotes Haar und eine ausgezeichnete Figur. Lucky hatte das Gefühl, sie zu kennen, wusste jedoch nicht woher, bis Matt sie ihr vorstellte. Dann fiel es ihr plötzlich wie Schuppen von den Augen. Jess, natürlich! Der weibliche Croupier aus dem Magiriano, deren Baby ertrunken war. Lennies Freundin. Lennies Managerin.

Lucky begrüßte sie lächelnd. »Schön, Sie wieder zu sehen. Und herzlichen Glückwunsch zu Ihrem Erfolg mit Lennie Golden!« Lucky unterdrückte nur mühsam weitere Fragen.

»Ihr Hotel ist einfach phantastisch!«, bewunderte Jess begeistert. »Das auf die Beine zu stellen, muss Wahnsinn gewesen sein!«

»War es auch!«, seufzte Lucky. Wusste sie von ihr und Lennie?

Nein. Niemand hatte eine Ahnung. Es war ihr Geheimnis.

»Sie haben wirklich etwas Großartiges vollbracht«, bemerkte Jess und sah sich in dem glitzernden Ballsaal um.

»Danke.« Vermisst Lennie mich, hätte sie am liebsten gefragt. Mir fehlt er sehr.

»Hallo, Brigette!« Jess beugte sich über den Tisch. »Wir haben uns ja eine Ewigkeit nicht gesehen. Beinahe hätte ich dich nicht erkannt. Du bist richtig erwachsen geworden.«

»Oh, hallo ... Jess!«

»Wie ich höre, kommst du uns in Kalifornien besuchen?«

»Ja, richtig.« Brigette rutschte unruhig auf ihrem Stuhl hin und her. Warum musste sie nur immer zu allen höflich sein?

Brigette beobachtete, wie Tim Wealth am gegenüberliegenden Ende des Ballsaals von seinem Tisch aufstand. Vermutlich langweilte er sich ebenso wie sie. Schnell erhob sie sich. »Ich muss mal auf die Toilette«, flüsterte sie Lucky leise zu.

Und ohne Zögern ging Brigette in die Richtung, in die der junge Schauspieler verschwunden war.

»Ich finde, wir könnten heiraten«, erklärte Matt förmlich. »Auf diese Weise würden wir den Anlass in dieser Umgebung gebührend feiern.«

Jess glaubte, ihren Ohren kaum zu trauen. Nach mehreren Jahren Funkstille kam plötzlich das.

»Was meinst du dazu?«, erkundigte er sich gelassen.

»Wie bitte ...« Sie starrte ihn verblüfft an. »Ich ... soll heiraten?«

»Ja. Es sei denn, du hältst gar nichts davon.«

Jess schüttelte verwirrt den Lockenkopf. »Aber warum?«

»Warum nicht?«

Allmählich fasste sie sich wieder. »Soll ich dir eine Liste von Gründen geben?«

Er schien wie vor den Kopf gestoßen. »Okay, lass es sein.«

»Warum?«

»Hör auf, ständig ›Warum?‹ zu fragen.«

»Matt?«

»Ja?«

»So idiotisch finde ich deinen Vorschlag gar nicht.«

Brigette stand vor der Herrentoilette, als Tim Wealth herauskam. »Hallo!«, begrüßte sie ihn freudig wie einen alten Bekannten.

Er sah sich um, weil er glaubte, sie meine einen anderen.

»Ich habe *Sie* angesprochen«, erklärte sie forsch. »Wir kennen uns. Erinnern Sie sich nicht?«

Tim Wealth war ein groß gewachsener, schlaksiger junger Mann mit schmalem Gesicht, ausdrucksvollen Augen und üppiger brauner Haarmähne. Er trug einen geliehenen Smoking, ein schwarzes Hemd und hatte einen kleinen, goldenen Knopf im linken Ohrläppchen. Er hatte zwei Jahre zuvor seinen ersten Film gedreht und war von der Presse als Entdeckung des Jahres gefeiert worden. Seitdem hatte man ihm kein einziges Drehbuch mehr angeboten.

Wer kannte sich schon mit der Filmindustrie und ihren Launen aus? Tim Wealth sicher nicht.

Nachdem er achtzehn Monate auf Besseres gewartet hatte, hatte er sich schließlich dazu herabgelassen, als Gaststar in schlechten Fernsehshows aufzutreten. Danach war es mit seiner Karriere nur noch bergab gegangen. Jetzt war er mit einem schwulen Produzenten in Atlantic City, der ihm mehr als nur seinen mageren Hintern versprochen hatte.

»Und wo sind wir uns schon mal begegnet?«, erkundigte er sich und musterte sie von oben bis unten.

»Ich habe mir Ihren Film sechsmal angesehen«, erwiderte Brigette aufgeregt. Sie konnte es kaum fassen, dass er sich wirklich mit ihr unterhielt. »Warum haben Sie nicht mehr Filme gemacht?«

»Gute Frage«, bemerkte er säuerlich.

»Mein Stiefvater ist Schauspieler.«

»Wie aufregend.«

»Er heißt Lennie Golden. Kennen Sie ihn?«

»Hiermit hast du die goldene Zitrone für die dämlichste Frage des Jahres gewonnen.«

»Wie bitte?«

»Vergiss es.«

»Meine ... also meiner Tante gehört das Hotel hier«, fuhr sie mutig fort.

»Und wer ist diese so genannte Tante?«

»Lucky Santangelo. Haben Sie sie bereits gesehen?«

»Wer könnte sie schon übersehen!«

»Sind Sie mit einem Mädchen hier?«

»Willst du mir deine Dienste für die Nacht anbieten?«

Brigettes Herz begann schneller zu schlagen. Tim Wealth war in Wirklichkeit noch attraktiver als im Film. »Ja«, antwortete sie prompt.

Er starrte sie prüfend an. »Wie alt bist du?«

»Achtzehn«, log sie, ohne zu zögern. »Und Sie?«

»Sechsundzwanzig ... aber ich gehe rapide auf die Fünfzig zu. Und wenn dieser Abend noch lange dauert, kriege ich graue Haare.«

Sie kicherte. »Sie langweilen sich also?«

»Kluges Mädchen.« Er zog die Augenbrauen hoch.

»Wo wohnen Sie eigentlich?«, fragte sie wissbegierig.

»In Los Angeles«, antwortete er.

»Da fahre ich morgen hin«, verkündete Brigette stolz.

»Was willst du eigentlich von mir? 'ne Tapferkeitsmedaille?«

Brigette kicherte erneut und reckte aufreizend ihren Busen unter dem jungfräulich weißen Kleid von Lucky.

Tim Wealth war Brigettes eindeutige Bewegung nicht entgangen. Er war zwar bisexuell veranlagt, aber ein Paar umwerfend geformte weibliche Titten verfehlten auch auf ihn ihre Wirkung nicht. Außerdem würde sein Freund, der Produzent, erst in einigen Stunden in die Suite zurückkehren. »Möchtest du meine Füße sehen?«, erkundigte er sich spöttisch.

»Ihre Füße?«

»Ja, meine Zehen sind berühmt.«

»Ehrlich?«

»Sag mal, stimmt bei dir alles?«

»Wie bitte?«

»Schon gut. Folge mir, schönes, kleines Mädchen.«

»Trink es.«

»Saug ihn!«

»Schnupf es!«

Tim Wealths Anweisungen kamen knapp und präzise, und Brigette gehorchte, weil sie völlig überwältigt davon war, dass er sich überhaupt mit ihr abgab.

Er ließ sie Wodka pur trinken, der widerlich wie Medizin schmeckte, den Brigette jedoch mit Todesverachtung hinunterschluckte, weil sie nicht als dumm und unerfahren gelten wollte.

Dann öffnete er den Reißverschluss seiner Smokinghose und befahl ihr, vor ihm niederzuknien. Alles Weitere kannte Brigette, nur blieb diesmal der gewohnte Erfolg ihrer Bemühungen aus.

Tim Wealth machte einfach seine Hose wieder zu, ging zu einer Kommode, kramte in einer Schublade und kehrte mit einem Tütchen weißen Pulvers wieder zurück, das er in zwei geraden Linien auf der Marmorplatte eines Couchtisches auslegte. Dann reichte er ihr eine Banknote und befahl: »Schnupf es!«

Brigette erkannte sofort, dass es sich um Kokain handeln musste. Eine ihrer Mitschülerinnen im Internat, die Tochter eines reichen Arabers, hatte es stets auf diese Weise genommen.

Brigette hatte zwar schon Marihuana geraucht, aber mit Kokain besaß sie keinerlei Erfahrung. Sie begann, das weiße Pulver vorsichtig einzuziehen, musste niesen, verschluckte sich und zerstreute hustend und prustend die zwei weißen Portionen im ganzen Zimmer.

»Mist!«, schimpfte Tim lautstark. »Was ist los mit dir? Stell dich nicht so blöd an, du Anfänger!«

»Entschuldigung«, murmelte sie atemlos.

Tim Wealth legte zwei weitere Linien seines wertvollen Kokainvorrats aus. »Also, zieh sie dir rein! Aber anständig!«

Ihr zweiter Versuch verlief erfolgreicher, und plötzlich fühlte sie sich leicht wie eine Feder.

»Zieh dich aus!«, verlangte Tim Wealth.

Brigette zögerte nur einen Augenblick. Normalerweise zogen die Jungs *sie* aus, und zwar meistens im dunklen Fond irgendeines Autos. Das, was sie nun erlebte, war völlig anders; oder vielmehr, *er* war anders!

Sie gehorchte und legte ihr weißes Kleid, BH und Slip mit überhastetem Eifer ab. Es war ihr seltsam zu Mute ... aufgeregt und voller gespannter Erwartung.

Was dann kam, war für Brigette ein schmerzhaftes und erregendes Erlebnis zugleich. Wealth befahl ihr, sich vor ihm auf den Teppich niederzukauern; dann drang er schnell und heftig von hinten in sie ein, und diesmal war sein Glied steif und groß.

Sie unterdrückte einen Aufschrei, und endlich mischten sich Wellen eines wohligen Gefühls in die schmerzhaften Empfindungen, während Wealth ihr auf das nackte Hinterteil schlug und sie mit heftigen Stößen traktierte.

Dann endlich war es so weit. Wealth kam mit einem tiefen Seufzer, ließ sie los und rollte auf dem Teppich zur Seite.

Noch benommen versuchte Brigette aufzustehen. Als sie endlich mit zitternden Knien aufstand, fühlte sie klebriges Blut zwischen den Schenkeln.

»Zieh dich an und geh nach Hause, Kleines!«, murmelte Wealth schläfrig auf dem Fußboden. »Auf ein Wiedersehen.«

Offenbar war Wealth völlig entgangen, dass er sie eben entjungfert hatte.

Da Brigette nicht wusste, wie sie sich hätte verhalten sollen, ergriff sie hastig ihre Kleider und zog sich an. Dann schrieb sie ihren Namen und die Telefonnummer von Olympias und Lennies Haus in Los Angeles auf einen Notizblock und lehnte diesen ans Telefon.

Tim Wealth war bereits eingeschlafen.

Sein zufriedenes Schnarchen begleitete sie bis zur Tür.

»Da bist du ja endlich!«, begrüßte Lucky Brigette erregt. »Wo hast du denn gesteckt?«

»Ich hab mir nur mal alles angesehen«, antwortete Brigette mit Unschuldsmiene. Außer ihren leicht geröteten Wangen deutete nichts auf das hin, was sie eben erlebt hatte.

»Ich mag es nicht, wenn du einfach so verschwindest«, entgegnete Lucky vorwurfsvoll. »Wenn du unbedingt auf Erkundungstour gehen willst, dann sag mir gefälligst Bescheid, dass ich dir Begleitung mitgeben kann.«

»Ich bin doch kein Baby mehr!«, wehrte Brigette sich, die sich nun als erwachsen betrachtete. Nach den Gefühlen, die Tim Wealth bei ihr ausgelöst hatte, war sie nun bestimmt eine richtige Frau.

»Das weiß ich auch«, lenkte Lucky nachsichtig ein. »Aber du bist eine wichtige junge Dame, die eines Tages ein großes Vermögen erben wird. Du kannst deshalb nicht einfach mal so untertauchen, ohne jemandem Bescheid zu sagen. Dein Großvater würde einen Anfall kriegen, wenn er das wüsste.«

»Ich verstehe schon«, log Brigette. Manchmal konnte Lucky ebenso stumpfsinnig wie alle anderen Erwachsenen sein. »Jetzt bin ich ziemlich müde. Ist es okay, wenn ich ins Bett gehe?«

»Natürlich«, antwortete Lucky, die erleichtert war, die Verantwortung für Brigette für diesen Abend los zu sein.

Um halb vier Uhr morgens verließen die letzten Gäste die Party. Lucky saß noch mit Matt, Jess und Gino und einem Showgirl, das Letzterer sich angelacht hatte, am Tisch.

Der unermüdliche Gino. Wurde er nie alt?

Offenbar nicht. Er stand, das Showgirl im Schlepptau, auf, um zu gehen. »Es ist spät geworden«, erklärte er und legte den Arm um das Mädchen. »Ich bin nicht mehr der Jüngste und brauche meinen Schlaf.«

Lucky lächelte.

Gino gab seiner Tochter einen Kuss. »Du gehörst zu den Gewinnern im Leben, Kleines«, murmelte er liebevoll. »Vergiss das nie.«

»Er ist schon was Besonderes … mein alter Herr«, seufzte sie, als Gino und das Showgirl gegangen waren.

Jess und Matt nickten augenzwinkernd.

Lucky unterdrückte ein Gähnen. Sie wollte allein sein. So gern sie Matt und auch Jess hatte, die sie allmählich besser kennen gelernt hatte … es war doch ein langer, anstrengender Abend gewesen. Sie brauchte jetzt Ruhe oder ein sexuelles Erlebnis ohne weitere Fragen.

»Ich geh schlafen«, verkündete sie. »Und ich schlage vor, ihr tut dasselbe.«

»Gute Idee«, sagte Matt.

»Ja«, stimmte Jess zu und fühlte sich zum ersten Mal seit Jahren wie ein schüchternes Schulmädchen.

Lucky stand auf, die anderen folgten ihrem Beispiel. »Gratuliere zu eurem Entschluss – ich freue mich sehr für euch beide«, sagte sie herzlich. »Wirklich!«

Jess sah zu Matt auf, der eigentlich gar nicht dem Männertyp entsprach, den sie bisher bevorzugt hatte. »Ich mich auch«, murmelte sie.

Als sie den Ballsaal verließen, wandte sich Lucky beiläufig an Jess: »Wie geht es eigentlich Lennie?«

Jess, die natürlich über alles Bescheid wusste, wählte ihre Worte sorgfältig.

»Ganz gut«, erwiderte sie. »Er arbeitet hart. Manchmal kommt es mir so vor, als sei Arbeit die einzige Freude in seinem Leben.«

Lucky dachte noch länger über diesen Satz nach, während sie sich von den beiden verabschiedete und mit dem Lift hinauffuhr.

Oben im Bett ihres Penthouses konnte sie nicht einschlafen. Immer wieder ging ihr das durch den Kopf, was Jess gesagt hatte: »Manchmal kommt es mir so vor, als sei Arbeit die einzige Freude in seinem Leben.« Wie wahr! Wenn sie Roberto nicht hätte, würde es ihr ähnlich ergehen.

Sie beschloss, sich anzuziehen und auszugehen. Es gab in der Nähe eine Westernbar, die die ganze Nacht durchgehend geöffnet hatte. Hastig zog sie Jeans und eine Hemdbluse an. In diesem Augenblick klingelte das Telefon. Einen verwegenen Moment lang hoffte sie, es könne Lennie sein. Mit klopfendem Herzen nahm sie den Hörer ab.

»Mrs. Stanislopoulos?«, sagte am anderen Ende eine Stimme mit ausländischem Akzent.

Lucky befiel plötzlich eine schlimme Vorahnung, und ihr Herz begann wie wild zu schlagen. Roberto! Lieber Gott, lass Roberto nichts geschehen sein!

»Ja?«, antwortete sie mit ängstlich bebender Stimme.

»Es tut mir so Leid ...«

»Was ist denn passiert!«, schrie sie erregt und voller Angst um ihren kleinen Jungen.

»Mr. Stanislopoulos ... er ... hatte einen schweren Infarkt ... für einen Arzt war keine Zeit mehr ... er ist vor einer Stunde gestorben.«

88

Die Auswahl der Geschworenen nahm mehrere Tage in Anspruch. Jedes Mal, wenn Steven einen Geschworenen akzeptierte, erklärte der Anwalt der Gegenseite diesen für befangen, und umgekehrt. Schließlich hatte man sich über die Geschworenen geeinigt, und der Prozess konnte beginnen.

Mary Lou erschien vom ersten Verhandlungstag an vor Gericht, saß in der ersten Reihe und beobachtete das Verfahren aufmerksam.

Es dauerte bereits eine Woche: Moore gegen Bonnatti. Und gegen Ende dieser Woche war Steven sehr zuversichtlich, den Fall gewinnen zu können. Im Zeugenstand hatte Mary Lou einen tadellosen Eindruck hinterlassen, während die Gegenseite nur zwielichtige Herren in dreiteiligen Anzügen mit schwachen Ausreden, nervösen Händen und vor Pomade glänzenden schwarzen Haaren hatte präsentieren können.

Bonnatti selbst erschien sogar am letzten Tag nicht. Steven hätte sich gewünscht, ihm persönlich gegenüberzustehen und sein Gesicht sehen zu können, als das Gericht ihn in seinem Urteil zur Zahlung von sechzehn Millionen Dollar an Miss Moore verurteilte.

Mary Lou war restlos glücklich. »Mir geht's nicht ums Geld«, versicherte sie immer wieder erregt. »Ich fühle mich wie Clint Eastwood! Ich habe mich für gewisse Prinzipien stark gemacht und gewonnen.«

»Die werden Berufung einlegen«, warnte Steven sie. »Bei diesem hohen Streitwert müssen wir damit rechnen, dass die Schadensersatzsumme drastisch reduziert wird.«

»Das ist mir egal!«, entgegnete sie. »Das ist mein Sieg ... und den kann mir niemand nehmen.«

Steven führte sie zur Feier des Tages aus. Sie feierten die Nacht durch, und schließlich fand er sich mit einem zwanzigjährigen Fernsehstar im Bett wieder, mit dem er sich eigentlich gar nicht hatte einlassen wollen. Aber sie war einfach entwaffnend jung, hübsch und süß!

»Wie bin ich nur da hineingeraten!«, stöhnte Steven, nachdem sie sich geliebt hatten.

»Hat's dir denn keinen Spaß gemacht?«, erkundigte sich Mary Lou und sah ihn aus ihren großen Augen unschuldig an. Dabei wusste sie nur zu gut, dass er jede Minute genossen hatte.

»Dumme Frage!«, seufzte Steven und betrachtete ihren

schönen Körper und die tadellose Haut, die die Farbe cremiger Milchschokolade hatte und vielleicht einen Ton heller war als bei ihm.

»Also für mich war's phantastisch.« Sie lächelte. »Es scheint doch zu stimmen, was man über Anwälte sagt.«

»Und was sagt man denn über Anwälte?«

Sie kicherte. »Wenn du dir einen guten angeln kannst, dann behält er deinen Fall für immer! Steven, du bist wirklich ein ausdauernder Liebhaber.«

Steven musste unwillkürlich lachen. Sie war wirklich entzückend. Trotzdem war er sich im Klaren, dass das nie wieder vorkommen durfte.

Er blieb die ganze Nacht bei ihr und erklärte ihr am nächsten Morgen ernst, dass es keinen Sinn habe, eine Affäre daraus werden zu lassen.

Mary Lou lächelte. »Da bin ich vollkommen deiner Meinung.« Dann umschlang sie ihn geschmeidig, und er versank in ihr.

Die Liebe mit Mary Lou war etwas ganz Besonderes; und das spürten sie beide.

Als er sich schließlich von ihr verabschiedete, sagte sie: »Heute Abend koche ich für dich.«

»Ich hab dir doch gesagt, dass es mit uns nicht so weitergeht.«

»Natürlich«, erwiderte sie. »Sei um sieben hier! Ich bin für meine ausgezeichnete chinesische Küche bekannt.«

Es dauerte nur eine Woche, und Mary Lou zog von ihrer Wohnung in sein Haus um.

»Vorsicht!«, warnte Jerry.

»Ist sie nicht ein bisschen zu jung für dich?«, mahnte Carrie.

Steven musste beiden Recht geben. Aber Mary Lou zerstreute all seine Befürchtungen.

Er war in seinem Leben noch nie so glücklich gewesen.

»Wir haben ein großartiges Angebot ... und zwar ein festes Angebot«, berichtete Anna Robb. »Und rate mal, von wem?«

Carrie schüttelte den Kopf. »Keine Ahnung.«

»Das ist gut«, seufzte Anna zufrieden. »Du würdest auch nie draufkommen.«

»Also, von wem?«

»Soll ich's dir wirklich sagen?«

Das neckische Spiel war untypisch für Anna. Carrie wurde ungeduldig. »Ja!«, antwortete sie. »Sei so nett und erzähl's mir endlich!«

Anna holte tief Luft. »Eine halbe Million Dollar. Ein Viertel bei Unterzeichnung des Vertrags. Ein weiteres Viertel nach der Veröffentlichung, das nächste Viertel bei Veröffentlichung der Taschenbuchausgabe und den Rest nach einem halben Jahr.«

»Und wer will das Manuskript kaufen?«, fragte Carrie.

»Fred!«, rief Anna aus. »Ist das noch zu fassen? Fred Lester! Der Geizkragen!«

»Fred«, wiederholte Carrie.

»Ja, meine Liebe. Und er kauft es, weil er der Meinung ist, dass es sich um die beste Biografie handelt, die ihm seit Jahren angeboten worden ist, und dass sie ein Riesenerfolg werden wird. Er hat wörtlich gesagt, es sei so authentisch und ehrlich, dass ihm manchmal die Tränen in die Augen getreten seien ... Und so was kommt einem Fred Lester nicht leicht über die Lippen.«

Anna redete weiter, doch Carrie hörte längst nicht mehr zu. Die Welt sollte also ihre Lebensgeschichte erfahren. Und es war nicht nur ihre, sondern auch Stevens Geschichte, und sie hätte ihn vorher fragen müssen.

»... Fred möchte mit dir reden. Wenn's geht, gleich morgen.«

Anna strahlte. Carrie hatte sie noch nie so glücklich erlebt.

»Er hat große Pläne mit dir.«

Pläne! Großer Gott! Vielleicht hatte sie einen Fehler begangen. Es waren zweierlei Dinge: ob man seine Lebenserinnerungen mit Anna teilte oder sie vor dem ganzen Land ausbreitete.

»Ich weiß nicht …«, begann sie.

»Du weißt was nicht?«, fuhr Anna auf. »Freu dich doch, um Himmels willen! Lach endlich, Carrie! Du wirst die bekannteste schwarze Autorin Amerikas werden!«

89

Arschficker!«, schrie Santino Bonnatti ordinär. »Wofür halten die mich? Sechzehn Millionen! Die können sie sich sonstwohin stecken! Von mir kriegen sie sie nicht! Donatella!«, brüllte er nach seiner Frau.

Donatella ließ sich Zeit. Als sie schließlich das Zimmer betrat, sah sie ihn und seine so genannten Geschäftsfreunde wütend an. »Deine Sprache gefällt mir überhaupt nicht«, erklärte sie mit auffallend italienischem Akzent. »Nimm dich gefälligst zusammen! Was sollen denn die Kinder von dir denken?«

Man hatte ihn auf sechzehn Millionen Dollar Schadensersatz verklagt, und Donatella machte sich Sorgen wegen der Kinder!

Bonnatti sah nur noch rot. »Ich muss weg!«, zischte er mit einem vernichtenden Blick auf seine Frau. »Falls Reporter anrufen, abweisen!«

»Weshalb abweisen?«, entgegnete Donatella.

»Das hat dich nicht zu interessieren! Sag's einfach!«

Damit stürmte er aus dem Haus. Bonnatti war wütend auf seinen New Yorker Anwalt. Dieser verdammte Idiot! Genauso gut hätte er sich selbst verteidigen können. Schließlich waren sie in Amerika und konnten in ihren Zeitschriften drucken, was sie wollten. Wenn sich die dämliche Kuh nackt hatte fotografieren lassen, dann war das ihr Problem.

Und kein mieser kleiner Richter hatte Bonnatti Vorschriften zu machen! Keiner!

Eden hielt sich gerade im Wohnzimmer auf, als Santino plötzlich wie Klein Cäsar hereinstürmte, sich schnaubend in einen Sessel fallen ließ, die Hose öffnete, die Beine spreizte und befahl: »Bedien mich gefälligst, wie du's gewohnt bist!«

Eden war empört. Zeko saß in einer Ecke und spielte Patience, und das Hausmädchen staubsaugte im Flur. Draußen vor dem Fenster reinigte jemand den Swimmingpool.

»Jetzt reicht's mir aber!«, entgegnete sie mutig. In Anwesenheit all der anderen fühlte sie sich einigermaßen sicher. Doch bevor sie wusste, wie ihr geschah, hatte er sich auf sie gestürzt und begann, sie zu verprügeln.

Eden wehrte sich verzweifelt. »Du Schwein!«

Der Brillantring an seinem kleinen Finger hinterließ eine blutende Schramme an ihrer Wange.

»Ich hasse dich!«, schrie sie und hielt sich die Wange.

Zeko sah nicht einmal von seinen Karten auf. Das Hausmädchen staubsaugte seelenruhig weiter, und der Mann am Swimmingpool drehte ihnen den Rücken zu.

Eden rannte ins Badezimmer und starrte entsetzt auf ihr Spiegelbild: Ihr Gesicht war verunstaltet.

Santino folgte ihr. »Warum bist du auch immer so schwierig?«, jammerte er. »Ich hab genug Sorgen. Ich bin hergefahren, um auf andere Gedanken zu kommen!«

Sie tat, als sei er Luft.

»Los! Auf die Knie mit dir, Süße!«

Süße? Er nannte sie »Süße« und verlangte nach allem auch noch von ihr, dass sie ihn mit dem Mund bediente?

Unter keinen Umständen.

Sie war fertig mit ihm.

Irgendwie musste sie da raus.

Zwei Tage später erklärte Santino ihr, er habe schließlich das perfekte Drehbuch für sie gefunden, und warf ihr ein Manuskript in den Schoß.

Sie hatte ihm die Schramme in ihrem Gesicht noch nicht vergeben, doch sie las das Drehbuch und knirschte mit den Zähnen.

Reine Pornografie.

»Das is' bloß 'n Soft-Porno«, argumentierte Santino. »Mit viel Busen und Hintern. Wenn du ihn nicht machen willst, suche ich eine andere.«

Eden las das Drehbuch noch einmal. Vielleicht konnte man mit ein paar Änderungen etwas Besseres daraus machen. Immerhin sollte sie die Hauptrolle spielen.

»Wer ist der Regisseur?«, fragte sie.

»Ryder will das versuchen.«

»Er ist Produzent.«

»Reagan war auch mal Schauspieler ... und was ist er jetzt?«

»Wer ist mein Partner?«

»Ein grüner Junge namens Tim Wealth.«

Eden verzog keine Miene. Tim Wealth. Er war der junge Schauspieler gewesen, mit dem sie vor fünf Jahren nach Los Angeles durchgebrannt war, nachdem sie mit Lennie Schluss gemacht hatte.

»Mal was von ihm gehört?«, wollte Santino wissen.

»Nein«, log Eden.

»Ich auch nicht!«, bemerkte Santino verächtlich. »Aber es heißt, er sei gut. Willst du jetzt die Rolle?«

Eden seufzte.

Und nahm an.

Selbst der schlechteste Soft-Porno war besser als überhaupt keine Beschäftigung.

90

Das Begräbnis von Dimitri Stanislopoulos auf seiner Privatinsel war ein trauriges und bedrückendes Ereignis. Nach einer Schönwetterperiode hatte sich der Himmel bezogen, und es war Nebel aufgekommen. Dimitris Freunde und Geschäftspartner kamen aus aller Welt, um ihm die letzte Ehre zu erweisen. Lucky, ganz in Schwarz, hatte Roberto an der Hand, der mittlerweile schon fast im schulpflichtigen Alter war und überhaupt nicht begriff, was um ihn herum vorging. Brigette stand neben Lucky am offenen Grab. Auch Gino war anwesend. Er hatte darauf bestanden, Lucky nach Griechenland zu begleiten, um sie in den schweren Stunden zu unterstützen. Nur Olympia war zur Beerdigung nicht erschienen.

»Soviel ich weiß, ist Mrs. Golden krank«, erklärte der Anwalt der Familie auf Luckys diesbezügliche Frage.

»Was fehlt ihr denn?«

Der Anwalt räusperte sich verlegen. »Ich glaube, sie hat sich noch immer nicht vollständig von ihrem Unfall erholt.«

»Aber das ist mittlerweile drei Jahre her«, gab Lucky zu bedenken.

»Ich weiß«, seufzte der Jurist. »Zur Testamentseröffnung wird sie sich sicher wieder einigermaßen erholt haben.«

»Das kann ich mir lebhaft vorstellen«, bemerkte Lucky sarkastisch.

Dimitris Tod und sein Begräbnis waren eine neue, seltsame Erfahrung für Lucky. Sie fühlte sich nicht als trauernde Witwe ... sie hatte eher einen guten Freund verloren, denn nachdem sie Dimitris Bedingungen bezüglich Robertos einmal akzeptiert hatte, waren sie gut miteinander ausgekommen. Seit Francescas Tod war er weder Ehemann noch Geliebter für sie gewesen. Doch sie hatte in ihm stets einen weisen Ratgeber gefunden, und seinem Sohn war er ein guter Vater gewesen. Sie würde ihn wohl vermissen.

Was jetzt? Sie hatte ihre Freiheit *und* Roberto wieder. Die Welt stand ihr offen.

Nur jetzt, da sie alles das vor sich hatte, wusste sie nicht, was sie damit anfangen sollte.

Olympia hätte durchaus am Begräbnis ihres Vaters teilgenommen; sie wollte es aus tiefstem Herzen. Aber wie hätte sie das nur verkraftet … fett und unförmig, wie sie war?

Als sie die Nachricht von Dimitris Tod erfuhr, konnte sie es zuerst nicht fassen. Warum hatte er ihr das nur angetan? Aus ihrer ersten Wut war Frustration und dann haltlose Trauer geworden. Ihr ganzes Leben lang war Dimitri der Fels im Hintergrund gewesen, auf den sie sich stets dann hatte verlassen können, wenn sie mit ihren Eskapaden wieder einmal Schiffbruch erlitten hatte. Mit Dimitri Stanislopoulos als Vater hatten weder böse Lehrer in den zahllosen Internaten noch dreiste Ehemänner ihr je ernsthaft etwas anhaben können.

Jetzt war er tot.

Und das konnte nur Luckys Schuld sein.

»Das Biest hat ihn umgebracht!«, wütete Olympia vor Lennie.

»Das Hotel genügt ihr noch nicht. Die Hexe hat es auf sein ganzes Vermögen abgesehen!«

»Das ist doch Unsinn!«, versuchte Lennie sie zu beruhigen. Allmählich trieb sie ihn mit ihren Launen zum Wahnsinn. Seit er vorsichtig eine Scheidung angedeutet hatte, setzte sie ihn mit ihren Selbstmorddrohungen unter Druck. Seit drei Jahren nahm er nur Rücksicht auf Olympia. Jetzt war das Maß voll. Er konnte nicht mehr.

»So, meinst du?« Olympias stahlblaue Augen blitzten ihn wütend an. »Was findest du nur an diesem Biest? Weshalb verteidigst du sie immer?« Jedes Mal, wenn das Gespräch auf Lucky kam, verspritzte Olympia Gift und Galle. »Ich kenne sie besser als du, mein Lieber. Glaub mir, sie ist von Grund auf böse. Sie allein hat Dimitri auf dem Gewissen!«

Lennie wusste, dass jede weitere Diskussion mit Olympia überflüssig war.

Sobald Jess wieder in Los Angeles war, rief sie Lennie an, erzählte ihm von ihrer Verlobung und verabredete sich mit ihm in der »Polo Lounge« zum Mittagessen.

Lennie umarmte sie herzlich, wünschte ihr alles Gute für die Zukunft mit Matt und bemerkte dann: »Ich schätze, von jetzt an trennen sich unsere Wege.«

»Machst du Witze?«, rief sie erstaunt aus. »Den Job bei dir will ich nicht aufgeben ... wirklich nicht!« Sie bestellte eine Bloody Mary und einen gemischten Salat, während Lennie sich für Rühreier mit Speck entschied. »Ich habe schon alles mit Matt besprochen«, fuhr sie ernst fort. »Ich werde einfach pendeln.«

»Zwischen Los Angeles und Atlantic City?«

»Nein. Ich dachte eher an Leningrad und Paris.«

»Haha, Witzbold!«

»Ich sehe da keine Probleme«, beharrte Jess. »Mein Büro mit den übrigen Angestellten bleibt weiterhin in Los Angeles. Aber anstatt täglich dort zu erscheinen, bin ich eben nur drei Tage in der Woche da. Und die restliche Zeit kann man mich telefonisch erreichen. Wärst du damit einverstanden?«

Lennie zuckte mit den Schultern. »Selbstverständlich. Ich dachte schon, du würdest mich in den Wind schießen.«

Jess lächelte und trank einen Schluck. »Ich habe übrigens Lucky gesehen«, bemerkte sie leichthin.

Lennie griff hastig nach seinem Glas. »Und wie geht es ihr?«, erkundigte er sich und gab sich unbeteiligt.

»Gut. Ich fand sie längst nicht mehr so abweisend wie früher … im Gegenteil. Sie war äußerst reizend zu mir. Und das Hotel ist wirklich absolut erste Klasse. Also falls du mal wieder daran denken solltest, in Nachtclubs aufzutreten …«

Jess beschrieb das Santangelo, während Lennie daran dachte, was hätte sein können, wenn … Ja, wenn Lucky ihn ebenso sehr begehrt hätte, wie er sie.

Aber offensichtlich hatte es dafür nicht gereicht. Es war ihr wichtiger gewesen, bei Dimitri zu bleiben und ihr Hotel zu bauen.

Er fragte sich, was sie nun unternehmen würde, nachdem Dimitri tot war.

Olympia hatte ihn gebeten, sie zur Testamentseröffnung nach New York zu begleiten. Die Dreharbeiten zu seinem neuen Film begannen erst in einigen Monaten, und zum Schreiben fehlte ihm sowieso die innere Ruhe. Er spielte daher mit dem Gedanken, tatsächlich nach New York zu fliegen.

Warum auch nicht?

Er sollte die Sache vielleicht eher auf die leichte Schulter nehmen.

Er würde Lucky nach drei Jahren wieder sehen.

Und er konnte es kaum erwarten.

91

Die Witwe eines der reichsten Männer der Welt zu werden, war eine beängstigende Angelegenheit. Als Dimitri Stanislopoulos' Frau war Lucky von seinen Geschäftspartnern mit einem gewissen Respekt behandelt worden. Als seine Witwe katzbuckelten plötzlich alle vor ihr.

Sie begriff allmählich, dass sie mit Dimitris Tod eine Machtstellung erreicht hatte, von der sie nicht einmal geträumt hatte. Obwohl Olympia und Roberto den Löwenanteil erben würden, fiel trotz ihres im Heiratsvertrag enthaltenen Verzichts auch für sie noch genug ab. Sie besaß das Santangelo ohne jede finanzielle Belastung, behielt auf der Bank das Geld aus dem Verkauf des Magiriano, und das Haus in East Hampton gehörte ihr außerdem.

An der Testamentseröffnung allerdings wollte sie lediglich teilnehmen, um Robertos Interessen zu vertreten. Mit Problemen allerdings rechnete sie nicht. Dimitri hatte den Jungen vergöttert.

Als Gino nach Las Vegas zurückkehrte, schickte Lucky Roberto und CeeCee mit ihm. Sie wollte Roberto nicht allein auf der Insel lassen, die so viele traurige Erinnerungen barg. Auf CeeCee konnte Lucky sich blind verlassen, und es tat Roberto gut, eine Zeit mit seinem Großvater zu verbringen.

Brigette sollte Gino und Roberto bis Los Angeles begleiten, wo sie die Ferien bei ihrer Mutter verbringen würde. Lucky versuchte stets zu vermeiden, dass sie allein reiste. Mädchen wie Brigette waren ein gefundenes Fressen für Entführer.

Brigette war glücklich, als sie endlich mit Gino und Roberto im Flugzeug saß.

Sie hatte Großvater Dimitri zwar gern gehabt, aber sein Tod eröffnete ihr ein neues und aufregendes Leben. Mit den langweiligen Ferien auf seiner abgeschiedenen Insel war es nun vorbei. Vor ihr lag ein Aufenthalt in Los Angeles!

Mommy war dick und langweilig.

Lennie war großartig.

Und Tim Wealth lebte in L.A.

Sie fieberte einem Wiedersehen entgegen.

Die Stewardess kam den Gang entlang.

»Möchtest du was trinken?«, fragte Gino.

»Einen Scotch mit Eis, bitte«, witzelte Brigette.

»Einen Klaps auf den Hintern kannst du haben«, entgegnete Gino grinsend.

Olympia hatte sich schließlich dazu durchgerungen, Diät zu halten. Ein paar Pfund mehr oder weniger fielen bei ihrer Unförmigkeit allerdings kaum noch ins Gewicht. Aber das wollte sie nicht wahrhaben. Sie hatte in letzter Zeit unter Schlafstörungen gelitten und war, nachdem das Kokain bei ihr nicht mehr die gewünschte Wirkung gezeigt hatte, auf die härtere Droge Heroin umgestiegen. Seitdem besserte sich ihre Verfassung sichtlich.

Die Vorbereitungen für die Reise nach New York traf sie fast in alter Frische.

Als Lennie in ihr Schlafzimmer kam, fand er dort Unmengen von Kleidungsstücken auf Bett, Stühlen und Fußboden verstreut.

»Brigette kommt heute Abend«, erinnerte er Olympia. »Und wir fliegen am Montag nach New York. Wir können sie doch nicht mit den Dienstboten hier allein lassen. Sollen wir nicht jemanden ins Haus holen?«

»Hast du an jemanden Bestimmten gedacht?«, erkundigte sich Olympia.

Lennie ging im Zimmer auf und ab. »Wie wär's mit Jess?«

»Pendelt sie nicht dauernd zwischen L.A. und Atlantic City hin und her, weil sie mit diesem Typ verlobt ist?«

»Ja, stimmt.« Er hatte das ganz vergessen.

Olympia hielt sich ein blaues Kleid an, das ausgezeichnet zu ihren Augen passte. Wenn sie nur ein paar … nun natürlich mehr als ein paar Pfund schlanker wäre … dann könnte sie die Männerwelt wieder erobern. Sie war Lennie und seiner lahmen Ausreden überdrüssig.

»Ich bin zu einer Entscheidung gekommen!«, erklärte sie.

»So?« Olympias gute Vorsätze dauerten meistens nur zehn Minuten.

»Ich mache eine Schlafkur, um wirklich abzunehmen.«

»Großartig«, sagte Lennie und hoffte, sie meinte es ernst; um ihretwillen. Sobald sie aus New York zurück waren, wollte er die Scheidung einreichen. Er hatte genug für sie getan.

»Großartig«, äffte sie ihn nach. »Ich bin gespannt, ob du's noch immer so großartig findest, wenn ich mein Leben wieder in meine Hände nehme.«

»Du ... das ist genau das, was du tun solltest!«

»Wie bitte?« Sie starrte ihn entgeistert an.

Lennie spürte instinktiv, dass ein handfester Krach in der Luft lag, und versuchte hastig abzulenken:

»Warte ... wie wär's, wenn wir Alice ... meine Mutter ... bitten, während unserer Abwesenheit bei Brigette zu bleiben?« Alice kannte Brigette von ihren sporadischen Besuchen bei Lennie und Olympia, und die beiden hatten sich immer gut verstanden.

Olympia überlegte. »Warum nicht? Eine deiner Sekretärinnen soll sie anrufen.«

»Gute Idee.« Lennie reckte sich. »Ich fahre rüber zu den Wheelers«, verkündete Lennie. »Ich habe eine Besprechung mit Ryder!«

Olympia runzelte die Stirn. »Warum fährst eigentlich du immer zu ihm? Weshalb kommt er nicht mal hierher?«

»Weil du keine Besucher haben willst.«

Ihre Augen verengten sich. »Und das passt dir natürlich ausgezeichnet in den Kram! Auf diese Weise ist deine Freiheit gewährleistet.« Sie warf einen blauen Kaftan zu Boden. »Nun, genieß es, solange du's noch kannst! Bald wird sich nämlich einiges ändern. Du hast mich lange genug hier eingesperrt.«

»*Ich* habe *dich* eingesperrt?«, schnaubte Lennie verächtlich. »Ich? Dich dazu bringen, zu deinem plastischen Chirurgen zu fahren, erfordert jedes Mal all meine Überredungskunst!«

Olympia fühlte sich einer Auseinandersetzung nicht gewachsen. »Geh endlich!«, sagte sie gereizt.

»Worauf du dich verlassen kannst! Und zwar für immer«, murmelte er.

»Wie bitte?«

Lennie stürmte aus dem Haus, setzte sich hinter das Steuerrad seines Porsche und raste davon.

92

Der Kaffee wurde in wertvollen Porzellantassen serviert. Nur die Kaffeelöffel passten nicht dazu. Carrie beschloss, Fred Lester einen Satz zierlicher Silberlöffel zu Weihnachten zu schenken. Doch sie ahnte insgeheim, dass er sie vermutlich niemals benutzen würde.

Fred Lester räusperte sich zum zweiten Mal und strich sich mit der Hand übers spärliche Haar.

Carrie schlug die Beine nervös übereinander. Sie hatte noch immer makellos schöne Beine. Das Alter hatte ihnen nichts anhaben können … wenigstens bisher nicht. Gelegentlich, wenn sie in den Spiegel sah, bemerkte sie traurig, dass auch bei ihr die Jahre Spuren zu hinterlassen begannen. Doch sie war voller Leben und gehörte damit zu den Glücklichen. Sie fragte sich oft, was aus den Begleitern ihrer Jugend, den Nutten und Stripperinnen, den Zuhältern und Gangstern geworden war. Gab es sie überhaupt noch? Sie bezweifelte es ernsthaft. Das Leben damals war hart und brutal gewesen. Nur die Widerstandsfähigsten hatten das überlebt.

»Ihr Buch ist ein Kleinod«, bemerkte Fred Lester schließlich. »Ein ehrliches Bekenntnis in einer unehrlichen Zeit.«

»Danke«, murmelte Carrie. Fred war der Einzige außer Anna, der ihr Buch bisher gelesen hatte. Steven wusste noch immer nichts davon.

Fred Lester legte die Fingerspitzen seiner Hände gegeneinander. Er vermied es, Carrie anzusehen, als er fortfuhr: »Allerdings könnte es rechtliche Probleme wegen einiger Namen geben, die Sie benutzt haben. Möglicherweise müssen wir Pseudonyme verwenden.« Er lachte laut auf. »Besonders natürlich für Freddy Lester.«

Carrie lachte ebenfalls. »Ich hab's Ihnen nie erzählt, aber deshalb bin ich damals überhaupt zu Ihnen gekommen.«

Er betrachtete eingehend seine gepflegten Fingernägel. »Wirklich?«

»Natürlich. Als ich Steven schließlich die Wahrheit gestanden hatte, war er wie besessen von der Idee, herauszufinden, wer nun wirklich sein Vater ist: Gino Santangelo oder Freddy Lester.«

»Sind Sie auch bei Gino Santangelo gewesen?«

»Fast. Wir waren in Kalifornien, aber irgendetwas muss Steven dort veranlasst haben, seine Suche aufzugeben. Gott sei Dank«, fügte sie hinzu.

Der Himmel über New York war grau, und Regentropfen trommelten gegen die Bürofenster.

»Wie viele Freddy Lesters haben Sie eigentlich gefunden?«, fragte Fred. »Und weshalb kam ich nicht in Frage?«

Carrie trank einen Schluck Kaffee. Er war stark und zu heiß. »Warum?«, entgegnete sie amüsiert. »Wollen Sie vielleicht andeuten, dass Sie's gewesen sind?«

Es war einen Augenblick lang totenstill im Zimmer, bis Fred Lester laut zu lachen begann. »Ich wünschte, ich wär's gewesen.«

»Nein, lieber nicht!« Ihre Stimme klang plötzlich hart. »Dieser Freddy war ein Tier. Er hat nur an sich gedacht.« Sie erschauerte. »Er hat mich vergewaltigt. Auch wenn ich eine Hure gewesen bin, hatte ich ein Recht darauf, dass man meine Menschenwürde respektierte, oder?«

»Selbstverständlich«, beruhigte er sie. »Selbstverständlich.«

Carrie stand auf und trat ans Fenster. »Die Wut und den Schmerz spüre ich noch heute«, fuhr Carrie fort und starrte mit leerem Blick auf die belebten Straßen der City hinab. »Ich war allein, hatte kein Geld, keinen Job und in mir wuchs ein Baby. Mir blieb keine andere Wahl, als das einzige Gewerbe wiederaufzunehmen, mit dem ich gelernt hatte, Geld zu verdienen. Ich hatte keine Wahl. Er hat mir keine Wahl gelassen.«

Fred erhob sich ebenfalls. »Aber Sie haben einen Sohn, auf den Sie stolz sein können. Aus all dem Schmerz ist etwas Gutes geboren worden.«

Carrie nickte resigniert. Plötzlich waren ihr Zweifel gekommen. »Steven weiß nichts von meinem Buch. Ich möchte ihm nicht wehtun.«

»Wenn Ihr Leben ihm zu schaffen macht, dann ist das sein Problem.«

»Ich weiß. Aber ...«

»Soll ich es ihm sagen?«

Carrie schüttelte den Kopf. »Nein, das kann mir niemand abnehmen.«

»Vielleicht sollte ich aber dabei sein.«

Der Ton seiner Stimme ließ sie abrupt aufhorchen. Sie drehte sich um und starrte ihn an. Allmählich fiel es ihr wie Schuppen von den Augen. »Du bist es, nicht wahr?«, flüsterte sie. »Du bist es! Und aus diesem Grund bezahlst du eine halbe Million Dollar. Um deine Schuld zu tilgen! Du bist es!«

»Ja«, antwortete er und eine Zentnerlast fiel ihm vom Herzen.

93

Hallo, allerseits!«, flötete Brigette fröhlich und versuchte ihren Schrecken darüber zu verbergen, als sie ihre Mutter sah. Olympia schien aus allen Nähten zu platzen.

»Du bist ja richtig erwachsen geworden!«, rief Olympia aus. »Mein Gott! Wenn ich dich ansehe, komme ich mir richtig alt vor. Und das bin ich ja noch gar nicht!«, fügte sie hastig hinzu.

»Na, sieht deine Mutter nicht gut aus?«, versuchte Lennie geschickt abzulenken. »Sie hat mehrere Operationen über sich ergehen lassen müssen.«

»Ja, du bist wirklich wieder so hübsch wie früher«, gab Brigette zögernd zu. »Hat jemand für mich angerufen?«

»Erwartest du jemanden?«, fragte Olympia. Es gefiel ihr gar nicht, dass ihre vierzehnjährige Tochter schon so fraulich entwickelt war.

»Ich habe Freunde in Los Angeles«, log Brigette hastig.

»Na, prima«, bemerkte Olympia.

»Ja, großartig«, stimmte Lennie zu.

»Wir müssen für ein paar Tage nach New York«, verkündete Olympia dann. »Alice bleibt hier bei dir.«

»Wer?«

»Alice. Lennies Mutter. Du erinnerst dich sicher an sie? Du hast sie doch immer gemocht.«

Brigette gähnte und reckte sich. »Ja, stimmt.« Sie erinnerte sich an die komische alte Frau. Jedenfalls war bei ihr ihre Freiheit nicht in Gefahr. Mit Alice würde sie schon fertig werden.

Tim Wealth verließ seinen Liebhaber und zog aus dessen Wohnung an dem Tag aus, als die Dreharbeiten zu Ryder Wheelers Film *Heat* begannen. Der Typ behandelte ihn seit einiger Zeit wie Dreck, und jetzt brauchte er ihn nicht mehr.

Er war nur ein mieser Produzent und kein zweiter Clark Gable.

Tim arbeitete wieder. Er konnte seine Rechnungen bezahlen. *Heat* war zwar nicht gerade *The great Gatsby,* aber es war durchaus ein heißer Streifen.

In jeder Beziehung.

Am ersten Drehtag lernte er seine Partnerin kennen. Er musste zweimal hinsehen: Eden Antonio.

»Kennt ihr euch?«, fragte Ryder prompt, dem Tims Mienenspiel nicht entgangen war.

»Nein«, antwortete Eden und wandte sich ab.

Verlogenes Biest, dachte Tim. Aber von Eden war nichts anderes zu erwarten. Er kannte sie zu gut.

Eden Antonio. Sie war ebenso heiß wie der Film … rein äußerlich. Ansonsten hielt Tim sie für ein eiskaltes Frauenzimmer. Er hatte sie nie vergessen … seit jener kurzen gemeinsamen Zeit in Kalifornien, bis sie ihn wegen eines anderen verlassen hatte. Aber mittlerweile war er ein paar Jährchen älter und erfahrener geworden. Diesmal würde er sich nicht mehr von ihr übertölpeln lassen.

Sie strahlte Stil und Sexappeal aus, obwohl sie eher mager zu nennen war. Für einen Film, der viel nacktes Fleisch versprach, war das eine merkwürdige Besetzung der weiblichen Hauptrolle.

Der Maskenbildner beruhigte Tim. Die restlichen Sexhäschen würden mit ihren üppigen Formen Edens Defizite wieder wettmachen.

Tim konnte den Spaß kaum erwarten. Sex! Die Geschichte seines Lebens.

Er hatte es sich nie aussuchen können.

Er drehte endlich wieder einen Film und war froh, dass er das Angebot angenommen hatte. Wenn Richard Gere alles zeigen konnte, weshalb er dann nicht? Allerdings wurde von ihm eine Menge mehr erwartet, als »es« nur zu zeigen.

Ryder Wheeler behauptete, was sie machten, sei der Film der Zukunft. »Das Publikum will endlich alles sehen«, versicherte er seinen Schauspielern. »Heute seid ihr's ... morgen sind es Burt Reynolds und Jessica Lange.«

Tim hatte da seine Zweifel. Aber wie sein Agent schon gesagt hatte, alles wurde mit Stil und Geld erledigt.

Als sie das erste Mal allein waren, fragte Eden: »Du hast es also auch nicht geschafft, was?«

»Du bist noch immer dasselbe charmante Biest«, entgegnete er.

»Das macht mich ja gerade so anziehend«, konterte sie unverzüglich.

Sie waren in Edens Garderobe. Er stieß die Tür mit dem Fuß zu und nahm sie – um alter Zeiten willen.

»Mein Freund bringt dich dafür um, wenn er's je rauskriegt«, flüsterte sie atemlos.

»Willst du's ihm denn erzählen?«

Dann kam zum ersten Mal wieder das kehlige, raue Lachen. »Na, was meinst du?«

In der zweiten Woche der Dreharbeiten lernte Tim den »Geldgeber« Santino Bonnatti kennen. Er spazierte herum, als gehöre ihm die ganze Welt. Ganz offensichtlich hatte er Eden völlig in der Hand. Er nannte sie liebenswürdigerweise vor allen anderen nur meine »Nutte«.

»Dein Freund?«, fragte Tim unnötigerweise.

»Leider«, antwortete Eden.

Wenn Eden Antonio und Tim Wealth eine gemeinsame Szene drehten, dann flimmerte die Leinwand vor Elektrizität. Und dabei waren sie bei den wirklich heißen Szenen noch nicht einmal angelangt. Ryder spürte das sofort, als er die ersten Aufnahmen im Studio sah.

»Wir müssen diesen Film auf einem gewissen Niveau halten«, erklärte Ryder seinen Mitarbeitern. »Es soll der *Letzte Tango* der achtziger Jahre werden.«

Sein einziges Problem war Bonnatti. Ryder war auf eine Auseinandersetzung gefasst.

Und er sollte Recht behalten. Nach mehreren Wochen Arbeit stellte Bonnatti seine Forderungen: »Ich will mehr Titten und Hintern sehen. Da wird mir zu wenig gefickt und gehurt!«

»Nur keine falsche Scham«, erwiderte Ryder. »Was haben Sie sonst noch auf dem Herzen?«

Santino starrte ihn wütend an. Er finanzierte schließlich einen Pornofilm. Aber alles, was er zu sehen bekam, waren lange Einstellungen, Spielereien mit Lichteffekten und künstlerischer Kram.

»Tun Sie, was ich Ihnen sage! Sonst fliegen Sie. Das ist mein Film!«

Zwei Tage später stieg Ryder Wheeler tatsächlich aus.

Tim Wealth und Eden Antonio waren entsetzt. Und sie hatten allen Grund dazu, denn wenige Tage später stellte Santino ihnen einen bekannten Pornoregisseur vor, der sofort zur Sache kam ... und zwar in jeder Beziehung.

In den Drehpausen, wenn Santino nicht da war und der allgegenwärtige Zeko hinter Komparsinnen herstieg, tröstete Tim Eden in der Abgeschiedenheit ihrer Garderobe. Das Bedürfnis, miteinander zu schlafen, war gegenseitig. Eden war erregt und hungrig nach gutem Sex, und Tim entdeckte überrascht, dass sich bei ihm Gefühle einstellten, die er längst tot geglaubt hatte.

Es dauerte nicht lange, bis Santino misstrauisch wurde. Er beobachte sie bei gemeinsamen Szenen ... und was sie dabei taten, störte ihn nicht. Schließlich hatte er Eden unter Kontrolle. Aber wenn sie nicht gerade vor der Kamera standen, hatten sie Sprechverbot.

»Du musst weg von ihm«, warnte Tim.

»Ich weiß«, stimmte Eden zu.

Tim Wealth wusste selbst nicht, weshalb er sich engagierte. Mit Bonnatti war nicht zu spaßen.

»Wenn ich an 'ne Menge Geld rankäme, könnten wir nach Mexiko fliehen und dort eine Zeit lang untertauchen«, schlug Tim vor.

Eden nickte. Aber wie sollte Tim Wealth genug Geld auftreiben, um für sie beide eine sichere Flucht zu gewährleisten?

Noch am selben Abend durchsuchte Tim den Koffer, den er bei dem letzten Trip mit seinem verflossenen Liebhaber nach Atlantic City dabei gehabt hatte. In einer Ecke fand er zusammengeknüllt einen Zettel: Brigette Stanislopoulos; und eine Telefonnummer.

Tim zögerte keine Sekunde.

94

In New York war Kampf angesagt. Dimitri Stanislopoulos' Testament entpuppte sich als ein umfangreiches und kompliziertes Dokument. Zur Überraschung aller Beteiligten hinterließ er den Löwenanteil seines Vermögens Lucky ..., die es für Roberto verwalten sollte, bis dieser fünfundzwanzig war.

Olympia wurde allerdings nicht völlig übergangen. Sie sollte jährlich eine Million Dollar auf Lebenszeit bekommen, was sie jedoch als Beleidigung empfand. Brigette bekam die doppelte Summe, und nach ihrem einundzwanzigsten Geburtstag fiel ihr eine Erbschaft von fünfundzwanzig Millionen Dollar zu.

»Wie konnte er es wagen, mich so abzuspeisen?«, kreischte Olympia, als sie die Kanzlei des Anwalts verließen. »Wie konnte dieser senile alte Trottel mir so was antun?«

Lennie interessierten Olympias hysterische Ausbrüche wenig. Er hatte Lucky gerade nach drei Jahren zum ersten Mal wieder gesehen und fühlte sich, als habe ihm jemand mit einem Stiefel in die Magengegend getreten. Lucky sah in ihrem schlichten schwarzen Kostüm mit dem streng aus dem Gesicht gekämmten dunklen Haar schöner denn je aus.

Sie war sofort auf sie beide zugekommen, doch Olympia hatte sich nur mit einem eiskalten Blick einfach abgewandt.

Lennie wusste nicht, was er sagen sollte. »Wie geht es dir?«, brachte er schließlich heraus.

Sie sah ihn kaum an. »Gut, danke«, erwiderte sie ebenso banal.

Und das war die gesamte Unterhaltung gewesen, bevor die tödlich langweilige Verlesung des Testaments begonnen hatte.

Lennie hatte wiederholt versucht, Luckys Blick aufzufangen, doch sie war kühl und reserviert geblieben. Das konnte nur bedeuten, dass für Lucky das Kapitel Lennie ein für alle Mal abgeschlossen war. Lennie war am Boden zerstört.

Die Presse stürzte sich wie Hyänen auf ein neues Opfer. Lucky, die sich bisher aus den Schlagzeilen hatte heraushalten können, fand sich plötzlich im Mittelpunkt des öffentlichen Interesses wieder. Unangenehme Gesellschaftsglossen erschienen über sie, und Fotos aus ihrer Zeit als Senator Richmonds Schwiegertochter, von der Eröffnung des Magiriano und des Santangelo wurden ausgegraben.

TOCHTER DES EHEMALIGEN MOB-MITGLIEDS GREIFT IN DIE VOLLEN lautete eine der Schlagzeilen; oder: SANTANGELO-TOCHTER WIRD ÜBER NACHT REICH.

Es dauerte danach nicht lange, bis auch die alte Geschichte über die versuchte Vergewaltigung durch Enzio Bonnatti an ihr und die anschließende Schießerei in den Zeitungen wieder auftauchte. Selbst nach sechs Jahren wurde daraus noch immer eine aktuelle Schlagzeile: STANISLOPOULOS-ERBIN ERSCHIESST IHREN VERGEWALTIGER.

Lucky war wütend über diese plötzlichen Eingriffe in ihr Privatleben, und als eine Zeitung auch noch ein Bild von Roberto brachte, wie dieser am Swimmingpool des Magiriano in Las Vegas spielte, wo er mit Gino lebte, war bei ihr das Maß voll. Sie rief umgehend Gino an. »Was zum Teufel ist bei euch eigentlich los?«, erkundigte sie sich gereizt. »Wieso hast du zugelassen, dass man Roberto fotografiert?«

»Das habe ich gar nicht«, wehrte Gino grimmig ab. Auch er war über die unerwünschte Publicity nicht glücklich. »Ich hab die Presse von meinen Sicherheitsleuten rauswerfen lassen, aber gegen die Touristen mit ihren Kameras habe ich keine Handhabe.«

»Schaff Roberto bitte da raus!«, drängte Lucky. »Und zwar sofort.«

»Du hast ja Recht«, seufzte Gino. »Daran hab ich auch schon gedacht.«

Gino plante bereits etwas: Costa hatte für einen Monat ein Haus in Beverly Hills gemietet und wollte noch am selben Abend dorthin fliegen. Gino beabsichtigte, ihn zusammen mit Roberto und CeeCee zu begleiten. »Auf diese Weise weiß niemand, wo wir sind«, schloss Gino. »Vielleicht lassen sie uns dann in Frieden.«

»Gut«, stimmte Lucky zu. »Ich komme so bald wie möglich zu euch.«

»Das hat keine Eile«, versicherte Gino ihr. »Roberto ist bei mir sicher.«

»Ich weiß«, erwiderte sie. »Aber er fehlt mir.« Und zwar sehr, fügte Lucky in Gedanken hinzu. Ein Hotel war kein Ersatz für ihren kleinen Sohn.

Sie unterhielten sich noch eine Weile, und als Lucky schließlich auflegte, fühlte sie sich besser. Endlich konnte sie sich mit Problemen an Gino wenden. Er verstand, was sie bewegte, und war immer für sie da. Und im Augenblick brauchte sie dringend eine moralische Stütze.

Lennie.

Noch immer mit Olympia verheiratet.

Wie hatte sie je glauben können, dass sie etwas Besonderes verband?

95

Eden wusste, wenn es ihr erst einmal gelänge, Kontakt zu Lennie aufzunehmen, würde er ihr gewiss das nötige Geld leihen, das es ihr ermöglichte, sich aus den Klauen von Santino Bonnatti zu befreien. Seit Ryder Wheeler die Leitung der Dreharbeiten aufgegeben hatte, verschlimmerte sich die Lage täglich.

Die Szenen mit Tim, so anzüglich und obszön sie auch sein mochten, stellten kein Problem dar. Sie stand sie durch, weil eben Tim ihr Partner war. Doch als Santino darauf bestand, dass die Vergewaltigungsszene, die Wheeler gestrichen hatte, wieder ins Drehbuch aufgenommen wurde, wurde der Film für sie zum Alptraum.

Den Vergewaltiger Edens spielte ein ungeschlachter Schauspieler, der sich einen gewissen Ruf in Hard-Pornos erworben hatte. Und Eden spürte, dass Santino dem Regisseur befohlen hatte, die Szene bis an die Grenzen des Möglichen auszuwalzen.

Vor Drehbeginn der entscheidenden Szene steckte Tim ihr ein paar Tabletten zu. »Nimm sie!«, befahl er. »Damit stehst du's durch.«

Eden gehorchte und fühlte sich umgehend besser.

Santino saß in einem Regiestuhl direkt hinter der Kamera, als die Klappe fiel. »Viel Glück, Süße!«, wünschte er ihr mit einem gemeinen Grinsen, eine dicke Zigarre zwischen den Zähnen.

Eden lächelte flüchtig. Tims Tabletten hatten sie gegenüber ihrer Umwelt völlig gleichgültig gemacht.

»Also, lass dich einfach treiben«, wies der Regisseur Eden an. »Wir drehen die ganze Szene an einem Stück, dann kommen die Nahaufnahmen.«

»Sehe ich gut aus?«, murmelte Eden unsinnigerweise.

»Ganz heiß, Kleines. Du richtest sie alle auf!«

Dann fiel die Klappe.

Eden agierte wie ein Profi.

Eden Antonio.

Die großartige Leinwandschönheit.

Sie trug ein Nachthemd aus Satin und sonst nichts.

Ihr grober Angreifer lauerte hinter einem Vorhang.

Auf das Zeichen des Regisseurs stürzte er sich von hinten auf sie.

Eden hing hilflos wie eine Puppe in seinen gorillahaften Armen.

»Los, wehr dich!«, zischte der Regisseur.

»Ja, wehr dich doch!«, wiederholte Santino und beugte sich vor. Schweißperlen standen auf seiner Stirn.

Warum sollte sie noch kämpfen? Das Unvermeidliche musste schließlich doch geschehen. Dagegen konnte ihr alle Kraft der Welt nicht helfen.

Halbherzig versuchte sie, Widerstand zu leisten.

Den Angreifer schien das erst richtig auf Touren zu bringen. Er zerriss ihr Nachthemd, hob sie hoch und warf sie aufs Bett.

Die Tabletten hatten eine betäubende Wirkung. Eden war froh darum. Sich vor einer Kamera vergewaltigen zu lassen, war nie das Ziel ihrer Karriere gewesen.

Brigette langweilte sich seit Tagen mit Alice in der Villa von Olympia und Lennie. Alice liebte es, sich vom Chauffeur in Olympias weißem Rolls-Royce herumkutschieren zu lassen, aber Brigette ödete auch das allmählich an. Eines Tages klingelte das Telefon.

»Hallo, kleines Mädchen!«

»Tim!«

»Na, du hast aber ein Gedächtnis!«

»Warum rufst du erst jetzt an?«

»Ich dachte, kleine reiche Mädchen wollten von armen Schauspielern nicht belästigt werden.«

»Bist du pleite?«

»Fast. Aber ich kann gerade noch so viel zusammenkratzen, um dich zu einem Abendessen einzuladen.«

»Wirklich?«

»Warum denn nicht? Oder hast du was anderes vor?«

»Nein, nein.«

»Dann treffen wir uns in der Bar bei ›Trader Vic‹ um acht Uhr. Einverstanden?«

Brigette legte den Hörer auf und stieß einen Freudenschrei aus. Sie hatte es ja stets gewusst, dass Tim Wealth anrufen würde. Und jetzt war's geschehen! Die Welt war wieder in Ordnung.

Er hatte sie eingeladen, und sie würde annehmen.

Allerdings ...

Wie kam sie allein aus dem Haus?

Alice schlief vor dem riesigen Fernsehapparat.

Sie schnarchte leise.

Brigette rüttelte sie unsanft wach.

»Was ist denn los?«, murmelte Alice im ersten Augenblick schlaftrunken.

»Meine Schulfreundin ist in L. A.«, erklärte Brigette. »Sie hat gerade angerufen. Ich soll bei ihr übernachten«, log sie.

Alice war entzückt. Lennie hatte ihr strikt verboten, ihre Freunde in sein Haus einzuladen. Jetzt, da sie Brigette eine Weile los sein würde, witterte sie eine Chance, mit Claudio, ihrem neuen Freund, ein paar ungestörte Stunden verbringen zu können. Sie hatte schließlich nicht die Absicht, wegen Brigette auf ihr Liebesleben zu verzichten. Claudio war ein sehr talentierter Mann, und sie vermisste seine stürmischen Aufmerksamkeiten.

»Ich möchte allerdings nicht im Rolls-Royce zu meiner Freundin fahren«, erklärte Brigette.

Wäre es nach Alice gegangen, würde sie nur noch Rolls-Royce fahren. Brigette war wirklich ein merkwürdiges Kind.

»Ich nehme ein Taxi«, entschied Brigette.

»Aber Lennie hat gesagt ...«, begann Alice.

»Bitte, Alice! Bitte! Wir brauchen Lennie ja nichts davon zu sagen, ja?«

Alice sah eigentlich auch nicht ein, warum sie dem Mädchen nicht erlauben sollte, mit einem Taxi zu einer Freundin zu fahren. »Also gut«, stimmte sie schließlich zu. »Aber sprich bitte nicht mit dem Fahrer. Das sind alles Illegale!«

Brigette grinste schlau. Was sie vorhatte, war ebenfalls illegal, aber wen kümmerte das schon?

Brigette rannte zu Olympias Schrank und sah hastig die umfangreiche Garderobe ihrer Mutter durch: Pullover und Blusen, Kleider und Röcke, Tücher und Gürtel, Jacketts und Hosen. Brigette konnte jedoch außer einem verwegen aussehenden Leopardenfellschal nichts entdecken, was ihrem Geschmack entsprochen hätte. Sie hatte den Verdacht, dass der Schal einst Flash gehört hatte. Olympias Geschmack war er jedenfalls nicht.

Erregt griff sie danach. Hautenge Jeans, ein Jackett von Lennie und der Schal ... das war für ihre Begriffe eine »coole« Aufmachung.

Als sie an dem Schal zog, der ganz hinten im Schrank hing, gab es ein merkwürdig schwirrendes Geräusch, ein Teil der Rückwand des Schrankes glitt zurück und gab den Blick auf einen Geheimraum frei.

Brigette erholte sich schnell von ihrer anfänglichen Verblüffung und nahm an, den Tresorraum für die Juwelen ihrer Mutter entdeckt zu haben.

Neugierig zwängte sie sich durch die Kleider und betrat den kleinen, fensterlosen Raum. Regale standen an allen Wänden. Und in den Fächern reihten sich Fläschchen aneinander mit verschiedenfarbigen Tabletten, Glasampullen, Schächtelchen mit seltsam riechendem braunem Tabak und Pakete mit weißem Pulver.

Brigette runzelte die Stirn.

Drogen?

Wessen Drogen?

Lennies? Er war immerhin Filmstar. Nahmen nicht alle Filmstars Drogen? Die Illustrierten behaupteten es jedenfalls.

Neugierig griff sie nach einem Tütchen mit weißem Pulver, das wie Puderzucker aussah. Brigette vermutete allerdings sofort, dass es sich um Kokain handelte. Aufgeregt erinnerte sie sich an ihre erste Begegnung mit Tim Wealth. Er hatte Kokain geschnupft und war wütend gewesen, als sie ungeschickterweise eine Ration in die Luft geblasen hatte. Sie nahm sich vor, ihm als Geschenk ein Tütchen mitzubringen. Sicher machte sie ihm damit eine Freude. Und sie wollte ihm doch unbedingt gefallen!

Das Abendessen mit Tim Wealth war großartig. Das heißt, die Mahlzeit sah wenigstens großartig aus. Brigette war viel zu aufgeregt, um auch nur einen Bissen herunterzubekommen. Sie konnte es noch immer nicht fassen, dass sie mit Tim Wealth in einem Restaurant saß.

»Erzähl mir was von dir!«, forderte Tim sie schließlich auf. »Bist du wirklich die Enkelin von Dimitri Stanislopoulos?«

Brigette nickte. »Er ist gerade gestorben, weißt du.«

»Ja, das habe ich gelesen«, bemerkte Tim leichthin. Er hatte jeden Bericht über dieses Thema verschlungen! »Muss ja ein verdammt reicher alter Herr gewesen sein.«

»Ich schätze schon.«

Sie schätzte schon! Tim musterte die hübsche kleine Blondine und überlegte, wie er sie sich am besten zu Nutze machen konnte. In dieser Beziehung hatte er keine Skrupel. Schließlich versuchte sie dasselbe mit ihm. Sie war vierzehn ... und gab sich als Achtzehnjährige aus. Wenn das rauskam, konnte er sich das Gefängnis von innen ansehen. Vermutlich war es ihr völlig gleichgültig, was sie mit ihrem Betrug anrichten konnte. Warum sollte sie das auch kümmern? Sie hatte doch ihr ganzes Leben lang alles auf dem Silbertablett serviert bekommen. Seine Kindheit und Jugend waren dagegen etwas anders verlaufen. Mit vierzehn hatte er sich seines Stiefvaters auf dem Klohäuschen im Hof erwehren müssen. Dann ging er auf den Männerstrich. Miss Stanislopoulos mit den großen blauen Augen wusste vermutlich nicht einmal, was ein Klohäuschen im Freien war.

Tim fragte sich, inwieweit sie Zugang zu dem Geld hatte, das angeblich ihr gehörte. Vierzehn war verdammt jung. Zweifellos war sie von Treuhändern und Aufpassern umgeben und wurde rund um die Uhr bewacht.

Falls sie allerdings bewacht wurde, wie hatte sie es dann geschafft, die Verabredung mit ihm einzuhalten?

Er stellte ihr ein paar gezielte Fragen und erfuhr, dass sie mit der verrückten Alice, Lennie Goldens Mutter, allein in Los Angeles war.

»Wie bist du überhaupt hergekommen?«, erkundigte er sich neugierig.

»Ohhh ... ich hab ein Taxi genommen.« Sie zögerte. »Eigentlich wollte ich selbst fahren, aber mein Wagen ist gerade in der Werkstatt.«

»So? Was ist denn daran kaputt?«

»Irgendwas am Motor«, erwiderte sie hastig, trank einen Schluck und hoffte, er würde keine weiteren Fragen mehr stellen.

»Was fährst du denn?«, beharrte er.

Brigette dachte geistesgegenwärtig an Lennies Porsche,

der zu Hause in der Garage stand. »Einen Porsche«, antwortete sie schnell.

»Was für ein Modell?« Das Katz-und-Maus-Spiel machte ihm Spaß.

Brigette stand auf. »Ich muss mal auf die Toilette.«

Tim grinste.

96

Die Illustrierte landete mit einem dumpfen Schlag auf Stevens Schreibtisch. Er starrte auf das farbige Glanzpapier. Es war eine Ausgabe des Bonnatti-Magazins *Comer,* und das Titelbild zeigte Mary Lou Moore in schwarzen Seidenstrümpfen und Strapsen. Ansonsten war sie fast nackt. Sie starrte mit feuchtem Schmollmund und in aufreizender Stellung in die Kamera.

»Hier, sieh dir das mal an«, sagte Jerry und deutete auf die Bilderunterschrift: DIE BEICHTE DER MARY LOU ... ALLES SEHEN, ALLES HÖREN ... IN FÜNF GLANZSEITEN.

Steven blätterte fluchend in der Zeitschrift.

»Hast du davon gewusst?«, wollte Jerry wissen.

»Nein, verdammt noch mal!«, antwortete Steven und betrachtete zähneknirschend die restlichen, ganzseitigen Fotos von Mary Lou.

»Sie hätte dir was davon sagen müssen«, fuhr Jerry missmutig fort. »Damit ist unser Sieg keinen Pfifferling mehr wert. Das Gericht wird seine Entscheidung revidieren, und dann läuft alles darauf hinaus, dass *sie* auch noch Bonnattis Unkosten bezahlen muss.«

Steven starrte schweigend auf die obszönen Bilder von Mary Lou in eindeutigen Stellungen in einer großen Badewanne, auf einer Couch mit einer Federboa als einzigem Kleidungsstück und so weiter. Jeder Schnappschuss ein gekonntes Pornofoto.

»Verdammt!«, stieß Steven heiser hervor.

»Ich weiß, es ist ein Schock für dich«, seufzte Jerry mitfühlend. »Du hast sie für ein süßes, harmloses Mädchen gehalten. Aber glaub mir … Frauen sind unberechenbar. Ich …«

»Erspar mir deine hausgemachte Lebensphilosophie!«, fiel Steven ihm wütend ins Wort, ohne den Blick von den Fotos zu wenden. »Das Mädchen ist nicht Mary Lou!«

»Wie bitte? Was soll das heißen?«

»Das Mädchen auf den Fotos ist nicht Mary Lou«, wiederholte Steven. »Das sind Fälschungen.«

»Steven, ich weiß, du magst Mary Lou …«

»Fälschungen. Fotomontagen!«, fuhr Steven erregt fort. »Sie haben ihr Gesicht einem anderen Körper gegeben. Herrgott, kapierst du denn noch immer nicht, was los ist?«

»Bist du da sicher?«

»Jerry, bitte! Ich lebe seit einiger Zeit mit dem Mädchen zusammen. Ich müsste doch eigentlich am besten wissen, wie sie ohne Klamotten aussieht!« Er schwenkte das Magazin durch die Luft. »Und das ist ganz entschieden nicht Mary Lou!«

»Dann müssen wir das nur noch beweisen«, folgerte Jerry logischerweise. »Und dann gehen wir wieder vor Gericht … dabei allerdings geht's wirklich ums Ganze. Denn wenn das stimmt, was du sagst, mein Freund, dann haben wir alle Trümpfe in der Hand … dann kostet das Mister Bonnatti eine gehörige Stange Geld.«

»Bis es so weit ist, kann es drei oder vier Jahre dauern«, bemerkte Steven.

»Das brauchst du mir nicht zu erzählen.«

»Das weiß ich. Aber ich bin nicht sicher, ob Mary Lou das alles noch mal durchmachen will. Sie möchte bestimmt nicht, dass diese Bilder überhaupt erscheinen!«

»Zu spät. Das Magazin liegt schon zur Auslieferung an den Zeitschriftenhandel bereit.«

»Verfluchter Mist!«, zischte Steven. »Das lasse ich nicht zu!«

Jerry zuckte mit den Schultern. »Du kannst praktisch nichts mehr dagegen tun.«

»Da bin ich nicht so sicher!«, widersprach Steven grimmig.

97

Der Reiz lag darin, etwas Neues zu schaffen, ein weiter gestecktes Ziel zu erreichen. Jetzt, da sie das Vorgenommene in die Tat umgesetzt hatte, brauchte Lucky eine andere Aufgabe. Sie hatte das Santangelo gebaut. Es war nach ihren Vorstellungen entstanden und stellte alles dar, was sie sich gewünscht hatte. Sie war mit Recht stolz darauf. Trotzdem hatte sie nicht die Absicht, in Zukunft in Atlantic City zu sitzen und Geld zu zählen. Lucky war auf der Suche nach einem neuen reizvollen Betätigungsfeld.

Eine Firmengruppe interessierte sich für das Santangelo. Sie bot ihr einen satten Gewinn einschließlich der zweihundert Millionen Dollar, die der Bau des Hotels verschlungen hatte.

Verkaufe, entschied sie. Nimm das Geld und wandere, wie Gino sagen würde. Nicht, dass sie Geld brauchte ... sie hatte mehr davon, als sie es sich je in ihren wildesten Träumen ausgemalt hatte. Sie brauchte vielmehr die Freiheit. Den Rest ihres Lebens in Atlantic City festzusitzen, entsprach nicht ihrer Vorstellung vom Lebensglück. Gelassen gab sie ihren Anwälten den Auftrag, den Verkauf des Santangelo einzuleiten.

»Olympia Stanislopoulos will das vorliegende Testament anfechten«, informierten die Rechtsberater sie bei dieser Gelegenheit.

Lucky konnte das nicht überraschen.

»Sagen Sie ihr, dass ich die jährlichen Zahlungen, die ihr

Vater für sie vorgesehen hat, verdoppele«, entschied Lucky großzügig. »Außerdem kann sie die Yacht geschenkt haben.«

Olympia lehnte dieses Angebot rundweg ab.

Lucky machte einen erneuten Versuch zur gütlichen Einigung. Sie bot Olympia an, die von ihrem Vater verfügte Apanage zu verdreifachen und ihr das New Yorker Apartment zu überlassen. Allerdings verlangte sie eine Zusage innerhalb von zehn Tagen. Anderenfalls wollte sie sämtliche Angebote zurückziehen.

»Warum zehn Tage warten?«, lautete Olympias Antwort. »Wenn ich das Biest vor Gericht kriege und beweisen kann, dass sie meinen Vater umgebracht und ihn gezwungen hat, sein Testament zu ändern, gehört sowieso alles mir.«

Die Anwälte sämtlicher Beteiligten – und nicht zuletzt die Presse – rieben sich die Hände.

»Mir reicht's. Ich packe meine Sachen!«, erklärte Lennie.

Olympia bedachte ihn mit einem wütenden Blick. »Das ist nicht dein Ernst«, sagte sie. »Nie verlässt du mich und all das, was ich dir bieten kann.«

Seit der Testamentseröffnung hatten sie ständig Streit. Im Haus in Bel Air konnte er ihr aus dem Weg gehen, aber auf diesen Luxus musste er in der New Yorker Wohnung verzichten. Lennie wusste, dass das Maß des Erträglichen längst überschritten war. Welchen Grund gab es denn noch, bei Olympia zu bleiben? Ihr Aussehen war dank moderner plastischer Chirurgie wiederhergestellt. Mit ihrer Fettsucht musste sie jedoch selbst fertig werden.

»Ich will keinen Pfennig von dir«, entgegnete er müde. »Alles, was du mir während unserer Ehe geschenkt hast, kannst du wiederhaben: die Autos, das Haus, die Möbel. Ich will nichts weiter als meine Freiheit.«

»Das würde dir so passen!«, kreischte sie. »Und was ist mit dem Geld, das du verdient hast?«

»Das habe ich verdient, wie du so richtig bemerkst. Also gehört es mir.«

»Irrtum«, widersprach sie. »Nach kalifornischem Recht gehört die Hälfte von dem, was du besitzt mir.«

»Und umgekehrt!«, konterte Lennie. »Aber ich will nichts von dir. Also lass mich gefälligst in Ruhe!«

»Du Dreckskerl!«

»Du bist charmant wie immer.«

»Verpiss dich! Du verlässt mich nur, weil ich nicht so reich bin, wie du's dir vorgestellt hast.«

»Geld spielt bei meiner Entscheidung keine Rolle. Und das weißt du ganz genau.«

»Natürlich«, höhnte sie. »Aber es wird dir noch Leid tun, mein Lieber. Das Gericht wird das Testament für ungültig erklären, und dann bin ich die reichste Frau der Welt!«

Lennie klappte seinen Koffer zu und ging zur Tür. »Adieu, Olympia!«

Sie folgte ihm und warf mit einem schweren Kristallaschenbecher nach ihm, der seinen Kopf nur um Zentimeter verfehlte.

Er öffnete die Tür und trat in die Freiheit hinaus.

Zu diesem Schritt hätte er sich schon längst entschließen sollen.

98

Na, wie war's bei deiner Freundin, Kleines?«, erkundigte sich Alice gut gelaunt, nachdem ein Taxi kurz vor Mittag am darauf folgenden Tag Brigette wieder vor der Luxusvilla in Bel Air abgesetzt hatte. »Gino hat angerufen«, fuhr sie fort, ohne eine Antwort abzuwarten. »Er ist mit Roberto hier in Bel Air. Sie möchten dich besuchen.«

»Wo wohnen sie denn?«, erkundigte sich Brigette.

»Keine Ahnung«, zirpte Alice.

Brigette runzelte die Stirn. Sie hatte sich auf einen gemütlichen, ruhigen Tag gefreut, um über Tim nachzudenken. Sie hatten einen unvergesslichen Abend zusammen verbracht!

Die aufregendste Nacht ihres Lebens!

Tim Wealth war eine Sensation!

Sie liebte ihn.

Für ihn würde sie alles tun.

Er war ihr Herr und Meister.

Tims Garderobe war ihre einzige Zufluchtsstätte. »Wie ist es gegangen?«, fragte Tim.

Eden hatte dunkle Ringe unter den Augen und blaue Flecken am ganzen Körper. »Einmal für die Kamera und einmal für Santino, als er mich nach Hause gebracht hatte«, antwortete sie voller Bitterkeit. »Wenn ich eine Waffe gehabt hätte, hätte ich ihn umgebracht.«

»So weit musst du nicht gehen«, beruhigte Tim sie. »Ich habe einen Plan, wie wir erster Klasse hier verschwinden können. Würde es dir gefallen, den Winter in Acapulco zu verbringen?«

»Ich muss bloß weg von ihm«, drängte Eden. »Ich halte es nicht mehr aus.«

»Keine Sorge. Es ist schon alles vorbereitet.«

Sie schlang ihre schlanken Arme um seinen Hals und küsste ihn. Wie anders sie war als diese Frau – oder besser, das Kind, mit dem er die Nacht verbracht hatte; und viel aufregender. Eden Antonio verstand es, einen Mann auf Touren zu bringen. Sie war für ihn die einzige Frau, mit der er zusammenleben konnte, ohne sich tödlich zu langweilen.

Als es an der Tür klopfte, fuhren sie erschreckt auseinander.

»Wer ist da?«, rief Tim.

»Ihr Auftritt!«

»Ich komme!«

Gino, Costa, CeeCee und Roberto aßen in der Polo Lounge des Beverly-Hills-Hotels zu Mittag. Gino genoss sein Rührei mit geräuchertem Lachs und das bunte Treiben um ihn herum.

Plötzlich fiel sein Blick auf Paige Wheeler.

Sie kam gerade herein, sprach kurz mit dem Oberkellner, sah Gino, wollte schon wortlos an seinem Tisch vorbeigehen, erinnerte sich dann aber ihrer guten Manieren. Außerdem hatte auch Costa sie bereits entdeckt und winkte ihr freudig zu.

Paige trug einen ihrer berühmten geschlitzten Röcke, ein Leinenjackett und darunter eine getupfte Bluse. Sie hatte keinen BH an, und Ginos Phantasie begann bei diesem Anblick zu arbeiten.

»Gino!« Sie lächelte herzlich. »Wir haben uns lange nicht gesehen.«

Seit Gino sie mit Susan in flagranti ertappt hatte, war jeglicher Kontakt abgebrochen.

Gino stand höflich auf und küsste sie auf beide Wangen. Sie roch nach herbem Parfüm und war sexy wie eh und je. Allerdings wirkte sie etwas älter. Aber auch er war inzwischen nicht jünger geworden.

»Hallo, Costa«, begrüßte sie Ginos Freund. »Schön, Sie zu sehen.«

»Das ist Roberto, Ginos Enkel«, stellte Costa stolz vor. »Sehen sich die beiden nicht verdammt ähnlich?«

Paige sah lächelnd auf den kleinen Jungen herab, der an einem Brötchen knabberte. »Ja, das kann man wohl sagen.«

»Wollen Sie nicht einen Schluck mit uns trinken?«, lud Costa sie ein, der nicht ahnte, was sich zwischen Gino und Paige abgespielt hatte.

Paige warf Gino einen flüchtigen Blick zu. Er zeigte keine Reaktion.

»Danke, aber ich habe leider keine Zeit«, entschuldigte sie

sich hastig. »Ich bin mit einem Kunden zum Mittagessen verabredet. Vielleicht ein andermal.«

»Rufen Sie uns doch an!«, drängte Costa und schrieb hastig seine Telefonnummer auf ein Streichholzmäppchen. »Wir bleiben einen Monat hier.«

Sie starrte Gino an. »Vielleicht tue ich das wirklich«, murmelte sie.

Er zeigte noch immer keine Reaktion.

»Hat mich gefreut, Sie beide mal wieder zu sehen«, sagte sie lächelnd und ging dann zu ihrem Kunden weiter, der sie an einem Tisch bereits erwartete.

»Ich mag sie«, bemerkte Costa. »Wieso hast du sie gehen lassen, Gino?«

Gino antwortete nicht. Die Erinnerung hatte ihn eingeholt.

99

Lennie wollte allein sein, denn er brauchte Zeit zum Nachdenken. Er verriet daher niemandem, nicht einmal Jess, dass er nach Los Angeles zurückgekehrt war. Vom Flugplatz aus nahm er ein Taxi in sein altes Penthouseapartment in der Doheny Street, das er aus nostalgischen Gründen behalten hatte.

Dort zog er die Jalousien hoch, lüftete und fühlte sich zum ersten Mal seit langer Zeit wieder zu Hause.

Harriet, das alte Hausmädchen, das ihn versorgt hatte, solange er in diesem Apartment gewohnt hatte, war zwar noch weiterhin für ihre Dienste bezahlt worden, doch sie schien schon lange nicht mehr sauber gemacht zu haben.

Lennie sah sich um. Das Bett war zerwühlt ... ein liebevolles Andenken an unzählige Blondinen. Im Wohnzimmer herrschte die altvertraute Unordnung. Er fand eine halbleere Flasche Wodka und einen Stapel gelber Notizblocks, auf denen er stets gearbeitet hatte. Früher! Das war lange her.

In der kleinen Wohnung herrschte Friede. Keine Dienstboten eilten umher, kein Telefon klingelte, keine Sekretärinnen klopften ... und vor allem gab es keine Olympia.

Er hatte den entscheidenden Schritt getan.

Er war frei.

Beinahe.

Nach der Mittagspause verließ Santino die Szenerie der Dreharbeiten.

Eden schritt erhobenen Hauptes in ihre Garderobe, obwohl Santino sie vor dem versammelten Team auf demütigende Art und Weise abkommandiert hatte. Dort hatte er sie gezwungen, vor ihm zu seiner Befriedigung niederzuknien, und ihr gedroht, als sie versucht hatte, sich zu weigern. Santinos Verhalten wurde immer unberechenbarer. Wenn sie noch mit heiler Haut davonkommen wollte, dann musste sie schnell fliehen. Sie war überzeugt, dass sie nicht nur die Verstümmelung ihres Gesichts befürchten, sondern um ihr Leben bangen musste.

Tim hielt sie zuerst vor der Kamera und dann in seiner Garderobe fest in seinen Armen. Sie liebten sich hungrig und drängend. Mit Tim Wealth tat sie freiwillig Dinge, zu denen Santino sie zwingen musste.

»Ich hole dich da so schnell wie möglich raus«, versprach Tim. »Vielleicht schon morgen. Warte auf meinen Anruf!«

»Santinos Arme reichen weit«, warnte Eden ängstlich.

»Keine Angst, mit Geld ist alles möglich ... und ich besorge uns genug Knete.«

Sein Plan stützte sich auf Brigette, das verdorbene, reiche Früchtchen. Skrupel quälten ihn dabei als Allerletztes.

Brigette lag schmollend in einem weißen Bikini in der Sonne am Swimmingpool. Auf den fast fünfjährigen Roberto aufpassen zu müssen, das hatte ihr gerade noch gefehlt.

Gino hatte den Jungen und das Kindermädchen CeeCee am frühen Nachmittag zu ihnen gebracht. Dann hatte sich CeeCee einen Zahn abgebrochen, worauf Alice kurzentschlossen mit dem Chauffeur zu ihrem Zahnarzt nach Marina del Rey gefahren war, und Roberto Brigettes Obhut überlassen hatte.

Brigette nahm jeden Sonnenstrahl begierig auf. Sie wollte für Tim besonders schön sein. Der Sommer war bald vorüber, und sie musste in das verhasste Schweizer Internat zurückkehren.

Die Nacht mit Tim Wealth war ihr unvergesslich. Er hatte sogar Bilder mit einer Polaroidkamera von ihr gemacht. Jetzt wartete sie sehnsüchtig auf seinen Anruf.

Nachdem Gino seinen Enkel Roberto und CeeCee bei Brigette abgeliefert hatte, wusste er nicht mehr, was er so mit dem Tag anfangen sollte. Costa war auf eigene Faust in die Stadt gefahren.

Seit seiner Scheidung von Susan konnte er zwar tun und lassen, was er wollte, doch irgendetwas fehlte ihm. Er brauchte die feste Beziehung zu einer Frau. Für ständig wechselnde Bettbekanntschaften war er zu alt. Und die meisten Frauen, mit denen er derzeit schlief, erregten nur sein flüchtiges Interesse.

Gino musste sich endlich eingestehen, dass er alt wurde.

Bei Paige Wheeler hatte er sich nie alt gefühlt. Das Wiedersehen mit ihr hatte alte Erinnerungen wachgerufen; und es waren gute Erinnerungen.

Er glaubte, ein Leuchten in ihren Augen gesehen zu haben. Täuschte er sich, oder fehlte er ihr ebenfalls?

Einem Impuls folgend, fuhr er zum Beverly-Wilshire-Hotel und mietete eine Suite.

»Kein Gepäck, Mr. Santangelo?«, erkundigte sich der Mann am Empfang.

»Das kommt später«, erwiderte Gino. »Aber schicken Sie mir eine Flasche Dom Pérignon und eine reichliche Portion von Ihrem besten Kaviar aufs Zimmer.«

»Selbstverständlich, Sir.«

Oben in seiner Suite ging er unruhig auf und ab.

Er hatte Paige mit Susan erwischt. Die unschuldige Jungfrau hatte sie ihm allerdings nie vorgespielt.

Warum sollte er sie also nicht anrufen?

»Ich möchte mich bei meiner Wohnungseinrichtung beraten lassen«, sagte Gino förmlich am Telefon.

Paige hatte seine Stimme sofort erkannt. Sie machte ihrem Assistenten ein Zeichen, ihr Büro zu verlassen, und lehnte sich auf ihrem Sessel entspannt zurück. »Was für ein Job wäre das denn?«

»Ein dringender!«

»Hmmmmm ... Ich fürchte, vor nächster Woche habe ich leider keine Zeit.«

»Sie werden es schon irgendwie einrichten können.«

»Mal sehen. Und wo?«

»Im Beverly Wilshire. Wo sonst.« Er nannte ihr die Nummer der Suite.

»Haben Sie eine ungefähre Vorstellung, was Sie wollen?«, fragte sie geschäftsmäßig.

»Sie. Und zwar schnell.«

Beide lächelten, als sie auflegten.

»Hallo, Kleines!«

Brigette hätte vor Freude beinahe einen Luftsprung gemacht. »Ich habe schon auf deinen Anruf gewartet ... aber so schnell habe ich nicht damit gerechnet.«

»Hast du Lust, zum Spielen zu mir zu kommen?«

»Mist! Ich kann nicht! Ich muss auf meinen blöden Onkel aufpassen.«

»Auf deinen Onkel?«

»Ja, er ist knapp fünf Jahre alt.«

»Roberto?«, fragte Tim Wealth, und Brigette bemerkte gar nicht den erregten Unterton in seiner Stimme.

»Woher weißt du denn seinen Namen?«

»Ich bin eben nicht nur ein ausgezeichneter Schauspieler.«

Brigette kicherte.

»Wo sind denn die anderen?«, fragte Tim betont lässig. »Warum passt ausgerechnet du auf ihn auf?«

»Robertos Kindermädchen musste dringend zum Zahnarzt. Alice ist mitgefahren. Sie kennt einen guten Doktor in Marina del Rey.«

»Ich mag Kinder«, behauptete Tim hastig, während er fieberhaft seinen Plan neu überdachte. »Bring ihn doch einfach mit.«

Brigette zögerte. Die Versuchung war groß. Sie wollte Tim unbedingt wieder sehen. Allerdings würde CeeCee eine schreckliche Szene machen, wenn sie erfuhr, dass sie mit Roberto einen Ausflug unternommen hatte. Und CeeCee traute Brigette nicht. Sie hatte vor ihrer Abfahrt zum Zahnarzt noch Gino oder Costa anzurufen versucht, beide jedoch nicht erreicht.

»Also?«, fragte Tim. »Wie steht's?«

»Wir kommen sofort. Bis gleich«, antwortete Brigette kichernd.

Die Dinge entwickelten sich besser, als Tim erwartet hatte.

Er griff nach dem Skandalblatt, das vor ihm auf dem Tisch lag, und starrte auf die Schlagzeile über dem Foto eines kleinen, dunkelhaarigen Jungen, der gerade aus einem Swimmingpool kletterte: DER REICHSTE KLEINE JUNGE DER WELT.

In dem dazugehörigen Artikel stand alles, was er über Roberto wissen musste.

Tim legte die Zeitung langsam beiseite. Brigette Stanislopoulos allein war schon ein fetter Fisch, aber jetzt boten sich ihm beide Kinder auf einen Schlag an.

So viel Glück auf einmal hatte er sich nicht träumen lassen.

100

Steven war sich unschlüssig, ob er es Mary Lou sagen sollte.

Aber bald wurde ihm klar, dass ihm letztlich nichts anderes übrig blieb. Das reißerische Magazin würde in kürzester Zeit an jedem Zeitungsstand ausliegen, und dann waren die Presseleute sicher nicht mehr zu bremsen. *Er* wusste, dass das Mädchen auf den Pornofotos nicht Mary Lou war, aber das mussten sie den Lesern erst einmal beweisen.

»Verdammt!«, murmelte er leise, während er sich fragte, welche Daseinsberechtigung menschlicher Abschaum wie Bonnatti eigentlich hatte.

Und plötzlich sah Steven, sonst ein strenger Verfechter der Rechtsnormen, auch Lucky Santangelos Tat an Enzio Bonnatti in einem anderen Licht.

Er war sich nun nicht mehr so sicher, dass Recht mit Gerechtigkeit gleichzusetzen war. Auch Recht konnte gebeugt werden.

Steven sagte eine geschäftliche Besprechung ab und fuhr nach Hause. Je eher er mit Mary Lou sprach, desto besser. Schließlich musste sie den Fernsehsender und die Sponsoren ihrer Show informieren. Außerdem sollte eine Erklärung in die Öffentlichkeit lanciert werden, bevor die Reporter damit begannen, das Haus zu belagern.

Er wusste genau, was zu tun war. Mary Lou musste mit

Ruhe und Würde jedwede Verbindung zu den pornografischen Fotos leugnen.

Als er die Haustür öffnete, schlug ihm starker Gasgeruch entgegen. Er rang mühsam nach Luft.

Dann rannte er in die Küche.

Mary Lou lag leblos vor dem geöffneten Backofen.

Neben ihr entdeckte er die neueste Ausgabe der Illustrierten *Comer.*

101

Das Rauschen der Dusche war bis ins Schlafzimmer zu hören. Gino saß im Bademantel auf der Kante des zerwühlten Betts und nahm eine Flasche Dom Pérignon aus dem Sektkübel auf dem Nachttisch. Sie war leer. Bis auf den letzten Tropfen. Er konnte sich gar nicht erinnern, so viel getrunken zu haben.

»He …!«, rief er. »Uns geht der Champagner aus!«

»Dann bestell noch 'ne Flasche!«, antwortete Paige. »Irgendwas muss schließlich dabei herausspringen, wenn man mit einem alten Herrn schläft.«

Gino lachte unterdrückt, als er den Telefonhörer abnahm. Paige war pfiffig wie immer. »Der Champagner ist schon unterwegs«, erklärte er schließlich, ging ins Badezimmer und öffnete die Tür zur Duschkabine, wo Paige sich gründlich einseifte. Wie immer musterte er fasziniert ihre ausgezeichnete Figur.

»Ich möchte, dass du die Nacht über bei mir bleibst«, sagte er. »Wie damals in New York, weißt du noch? Das war eine schöne Zeit, was?«

Paige legte die Seife beiseite und stellte das Wasser wieder an. Dann stieg sie aus der Duschkabine und wickelte sich in ein flauschiges Badetuch.

»Du weißt, dass das unmöglich ist. Ich bin schließlich verheiratet.«

»Was du tagsüber machst, ist deinem Mann wohl egal … aber nachts musst du brav zu Hause sein.«

»Ganz richtig.« Nachdem sie sich abgetrocknet hatte, zog sie einen Bademantel an.

Gino setzte sich auf den Badewannenrand. »Du hast mir verdammt gefehlt, Liebes«, murmelte er. »Ich hab vergeblich versucht, Ersatz für dich zu finden. Du bist die Einzige, die mich auf Touren bringt.«

Paige begann zu lachen. »Das kannst du mir nicht erzählen, Gino. Du kriegst noch einen hoch, wenn sie dich beerdigen!«

Er schlang die Arme um ihre Taille und vergrub sein Gesicht in ihrem Busen.

Sie öffnete den Bademantel. »Hmmm … wo du schon mal dabei bist …«, murmelte sie.

Gino brauchte keine weitere Aufforderung.

Der Schlag war so heftig, dass Eden rückwärts taumelte.

»Du Hure! Mehr bist du nicht! Eine alternde Hure auch noch!«, höhnte Bonnatti.

Eden kauerte sich schluchzend in eine Ecke und wartete auf den nächsten Angriff.

Santino zog Jackett und Weste aus und krempelte die Hemdsärmel auf. Es war anstrengend, Frauen zu verprügeln. Er schwitzte mehr als sonst.

Eden schlang die Arme um die Knie. Sie sah schrecklich aus. Ein Auge war blau und verquollen, das Kinn rot unterlaufen und geschwollen, und ihre Unterlippe blutete.

Santino beugte sich über sie. »Wenn man Santino Bonnatti betrügt, dann muss man dafür zahlen. Hast du verstanden?«

»Ich habe nichts getan!«, wimmerte sie.

Er hob die Hand erneut zum Schlag, besann sich dann jedoch eines Besseren. Sie hatte ihren Denkzettel verpasst bekommen. So schnell würde sie für keinen anderen mehr die Beine breit machen. Jetzt wusste sie erst mal, wem sie gehörte.

Er musste nur noch mit Tim Wealth abrechnen.

Niemand schlief ungestraft mit Bonnattis Frau ... es sei denn, vor der Kamera.

Niemand.

Es sei denn, er befahl es.

102

Carrie besaß nun all die Antworten, die Steven unbedingt hatte haben wollen. Nachdem Fred Lester erst einmal die Wahrheit gestanden hatte, war alles Weitere ganz einfach gewesen.

Gino Santangelo war Stevens Vater.

Gino. Eine Erinnerung aus schon längst vergangenen Zeiten ...

Er hatte ihr Kind gezeugt, ohne je davon erfahren zu haben.

Gino Santangelo.

Damals, nach der Vergewaltigung durch Fred Lester, war sie ihm in einer seiner Bars begegnet. Sie hatten eine erinnerungswürdige Nacht miteinander verbracht. Im Lauf der Jahre hatte sie anhand von Zeitungsmeldungen gelegentlich seinen Aufstieg vom Mitglied der Unterwelt zum reichen, angesehenen Geschäftsmann verfolgt. Mittlerweile war er alt geworden ... wie sie. Erst vergangene Woche war ein Foto von Gino Santangelo durch die Presse gegangen, das ihn bei einem Wohltätigkeitsball in Las Vegas an der Seite eines ehemaligen Präsidenten der Vereinigten Staaten zeigte.

Stevens Vater.

Ihr war es absolut gleichgültig. Aber Steven musste es erfahren.

Carrie lief die Lexington Avenue in Richtung des Reihenhauses in der Achtundfünfzigsten Straße entlang, das Steven bewohnte. Die widersprüchlichsten Gedanken jagten ihr durch den Kopf. Sie war durcheinander … völlig durcheinander. Fünfundvierzig Jahre lang war Fred Lester in ihrer Erinnerung nur ein mieser Vergewaltiger gewesen. Und jetzt war er plötzlich wieder als respektabler Verleger und Gentleman in ihr Leben getreten.

Es war schwer zu glauben, dass er der betrunkene Kerl von damals gewesen sein sollte, der sich sogar über ihre Hautfarbe lustig gemacht hatte.

Die Verachtung war ihr ins Gesicht geschrieben gewesen, als er ihr seine Geschichte erzählt hatte.

Sie wusste nun alles über seinen Unfall, sein Leben und seine Familie.

»Sobald ich alle Fakten erfahren hatte«, schloss er, »habe ich es mir natürlich zur Aufgabe gemacht, herauszufinden, ob ich wirklich Stevens Vater sein könnte … schon um Versäumnisse wieder gutzumachen. Und wenn Sie sicher sind, dass nur Gino Santangelo und ich in Frage kommen, dann gibt es keinen Zweifel mehr.«

»In meinem Buch steht nur die Wahrheit«, entgegnete Carrie in eisigem Ton. »Ich lüge niemals.«

»Gut, dann ist Gino Stevens Vater. Ich habe eine sehr seltene Blutgruppe. Nach Überprüfung von Stevens medizinischen Unterlagen kann ich nachweisen, dass ich nach den Gesetzen der Vererbung nicht sein Vater sein kann.« Nach einer langen Pause fuhr er fort: »Außerdem war ich so frei, Gino Santangelos Vergangenheit unter die Lupe zu nehmen. Er saß zwischen 1940 und 1947 im Gefängnis. Die Gefängnisverwaltung besitzt umfassende medizinische

Unterlagen über ihn. Er hat dieselbe Blutgruppe wie Steven.«

Danach hatte Fred Lester noch weitere Beweisgründe aufgeführt, die er alle belegen konnte. Und er hatte sämtliche Unterlagen ihr übergeben.

»Mr. Lester«, hatte sie schließlich gesagt. »Ich möchte vorerst nicht, dass mein Buch veröffentlicht wird.«

»Aber ...«

Sie hob die Hand. »Bitte. Ich brauche Zeit zum Nachdenken. Vielleicht überlege ich es mir nächste Woche oder nächstes Jahr anders. Im Augenblick weiß ich das einfach noch nicht.«

»Ich hoffe, Sie kommen doch noch zu einer positiven Entscheidung«, entgegnete Fred Lester. »Es ist mir sehr wichtig, dass wir dieses Buch veröffentlichen. Es ...«

»Vorausgesetzt natürlich, die Namen werden geändert, um die Herren zu schützen«, fiel sie ihm ins Wort.

Lester machte eine hilflose Handbewegung. »Carrie ... das ist alles lange her ...«

»Noch nicht lange genug, Mr. Lester. Bei weitem noch nicht lange genug.«

Danach hatte sie sein Büro verlassen und war in Gedanken versunken die Straße hinuntergegangen. Mittlerweile war es Spätnachmittag, und sie näherte sich Stevens Haus. Er sollte die Wahrheit umgehend erfahren.

Vor dem Haus parkte ein Krankenwagen, und eine kleine Menschenmenge hatte sich bereits versammelt.

Carrie drängte sich hindurch. »Was ist passiert?«, fragte sie eine Frau.

»Selbstmord ... glaube ich«, antwortete die Frau mit leuchtenden Augen. »Zünden Sie sich ja keine Zigarette an, sonst fliegt noch die ganze Gegend in die Luft. Riechen Sie's denn nicht? Gas, würde ich sagen.«

Einen schrecklichen Augenblick lang dachte Carrie, Steven

könne das Opfer sein. Doch dann kam er plötzlich aus dem Haus ... gefolgt von zwei Sanitätern mit einer zugedeckten Bahre.

»Steven!«, rief sie verzweifelt. »Was ist denn geschehen?«

103

CeeCee quälten böse Vorahnungen. Brigette war ein unzuverlässiges, verwöhntes Mädchen, das nur an sich dachte.

Sie seufzte laut. Leider hatte sie nicht gewusst, wie weit Marina del Rey von Los Angeles entfernt lag. Anderenfalls hätte sie den abgebrochenen Zahn einfach ignoriert und wäre bei Roberto geblieben. Zu allem Übel hatte Alice sie auch noch zwei Stunden lang in der Praxis warten lassen, bevor sie endlich mit Wagen und Chauffeur zurückgekehrt war. CeeCee schäumte innerlich vor Wut.

Endlich waren sie auf der Rückfahrt nach Bel Air.

»Wie lange brauchen wir nach Hause?«, erkundigte sich CeeCee bei dem Chauffeur des weißen Rolls-Royce.

Der Engländer in Uniform ließ sich mit der Antwort Zeit.

»Ungefähr eine halbe Stunde, Madam«, erklärte er schließlich. »Kommt auf den Verkehr an.«

104

Magst du mich?«, fragte Tim Wealth.

Brigette wusste nicht so recht, was sie darauf antworten sollte. Roberto saß am Küchentisch von Tims kleiner Einzimmerwohnung und schaufelte Mengen von Speiseeis in sich hinein, und Tim stellte ihr die wichtigste Frage ihres Lebens. Ich mag dich nicht, ich *liebe* dich, hätte sie am liebsten gesagt; aber schließlich war es dazu noch zu früh. Von Liebe hatte *er* schließlich nie gesprochen.

»Das weißt du doch«, murmelte sie schließlich. »Was ich mit dir mache, habe ich noch mit niemandem getan.« Vielleicht verstand er den Wink.

»Ich mag dich auch«, fuhr Tim fort. »Aber ich weiß etwas von dir, das mir Sorgen macht.«

»Was denn?«

»Du bist nicht achtzehn, sondern erst vierzehn Jahre alt«, erklärte Tim.

Brigette erschrak und wurde rot.

»Ist dir klar, dass ich mich damit der Verführung Minderjähriger schuldig gemacht habe?«

Außer Robertos Schmatzen war kein Geräusch im Raum zu hören.

»Wie hast du das herausgekriegt?«, murmelte Brigette schließlich mit roten Wangen.

»Nun, dein Alter ist kein Staatsgeheimnis«, erwiderte Tim. »Ich habe ’ne Menge über dich, deine Familie und das Testament deines Großvaters in den Zeitungen gelesen. Im Dezember wirst du erst fünfzehn, Kleines.«

Roberto hatte inzwischen den Fernsehapparat in einer Ecke des Apartments entdeckt.

Brigette ließ sich auf die Bettcouch fallen.

Tim schaltete dem kleinen Jungen den Fernsehapparat ein, setzte sich dann neben Brigette und legte den Arm um sie.

»Ich will nicht vierzehn sein!«, jammerte Brigette mit Tränen in den Augen. »Ich hasse es, vierzehn zu sein … Und jetzt hasst du mich auch!«

»Nein, das tue ich nicht«, beruhigte Tim sie. »Aber jetzt haben wir ein Problem, das wir lösen müssen.«

»Keine Sorge«, entgegnete sie trotzig. »In einer Woche

muss ich sowieso ins Internat in die Schweiz zurück. Dann bist du mich los.«

»Willst du denn ins Internat zurück?«, fragte Tim hastig. »Oder möchtest du nicht lieber bei mir bleiben?«

Diese Möglichkeit war Brigette in ihren kühnsten Träumen nicht eingefallen.

»Schon, aber wie könnte ich?«, wollte sie hoffnungsvoll wissen.

»Jetzt hör mir mal gut zu. Ich habe da einen Plan …«

105

Paige Wheeler rief um halb sechs Uhr nachmittags zu Hause an. Sie müsse unverhofft geschäftlich nach San Francisco und werde erst am darauf folgenden Tag zurückkommen, behauptete sie.

»Willst du dir denn nicht wenigstens kurz zu Hause das Nötigste für die Nacht holen?«, erkundigte sich Ryder.

Sie erklärte, der arabische Kunde sei sehr ungeduldig und warte bereits am Flugplatz mit seinem Privatjet auf sie.

Ryder hatte vollstes Verständnis. Geschäft war Geschäft.

Gino wählte die Nummer der Mietvilla in Beverly Hills. Dort war nur der automatische Anrufbeantworter eingeschaltet. Offenbar war niemand zu Hause.

»Das ist wirklich ein kleines Abenteuer«, gurrte Paige mit einem spitzbübischen Lächeln. »Und Abenteuer habe ich eine Ewigkeit nicht mehr erlebt.« Sie streckte sich zufrieden auf dem Bett aus. »Du kannst verdammt überzeugend auf mich sein, Gino!«

»Das ist mein Schicksal«, antwortete er grinsend. »Wenn's darum ging, meinen Kopf durchzusetzen, hatte ich nie Probleme.«

»Kann ich mir vorstellen.«

Lennie arbeitete den ganzen Nachmittag lang an einem neuen Manuskript. Dabei leerte er die halbe Flasche Wodka und hörte Platten von Bruce Springsteen. Schließlich beobachtete er von seinem Apartment mit dem zerwühlten Bett aus den Sonnenuntergang über Hollywood.

Er fühlte sich großartig; so gut wie schon lange nicht mehr. Und mit den Texten, die er geschrieben hatte, war er vollauf zufrieden. Nach monatelanger Untätigkeit hatte er endlich wieder den Drang verspürt, produktiv zu werden.

Jetzt würde er frei sein.

Keine Villen und kein Dienstpersonal mehr.

Und keine Olympia.

Es war wie ein neuer Anfang für ihn.

Aber natürlich war er jetzt durch eigene Kraft reich geworden. Er war gefragt … ein Filmstar.

Allerdings gab es noch einige Dinge zu regeln. Vor Olympias Rückkehr nach Los Angeles musste er seine persönlichen Habseligkeiten aus dem Haus in Bel Air holen und Alice die Situation erklären. Alice kümmerte sich dort um Brigette. Den Kontakt zu dem Mädchen wollte er aufrechterhalten, denn das Kind tat ihm irgendwie Leid. Eine Mutter wie Olympia zu haben war kein Zuckerlecken.

Morgen würde er mit den beiden reden.

Doch an diesem Abend wollte er sich amüsieren.

Spontan rief er Jess an und verabredete mit ihr, einmal wieder einen Abend bei »Foxie« zu verbringen.

Kaum hatte der Rolls-Royce an der Auffahrt der Villa in Bel Air angehalten, lief CeeCee in das Haus.

Das farbige Kindermädchen verlor keine Zeit. Es war kurz nach sechs Uhr. Falls Lucky je herausfand, dass sie Roberto so lange allein gelassen hatte, würde sie wütend sein … und mit Recht. CeeCee wusste, welchen Ruf sie zu verlieren hatte.

»Roberto!«, rief sie, als sie gefolgt von Alice ins Haus eilte. »Roberto!«

Keine Antwort.

CeeCees hastige Suche in Haus und Garten förderte keinen Roberto zu Tage.

Zwei mexikanische Hausmädchen, die nur gebrochen Englisch sprachen, behaupteten, nichts über Robertos Verbleib zu wissen. Schließlich erschien eine dritte Hausangestellte, die etwas von einem Taxi murmelte.

»Ist Roberto mit Brigette etwa in einem Taxi weggefahren?«, fragte CeeCee trotz ihrer Erregung langsam und deutlich.

»Si, si«, antwortete die Frau.

»Was soll bloß die Aufregung?«, bemerkte Alice. »Brigette hat Roberto sicher längst nach Hause gebracht.«

CeeCee rief sofort in Ginos Ferienvilla an, doch dort meldete sich niemand.

»Gino ist sicher mit den beiden zum Essen gegangen«, vermutete Alice seelenruhig.

CeeCee nickte. Sie hoffte inständig, dass Alice Recht hatte. Ihre böse Vorahnung jedoch konnte das nicht zerstreuen.

106

Ihr ganzes Leben lang hatte Brigette darauf gewartet, dass ihr eines Tages etwas Großartiges widerfahren würde. Sie war in einer Welt gedankenloser Erwachsener aufgewachsen, die ihr zwar ein Übermaß an materiellen Annehmlichkeiten, aber nie das Gefühl von Nestwärme gegeben hatten. Aufmerksamkeit hatte sich das Kind nur durch auffälliges Verhalten verschaffen können, und es war eine Art Sport für sie geworden, die Mutter zu ärgern, die stets nur mit ihrem augenblicklichen Freund beschäftigt gewesen war.

Je älter Brigette jedoch geworden war, desto klarer hatte sie erkannt, dass es noch mehr im Leben gab, als um die Aufmerksamkeit ihrer Mutter zu buhlen.

Und jetzt war Tim Wealth in ihr Leben getreten. Für Brigette war damit der so lange und heiß ersehnte Augenblick gekommen. Schule und alles andere waren für sie vergessen. Tim Wealth war ihre Gegenwart und Zukunft. Er wollte für immer mit ihr zusammenbleiben, und sie hörte aufmerksam zu, während er ihr seinen Plan erklärte. Roberto saß noch immer fasziniert vor dem Fernsehapparat.

Tim betonte wiederholt die Tatsache, dass sie erst vierzehn war. »Wärst du achtzehn«, sagte er, »hätten wir keine Probleme. Wir könnten nach Nevada fliegen und sofort heiraten, ohne dass uns jemand etwas anhaben könnte. Aber da du minderjährig bist, müssen wir uns verstecken ... und dazu brauchen wir viel Geld, verdammt viel Geld.«

»Ich bin sehr reich«, erklärte Brigette leichthin. »Mein Großvater hat mir doch gerade ein riesiges Vermögen hinterlassen.«

»Sicher. Aber an das kommst du erst mit achtzehn oder einundzwanzig heran, stimmt's?«

»Ja. Trotzdem ... das Geld gehört mir.«

»Das weißt du ... das wissen wir beide, aber versuch das den anderen mal klarzumachen.« Tim Wealth hielt inne, um dann umso eindringlicher fortzufahren: »Ich will mit dir zusammenbleiben, Kleines. Du bist was ganz Besonderes für mich. Ich möchte nicht riskieren, dich zu verlieren. Verstehst du?«

Brigette nickte selig. All ihre Träume schienen plötzlich wahr zu werden.

Tim begann aufgeregt im Zimmer auf und ab zu gehen und auf Brigette einzureden: »Wie deine Mutter auch zu dir stehen mag, sie versucht bestimmt, uns auseinander zu bringen. Dasselbe gilt für Lennie Golden ... und Lucky. Sie werden behaupten, du seist zu jung. Wir hätten also keine Chance. Sie würden dich irgendwo einsperren, und wir würden uns nie wieder sehen.«

»Ich könnte fliehen!«, entgegnete Brigette mutig.

»Schon ... aber das möchte ich dir nicht zumuten.« Tim Wealth machte eine Kunstpause. »Unsere einzige echte Chance besteht darin, die Herausgabe deines Vermögens zu erzwingen. Schließlich ist es dein Geld.«

Brigette nickte aufgeregt.

»Aber freiwillig geben sie es dir bestimmt nicht. Deshalb müssen wir mit Tricks arbeiten.«

»Und wie machen wir das?«

»Indem wir ein Spiel mit ihnen spielen.«

»Was für ein Spiel?«

»Hmmm ... nennen wir es mal ›Entführung‹.«

Brigette erschauerte. »Ist es gefährlich?«

Tim lachte. »Nein, sonst würde ich es dir ja nicht vorschlagen. Du musst mir schon vertrauen.«

»Und was ist mit ihm?«

Sie wandten sich beide Roberto zu.

»Er ist sozusagen unser Unterpfand«, sagte Tim. »Unsere Garantie dafür, dass sie schnell bezahlen ... zum Beispiel schon morgen.«

Brigette bekam plötzlich Gewissensbisse ... doch dieser Augenblick ging schnell vorüber.

»Sobald sie bezahlt haben, kriegen sie euch beide zurück«, fuhr Tim fort.

»Ich will nicht zu ihnen zurück!«, jammerte Brigette.

»Es ist ja nur für ein paar Tage ... solange wie ich brauche, um unsere Flucht zu organisieren«, beruhigte Tim sie hastig. »Dann treffen wir uns am vereinbarten Ort und hauen ab. Aber zuerst beschreibst du deine Kidnapper als Mexikaner, die euch in Santa Monica festgehalten haben.«

»Hmmm ... und wie erkläre ich, dass ich mit Roberto in einem Taxi davongefahren bin?«

»Du hast ganz einfach einen dringenden Anruf von deiner Mutter bekommen, die dich und den Jungen sehen wollte«, schlug Tim vor.

Brigette kicherte. »Tolle Idee. Du hast wirklich an alles gedacht.«

»Selbstverständlich!« Tim war selbst verblüfft, wie naiv Brigette war. Wenn sie begriff, dass aus dem versprochenen Treffen wohl nichts werden würde, war er mit Eden längst über alle Berge.

Und selbst für den Fall, dass man ihm auf die Spur kam, besaß er noch immer die Polaroidfotos der süßen Brigette in eindeutigen Stellungen. Diese Bilder allein dürften der Familie schon eine Million Dollar wert sein. Und was bedeutete solchen Leuten schon eine Million?

»Und wie viel verlangen wir?«, fragte Brigette.

»Eine Million Dollar«, erwiderte Tim ernst. »Eine Million Piepen, Süße!«

107

Gegen neun Uhr abends war CeeCee halb wahnsinnig vor Angst. Allerdings war sie offenbar die Einzige, der Brigette und Robertos Verschwinden Sorgen machte. Sie war mehrmals zu der Ferienvilla in Beverly Hills gefahren und unverrichteter Dinge wieder zurückgekehrt. Weder Gino noch Costa waren zu Hause.

»Sie sind mir vielleicht ein Angsthase!«, spottete Alice nur verständnislos. »Roberto ist bei Brigette. Was sollte ihm da schon passieren? Die beiden sind entweder mit Gino zusammen oder im Haus von Brigettes Freundin.«

»Und wer ist diese Freundin?«, erkundigte sich CeeCee verzweifelt.

Alice zuckte mit den Schultern. »Keine Ahnung … es muss

eine Schulfreundin sein. Brigette hat gestern bei ihr übernachtet.«

»Kennen Sie deren Telefonnummer?«, drängte CeeCee, der die ganze Sache immer merkwürdiger vorkam.

Alice schüttelte nur den Kopf.

CeeCee rang die Hände. »Aber wie könnten wir denn herausfinden, wo Brigettes Freundin wohnt?«, drängte sie.

»Keine Ahnung«, entgegnete Alice gereizt. »Machen Sie doch kein Theater! In ein paar Minuten sind sie sicher wieder da!«

Gegen Viertel vor zehn Uhr rief schließlich Costa an.

CeeCee war am Apparat. »Oh, Gott sei Dank! Mr. Zennocotti, wo sind Sie?«, jammerte sie. »Ist Roberto bei Ihnen?«

»Warum sollte er bei mir sein?«, erwiderte Costa verblüfft.

»Geben Sie mir Gino … schnell.«

»Er ist nicht hier … und Roberto auch nicht!« CeeCee erklärte Costa völlig aufgelöst die Lage.

Und Costa sagte genau das, was auch Alice behauptete: »Die beiden müssen bei Gino sein. Machen Sie sich keine Sorgen. Sicher kommen sie bald nach Hause. Rufen Sie mich an, sobald sie da sind.«

Um Punkt zehn Uhr abends klingelte in der großen Villa in Bel Air das Telefon.

»Hallo?«, meldete sich Alice gut gelaunt. Sie hatte mehrere Gläser Grand Marnier getrunken und war selig.

»Eine Million Piepen«, sagte am anderen Ende eine undeutliche Stimme.

»Was?«

»Ich habe Roberto und Brigette … und ich will eine Million Piepen für die beiden.«

»Ich kann Sie so schlecht verstehen. Sprechen Sie doch bitte lauter!«

»Keine Polizei. Sehen Sie zu, dass Sie das Geld zusammenkriegen. Ich will Bares ... in unnotierten Fünfzigdollarscheinen.«

»Ich verstehe das alles nicht. Wer spricht denn da?«

»Bringen Sie die Knete um vier Uhr morgen Nachmittag zu Farmers Market. Stellen Sie das Geld in einer braunen Ledertasche in der Buchabteilung hinter das Regal mit den Diätkochbüchern und verlassen Sie das Geschäft durch den zweiten Eingang. Sehen Sie sich nicht um. Verstanden?«

»Großer Gott!«, entfuhr es Alice erregt.

»Wenn Sie die Kinder lebend wieder sehen wollen, dann befolgen Sie meine Anweisungen. Eine Million Dollar. Und keine Tricks. Das ist Ihre einzige Chance. Ich melde mich nicht mehr.«

Damit wurde am anderen Ende aufgelegt.

108

Auf dem Kennedy Airport wimmelte es von Menschen, die einen frühen Flug ins Wochenende gebucht hatten.

Lucky ging geradewegs auf den Pan-Am-Schalter zu. Es blieb ihr gerade noch Zeit, eine Tasse Kaffee zu trinken, bevor ihr Flug aufgerufen werden würde.

Steven traf etwa fünfzehn Minuten später auf dem Flugplatz ein. Mit grimmiger Miene kaufte er ein Ticket für den nächsten Pan-Am-Flug nach Los Angeles. Er war unrasiert und müde, denn er hatte die ganze Nacht an Mary Lous Krankenbett verbracht.

Gelegentlich gab es Dinge im Leben, die man einfach tun musste. Und manchmal half es nicht, wenn man auf der Seite von Recht und Gesetz stand.

Steven hatte zum ersten Mal in seinem Leben vor, das Gesetz in seine Hände zu nehmen.

Steven war entschlossen, Santino Bonnatti selbst zu erledigen.

109

Das ist ja verdammt unbequem hier«, jammerte Brigette zum wiederholten Mal während der Nacht.

»Herrgott, schlaf weiter!«, entgegnete Tim Wealth gereizt.

Brigette setzte sich auf. »Ich muss auf die Toilette«, murmelte sie.

»Dann geh!«, zischte Tim übellaunig.

Brigette kletterte von der Schlafcouch, stieg über Roberto, der auf ein paar Kissen auf dem Fußboden schlief, und schloss sich in der winzigen Toilette ein. Es machte keinen Spaß, eingezwängt wie eine Sardine neben Tim die Nacht verbringen zu müssen. Vielleicht wäre die Nacht auch ganz anders verlaufen, wenn Roberto nicht dabei wäre. Weshalb hatten sie das Kind auch dabehalten?

Brigette konnte sich lebhaft vorstellen, in welcher Verfassung sich CeeCee mittlerweile befinden musste.

Als sie wieder ins Zimmer kam, waren sowohl Roberto als auch Tim wach. »Ich habe Hunger«, sagte der kleine Junge und rieb sich die Augen.

Lucky war sicher ebenfalls außer sich. Brigette hatte ihr gegenüber ein schlechtes Gewissen. Sie musste wenigstens dafür sorgen, dass es Roberto an nichts fehlte. »Ich mache dir Frühstück«, verkündete sie daher fröhlich.

»Bei mir findest du nichts, womit du Frühstück machen könntest«, entgegnete Tim. Jetzt, da seine Aktion im Gange war, wollte Tim keine Zeit mit Nebensächlichkeiten verlieren. Ein gutes Timing war das A und O.

Das Geld abholen.

Brigette und den Jungen irgendwo aussetzen.

Eden treffen … und fliehen.

Tim Wealth hatte bereits zwei Plätze in der Maschine gebucht, die am Spätnachmittag nach Mexico City flog. Dort würden sie einen Mietwagen nehmen und untertauchen.

»Ich will heim … zu CeeCee und Mama«, jammerte Roberto.

Brigette machte den Kühlschrank auf. Er war leer.

»Ich gehe was einkaufen«, entschied sie.

»Nein«, widersprach Tim Wealth hastig. »Das übernehme ich. Schreib auf einen Zettel, was du haben möchtest.«

Tim Wealth wollte natürlich unbedingt vermeiden, dass Brigette in der Nachbarschaft gesehen wurde. In der großen Villa in Bel Air herrschte jetzt vermutlich Hochbetrieb. Sie waren sicher dabei, das Geld aufzutreiben. Für ihre Kinder taten reiche Leute alles. Und sie wollten Publicity vermeiden.

Er hatte Brigette eingehend darüber ausgehorcht, ob sie je irgendjemandem der Familie von ihm erzählt hatte. Sie hatte das strikt verneint.

Tim zog sich hastig an, während Brigette einen Einkaufszettel schrieb. Konnte er dem Mädchen trauen? Zur Sicherheit warnte er sie noch einmal, ja nicht ans Telefon zu gehen, und schloss die Tür gut hinter sich ab.

Von der nächsten Telefonzelle aus rief er Eden an. »Kannst du reden?«, fragte er.

»Nein!«, antwortete sie mit einem leichten Beben in der Stimme. »Sie sind falsch verbunden.«

»Wir treffen uns vor der May Company in der Wilshire Street … kurz nach vier Uhr«, sagte er leise und schnell. »Der Plan läuft. Wir sind praktisch schon weg!«

»Wer war das?«, wollte Santino wissen.

»Falsch verbunden«, wiederholte Eden.

»War's ein obszöner Anruf?«

»Nein.«

»Warum hast du dann so lange zugehört ... warum hast du nicht gleich wieder aufgelegt?«

»Der andere Teilnehmer hat die Nummer wiederholt, die er gewählt hatte.«

»Für wie blöd hältst du mich eigentlich?«

Eden konnte seine physischen und psychischen Quälereien nicht länger ertragen. Er war die ganze Nacht bei ihr geblieben. Jetzt musste sie ihre Flucht vorbereiten. Es würde nicht leicht sein, aus dem Haus zu gelangen. »Lass mich doch in Ruhe«, entgegnete sie müde.

»Ja, das sollte ich vielleicht. Du wirst schließlich auch nicht jünger. Eigentlich bist du allmählich schon ziemlich abgetakelt. Aber mein gutes Herz verbietet es mir, dich fallen zu lassen wie eine heiße Kartoffel. Ohne mich säßest du doch praktisch auf der Straße, meinst du nicht?«

»Ich bin dir für alles dankbar, was du für mich getan hast, Santino.« Eden hatte mittlerweile gelernt, sich wie ein Schoßhündchen zu verhalten.

»Ich hab dich sogar in einem Film ganz groß rausgebracht«, fuhr Santino fort. »Und das war es doch, was du wolltest, oder nicht, Süße?«

Sie nickte. »Das war sehr lieb von dir.«

Sobald er gegangen war, wollte sie verschwinden. Mit Zeko traute sie sich zu, fertig zu werden. Bei einem Einkaufsbummel in Beverly Hills konnte sie ihn leicht abhängen.

»Ja, ja«, murmelte Santino. »Allerdings hast du dich mir gegenüber auch durchaus erkenntlich gezeigt.« Er strich sich über die haarige Brust.

Da Eden nicht recht wusste, worauf Santino eigentlich hinauswollte, schwieg sie lieber.

»Hmm ... und wie erkenntlich du dich gezeigt hast«, wiederholte er nachdenklich.

Ihr Gesicht fühlte sich schrecklich an. Ihr linkes Auge war

fast völlig zugeschwollen, und ihre Unterlippe war dick und tat weh. Sie musste furchtbar aussehen.

»Ich bin ein rachsüchtiger Mensch«, fuhr er fort. »Es hat sich noch nie ausgezahlt. Santino Bonnatti zu betrügen, kapiert?«

»Ich habe dich nicht betrogen.«

»Und wie nennst du es, dass du mit deinem Filmpartner geschlafen hast?«

»Das habe ich aber nicht getan!«

Erneut traf sie ein Schlag ins Gesicht.

Sie fühlte, dass ihre Zähne das nicht länger aushalten würden. »Ich hab's eben nicht getan, du Schuft!«

»Vielleicht hast du's nicht ... vielleicht hast du's doch getan«, erklärte er nachsichtig. »Es reizt mich, die Wahrheit herauszufinden.«

Ihre Lippe war wieder aufgeplatzt. Blut tropfte langsam auf den Bettbezug aus Satin.

110

Wo war bloß Gino? Er hatte auf dem Band seines automatischen Anrufbeantworters eine Nachricht hinterlassen, die besagte, dass er die ganze Nacht ausbleiben würde. Wo er zu erreichen war, gab er allerdings nicht an.

Nach dem Anruf des Kidnappers saß Alice eine Weile wie erstarrt in ihrem Sessel, ehe ein hysterischer Anfall sie überkam.

CeeCee verständigte sofort Costa. Sie zitterte am ganzen Körper. Kurz darauf kam Costa und versuchte, die Sache in die Hand zu nehmen. »Keine Polizei«, verkündete er. »Zuerst müssen wir Gino finden.«

»Was ist mit Lucky?«, jammerte CeeCee. »Mein Gott, sie

wird außer sich sein. Bestimmt gibt sie mir die Schuld … und es ist ja auch meine Schuld!«

»Niemand ist schuld«, entgegnete Costa müde. Er versuchte, Lucky im Santangelo in Atlantic City zu erreichen, konnte jedoch nur mit Matt sprechen, der ihm sagte, dass Lucky mit der Frühmaschine von New York aus nach Los Angeles fliegen wollte. »Wenn's was Wichtiges ist, können Sie sie im Hotel Pierre erreichen«, schloss Matt.

Costa war ratlos. Warum sollte er Lucky unnötig beunruhigen? Sie kam ja sowieso nach L. A. Er beschloss, sie vom Flugplatz abzuholen. Dann versuchte er, Olympia und Lennie anzurufen.

In New York erhielt er von einem Hausmädchen die Auskunft, dass Mrs. Stanislopoulos ausgegangen und Lennie längst nicht mehr in New York sei.

»Und wo ist er jetzt?«, fragte Costa.

Das Hausmädchen, das er aus dem Schlaf gerissen hatte, gab vor, nichts Näheres zu wissen.

Costa verbrachte eine unruhige Nacht. Alice hatte er ins Bett und CeeCee in die Mietvilla nach Beverly Hills geschickt, wo diese auf Gino warten sollte. Er konnte mittlerweile nur hoffen, dass es Gino und Lucky gemeinsam gelingen würde, bis vier Uhr nachmittags am darauf folgenden Tag eine Million Dollar in bar aufzutreiben.

»O … toll … bei dir fühle ich mich wieder wie sechzehn!« Gino strahlte schon am Morgen. »Oder sagen wir … wenigstens wie zwanzig!«

Paige reckte sich wohlig. »Mein Gott, Gino … wie musst du erst als junger Mann gewesen sein!«

Gino grinste verschmitzt. »Mit dreizehn hatte ich meine erste Lehrmeisterin … Sie war wesentlich älter als ich … Aber … glaube mir … sie wusste Bescheid. Schockiert dich das?«

»Mich? Niemals!«

Er streckte die Hand nach ihr aus, doch sie entzog sich ihm. »Aber es hat *dich* schockiert, als du mich mit Susan im Bett überrascht hast, was?«, fragte sie ruhig.

Im Zimmer herrschte plötzlich eine bedrückende Stille. Gino war bereit gewesen, diesen Vorfall zu vergessen. Jetzt fing Paige davon an.

»Du solltest wissen«, begann sie, entschlossen, endlich klare Verhältnisse zu schaffen, »dass ich längst vor dir eine Affäre mit Susan hatte. Wir waren ...«

»Ich will darüber nichts hören«, unterbrach er sie barsch.

»Das solltest du aber. Als dann wir beide uns näher kennen lernten, wurde mir klar, dass ich dich viel mehr wollte als Susan. Aber Susan war nicht bereit, mich so einfach gehen zu lassen ... an dem Tag, als du uns beide überrascht hast ... nun, das war meine Art, mich von ihr zu verabschieden.«

»Ein netter Abschied«, schnaubte er verächtlich.

»Weißt du nicht auch, wie schwierig es manchmal sein kann, eine Bettgeschichte zu beenden?«

»Ich hätte dich lieber mit einem jungen Adonis überrascht als mit meiner Frau«, entgegnete Gino gereizt.

»Gut, ich werd mir's fürs nächste Mal merken.«

»Du ...« Er zog sie an sich. »Hat dir schon mal jemand gesagt, dass du ein ziemlich loses Mundwerk hast?«

»Ja, aber das ist lange her.«

Lennie schlief tief und entspannt wie lange nicht mehr. Er war kreativer denn je, konnte ausgezeichnet arbeiten, wieder mit seinen alten Freunden umgehen ... der Abend mit Jess bei Foxie war großartig gewesen ... und er war frei.

Am Morgen stand er auf und setzte sich sofort mit Kugelschreiber und seinen geliebten gelben Blocks an die Arbeit. Er war allein mit seinem Geist und seiner Phantasie.

Später wollte er Alice anrufen und ihr von der bevorstehenden Scheidung erzählen. Es würde sie hart treffen. Die Tatsache, dass ihr Sohn mit einer der reichsten Frauen der Welt verheiratet war, hatte ihr außerordentlich gut gefallen.

Tja, so spielt das Leben.

Schade.

Arme alte Alice.

111

Fröhlich pfeifend trug Tim Wealth die Papiertüte mit Milch, Orangensaft, Brot, Marmelade und Eis, zur Beruhigung des kleinen Jungen, zu seiner Wohnung zurück. Sein Plan funktionierte einfach traumhaft. Er spielte bereits mit dem Gedanken, von Mexiko aus mit Eden nach Brasilien weiterzureisen.

Rio … der Strand von Ipanema … Copacabana! Mit einer Million Dollar stand die Welt ihnen offen. Vielleicht sollte er daran denken, seine Karriere als Schauspieler aufzugeben. Besonders vielversprechend schien sie sowieso nicht zu sein. Und bald konnte er sich alles leisten, was er sich wünschte.

Er balancierte die Einkaufstüte in einer Hand, als er die Außentreppe zu seiner Wohnung hinaufstieg und rief »Ich bin's«, während er den Schlüssel im Schloss herumdrehte.

Im ersten Augenblick wusste er nicht, was ihn eigentlich getroffen hatte. Der Angriff kam wie aus heiterem Himmel. Er wurde zu Boden geworfen und mit brutaler Gewalt in die Wohnung gestoßen.

Die Einkaufstüte flog zu Boden … Milch ergoss sich überallhin, Eis und Orangensaft spritzten an die Wände.

»Was zum Teu …«, begann Tim, doch ein schmerzhafter Tritt in die Magengegend ließ ihn verstummen.

Brigette und Roberto fingen wie auf Kommando an zu schreien.

»Na, wen haben wir denn da?« Santino Bonnatti stieg über Tim, machte den beiden Ganoven ein Zeichen, die ihm Eintritt verschafft hatten, und starrte Brigette und Roberto an. »Is' hier 'n Familientreffen, oder was?«

»Wer sind Sie? Was wollen Sie?«, fragte Brigette atemlos. Dann stürzte sie sich auf einen der Schläger, der den am Fußboden zusammengerollt liegenden Tim methodisch mit Tritten bearbeitete.

»Lassen Sie ihn in Ruhe!«, kreischte sie.

»Lassen Sie ihn in Ruhe!«, brüllte auch Roberto, der zu Brigette rannte und sich an ihr Bein klammerte.

Santinos Mund verzog sich zu einem verächtlichen Grinsen. Woher zum Teufel hatte Tim Wealth die Kinder?

112

Der freundliche Chinese und Platznachbar von Steven in der Fünf-Uhr-Maschine nach Los Angeles stieß bei diesem mit seinen Versuchen, höflich Konversation zu machen, nur auf ablehnendes Schweigen. Ein älterer Geschäftsmann erlebte dasselbe mit Lucky.

Keiner von beiden aß einen Bissen oder sah sich einen Film an. Nach der Landung auf dem Flugplatz von Los Angeles eilten sie jeweils dem Ausgang zu und standen sich an der Gangway der ersten Klasse plötzlich gegenüber.

»Lucky Santangelo!«, rief Steven erstaunt.

Lucky stutzte einen Augenblick, dann erkannte sie ihr Gegenüber. »Der Herr Staatsanwalt persönlich«, murmelte sie mit einem flüchtigen Lächeln.

Steven grinste sie an. »Das bin ich längst nicht mehr.«

»Haben Sie so schnell die Flinte ins Korn geworfen? Ich

dachte immer, Sie würden eines Tages Bürgermeister von New York werden.«

Gemeinsam gingen sie durch die Fluggastbrücke in die Ankunftshalle. Für Steven war es ein seltsames Gefühl, Lucky Santangelo jetzt wieder zu sehen, da er wusste, dass sie möglicherweise denselben Vater hatten.

»Als wir uns das letzte Mal gesehen haben, sollte ich gerade verhaftet werden.« Sie sah ihn an. »Erinnern Sie sich noch?«

»Oh, wie könnte ich das vergessen?«, erwiderte Steven. »Sie haben schließlich den Kerl erschossen, für dessen Verhaftung ich zwei Jahre lang gearbeitet hatte.«

»Es war Notwehr.«

»Natürlich.«

»Wirklich!«

Lucky musste unwillkürlich wieder an jenes Zusammentreffen denken, das mittlerweile sechs Jahre zurücklag. Es war jene lange, heiße Nacht des berühmten Stromausfalls in New York im Jahr 1977 gewesen, und sie hatte mit Mr. Steven Berkeley neun Stunden lang in einem Aufzug festgesessen. Damals hatten sie sich ein wenig angefreundet ... und hätten sich beinahe ineinander verliebt.

Einen Tag später hatte sie erfahren, dass er der Staatsanwalt war, der den Fall Enzio Bonnatti bearbeitete. Seither war sie ihm nie wieder begegnet.

»Leben Sie hier?«, erkundigte er sich höflich.

Sie schüttelte den Kopf. »Nein. Und Sie?«

»Ich bin nur auf Besuch hier.«

»Und was machen Sie jetzt ... da Sie kein Staatsanwalt mehr sind?«, erkundigte sie sich neugierig.

»Ich bin Anwalt.«

Sie traten auf die Rolltreppe. Lucky erinnerte sich noch deutlich, wie sie an jenem heißen, schwülen Morgen in sein Apartment gekommen war, weil sie ihre Schlüssel irgendwo liegen gelassen hatte. Er hatte ihr sein Badezimmer und ein paar frische Sachen zum Anziehen überlassen. Wie korrekt er bei allem geblieben war!

Steven hatte einen Augenblick seinen Ärger vergessen. Er nahm ihren Arm. »Hören Sie ... vor vielen Jahren hat Ihr Vater Gino meine Mutter gekannt.«

Sie starrte ihn an. Er war ein erstaunlich gut aussehender Mann mit dichten, schwarzen Locken, schokoladenfarbener Haut und intensiv grünen Augen. »Wirklich?«

»Ich glaube, ihm gehörte in den dreißiger Jahren der Nachtclub ›Clemmie's‹, stimmt's?«

»Das ist richtig.«

»Tja, also ...«

»Lucky!« Costa stand am Ende der Rolltreppe und winkte heftig.

Sie winkte zurück und fragte sich, woher er von ihrer Ankunft erfahren haben konnte.

»Mein Onkel«, erklärte sie Steven. »Es ... es war nett, Sie wieder zu sehen. Alles Gute!«

War es nur Einbildung, oder sah er in ihrem Abschiedslächeln einen kleinen Teil seiner selbst?

Er starrte ihr nach, bis sie verschwunden war, und wusste, dass er doch herausfinden musste, wer sein Vater war.

Flashs Hotelzimmer war ein Eldorado der Drogen. Olympia schwebte im Nirwana. Sie hatte mit Flash die ganze Nacht im Drogenrausch verbracht und hatte nicht die Absicht, je wieder von ihm zu lassen. Flash hing schon seit einiger Zeit wieder an der Nadel ... und als er Olympia im »Studio 45« gesehen hatte, waren Dollarsummen wie Neonlichtreflexe vor seinem geistigen Auge aufgeflammt.

Flash war pleite, körperlich fertig und als Rockstar erledigt. Seine frühere Rockgruppe weigerte sich, mit ihm zu arbeiten, und seine minderjährige Frau hatte ihn rausgeworfen.

Olympia war genau im richtigen Zeitpunkt erschienen.

Olympia war die richtige; mit ihr konnte man auf die wunderbarsten Trips gehen.

Olympia konnte ihm alles kaufen, was er wollte und brauchte.

Sie hatten mit Kokain angefangen und waren schließlich bei »speedballs«, einer Mischung aus Kokain und Heroin, gelandet.

Es war eine lange Nacht, die lediglich von einer Reihe von Dealern unterbrochen wurde, die ihnen auf Flashs jeweilige Anrufe hin verschiedene Spezialitäten lieferten.

Levine, eine seiner vielen ehemaligen Freundinnen, die inzwischen süchtig geworden war und mit Drogen handelte, hatte das Paar gegen sechs Uhr morgens bedient.

»Komm in vier Stunden zurück«, hatte Flash sie beauftragt. »Und bring alles mit, was du auftreiben kannst ... aber nur erste Qualität!«

Olympia hatte nur gelächelt.

Pünktlich gegen Viertel nach zehn Uhr morgens kehrte Levine mit einem reichlichen Vorrat an Schätzen zurück.

Das Hotel war eine billige Absteige, aber Flash liebte die gemütliche Künstleratmosphäre, die dort herrschte.

Levine klopfte und öffnete dann die Tür mit dem Zimmerschlüssel, den Flash ihr gegeben hatte.

Ein entsetzter Blick genügte. Sie machte auf dem Absatz kehrt und beeilte sich unterzutauchen.

113

Santino Bonnatti ging herrisch in Tim Wealths Einzimmerapartment auf und ab. »Ein Saustall ist das hier!«, behauptete er, nahm ein gerahmtes Bild von Tim vom Regal und warf es wütend zu Boden.

»Ich will heim!«, weinte Roberto und klammerte sich fester an Brigette.

Tim versuchte aufzustehen, doch einer von Bonnattis Schlägern stellte den Fuß auf seinen Bauch.

»Heim! Ich will heim!«, jammerte Roberto schrill.

»Stopft dem Knirps das Maul!«, schnaubte Bonnatti wütend.

Brigette erschauderte. Auch sie wollte nach Hause. Sie begriff zwar nicht, was um sie herum geschah, aber sie hatte plötzlich schreckliche Angst.

»Ich bringe Bobby nach Hause«, erklärte sie mit unsicherer Stimme und drückte sich mit Roberto nervös zur Tür.

Tim nahm nur noch wahr, wie ihm eine Million Dollar durch die Lappen gingen.

Einer von Santinos brutalen Handlangern versperrte den Ausgang.

»Lass sie vorbei!«, befahl Santino.

Brigette und Roberto erreichten unbehelligt die Außentreppe.

Santino baute sich vor Tim auf. »Du beschissener, mieser kleiner Schauspieler«, begann er böse. »Hast du wirklich geglaubt, du könntest ungestraft meine Frau flachlegen? Hast du das wirklich gedacht?« Die Spitze seines eleganten italienischen Schuhs traf Tim am Hals.

Tim hustete und würgte.

»Ich brech dir sämtliche Arme und Beine und sorge dafür, dass deine hübsche Larve 'ne Weile auf keine Leinwand mehr passt!«

»Tun Sie das nicht«, keuchte Tim, der nur noch ans Überleben dachte. »Wenn Sie die Kinder zurückholen, habe ich 'ne Million Dollar. Die könnten wir uns teilen.«

Santino berührte Tims Kehle spielerisch mit seiner Schuhspitze. »Was soll das? Was redest du da für Schrott?«

»Die Kinder sind 'ne Million wert«, brachte Tim mühsam

heraus. »Das Mädchen ist Brigette Stanislopoulos, und der Junge ist Roberto Santangelo. Der Kleine erbt mal das ganze riesige Vermögen der Familie. Lucky Santangelo ist seine Mutter. Ich habe eine Million Dollar Lösegeld verlangt.«

»Willst du mich verarschen?«

»Nein, das würd ich nicht wagen!«, stöhnte Tim voller Verzweiflung.

»Ja, das glaub ich dir«, überlegte Santino. Er machte einem seiner Schläger ein Zeichen. »Hol die Gören zurück, Blackie ... und zwar Tempo!«

Der Mann rannte aus der Wohnung.

Tim rieb sich die geschundene Kehle. »Kann ich aufstehen?«

Doch Santino Bonnatti hörte ihn gar nicht. Die Erinnerung hatte ihn eingeholt.

Keine Vergeltung, was? Das hatten sie sich so gedacht. Das hatten die sich alle so gedacht. Sogar der Scheißer Carlo. Aber jetzt ... mit dem Jungen in seiner Gewalt ... mit ihrem Kind ...

Großer Gott! Das war ein Geschenk des Himmels!

114

Auf der Autofahrt zur Villa in Bel Air erzählte Costa Lucky die ganze Geschichte. Ihre schwarzen Augen glitzerten vor Wut, und sie war leichenblass geworden.

»Wo ist Gino?«, lautete ihre erste Frage, nachdem er geendet hatte.

»Keine Ahnung. Er hat auf dem automatischen Anrufbeantworter die Nachricht hinterlassen, er würde die Nacht über fortbleiben. Und heute Morgen hat er sich noch nicht gemeldet.«

»Hat er eine Freundin?«

»Nicht, dass ich es wüsste.« Costa zögerte. »Gestern Mittag haben wir ganz zufällig Paige Wheeler getroffen. Meinst du …«

»Ruf bei ihr zu Hause und im Büro an.«

»Gute Idee.«

Luckys Ton war beherrscht und geschäftsmäßig, obwohl sie innerlich wütend und verzweifelt war. Ihre schlimmsten Befürchtungen waren eingetreten, und sie konnte nicht viel tun. »Hat jemand schon mal bei den Taxizentralen angerufen und versucht, den Fahrer ausfindig zu machen, der Brigette und Roberto gefahren hat?«

Costa schüttelte den Kopf. »Nein«, antwortete er niedergeschlagen. Er begriff selbst nicht, weshalb er noch nicht daran gedacht hatte.

Lucky vermied es, Costa anzusehen. Er war ein übermüdeter alter Mann. Wer wollte ihm schon all diese Versäumnisse ankreiden?

Sie warf einen Blick auf die Uhr. Es war kurz vor zwölf Uhr mittags. »Großer Gott, Costa!«, entfuhr es ihr dann doch heftiger als beabsichtigt. »Warum hast du mich nicht sofort in New York angerufen? Und weshalb hat niemand Matt benachrichtigt? Du weißt, dass wir ihm vertrauen können. Sobald Alice den Anruf erhalten hatte, hätten wir anfangen müssen, das Geld aufzutreiben.«

Costa senkte den Kopf. »Ich weiß … Es war falsch … Ich …«

Lucky zwang sich mühsam zur Ruhe. Es half Roberto und Brigette nichts, wenn sie jetzt den Kopf verlor.

Mein Gott, wo war nur Gino?

»Ich rufe Boogie an«, sagte sie schließlich laut. »Er soll in Vegas alles in die Wege leiten, damit wir wenigstens an das Geld rankommen. Dann kann er eine Maschine mieten und nach Los Angeles fliegen. Und sobald wir zu Hause sind, telefoniere ich mit ein paar Leuten, die mir noch einen Gefallen schulden.«

In der Villa in Bel Air erwarteten sie die völlig niedergeschlagene Alice und eine in Tränen aufgelöste CeeCee.

»Hat jemand schon Olympia verständigt?«, fragte Lucky sofort.

»Olympia ist nicht zu Hause«, erwiderte Costa hastig. »Ich habe eine Nachricht für sie hinterlegen lassen.«

»Was ist mit Lennie? Ist er denn nicht wenigstens zu erreichen?«

»Offenbar nicht. Das Hausmädchen hat behauptet, er sei aus der New Yorker Wohnung ausgezogen. Niemand weiß, wo er steckt.«

Lucky ging rastlos im Zimmer auf und ab. »Lasst mich allein«, verlangte sie schließlich. Als die anderen gegangen waren, nahm sie den Telefonhörer ab und rief einen alten Geschäftspartner von Gino an. »Hier spricht Lucky Santangelo«, begann sie vorsichtig. »Mein Vater hat Ihnen einmal einen großen Gefallen getan. Ich möchte Sie bitten, sich jetzt zu revanchieren. Ich brauche einen Wagen mit zwei erfahrenen Fahrern und zwei bewaffneten Begleitern. Außerdem möchte ich einen Lieferwagen, mit elektronischer Ausrüstung, um ein anderes Fahrzeug zu überwachen. Ich brauche das absolut Beste, was Sie haben ... und das sehr schnell.«

Dann organisierte sie die Lösegeldsumme. In Vegas, mit Ginos Freunden und Boogies Hilfe ging zum Glück alles glatt. Das einzige Problem war nun, den Zeitplan einzuhalten. Boogie musste das Geld von der Bank holen, ein Flugzeug besteigen und noch vor vier Uhr am Farmers Market sein.

Über vier Uhr hinaus wagte sie in diesem Moment noch gar nicht zu denken.

Was sollte passieren, wenn Brigette und Roberto nicht freigelassen würden?

Was, wenn sie die beiden nie wieder sah?

Sie erschauerte bei dem Gedanken und verdrängte ihn sogleich.

»Warum fahren wir nicht übers Wochenende nach San Francisco?«, schlug Gino vor. »Bei dir zu Hause denken doch alle, dass du sowieso dort bist. Und Montag fliegen wir wieder zurück.«

Paige trank einen Schluck Kaffee. »Was erwartest du von mir, Gino? Ich bin immerhin verheiratet.«

Gino sah ihr fest in die Augen. »Na, und?«

»Ich hätte nicht mal diese Nacht mit dir verbringen dürfen ... ganz zu schweigen von einem ganzen Wochenende.«

Gino dachte einen Augenblick nach. »Hm, ich bin dir also nicht mal ein Abenteuer-Wochenende wert.«

Paige lächelte. »Du hast mich schon überredet.«

Lucky ging unruhig in Lennies ehemaligem Arbeitszimmer auf und ab. Es war ein merkwürdiges Gefühl, in seinem Zimmer von seinen privaten Dingen umgeben zu sein. Sie nahm ein ledergebundenes Manuskript in die Hand und starrte geistesabwesend darauf.

Sie dachte an ihren Sohn Roberto, den fröhlichen und lebhaften kleinen Jungen.

Falls jemand es wagte, ihn auch nur anzurühren ...

Sie würde ihn töten. Sie hatte es ja schon einmal getan.

CeeCee kam zögernd und ängstlich ins Zimmer und gab Lucky Bescheid, dass der Taxifahrer da sei, der Brigette und Roberto gefahren hatte.

»Bring ihn rein!«, befahl Lucky tonlos.

Der bullige Taxifahrer erwies sich als keine große Hilfe.

Er konnte Lucky lediglich sagen, dass er die beiden Kinder Ecke Fairfax Street und Sunset Boulevard vor einem Drugstore absetzte, wo die beiden offenbar erwartet worden waren. Von wem, das hatte er nicht mehr beobachtet.

Als Lucky wieder allein war, kam ihr ein Gedanke. Alle behandelten Brigette wie ein Kind ... dabei sah das Mädchen reichlich reif und sexy für ihr Alter aus. Vielleicht hatte irgendein Kerl sie in der Hand ... ein Kerl mit großen Flausen im Kopf und einer schmutzigen Phantasie ...

Lucky lief aus dem Arbeitszimmer. Draußen im Korridor drückte sich CeeCee herum. »Wo ist Brigettes Zimmer?«, fragte Lucky barsch.

CeeCee führte sie in den ersten Stock und in Brigettes Reich. Dort herrschte ein ziemliches Durcheinander.

Lucky sah sich nur einige Minuten sorgfältig um und überlegte, wo und wie sie in diesem Alter Dinge versteckt hatte, die ihr am Herzen lagen.

Unter der Matratze war Fehlanzeige; hinter einem Bilderrahmen ... auch nichts; hinter einem Stapel Magazinen ... Volltreffer! Lucky fischte ein schmales Buch mit der Aufschrift »Mein Tagebuch« heraus.

Als sie es aufschlug, fielen ein paar farbige Polaroidfotos heraus. Sie ging sie hastig durch und erkannte, dass ihr Verdacht richtig gewesen war: Irgendein Kerl hatte Brigette in der Hand. Und wie!

115

Santino Bonnattis breitschultriger Schläger Blackie stieß die beiden Kinder unsanft in Tims Apartment zurück. Brigette war völlig durcheinander. Sie hielt Roberto fest an der Hand.

Tim saß inzwischen auf der Couch. Er war leichenblass.

»Hallo ... Brigette«, begann er heiser und deutete auf Santino. »Das ... das ist ein Freund von mir. Wir ... wir haben uns um Geld gestritten, das ich ihm schulde. Jetzt ist alles wieder okay.«

Santino grinste falsch. »Tut mir Leid, wenn wir euch einen Schreck eingejagt haben. Wir hatten nur was Internes zu klären.«

Brigette starrte unverwandt auf Tim. Etwas stimmte da nicht. Das spürte sie deutlich. »Ich will mit Bobby nach Hause«, erklärte sie mit zitternder Stimme.

Tim vermied es, sie anzusehen. »Das geht jetzt nicht. Noch nicht. Du weißt doch ... es ist alles geplant.«

»Und ich bin jetzt euer Partner«, warf Santino aalglatt ein.

Brigette hasste den Mann instinktiv. Er jagte ihr kalte Schauer über den Rücken.

»Ich glaube, ich mache da lieber nicht mehr mit«, brachte sie schließlich heraus.

Santino grinste unverschämt. »Du hast gar keine andere Wahl, Kleines.«

»Ich will heim! Heim!« Roberto stampfte mit dem Fuß auf.

Santino trat vor Brigette und legte die Hand unter ihr Kinn. »Hm, du bist vielleicht eine Süße!«, gurrte er. »Möchtest du mich glücklich machen?«

Panik erfasste Brigette. »Fassen Sie mich nicht an!«, fauchte sie und fuhr zurück.

»Santino Bonnatti kriegt, was er will!«, zischte Bonnatti, packte sie geschickt bei den Armen, presste seine fleischigen Lippen auf ihren Mund und stieß seine dicke Zunge zwischen ihren Zähne hindurch.

Brigette würgte und versuchte, sich schreiend zu befreien.

Santino schlug ihr mit dem Handrücken kräftig ins Gesicht. »Halt den Mund, du dämliche Schlampe!«, brüllte er sie an.

Brigette fiel rücklings zu Boden und begann zu weinen. Roberto lief sofort zu ihr, um sie zu trösten.

Tim holte tief Luft. Das Leben war nicht immer einfach. Er hatte das zwar nicht gewollt, aber verhindern konnte er es nun auch nicht.

Zeko erwies sich als unüberwindbares Hindernis.

»Ich gehe einkaufen«, verkündete Eden arrogant.

»Ich darf Sie nicht aus dem Haus lassen. Anweisung von Mr. Bonnatti«, entgegnete er ungerührt.

»Mr. Bonnatti kann mich mal!«

Zeko zuckte mit den Schultern. »Er gibt die Befehle. Ich gehorche nur.«

Eden versuchte eine andere Taktik. Vielleicht half es, wenn sie auf die Tränendrüsen drückte. »Sehen Sie sich mein Gesicht an, Zeko«, begann sie traurig. »Er hat mich geschlagen. Ich brauche besondere Salben und Cremes. Bitte, fahren Sie mich zum Einkaufen. Ich sag's ihm auch ganz bestimmt nicht.«

Zeko dachte einen Augenblick darüber nach und blieb dann stur. Er wusste nur zu gut, dass es sich nicht auszahlte, eine eindeutige Anordnung des Chefs nicht einzuhalten.

»Arschlecker!«, beschimpfte Eden ihn schrill, als sie merkte, dass sie ihn nicht überreden konnte.

Dann schloss sie sich in ihr Schlafzimmer ein und dachte fieberhaft über eine andere Fluchtmöglichkeit nach. Santino hielt sie praktisch wie eine Gefangene. Wer wusste, was er als Nächstes vorhatte? Sie hatte schon Geschichten über unerwünschte Freundinnen von Mitgliedern des Mobs gehört, die einfach in ausländische Bordelle abgeschoben worden waren. Santino hatte ihr von einem Mädchen erzählt, das sich schließlich in einem mexikanischen Bordell erhängt hatte. Eden erschauerte bei dem Gedanken.

Im Haus wimmelte es von Alarmanlagen. Sobald sie auch nur die Haustür öffnete, begannen Sirenen zu schrillen. Und selbst wenn sie es schaffte, das Grundstück zu verlassen … was dann? Der Blue Jay Way lag hoch in den Bergen von Hollywood, und Zeko trug die Autoschlüssel an einem Kettchen um den Hals.

Wütend und frustriert schleuderte sie eine Tischlampe quer durchs Zimmer.

Plötzlich kam ihr eine Idee … eine ausgezeichnete Idee.

Es gab doch jemand, der sie retten konnte. Eine einzige Person!

116

Paige Wheeler ist in San Francisco. Aber es scheint niemand zu wissen, wo«, erklärte Costa müde. »Ich habe in sechs der besten Hotels nachgefragt … überall Fehlanzeige. Dasselbe gilt für Gino.«

Lucky sah auf. Sie hatte gerade mit der Lektüre von Brigettes Tagebuch begonnen. »Vielleicht ist sie nie in San Francisco eingetroffen«, vermutete sie. »Paige und Gino haben sich möglicherweise irgendwo hier in der Stadt verkrochen. Alice und CeeCee sollen in sämtlichen Hotels nachfragen. Sie fangen am besten mit dem Beverly Hills und dem Beverly Wilshire an.«

Costa nickte. »Bist du irgendwie weitergekommen?«

»Vielleicht. Ich sag dir dann Bescheid.«

Brigettes Handschrift erwies sich als kaum lesbar, und ihre Eintragungen waren äußerst unsystematisch und sporadisch. Lucky begann mit den letzten Aufzeichnungen, die offenbar am Tag vor ihrem Verschwinden entstanden waren:

»Abendessen mit … na, mit wem schon? Bei Traders Vic. Total ausgeflippt. Dann sind wir in sein Apartment gefahren. Haben alles getan! Einfach alles!!! Habe ihm Koks geschenkt. Er hat dafür ein paar Nacktfotos von mir gemacht und mir geschenkt! Schade, dass ich keines von ihm habe. Das nächste Mal werd ich ihn darum bitten. Er ist einfach phantastisch! Traumhaft. Bin die ganze Nacht geblieben. Alice denkt, ich war bei einer Freundin. Sie ist so naiv. Ich liebe Tim. Und ich glaube, er liebt mich auch!!!«

Er hieß also Tim. Das war wenigstens ein Anfang. Hastig blätterte Lucky weiter im Tagebuch zurück. Die meisten Eintragungen waren kurz und zeugten von Langeweile.

Dann stieß sie endlich auf etwas Interessantes. Die Eintragung betraf die Eröffnungsfeier des Santangelo.

»Phantastischer Abend! Habe Tim Wealth kennen gelernt! Den einzigartigen Tim Wealth! In Wirklichkeit ist er noch zehnmal besser. Ich hab's endlich getan ... und zwar mit ihm!!! Ich kann's selbst noch nicht fassen. Aber er ist so ›cool‹ und ausgeflippt! Total gut! Natürlich liebe ich ihn. Habe ihm gesagt, ich sei achtzehn!«

Lucky legte das Tagebuch beiseite und sprang auf. Wer zum Teufel war Tim Wealth?

Sie griff zum Telefonhörer und rief Matt in Atlantic City an. »Hol die Gästeliste unserer Eröffnungsfeier und sag mir, wer Tim Wealth ist.«

Matt war ein Ordnungsfanatiker. Innerhalb weniger Minuten hatte er die Gästeliste parat. »Da steht kein Tim Wealth drauf«, seufzte er schließlich.

»Verdammt. Kennst du den Kerl?«

»Nein. Was ist los mit ihm?«

»Das kann ich dir im Augenblick nicht sagen.«

»Warte! Vielleicht weiß Jess mehr. Bleib dran.«

Lucky warf einen Blick auf die Uhr. Es war bereits halb zwei. Bald musste sie zum Flugplatz, um Boogie mit dem Geld abzuholen.

Jess meldete sich. »Tim Wealth hat vor ungefähr vier Jahren einen erfolgreichen Film gemacht. Er ist ein guter Schauspieler. Ich weiß auch nicht, warum er seit damals nicht mehr gedreht hat. Er ist einfach von der Bildfläche verschwunden.«

»Er war doch bei unserer Eröffnungsfeier, oder?«

»Ich hab ihn jedenfalls nicht gesehen.«

»Jess ... bitte sagen Sie Matt, dass er seine Adresse ausfindig machen und mich dann sofort anrufen möchte. Ich bin in Lennies Haus in Bel Air. Es ist verdammt dringend!«

»Das ist ja nicht zu fassen! Gestern Abend noch bin ich mit

Lennie in L. A. zusammen gewesen. Er hat mir kein Wort gesagt, dass du ...«

»Lennie ist in L. A.?«, unterbrach Lucky Jess überrascht.

»Ja. Seid ihr denn nicht zusammen?«

»Nein. Ich bin nur in seinem Haus, weil ... Darüber kann ich jetzt nicht sprechen. Wo ist Lennie zu erreichen?«

Jess war perplex. Sie begriff überhaupt nicht mehr, was eigentlich gespielt wurde. »Er wohnt in seinem alten Apartment.« Sie gab Lucky die Telefonnummer.

Costa kam herein. »Gino war im Beverly Wilshire. Er ist vor einer Stunde wieder ausgezogen.«

»Verdammter Mist!«, schimpfte Lucky.

»Wie bitte?«, fragte Jess am anderen Ende.

»Nichts. Beschafft mir Wealths Adresse.«

Lucky legte auf. Costa zog sich wortlos zurück.

Sie schloss die Augen. In ihren Schläfen pochte das Blut. Es war wie ein Alptraum. Sie dachte an Lennie und hätte ihn am liebsten angerufen. Aber was konnte er schon tun? Sie musste die Angelegenheit auf ihre Art und Weise erledigen; und zwar ohne fremde Hilfe ... auch ohne Lennie.

Das Telefon klingelte. Sie riss den Hörer von der Gabel.

»Ich weiß nicht, wie ich es anstelle, aber ich schaffe es doch irgendwie immer«, sagte Matt am anderen Ende selbstgefällig und gab ihr die Adresse von Tim Wealth.

117

Er reckte sich und gähnte. Lennie hatte für diesen Tag genug gearbeitet. Dreißig Seiten – keine schlechte Ausbeute. Er war glänzend in Form. Das Manuskript nahm Formen an.

Dann dachte er an Alice und dass er sie hatte anrufen wollen. Irgendwann musste sie es schließlich erfahren. Er griff zum Telefon, das in diesem Augenblick zu klingeln begann. Das konnte nur Jess sein.

»Hallo! Wie war dein Flug?«, sagte Lennie in die Sprechmuschel.

»Woher hast du gewusst, dass ich es bin?«, fragte Jess verblüfft.

»Weil du die Einzige bist, die weiß, dass ich hier bin.«

»Nein, das bin ich nicht mehr.«

Lennie stöhnte. »Wem hast du's erzählt?«

»Lucky«, erwiderte Jess.

»So, tatsächlich?« Lennie versuchte gleichgültig zu klingen.

»Ich dachte, es macht dir bestimmt nichts aus.«

Er wusste selbst nicht recht, was er davon halten sollte. Natürlich wollte er sie wieder sehen ... mehr als alles andere sogar. Andererseits war er nicht sicher, ob es dazu nicht zu früh war. Sie brauchten beide Zeit, sich mit der neuen Situation zurechtzufinden.

»Und weshalb hast du das getan?«, fragte Lennie.

»Sie ist oben in deinem Haus in Bel Air«, erwiderte Jess.

»Du meinst in Olympias Haus«, verbesserte er sie.

»Egal, wem's gehört ... sie ist jedenfalls dort.«

»Und was macht sie dort?«

»Offenbar macht sie sich Sorgen.«

»Kannst du das näher erklären?«

»Ruf sie doch einfach selbst an.«

»Du bist wieder mal eine große Hilfe!«

»Los!«

»Ach, lass mich in Ruhe!«

Er legte auf und fasste einen Entschluss. Anstatt anzurufen, würde er einfach hinfahren. Er musste Lucky unbedingt wieder sehen.

Brigette erkannte allmählich, dass etwas Schlimmes passiert war. Roberto und sie waren in eine üble Falle geraten. Ängstlich zog sie Roberto auf dem Rücksitz des Wagens enger an sich. Rechts und links von ihnen saßen die beiden Schlägertypen.

Bonnatti hatte sie aus der Wohnung und in den Wagen bringen lassen. Als er nach einer Viertelstunde selbst wieder aufgekreuzt war und neben dem Fahrer Platz genommen hatte, war Tim Wealth nicht mehr bei ihm gewesen.

Brigette erschauerte. Zum ersten Mal in ihrem Leben hatte sie wirklich Angst; und zwar nicht nur um sich, sondern auch um Bobby, der noch ein Kind war ... und um Tim. Was hatten sie mit ihm gemacht? Und wohin brachte man sie?

»Hör auf zu heulen!« Santino drehte sich um und sah Roberto wütend an.

»Wo ist Tim?«, fragte Brigette zaghaft.

»Wie war er denn im Bett, hm?«, erkundigte sich Santino mit höhnischem Grinsen. »War er ein heißer Liebhaber, Süße? Warte nur ... ich zeig euch, was heiß ist ... euch beiden zeig ich's.«

118

Lucky hatte gerade noch Zeit, die Angaben bezüglich Tim Wealth zu überprüfen, die Matt ihr gegeben hatte, bevor sie zum Flugplatz musste. Hinter der Adresse verbarg sich ein Haus im Laurel Canyon.

Die beiden jungen Männer, die Ginos früherer Geschäftspartner ihr »geliehen« hatte, machten einen intelligenten und kompetenten Eindruck. Sie nannten sich Caveman und The Guardian. Ein dritter fuhr den Wagen ... einen Lincoln, Baujahr 1980, mit Telefon.

Lucky hatte sie kurz in alles eingeweiht.

Das Haus im Laurel Canyon besaß ein elektronisch überwachtes Tor. Lucky und ihre Begleiter verschafften sich Eintritt unter dem Vorwand, vom städtischen Wasseramt zu kommen.

Sie fuhren zum Hintereingang und warteten, bis sich die Tür öffnete. Dann nahmen Caveman und The Guardian den Butler in die Zange, hielten ihm falsche FBI-Ausweise unter die Nase und zogen ihre Waffen.

Lucky folgte ihnen. Ihr Stil gefiel ihr.

Sie durchsuchten das Haus gründlich und systematisch. Das Parterre war leer. Im ersten Stock fanden sie den Hausbesitzer, der in der Mitte eines purpurroten, runden Wasserbetts saß und sich eine Komödie im Fernsehen ansah. »Gott beschütze mich!«, jammerte er, als sie zu dritt bei ihm eindrangen.

»Rauschgiftdezernat«, verkündete Lucky. »Wir haben einen Haftbefehl für Tim Wealth.«

Der Mann hob abwehrend seine sorgfältig manikürten Hände. »Wie eine Szene aus meinen Filmen. Tun Sie mir bitte nichts. Ich mache alles, was Sie verlangen.«

»Wo ist Tim Wealth?«, fragte Lucky drohend.

»Den habe ich seit Wochen nicht mehr gesehen. Er ist mit zwei meiner Lieblingskoffer von Gucci, achthundert Dollar, drei Kameras und etlichen Kaschmirpullovern verschwunden. Schauspieler! Es wird mir eine Lehre sein!«

»Wissen Sie, wo er jetzt wohnt?«, erkundigte sich Lucky.

»Nein ... und es interessiert mich auch nicht.« Er rutschte nervös auf dem Bett hin und her. »Sind Sie wirklich vom Rauschgiftdezernat? Sie kommen mir so bekannt vor.«

»Hören Sie! Wir müssen Wealth unbedingt finden«, erklärte Lucky in scharfem Ton. »Und wenn Sie uns nicht sagen, wo er ist, dann machen Sie sich der Komplizenschaft schuldig. Ist das klar?«

»Versuchen Sie's bei seinem Agenten ... Zack Schaeffer.« Er starrte sie stirnrunzelnd an. Plötzlich ging ihm ein Licht auf. »Ah ... das soll wohl ein Witz sein, was? Sie sind doch die

Frau vom Santangelo in Atlantic City, oder? Ich war bei der Eröffnung.« Er kletterte in seinem roten Pyjama ungelenk vom Bett. »Mein Gott, ich bin in eine dieser TV-Shows geraten, was? Wo sind die Kameras versteckt? O … Gott! Ich werde zum Gespött der Leute! Sie bekommen auf keinen Fall meine Erlaubnis, das zu senden. Ich werde gerichtlich gegen Sie vorgehen … Ich …«

Lucky ließ ihn weiterschimpfen und eilte gefolgt von den anderen aus dem Haus.

Auf dem Weg nach Bel Air versuchte Lennie sich zurechtzulegen, was er zu Lucky sagen würde. »Ich habe Olympia verlassen.« Nein, das war zu unpersönlich. Wie war es mit: »Ja. Ich habe schließlich den Schlussstrich gezogen.« Oder vielleicht noch besser: »Hallo, Lucky, was machst du denn hier? Weißt du, dass ich mich von Olympia getrennt habe?«

Lennie fühlte sich wie sechzehn. Warum konnte er mit ihr nicht einfach ganz normal über seine Gefühle sprechen?

Er betrat das Haus und spürte instinktiv, dass etwas nicht stimmte. Alice lag bleich und müde auf einer Couch im Wohnzimmer. In der Hand hielt sie ein Glas mit brauner Flüssigkeit.

»He … was ist denn hier los?«, fragte er. Die ganze Atmosphäre gefiel ihm nicht.

»Lennie! Mein Junge!« Alice setzte sich auf und gestikulierte aufgeregt. »Bobby und Brigette sind gekidnappt worden. Man hat die Kinder entführt!«

119

In der Auffahrt vor der Villa Bonnatti parkten drei Autos. Steven hielt hinter einem scheußlich gelben Toyota an. Nachdem er sich nach seiner Ankunft vergewissert hatte, dass es Mary Lou im Krankenhaus einigermaßen gut ging und Carrie bei ihr war, hatte er sich einen Wagen gemietet und war zu Bonnattis Adresse gefahren.

Steven stieg aus seinem Auto aus und klingelte an der Haustür.

Donatella Bonnatti öffnete persönlich. Santino hatte seit Jahren vergeblich versucht, seine Frau an Hauspersonal zu gewöhnen. Donatella allerdings zog es vor, sich selbst um alles zu kümmern. Und während sich Santino mit Leibwächtern umgab, zog Donatella die Gesellschaft ältlicher italienischer Tanten vor, die noch die schönen altmodischen Ansichten vertraten und dreimal pro Woche ins Haus kamen.

An diesem Tag jedoch war Donatella allein. Und obwohl es Samstag war, hatte sie beschlossen, den Fußboden der riesigen Küche zu schrubben, während Santino und die Kinder nicht zu Hause waren.

Sie wischte sich die feuchten Hände an ihrem bunt gemusterten Hauskleid ab und musterte Steven misstrauisch.

»Was wollen Sie?«, erkundigte sie sich mit starkem italienischem Akzent.

Steven nahm automatisch an, dass sie das Hausmädchen sein musste. »Ich möchte gern Santino Bonnatti sprechen. Es ist dringend«, erklärte er langsam und deutlich.

»Sind Sie verabredet?«

»Ich bin gerade aus New York angekommen und vom Flugplatz gleich hierher gefahren. Ist Mr. Bonnatti zu Hause?«

Donatella hatte keine Ahnung, dass Santino auch mit Schwarzen geschäftlich zu tun hatte. Er erzählte ihr nie etwas.

»Worum geht's denn?«, wollte sie wissen.

»Wer sind Sie eigentlich?«, erkundigte sich Steven.

Sie lachte heiser. »Ahhhh ... Sie halten mich wohl für ein Hausmädchen, was? Ja, ja ... in Beverly Hills machen sich die Damen nie die Hände schmutzig. Ich bin Mrs. Bonnatti.«

Gino und Paige machten in einem einfachen Restaurant am Pacific Coast Highway bei frischem Hummer und einer Flasche Wein Mittagspause. Sie genossen jede Minute der Zweisamkeit.

»Hast du je daran gedacht, Ryder zu verlassen?«, erkundigte sich Gino vorsichtig nach dem Essen. Paige, die ihm das Gefühl gab, wieder jung zu sein, beschäftigte ihn unaufhörlich.

Sie saßen an einem Tisch mit einem herrlichen Blick aufs Meer. Paige sah ihn nicht an. »Ryder braucht mich«, antwortete sie leise. »Genau wie die Kinder.«

»Blödsinn!«

»Es ist die reine Wahrheit.«

»Dein Mann würde nicht mal merken, dass du nicht mehr da bist, wenn du morgen die Koffer packst. Und deine Kinder sind schon erwachsen.«

Sie sah ihn ruhig an. »Danke für die Blumen! Du verstehst die Psyche einer Frau und Mutter.«

»Komm, Süße! Ich will dich! Das möchte ich damit ausdrücken.«

»Du hast mich doch.«

»Für ein lausiges Wochenende.«

»Vielleicht wäre mehr für uns beide sowieso zu viel, mein Liebling.«

Er verstand sie einfach nicht. Warum lief sie nicht mit fliegenden Fahnen zu ihm über, wie das die Frauen sonst stets in seinem Leben getan hatten?

Aber vielleicht machte sie gerade das so reizvoll. Paige tat, was und wann sie es wollte.

»Ich rufe mal lieber kurz zu Hause an«, seufzte Gino und stand auf. »Sonst hetzen die mir noch das FBI auf den Hals.«

120

Boogies Anwesenheit gab Lucky Sicherheit. Er war in schwierigen Zeiten stets auf ihrer Seite gewesen, und sie wusste, dass sie ihm blind vertrauen konnte.

Er hatte das Lösegeld in einer Reisetasche mitgebracht, und seine wässrig-blauen Augen schweiften rastlos über die Menschenmenge, als sie zum Wagen liefen.

Lucky berichtete ihm noch einmal, was sie wusste. »Glaubst du, wir sollten die Polizei einschalten?«, fragte sie zum Schluss.

»Nein, auf keinen Fall«, wehrte er ab. »Das machen wir allein.«

Lucky war heilfroh, dass Boogie da war. Da Gino unauffindbar schien, war er ihre einzige Stütze.

»Ich habe folgenden Plan«, erklärte Lucky. »Wir deponieren das Lösegeld wie gefordert im Farmers Market und hoffen und beten, dass die Kinder freigelassen werden. Caveman folgt der Person, die das Geld abholt ...«

»Nein«, unterbrach Boogie sie. »Das übernehme ich. Im Beschatten bin ich unschlagbar.«

»Gut. Wir haben einen Lieferwagen mit Telefon, Funkausrüstung und Überwachungsgeräten zu unserer Verfügung. Alles steht bereit.« Lucky zeigte Boogie einen Zettel. »Das ist die letzte Adresse des Kerls, der vermutlich etwas mit der Entführung zu tun hat. The Guardian überprüft das gerade.«

Boogie sah sie prüfend an. »Und wie ist deine Verfassung?«

Lucky schwieg einen Augenblick. »Gut«, erwiderte sie schließlich mit eisiger Stimme. »Ich will nur die Kinder wohlbehalten zurückhaben. Und wenn ich sie habe ...« Ihr Blick wurde starr. »Dann gnade Gott den Entführern!«

121

Das Wohnzimmer der Bonnattis war peinlich sauber und aufgeräumt und erinnerte an einen bürgerlich italienischen Salon der Jahrhundertwende.

Steven setzte sich erst gar nicht. »Mrs. Bonnatti«, begann er. »Ihr Mann ist eine ganz abscheuliche Kreatur.« Er warf eine Ausgabe des Magazins *Comer* auf einen Tisch. »Die Dame auf dem Titelbild ist meine Verlobte«, erklärte er wütend. »Oder besser gesagt, das Gesicht gehört ihr ... nicht der Körper.«

»Warum zeigen Sie mir das?«, entgegnete Donatella schrill und fuhr zurück. »Ich dulde diesen Schmutz in meinem Haus nicht!«

»Freut mich, das zu hören«, bemerkte Steven mit Ironie. »Ihr Mann hat diesbezüglich keine Skrupel. Er verlegt nämlich solche Blätter!«

Er griff nach der Pornoillustrierten und schlug die Seiten auf, die angeblich Mary Lou zeigten. »Hier, sehen Sie sich diese Bilder an, Mrs. Bonnatti!« Er hielt ihr das Magazin unter die Nase. »Diese Fotos sind Fälschungen. Verstehen Sie? Fotomontagen. Jemand hat der Nackten Mary Lous Gesicht aufgesetzt!«

»Dieser Schmutz interessiert mich nicht«, beharrte Donatella, der es mittlerweile bereits Leid tat, den Fremden überhaupt ins Haus gebeten zu haben. Sie hatte gehofft, etwas über ihren Mann zu erfahren ... aber nicht so etwas.

»Wegen dieser Fotos hat Mary Lou einen Selbstmordversuch unternommen«, fuhrt Steven unerbittlich fort. »Wegen Ihres kranken, sadistischen Mannes wäre sie fast draufgegangen!«

»Ich weiß davon gar nichts!«, entgegnete Donatella.

»Nein? Dann wird es Zeit, dass Sie sich mal mit den Geschäften Ihres Mannes näher befassen! Wenn ich Sie wäre ...«

In diesem Augenblick klingelte das Telefon. Froh über die Ablenkung lief Donatella in die Diele und hob den Hörer ab. Wenn es Santino war, bekam er was zu hören. Falls er tatsächlich etwas mit diesen widerlichen Magazinen zu tun hatte, würde sie ihm das nie verzeihen. Ihr gegenüber hatte er immer behauptet, Computer- und andere technische Zeitschriften zu verlegen.

»Mrs. Bonnatti?«, sagte am anderen Ende eine heisere Frauenstimme. »Donatella?«

»Ja. Wer spricht denn dort?«, fragte Donatella ungeduldig.

»Es gibt ein Haus am Blue Jay Way in den Hügeln über Hollywood ... Dort hält Ihr Mann seine Geliebte aus«, flüsterte die Stimme.

»Was? Was sagen Sie da?«

»Seine Geliebte! Freundin ... Betthäschen.« Die Stimme nannte dann die vollständige Adresse und fügte außerdem hinzu: »Warum kommen Sie nicht her und überzeugen sich selbst?«

Dann wurde aufgelegt.

122

Sie erreichten den Farmers Market an der Fairfax Street zwanzig Minuten vor der verabredeten Zeit. Auf dem dazugehörigen Parkplatz stand bereits der Lieferwagen mit den Überwachungsgeräten, den Lucky bestellt hatte. Der Fahrer war ein ehemaliger Kriminalbeamter namens Dave.

»Ihr überwacht am besten sowohl mich als auch Boogie über Funk«, sagte Lucky zu ihm. »Ich stelle das Lösegeld ab, und Boogie übernimmt die Verfolgung. Sie bleiben dicht hinter ihm und halten ständig Kontakt zu mir.«

»Alles klar«, murmelte Dave. Er wusste, dass er für seine Mühe reichlich belohnt werden würde.

Lucky hoffte, dass er seine Aufgabe gut machte. Es hing so enorm viel von ihm ab.

Santino war von Natur aus misstrauisch. Er traute niemandem. Und eine Million Dollar stellte eine zu große Versuchung dar, als dass er einen Einzelnen damit betrauen konnte. Aus diesem Grund beschloss er, im Wagen dabei zu bleiben und dafür zu sorgen, dass unterwegs nicht auf wundersame Weise einige Hunderttausend einfach verschwanden. Und falls Tim Wealth die Wahrheit gesagt hatte, dann war die ganze Aktion sowieso ein Kinderspiel.

Lucky Santangelo musste inzwischen vor Wut platzen ... und sie würde noch viel mehr durchmachen, bevor sie ihren Jungen wieder sah ... falls sie ihn überhaupt je wieder sah.

Santino lächelte still in sich hinein. Was für ein Tag! Keine Rache war süßer als die, auf die man so lange hatte warten müssen.

Farmers Market war ein Touristenparadies; ein riesiger Komplex mit Souvenirläden, Kiosken und einem Lebensmittel-Supermarkt.

Lucky fand den Buchladen in der Mitte der Anlage. Langsam ging sie darauf zu. In der Hand trug sie eine Ledertasche mit dem Lösegeld. Äußerlich wirkte sie völlig ruhig, doch eigentlich hätte sie vor Wut und Kummer laut schreien mögen.

In der Buchhandlung herrschte reger Kundenbetrieb. Sie sah sich nach der Abteilung mit den Diätkochbüchern um. Als sie sie entdeckte, stand dort lediglich eine dicke Frau in einer weißen Helancahose und blätterte in Jane Fondas neuestem Buch.

Lucky warf einen Blick auf die Uhr. Zwei Minuten vor vier.

Die dicke Kundin legte das Fonda-Buch beiseite und ging.

Lucky sah erneut auf die Uhr. Noch eine Minute.

Sie hoffte, Boogie war in der Nähe.

Punkt vier Uhr stellte sie die Reisetasche in eine Ecke und verließ den Laden durch den Hinterausgang. Sie musste sich zwingen, sich nicht umzusehen.

Boogie würde alles Weitere in die Hand nehmen. Sie durfte jetzt keinen Fehler machen. Das Wohlbefinden der Kinder hing davon ab. In der Reisetasche war ein Sender versteckt, den Boogie jederzeit orten konnte.

Santino bestimmte, dass Blackie das Lösegeld abholen sollte, während er mit Roberto, Brigette und den beiden anderen im Wagen wartete. Sie parkten einen Block weit entfernt vor einem Supermarkt.

»Beeil dich!«, befahl Santino Blackie. Dann drehte er sich um und tätschelte Brigettes Oberschenkel. Sie zuckte ängstlich vor ihm zurück.

»Wir beide haben noch viel vor, Kindchen ... noch viel«, sagte Santino mit geilem Grinsen.

Brigette drückte Roberto noch enger an sich.

123

Fahr gefälligst langsamer!«, warnte Paige. »Du bringst uns noch um. Und damit ist erst recht niemandem geholfen.«

»Willst du fahren?«

»Offen gestanden, ja.«

Gino hielt am Straßenrand und tauschte mit Paige den Platz.

Dann steuerte Paige den schnellen Sportwagen ruhig und geschickt auf die Fahrbahn zurück. Sie hatten noch immer eine mindestens zweistündige Autofahrt bis Los Angeles vor sich.

»Ich habe mich in meinem ganzen Leben noch nie so hilflos

gefühlt«, stöhnte Gino. »Wenn ich diesen Dreckskerl zu fassen kriege, der die Kinder entführt hat, dann gnade ihm Gott!«

»Reg dich jetzt lieber nicht auf«, mahnte Paige. »Spar deine Kräfte. Lucky ist bestimmt verzweifelt. Sie braucht dich.«

»Herrgott, ich müsste jetzt bei ihr sein!«, jammerte Gino. »Aber wer rechnet schon mit so was!«

Lennie wollte sofort die Polizei in diesen Fall einschalten.

»Nein, das kannst du nicht machen!«, hielt Alice ihn energisch davon ab. »Lucky hat gesagt, dass sie alles im Griff hat.«

»Im Griff? Na, da bin ich aber gespannt!«, schrie Lennie wütend. »Und warum hat niemand Olympia Bescheid gesagt?«

»Wir haben's ja versucht«, antwortete Alice. »Sie ist nirgends zu erreichen.«

»Herrgott, Brigette ist ihre Tochter!«, stöhnte Lennie. »Sie müsste jetzt hier sein ... oder zumindest wissen, was passiert ist.«

»Ich versuch's ja weiter«, versprach Alice.

»Wo ist Lucky jetzt?«

Costa kam ins Zimmer. »Sie hat mich gerade angerufen. Sie haben das Geld deponiert. Boogie nimmt die Verfolgung auf. Wir können jetzt nur warten und hoffen, dass die Kinder irgendwo auftauchen.«

»Ich kann jetzt nicht hier tatenlos rumsitzen!«, entgegnete Lennie erregt. »Wo ist Lucky? Gib mir die Telefonnummer ihres Wagens.«

Costa gab sie ihm nur zögernd. »Sie will jetzt sicher nicht gestört werden«, warnte er. »Die Leitung muss frei bleiben.«

»Es ist mir scheißegal, was sie will!«, brüllte Lennie. »Die Sache geht auch mich was an. Wenn's ihr nicht passt, dann ist das ihr Problem.«

Donatella starrte Steven an. »Ehm … Mr. Berkeley … Sie wollten meinen Mann sprechen. Er ist nicht da. Es ist deshalb wohl besser, Sie gehen jetzt.«

Steven musterte sie aufmerksam. Sie wirkte erregt und ungeduldig. Das Telefongespräch schien sie durcheinander gebracht zu haben. Sein Gefühl sagte ihm, dass der Anrufer zwar nicht Bonnatti gewesen war, dass es jedoch bei dem Telefonat um ihn gegangen sein könnte.

Donatella ging zur Tür. »Auf Wiedersehen. Ich muss jetzt fort.«

Steven nickte. »Ich komme zurück.«

Donatella schob ihn hastig hinaus und knallte die Tür heftig hinter ihm ins Schloss.

Steven setzte sich ans Steuer seines Mietwagens, fuhr in die nächste Seitenstraße, hielt an und wartete. Eine Viertelstunde später tauchte der Toyota mit Donatella Bonnatti am Steuer auf.

Sie fuhr Richtung Hollywood.

Steven folgte ihr unauffällig.

124

Eden ging unruhig im Haus auf und ab. Sie versuchte, Make-up aufzutragen, doch ihr Gesicht war durch Santinos Schläge so entstellt, dass auch das nichts nützte. Ihr einziger Trost war, dass diese Blessuren heilen würden.

Zeko saß draußen in der Sonne am Swimmingpool, hatte sich dem Haus zugewandt und warf sich Erdnüsse in den Mund.

Eden starrte auf die Küchenuhr. Es war bereits nach vier. Tim wartete nun bereits auf sie, doch sie sah keine Chance, unbemerkt aus dem Haus zu kommen. Sie verfluchte Bonnatti. Irgendwie musste sie von ihm weg!

Draußen in der Auffahrt hielt plötzlich ein Wagen. Eden rannte hoffnungsvoll zum Fenster … und sah Santino, begleitet von seinen beiden Leibwächtern, einem blonden Teenager und einem kleinen Jungen auf das Haus zukommen.

Brachte er jetzt schon seine Kinder mit zu ihr? Sie konnte nicht glauben, dass selbst ein Santino Bonnatti so pervers sein konnte.

Hastig floh sie ins Badezimmer und schloss sich ein. Dort war es angenehm kühl. Das leise Rauschen der Klimaanlage war das einzige Geräusch.

Dann hörte sie, wie die Haustür geöffnet wurde. Was wollte Santino von ihr? Würde er sie jetzt töten?

»Komm, Kleines«, lockte Bonnatti mit seinem widerlichen Lächeln und zog Brigette ins Haus.

Brigettes Herz klopfte so heftig, dass sie glaubte, alle müssten es hören. Alice hatte ihr von Mädchen erzählt, die so genannten »weißen Sklavenhändlern« in die Hände gefallen waren. Stand ihr jetzt dasselbe bevor?

All die Warnungen fielen ihr wieder ein, über die sie bisher nur gelacht hatte. Hätte sie nur darauf gehört!

Sie fragte sich, was wohl jetzt in der Villa in Bel Air geschah. War Lucky dort? Olympia? Lennie? Hatten sie die Polizei eingeschaltet? Suchte man nach ihr und Roberto?

Sie fühlte sich wie ein kleines, hilfloses Mädchen … dabei musste sie jetzt stark sein; schon um Robertos willen. Er vertraute ihr. Der kleine Junge hielt ihre Hand umklammert, als hänge sein Leben davon ab.

»Sie haben das Geld!«, erklärte sie schließlich tapfer. »Jetzt müssen sie uns freilassen, wie Tim es versprochen hatte.«

Santino lachte heiser. »Tim? Wer ist Tim?« Er warf seinen Leibwächtern einen schlauen Blick zu. »Weiß einer von euch, wer Tim ist?«

»Nee … nie von ihm gehört, Boss«, antwortete Blackie.

Auch der andere schüttelte nur den Kopf.

»Komm, Süße«, drängte Bonnatti und zog Brigette in Richtung Schlafzimmer. »Der Junge kann ruhig mit ... Er soll zusehen ... da kriegt er schon früh was Wichtiges mit.« Bonnatti lachte ausgelassen. »Wir drei geben ein flottes Gruppenfoto ab ... Das wird seine Mutter freuen.«

Er stieß die Schlafzimmertür auf.

Dort stand Eden.

»Raus, du Schlampe!«, befahl er.

»W ... w ... was ist denn los?«, stotterte sie.

»Warte draußen und stör mich gefälligst nicht. Kapiert?« Brigette warf Eden einen flehenden Blick zu. Die Tatsache, dass noch eine Frau im Haus war, beruhigte sie etwas. »Er hat uns entführt«, begann sie. »Er ist ...«

Bonnatti schlug ihr mit der flachen Hand mitten ins Gesicht.

Roberto schrie laut.

Eden stürzte aus dem Zimmer, als Bonnatti auch den Jungen schlug. Sie konnte ihnen nicht helfen. Sie konnte nicht einmal sich selbst helfen.

125

Die Würfel waren gefallen. Was jetzt auch geschah, entzog sich ihrer Kontrolle.

Ein Anruf von The Guardian wies Lucky den Weg zu einem Apartmenthaus hinter dem Hollywood Boulevard. Dort lag Tim Wealths Wohnung.

Caveman begleitete sie. Sie stiegen vorsichtshalber die Außentreppe hinauf. The Guardian erwartete sie bereits an der Tür.

Lucky betrat die kleine schäbige Wohnung und blieb wie erstarrt stehen. Auf dem Fußboden lag ein Toter. Sein Mörder hatte ihn zuerst grob misshandelt und mit einem Kopfschuss erledigt.

»Tim Wealth«, erklärte The Guardian mit rauer Stimme. »Ich hatte noch Glück. Er ist kurz nach meiner Ankunft erst gestorben.«

Lucky hielt den Atem an. »Und?«

»Schlimmer hätte es nicht kommen können«, fuhr The Guardian fort. »Ist Ihnen der Name Santino Bonnatti ein Begriff?«

Lucky glaubte, ihr Herz müsse aufhören zu schlagen. »Bonnatti?«, flüsterte sie.

The Guardian nickte. »Bonnatti hat die Kinder.«

126

Der Blue Jay Way war eine ruhige, kurvenreiche Straße in den Hügeln über Hollywood. Es herrschte kaum Verkehr.

Boogie, der hinten im Lieferwagen saß, erkannte die Gegend instinktiv als günstiges Versteck für Roberto und Brigette. Er war sicher, dass sie ihr Ziel erreicht hatten, als der Mercedes, dem sie gefolgt waren, plötzlich die Fahrt verlangsamte, eine Einfahrt hinaufrollte und anhielt. Dann stiegen drei Männer aus … und die Kinder. Einer der Männer kam Boogie seltsam bekannt vor, doch er konnte sich nicht erinnern, wo er ihn schon einmal gesehen haben könnte.

Für Boogie stellte sich die Frage, ob er sie hier und jetzt angreifen sollte, doch die Situation war äußerst ungünstig. Die Männer waren sicher bewaffnet, und wenn es zu einer Schießerei kam, waren die Kinder in Gefahr.

Boogie wartete also, bis alle im Haus verschwunden waren. Dann versuchte er, Lucky telefonisch zu erreichen. Ihr Fahrer meldete sich und bat ihn zu warten.

Die Minuten verstrichen nur schleppend. Boogie war ein geduldiger, überlegender Mann. Die Entscheidung lag letztendlich bei Lucky.

Als am anderen Ende schließlich ihre Stimme ertönte, klang diese kalt und wütend. »Wo bist du?«, fragte sie hastig.

Er nannte ihr die Adresse und erzählte, was er bisher beobachtet hatte.

Lucky gab die Information an ihren Fahrer weiter und befahl diesem, so schnell wie möglich dorthin zu fahren. Nur mit Mühe an sich haltend, fragte sie ruhig: »Könnte einer der Männer Santino Bonnatti gewesen sein?«

Boogie fiel es plötzlich wie Schuppen von den Augen. Natürlich, der eine war ihm sofort bekannt vorgekommen. Und dann wurde ihm einiges klar.

»Was sollen wir jetzt machen?«, fragte er. »Vielleicht sollten wir doch die Polizei verständigen.«

»Dadurch verlieren wir viel zu viel Zeit«, entgegnete sie, während sie fieberhaft nachdachte. »Caveman und The Guardian sind bei mir. Und du hast Dave. Wir nehmen es allein mit ihnen auf. Es ist unsere einzige Chance.«

»Ich weiß allerdings nicht, wer sonst noch im Haus ist«, gab Boogie zu bedenken. Er wusste aus Erfahrung, dass es keinen Sinn hatte, lange mit Lucky Santangelo zu diskutieren.

»Versuch so viel wie möglich über die Gegebenheiten herauszubekommen«, befahl sie eisig. »Wir kommen so schnell wie möglich.«

Boogie sagte Dave im Führerhaus des Lieferwagens Bescheid, verschwand dann lautlos im Unterholz neben der Straße und arbeitete sich zügig und geschickt den sanften Abhang hinauf.

Es dauerte nicht lange, und er hatte den perfekten Beobachtungsposten über dem Haus erreicht.

Lennie saß in seinem Arbeitszimmer und versuchte verzweifelt, Lucky über die Telefonnummer zu erreichen, die Costa ihm gegeben hatte.

Die Leitung war ständig besetzt.

Alice kam herein und stellte eine Tasse Kaffee auf seinen Schreibtisch. Überrascht sah er ihr nach, wie sie das Zimmer wieder verließ. So viel Fürsorge war er von ihr gar nicht gewohnt.

Plötzlich ertönte das Rufzeichen. Er hatte es geschafft. Am anderen Ende meldete sich eine Männerstimme.

»Geben Sie mir Lucky«, sagte Lennie.

Es knackte in der Leitung, dann war Lucky dran.

»Wo bist du?«, fragte er ohne Umschweife.

Sie hatte seine Stimme sofort erkannt. Aber für Privatgespräche war jetzt keine Zeit.

»Ich mache das schon, Lennie«, versprach sie atemlos.

»*Du* machst das also schon!«, fuhr er wütend auf. »Und was ist mit der Polizei?«

»Die lassen wir ganz aus dem Spiel«, antwortete sie ruhig. »Verlass dich ruhig auf mich.«

»Wo bist du?«, wiederholte er drängend.

»Das kann ich dir jetzt nicht sagen.«

»Verdammt noch mal, was soll denn das?« Lennie war hilflos.

»Wir haben den Blue Jay Way in wenigen Minuten erreicht«, sagte The Guardian.

»Ich muss Schluss machen!«, erklärte Lucky leise. »Ich hole die Kinder da raus.«

»Wo zum Teufel bist du?«, brüllte Lennie.

Sie sagte es ihm. Jetzt konnte das nicht mehr schaden. Bis er den Blue Jay Way erreichte, war ja alles schon vorbei.

»Keine Polizei!«, betonte sie noch einmal.

»Gut!«

Lennie warf den Hörer auf die Gabel und stürmte aus dem Haus und zu seinem Wagen.

127

Der Nachtportier des New Yorker Hotels stand vor dem Zimmer Nummer 425 und klopfte mehrmals. Es waren bereits etliche Anrufe für den Musiker Flash gekommen, doch es hatte sich seit Stunden niemand gemeldet.

Als er wiederum keine Antwort bekam, steckte er seinen Nachschlüssel ins Schloss und ging hinein.

Zuerst glaubte er, sie seien eingeschlafen … der legendäre Rockstar und die fette Blondine. Sie lagen in merkwürdiger Stellung quer über dem zerwühlten Bett.

Der Nachtportier blieb bewegungslos stehen und horchte auf Atemzüge. Es war alles still. Schließlich trat er einen Schritt näher und sah sich vorsichtig um. Die Tablettenröhrchen, leeren Spritzen und das halb leere Glas mit weißem Pulver auf dem Nachttisch deuteten auf eine wilde Drogenparty hin.

Der Portier sog tief die Luft ein, und der Geruch des Todes stieg ihm in die Nase. Er erschauerte. Es war nicht das erste Mal, dass er eine solche Szene sah, und es würde auch nicht das letzte Mal sein. Aber Flash war eindeutig der bisher berühmteste Tote, den er auf diese Weise entdeckt hatte.

Mit einem letzten Blick auf das unglückliche Paar griff er nach dem Telefonhörer.

Die Nachricht tickte gerade noch rechtzeitig für die Zehn-Uhr-Nachrichtensendungen über die Fernschreiber der Agenturen in New York. In Los Angeles war es sieben Uhr.

Für die Medien war der Tod von berühmten Persönlichkeiten stets ein gefundenes Fressen.

Und diesmal stimmten die Zutaten.
Geld.
Sex.
Drogen.
Und Rock 'n' Roll.
Was wollte man noch mehr?

128

Zieh dich aus, Süße!«, befahl Santino.

»Lassen Sie mich in Ruhe!«, wehrte sich Brigette mit vor Angst weit aufgerissenen Augen.

Santino lachte. Er hatte die Tür abgeschlossen und den Schlüssel eingesteckt. Er hatte die Außenwelt ausgesperrt und war nun allein mit dem hübschen blonden Kind, das zu vergewaltigen er kaum erwarten konnte.

Und dabei war er nicht ganz allein! Eben das machte die Sache so reizvoll. Der Junge, Lucky Santangelos Junge, war ebenfalls bei ihnen.

In seinen kühnsten Träumen hätte er sich kaum eine Rache dieses Ausmaßes ausmalen können.

Er zog sein Jackett aus und schnalzte vor Freude mit der Zunge.

Brigette starrte wie hypnotisiert auf die Waffe, die aus Bonnattis Schulterhalfter ragte. Sie bekam eine Gänsehaut, und ihr wurde schwindlig, als sie beobachtete, wie er zu einer Videokamera ging, die vor dem Bett auf einem Stativ stand, und sie einschaltete.

»Okay, lass jetzt die Faxen! Zieh dich endlich aus!«, zischte Santino Brigette an, zog die Waffe aus dem Halfter und richtete die Mündung auf Roberto, der starr vor Angst in einer Ecke kauerte. »Beeil dich, Küken ... sonst kriegt der Junge die erste Ladung ab!«

Brigettes Knie wurden weich vor Entsetzen. Sie kam sich vor wie in einem Alptraum und begann zu weinen.

»Los! Vor die Kamera mit dir, und zwar sofort!«, herrschte Santino sie an.

Wie in Trance gehorchte sie.

Plötzlich sprang Roberto auf, rannte zu Bonnatti und bearbeitete dessen Bein mit seinen kleinen Fäusten. »Hör auf! Hör auf!«, schrie das Kind schrill.

Santino stieß das Kind mit brutaler Gewalt von sich.

Brigettes Schluchzen wurde zwar lauter, doch das kümmerte Santino wenig. Er musterte sie mit lüsternen Blicken. »Runter mit den Klamotten, mein Küken, oder ich erschieß den kleinen Teufel noch vor deinen schönen blauen Augen!«

Donatella fuhr am Haus im Blue Jay Way vorbei und erkannte sofort Santinos Wagen in der Auffahrt. Sie stieß einen Schwall italienischer Flüche und Verwünschungen aus.

Lug und Trug ... Huren ... Casanova ... Bastardo!

Wie konnte er es wagen! Wie konnte er es nur wagen!

Vater ihrer Kinder ... treu sorgender Ehemann ... hatte er ihr stets geschworen. Sie hatte ihm die besten Jahre ihres Lebens geschenkt ... und er war nichts anderes als ein räudiger, streunender Straßenköter!

Sie parkte den Wagen und stieg aus.

Als Donatella ihren Toyota verließ, hielt der Lincoln etwas weiter bergaufwärts vor dem Lieferwagen.

Boogie stand bereits neben dem Wagenschlag, als Lucky heraussprang. »Santino ist mit drei weiteren Männern im Haus«, berichtete er schnell. »Außerdem ist noch eine Frau da. Ich schlage vor, Caveman und The Guardian inszenieren ein Ablenkungsmanöver, während ich durch den Hintereingang ins Haus eindringe.«

»Und was mache ich solange? Etwa Däumchen drehen«, entgegnete sie kühl. »Ich komme mit.«

»Ich an deiner Stelle würde im Wagen bleiben. Ich bringe dir die Kinder wohlbehalten wieder. Du kannst dich auf mich verlassen.«

»Ich komme trotzdem mit«, entschied Lucky.

»Es könnte gefährlich werden«, gab Boogie zu bedenken.

Sie musterte ihn geringschätzig. »Eigentlich solltest du mich mittlerweile besser kennen, Boogie. Das Argument zieht bei mir nicht.«

Boogie wusste aus Erfahrung, dass jede weitere Diskussion sinnlos war.

»Ich gebe den Jungs jetzt die nötigen Anweisungen«, sagte er sachlich. »Dann geht's los.«

Ärgerliche Selbstgespräche führend, ging Donatella die Auffahrt zum Haus hinauf. Ihre Schritte knirschten auf dem Kies. Sie trug statt des Hauskleides jetzt ein dunkelbraunes Kostüm und feste Schuhe mit hohen Absätzen. Sie hatte sich sorgfältig frisiert und grellroten Lippenstift und blaue Lidschatten aufgetragen. Donatella hatte keine glückliche Hand beim Schminken … und das sah man natürlich.

Schließlich bediente sie die Türglocke des Hauses, in dem sie ihren Mann in den Armen irgendeiner billigen Prostituierten zu finden erwartete.

»Wer ist die Frau?«, erkundigte sich Caveman und beobachtete Donatella auf ihrem Weg zur Haustür.

»Das interessiert jetzt nicht«, erwiderte Lucky. »Sie kommt uns aber wie gerufen. Du gehst hinter ihr ins Haus … denk dir irgendwas aus, womit du die anderen aufhalten kannst … Wir sind am Hintereingang.«

The Guardian hob seinen falschen FBI-Ausweis in die Höhe. »Damit schaffen wir's schon.«

»Ausgezeichnet, Jungs«, lobte Lucky. »Also, worauf warten wir noch?« Sie folgte Boogie durchs Unterholz.

Steven hatte Donatella in ihrem gelben Toyota in dem undurchsichtigen Straßengewirr des Hügellandes über Hollywood aus den Augen verloren. Sie wiederzufinden erwies sich als hoffnungsloses Unterfangen.

Entmutigt war er dadurch allerdings nicht. Er beschloss, zu der Villa der Bonnattis zurückzufahren und zu warten. Schließlich wusste er genau, was er tun wollte, sobald Bonnatti auftauchte.

»Was zum Teufel hat er mit den Kindern vor?«, fragte Eden Blackie, der in der Küche nach etwas Essbarem suchte.

Blackie zuckte nur gleichgültig mit den Schultern. Der Tag war für ihn ungewöhnlich ereignisreich gewesen. Für einen kurzen Augenblick hatten sich sogar eine Million Dollar in seinem Besitz befunden – eine bleibende Erinnerung.

Was er allerdings lieber vergaß, war die Tatsache, dass er auch kaltblütig und vorsätzlich einen Mann durch einen Kopfschuss getötet hatte.

Er biss in ein großes Stück Käse.

Eden hörte, wie es an der Haustür klingelte, und hielt die Luft an …

»Ja?«, fragte Zeko misstrauisch und öffnete die Tür einen Spaltbreit.

Donatella stieß die Tür mit einem kräftigen Fußtritt einfach auf. »Was machst du denn hier?«, fragte sie scharf. »Wo hat sich denn mein Mann versteckt?«

Zeko starrte sie ungläubig an. »Mrs. Bonnatti!«, stotterte er.

»Ja, ich bin Mrs. Bonnatti. Na und? Geh mir gefälligst aus dem Weg!«

Zeko trat benommen zur Seite. Was würde der Boss nur dazu sagen?

Die beiden Männer, die sich hinter Mrs. Bonnatti ins Haus drängten, sah er viel zu spät.

»FBI«, verkündete der eine und hielt ihm einen Ausweis unter die Nase. »Wir haben ein paar Fragen an Sie!«

129

Brigette kauerte nackt in der Mitte des Bettes. Tränen rannen ihr über die Wangen. Der widerliche, lüsterne Kerl hatte sie angefasst … sie gezwungen, vor der Kamera zu posieren. Und jetzt zog er lachend Bobby aus, der sich mit Händen und Füßen dagegen wehrte.

Sie erschauerte, wenn sie an das dachte, was er als Nächstes angedroht hatte. Er hatte ihr in allen Einzelheiten erklärt, was er mit Bobby vorhatte. Mittlerweile hatte auch er sich bis auf seine Unterhose ausgezogen, unter deren dünnem Stoff seine Erektion kaum zu übersehen war.

Bobby brüllte wie am Spieß, und jeder seiner Schreie schnitt ihr ins Herz. Es war ihre Schuld, dass Bobby überhaupt in diese Situation geraten war. Ganz allein ihre Schuld!

Santino konzentrierte sich auf das Kind. Er bereitete eine so abscheuliche, obszöne Szenerie vor …

Boogie schlich lautlos und schnell zwischen den Kakteen und Dornenbüschen hindurch.

Lucky gelang es mit Mühe, dicht hinter ihm zu bleiben. Sie achtete gar nicht auf die überhängenden Zweige und Äste, die ihr Gesicht und Arme zerkratzten.

Sie näherten sich dem Hintereingang des Hauses. Vor ihnen lag ein großer Swimmingpool, hinter dem eine breite Glastür ins Haus führte.

Darauf hielt Boogie mit gezückter Waffe zu.

»Mrs. Bonnatti?«, fragte Eden und drängte sich an Zeko vorbei, bis sie der Frau im braunen Kostüm gegenüberstand.

Donatella musterte sie eingehend. »Haben Sie hier meinen Mann versteckt?«

»Ja, er ist hier«, antwortete Eden. »Aber bevor Sie zu ihm gehen, sollten wir uns mal unterhalten.«

»Schläft er mit Ihnen?«, fragte Donatella ohne Umschweife. »Sagen Sie mir die Wahrheit!«

The Guardian nutzte die Gelegenheit, weiter ins Haus vorzudringen.

»He ... warten Sie!«, rief Zeko verwirrt, doch Caveman zog die Waffe und hielt sie ihm unter die Nase. »Halt die Klappe!«, herrschte er Zeko an. »Wo sind die Kinder?«

»Was ist denn hier los?«, rief Donatella erregt.

»Stellen Sie sich an die Wand und seien Sie gefälligst still!«, befahl Caveman. »Sie auch, Süße!« Er machte Eden ein Zeichen.

In diesem Augenblick kam Blackie aus der Küche. Als er Cavemans Waffe sah, versuchte er zurückzuweichen, doch Caveman zielte gelassen auf ihn: »Keine Bewegung ... sonst kannst du dir die Radieschen von unten ansehen!«

An der Rückseite des Hauses gab es einen fürchterlichen Krach. Dann ertönten Schüsse.

Einmal.

Zweimal.

Dreimal.

Acht Monate später

MAI 1984

130

Im Gerichtssaal herrschte eine drückende Stille.

Lucky starrte geistesabwesend ins Leere. Ihre schwarzen, opalisierenden Augen waren ohne jeden Ausdruck. Die Angst und seelische Anspannung, die sie beherrschten, waren ihr nicht anzusehen.

Der Gerichtsdiener begann mit nasaler Stimme das Urteil zu verlesen.

»Am heutigen Tag, dem vierten Mai 1984, hat im Staat Kalifornien ...«

Worte. Nichts als Worte. Was würden sie bringen?

Luckys Blicke schweiften unruhig durch den Gerichtssaal und blieben schließlich auf Brigette ruhen, die in der ersten Reihe saß. Ihr Gesicht war ernst. Das blonde Haar trug sie im Nacken zu einem züchtigen Zopf geflochten.

Die Stimme des Gerichtsdieners tönte monoton weiter.

Lucky hielt die Luft an ... hoffte ... betete ...

Die Öffentlichkeit hatte das Urteil über sie längst gefällt. Und es lautete »schuldig«. Die Zeitungen waren an dieser Meinungsmache nicht unbeteiligt. LUCKY SANTANGELO! DIE TOCHTER EINES MITGLIEDS DES MOB. Gino hatte seit zwanzig Jahren nichts mehr mit dem organisierten Verbrechen zu tun, doch jener dunkle Fleck auf seiner Weste blieb.

Lucky hob stolz den Kopf. Sie wollte sich nicht unterkriegen lassen. Sie war bereit, das Schicksal zu nehmen, wie es kam.

»Und wir, die Geschworenen«, fuhr der Gerichtsdiener fort, »erklären die Angeklagte Lucky Santangelo ...«, er machte eine Kunstpause, »... des Mordes für schuldig.«

Der Urteilsspruch durchzuckte sie wie ein elektrischer Schlag.

Stimmen.

Krach.

Das Trappeln von unzähligen Füßen.

Die Geräusche dröhnten in ihren Ohren, drangen in ihre Augen, in ihre Nase, schnürten ihr die Kehle zu.

Mit glasigem Blick starrte sie auf die Menschen im Gerichtssaal.

Sie drängten zu Telefonen ... formulierten bereits Schlagzeilen in ihren Köpfen ... Jeder wollte die Meldung als Erster durchgeben.

Plötzlich schrillte ein spitzer, gequälter Schrei durch den Gerichtssaal, und Brigette sprang auf.

»Neiiiiin!«, schrie das junge Mädchen. »Nein! Nein! Nein! Lucky Santangelo ist unschuldig. Ich hab's getan! Ich habe Santino Bonnatti erschossen! Ich bin's gewesen!«

Epilog

Der erste September 1984 war ein herrlicher Tag ... wie geschaffen für eine Hochzeit. Die Sonne stand strahlend, aber nicht heiß am märchenhaft blauen, wolkenlosen Himmel. Und das weiße Herrenhaus inmitten des üppigen Gartens voller blühender Blumen machte einen unendlich friedlichen Eindruck.

Roberto, mittlerweile fünf Jahre alt, rannte in seinem Sonntagsanzug fröhlich zwischen den Gästen herum, die sich auf dem Rasen bereits versammelt hatten.

Costa war einer der ersten Gratulanten.

Kurz nach ihm folgten Jess und Matt. Jess erwartete in wenigen Wochen Zwillinge, und Lennie neckte sie mit Bemerkungen über ihre üppigen Formen.

Steven Berkeley fuhr in einem bronzefarbenen Rolls-Royce vor, einem Hochzeitsgeschenk seiner Frau Mary Lou, die neben ihm saß. Sie hatten eine Woche nach Mary Lous Entlassung aus dem Krankenhaus geheiratet.

Carrie begleitete die beiden. Sie war elegant und damenhaft wie immer. Die Illustrierte *Women's Wear Daily* hatte sie gerade zur bestangezogenen Frau Amerikas gewählt.

Als Hochzeitsgeschenk hatte Carrie Steven eine Kopie ihres Manuskripts überreicht. »Es hängt von dir ab, ob es veröffentlicht wird«, hatte sie gesagt. Und dann hatte sie Steven endlich eröffnet, wer sein Vater war. Schließlich hatte er ein Recht darauf, es zu erfahren.

Steven hatte die Hochzeitsreise mit Mary Lou nach Europa gemacht, wo er die Geschichte seiner Mutter gelesen hatte. Nach ihrer Rückkehr hatte er Carrie gesagt, es sei ein Verbrechen, wenn sie dieses Buch nicht veröffentlichen würde. Dann war er mit einer Kopie und den entscheidenden Unterlagen über Ginos Vaterschaft nach Kalifornien geflogen und hatte Lucky im Gefängnis besucht.

Die Zeitungen versuchten, an Lucky ein Exempel zu statuieren. Schließlich hatte sie einmal gemordet, ohne dafür bestraft zu werden, und nun waren alle Medien entschlossen, dafür zu sorgen, dass sie sich mit Geld und Einfluss nicht erneut die Freiheit erkaufen konnte. Die Tatsache, dass der Mann, den sie diesmal erschossen haben sollte, der Sohn ihres früheren Opfers war, spielte dabei natürlich eine besondere Rolle.

Steven erzählte ihr alles. »Dein und mein Leben ... sind auf das Engste verbunden«, sagte er, bevor er sich verabschiedete. »Ich weiß nicht, ob du es je akzeptieren wirst oder willst, aber ich bin stolz darauf, dich als Schwester zu haben. Und ich werde alles tun, um dir zu helfen.«

Lucky akzeptierte ihn nicht nur ... sie überzeugte auch Gino davon, dass er einen Sohn hatte. Und obwohl Gino Monate brauchte, um der Geschichte Glauben schenken zu können, erklärte er sich schließlich zu einem Treffen mit Steven bereit ... um vielleicht ... aber nur vielleicht ... eine Beziehung zu ihm aufzubauen.

Brigette trug ein weißes Kleid, ein jungfräuliches Kleid ... das Kleid einer Brautjungfer. Sie sah mit ihrer hellen Haut, dem blonden Haar und den großen blauen Augen sehr hübsch aus.

Brigette war mittlerweile eines der reichsten Mädchen der Welt. Sie hatte das Vermögen ihrer Mutter geerbt und verfügte darüber hinaus noch über die Apanagen, die ihr Großvater ihr testamentarisch vermacht hatte.

Sie besuchte ein Mädcheninternat in Connecticut und verbrachte die Wochenenden bei Lucky, die bereitwillig die Vormundschaft für das Mädchen übernommen hatte.

Einmal pro Monat musste sie sich bei ihrem Bewährungshelfer melden ... das allerdings war im Grunde eine reine Formalität.

Brigette litt gelegentlich unter Alpträumen. Es waren immer dieselben:

Tim Wealth.

Lächelnd.

Glücklich.

Und dann stellte sie sich vor, wie er tot in seinem Apartment gelegen hatte, während Santino sie auszog und sie lüstern betatschte.

Sie erinnerte sich an jenen schicksalhaften Tag in all seinen schrecklichen Einzelheiten.

Die Waffe.

Santinos Waffe auf dem Tisch.

Santino ... sein widerliches Gesicht tief über Bobby gebeugt. Sie musste ihn daran hindern ...

Schluchzend kroch sie auf allen vieren über das Bett ... Griff nach der Waffe.

Bobbys gellende Kinderstimme ... ein einziger Schrei.

Instinktiv richtete sie die Waffe auf Santino und drückte ab.

Der erste Schuss riss Santino rückwärts, und Blut spritzte aus einer Schulterwunde. Er starrte sie überrascht an. »Du verdammte kleine Nutte ...«, begann er.

Brigette drückte erneut ab. Und dann ein drittes Mal.

Überall war Blut. Dann sackte er wortlos zu Boden.

Und so hatte Lucky die Szene vorgefunden, als sie ins Zimmer gestürmt war.

Von da an verschwamm alles in Brigettes Erinnerung. Lucky riss ihr die Waffe aus der Hand und wischte den Griff mit einem Taschentuch ab, riss die Spule aus dem Videoapparat und befahl Boogie, die Kinder hinauszuschaffen.

Dann erschien eine dicke Frau im Türrahmen und begann hysterisch zu schreien und zu schimpfen, während sie mit dem Finger auf Lucky zeigte: »Sie haben es getan! Sie gemeine Nutte! Sie haben meinen Mann erschossen. Sie haben ihn umgebracht! Ich hab's gesehen!«

In der folgenden allgemeinen Verwirrung beförderte Boogie Brigette und Roberto aus dem Haus und zu dem Wagen draußen, der sie in die Villa nach Bel Air brachte, wo man ihnen Beruhigungsmittel gab und ihnen einschärfte, nie jemandem zu erzählen, was geschehen war.

Als Nächstes war Lucky unter Mordverdacht verhaftet worden, und Brigette hatte geschwiegen ... bis zum Schuldspruch. Dann hatte sie ihr Geheimnis nicht länger für sich behalten können und noch im Gerichtssaal ein umfassendes Geständnis abgelegt. Das Videoband enthüllte schließlich die ganze Wahrheit. Lucky wurde freigelassen, und Brigette erhielt als Minderjährige lediglich ein Jahr Gefängnis; die Strafe wurde allerdings zur Bewährung ausgesetzt. Schließlich hatte sie aus Notwehr gehandelt.

Jetzt war alles wieder gut ... wenn auch nicht vollkommen. Brigette vermisste trotz allem ihre Mutter ... Olympia ... und zwar sehr.

Gino machte gut gelaunt und in blendender Verfassung wie immer die Runde unter den Gästen.

Er fühlte sich großartig. Sein Alter sah man ihm noch immer nicht an, und er genoss das Leben. Schließlich hatte er eine wundervolle Tochter, einen Enkel, der die Familientradition fortsetzen würde, und ... seine Gesundheit. Außerdem hatte er einen verlorenen Sohn wiedergefunden. Eine merkwürdige, aber offenbar wahre Geschichte. Steven war ein interessanter, vielseitiger Mann ... und Gino begann, sich allmählich an ihn zu gewöhnen.

Paige Wheeler allerdings hatte er nicht bekommen. Sie war die einzige Frau in seinem Leben, die ganz für sich zu besitzen ihm verwehrt geblieben war.

Sie trafen sich noch immer. Nachmittage im Beverly Wilshire ... gelegentlich für ein Wochenende ... aber sie weigerte sich standhaft, Ryder zu verlassen.

Gino gab allerdings nicht auf. Sie war für ihn eine Herausforderung. Und das hielt ihn jung.

Lennie betrachtete sich im Spiegel. Er war nervös wie ein Tiger im Käfig. Aber gleichzeitig erfasste ihn ein unglaubliches Hochgefühl.

Zum zweiten Mal unternahm er den entscheidenden Schritt. Aber diesmal in vollem Bewusstsein dessen, was er tat ... Und vor allem war es jetzt für immer.

Lucky Santangelo.

Gefährlich.

Stark.

Eigensinnig.

Verrückt.

Sinnlich.

Alles, was er sich wünschte.

Einst hatte er geglaubt, Eden sei die Frau seines Lebens. Arme Eden, die vor Gericht in den Zeugenstand getreten war und aussagen musste, was im Schlafzimmer des Hauses im Blue Jay Way alles geschehen war ... und doch nichts gewusst hatte. Er war natürlich damals zu spät gekommen. Lucky hatte die Angelegenheit auf ihre Art und Weise erledigt.

Eines Tages waren sich Eden und er vor dem Gerichtssaal begegnet. Sie hatte eine Hand auf seinen Arm gelegt und ihm eindringlich in die Augen gesehen. »Du hast mir sehr gefehlt ... aber Santino hat mich wie eine Gefangene gehalten. Kannst du jetzt verstehen, wie schwer alles für mich gewesen ist?«

Lennie fühlte nichts mehr ... als habe es die Jahre mit ihr nie gegeben.

»Ich möchte dich wieder sehen, Lennie«, flüsterte sie verführerisch. »Ich glaube, der Zeitpunkt für uns ist gekommen.«

Lennie versuchte, ihr schonend beizubringen, dass ihr gemeinsames Leben für ihn Vergangenheit war, aber Eden reagierte wie immer bitter und verständnislos. »Ah, der große Star hat wohl kein Interesse mehr, was? Ich wusste, dir würde der Erfolg zu Kopf steigen!«

Eden war längst vergessen.

Er rückte seine Krawatte zurecht. Seidenkrawatte, weißes Seidenhemd, schwarzer Anzug von Armani ... und schwarze Tennisschuhe.

Nun, besonders konventionelle Vorstellungen hatte er noch nie gepflegt.

»Nun ... meine Tochter!« Gino steckte den Kopf durch die Tür. »Bist du so weit?«

Lucky drehte sich zu ihrem Vater um. »So hast du mich noch nie genannt«, sagte sie leise.

»Wie habe ich dich noch nie genannt?«, fragte Gino verblüfft.

Sie lächelte. »Meine Tochter.«

Er kam ins Zimmer. »Hm ... vielleicht sollte ich dir dann noch was sagen, was ich dauernd zu vergessen scheine ... Ich liebe dich, mein Kind. Und ich bin stolz auf dich ... verdammt stolz!«

Lucky unterdrückte die Tränen ... am Hochzeitstag weinte man nicht. Sie umarmte ihren Vater. »Und ich liebe dich, Daddy«, murmelte sie.

»He ...« Er schob sie von sich. »Du zerknitterst meinen Anzug. Also ... gehen wir?«

Er reichte ihr seinen Arm. Sie hakte sich bei ihm ein.

Lennie wartete.

Sie wurden im Garten des Hauses in East Hampton getraut: Lucky Santangelo und Lennie Golden.

Lucky sah ihren zukünftigen Ehemann an, als sie langsam auf ihn zuging. Er hielt ihren Blick fest.

Es knisterte geradezu zwischen ihnen beiden. Sie waren ein schicksalhaftes Paar.

Gino war der Brautvater.

Roberto streute Blumen.

Brigette war die Brautjungfer.

Und Jess fungierte als Lennies Brautzeugin.

Es war eine vollkommene Hochzeit.

Mitch Robertson & Julia Dubner (Hrsg.)

Roll ihn rüber

Gefühlsechte Geschichten vom Gummi

Die einen sind hauchzart und reißfest, die anderen beinhart, aber gefühlsecht: Mit einem Kondom schützt man sich vor jeder Menge unangenehmer Dinge – und mit den Geschichten in diesem besonderen und immer wieder überraschenden Lesebuch schützt man sich vor literarischer Langeweile. T.C. Boyle, Martin Amis, Anne Rice, John Irving, Amistead Maupin und viele andere geben alles – und manchmal sogar noch ein bisschen mehr …

»Eine unwiderstehliche Anthologie mit rasiermesserscharfen Autoren!«
Elle

Knaur Lemon

Vibrations!
Stories vom Anmachen

Herausgegeben von Julia Peters

Boy meets girl.

Good boy meets bad girl.

Good boy meets good girl.

Bad boy meets good girl.

Bad boy meets bad girl …

16 Stories, die anmachen: Vom ganz normalen, irrsinnigen, immer wieder neuen Wahnsinn der Gefühle erzählen Ethan Hawke, Nick Hornby, Kathy Lette, Irvine Welsh, Binnie Kirshenbaum, Nicholson Baker, Doris Dörrie, Sibylle Berg und viele andere.

Knaur

Lust auf mehr?

Weitere erotische Highlights finden Sie in

Nora Dechant (Hrsg.)
Die Geheimnisse der Aphrodite

Erotische Geschichten

Gabriele Kreis &
Jutta Siegmund-Schultze (Hrsg.)
Liebhabereien

Ein erotisches Lesebuch

Julia Peters (Hrsg.)
Wilde Weiber küssen besser

Stories

Crestina di Raimondi (Hrsg.)
Höhepunkte

Ein erotisches Lesebuch

Tobsha Learner
Quiver

Roman

Knaur